HEYNE <

Das Buch

Mithgar steht in Flammen: Während der Wurrling Tipperton gemeinsam mit König Agron in das Reich des Schwarzmagiers Modru einmarschiert, kämpft sein Freund Beau im entfernten Dendor seine eigene Schlacht. Die Gefährten müssen jedoch herbe Rückschläge erleiden. Doch dann verbünden sich Tip und Beau mit dem Hochkönig Blaine. Gemeinsam mit dem Zwerg Bekki, mit König Loden sowie den Elfen Phais und Loric wollen sie zum endgültigen Vernichtungsschlag gegen den erbarmungslosen Schwarzmagier ausholen. Als Modru die Angreifer in eine gefährliche Falle lockt, taucht plötzlich eine Armee von Steingiganten auf – und es stellt sich die Frage, auf wessen Seite die rätselhaften Wesen stehen.

Dennis L. McKiernans MITHGAR-Romane:

Bd. 1: Zwergenkrieger
Bd. 2: Zwergenzorn
Bd. 3: Zwergenmacht
Bd. 4: Elfenzauber
Bd. 5: Elfenkrieger
Bd. 6: Elfenschiffe
Bd. 7: Elfensturm
Bd. 8: Magiermacht
Bd. 9: Magierschwur
Bd. 10: Magierkrieg
Bd. 11: Magierlicht
Bd. 12: Drachenbann
Bd. 13: Drachenmacht
Bd. 14: Drachenbund

Der Autor

Dennis L. McKiernan, geboren 1932 in Missouri, lebt mit seiner Familie in Ohio. Mit seinen Romanen aus der magischen Welt Mithgar gehört er zu den erfolgreichsten Fantasy-Autoren der Gegenwart.

DENNIS L. McKIERNAN

MAGIER LICHT

Roman

Deutsche Erstausgabe

WILHELM HEYNE VERLAG
MÜNCHEN

Titel der amerikanischen Originalausgabe
HÈL'S CRUCIBLE: INTO THE FIRE – PART 2
Deutsche Übersetzung von Wolfgang Thon

FSC
Mix
Produktgruppe aus vorbildlich
bewirtschafteten Wäldern und
anderen kontrollierten Herkünften

Zert.-Nr. SGS-COC-1940
www.fsc.org
© 1996 Forest Stewardship Council

Verlagsgruppe Random House FSC-DEU-0100
Das für dieses Buch verwendete
FSC-zertifizierte Papier *München Super*
liefert Mochenwangen.

Deutsche Erstausgabe 10/2007
Redaktion: Joern Rauser

www.heyne.de
Printed in Germany 2007
Titelillustration: Arndt Drechsler
Umschlaggestaltung: Nele Schütz Design, München
Karten: Andreas Hancock
Satz: C. Schaber Datentechnik, Wels
Druck und Bindung: GGP Media GmbH, Pößneck

ISBN: 978-3-453-52282-4

Den Tanque Wordies und den
anderen Schreibergruppen,
deren Ziel es ist, die Qualität dessen zu steigern,
was andere Menschen lesen.

Ein Teil von Mithgar

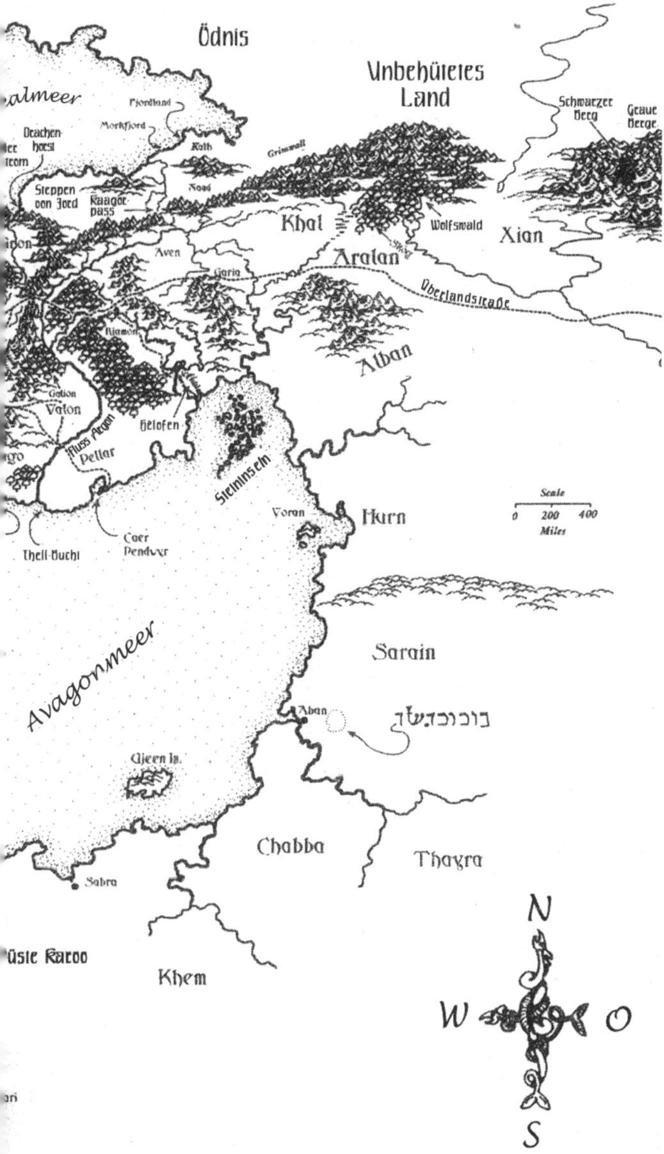

Ödnis
Unbehütetes Land
Schwarzer Berg
Graue Berge
Fjordland
Morkfjord
Drachenhorst
Kalt
Grimwall
Steppen von Jord
Raager-pass
Khal
Wolfswald
Xian
Aven
Aralan
Garia
Überlandstraße
Alban
Gotion
Valon
Fluss Argon
Belofen
Pellar
Steininseln
Voran
Hurn
Scale
0 200 400
Miles
Thell-Bucht
Caer Pendwyr
Sarain
Avagonmeer
Aban
Qieen Is.
Chabba
Thayra
Sabra
Khem
N
W
O
S

Aven
N
W
O
S
Gron
Dendor
Jallor Pass
Skarpal-Massiv
Aven
Minenburg Nord
Dael
Kristallflass
Riamon
Rondor
Darda Galion
Valon
Hèlofen
Flass Argon
Gjeen

ANMERKUNGEN DES AUTORS

Magierlicht ist der vierte und abschließende Teil des großen Magier-Zyklus' in der Mithgar-Reihe. Zusammen mit den Bänden *Magiermacht*, *Magierschwur* und *Magierkrieg* bildet er die Geschichte vom Großen Bankrieg, gesehen durch die Augen von zwei Wurrlingen, Tipperton Thistledown und Beau Darby.

Die Geschichte beginnt im Jahr 2195 der Zweiten Ära von Mithgar, zu einer Zeit, als die *Rûpt* sowohl am Tag als auch bei Nacht umherstreifen konnten, obwohl behauptet wird, dass sie ihre Untaten lieber in der Dunkelheit begingen als im hellen Tageslicht.

Die Geschichte des Bankrieges wurde aus verschiedenen Quellen rekonstruiert, von denen eine wichtige die Thistledown-Saga ist. Ich habe die Lücken an einigen Stellen mit eigenen Vermutungen ergänzt, aber im Großen und Ganzen entspricht die Sage der ursprünglichen Quelle.

Wie auch bei einigen anderen Werken über Mithgarian kommt es häufig vor, dass sich in der Hitze des Augenblicks Menschen, Magier, Elfen und andere unwillkürlich in ihre Muttersprache flüchten. Um jedoch eine mühsame Übersetzung zu vermeiden, habe ich ihre Worte ins Pellarion übertragen, die Gemeinsprache von Mithgar. In einigen Fällen jedoch habe ich die Sprache auch nicht übersetzt, um zu demonstrieren, wie viele Sprachen in Mithgar verbreitet sind.

Außerdem sperren sich einige Worte und Redewendungen jeder Übersetzung. Diese habe ich dann entweder nicht übersetzt oder in besonderen Fällen einen entsprechenden Ausdruck in Anführungszeichen daneben gesetzt, der dem Wort seine besondere Note gibt. Einige Ausdrücke mögen zum Beispiel wie Rechtschreibfehler wirken, sind jedoch ganz korrekt, wie zum Beispiel »DelfHerr«. Es ist ein ganz normales Wort mit einem großen H in der Mitte.

Die Elfensprache Sylva ist ziemlich archaisch und formal. Um diesen besonderen Beigeschmack zu erhalten, habe ich entsprechend altertümliche Ausdrücke benutzt. Allerdings habe ich mich dabei im Interesse der Lesbarkeit zurückgehalten und viele der noch älteren Ausdrücke ersetzt oder eliminiert.

Für die besonders Neugierigen: Das *w* in Rwn wird wie *uu* ausgesprochen, ein w ist schließlich auch nur ein doppeltes u. Manchmal klingt es jedoch auch wie oo. Deshalb wird Rwn nicht wie *Renn* ausgesprochen, sondern wie Roon oder Ruhn.

1. Kapitel

In den letzten sieben Oktobertagen und den ersten neun Tagen des Novembers näherte sich Agrons Kavalkade der Sammelstelle in Älvstad. Auf dieser sechzehntägigen Reise schneite es insgesamt an fünf Tagen, was zu dieser Jahreszeit in Aven höchst ungewöhnlich war. Einige munkelten, es wäre Modrus Werk, andere widersprachen dem jedoch. Mochte es sein, wie es war, trotz des frühen Schneefalls erreichte Agrons Kompanie ihr Ziel am zehnten November.

Älvstad war eine mit Palisaden bewehrte Stadt am Ufer des Argon, aber da hier die Aushebung stattfand, umringten mehr Zelte und Karren die Stadt, als es Gebäude gab. Die Kavalkade bahnte sich langsam einen Weg durch diese Zeltstadt, durch Schnee, der zu Matsch zerwühlt worden war. Wo die blaugoldenen Banner des Königs vorüberzogen, standen Männer am Weg und jubelten ihrem König zu, dem Bezwinger des Gargon und Vernichter von Modrus Schwarm. Nach dem König ritt, geführt von einem Berittenen, eine lebende Legende daher: einer vom Litenfolk, dem Kleinen Volk.

König Agron ritt mitten durch die jubelnden Männer in die Stadt ein, gefolgt von Tipperton und den anderen. Schließlich hielten sie vor einer Herberge an; der König stieg ab und signalisierte einigen seiner Vertrauten – unter ihnen war auch Tipperton –, ihm zu folgen. Die restlichen Soldaten führten die Pferde zu den Mietstallungen, wo sie Quartier nehmen konnten, bis sie wieder abrückten.

Als Tipperton in die Herberge trat, war er froh, dass dieser Teil der Reise endlich vorbei war. Er genoss es nicht gerade, auf einem großen Pferd zu sitzen, das von einem der Königsmannen an der Leine geführt wurde. Ebenso wenig schätzte er es, auf dem harten Boden schlafen zu müssen. Und außerdem erschien es ihm, als hätte er genau dies fast eine Ewigkeit getan. In dieser und den folgenden paar Nächten würde er vor einem Kamin dösen und sich in einem weichen Bett wälzen.

Als ihm eine ehrfürchtige Magd einen Becher mit süß duftendem Glühwein servierte, legte Tipperton Umhang und Jacke ab und ließ sich in einen Sessel fallen. In einer Woche würde er mit den anderen zu den Einöden von Gron aufbrechen. Aber was bedeutete schon eine Woche? Es war eine Ewigkeit.

In Älvstad gab es, wie Agron versprochen hatte, mehrere Ställe, die Ponys verkauften. Am nächsten Tag verbrachte Tipperton viele Kerzenstriche damit, die Auswahl zu sichten, bevor er sich für zwei Tiere entschied: ein kleines braunes Pony aus den Hügeln in der Nähe des Rimmen, und ein schwarzes aus den Steppen von Jord.

»Wenn ich Ihr wäre«, empfahl der Stallbursche, »würde ich das Schwarze reiten.«

»Das habe ich auch vor, aber warum sagt Ihr mir das?«

»Weil es aus Jord ist, natürlich, Junge«, antwortete der Mann, als wäre dies Erklärung genug.

Tipperton schüttelte nur den Kopf und grinste. Danach suchte er sich einen passend kleinen Sattel und verkürzte die Steigbügel auf seine Beinlänge. Der Stallbursche gab noch eine Decke und Zaumzeug für das Gold des Königs dazu, dazu eine Polsterdecke samt Tragegestell für das Braune,

Hafersäcke und anderes Kleinzeug. Tipperton zahlte für die Unterbringung der Ponys, bis sie abrücken würden. Doch als der Stallmeister erfuhr, dass der Bokker ein Scout des Königs war, wollte er keine Bezahlung dafür annehmen. »Das ist mein Beitrag für den Krieg«, meinte der Mann und wiederholte seine Worte noch einmal bekräftigend. »Mein Beitrag für den Krieg.«

Während der nächsten fünf Tage trafen noch mehr Karren, Soldaten und Berittene ein, am sechsten Tag jedoch schmetterten die Hörner und Agrons Armee rückte ab: Die Wagen rollten, Soldaten marschierten und die Pferde tänzelten durch die Straßen. Die Armee war dreißigtausend Mann stark und wurde von einem kleinen Wurrling angeführt, der mit einem anderen Kundschafter weit vorausritt. Das war ein grauhaariger, älterer Mann.

Sie überquerten den Argon über die breite Furt und brachen durch die dünne Eisschicht, die sich bis zum gegenüberliegenden Ufer erstreckte. Hinter Tipperton und seinen Gefährten folgte das Heer. Die Reiter und Karren warteten auf das Fußvolk. Jeder Reiter ließ einen Fußsoldaten hinter sich aufsitzen und die Karren nahmen den Rest mit hinüber.

Alles in allem dauerte es bis zum späten Vormittag, bis die ganze Armee den Übergang geschafft hatte. Denn es waren viele Karren, Pferde und Männer, und der ganze Heerestross erstreckte sich über mehrere Meilen.

Sie marschierten durch den Schnee zum Jallor-Pass. Die Strecke führte zum Grimmwall, der sich fern und dunkel vor dem Himmel abhob, und war dreißig Meilen lang. Das bedeutete drei Tagesmärsche. Denn so eine Armee wälzt sich nur langsam durch offenes Gelände. Obwohl der Jallor-Pass eine Haupthandelsroute zwischen dem westlichen Jord und Aven darstellte, gab es keine ausgebauten Straßen, sondern nur einen holprigen Weg, den die Kaufmannswagen und Pferde ausgetreten hatten.

Zehn Meilen pro Tag sollte die Armee zurücklegen, mehr nicht. »Es ist ein langer Marsch«, hatte König Agron gesagt, »und es wird besser sein, mit ausgeruhten Soldaten anzukommen als mit einer durch Hast erschöpften Armee.«

Vor ihnen ritten in einigen Meilen Abstand Tipperton und Auly, die beiden Kundschafter.

Sie ritten drei Tage durch das sanft ansteigende Land. Tipperton und Auly befanden sich bereits weit im Pass, während die Armee gerade erst den südlichen Eingang der Schlucht erreichte. Es schneite wieder, die Luft war kalt.

»Meiner Seel, ich hoffe wirklich, dass dieses Wetter kein schlechtes Omen ist«, meinte Tipperton und zog seinen Umhang fester um sich.

»Hier in der Schlucht könnte es tatsächlich zum Verhängnis werden, aber auf der Ebene ist es eher ein Segen«, gab Auly zurück. Er war ein in vielen Schlachten erprobter Veteran.

»Wie das?«

Auly kratzte seinen ergrauenden Bart und deutete auf die Schlucht. »Im Unterschied zu der Ebene wird der Schnee hier oben sehr hoch liegen. Das behindert die Karren und Pferde und Soldaten. Auf den Ebenen jedoch wird uns die Kälte sogar helfen, falls es nicht zu stark schneit. Der Boden wird gefrieren, versteht Ihr, und je härter der Boden ist, desto weniger Wahrscheinlichkeit besteht, dass die Karren im Schlamm versinken.«

»Natürlich.« Tipperton nickte.

Sie ritten weiter durch die Schlucht, musterten die Hänge um sich herum und vor sich nach einem Anzeichen des Feindes. Aber der Weg schien frei zu sein und die beiden ritten zumeist schweigend weiter. Bis Auly das Schweigen schließlich brach. »Über eines mache ich mir allerdings wirklich Sorgen«, sagte er. »Modru ist der Herr der Kälte, jedenfalls habe ich das gehört, und es wäre mir gar nicht lieb, sollte er seine Macht gegen uns wenden.«

»Ich bin mir nicht sicher, ob er das tun wird, Auly. Als ich mich in Dendor aufhielt, waren auch sechs Magier dort. Sie sagten, dass es sehr viel *Feuer* koste, einen großen Bann zu wirken. Ich glaube, einen Schneesturm zu beschwören, ist ein solcher großer Bann. Obwohl Modru das vielleicht getan hat, nachdem Dael von Sleeth vernichtet wurde.«

»Dem Drachen?«

»Ja. Er hat die Stadt mit seinem Feuer heimgesucht, bis kein Stein mehr auf dem anderen lag. Danach kam der Schneesturm. Ob Modru ihn gewirkt hat, weiß ich natürlich nicht, obwohl andere dies fest behaupten.«

»Und Ihr habt das gesehen?«

»Nur die Nachwirkungen. Wir haben den Sturm in einer Schutzhöhle abgewartet, die mehrere Tagesreisen von Dael entfernt lag. Wir erreichten die Stadt erst, als das Werk der Verheerung bereits getan war.«

»Ich hoffe nur, dass uns der Schwarze Modru keinen Sturm anhext. Andererseits, wenn man darüber nachdenkt, welches bessere Ziel gibt es schon als eine feindliche Armee, die über offenes Gelände marschiert?«

Tipperton erschauerte, antwortete jedoch nicht, während der Schnee unablässig auf sie herabrieselte.

Am neunten Tag nachdem sie Älvstad verlassen hatte, marschierte die Armee aus der Schlucht heraus und wandte sich nach Jallorby, einer jordischen Stadt am nördlichen Ende des Passes. Zwei Tage lang rasteten sie in dieser entlegenen Ecke von Jord, an der Flanke des Grimmwall-Massivs. Am dritten Tag jedoch war ihre kurze Ruhepause zu Ende und sie brachen auf.

Sie zogen nach Westen, zu einer fernen Bergkette, in der sich jener Pass befand, der durch den Erdrutsch verschüttet war. Tipperton und Auly ritten etwa zehn Meilen vor dem Heerestross. Der Grimmwall erstreckte sich drohend zu ihrer Linken bis hinauf zu den Gronspitzen.

Am fünften Tag erklommen Tipperton und Auly eine Anhöhe. Unmittelbar vor ihnen erhoben sich weit am Horizont schneebedeckte Bergkuppen, von denen aus sich das Gebirge weiter nach Norden erstreckte. Tipperton atmete die Luft tief ein, die hier besonders kalt zu sein schien.

»Da sind sie, die Gronspitzen«, erklärte Auly. »Ein wirklich schlimmer Landstrich.«

»Schlimm?«

»Ja. Hier wimmelt es von Rutcha und Drôkha und Guula und dergleichen.«

Tipperton spähte zu der fernen Gebirgskette hinüber. »Vielleicht sind es ja nicht so viele, nachdem sich Modrus Horden über all die Länder verteilt haben.«

Auly antwortete nur mit einem Knurren und trieb sein Pferd den sanft abfallenden Hang vor ihnen hinab. Tipperton folgte ihm.

»Seht dort, links von dem großen Felsbrocken«, sagte Auly.

Tipperton lag bäuchlings auf dem Hügel und versuchte, in der hellen Mittagssonne etwas auf dem Bergrücken neben dem Eingang des Passes zu erkennen. Er bemerkte Bewegung auf den schneebedeckten Steinen. »Ich sehe es.«

Sie hatten Jallorby vor zwölf Tagen verlassen, und die beiden Kundschafter hatten sich dem Eingang des Passes durch die Gronspitzen bis auf eine Viertelmeile genähert. Die Armee war noch etwa einen Tagesritt hinter ihnen.

»Brut, oder was denkt Ihr?«, fragte Tipperton.

»Was sonst?«

»Also ist der Pass doch nicht unbewacht«, stellte Tipperton fest.

Auly nickte.

»Also dann«, meinte Tipperton. »Wir müssen zu König Agron zurückreiten.«

»Noch nicht, Tipperton. Lasst uns zunächst abwarten, ob wir noch was sehen.«

Also warteten sie und beobachteten den Eingang des Passes, während die Sonne allmählich unterging.

»Etwa eine Kompanie, glauben wir«, sagte Auly.

»Im Eingang des Passes?«

»Aye, my Lord.«

König Agron sah Tipperton an, und der Bokker nickte. »Gesehen haben wir dreißig oder vierzig, Lord Agron. Wenn es noch andere gibt, dann verbergen sie sich in der Schlucht selbst. Selbst wenn es für jeden, den wir gesehen haben, noch fünf andere gibt, die unseren Blicken entkommen sind, alles in allem hält doch etwa eine Kompanie Wache. Freilich ist das nur eine Schätzung. Es könnten sich durchaus noch viel mehr in der Schlucht tummeln.«

Agron seufzte. »In diesem Fall könnten uns eine Brigade, ein Segment oder sogar eine ganze Horde den Weg versperren.«

»My Lord, falls es ein Segment oder eine ganze Horde wäre«, mischte sich Hauptmann Brud ein, der neben ihnen stand, »dürfte es schwierig sein durchzukommen, denn der Pass verengt sich.«

»Ganz recht, Hauptmann. Allerdings können wir auch kaum erwarten, kampflos bis zu Modru vorzudringen.« Agron dachte kurz nach. »Ruft den Rat der Hauptleute zusammen. Wir müssen einen Schlachtplan schmieden.«

Ganz in Weiß gekleidet schlich sich Agrons Vorhut durch den Schnee, der im Mondlicht funkelte. Sie waren in der hellen Nacht kaum zu erkennen. Etwa eine Meile hinter ihnen wartete die Kavallerie auf ihr Signal und ein Trupp Fußsoldaten stand ebenfalls bereit.

Links von ihnen und vor den heranrückenden Truppen führten Tipperton und Auly einen kleinen Kavallerietrupp. Ihr Auftrag bestand darin, die Wachen auf dem südlichen Kamm auszuschalten.

Der Trupp glitt über den Schnee, der alle Geräusche dämpfte, bis sie die Felsflanke des Berges schließlich erreichten. Von dort wandten sie sich nach Norden und ritten einen Hang hinauf, Tipperton an der Spitze, den Bogen bereit, und fast vollkommen lautlos.

Schließlich erreichten sie den Grat des Kamms, und Tipperton sah im Mondlicht Gestalten zwischen den Felsen liegen. Er hob die Hand, um die Nachfolgenden zu stoppen. Dann holte er tief Luft, atmete leise aus, um sich zu sammeln, und beobachtete die Szenerie unter sich.

Eine Abteilung des Gezüchts. Sie schlafen. Aber halt!

Er erspähte einen Rukh, der Wache hielt und nach Süden spähte.

Tipperton gab den Männern hinter sich das Zeichen, weiter vorzurücken, aber kein Geräusch zu machen. Auly ritt neben den Wurrling. Als die Reiter ihre Stellungen eingenommen hatten, wurde Tippertons geflüsterter Befehl durch die Reihe weitergegeben. Behutsam hob er den Bogen mit dem eingenockten Pfeil.

Tief einatmen, halb ausatmen, ziehen, zielen und loslassen.

Der Rukh bemerkte ihn nicht.

Während Tipperton noch zögerte, einen ahnungslosen Feind einfach so niederzustrecken, erinnerte er sich an die Worte von Dara Lyra an der Rimmen-Kluft: *Denk daran, wie viele von seinesgleichen niedergemetzelt worden sind.*

Mit einem leisen Singen sauste der Pfeil von der Sehne, flog durch das Mondlicht und traf den Rukh im Hals. Er gurgelte unartikuliert, während er seitlich in den Schnee fiel. Doch in diesem Augenblick trat ein zweiter Rukh um einen

Felsen herum. Bevor Tipperton einen neuen Pfeil einnocken und abfeuern konnte, schrie der Rukh auf und hob ein Horn an den Mund.

Noch während das Signal ertönte, traf ihn Aulys Pfeil unter dem Arm und schleuderte ihn in den Schnee, wo er regungslos liegen blieb. Doch der Alarm war ertönt, und überall sprangen Rukh hoch, während sich vom Grat aus ein Pfeilhagel über sie ergoss.

Vor Schreck und Angst schreiend ging die Brut hinter den Felsen in Deckung, während ein weiteres Hornsignal der Brut ertönte, dem ein drittes aus dem schmalen Pass unter ihnen antwortete.

Doch auf der Ebene schmetterte ein anderes Hornsignal los, und mit dem Schrei *Für König und Dular* sprangen Männer aus dem Schnee und stürmten in die Schlucht. Waffen klirrten. Etwa eine Meile entfernt hallten weitere Hörner unter dem Donnern von Hufen.

Tipperton, Auly und die Männer auf dem Grat feuerten weiterhin ihre Pfeile ab, die eine blutige Ernte unter der Abteilung der Brut hielten. Die Rukhs rannten kreischend davon, nur um von Pfeilen ereilt und niedergestreckt zu werden.

»Rasch, lasst uns sehen, ob wir dem König helfen können!«, rief Auly. Die Reiter trabten den Hang hinab bis zu der Stelle, die zuvor noch von den Wachen gehalten worden war.

Sie kamen zu einer Senke in der Schlucht, in der Rukh und Menschen wütend fochten. Tipperton wagte es nicht, einen Pfeil abzuschießen, da er fürchtete, seine eigenen Leute zu treffen. Aber die Brut drängte von hinten nach und bot Tipperton und seinen Leuten ein deutliches Ziel.

Immer noch schmetterten die Hörner auf der Ebene, Hufe donnerten über den hart gefrorenen Boden, und von der Ebene rannten Männer heran, die ihren Grimm wortlos hinausschrien.

Gerade als die Reiter ankamen, teilten sich am Boden der Schlucht die Soldaten des Königs, um die Pferde durchzulassen. Die Kavallerie donnerte über die Rukh hinweg, die den Eingang des Passes bewacht hatten.

Das Gezücht kreischte vor Furcht und wandte sich zur Flucht dem Engpass entgegen. Viele aber wurden niedergemetzelt. Nur wenigen gelang es, die Hänge zu erklimmen, um den Reitern zu entgehen. Doch sie wurden von Soldaten zu Fuß verfolgt.

Dann traf der Hauptteil der Armee ein. Die Männer stürmten brüllend heran, stellten jedoch fest, dass die Schlacht bereits beinahe geschlagen war, denn den Pass hatte nur eine kleine Kompanie bewacht.

»Es tut mir leid, Mylord, aber ich habe den Rukh hinter dem Felsen nicht gesehen. Deshalb konnte er Alarm schlagen!«

König Agron hob abwehrend die Hand. »Still, Herr Tipperton. Das war nicht Euer Fehler. Außerdem, wie Ihr selbst sagtet, als wir uns daran machten, den Gargon zu töten: Der Augenblick, in dem die Schlacht beginnt, ist zugleich der Augenblick, in dem alles schiefgeht.«

»Aye, Mylord, aber in diesem Fall ...«

»Unsinn! Wir haben kaum Verluste zu beklagen, und die Brut war noch schlaftrunken, trotz des Hornsignals.«

»Würden wir doch all unsere Siege zu einem so billigen Preis erringen!«, mischte sich Hauptmann Brud ein. »Aber ich fürchte, dass wir in den folgenden Tagen nicht so leicht davonkommen.«

König Agron sah Brud stirnrunzelnd an. »Ihr und ich, wir wissen das, Hauptmann, aber sagt einstweilen nichts und lasst die Männer feiern.«

»Aye, Mylord.«

Während sie durch den Pass ritten, behielten Tipperton und Auly die schneebedeckten, hohen Flanken im Auge. Der Engpass änderte vor ihnen immer wieder die Richtung und fiel hinter ihnen ab. Kaum eine Viertelmeile nach ihnen folgte die Vorhut des Heeres, aber Tipperton und Auly verloren die Männer immer wieder aus den Augen, wenn sie hinter einer der schroffen Kurven des Passes verschwanden. Weit hinter der Vorhut folgte der Hauptteil des Heeres mit den Wagen und dem größten Teil der Kavallerie. Agron und seine Vorhut wollten den Pass erst von allen Feinden säubern, damit die langsameren Wagen und die Fußsoldaten den Ausgang der Schlucht unbehelligt erreichen konnten. Also ritten die beiden Kundschafter vorneweg durch den Pass und führten die Vorhut gemeinsam mit dem König an.

Manchmal erhoben sich die Felswände steil nach oben, einhundertfünfzig Meter oder gar noch höher. Gelegentlich schienen sie jedoch auch nicht senkrecht, sondern führten in steilen Winkeln hinauf. Aber immer waren die Wände nahe, standen kaum dreißig Meter auseinander, und verengten sich auf längeren Passagen sogar noch weiter.

»Himmel, Auly, ich habe das Gefühl, als steckten wir in einem Schraubstock.«

»Das tun wir auch, Junge, genau das tun wir«, erklärte Auly. »Und wenn wir hier auf eine ganze Armee treffen, wird es ziemlich fürchterlich.«

Im Pass lag der Schnee an manchen Stellen mehr als einen Meter hoch, an anderen Orten dagegen schimmerte der blanke Fels durch. An den verschneiten Stellen ritt Auly voran, dessen Pferd einen Weg für Tipperton und sein Pony bahnte.

Und stets fanden sie Spuren des Gezüchts im Schnee. »Sie fliehen, scheint mir«, sagte Tipperton, der abgestiegen war und die Spuren untersuchte. »Sie müssen sich irgendwo vor uns befinden.« Er stand wieder auf und stieg auf sein schwarzes Pony.

Manchmal stießen sie auch auf Geröll, das von den Wänden gebrochen und in den Pass gestürzt war. Sie suchten sich vorsichtig einen Weg und ritten dann weiter. Die Vorhut folgte ihnen, und danach die Kavallerie, die Wagen und die Fußsoldaten. Häufig ertönten Hornsignale hinter ihnen, die besagten, dass der Nachschubtross hatte anhalten müssen und darauf wartete, dass der Weg von den Schneewehen oder dem Geröll befreit wurde, damit die Wagen weiterrollen konnten.

Schließlich stieg die Sonne in einen trüben Winterhimmel hinauf. Ihre Strahlen erreichten kaum den Boden des gewundenen Passes, durch den ein eisiger Wind fuhr. »Puh«, sagte Tipperton, als sie um eine Biegung des Engpasses ritten, »ich dachte, Agron hätte gesagt, die warme Luft des Gwasp in Gron würde diesen Pass eisfrei halten, aber wisst Ihr was? Mir kommt es so vor, als ...«

Tipperton verstummte schlagartig. Hinter der Biegung neigten sich die Felswände nach innen, und der Weg wurde von einer hohen Barrikade aus Holzstämmen versperrt, hinter denen das Gezücht lauerte.

Das zweite Gefecht war hart umkämpft. Steine segelten von den Kämmen der Felswände herab, schwarz gefiederte Pfeile zischten durch die Luft und schlugen in die Phalanx der Menschen ein.

König Agron konnte die Barrikade nicht einfach niederreißen, also schickte er eine Gruppe Bogenschützen den Pass zurück. Darunter befand sich auch Tipperton. Sie sollten die Felswände erklimmen und mit ihren Pfeilen die Steinwerfer und die Besatzung an der Barrikade vertreiben. Das taten sie auch, aber die Brut erwiderte den Pfeilhagel mit ihren schwarz gefiederten Geschossen.

Als der Kampf auf dem Höhepunkt war, kamen die Wagen und das Fußvolk um die Biegung. Die Soldaten wurden in die Schlacht geschickt, obwohl immer nur eine Kompanie gleichzeitig die Barrikade angreifen konnte.

Der Kampf dauerte fast den halben Tag, obwohl sich die Rukh am Ende einer hundertfachen Übermacht gegenübersahen. Schließlich jedoch siegte Agrons Armee, obwohl die Verluste diesmal recht beträchtlich waren.

»Wie ich sagte«, erklärte Auly Tipperton leise, als die beiden Kundschafter zusahen, wie Agrons Soldaten die Barrikade niederrissen. »Wir stecken in einem Schraubstock, einem Ort, wo eine Handvoll Kämpfer viele aufhalten können, so wie die Brut es hier getan hat.«

In der Nacht lagerte die Armee an der Barrikade, damit die Soldaten eine vernünftige Mahlzeit zu sich nehmen konnten. Hauptmann Brud trat zu Tipperton und Auly an ihr kleines Lagerfeuer. Während sie plauderten, trug der Wind ein grausiges Heulen heran, das durch die hohen Wände der Schlucht noch verstärkt wurde.

»Meiner Treu!«, stieß Tipperton hervor, der gerade lange Pfeilschäfte stutzte, damit er sie auf seinem Bogen abfeuern konnte. »Ist es das, was ich glaube?«

»Falls Ihr an Vulgs gedacht habt«, murmelte Brud kauend, »habt Ihr recht. Sie sind Modrus Fluch. *Fordervelig Värgs!*«

Auly spähte im Licht des Feuers an einem Pfeilschaft lang, um zu überprüfen, ob er gerade war. »Habt Ihr schon mal einen gesehen?«

Tipperton schluckte, als er sich an das Biest im Ödwald erinnerte. Er nickte. »Schwarz sind sie und wolfsartig, aber fast so groß wie ein Pony. Beau und ich sind einmal einem entkommen, obwohl viele auf unsere Spur angesetzt waren. Man hat mir gesagt, dass sie einen vergiften, wenn sie beißen.«

Als Auly Tipperton ansah und nickte, sagte Brud: »Der schwarze Biss der Vulgs tötet jedoch nur des Nachts.«

Tipperton lief bei Hauptmann Bruds Unheil verkündenden Worten ein Schauer über den Rücken. »Das habe ich auch gehört«, meinte der Bokker. »Es ist ein schlimmes Gift. Der Heiler der Châkka hat behauptet, dass ein mit Vulggift behandelter Pfeil Phais fast getötet hätte. Wir hätten sie wahrhaft beinahe verloren.«

Auly schüttelte den Kopf und blickte nach Westen, in den finsteren Pass. »Junge, hoffen wir, dass wir beide niemals einem Vulg begegnen, so ungeschützt wie wir sind.«

Noch während Tipperton nickte, hallte ein weiteres grusliges Heulen durch den Pass.

Tipperton und Auly ritten hastig zur Vorhut zurück. Die Wolken am Himmel wirkten dunkel und drohend. »Vor uns versperrt ein großer Steinschlag den Pass«, erklärte Auly. »Vielleicht ist es der, von dem Ihr Euren Hauptleuten erzählt habt, König Agron, damals, als Ihr den Feldzug plantet. Es ist ein ziemlich hoher Geröllhaufen, und es wird viel Arbeit kosten, ihn wegzuräumen, damit die Wagen hindurchpassen. Das Problem ist nur, dass die Brut ihn als Bastion benutzt. Wir müssen also erneut gegen sie kämpfen.«

»O nein!«, erwiderte Agron. »Und ich hatte gehofft, dass der Pass jetzt verlassen wäre. Es scheint, als hätte Modru auch diesen bewachen lassen. Ich dachte, er würde annehmen, wir marschierten zum Nordmeer, die Fjordländer bestiegen Drachenschiffe und landeten an seiner nördlichen Küste. Da er jetzt weiß, dass wir hier sind, müssen wir uns beeilen.«

»Mylord«, meldete sich Hauptmann Jorgen vom Rat der Hauptleute zu Wort. »Wie soll er wissen, dass wir uns in diesem Pass befinden? Der Eiserne Turm liegt mehrere Tagesreisen weit nördlich.«

Agron seufzte. »Habt Ihr nicht gestern Nacht die *Värgs* heulen hören? Es sind Modrus Späher, und sie haben ihn zweifellos verständigt. In diesem Augenblick könnte eine Horde unterwegs sein, um den Ausgang der Schlucht zu blockieren. Wir müssen die Brut von dem Geröllhaufen vertreiben und ihn räumen, und zwar rasch. Ich will nicht riskieren, dass uns eine ganze Horde angreift, während wir noch in dem Pass stecken. Hier ist unsere Kavallerie eher ein Hindernis denn ein Gewinn. Auf freiem Gelände haben wir den Vorteil auf unserer Seite, aber in der Schlucht sind sie uns überlegen.«

Erneut entbrannte ein wütender Kampf, denn auf dem verschneiten und vereisten Geröll fanden die Männer nur schwer Halt. Die Brut hielt die Geröllhalde bis zum letzten Mann. Am Ende jedoch siegten Agron und seine Männer, denn der König hatte Männer die Wände der Schlucht hinaufgeschickt. Durch einen tödlichen Hagel der schwarz gefiederten Pfeile war es ihnen gelungen, dem Feind in den Rücken zu fallen. Als das Gezücht schließlich floh, konnten sich Agrons Männer den Weg freikämpfen. Trotzdem war die Zahl der Verwundeten übermäßig hoch. Die Brut hatte für jeden ihrer Verluste drei ihrer Feinde getötet oder verletzt.

Jetzt wartete die Vorhut auf den Hauptteil der Armee und die Wagen, denn der Erdrutsch war gewaltig. Und es würde viele Männer und eine lange Zeit erfordern, den Weg freizuräumen.

Als der Morgen finster dämmerte, rief der König Tipperton und Auly zu sich. »Wenn sich alle dreißigtausend Männer ans Werk machen«, rief der König gegen den heulenden Wind, »dann sollten die den größten Teil des Geröllhaufens in einem Tag weggeräumt haben. Wenigstens so weit, dass die Wagen hindurchpassen. Doch ich möchte, dass Ihr beiden vorher den Rest des Passes abreitet und kontrolliert, ob sich dort noch Brut herumtreibt. Sobald wir können, werde ich Euch mit der Vorhut folgen. Doch gebt Acht, denn es könnte eine ganze Horde auf der Lauer liegen. Ich möchte nicht, dass Ihr der Brut in die Falle tappt.«

Tipperton deutete auf den Erdrutsch. »Herr König, Ihr befehlt uns zwar vorauszureiten, aber wir können mit unseren Pferden nicht über dieses Hindernis hinwegkommen.«

Agron nickte. »Nein, reiten könnt Ihr nicht. Dennoch, ich glaube, meine Männer werden Eure Pferde darüber hinwegschaffen. Es wird zwar viele Hände benötigen, aber wir sollten es bewerkstelligen.«

Also schafften die Soldaten in dem heulenden Wind die beiden Tiere über die Felsbrocken, stützten sie, befestigten Seile um sie und hoben sie auf der einen Seite Schritt um Schritt hinauf und an der anderen Seite wieder herunter. Sie redeten ihnen gut zu, andere Männer hielten sie mit Seilen fest, damit sie nicht abrutschten, und gelegentlich glitt ein Soldat aus, stürzte und erhob sich wieder, um seinen Kameraden weiterzuhelfen. Am Ende war es vollbracht, die beiden Pferde standen auf der anderen Seite des Geröllhaufens auf dem Boden des Passes. Tipperton und Auly hatten die ganze Aktion mit Sorge und Gereiztheit begleitet.

»Himmel!« Auly betrachtete seine Stute, die trotz dieser Plackerei kein bisschen verletzt war, obwohl sie die Augen weit aufriss und verdrehte. »Es ist ein Wunder, dass sich niemand ein Bein gebrochen hat. Damit meine ich Mensch, Pony und Pferd.«

»Ich glaube, mein Schwarzer hatte es nicht so schwer«, antwortete Tipperton. Das kleine Pony stand gelassen da, als der Wurrling die Riemen überprüfte und sich überzeugte, dass seine Schlafrolle, die Satteltaschen und die Laute hinten am Sattel sicher befestigt waren und sein Bogen und sein Extraköcher noch vorn am Sattel hingen. Er legte dem Pony einen Futtersack mit drei halben Tagesrationen über den Rist. Obwohl sich Tippertons Pony wie auch Aulys Stute in den nächsten Tagen mit der halben Ration begnügen mussten, würden sie ihnen genug zu fressen geben, sobald sie wieder zum Heerestross zurückgekehrt waren.

»Fertig?«, erkundigte sich Auly und warf einen skeptischen Blick auf die dunklen, drohenden Wolken am Himmel.

»Fertig«, antwortete Tipperton, drehte sich um und winkte Agron zu, der auf dem Geröllhaufen stand und seinen Gruß erwiderte.

Als sie aufstiegen und in den finsteren Pass hineinritten, sagte Auly: »Ich mag mir nicht vorstellen, was auf den Schwingen dieses heftigen Windes reitet. Ich glaube, dass sich in den letzten zwei Tagen ein Sturm zusammengezogen hat, vielleicht einer, der von Modru beschworen wurde, dem Meister der Kälte.«

Der Schneesturm schlug am späten Nachmittag zu. Er fing Tipperton und Auly in einer tobenden, weißen Hölle. Der Pass wirkte wie ein gigantischer Trichter, der den heulenden Wind, den Schnee und den Eisregen bis hinauf zum bereits tief verschneiten Grat schleuderte. Die Welt wurde so dunkel von dem Weiß, dass Tipperton Aulys Gestalt vor sich kaum erkennen konnte, obwohl er nur wenige Schritte von ihm entfernt war.

Auf der Suche nach einem Schutz hielten sie sich dicht am nördlichen Hang des Passes, weil der Wind dort etwas weniger stark zu sein schien. Trotzdem peitschte er sie und ihre Pferde und schien sie ins Nichts zu treiben oder auf der Stelle festfrieren zu wollen. Tipperton und Auly mussten einen sicheren Platz finden, bevor die Dunkelheit hereinbrach, da der Sturm sie sonst das Leben kosten konnte. Sie befanden sich etwa zwölf Meilen westlich von dem Heerestross und näherten sich nun dem Ausgang des Passes. Auf diesen zwölf Meilen hatten sie nichts von den Feinden gesehen, nur ein paar Spuren, die sich jedoch von ihnen entfernten. Aber sie dachten weder an Freund noch an Feind, sondern nur daran, einen sicheren Ort für die Nacht zu finden.

Plötzlich bog Auly, der voranritt, scharf nach links ab, quer durch den Pass. Tipperton folgte ihm zwischen einige hohe Felsen. Wie Auly sie in dem dichten Schneetreiben und der Dämmerung hatte sehen können, wusste Tipperton nicht, aber er war dennoch froh, dass sie wenigstens einen notdürftigen Schutz gefunden hatten. Der Wind fegte kreischend um die Felsen, doch war er merklich schwächer als draußen im Pass. Auly stieg ab und rief Tipperton etwas zu, aber der Wind übertönte seine Worte. Tipperton erriet jedoch, was Auly gemeint haben könnte, und stieg ebenfalls ab – als im selben Augenblick eine riesige schwarze Gestalt durch das tobende Weiß segelte, über Tippertons Kopf hinwegsprang und in das Pony krachte. Das Tier flog seitlich auf den Boden.

»Wow!«, schrie Tipperton, doch dann hörte er Aulys Schrei und ein grauenvolles Heulen. Tippertons Pony trat vor Entsetzen mit allen vieren um sich und wieherte schrill. Sein Schrei brach jedoch unvermittelt ab, als sich die schwarze Kreatur über es beugte und dem Pony die Kehle herausriss. Tipperton riss einen Pfeil aus seinem Köcher, als das Wesen zu dem Bokker herumfuhr und ihn ansprang. Aus seinen Lefzen tropfte Blut. Dem Wurrling blieb nur noch Zeit, seinen Arm mit dem Pfeil auszustrecken, als die Bestie gegen ihn prallte und ihn hintenüber warf. Die Kreatur erwischte Tippertons Arm mit ihrem Maul, und dann stürzten sie beide in den Schnee. Die Bestie landete auf Tipperton und der Aufprall nahm ihm den Atem. Wie betäubt und unfähig sich zu rühren, versuchte der Wurrling nur mit schwachen Kräften, das Tier wegzuschieben. Doch es drückte ihn auf den Boden, die Fänge um seinen Arm geklammert.

Himmel, was für eine schreckliche Art zu ...

Ghuuuh!

Endlich gelang es Tipperton, Luft zu holen.

Die Kreatur, die in dem tosenden Schneesturm auf ihm lag, rührte sich nicht, aber ihr gewaltiges Gewicht presste den Wurrling in den Schnee.

Er riss seinen Unterarm aus dem mit scharfen, weißen Zähnen bestückten Rachen. Das Blut strömte aus den Fetzen in seinem Jackenärmel. Tipperton stieß und trat wie verzweifelt gegen die Bestie, bis er sich endlich unter der schwarzen Kreatur herauswinden konnte.

Er rappelte sich auf, schaute auf das Tier und sah ... *Vulg! Es ist ein Vulg!* Der Pfeil, den der Wurrling vor sich ausgestreckt hatte, hatte sich tief in die Brust der Bestie gegraben. Aber Tipperton hielt sich nicht lange damit auf, über sein Glück nachzudenken. Stattdessen ...

Auly!

Tipperton riss seinen Bogen aus der Scheide am Sattel seines toten Ponys, nockte einen Pfeil auf die Sehne und wirbelte zu der Stelle herum, wo Auly gestanden hatte. Aber er konnte nicht viel erkennen. Der Wind heulte und das Schneegestöber nahm ihm fast die Sicht, als Tipperton sich blindlings durch den Sturm tastete, um ...

Ach, Auly!

Wo der Kundschafter gestanden hatte, lag jetzt nur noch eine massakrierte Leiche. Der Schnee um die Stelle herum war von Blut getränkt. Aulys tote Augen waren vor Entsetzen weit aufgerissen und starrten blicklos auf den Schneesturm, der über sie hinwegfegte. Neben ihm lag ein toter Vulg, dem ein Dolch bis zum Heft in seinem bösartigen linken Auge steckte. Von Aulys Pferd war nichts zu sehen.

Tipperton sank neben dem grauhaarigen Mann in den Schnee und drückte ihm sanft die Augen zu.

Auly, Auly, du hast deinen Mörder mit Waffengewalt abgeschlachtet, während ich meinen nur zufällig erlegen konnte!

In diesem Augenblick durchdrang ein Heulen den tosenden Wind, das ganz anders klang.

Tip sprang auf. *Vulgs! Noch mehr Vulgs!* Er hatte den Bogen schussbereit erhoben. *Himmel! Das Blut, der Geruch von Blut, es wird sie herlocken! Aber warte, der Wind ... vielleicht, vielleicht auch nicht. Vergiss es, Wurro, du musst hier weg, du musst raus aus dem Pass!*

Er rannte zu seinem toten Pony zurück, schnallte seine Schlafrolle, die Satteltaschen und die Laute vom Sattel ab und schulterte sie. Dann drehte er sich noch einmal zu Aulys Leiche herum. *Ach, Auly, ich kann dich doch nicht hier liegen lassen. Die Vulgs ...*

Wieder übertönte ein Heulen den Wind, noch lauter diesmal.

Da Tipperton so gut wie keine Wahl hatte, drehte er sich in dem tosenden Schneesturm herum und kletterte in der anbrechenden Dunkelheit und gegen den peitschenden Wind den Hang hinauf, während hinter ihm der Schnee herabwirbelte.

Er kletterte immer höher und höher, während rings um ihn der Wind heulte und das Eis prasselte. Ihm wurde immer kälter, während er einen sicheren Unterschlupf suchte. Er kam an den Rand einer Klippe, die er nicht einmal hätte hinaufklettern können, wenn ihm kein eisiger Wind die letzte Wärme aus dem Körper gesogen hätte. Er wandte sich nach links, weg von dem peitschenden Sturm und dem Heerestross zu, der Meilen entfernt war. Aber er suchte nicht die Armee, sondern einen Unterschlupf, Felsen, eine Höhle, eine Nische im Fels, irgendetwas, das ihn vor dem Wind schützte.

Jetzt wehte der Wind von hinten und trieb ihn voran, über den Hang parallel zu der Klippe, während er sich durch den tiefen Schnee mühte und seine Beine vor Erschöpfung zitterten. Der Wurrling wurde mit jedem Schritt schwächer, Fieber schien in seinem Körper zu wüten und durch seine Adern zu glühen. Er kämpfte sich weiter durch den peitschenden Schnee und sah etwas Dunkles in dem Fels der Klippe. *Ein Schatten, aber halt, es wird Nacht, also wie ...?*

Eine Sturmbö zwang Tipperton von hinten in die Knie, doch als er sich wieder erheben wollte, fand er nicht mehr die Kraft dazu. Er taumelte und kroch durch den Schnee, hielt auf den dunklen Fleck vor sich zu und ... kam an eine niedrige Öffnung in dem Felsen, eine windgeschützte Höhle.

Er krabbelte über das Geröll, so weit entfernt von dem Schneesturm, wie es nur ging, mindestens drei oder vier Meter. Keuchend ließ er seine Satteltaschen und die Laute fallen, die Schlafrolle hatte er irgendwo unterwegs verloren, drehte sich herum, zur Öffnung hin, während ihm der Schweiß über die Stirn lief und seine Wangen trotz der Kälte glühten.

Er brannte aus.

Matt tastete Tipperton an seinem zerfetzten Ärmel entlang bis zu seiner Haut. Er blutete. *Himmel, ich bin von einem Vulg gebissen worden!*

Hauptmann Bruds Unheil verheißende Worte kamen Tipperton in den Sinn. *Der schwarze Biss der Vulgs tötet jedoch nur des Nachts ... tötet des Nachts ... des Nachts ... Nachts.*

Als sich die Dunkelheit über das Land senkte, lehnte sich Tipperton fieberglühend gegen den rissigen, von Spalten durchzogenen Fels. Vulg-Gift strömte durch seine Adern, während draußen im tosenden Schneesturm ein grausiges Heulen ertönte.

2. KAPITEL

Im Gefängnis von Dendor lag Beau im Bett, zu schwach und zu mutlos, um aufzustehen. Obwohl seine Eiterbeulen und die dunklen Flecken immer mehr zurückgingen, erholte er sich nur langsam. Sein vom Fieber entkräfteter Körper weigerte sich beharrlich, Fleisch auf den Knochen zu bilden, ganz gleich wie viel er aß. Obwohl der Gerechtigkeit halber zu sagen ist, dass auch sein Appetit gelitten zu haben schien. Dass er schwer krank gewesen war, konnte man nicht übersehen; die Pestilenz hatte ihn bis an die Schwelle des Todes gebracht und beinahe darüber hinweg getragen. Dennoch hatte ihn eine einzige Dosis Güldminze und Silberwurz davon zurückgeholt, ihn gerettet, ihn und mehr als fünfhundert weitere Menschen, obwohl die Medizin für fast dreitausend weitere zu spät gekommen war.

Die Menschen pilgerten in das Gefängnis, um den kleinen Heiler zu sehen, denn gewiss war er von Adon gesegnet. Wie hätte man sonst das Wunder erklären sollen, das er der Stadt angedeihen ließ? Aber der Wurrling war viel zu schwach, um öffentliche Dankesbekundungen anzunehmen, also wurden viele, die wegen einer Audienz vorsprachen, schon an den Toren des Gefängnisses fortgeschickt.

Desungeachtet bekam Beau in den nächsten Wochen viele Besuche, vor allem von anderen Heilern, die ihn lobpreisten, und von jenen, die ihn verehrten: Patienten, die noch im Gefängnis lagen und von der bemerkenswerten Gnade seiner Medizin gerettet worden waren. Am Anfang ermüdete Beau sehr schnell bei diesen Besuchen, und es kam häufig vor, dass ihn ein Besucher schlafend vorfand. Viele hinterließen dem Wurrling kleine Gaben ihrer Dankbarkeit, andere knieten einfach nur neben seinem Bett und küssten seine Hand. Wenn Beau bei einer solchen Gelegenheit erwachte, war er von dieser Schwärmerei zutiefst beschämt.

Himmel, genau so muss sich Tipperton fühlen, der Held von Dendor; der Held von Minenburg Nord. Obwohl die Zwerge dort auf seine Heldentat weit gelassener reagiert haben, als es die Menschen hier tun.

Zehn Tage, nachdem sich Tipperton, Bekki, Loric, Phais und sogar König Agron von Beau verabschiedet hatten, wurde ihm zum ersten Mal erlaubt, das Bett zu verlassen. Obwohl ihm die Beine zitterten und er sich fühlte, als würde er jeden Augenblick in Ohnmacht fallen, schwor er, dass er sich nie wieder in ein Gefängnis legen würde, selbst wenn er zur Toilette kriechen müsste. Nie wieder. Mit der Hilfe eines Pflegers schlurfte er zum Abtritt am Ende des Flures. Als er zurückkam und auf seiner Pritsche erschöpft zusammenbrach, ließ er seine Bettpfanne hinausschaffen. »Nie wieder«, murmelte er.

Nach weiteren drei Wochen legte Beau allmählich wieder an Gewicht zu und wurde mit jedem folgenden Tag kräftiger.

Er wollte Tipperton und dem König unbedingt folgen, marschierte also in das Büro des Oberheilers, das in der Nähe der Gefängnistore lag. Hinter dem Schreibtisch saß Halga, die nach Bragans Tod Oberste Heilerin geworden war. Sie schaute von ihrer Arbeit auf, als Beau zielstrebig in ihre Kammer schritt. »Ich bin gesund genug, reisen zu können«, verkündete er.

»Nein, seid Ihr nicht«, widersprach Halga.

»Bin ich wohl.«

»Nein, Kleiner Mann. Soll ich es Euch beweisen?«

Beau stöhnte. »Hört, Lady Halga, nur weil ich mich auf jedem Treppenabsatz hinsetzen und ausruhen muss, heißt das nicht ...«

»Doch, genau das heißt es, Herr Beau. Sagt: Was würdet Ihr einem Patienten wie Euch raten, der zufällig in Eurer Obhut wäre?«

»Ich würde ihm empfehlen zu tun, was immer er ...«

Halga verschränkte die Arme und sah ihm in die Augen.

»... ich meine, das heißt ...« Beau hielt ihrem Blick nicht stand. »Also gut«, lenkte er schließlich ein. »Ihr habt gewonnen. Aber sobald ich diese Treppen ohne Pause bewältigen kann, gehe ich, ob mit oder ohne Erlaubnis.«

»Beau, Ihr braucht selbst jetzt keine Erlaubnis, um aufzustehen und zu gehen. Aber bedenkt: Wenn Ihr jetzt geht, dann ist die Wahrscheinlichkeit sehr groß, dass Ihr unterwegs zu einer Last werdet und Euer Ziel niemals erreicht.«

Beau seufzte und nickte. »Noch eine Woche«, sagte Halga, »dann sehen wir weiter.«

In dieser Woche half Beau den anderen Heilern bei Patienten, die in einem ganz ähnlichen Zustand waren wie er selbst. Es waren die wenigen, die von der Schwelle des Todes zurückgeholt worden waren. Alle anderen überlebenden Opfer der Pestilenz hatten sich gänzlich erholt und waren bereits entlassen worden. Auch die requirierten Gebäude der Umgebung erfüllten wieder ihre ursprünglichen Zwecke.

Die übrig gebliebenen Patienten waren in das Untergeschoss des Gefängnisses verlegt worden. Das wiederum erfüllte auch seine eigentliche Aufgabe, obwohl es nur sehr wenig Insassen gab. Die meisten waren in den Krieg gezogen. In den Zellen saßen jetzt ein paar frisch eingelieferte Übeltäter, die darauf warteten, dass der Verwalter des Königs sein Urteil über sie fällte.

Jedenfalls behandelte Beau einige Patienten und übte jeden Tag, die Treppen zu steigen. Er wurde immer stärker.

Es waren sechs Tage her, seit er zu Halga gegangen war, als es am Tor zu einem Zwischenfall kam. Ein Wachmann wurde abkommandiert, eine große Gestalt in das Untergeschoss zu führen.

Beau wurde gerufen.

Als er in die Kammer trat, sah er einen Mann, einen Elf, nein, einen Magier. Er war sehr groß, hatte braune Augen, kupferrotes Haar und trug eine braune Robe. Er schien noch recht jung zu sein, obwohl man dies bei einem Magier nie sagen konnte.

Jedenfalls sah er Beau finster an. »Ihr seid also Herr Beau Darby, vom Litenfolk, der eine Kur gegen die Pestilenz gefunden hat?«

Als Beau nickte, lächelte der Magier, setzte sich und deutete auf einen zweiten Stuhl. »Ich bin Farrin, und komme etwas spät vom Schwarzen Berge.«

»Ich habe von Euch gehört, Magier Farrin.« Beau kletterte auf den Stuhl.

Als ihn Farrin fragend ansah, fuhr Beau fort: »Von Magier Imongar und den anderen. Ihr gehörtet zu ihrem Zirkel der Sieben, jedenfalls hat Tip mir das erzählt. Aber Ihr suchtet die Steingiganten auf, um sie zu bewegen, sich auf unsere Seite zu stellen. Habt Ihr sie nun gefunden und werden sie in die Schlacht gegen Modru und seinesgleichen eingreifen?«

Farrins Miene verdüsterte sich. »Gefunden habe ich sie, das wohl, aber ob sie mit uns kämpfen? Die Chancen stehen schlecht.«

»Ihr müsst mir alles darüber erzählen, denn Tip will es sicher genau wissen.«

»Der andere Wurrling? Der mit dem König geritten ist?«

Beau nickte. »Ja. Und ich hoffe sehr, das ich sie bald einholen kann ... Meiner Treu!« Ein bestürzter Ausdruck zeichnete sich auf Beaus Gesicht ab.

»Was habt Ihr?« Der Magier sah sich um. Da er nichts Beunruhigendes bemerkte, drehte er sich wieder zu dem Wurrling herum.

Beau sah zu ihm auf. »Dara Raels Sermon.«

»Sermon?«

»Ja. ›Sucht die Hilfe derer, die keine Menschen sind, um die Feuer des Krieges zu ersticken.‹ Das hat sie damals in Ardental gesagt, als sie in den Kristall schaute. Allerdings sprach sie in der Elfenzunge; Dara Faeon hat es in Gemeinsprache übersetzt.«

Farrin neigte den Kopf. »An wen war dieser Sermon gerichtet?«

»Das ist es ja gerade«, sagte Beau. »Wir wissen es nicht. Damals waren einige Elfen in dem Raum, zusammen mit zwei recht zerzausten Wurrlingen, Tip und mir. Rael meinte, er könnte für jeden von uns bestimmt sein.«

Farrin nickte. »Und warum«, sagte er dann, »bestürzt Euch das jetzt so plötzlich?«

»Seht Ihr, wenn dieser Sermon tatsächlich für Tip oder mich bestimmt war, auch wenn ich das für nicht sonderlich wahrscheinlich halte, ist Tip doch mit König Agron aufgebrochen, versteht Ihr, und seiner ganzen Armee, und ich werde ihnen bald folgen.«

Farrin hob die Hand. »Und?«

»Sie alle sind Menschen.«

»Ah.« Farrin nickte. »Und der Sermon hält Euch an, die Hilfe derer zu suchen, die keine Menschen sind. Ich verstehe Eure Sorge. Selbstverständlich ist das nur dann von Belang, wenn dieser Sermon nicht an die Elfen, sondern an Euch oder ihn oder Euch beide gerichtet war.«

Beau seufzte und lächelte den Magier schwach an. »Aber das ist nicht sehr wahrscheinlich, oder?«

Farrin hob beide Hände. »Bei Wilder Magie weiß man das nie.«

Sie schwiegen, bis Beau fragte: »Glaubt Ihr, dass er in Gefahr ist?«

»Wer?«

»Tip. Tipperton.«

»Warum fragt Ihr das?«

»Na ja, wenn er mit Menschen zusammen ist statt mit Nicht-Menschen ...« Beau sah Farrin an und zuckte die Achseln.

»Er war doch auch bei der Schlacht um Dendor unter Menschen, oder?«

Beau nickte. »Ja, aber hier waren auch Magier. Und seid Ihr nicht auch Un-Menschen? Ich meine, das soll heißen ... Ach, Scheunenratten! Ihr wisst, was ich meine.«

Farrin lachte. »Allerdings, Herr Beau. Wir Magier sind tatsächlich keine Menschen, sondern eine vollkommen andere Rasse. Dennoch, hört mich an: Ich glaube, Herr Tipperton ist nicht mehr in Gefahr als alle anderen, die mit einer Armee in die Einöden von Gron marschieren. Auch wenn es dort keine Nicht-Menschen gibt, um deren Hilfe er ersuchen könnte.«

Bevor Beau antworten konnte, ertönte ein Gong. Als er Farrins fragend erhobene Augenbrauen sah, erklärte er: »Abendessen. Wollt Ihr mir Gesellschaft leisten? Dann könnt Ihr mir alles über die Steingiganten berichten.«

Sie standen auf und gingen durch den Flur in den Speisesaal. »Es gibt nicht allzu viel zu erzählen. Ich fand sie unter dem Grimmwall nördlich vom Skög ...«

»Diesem ältesten aller Wälder?«

»Richtig. Woher wisst Ihr ...? Ach, die Elfen?«

Beau nickte. »Phais und Loric haben davon gesprochen. Aber was ist mit den Steingiganten?«

»Sie sprechen eine höchst bemerkenswerte Sprache. Es klingt wie Felsbrocken, die übereinanderreiben. Mir ist es gelungen, drei oder vier der Jüngeren eine alte Form der Gemeinsprache zu lehren. Als ich ihnen dann erklärte, warum ich gekommen bin, wandten sie sich an die Älteren. Und die antworteten, dass sie nicht in einen Krieg zwischen den Oberflächenbewohnern hineingezogen werden wollten.«

»Oberflächenbewohner?«

»So nennen sie uns, die wir auf der Erde und nicht darunter wohnen.«

»Und was ist mit den Zwergen? Sie kämpfen in diesem Krieg mit, und obwohl sie auf der Erde leben, leben sie auch *darin*.«

Farrin lächelte. »Dasselbe habe ich ihnen auch gesagt, Beau. Aber obwohl sie die Arbeit der Zwerge bewundern und die Brut verabscheuen, haben sich die Älteren geweigert. Auf der anderen Seite jedoch schienen einige Jüngere zu zögern, sich für ein klares Ja oder Nein zu entscheiden.«

»Habt Ihr ihnen von Gyphon erzählt und den Folgen, die es haben könnte, falls er siegt?«

»Das habe ich. Trotzdem konnte ich sie nicht umstimmen.«

»Hm.« Beau dachte nach, während er vom Flur in einen Gemeinschaftsraum abbog. Farrin folgte ihm. Sie nahmen sich Tabletts, Messer und Löffel von einem kleinen Beistelltisch und dazu irdene Becher. Dann füllten sie sich ihre Teller aus verschiedenen Schüsseln, die auf dem großen Tisch in der Mitte des Raumes standen, und schenkten sich Tee in die Becher. Schließlich gingen sie zu einer Bank und setzten sich hin, um zu essen. »Wie sehen sie aus? Die Steingiganten, meine ich.«

»Groß. Einige sind noch größer als Trolle. Vier Meter hoch, oder fünf, einige sind gar sechs Meter groß. Und an Stelle von Augen haben sie Edelsteine.«

»Echte Edelsteine?«, fragte Beau und riss sich einen Brocken Brot ab.

»So sehen sie aus.« Farrin nickte und trank einen Schluck Tee. »Glitzernde Augen, fast so wie die Eures Volkes.«

»Wie sind sie gekleidet?«, nuschelte Beau mit vollem Mund.

»Sie tragen keine Kleidung. Sie würde dort, wo sie wohnen und arbeiten, auch nur in Fetzen gerissen werden, an den malmenden Grenzen des lebenden Gesteines.«

»Meiner Seel, keine Kleidung! War Euch das nicht peinlich?«

Farrin lachte schallend.

Schweigend aßen sie eine Weile, bis sich Farrin schließlich erkundigte: »Wann wollt Ihr nach Gron aufbrechen?«

»Morgen sollte ich eigentlich für reisefähig erklärt werden«, antwortete Beau. »Ich habe zwar meine alte Kraft noch nicht wieder, aber ich kann mehrmals bis zur obersten Treppe steigen, ohne eine Pause machen zu müssen.«

Farrin lächelte. »Die Treppen sind Euer Maß?«

»Nicht meines. Halgas.« Beau deutete mit einem Nicken auf die Heilerin, die am Nebentisch saß.

»Es ist zwar nur ein grobes Maß für seine Gesundheit«, erklärte Halga, »aber letzte Woche hat er es nicht vom Keller bis ins Obergeschoss geschafft, ohne wenigstens zweimal zu pausieren. Trotzdem wäre er aufgebrochen, hätte ich ihn nicht zurückgehalten.«

Als Farrin Beau von der Seite ansah, erwiderte der Bokker: »Sie hat recht gehabt, auch wenn es mich eine ganze Woche gekostet hat. Auf lange Sicht jedoch denke ich, dass ich Agrons Armee rascher einhole, wenn ich später abreise, als ich sie eingeholt hätte, wäre ich letzte Woche schon aufgebrochen.«

Farrin lachte erneut laut heraus. »Ich weiß, wie Ihr Euch fühlt, Beau. Ihr wollt zu Eurem Kameraden. Ich werde ebenfalls aufbrechen und meine Gefährten suchen. Bei den Utruni habe ich zwar keinen Erfolg gehabt, aber wenn ich meine Kollegen finde, ist der Zirkel der Sieben wieder geschlossen.«

»Meiner Seel!«, stieß Beau hervor. Sein Gesicht wurde lang. »Hat es Euch keiner gesagt?«

Farrin legte etwas verwirrt den Kopf auf die Seite und lächelte schwach. Der Löffel mit Bohnen schwebte vor seinem Mund. »Was gesagt?«

Beau legte seine Hand auf Farrins Linke. »Einer von Eurem Zirkel Alvaron ... Der Gargon hat ihn getötet, als er in seinem Todeskampf lag.«

Farrin stieß keuchend den Atem aus und ließ seinen Löffel klappernd auf das Tablett fallen. »Alvaron?«

Beau nickte.

»Tot?«

Wieder nickte Beau.

Farrin schob sein Tablett zurück und stand auf. »Ich muss allein sein.«

Beau sah dem Magier nach, als er die Tür des Speisesaales aufstieß und hinausging. Seufzend schob der Wurrling auch sein Tablett zurück und wandte sich an Halga. »Ich glaube, ich gehe spazieren, Halga. Auf den Stadtmauern, wenn ich darf.«

Sie sah ihn lange an und nickte schließlich. »Aber zieht Euch warm an, Beau.«

Beau trottete in sein Zimmer, zog seine gefütterte Jacke über, Handschuhe und den Elfenumhang, und trat nur Augenblicke später durch das Portal des Gefängnisses. Draußen war es still und schneite leicht. Beau schlug seinen Kragen hoch und blickte durch die Schneeflocken zu dem grauen Himmel empor. Als er die kalte Luft tief in seine Lungen sog, fiel ihm auf, dass er jetzt zum ersten Mal seit zwei Monaten das Gefängnis verließ. Er hätte Freude darüber empfinden sollen, tat es jedoch nicht. Denn das Herz des kleinen Bokker war schwer, von einer alten Trauer nämlich, die soeben wieder neu aufgelebt war.

Als Beau am nächsten Tag von einem morgendlichen Spaziergang zurückkehrte, näherte sich ein grimmiger Farrin dem Gefängnis, ein Packpferd am Zügel hinter sich herführend. Beau blieb am Tor stehen und wartete. Farrin ritt zu ihm und zügelte sein Pferd. Der Magier betrachtete den Wurrling vom Sattel aus. »Ich werde jetzt aufbrechen und den Rest meines Zirkels suchen. Man sagte mir, sie könnten sich in Pellar aufhalten, und dort werde ich sie finden. Ich hoffe, auch Ihr findet Euren Freund, wo immer er sein mag. Aber hört auf meine Worte, Beau Darby, und erwägt sie wohl, denn ich kam, um Euch Folgendes zu sagen: Der Ort, zu dem Ihr gehen wollt, ist ein höchst gefährlicher Platz, denn Gron ist Modrus Reich, und das Land folgt seiner Führung. Es ist schon gefährlich genug, allein die Reise dorthin zu unternehmen. Diesen grausigen Ort jedoch allein zu betreten, ist reiner Wahnsinn. Ihr braucht Hilfe, um Euren Freund zu finden, und ein anderer ist hierher unterwegs, der vielleicht helfen kann.«

Beau sah ihn erstaunt an. »Ein anderer?«

Farrin nickte. »Ja. Ich traf ihn, als ich vom Skög wegritt. Als ich ihm sagte, dass ich nach Dendor wollte, meinte er, dort hielte sich ein Waerling auf, der ein Heilmittel gegen die Pestilenz gefunden hätte. Woher er das wusste, habe ich ihn nicht gefragt, aber hört mich an: Er sagte, er wollte nach Dendor kommen, um Euch aufzusuchen. Ich würde ihn um Hilfe bitten, wäre ich an Eurer Stelle. Ihr könnt keinen Besseren finden, der Euch helfen würde, Euren Freund zu finden.«

»Wer ist er?«

Ein schwaches Lächeln hellte Farrins düstere Miene ein wenig auf. »Ihr werdet ihn erkennen, wenn er kommt.«

Beau schüttelte ungeduldig den Kopf. »Hört, Magier Farrin. Halga hat gesagt, ich wäre in der Lage zu reisen, und das werde ich auch tun. Innerhalb einer Woche. Wenn er nicht kommt, bevor ich abreise, muss er mich eben einholen.«

Farrin hob eine Braue und schüttelte leicht den Kopf.

»Ah, das ist überstürzt und schlecht beraten. Doch ich weiß, dass Ihr getrieben seid, so wie auch ich. Trotzdem möchte ich Euch um Folgendes bitten: Wartet die Woche ab, die ganzen sieben Tage, bevor Ihr Euch auf die Reise macht. Denn er könnte in dieser Zeit eintreffen. Falls nicht, dann hinterlasst Nachricht, dass Ihr allein nach Gron reitet, und hinterlegt ebenfalls die genaue Route, die Ihr nehmt, damit er Euch folgen kann, falls er das wünscht.«

Damit wendete Farrin sein Pferd, sah noch einmal auf Beau herunter und sagte: »Haltet Ausschau nach Osten, denn von dort wird er kommen, und schon bald, so vermute ich. Denn er ist sehr neugierig darauf, den kennenzulernen, der Modrus Plage besiegt hat.«

Ohne ein weiteres Wort ritt Farrin mit seinem Packpferd an der Leine davon.

Gereizt und verwirrt sah Beau dem Magier nach, als er über die gepflasterte Straße davonritt, auf deren Steinen jetzt bereits weißer Schnee lag. Schließlich rief ihm der Bokker nach: »Viel Glück! Mögt Ihr finden, was Ihr sucht!«

Ohne sich umzudrehen, hob Farrin kurz die Hand und ritt weiter nach Süden, zum Südtor und der Straße nach Pellar, die dahinter lag.

Beaus Atem bildete weiße Wolken in der kalten Luft, während er dem Magier nachsah, bis Farrin schließlich um eine Ecke bog. Dann trottete der Bokker wieder in das Gefängnis zurück.

Während dieses und des folgenden Tages sammelte Beau nach und nach die Dinge zusammen, die er für seine Reise benötigen würde. Besondere Sorgfalt verwendete er auf eine gute Auswahl verschiedener Medizinen. Außerdem suchte er sein Pony auf, das in den Ställen des Königs stand. Der kleine Hengst war in ausgezeichneter Verfassung. Offenbar hatte sich der Stallbursche gut um ihn gekümmert.

Beau erinnerte sich an Bekkis Worte, ging in die Waffenkammer und entschied sich für einige Beutel Bleigeschosse für seine Schleuder. Dann überlegte er es sich jedoch anders und tauschte sie gegen Geschosse aus Stahl.

»Eine gute Wahl«, sagte der korpulente Waffenschmied. »Stahl ist nicht so schwer und man weiß nie, wann Ihr laufen oder klettern müsst. Je leichter die Ladung, desto einfacher die Aufgabe. Aber die hier ...«, er drehte sich herum und nahm eine Handvoll länglicher Geschosse in die Hand, die erdbraun glänzten, »sind noch leichter, und fast genauso tödlich. Sie sind aus Lehm gebrannt, in unseren eigenen Brennöfen. Die Lasur macht sie besonders hart. Wollt Ihr welche ausprobieren?«

Beau nahm zwei Handvoll mit und ging hinaus. Als er wieder zurückkam, lächelte er breit. »Großartig«, sagte er. »Ich nehme die Lehmgeschosse.«

So traf Beau zwei Tage lang seine Vorbereitungen, aber Farrins Worte gingen ihm nicht aus dem Kopf. *»Gron ist Modrus Reich ... es allein zu betreten, ist reiner Wahnsinn ... Ihr braucht Hilfe ... ein anderer ist hierher unterwegs, der Euch vielleicht helfen kann.«*

Jeden Tag im Morgengrauen und bei Einbruch der Dämmerung schritt Beau über die Mauern von Dendor – *»Haltet Ausschau nach Osten, denn von dort wird er kommen.«* Aber niemand war zu sehen.

Die Sonne schwebte über dem westlichen Rand der Welt, als Beau auf der Ebene im Osten eine Bewegung wahrzunehmen glaubte. Ein Schimmer von Weiß auf Weiß, so schien es ...

Himmel, was ist das?

... silberweiße Gestalten, die sich über den glitzernden Schnee Dendor näherten.

»Hoy!«, rief Beau den Wachen zu und streckte den Arm aus. »Seht! Dort im Osten!«

Sie kamen immer näher.

Was ist es, das ich da sehe?

Der Wächter neben Beau hämmerte auf die eiserne Triangel.

Eins, zwei, drei ... zählte Beau, *vier. Insgesamt vier. Nein, sechs ... sieben ...*

Er wartete, während sie näherkamen, und zählte noch einmal.

Sieben. Es sind eindeutig sieben.

Und immer noch weigerten sich die silbrigen Gestalten, die über den Schnee rannten, sich in eine Form aufzulösen, die sein Auge erkannte.

Die Sonne war mittlerweile halb unter den Horizont gesunken, ihre roten Strahlen färbten den östlichen Himmel violett. Und vor den Strahlen der untergehenden Sonne rannten diese sieben Gestalten über die Ebene, silber auf blassem, violett getöntem Weiß.

Soldaten mit Armbrüsten eilten über die Rampen hinauf auf die Bastionen und bemannten die Zinnen. Der Hauptmann der Wache stieg ebenfalls hinauf und spähte nach Osten. »Bereithalten!«, befahl er.

In diesem Augenblick durchzuckte es Beau und er wusste, was er da sah, obwohl er sie noch nie zuvor zu Gesicht bekommen hatte. Er kannte sie nur aus einem alten Elfenlied, das er gehört hatte, und Ehrfurcht durchströmte ihn. »Wartet, Hauptmann!«, rief er. »Schießt noch nicht! Das ist kein Feind!«

Der Hauptmann wandte sich an den Wurrling. »Was ist es dann, bei Adon, was nähert sich da der Stadt?«

»Draega, Hauptmann. Draega aus Adonar. Sie können nichts anderes sein!«

»Draega?«

»Meiner Treu! Meiner Seel!« Beau war unfähig, dem Hauptmann eine weitere Erklärung zu liefern, sondern rannte nur aufgeregt auf dem Waffenregal hin und her, blieb kurz stehen, sah nach Osten und lief dann zu der nächsten Zinne.

Der Hauptmann drehte sich gereizt zu seinen Männern herum. »Haltet Euch bereit, aber tut, was der vom Kleinen Volk gesagt hat: Niemand schießt!«

So sahen sie alle zu, als die silbernen Gestalten herangelaufen kamen, bis jeder erkannte, worum es sich handelte: Sieben Silberwölfe, Kreaturen der Legende, die über den Schnee stürmten, sieben Silberwölfe, die auf Dendor zuliefen, zu Beau.

3. KAPITEL

Etwas Wichtiges. Etwas Wich...

Wieder durchdrang das Heulen eines Vulgs den tosenden Wind.

...tiges.

Aber worum es sich dabei handelte, wollte Tipperton einfach nicht einfallen. Sein Verstand vernebelte sich durch das Gift, das in seinen Adern floss, während unmittelbar vor dem Eingang der schützenden Nische der Schneesturm in der Dunkelheit kreischte und tobte, Eis und Schnee schleuderte, gegen die steilen Bergflanken und in die Schlucht.

Tipperton lehnte seinen Kopf an den zerklüfteten Felsen und schloss die Augen. Gerade, als er das Bewusstsein zu verlieren drohte ...

Tipperton setzte sich ruckartig auf. »Was?«, rief er. »Was hast du gesagt, Beau?« Seine Stimme war in dem Brausen des Windes jedoch nicht zu hören.

Ich bin sicher, dass ich ihn habe rufen hören!

Wieder sprach Tipperton laut in der Dunkelheit. »Ach, Beau, bist du in Schwierigkeiten?«

Niemand antwortete.

Tipperton atmete angestrengt, ließ sich in die Finsternis zurücksinken, den Bogen locker in den Händen. Der Pfeil war schon lange zu Boden gefallen.

Was hast du gesagt, Beau?

Er fieberte und sprach laut mit sich selbst. »›Du bist in einem schrecklichen Zustand, Wurro.‹ Das würdest du mir sagen ... Als wenn ich es nicht selbst wüsste. Tja, mein Freund, du warst nicht gerade in einem besseren Zustand, als ich dich das letzte Mal gesehen habe.« Tipperton konnte sich kaum noch aufrecht halten und sank langsam auf die Seite. Schließlich lag er auf der linken Seite, die Wange auf den kalten, steinigen Boden gedrückt, und blickte auf Beau hinab, der auf seiner Gefängnispritsche lag, und dessen Gesicht mit Eiterbeulen bedeckt war. »Aber Bekki und ich haben deinen Hals gerettet, und Güldminze ... Oh, Himmel, das ist es!«

Zischend und knurrend versuchte Tipperton sich aufzurichten, aber es gelang ihm nicht. Sein verwundeter Arm war unter seinem Körper eingeklemmt. Er tastete mit seiner freien Hand über das Geröll und achtete darauf, dass die großen, rumpelnden Mühlsteine seine Finger oder seinen Arm nicht zerquetschten, als er in dem Mehl nach seinen Satteltaschen suchte. »Das wolltest du mir sagen, Beau. Das hast du versucht, mir zu sagen.« Er stieß mit den Fingern auf etwas Ledernes. Fluchend mühte er sich, das Ding zu sich zu ziehen. »O nein. Das ist meine Laute.«

Schwächlich drückte er sein totes Pony weg, und wunderte sich nicht einmal, wie es hierhergekommen war. Erneut tastete er über das Geröll und fand ... »Meine Schlafrolle? Nein. Das ist Leder.«

Es gelang ihm, die Satteltaschen heranzuziehen, und nach einem langen Kampf mit einer Hand konnte er die Schnallen der einen öffnen. »Ich hoffe, dass ist die Satteltasche, in die ich es gesteckt habe, denn ich habe nicht mehr genug Kraft, die andere ...« Die Signalfeuer von Beacontor brannten in der Ferne, als Tippertons Hand auf das kleine Leinensäckchen fiel. Er zog es aus der Tasche, nahm seine Zähne zu Hilfe, um die Schnur zu lösen, rollte es auf und ... dann lagen die Zweige vor ihm.

»Aber ich kann keinen Güldminzetee zubereiten, Beau. Was tu ich jetzt?«, rief er immer noch auf dem Steinboden liegend.

Nur das Heulen des Schneesturms antwortete dem Wurrling, und die wunderschönen, exotischen, unverschleierten Châkia, die im Wind sangen.

Tipperton beantwortete seine Frage selbst. »Da bleibt dir nichts anderes übrig, Wurro, du musst dich mit dem bescheiden, was du hast.« Tipperton schob einen der Zweige in den Mund und kaute darauf herum. Sein Speichel mischte sich mit dem Saft der Güldminze, während die Reiter der Hyrinianer über die Steppen von Valon galoppierten.

»Soll ich es herunterschlucken, Beau? Soll ich? Es ist kein Tee, nein, aber es ist das Beste, was ich habe!« Tipperton lachte in fiebernder Hysterie, und als er hochsah, stand Delf-Herr Borl vor ihm. »Hoy, Lord Borl, ich esse kostbare Güldminze; wollt Ihr auch welche? Euer Sohn und ich sind über diesen ganzen Berg gekraxelt, um dieses gelbe Kraut zu pflücken, und sicher wollt Ihr ... Ich würde sagen, Loric, wir haben hier etwas ganz Seltenes, und wenn ich sage selten, so meine ich auch selten.«

Tipperton schob sich einen zweiten Zweig in den Mund und kaute. Der kräftigende Duft von Minze erfüllte seinen Mund und seine Nase. Während Borl und Loric verblassten, gelang es Tipperton, sich aufzurichten, und er blickte hinaus über die Zwergenfeste. Wohin waren sie verschwunden? Doch Phais lag vor ihm auf ihrem Krankenlager, leichenblass. Tipperton weinte. »Ach, Phais, Ihr wurdet sicherlich von einem vergifteten schwarzen Pfeil getroffen. Sterbt nicht, wie meine Rynna es tat. Hier, wir müssen Euch ein wenig Güldminzetrank auf Eure Pfeilwunde geben.« Doch Phais verschwand, als er sie gerade erreicht hatte.

Mühsam, dabei kichernd, weinend, wütend, gelang es Tipperton schließlich, seinen verletzten Arm aus dem Jackenärmel zu ziehen. Er knöpfte sein Wams auf, schob den Ärmel bis zum Ellbogen hinauf und entblößte die Wunde. »Kein Tee, Beau, kein Tee!« Er schrie, um das Tosen der Bellon-Fälle zu übertönen.

Tipperton nahm noch einen Zweig und schob ihn sich ganz in den Mund. Er kaute und spie dann den Brei immer wieder auf die Wunde in seinem Unterarm, bis Blut, Speichel und Saft sich vermischten. Während er auf den Zinnen von Caer Lindor saß, weinte er und beobachtete die angrenzenden Wälder, ob Rynna nicht vielleicht dort auftauchte, und er spie den Brei auf die Wunde, aber er bedeckte sie noch immer nicht ganz. Tipperton nahm also den nächsten Zweig, kaute ihn und spie noch mehr Brei auf den Arm, bis die Wunde schließlich ganz damit überzogen war. Er tastete über den Boden seiner Mühle, schob Münzen mit Löchern in der Mitte zur Seite, bis er schließlich das Leinentuch fand, in dem die Güldminze eingewickelt war, und damit seine Wunde verband, damit das Tuch den Brei gegen die tiefen Verletzungen drückte.

Der Mond heulte immer noch über den verkrüppelten Zweigen des Ödwaldes. Oder war es ein Vulg, der gegen den Wind anheulte? Schließlich stürzte Tipperton kreischend die blanke Felswand über den Nordsee hinab und tauchte in die tiefen Wasser ein, während ein einsames Heulen im Nebel ertönte.

»Was gibt's?«, fragte Tipperton.

Rynna lächelte und deutete auf einen Korb. »Komm und sieh selbst.«

Tipperton trat zu der Damman. Dort schlief in einer zerknitterten Decke ...

»Oh!« Tipperton schreckte hoch.

Es war immer noch dunkel, und nach wie vor heulte der Schneesturm vor dem Eingang der Felsnische. Tipperton zitterte vor Kälte. Er schaffte es, seinen bandagierten Arm wieder in den Ärmel seiner Jacke zu schieben und zog den Umhang fester um sich, bevor er erneut ohnmächtig wurde.

Als er das nächste Mal aufwachte, war die Nacht vergangen, aber der Schneesturm toste mit unverminderter Macht weiter. Eisregen fegte an dem niedrigen Eingang der Nische vorbei, und der Schnee türmte sich davor, bis auf halbe Höhe.

Tipperton war schrecklich durstig und tastete nach seinem Wasserschlauch an der rechten Hüfte, der an einem langen Band über seiner Schulter und seiner Brust hing. Er trank und trank. Es kam ihm vor, als bekäme seine ausgetrocknete Kehle niemals genug. Schließlich hörte er auf, obwohl er immer noch Durst verspürte. Aber er war zu erschöpft, um den Schlauch hochzuhalten. Dann würgte er noch einmal und erbrach sich. Es gelang ihm nur knapp, den Kopf zur Seite zu wenden, um sich nicht zu beschmutzen. Danach sank er gegen den Stein zurück, und noch während er sich mit dem Ärmel den Mund abwischte, verlor er das Bewusstsein.

Tipperton wurde von seinem eigenen Schrei aus dem Dämmer gerissen. »Der Gargon! Der Gargon! Hiiilfe ...!« Verwirrt schlug er um sich. »Wo ...? Wo bin ich?«

Ach ja, die Nische! Ich bin noch in der Höhle. Ich frage mich, welchen Tag wir heute ...? Was wohl ...? Doch Tippertons verwirrter Verstand konnte den Gedanken nicht beenden.

Durst.

»Aber ich habe mich erbrochen!«, sagte er laut. Er tastete zwischen den Steinbrocken auf der Erde umher. »Güldminze. Minze. Beruhigt den Magen.«

Schließlich stießen seine Finger gegen einen Zweig. Tipperton schob ihn sich in den Mund, kaute, und der Saft des goldenen Krauts erzeugte ein wenig Speichel.

»Ich könnte etwas Schnee essen«, teilte Tipperton den dunklen Schatten in der Höhle mit. Ihre Antwort jedoch ging im Tosen des Schneesturms unter.

»Schnee essen ... Doch halt, Beau meinte, ich sollte das nicht tun. ›Er wird dir nur die Körperwärme stehlen, und wir haben keine Nahrung, um sie zu ersetzen‹, hat er gesagt.« Tipperton sah sich um, immer noch kauend. »Hast du mir das nicht im Ödwald erzählt, Beau?« Aber Tipperton konnte seinen Freund nicht sehen, also nuschelte er mit vollem Mund, während er der Dunkelheit seine Gedanken anvertraute und draußen der brüllende Sturm wütete. »Das hat er gesagt. Aber ich habe ein paar Stück Zwieback in meiner Satteltasche. Und noch mehr Güldminze. Ich könnte Zwieback und Güldminze und sogar ein bisschen Silberwurz essen.«

Den Saft der Güldminze hatte er bereits geschluckt, und jetzt gelang es Tipperton auch, den Brei herunterzuwürgen. Einen Augenblick später hob er den Wasserschlauch und trank ihn leer. Diesmal behielt er das Wasser im Magen.

In der Stille hörte er ein leises Tropfen und dann noch eins. *Was zum ...?*

Tropf.

Wasser?

Tropf.

Tipperton schlug die Augen auf. Durch einen kleinen Spalt über der Schneewehe vor dem Eingang der schmalen Nische fiel Licht in die Höhle.

Tropf.

Warte! Ich höre das Tröpfeln, aber kein Heulen. Wie kann ...? Oh. Der Schneesturm. Er hat endlich aufgehört.

Tipperton beugte sich mühsam vor, um zu der Öffnung zu kriechen. Es gelang ihm gerade noch, sich abzustützen, bevor er auf das Gesicht fiel. Nun stieß er sich ab und lehnte sich wieder an die Wand. *Zu schwach. Ich muss essen.*

Tropf.

Tipperton zog die Satteltaschen heran und mühte sich mit den Schnallen der ungeöffneten Tasche ab, bis er sie endlich offen hatte. Erschöpft ruhte er sich einen Augenblick aus und zog dann einen Zwieback heraus.

Tropf.

Rechts an der Wand neben ihm tropfte Wasser aus einem kleinen Spalt. Tipperton suchte in der Satteltasche nach seinem Zinnbecher. Er passte gerade so in die Nische, aus der das Wasser tropfte.

Während Tipperton wartete, schlief er ein.

Ein tiefes Rumpeln weckte den Wurrling auf. Als er die Augen öffnete, sah er etwas Weißes, das an dem Eingang vorbeirauschte.

Was zum ...?

Schnee quoll in die Höhle, auf den Bokker zu ...

Lawine!

... und in der Nische wurde es unversehens dunkel, als der Schnee das Licht ausschloss. Es donnerte und rumpelte jedoch weiter und weiter ... bis schließlich Ruhe einkehrte.

Plipp.

In der pechschwarzen Finsternis fielen Tropfen in einen Becher mit Wasser.

Tipperton ertastete die Nische und den Becher und leerte ihn. Dann schob er den Becher wieder unter die Tropfen und biss von dem Zwieback ab.

Ich grabe mich aus, wenn ich wieder bei Kräften bin.

Tipperton wusste nicht, wie lange er geschlafen hatte, oder ob es Tag oder Nacht war. Nachdem er getrunken und den Becher wieder in die Spalte gestellt hatte, damit er volltropfte, hatte er in der Dunkelheit vorsichtig den Verband um seinen Arm gelöst. Die Wunde fühlte sich heiß an und schmerzte selbst bei der kleinsten Berührung. Er zuckte zusammen, während er die Reste des Breis abwischte. Danach schob er sich die letzten beiden Zweige der Güldminze in den Mund, kaute, spie den Brei auf die Wunde und legte einen neuen Verband an.

Von den beiden Bündeln mit Güldminze, die du mitgenommen hast, ist nur noch einer übrig, Wurro. Ach, und der Silberwurz.

»Beau!«, rief er ins Dunkle hinein. »Soll ich die Güldminze rationieren oder lieber verwenden?«

Doch nur das leise Tröpfeln des Wassers in seinem Zinnbecher antwortete seiner Frage.

»Ich hatte drei Tagesrationen Zwieback und Dörrfleisch in meinen Satteltaschen«, sagte er laut. *Oh, Adon, Auly ist tot!* »Wenn ich meine Rationen sorgfältig einteile, kann ich sie vielleicht über einige Tage strecken. Aber wie soll ich dann die Kraft sammeln, mich aus der Schneewehe zu befreien? Ich wünschte, ich hätte den Hafersack meines Ponys ... andererseits, so schwach wie ich bin, schaffe ich es nie bis dahin! Himmel, ich hatte die Wahl, von den Vulgs zerrissen oder in einer Nische von einer Lawine gefangen zu werden.«

Augenblick, Wurro, schließlich trägst du keine Schuld daran, dass du von einer Lawine gefangen wurdest.

Tipperton trank das Wasser aus dem Becher und schob ihn dann wieder in den Spalt.

Tröpfel.

»Hoy, Beau, wo meinst du, soll ich mich erleichtern, hm?«, rief Tipperton und lachte dann, als ihm etwas einfiel. »Hier gibt es keine Klippe, über die ich pinkeln könnte.« Er klopfte gegen die Felswand hinter sich. »Und ich kann mich auch nicht in den Wald zurückziehen. Da wir gerade davon reden, wo soll ich mich deiner Meinung nach dem Essen ...?«

Von draußen drang, gedämpft durch den Schnee, ein langes Heulen in die Nische.

Tippertons Herz setzte für einen Schlag aus. *Diese verdammten Vulgs. Sie haben Auly umgebracht, und jetzt suchen sie mich.*

Tipperton hatte keine Möglichkeit, die Zeit zu messen, die verstrich. *Wenn ich ein Elf wäre ... aber das bin ich nicht.*

»Hey, Beau, wie viele Tage sind schon verstrichen?«

Während Tipperton diese vielen, vielen Kerzenstriche lang in der Dunkelheit saß, hatte er sich komplizierte Verfahren ausgedacht, wie er die Zeit abschätzen könnte. Erst wollte er es anhand der Herzschläge messen, während das mehr oder weniger regelmäßige Tröpfeln des Wassers den Becher füllte. Er wollte überlegen, wie viele Kerzenstriche dies wohl dauern würde. Dann würde er seinen Wasserschlauch in den Spalt schieben und warten, bis er voll war, ihn in Bechern abmessen und damit berechnen, wie viel Zeit es dauerte, bis er voll war. Und damit konnte er dann die Zeit messen, es wäre gleichsam eine Art Wasseruhr. Als er jedoch versuchte, seinen Plan umzusetzen, stellte er fest, dass er zwar die Öffnung des Wasserschlauchs in den Spalt schieben konnte, der Korpus jedoch nach oben gedrückt war, und sich der Schlauch infolgedessen nie füllen würde. Ohne einen größeren Behälter jedoch, der die Tropfen auffing, während er schlief, würde sein Verfahren nicht gelingen.

Als er versuchte, herauszufinden, wie lange er sich schon in der Höhle befand, glaubte er sich zu erinnern, dass der Schneesturm drei oder vier Tage gedauert hatte. Aber weil er ständig ins Delirium gefallen war, konnte er sich dessen doch nicht ganz sicher sein. Dann war die Lawine abgegangen, etwa am dritten Tag, vielleicht auch am vierten. Seine Nahrung hatte drei Tage länger gereicht, vorausgesetzt, er hatte regelmäßig gegessen, was er aber ebenfalls nicht mit

Gewissheit sagen konnte. Er hatte seine gesamte Nahrung gegessen, um Kräfte zu sammeln, damit er sich ausgraben konnte. Nur hatte er sich leider nicht genügend erholt. Seit zwei Tagen war sein Lebensmittelvorrat aufgebraucht, und jetzt war er so schwach, dass er schon fast das Bewusstsein verlor.

Seine Gedanken schweiften ab, wiederholten sich immer und immer wieder, drehten sich im Kreis. Manchmal jedoch fiel ihm auch etwas Neues ein.

Himmel, ich sitze in der Falle! Wie lange? Sechs Tage? Acht Tage?

Sein linker Arm war angeschwollen und brannte, und weder die Güldminze noch der Silberwurz hatten die Wunde heilen können. Jetzt waren seine Vorräte aufgebraucht.

Immer noch heulten die Vulgs vor der Höhle, manchmal schienen sie näher, manchmal weiter weg zu sein. *Suchen sie mich?* Obwohl sich Tipperton bereits an den Gestank seines Erbrochenen, seines Urins und seiner Fäkalien gewöhnt hatte, betete er zu Adon, nichts davon möge nach draußen dringen und ihn an die Vulgs verraten, wenn sie den Geruch witterten.

Tipperton trank noch einen Becher Wasser. Der Becher füllte sich gerade schnell genug, um seinen Durst einigermaßen zu lindern.

Ich frage mich, wo das Heer wohl ist. Vielleicht sind sie ja schon irgendwo unten in der Schlucht und graben sich durch den Schnee. Wenn ich nur ein Hornsignal hören könnte, irgendein Horn. Ich würde schreien und hoffen, dass mich jemand hört.

Als er den Becher wieder in die Spalte schob, streifte seine Hand seine Laute. *Meiner Treu, wie ich meine Musik vermisse. Aber ich kann mit diesem blutigen Arm nicht spielen. Meine Finger vermögen es ja nicht einmal.*

Eine Träne lief Tipperton über die Wange. *Komm schon,*

Wurro, reagiert man in einer solchen Lage so? Los, mach dich grade, bleib aufrecht! Und denk dran, selbst wenn es der Wintertag ist, die Längste Nacht des Jahres, du brauchst deinen Arm nicht, um zu musizieren. Du hast immer noch deine Stimme.

Leise begann Tipperton, den Elfenritus des Jahreszeitenwechsels zu singen, und lächelte, als er sich daran erinnerte, wie Bekki am Vorabend des Herbsttages die Schritte des Rituals gestampft hatte, und weinte, als ihm einfiel, wie er die Schritte des Frühlingstag-Ritus bei den Elfen von Ardental tanzte.

Versunken in seinem Gesang dauerte es eine Weile, bis Tipperton die Geräusche vor der Höhle hörte. Jemand grub da. Er verstummte und lauschte.

Die Grabegeräusche setzten sich fort.

Rettung!

»Ich bin hier drin! Ich bin hier!«, schrie Tipperton in die pechschwarze Finsternis hinaus.

Seinem Schrei antwortete ein tiefes Knurren.

Oh, Adon, es sind die Vulgs! Sie haben mich gefunden!

Die Geräusche wurden lauter, als wenn sich mehr als eine Kreatur durch den Schnee klaubte, um den Bokker zu erreichen.

Tipperton tastete in der Dunkelheit umher und fand seinen Bogen. Aber er konnte ihn mit der Linken kaum festhalten. Selbst wenn er die Hände hätte wechseln können, er hätte mit seinem geschwollenen linken Arm niemals genug Kraft besessen, den Bogen zu spannen.

Meine Schleuder!

Tipperton wühlte in seinen Satteltaschen nach der Schleuder, aber noch bevor er sie fand, drang plötzlich Licht in die Höhle.

Zu nah! Sie sind schon zu nah!

Er schnappte sich einen Pfeil, blinzelte gegen das helle

Licht, das in seinen Augen brannte, weil er zahllose Tage in völliger Dunkelheit verbracht hatte.

Er war geschwächt, ihn schwindelte, sein linker Arm war nutzlos, seine Augen nahezu geblendet. Dennoch versuchte sich Tipperton auf die Knie aufzurichten, den Pfeil wie einen Dolch vorgestreckt, aber zu kraftlos, um sich ganz hinzustellen. »Also gut, ihr Vulg-Bestien, Modrus Fluch!«, schnarrte er. »Ihr habt mich gefunden, aber ich sage: Zur Hèl mit euch und eurem Gyphon!«

Plötzlich schob sich eine dunkle, mit scharfen Zähnen bewehrte Schnauze durch den Schnee und in die Höhle. Im selben Moment wurde Tipperton schwarz vor Augen, er fiel vornüber aufs Gesicht.

4. KAPITEL

Sieben Silberwölfe, sieben Draega, trotteten über die Steinbrücke vor dem Osttor, über den ausgetrockneten Graben, unter die Schießscharten der östlichen Bastionen und außerhalb der Sicht der Soldaten, die sich darauf befanden. Unmittelbar danach trat ein Mann wieder hinaus vor die Mauer, ins offene Gelände. Es war ein Elf, nein, ein Magier. Wie er zum Tor gekommen war, konnte Beau nicht sagen. Aber der Magier stand deutlich sichtbar unten auf der Brücke. Und die riesigen Silberwölfe, so groß wie Ponys, strichen um ihn herum.

»Meine Freunde und ich erbitten Eure Erlaubnis, Eure Stadt betreten zu dürfen!«, rief er zu den Zinnen hinauf.

»Wer seid Ihr, und was ist Euer Begehr, Herr Magier?«, fragte der Hauptmann der Ostwache.

»Ich bin Dalavar aus dem Dardar Vrka. Einige kennen mich als Wolfmagier, und ich bin gekommen, den Wurrling zu sehen, der Modrus Plage besiegt hat!«

»Meiner Seel!«, platzte Beau heraus. »Er ist meinetwegen gekommen!« Der Wurrling drehte sich zu dem Hauptmann herum. »Er will zu mir. Farrin hat gesagt, irgendjemand aus dem Osten würde zu mir kommen. Vielleicht ist Magier Dalavar derjenige. Oh, bitte, lasst ihn herein, Hauptmann. Lasst ihn ein!«

Beau lief die Rampe hinab zum inneren Portal, der Hauptmann jedoch zögerte einen Moment und blickte noch einmal zu dem wartenden Magier und den Wölfen hinab. Schließlich jedoch nickte er den Männern an der Gatterwinde zu und gab denen in der Passage einen Befehl.

Beau hüpfte von einem Fuß auf den anderen, als sich das Eisengitter quietschend hob und die Soldaten die innere Seitentür öffneten. Die riesigen Silberwölfe trotteten auf ihren langen Beinen einer nach dem anderen durch die Öffnung. Ihre Augen zuckten hierhin und dorthin, und sie hoben ihre silbergrauen Schnauzen in die Luft, als wollten sie wittern, wer Feind und wer Freund wäre. Die Wächter wichen ehrfürchtig vor ihnen zurück, denn diese Tiere waren Kreaturen aus der Legende. Nur Beau blieb stehen, vollkommen fasziniert, selbst als zwei Wölfe gezielt auf den Wurrling zuliefen. Sie überragten ihn und betrachteten ihn, während ihnen die rosa Zungen über den weißen Reißzähnen aus den Mäulern hingen.

»Meiner Seel!« Beau streckte zögernd die Hand aus, um eines der großen Tiere zu berühren.

»Ich würde ihnen an Eurer Stelle nicht direkt in die Augen blicken, Waerling. Eine solche Kühnheit nehmen sie nicht freundlich auf.« Beau blickte hoch. Dalavar, der Magier, stand vor ihm.

Er maß ungefähr einen Meter achtzig, und wie bei allen Magiern waren seine Augen etwas geschlitzt und seine Ohren spitz, wenn auch weniger als bei den Elfen. Oder bei Wurrlingen. Er hatte langes, silbergraues Haar, das bis auf seine Schultern reichte und beinahe genauso glänzte wie das Fell der Silberwölfe, obwohl es ein wenig dunkler war. Trotz seines hellgrauen Haares schien er nicht mehr als dreißig Jahre zu zählen. Er trug Kleidung aus weichem, grauem Leder sowie einen schwarzen Ledergürtel mit silbernen Schnallen. An den Füßen hatte er schwarze Stiefel aus geschmeidigem, weichem Leder. Seine Augen waren so durchdringend wie die eines Falken und von einem blassen Grau. An seinem Hals blitzte etwas Silbernes auf, vielleicht ein Amulett an einem Lederband. Er war weder bewaffnet, jedenfalls sah man keine Waffen, noch verfügte er über einen Zauberstab.

»Ich muss schon sagen«, meinte Beau, der den Wolf vor sich streichelte, ohne dass das Tier protestierte, »sie sind wirklich so groß wie Ponys.«

Dalavar lachte. »Allerdings.«

»Wie heißt er?«, wollte Beau wissen und fuhr mit der Hand über das dichte, weiche Fell an der silbrig weißen Flanke des Geschöpfs.

»Ihr Name, wenn Ihr schon fragt ...«, Dalavar runzelte die Stirn und sagte dann: »Er lautet ›Schimmer von Mondlicht auf den Wassern, so zart wie die sanfte Brise den Duft aus Nah und Fern heranbringt‹. Jedenfalls ist das die beste Übersetzung in die Gemeinsprache, zu der ich fähig bin.«

»Meine Güte, was für ein langer Name.« Beau konnte die Hände einfach nicht von dem wunderbaren Geschöpf lassen.

»Nicht auf Draega«, antwortete Dalavar. »Ihr könnt sie Schimmer nennen.«

»Schimmer.« Beau versuchte, die riesige Draega zu umarmen, und legte die Wange an ihre Brust, während er ihren wunderbar reinen Duft einatmete. Schimmer blickte zu dem Wolfmagier hoch, als suchte sie seinen Rat, duldete jedoch die Umarmung des Kleinen Mannes.

»Und Euer Name lautet?«, erkundigte sich Dalavar.

Beau trat von dem Silberwolf zurück. »Mein Name? Oh, ich bin Beau Darby. Ich nehme an, Ihr seid meinetwegen gekommen.«

»... und mit dem, was ich aus Delgars Buch und von Elby Roh in den Waldsenken und meinen eigenen Studien gelernt habe, na ja, da kam es mir einfach nur natürlich nur, eine Mischung aus Silberwurz und Güldminze auszuprobieren.«

Dalavar nickte, als Beau einen Schluck Bier trank. Der Magier selbst berührte das kleine Glas mit Branntwein jedoch nicht, das vor ihm stand.

Die beiden saßen im Schankraum des *Springenden Hirschen*, einer Taverne in unmittelbarer Nachbarschaft des Gefängnisses. Auf der Straße vor dem Eingang tummelten sich die Silberwölfe, und nur wenige Menschen hatten den Mut, an ihnen vorbeizugehen und die Schwankwirtschaft zu betreten. Von daher hatten Beau und Dalavar die Gaststätte bis auf den Wirt und zwei Stammgäste für sich allein.

Beau sah den Wolfmagier an. »Ich bin doch sicher nicht der Erste, der auf diese Idee gekommen ist.«

»Vielleicht nicht, Beau, aber Ihr seid der Erste, der daran gedacht hat, die beiden zu mischen, und der auch beide Zutaten zur Hand hatte, als die Pestilenz das Land verheerte.«

»Oh, aber ich besaß die Zutaten gar nicht, sondern nur den Silberwurz. Tip und Bekki haben mir die Güldminze besorgt.«

»Tip? Bekki?«

»Bekki ist ein Zwerg, der neue DelfHerr von Minenburg Nord. Sein Dad, versteht Ihr, er wurde im Skarpal-Massiv im Kampf gegen die Brut getötet. Aber Bekki war bei der Schlacht um Dendor anwesend und kannte einen Flecken, wo Güldminze wuchs. Und Tip, na, das ist Tipperton Thistledown, ein Wurrling wie ich, der jetzt als Kundschafter mit König Agrons Heer gegen Gron reitet.«

Dalavar schüttelte den Kopf. »Also ist Agron närrischerweise mitten im Winter nach Gron einmarschiert.«

Beaus Herz verkrampfte sich. »Ist das schlecht?«

»Der Winter ist Modrus Jahreszeit, Beau.«

»Meiner Treu, genau das haben die anderen auch gesagt. Aber keiner, nicht mal Phais, Loric, Imongar oder sonst jemand konnte Agron diesen Winterfeldzug ausreden. Einige meinen, es wäre Prinz Dulars Tod gewesen, der den Agron zu diesem Handeln getrieben hätte.«

»Wann ist er aufgebrochen?«

Beau runzelte die Stirn. »Die Aushebung fand in Älvstad Mitte November statt. Am fünfzehnten, glaube ich. Danach ist er nach Gron marschiert.«

»Und wisst Ihr auch, wie er dieses abweisende Land betreten will?«

»Tip sagte, sie wollten durch einen schmalen Pass in den Gronspitzen marschieren, irgendwo westlich von Jallorby.«

Dalavar holte tief Luft. »Den kenne ich ebenfalls. Eine finstere Schlucht.«

Beau hob die Hand. »Nun, finster oder nicht, dorthin jedenfalls werde ich gehen.«

»Ihr?«

»Ja, Magier Dalavar, ich habe vor, nach Gron zu reisen.«

»Warum?«, fragte Dalavar stirnrunzelnd.

»Ich will Agrons Heer folgen. Wie ich schon sagte, Tip ist Kundschafter des Königs, und er und ich haben viel miteinander durchgemacht. Wir haben diesen Krieg zusammen begonnen, und mit Elwyds Gnade werden wir ihn auch zusammen beenden.«

Der Wolfmagier betrachtete Beau eine Weile lang schweigend. »Freundschaft und Loyalität sind kostbare Dinge«, sagte er schließlich.

Beau trank noch einen Schluck Bier. »Magier Dalavar, Farrin meinte, Ihr könntet mir vielleicht helfen, meinen Freund zu erreichen. Jedenfalls glaube ich, dass er von Euch sprach. Er sagte, er hätte jemanden getroffen, als er aus dem Skög hierher ritt, jemanden, der aus dem Osten käme, mich zu sehen. Und da Ihr der Einzige seid, der in jüngster Zeit aus dem Osten kam, um mich zu besuchen ...«

»Ja, ich habe Farrin in der Nähe des Skög getroffen. Er hat also gesagt, ich könnte Euch helfen, eh?«

Beau nickte.

Der Wolfmagier blickte in seinen Branntwein, als würde er dort etwas finden. Schließlich hob er das Glas, hielt es gegen das Fenster und blickte durch die bernsteinfarbene Flüssigkeit ins Licht. »Nun denn, wir wollen Farrin schließlich nicht enttäuschen, oder?«

Beau riss die Augen auf. »Heißt das, Ihr helft mir?«

Dalavar kippte den Branntwein in einem Zug herunter. »Allerdings. Vielleicht kann ich Agron einholen, bevor er zu weit in Modrus Reich einmarschiert und damit den größten Fehler seines Lebens macht. Wann könnt Ihr aufbrechen?«

»Sofort«, sagte Beau. »Ich meine, ich habe alles schon gepackt, das ich mitnehmen will. Aber hört, ich kann Tip und Agron und die anderen niemals mit meinem Pony einholen, bevor sie bereits weit in Gron einmarschiert sind.«

Der Wolfmagier lächelte und stand auf. »Ihr braucht kein Pony, mein Freund. Und es genügt auch, wenn wir morgen in aller Frühe aufbrechen. Packt Eure Habseligkeiten in Satteltaschen.«

Beau kletterte von der Bank herunter. »Wenn es Euch nichts ausmacht, würde ich mein rotes Heilerbuch und einige andere Dinge gern in einem Sack über den Rücken tragen.«

Obwohl Dalavar kein Geld hatte, wollte der Wirt von Beau dennoch keine einzige Münze annehmen. Der Bokker hätte bereits mehr als genug bezahlt, so meinte er. »Ihr habt meine Frau von Modrus Plage geheilt, und dafür segne ich Euch, Herr.«

Als sie auf die Veranda und von dort auf die Straße hinaustraten, sah sich Beau um. »Mir scheint, Dalavar, dass einer Eurer Wölfe verschwunden ist. Es sind nur sechs Draega hier.« Suchend blickte Beau die Straße entlang. »Ich kann ihn nirgendwo sehen.«

Dalavar lächelte. »Zunächst lasst mich sagen, dass es

nicht meine Wölfe sind, Kleiner Mann, sondern meine Freunde. Und was das Verschwinden von diesem einen angeht, er ist vielleicht näher, als Ihr glaubt.«

Im Morgengrauen verabschiedete sich Beau von Halga, der einzigen Heilerin außer ihm, die im Gefängnis geblieben war und sich um die drei letzten Opfer der Pestilenz kümmerte. Beau sagte auch den drei Patienten Lebewohl und den Angestellten des Gefängnisses, denn er hatte sie während seiner Genesung recht gut kennengelernt.

Er schlang sich den Riemen seines Sackes über den Kopf und die Brust, und schritt mit zwei Paar Satteltaschen in den Händen durch das Gefängnistor und durch das Tor zum eisernen Portal, wo die Wache das Gatter weit öffnete.

Draußen warteten bereits Dalavar und sechs Silberwölfe, hinter ihnen eine Menge Bürger Dendors, die jubelten, als Beau herauskam. Die Draega wirkten ein wenig unruhig, mit so vielen Menschen hinter ihnen, obwohl alle den Wölfen viel Raum ließen.

Schließlich trat Jaegar vor, in Agrons Abwesenheit der Verwalter Dendors. Er verabschiedete Beau im Namen aller Einwohner und pries ihn für seine Taten. Beau trat verlegen von einem Fuß auf den anderen, bis die Leute schließlich stürmisch eine Rede von ihm forderten. »Hört«, meinte er, »ich war nur zufällig zur richtigen Zeit am richtigen Ort, oder auch zur falschen Zeit am falschen Ort. Trotzdem, mein Freund Tipperton hat einmal gesagt, dass niemals nur eine Person für einen Sieg verantwortlich ist. Das gilt auch für unseren Sieg über die Pestilenz in Dendor. Es waren viele Hände nötig, der Plage schließlich Herr zu werden. Also lobpreist alle, die rastlos gearbeitet haben, denn ihr Kampf gegen Modrus Pestilenz war nicht weniger mutig, nicht weniger lebensgefährlich als die Schlacht auf den Zinnen und auf dem Feld gegen Modrus Horde. Sucht die Heiler auf, die

Pfleger, und alle anderen, die ihr Leben im Kampf gegen die Seuche riskiert haben, und zeigt ihnen Eure Dankbarkeit. Was mich angeht, meine Freunde, ich danke Euch für Eure Umsicht und guten Wünsche, aber ich muss gehen. Es gibt noch viel Arbeit.«

Als Beau zu Dalavar und den Silberwölfen trat, brandete tosender Jubel in der Menge auf, und viele riefen dem Wurrling ihre Segenswünsche zu. Diejenigen jedoch, die versuchten ihn anzufassen, wurden von den Draega, zwischen denen er ging, davon abgehalten.

»So.« Der Wolfmagier nahm Beau ein Paar Satteltaschen ab und legte sie über einen Silberwolf, und das zweite Paar dann über den Rücken eines anderen. »Wir tragen diese Last.«

Beau sah sich um. »Aber wie reisen wir, Dalavar? Werdet Ihr einen Bann wirken? Fliegen wir etwa?«

Dalavar lachte. »Nein, Kleiner Mann. Ihr werdet stattdessen reiten.«

»Reiten?«

»Ja.« Der Magier deutete auf einen Draega neben ihnen. »Ich habe Schimmer gefragt, und sie hat sich bereit erklärt, Euch zu tragen.

»Oh, Schimmer.« Wieder umarmte Beau die Silberwölfin, und erneut ließ sie ihn gewähren.

Dann sah er zu Dalavar hoch. »Brauche ich einen Sattel?«

Dalavar lachte wieder. »Nein, sie lässt Euch nicht herunterfallen.«

Dann hob der Magier Beau auf den Rücken des großen Wolfs. »Haltet Euch an ihrem Fell fest. Das stört sie nicht.«

Beau schob sich seinen Rucksack auf den Rücken und vergrub seine Finger in dem weichen Fell der Wölfin. »Aber wie wollt Ihr mitkommen, Dalavar? Reitet Ihr denn auch? Und außerdem, wo ist der siebte Wolf? Er scheint schon wieder verschwunden zu sein.«

»Keine Furcht, Beau. Er wird uns am Westtor erwarten.«

Dalavar sagte dann etwas in einer fremdartigen Sprache zu den Draega und trat in die Menge zurück. Obwohl Beau ihn beobachtete, verlor er den Magier plötzlich aus den Augen. Fast schien es so, als wäre Dalavar einfach verschwunden.

Schimmer folgte dem größten der Silberwölfe und fiel in einen raschen Trott. Die anderen Draega formten einen Kordon um sie. Die Menge bildete hastig eine Gasse für den Wurrling und seine außergewöhnliche Eskorte, obwohl sie ihm den ganzen Weg über zujubelten. Als die Silberwölfe die Menge schließlich hinter sich gelassen hatten, fielen sie in einen raschen, leichten Lauf.

Sie liefen nach Westen durch die Stadt, bogen gelegentlich in eine Seitenstraße ein, nur um dann sofort wieder Kurs nach Westen zu nehmen. Die Menschen, an denen sie vorbeikamen, mochten sie zu Fuß, zu Pferd oder in Kutschen unterwegs sein, machten ihnen bereitwillig Platz, riefen ihnen aber Segenswünsche und Lobpreisungen zu, wenn die Draega an ihnen vorüberkamen.

Schließlich erreichten sie das Westtor, das geöffnet war. Sie liefen durch die Passage über die Brücke, wo ein weiterer Silberwolf auf sie wartete, dessen Fell irgendwie dunkler war als das der anderen Tiere. Dieser Wolf fiel in denselben schnellen Lauf wie der Führer des Rudels, das rasch auf die schneebedeckte Ebene hinauslief, während ihnen die Soldaten von den Zinnen ihren Jubel hinterherschrien.

Von Dalavar jedoch war nichts zu sehen.

Sie kamen über die weiten Ebenen von Aven und Meile um Meile blieb hinter ihren langen Schritten zurück. Schimmer und die anderen Silberwölfe liefen unangestrengt, während Beau das Land betrachtete, das an ihm vorbeizog, es mit neuen staunenden Augen vom Rücken eines Silberwolfs aus sah.

Meile um Meile legten sie zurück, doch die Silberwölfe schienen nicht zu ermüden. Trotzdem machten sie wie auf ein lautloses Signal hin ab und zu Rast, damit Beau absteigen, seine Beine strecken und sich erleichtern konnte. Die Wölfe zogen sich auch in das Dickicht zurück und markierten die Bäume. Ob sie damit aber das Gebiet für sich beanspruchten oder nur hinterlassen wollten, dass sie hier gewesen waren, wusste Beau nicht. Kurz darauf zeigten sie dem Wurrling dann an, dass es Zeit wurde, sich wieder auf den Weg zu machen. Schimmer blieb ruhig stehen, als Beau aufstieg.

Als die Sonne fast im Zenit stand, wichen die Wölfe vom Kurs ab und blieben an einem kleinen Gehölz stehen. Die Draega, die Beaus Satteltaschen trugen, kamen zu ihm und streiften sie mit einem leichten Schütteln ab.

»Ho, was heißt das?« Dann riss Beau die Augen auf, als er begriff. »Ich verstehe! Ihr habt angehalten, damit ich etwas essen kann?«

Drei Silberwölfe bewachten das Gehölz, während die übrigen vier sich einfach in den Schnee legten und warteten.

Beau zog einen Zwieback aus einer der Satteltaschen, setzte sich mit dem Rücken an einen Baum und verzehrte das Brot. »Oh, wo sind meine Manieren geblieben?«, sagte er, holte noch einen Zwieback heraus und hielt ihn Schimmer hin. Die Wölfin wandte jedoch den Kopf ab. »Das kann ich dir nicht verdenken, Schimmer. Dieses Brot ist ziemlich geschmacklos. Aber hier, ich habe noch etwas Dörrfleisch.« Doch auch das verschmähte die Silberwölfin.

Beau beendete seine Mahlzeit, trank etwas Wasser und erleichterte sich. Dann bauten sich zwei Draega neben den Satteltaschen auf, und Beau hob die Taschen auf ihren Rücken. Erneut trat Schimmer auf den Wurrling zu und blieb regungslos stehen, während er sich auf ihren Rücken zog.

Als er seine Finger in ihr Fell gegraben hatte, brachen die Wölfe nach Westen auf. Erneut übernahm der große Führer des Rudels und der Dunkle die Spitze.

Wieder liefen sie scheinbar ohne zu ermüden über die hügelige Ebene.

Kurz vor Sonnenuntergang machte das Rudel erneut Halt, und noch einmal aß Beau etwas. Kurz darauf waren sie jedoch schon wieder unterwegs und liefen durch den Schnee und die aufkommende Dämmerung. Unter Schimmers langen Schritten und dank seines vollen Magens sank Beau auf ihrem Rücken zusammen, bis sein Kopf auf ihrem Fell lag, und schlief ein, ohne jedoch seinen Halt in ihrem Fell zu verlieren.

Der gelbe, abnehmende Mond ging auf und die Silberwölfe rannten über das silberne Licht, kaum zu sehen in dieser Winternacht, während ein Wurrling auf einem von ihnen friedlich schlief.

Er wachte auf, als ihn Dalavar von Schimmer herunterhob und zu einem Gehölz neben einem umgestürzten Baumstamm trug. »Schlaft, Beau, wir halten Wache.« Schläfrig zog sich Beau sein Bündel über den Kopf, breitete seine Decke aus und legte sich hin. Der Schlaf übermannte ihn manches Mal sehr schnell. Er merkte nicht einmal mehr, dass zwei Draega zu ihm kamen, sich dicht neben ihn legten und ihn mit ihrem weichen Fell wärmten.

»Sagt, wie weit sind wir gekommen?«

Dalavar spähte nach Osten in die aufgehende Sonne. »Dreiunddreißig Werst, mehr oder weniger.«

»Meiner Treu, hundert Meilen? Gute Güte! Und das an einem Tag!«

»Das ist nicht mehr, als ein Rudel einfacher Wölfe bewältigen könnte.«

»Ihr meint, andere Wölfe können hundert Meilen am Tag zurücklegen?«

Dalavar nickte und deutete auf die Silberwölfe. »Dieses Rudel jedoch könnte doppelt so viel schaffen.«

»Aber warum ...?« Beaus Miene wurde lang. »Ach, es ist meinetwegen, stimmt's? Ich meine, Ihr kommt meinetwegen nur langsamer voran. Ihr solltet mich irgendwo absetzen, wisst Ihr? In einer Stadt, wo ich ein Pony erstehen kann.«

Dalavar schüttelte den Kopf. »Nein, Beau. Auch wenn wir zweihundert Meilen am Tag zurücklegen könnten, wir würden das doch nicht Tag um Tag durchhalten. Auch Draega müssen rasten und essen. Außerdem habe ich in Farrins Namen versprochen, Euch zu helfen, und das werde ich tun.«

Beau trank einen Schluck Wasser aus seinem Wasserschlauch und sah ihn dann verwirrt an. »Sagt, war der gestern Nacht nicht leer?«

»Ich habe ihn aufgefüllt«, meinte der Magier.

»Oh.« Beau sah sich um, konnte aber weder einen Fluss noch einen Weiher erkennen.

Dalavar lächelte. »Er wird jeden Morgen voll sein, ganz gleich, ob es einen Strom in der Nähe gibt.«

Beau starrte seinen Wasserschlauch erstaunt an. »Ist das vielleicht einer dieser magischen Beutel? Ich meine, einer wie aus den Märchen? Das wäre ja großartig.«

Dalavar schüttelte lachend den Kopf. »Aber nein, Beau, das ist ein ganz gewöhnlicher Wasserschlauch.«

Sie saßen eine Weile schweigend da, bis Beau sein Frühstück beendet hatte. Ein Blitzen am Hals von Dalavar lenkte Beaus Blick dorthin. Ein kleiner Silberklumpen hing dort an einem Lederband.

»Das hat uns in diesen ganzen Schlamassel gebracht, Tip und mich.«

Dalavar sah ihn fragend an.

»Nur war es in unserem Fall eine Münze und ein Band,

kein Silberklumpen. Wie sich herausstellte, war die Münze eine Botschaft, ein Hilferuf, und deshalb marschiert Agron jetzt nach Gron.«

»Jemand hat Agron nach Gron gerufen?«

»Nein. Es war ein Hilferuf vom Hochkönig Blaine, der Agron und sein Heer an Blaines Seite rief. Aber da niemand weiß, wo Blaine sich aufhält, hat sich Agron entschieden, in Gron einzumarschieren.«

Dalavar schüttelte den Kopf.

»Die Münze war ein gjeenianischer Heller«, erklärte Beau schließlich. »Die praktisch wertlos ist. Aber jetzt marschiert ihretwegen eine ganze Armee nach Gron ein.«

Dalavar seufzte und berührte den Silberklumpen. »Viele Unterpfande der Macht sind so: Eher schlicht scheinend, aber mächtig in ihrer Wirkung.«

Beau bemerkte, wie sich Dalavars Miene umwölkte, als er den Silberklumpen betastete. »Und was ist das da um Euren Hals?«

Dalavar ließ die Hand von dem Klumpen sinken. »Das ist Silberon, Beau, Sternensilber. Eine Art Amulett, aber ich trage es nur zeitweilig.«

»Zeitweilig?«

»Ja. Es ist für zwei bestimmt, die noch kommen. Einer, der versteckt werden muss, und einer, der geführt werden muss. Fragt mich nicht weiter danach, denn ich habe Schweigen gelobt.«

»Aber ...?«

Dalavar stand unvermittelt auf, und die Draega erhoben sich ebenfalls von ihren Ruheplätzen. »Brechen wir auf.«

Beau rollte sein Schlafbündel zusammen, packte die Satteltaschen, und als er wieder aufsah, war Dalavar verschwunden.

Beau seufzte, stieg auf den umgestürzten Baumstamm und legte die Satteltaschen über die zwei Wölfe, die bereits darauf warteten. Schimmer stand ebenfalls neben dem Baumstamm, und Beau setzte sich rittlings auf sie. Dann trottete das Rudel aus dem Gehölz, an dessen Rand es bereits von dem dunkleren Wolf erwartet wurde.

Am zweiten Tag, nachdem sie Dendor verlassen hatten, bewölkte sich der Himmel und wurde grau, und am dritten Tag zogen sich dunkle Wolken zusammen. Was Beau betraf, glich einer dieser Tage dem anderen. Dalavar verschwand kurz nach Tagesanbruch und kehrte bei Einbruch der Nacht zurück. Die Draega wandten sich nach Westen, und die Meilen flogen unter ihren langen Schritten nur so dahin. Immer wieder machten sie Pause, damit Beau sich die Beine vertreten und etwas essen konnte. Außerdem hielten sie auch an Flüssen an, die nicht zugefroren waren, damit Beau seinen Wasserschlauch auffüllen konnte. Sie selbst soffen ebenfalls.

Bei seinen nächtlichen Gesprächen mit Dalavar lernte Beau alle Namen der Wölfe, jedenfalls die kurze Form in Gemeinsprache, die er benutzen konnte. Der größte Wolf hieß Graulicht und führte das Rudel offenbar. Die beiden Wölfinnen waren Schimmer und Strahl, die sich recht ähnlich sahen und verhielten, auch wenn Strahl sich Schimmer offenbar unterzuordnen schien. Sucher und Spürer und Langbein waren die drei anderen männlichen Tiere, doch als Beau Dalavar nach dem Namen des dunklen Wolfs fragte, lachte der Magier. »Ich glaube«, meinte er, »Ihr könnt ihn ... Wandler nennen. Ja, Wandler, das passt.«

Kurz nach Tagesanbruch des vierten Tages kam ein starker Wind auf, der Schnee mit sich führte, und schon kurz darauf tauchten die wirbelnden Flocken den Tag in ein gleißendes Weiß. Die Silberwölfe schienen es zwar zu genießen, mitten in den Sturm hineinzurennen, Beau jedoch hüllte sich fester in seinen Umhang und vergrub sein Gesicht in Schimmers Fell, wo es vor dem peitschenden Schnee geschützt war. »Dieser Schneesturm kommt von sehr weit her, Beau«, sagte Dalavar, als sie an diesem Abend in einem Dickicht Schutz suchten, über das der Wind heulte und der Schnee stob. »Mindestens von den Gronspitzen.«

»Meiner Treu, glaubt Ihr, es ist Modrus Werk?«

Dalavar starrte eine Weile in das Schneetreiben, als suchte er dort etwas ... aber was? Beau wusste es nicht und wiederholte seine Frage. »Glaubt Ihr, der Sturm ist Modrus Werk?«

Schließlich drehte sich der Magier zu dem Bokker herum. »Das, Kleiner Mann, kann ich nicht sagen, aber es hat jedenfalls einen Beigeschmack von *Dunkler Macht.*«

Wind und Schnee tosten auch am fünften Tag nach ihrer Abreise von Dendor weiter, und erneut schmiegte sich Beau in Schimmers Fell. Kurz nach Einbruch der Nacht erblickten sie in dem Schneetreiben, das jetzt dunkel geworden war, die Lichter von Älvstad, wo die Aushebung stattgefunden hatte. Das Rudel hatte in nur fünf Tagen mehr als fünfhundert Meilen zurückgelegt, und dennoch war den Wölfen von den Strapazen nicht das Geringste anzumerken.

Als die Wölfe jetzt im Sturm auf dem Hang standen und die Lichter der Stadt unter ihnen betrachteten, trat Dalavar über den Kamm hinter ihnen. »Wir werden hier einen Tag Rast einlegen, Beau!«, rief er, um den Wind zu übertönen.

»Rast? Aber sollten wir nicht weiterziehen? Das Heer ist doch nicht mehr hier, sonst würden ja Zelte und Wagen die Stadt umringen.«

»Ihr haltet sie vielleicht für unbezwingbar, mein Freund, aber selbst Draega müssen jagen, essen, ruhen. Sie werden heute Nacht auf die Jagd gehen und den ein oder anderen Hirsch erlegen. Wenn sie sich die Bäuche gefüllt haben, werden sie ausruhen. Ihr und ich, wir werden die heutige und auch die nächste Nacht in der Stadt verbringen. Am Morgen darauf jedoch werdet Ihr das Rudel an der Furt dort hinten treffen und dann weiterreisen.«

»Aber wie können sie in einem Schneesturm jagen, Dalavar?«

»Der Sturm wird morgen früh aufhören, Kleiner Mann. Dann werden sie jagen.«

Als Dalavar Langbein und Spürer die Satteltaschen abnahm, ging Beau durch den Schnee zu Schimmer. »Tut mir leid, süße Schimmer, aber ich habe nicht nachgedacht. Geh nur und jage. Friss erst, dann aber ruhe, wenn du das in diesem Schneesturm vermagst. Wir sehen uns an der Furt wieder.«

Schimmer fuhr dem Wurrling mit ihrer großen Zunge über die Wange und sah Dalavar an.

Der Wolfmagier drehte sich zu Graulicht herum und sprach … aber es war kein Wort und auch kein Knurren, sondern etwas dazwischen. Anschließend drehte er sich herum und ging durch den Sturm den Hang hinab. Beau klopfte Schimmer noch einmal auf den Hals und eilte dann hinter dem Magier her, folgte seinen Spuren durch den Schnee. Auf halber Höhe wandte sich Beau noch einmal herum und blickte den Hang hinauf. Doch die Silberwölfe waren verschwunden. Seufzend hielt der Bokker sein Gesicht wieder in den Wind und folgte Dalavar in die Stadt.

Sie folgten den Angaben des Torwächters und traten aus dem Sturm in das *Kunghus*, wie die Herberge nach Agrons Aufenthalt umbenannt worden war. Das Tavernenschild über der Tür zeigte jedoch noch den Schädel eines roten Ebers. Nachdem sie ihre Zimmer gebucht und ein Bad genommen hatten, setzten sich Beau und Dalavar in dem nur spärlich besuchten Gastraum an einen Tisch und bestellten eine ausgiebige Mahlzeit.

Dalavar aß, als hätte er schon mehrere Tage lang nichts mehr zu sich genommen. Hin und wieder winkte er dem Schankmädchen, mehr Speisen zu bringen. Und obwohl Dalavar aß, als wäre er verhungert, wirkte er auf Beau nicht dünner als gewöhnlich, allerdings auch nicht dicker, nachdem er mehr verdrückt hatte, als nach Meinung des Bokkers irgendjemand hätte essen können.

Lange nachdem Beau gesättigt war, erhob sich der Wolfmagier vom Tisch und gesellte sich zu Beau an den Kamin, wo sie nach gewürztem Glühwein verlangten.

»Ich genieße solchen Luxus nicht oft«, erklärte Dalavar, als er von dem Schankmädchen den Becher entgegennahm.

Beau seufzte. »Ich auch nicht. Ich glaube, das letzte Mal habe ich in Bridgeton Glühwein getrunken.

Das Schankmädchen sah ihn an. »Das hat der andere vom Litenfolk auch gesagt.«

»Der andere vom Litenfolk?«, erkundigte sich Beau.

»Herr Tipperton, das war er, und ein Kundschafter«, antwortete sie. »Er hat mit König Agron hier übernachtet.«

»Wie sah er aus? Ging es ihm gut?«

»Aber ja, Herr.«

Ein anderer Gast winkte dem Mädchen, und als sie ihr Tablett vom Tisch nahm, sagte sie: »Er ist mit dem König und dem Heer vor etwa einem Monat weitergeritten.«

Als das Mädchen ging, sah Beau Dalavar an. »Immerhin sind wir auf seiner Spur.«

Sie saßen eine Weile schweigend da, während das Heulen des Sturms durch den Schornstein drang und der Wind an den Läden vor den Fenstern rüttelte. »Dieser Sturm«, sagte Dalavar schließlich, »weist tatsächlich Spuren von Modrus *dunklem Feuer* auf.«

»Dunkles Feuer?«

»Feuer, das aus anderen gewonnen wurde, Opfern durch

Folter entrissen wurde, durch Furcht und Schmerz und Qual und Tod.«

»Meiner Treu!« Ein Schauer lief Beau über den Rücken.

Dalavars Miene wurde finster. »Wie alle Schwarzen Magier kümmert Modru nicht, was mit den anderen geschieht. Seine eigene Zufriedenheit ist von höchster Bedeutung. Von daher nutzt er nicht seine eigene Macht, sondern entreißt irgendwelchen Opfern ihr *Feuer* und benutzt es, um seinen Zaubern *Macht* zu verleihen. In diesem Fall hat er *dunkles Feuer* verwendet, um einen Sturm in den kalten Gegenden des Nordmeeres zu erzeugen, oder in der Ödnis, und hat ihn auf jene gelenkt, die er vernichten will.«

Der Wind pfiff um das *Kunghus*, stöhnte im Schornstein und ließ die Flammen auflodern.

Beau sah in seinen Becher. »Trotz Modru würde ich annehmen, dass Tip und die Armee in ihrer warmen Kleidung sicher sind. Ich meine, wir sind auch nicht schlimmer dran, obwohl wir durch diesen Sturm gereist sind.«

Dalavar seufzte. »Beau, wir können nach diesem Wind hier doch nicht urteilen, denn dort, wo sie sind, könnte er weit heftiger wüten.«

Als Beau den Magier stirnrunzelnd ansah, deutete Dalavar auf das Fenster, an dem, beleuchtet durch das Licht von Laternen, der Schnee vorüberfegte. »Bevor uns der Sturm erreichte, hat er viel von seiner Kraft verloren. Denn zwei große Hindernisse stehen ihm im Weg, die Gronspitzen und der Grimmwall, wo die Wucht des Sturmes gebrochen wurde, als er gegen den Felsen schlug.«

»Meiner Treu!«, stöhnte Beau. »Meiner Seel!«

Der Wind peitschte derweil unverdrossen gegen die Mauern der Herberge.

Am nächsten Morgen war alles ruhig. Der Schneesturm hatte sich irgendwann in der Nacht ausgetobt und vollständig gelegt. Es wehte nicht einmal ein laues Lüftchen. An diesem Tag ruhten sich Beau und Dalavar aus, obwohl dieser Begriff vielleicht nicht ganz zutraf. Denn Beau lief, nachdem er Zwieback und Dörrfleisch gekauft und seine Vorräte damit aufgefüllt hatte, aufgeregt herum und konnte es kaum erwarten weiterzureisen. Dalavar dagegen verzehrte Mahlzeit um Mahlzeit, als würde er sich für irgendeine große Aufgabe vorbereiten, oder sich von einer erholen. Erneut schien es so, als würde er einfach nicht satt werden, jedenfalls hörte er nicht auf zu essen.

Der Tag verstrich, dann kam die Nacht, als aus den Hügeln in der Nähe ein lautes Heulen zu hören war. Plötzlich war die Nacht mit Zirpen und Jaulen und Wimmern und Heulen erfüllt. In der Stadt knallten die Türen, Laternen wurden in die Höhe gehalten und warfen ihr Licht über den Schnee. Dann knallten erneut Türen, Riegel wurden vorgeschoben, Schlösser klickten, Stangen schlugen auf ihre Halter – und die Palisadenstadt verrammelte sich.

Als Beau am nächsten Morgen aufwachte, war Dalavar bereits fort. Der Wurrling zog sich hastig an, nahm sein Bündel, die Satteltaschen, den aufgefüllten Wasserschlauch und hastete nach unten. Als er dem Herbergswirt Geld geben wollte, hatte offenbar jemand die offene Rechnung mit einem frisch erlegten Hirsch mehr als nur beglichen. »Ich denke, er hat ihn mit Hunden erlegt«, vermutete der Wirt. »Denn er weist keine Spuren von Pfeilen auf. Aber ihm wurde die Kehle herausgerissen.«

Als der Wirt in die Küche ging, um ein paar Stück Zwieback und Dörrfleisch für den Mann vom Kleinen Volk zu holen, zog Beau seine Jacke und den Umhang an und schlang den Riemen seines Rucksacks darüber. Er sah sich nach Dalavar um, bemerkte den Magier jedoch nicht. Was ihn nicht weiter überraschte, da er sich an Dalavars »magisches« Kommen und Gehen allmählich gewöhnt hatte. Mit den Satteltaschen über der Schulter und auf einem Stück Dörrfleisch kauend trat Beau aus der Herberge, ging zum Nordtor und von dort aus zur Furt am Fluss hinab, wo das Rudel bereits auf ihn wartete, alle sieben Wölfe.

Sie überquerten den Argon und schlugen die Richtung zu dem Bergpass durch den Grimmwall ein, der vor ihnen lag. Ihre Reise wurde durch den Schnee verlangsamt, den der Sturm aufgehäuft hatte. Sie durchquerten den Jallor-Pass, Schimmer mit Beau auf ihrem Rücken als Letzte, und folgten der ausgetretenen Spur, die andere ihnen gebahnt hatten. Es wurde Nacht, bevor sie den Pass hinter sich ließen und Jallorby erreichten. Hier rasteten sie einen weiteren Tag, denn es war eine schwierige Passage gewesen. Doch trotz des tiefen Schnees hatte das Rudel an diesem Tag mehr als fünfundsiebzig Meilen zurückgelegt.

Sie verließen Jallorby in westlicher Richtung, zu den weit entfernten Gronspitzen, und in dieser Gegend von Jord lag das Land tief unter einer Schneedecke begraben. Trotzdem – und obwohl sie häufiger anhielten und jedes Mal länger rasteten – legte das Rudel an diesem Tag siebzig Meilen zurück. Und als sie sich zur Nacht legten, waren die Gronspitzen in der Ferne zu sehen.

Am frühen Morgen des nächsten Tages erreichten sie den schmalen Pass, der vollgeschneit war. Am Eingang türmte sich der Schnee bis zu siebzig Meter hoch.

Beaus Herz hämmerte heftig, unwillkürlich klammerte er sich fester in Schimmers Fell. »Oh, Schimmer!«, hauchte der Bokker in das Ohr der großen Wölfin, »der Weg ist blockiert.«

Das Rudel blieb stehen und sah Graulicht fragend an, der wiederum Wandler anblickte. Der dunkle Wolf übernahm die Führung und erklomm den Schnee an der südlichen Flanke.

Sie kämpften sich den ganzen Tag an den Händen des südlichen Randes der Schlucht entlang, stiegen über Bergflanken, dann wieder über hohe Vorsprünge, oder brachen durch brusthohe Schneewehen. Je weiter sie in den Pass eindrangen, desto tiefer wurde der Schnee, als wäre der ganze Weg durch eine Lawine blockiert worden. Nur selten nahmen sie den Weg durch den schneeverwehten Pass, denn dort würden sie tief einsinken und um jeden Meter hart kämpfen müssen. Ab und zu jedoch waren die Felsflanken der Gronspitzen kahl, denn offenbar war der gesamte Schnee, der dort eigentlich hätte liegen müssen, in die Schlucht hinabgestürzt. Über diese kahlen Stellen kam das Wolfsrudel rasch voran, doch es dauerte nie lange, bis sie wieder vor einer neuen Schneewehe standen. Häufig rasteten sie; die Silberwölfe legten sich keuchend auf die Seiten, ihre großen Zungen hingen ihnen weit aus dem Maul und der Speichel troff trotz der Kälte.

Am späten Nachmittag hatten sie in dem verwinkelten, verschlungenen Pass erst knapp zwanzig Meilen zurückgelegt, als Graulicht plötzlich innehielt und die Schnauze witternd in die Luft hielt. Die anderen Wölfe blieben ebenfalls stehen, taten es ihm nach und reckten ihre Schnauzen hoch, sogen tief die Luft ein, witterten, schnaubten aus und witterten erneut. Schimmer jaulte und ließ den Schwanz hängen, ebenso die anderen Silberwölfe, bis auf Wandler, der in den Schnee des verschütteten Passes hinabblickte und knurrte.

»Was gibt es dort, Mädchen?«, fragte Beau, doch Schimmer jaulte nur, wie auch Strahl. Langbein jedoch hob das Maul und jaulte ebenfalls.

Graulicht schwang herum und starrte Langbein an. Der Silberwolf hörte schlagartig auf zu heulen. Dann wandte sich Wandler von der Schlucht ab und setzte den Weg fort. Die anderen Wölfe des Rudels folgten.

Schließlich ging die Sonne unter und die Nacht zog herauf. Wandler fand einen mehr oder weniger ebenen Platz auf einer Bergflanke, und dort machte das Rudel Rast. Wandler ging allein weiter und verschwand hinter einer Biegung außer Sicht.

Beau nahm Langbein und Spürer die Satteltaschen ab, warf sie in den Schnee, Rucksack und Schlafrolle ebenfalls. Dann kniete er neben einer Satteltasche nieder und wühlte darin herum. »Ich habe schlechte Nachrichten für Euch, Beau«, sagte Dalavar in diesem Augenblick neben ihm.

Beau hatte sich mittlerweile an das rätselhafte Verschwinden und Auftauchen des Wolfsmagiers gewöhnt und blickte auf, einen Zwieback in der Hand. »Schlechte Nachrichten? Hat es etwas mit dem merkwürdigen Verhalten des Rudels vor einigen Meilen zu tun?«

»Ich fürchte ja. Wisst Ihr, w... das Rudel, meine ich, hat dort unten einen schwachen Duft von Männern und Pferden und dergleichen aufgenommen.«

Beau runzelte die Stirn. »Und?«

»Der Geruch erstreckte sich fast unter zwei Meilen.«

Beau hob eine Hand. »Warum sind das schlechte Nachrichten?«

»Beau, ich glaube, dass Agrons Heer dort unten begraben liegt, unter dem Schnee der Lawine.«

Beau stieß die Luft aus. Er hatte ein Gefühl, als hätte ihm jemand einen Schlag versetzt. »Das Heer? Das ganze Heer?« Er fiel keuchend in den Schnee zurück und deutete auf den verschneiten Pass, der unter dem Licht der eisigen Sterne gräulich schimmerte. »Unter diesem ganzen Schnee?«

»Ich wüsste nicht, was diese Fährte sonst erklären würde«, erwiderte Dalavar. »Ein niedergestreckter Soldat oder ein Pferd oder selbst hundert würden nicht riechen, wenn sie unter all dem Schnee begraben wären, siebzig oder hundert Meter tief, an manchen Stellen sogar mehr als hundertfünfzig Meter. Aber selbst fünfhundert Meter Schnee können einen Draega nicht daran hindern, eine ganze Armee zu wittern.«

Beau traten Tränen in die Augen. »Oh ... oh ...«

Dalavar kniete sich neben ihn.

Beau starrte den Wolfsmagier an, ohne ihn zu sehen. »Tip. Was ist mit Tip? Ist er ... ist er ...?«

»Ah, Kleiner Mann, das kann ich nicht sagen. Er könnte dort sein, oder auch nicht.«

Schimmer kam langsam heran und legte sich neben den Wurrling.

Beau streckte die Hand aus und vergrub seine Finger in ihrem Fell. »Ich will nicht glauben, dass er dort ist. Ich will nicht ... Hört, wir müssen weitergehen. Tip war – Tip *ist* – ein Kundschafter. Er könnte irgendwo weiter vorn sein. Er ist vielleicht weiter vorn.«

»Vielleicht.« Dalavar stand auf und spähte nach Westen. »Möglicherweise.«

Dann blickte der Wolfsmagier auf den Wurrling herunter. »Morgen werden wir nachsehen.«

Dalavar ging weg, hockte sich neben Graulicht und ließ Beau mit seinem Elend allein. Der Wurrling grub sein Gesicht in Schimmers weiches Fell und weinte. Die Wölfin legte ihren Kopf auf den Boden und wich die ganze Nacht nicht von seiner Seite.

Beau wachte kurz vor Morgengrauen auf. Die hauchdünne Sichel des Mondes führte die Sonne über den Horizont. Beau erinnerte sich daran, wann sie in Jallorby gewesen waren und zählte es an seinen Fingern ab. Es war Wintertag, der kürzeste Tag des Jahres, und heute würde die Längste Nacht des Jahres sein. Vor einem Jahr hatten Tipperton und er den

Elfenritus des Jahreszeitenwechsels der Sonnenwende getanzt, und Bekki hatte auf dem Hügel darüber zu Elwydd gebetet.

Vielleicht ist das ja ein gutes Omen.

Doch dann erinnerte sich Beau daran, wie das Gezücht durch die Finsternis geschlichen und ihnen die Nacht verdorben hatte.

Vielleicht aber ist es auch ein schlechtes Vorzeichen.

Beau schaffte es nur mit Mühe, einen Zwieback herunterzuwürgen, und trank ein paar Schluck aus seinem Wasserschlauch.

Die Sonne erhob sich in den kalten Morgenhimmel, der sich von Dunkelblau zu Rot und dann zu Eisblau verfärbte. Die Wölfe umringten Beau, schüttelten sich den Schnee aus dem Fell, ließen die Schwänze hängen und drängten sich aneinander, während sie sich um Graulicht sammelten, wie sie es jeden Morgen taten. Hinter der Biegung tauchte Wandler auf und trottete langsam heran. Als wäre dies ein Signal, kamen Langbein und Spürer zu Beau, ließen sich die Satteltaschen auflegen, und Schimmer wartete bereits, um den Bokker selbst auf ihren Rücken zu nehmen.

Sie liefen nach Westen an den Bergflanken entlang, folgten seinen Windungen und Kehren durch den tiefen und hinderlichen Schnee. Am Tag zuvor hatten sie nur vierundzwanzig Meilen geschafft, angesichts der Umstände eine außerordentliche Leistung. Dennoch war es Beau so vorgekommen, als würden sie kriechen, nachdem er gewöhnt war, fast hundert Meilen zurückzulegen. Zudem plagte ihn die Sorge, und sein Magen krampfte sich vor Angst zusammen.

Ach, Tip, Tip, du musst einfach am Leben sein und irgendwo vor uns warten.

Sie kämpften sich unaufhörlich über die verschneiten Hänge, und die Kälte setzte ihnen bei jedem Schritt zu.

Je weiter sich das Rudel dem östlichen Ende des Passes näherte, wo sich der Eingang verbreiterte, desto weniger Schnee lag. Obwohl sie jetzt jedoch den Rand und die Flanken sehen konnten, wurde rasch klar, dass es am Ende des Passes genauso aussah wie am Anfang und auch hier der Schnee mehr als dreißig Meter hoch lag, jedenfalls nach Beaus Schätzung.

Bis jetzt hatten sie kein Zeichen einer lebenden Seele gesehen, kämpften sich aber unverzagt weiter, ohne dass die fahle Sonne sie wärmte, obwohl sie sich allmählich ihrem Zenit näherte.

Wandler, der an der Spitze lief, trieb sie an, doch Graulicht blieb plötzlich stehen, das Rudel hinter ihm ebenfalls. Der Leitwolf wandte seinen Schädel hierhin und dorthin, als würde er lauschen: einem fernen, schwachen Geräusch.

Graulicht bellte einmal tief und heiser auf; Wandler drehte sich um und lief zu ihm zurück. Graulicht jedoch lief die hohe Schneewehe hinab und in die Schlucht hinein, während der Schnee hinter ihm aufstob. Obwohl der große Silberwolf beinahe halb im Schnee versank, wandte er sich plötzlich der nahen Flanke des Passes zu und begann heftig zu graben.

Wandler sprang ebenfalls die steile Schneewehe hinab, neben Graulicht, und half ihm.

Schimmer lief zum oberen Rand der Klippe und blieb stehen. Beau stieg ab und blickte hinab.

Dann hörte Beau einen erstickten Schrei, der keineswegs aus der Kehle eines Wolfes stammte.

Graulicht blickte zum Rand der Klippe hoch und knurrte. Strahl und Sucher schlidderten durch den Schnee hinab, um den beiden anderen Wölfen beim Graben zu helfen. Wieder ertönte ein schriller Schrei; obwohl Beau die Worte nicht verstehen konnte, schrie er auf, sprang über den Rand der Klippe in den Schnee und rollte hinab.

Als er sich unten wieder aufrappelte, sah er, wie Wandler, der dunklere Wolf, in die Schneewand glitt und aus seinem Blickfeld verschwand, während Graulicht zurückblieb, knurrte, schnaubte und seine Nüstern auszublasen schien, als würde etwas in dem schmalen Loch entsetzlich stinken.

Als Beau vorstürzte, kam Dalavar aus dem Loch heraus. In seinen Armen trug er einen bewusstlosen Wurrling – Tipperton Thistledown.

5. KAPITEL

»Sein Gesicht ist gerötet, als ob ...« Beau hockte neben Tippertons regloser Gestalt auf den Knien im Schnee und beugte sich über ihn. Er legte seine Wange auf die Stirn des bewusstlosen Bokkers. Dabei sah er Dalavar an. »Er hat Fieber.« Beau richtete sich wieder auf. »Was glaubt Ihr, dass er ... Oh, Himmel! Seht nur, sein Ärmel. Er ist zerrissen. Ich glaube, er ist verletzt. Helft mir, ihm die Jacke auszuziehen. Nur an diesem Arm. Ich will nicht, dass er hier draußen erfriert.«

Rasch zogen Dalavar und Beau Tippertons Arm aus dem Jackenärmel. Der Wurrling stöhnte, wachte aber nicht auf. Graulicht, Sucher und Strahl scharten sich um sie und hielten den Wind ab, während auf der Klippe Spürer, Langbein und Schimmer Wache hielten.

»Er hat sie behandelt«, stellte Beau fest, als er den Leinenverband vorsichtig von dem Unterarm wickelte. »Mit Güldminze. Seht Ihr den Brei? Bei Adon, wie sieht sein Arm denn aus? Er ist entzündet und geschwollen. Was könnte er haben? Meiner Treu, was für tiefe, eiternde Wunden!«

»Das ist ein Vulg-Biss«, erklärte Dalavar.

»Ein Vulg-Biss?« Beau holte tief Luft. »Vulg-Gift!« Er blickte zu den Draega hinauf, die auf der Klippe standen. »Ich brauche meinen Medizinbeutel. Er steckt in meiner Satteltasche.«

Dalavar richtete sich auf und stieß einen Laut aus, der fast wie ein Grollen klang. Spürer und Langbein sprangen jetzt ebenfalls die Schneerampe herunter, so rasch, dass der Schnee hinter ihnen aufwirbelte.

Als Beau den Wölfen die Satteltaschen vom Rücken nahm, sagte er: »So wie Tips Wunden aussehen, muss er vor einigen Tagen gebissen worden sein.« Er wühlte in den Satteltaschen, zog seinen Medizinbeutel und ein Bündel Zweige heraus. »Dennoch ist es Vulg-Gift, und Dara Phais hat lange gebraucht, bis sie sich von dem Gift in ihrer Wunde erholt hat. Tip wird auch eine lange Zeit benötigen. Ich muss ihm mehr Güldminze verabreichen ... am besten als Tee, dafür brauchen wir ein Feuer und einen Platz – ohne Schnee.« Beau sah Dalavar abwartend an.

Der Wolfsmagier deutete auf die kleine Nische. »Nur dort liegt kein Schnee. Ich werde Tipperton wieder hineintragen.« Dalavar bückte sich und hob die reglose Gestalt des Wurrlings auf. Dann wandte er sich erneut grollend an Graulicht. Der große Silberwolf drehte sich herum und lief davon, gefolgt von Sucher.

Beau nahm sich seine Satteltaschen und ging zum Eingang der Höhle, wobei er sich mit der Brust einen Weg durch den Schnee bahnte. Dalavar folgte ihm mit Tipperton auf den Armen. »Vulg-Bisse sind nicht nur giftig, sondern auch verschmutzt. Diese Wunde ist vielleicht nicht mehr mit Gift durchsetzt, sondern eitert wegen des Schmutzes im Maul des Vulgs. Eine solche Wunde muss nicht nur mit Güldminze behandelt, sondern auch gereinigt werden.«

»Dann brauchen wir heißes Wasser«, sagte Beau, der gerade die Höhle erreichte. »Meiner Seel!«, stieß er hervor, als er hineinging, und verzog angewidert das Gesicht. »Dieser Ort riecht wie ein Abtritt.«

»Tipperton hat hier lange festgesessen«, meinte Dalavar, der sich bückte und Beau in die Felsnische folgte. »Mindestens einige Tage. Aber trotz des Gestanks ist das hier der einzige schneefreie Ort.«

Der Wolfsmagier legte den Wurrling sanft nieder, ging zum Eingang der kleinen Höhle, trat hinaus und schlug den Schnee weg, der darüber hing. »Sobald Graulicht und Sucher zurückkehren, können wir ein Feuer entzünden!«, rief er Beau zu.

Beau nickte, antwortete jedoch nicht, während er sauberes Tuch ausrollte und darauf Güldminze, Bandagen und einen Becher stellte. Seinen Wasserschlauch legte er ebenfalls griffbereit neben sich. Dann sah er sich in der Nische um, sammelte Tippertons Habseligkeiten ein, Satteltaschen, Laute, Bogen und den Köcher mit Pfeilen. Alles das legte er ebenfalls neben sich. Er sah auch Tippertons Becher, der in einem kleinen Spalt stand. Der Behälter war fast voll, während sich oberhalb an dem Stein ein kleiner Tropfen bildete.

Wenigstens hattest du Wasser, Wurro, obwohl nur sehr wenig, wie es aussieht.

Der Tropfen fiel herunter.

Beau seufzte und drehte sich in dem Augenblick herum, als Strahl in die kleine Nische kam und sich neben Tipperton legte.

»Stört dich der Gestank nicht, Mädchen?«, erkundigte sich Beau.

Die Wölfin reagierte nicht.

Beau schüttelte den Kopf und sah zu Dalavar hinüber, der immer noch den Schnee von dem Höhleneingang entfernte. »Sagt, Dalavar!«, rief Beau. »Wie hat Graulicht diese Höhle gefunden? Wie hat er Tip gefunden? Anhand seines Geruchs? Oder wegen des Gestanks in der Höhle?«

Dalavar schüttelte den Kopf. »Nein, Beau. Graulicht hat gesagt, er habe ihn singen hören.«

»Singen?«

Der Wolfsmagier nickte.

Beau legte den Kopf schief. »Und das hat er Euch erzählt?«

Erneut nickte Dalavar.

Beau runzelte die Stirn. »Aber wie kann Graulicht überhaupt wissen, was Singen ist?«

Dalavar hielt mit seiner Arbeit inne, bückte sich und steckte den Kopf in die Höhle. Er sah Beau überrascht an. »Aber alle Wölfe singen, mein Freund ... und lachen. Habt Ihr sie denn in der Nacht nicht gehört? Seht Ihr sie nicht grinsen?«

»Meiner Treu, aber ich dachte nicht, dass dies ...«

Strahl zuckte mit den Ohren und hob den Kopf von ihren Pfoten. Ein Schatten verdunkelte den Eingang zu der Nische, als Graulicht mit einem langen Kiefernzweig im Maul davor auftauchte. Hinter ihm stand Sucher, der einen blattlosen Ast trug, der vom Wind verdreht worden war. Auf ein Signal von Dalavar hin ließen sie die Zweige fallen und sprangen davon.

Dalavar schüttelte den Schnee von dem Zweig und dem Ast, trat wieder in die Nische und brach das Holz in Stücke. »Das ist ein Anfang«, sagte der Wolfsmagier. »Graulicht, Sucher, Langbein und Spürer suchen mehr Holz.«

»Wartet.« Beau wandte sich zu seinen Satteltaschen um. »Ich hole meinen Feuerstein, den Stahl und den Zunder, und dann können wir ein ...«

Im selben Augenblick flackerte es rötlich über die Wände der Nische. Als Beau den Magier anblickte, sah er, dass Dalavar bereits trockene Zweige in eine kleine Flamme hielt. Wie der Wolfsmagier die Flamme entzündet hatte, wusste Beau nicht. Doch er nahm einfach Tippertons Zinnbecher, füllte etwas Wasser hinein und hielt es dem Magier hin. »Hier, kocht das auf.«

Dalavar legte drei Steine um das winzige Feuer und stellte den Becher darauf. Die winzigen Flammen züngelten um den Boden des Bechers.

Nachdem er die Wunde mit heißem Wasser getränkt und die gelben Krusten des Eiters so gut wie er es vermochte entfernt hatte, sagte Beau: »Bei Adon, Tip könnte seinen Arm verlieren.« Tränen traten ihm in die Augen, als er sich zu dem Wolfsmagier umdrehte. »Ach, Dalavar, ich ... ich habe noch nie ein Körperglied amputiert, obwohl ich gesehen habe, wie man es auf dem Schlachtfeld tat. Es war schrecklich ... die Messer, die Sägen ... das Gebrüll. Und jetzt muss ich es vielleicht auch tun, obwohl ich nicht einmal ... ich habe nicht einmal ...« Beau verstummte, als ihm seine erstickte Stimme den Dienst versagte, und brachte es nicht über sich zu sagen, was er denn nun nicht hatte.

Dann sah er, wie Strahl anfing, Tippertons Wunde zu lecken. »Halt, Strahl«, protestierte Beau und wollte aufstehen. Aber Dalavar hielt den Wurrling mit ausgestrecktem Arm auf.

»Lasst sie, Beau. Ihr habt die Wunde so gut gesäubert, wie Ihr konntet. Jetzt lasst sie ihr Bestes versuchen. Wenn sie fertig ist, legt ihm die Tinktur auf und verbindet ihn. Morgen sehen wir weiter.«

Irgendwann mitten in der Nacht öffnete Tipperton die Augen und sah in dem flackernden Licht eines Feuers, wie Beau ihn anlächelte.

»Oh, hallo Beau.« Seine Stimme war nur ein heiseres Krächzen. »Ich hatte einen schrecklichen Trau...« Tipperton blickte sich um und riss voller Panik die Augen auf, als er den großen Wolf neben sich liegen sah. Er grub seine Hände in das Geröll und versuchte vergeblich wegzukommen. Er stöhnte.

»Tip!«, rief Beau beruhigend. »Tip, das ist kein Vulg.« Er umarmte seinen Freund, damit dieser aufhörte, um sich zu schlagen. »Es ist kein Vulg. Sondern ein Draega, ein Silberwolf. Ihr Name ist Strahl. Sie ist eine Freundin.«

Tipperton schlug immer noch um sich und sah Beau panisch an.

»Leise, Tip, ruhig!«, sprach Beau beruhigend auf ihn ein. »Sie ist kein Vulg, sondern ein Freund, ein Silberwolf. Erinnerst du dich noch an das Lied, das Phais in Bridgeton gesungen hat? Draega sind die gefährlichsten Feinde der Vulgs.«

Allmählich legte sich Tippertons Panik und er blickte die Wölfin furchtsam an. Strahl hielt den Kopf schief und erwiderte seinen Blick.

Schließlich streckte Beau die Hand aus und drehte Tippertons Gesicht vorsichtig zu sich herum. »Dalavar sagt, man soll ihnen nicht direkt in die Augen sehen. Sie nehmen eine solche Kühnheit nicht wohlwollend auf.«

Tipperton starrte auf den Fels an der Decke der Nische. »Meiner Seel, ich bin immer noch in der Höhle. Es war also kein Traum.«

»Nein, Wurro, es war kein Traum.«

Tipperton versuchte, sich zu strecken, nach etwas zu greifen, sank aber zurück. »Mein Becher, Beau. Er steht irgendwo in einem Spalt.«

Beau nahm seinen Wasserschlauch, füllte einen Zinnbecher, schob seine Hand unter Tippertons Kopf, hob ihn sanft an und half Tipperton dann beim Trinken. Tippertons Blick glitt zu seinem Freund. »Ach, Beau, es tut so gut, dich zu sehen. Wie bist du hierhergekommen? Hast du Agrons Heer gesehen? Geht es ihnen gut? Der Schneesturm, die Lawine ...«

Tränen traten Beau in die Augen. »Ach, Wurro, ich habe schlechte Kunde. König Agron und sein Heer ... wir glauben, sie sind alle tot. Die Lawine ...«

Tipperton schlief weinend ein.

Beau wachte rechtzeitig auf, um einen weiteren Zweig in das erlöschende Feuer zu legen. Als er sich umdrehte, sah er, wie Tipperton versuchte, sich aufzurichten, dabei vor Schmerzen aber scharf die Luft einsog.

»Warte, Wurro, lass mich dir helfen.« Er kletterte über das Geröll an Strahl vorbei, um zu Tipperton zu kommen. Dann half er ihm hoch und zog ihn etwas zurück, damit er sich an die Felswand lehnen konnte. Der verletzte Wurrling stöhnte vor Schmerz, den diese Bewegung bei ihm verursachte.

Tipperton lächelte schwach. »Du hast nicht zufällig etwas zu essen bei dir, oder? Ich sterbe fast vor Hunger. Und durstig bin ich auch.«

Beau füllte Wasser aus seinem Schlauch in einen Becher und zog dann eine Satteltasche heran. »Ich habe ein bisschen Zwieback und Dörrfleisch.«

»Zwieback, bitte. Um Dörrfleisch zu kauen fehlt mir noch die Kraft.«

Tipperton nahm den Becher und leerte ihn, ohne abzusetzen. Beau reichte ihm einen Zwieback. Als Tipperton davon abbiss, lachte er leise.

Beau sah ihn überrascht an. »Was?«

Tipperton kaute genüsslich und schluckte. »Ich habe mich gerade daran erinnert, was du an dem Morgen gesagt hast, kurz bevor wir in den Ödwald ritten, Beau.« Als ihn sein Freund fragend ansah, fuhr Tipperton fort: »Du hast gefragt: ›Gibt es etwas Geschmackloseres als Zwieback?‹, und dann hinzugesetzt: ›Und Dörrfleisch heißt nur Dörrfleisch, weil es dir den Mund ausdörrt, falls es dir überhaupt gelingt, auch nur ein Stück von dem zähen Zeug abzubeißen.‹ Das hast du gesagt, Wurro. Aber ich sage dir, im Augenblick schmeckt dieser Zwieback einfach nur köstlich.« Tipperton biss noch einmal ab.

Beau lächelte und sah zu, wie Tipperton kaute, den Becher

in der Hand, für den Fall, dass sein Freund noch etwas Wasser haben wollte.

Tipperton warf einen Blick auf Strahl und wandte sich dann an Beau. »Woher ist sie gekommen? Ich meine, als ich dich das letzte Mal sah, lagst du in einem Gefängnisbett, und warst dem Tod gerade von der Schaufel gesprungen. Und diese Pestilenz, was ist mit der Seuche? Und außerdem, habe ich die ganze Güldminze und den Silberwurz gegessen, oder jedenfalls das meiste davon. Zwei Bündel und fünf Wurzeln. Oh, und etwas von der Güldminze habe ich auf die Wunde geschmiert.«

»Das hat dir vermutlich das Leben gerettet, Tip. Die Güldminze, meine ich. So wie sie auch meines gerettet hat.« Plötzlich riss Beau die Augen auf. »Meiner Treu!«

Tipperton sah sich um und fragte dann nuschelnd: »Was ist denn?«

»Mir ist gerade etwas aufgefallen, Tip. Modrus Plage ...«

Tipperton wartete und fuchtelte dann mit dem restlichen Zwieback in der Luft.

»Oh.« Beau kehrte von dem Ort zurück, an dem er gerade mit seinen Gedanken gewesen war. »Modrus Plage musste mit Güldminze und Silberwurz behandelt werden. Silberwurz besaß ich, aber keine Güldminze. Bekki wusste aber, wo welche war. Du und er, ihr habt sie geerntet. Die Pestilenz wurde damit besiegt. Du hattest Güldminze und Silberwurz bei dir, als du von einem Vulg gebissen wurdest, und das hat dir das Leben gerettet. Dalavar und die Draega sind gekommen, weil sie denjenigen sehen wollten, der das Heilmittel gegen die Pestilenz gefunden hatte. Er hat mir geholfen, dir nachzureisen. Und es waren die Silberwölfe, die dich gefunden haben, unter dem Schnee begraben in dieser Nische.«

Beau verstummte, Tipperton hob fragend eine Braue.

»Aber Tip!«, rief Beau, »siehst du es denn nicht? Alles ist

miteinander verwoben. Wegen Modrus Pestilenz hat Graulicht dich gefunden.«

»Graulicht?«

»Der Anführer des Rudels, ein Silberwolf.«

Tipperton warf einen Seitenblick auf Strahl. »Beau, es war eine lange Kette von Ereignissen, die mich hierhergeführt hat, und eine ebenso lange Kette, die dich herbrachte. Was Ursache und Wirkung angeht, gibt es keinen direkten Zusammenhang zwischen Modrus Plage und unserem Zusammensein jetzt und hier. Nein, diese Kette wurde Glied um Glied geschmiedet – und hätte sich ganz leicht in jede beliebige andere Richtung entwickeln können.«

»Aber siehst du es denn nicht, Tipperton? Das hat sie eben nicht. Alle Glieder haben uns zu diesem Punkt geführt, und zu keinem anderen.«

Tipperton seufzte und schob das letzte Stück Zwieback in seinen Mund. »Wo ist eigentlich dieser Dalavar«, nuschelte er, »von dem du ständig redest?«

Beau blickte zur Öffnung der Höhle. »Oh, er hat mein Seil und mein Messer genommen und ist mit einigen der Draega weggegangen. Er sagte, sie wären vor Tagesanbruch wieder zurück.«

Beau füllte den Zinnbecher mit Wasser und reichte ihn Tipperton. Dann kroch er zum Feuer und legte einen weiteren Ast hinein. Im selben Augenblick hörte er ein blechernes Klicken auf Stein. Als er sich umdrehte, schlief Tipperton, den leeren Zinnbecher neben sich. Beau kroch zurück, zog den schlafenden Wurrling behutsam von der Felswand weg und bettete ihn neben Strahl.

Dalavar kehrte tatsächlich kurz vor Tagesanbruch wieder zurück. Er sagte etwas zu Strahl, woraufhin die große Wölfin die kleine Felsnische verließ. Ihren Platz nahm Spürer ein.

»Ich habe eine Trage angefertigt, Beau, und sobald Tipperton für die Reise kräftig genug ist, brechen wir nach Jallorby auf.«

»Glaubt Ihr, wir könnten ihn über die Gronspitzen zurückbringen? Ein Teil dieser Passage war ziemlich beschwerlich.«

Dalavar lächelte. »Ich habe meine Freunde gefragt, ob sie bereit wären, in einem Harnisch zu gehen und ihn zu ziehen. Alle haben eingewilligt.«

Beau sah Tipperton an. »Er hat etwas gegessen, und ich glaube, auch sein Fieber fällt, obwohl er noch ziemlich rot aussieht. Was seinen Arm angeht ... das könnte noch eine Weile dauern. Möglicherweise geht uns unterwegs die Nahrung aus.«

Dalavar lachte schallend. »Wenn sechs Draega jagen? Das ist sehr unwahrscheinlich, Freund.«

Beau lächelte, runzelte dann jedoch die Stirn. »Ich mache mir ein bisschen Sorge wegen des Feuers ... die Vulgs und die Brut; ich meine, werden sie den Rauch nicht sehen?«

Dalavar zog die Brauen zusammen und schüttelte den Kopf. »Was das Feuer angeht – der Wind wird das bisschen Rauch, das es macht, in die Richtung wehen, aus der wir gekommen sind. Da jetzt auch noch die Lawine diesen Weg nach Gron blockiert, dürfte die Schlucht von Modrus Handlangern verlassen sein. Wir haben jedenfalls weder darin noch davor irgendwelche Spuren der Brut gefunden, als wir die Trage gemacht haben.«

In diesem Augenblick tauchte Graulicht vor dem Eingang der kleinen Höhle auf und legte einen Hasen in den Schnee. »Ah«, sagte Dalavar. »Frühstück.«

Am späten Vormittag wurde Tipperton von dem Geruch von Hasenbraten geweckt, der auf einem Spieß über einem Feuer briet. Beau hockte davor und wendete ihn ab und zu.

»Ich muss mich erleichtern, Beau, und die Nische würde ich nicht gern weiter verschmutzen.«

»Oh, Tip, du bist noch ...«

»Hör zu, Wurro, dafür werde ich hinausgehen, selbst wenn ich kriechen müsste.«

»Das ist nicht nötig.« Dalavar betrat die Höhle, nahm den Wurrling hoch und trug ihn hinaus. »Ich bin Dalavar aus dem Darda Vrka. Andere kennen mich als Wolfsmagier.«

»... und dann hat uns der Vulg mitten im Schneesturm angegriffen. Ich habe einen mit einem Pfeil getötet, aber er hat mich gebissen. Auly hat den anderen umgebracht, doch dabei verlor er ebenfalls sein Leben.« Tipperton hielt inne und lehnte sich gegen die Felswand. Er sammelte seine Kraft, um fortfahren zu können. Beau gab ihm einen Becher mit Güldminzetee. Tipperton trank einen Schluck und sprach dann flüsternd weiter. »Mein Pony war tot und Aulys Pferd ist weggelaufen. Es kamen noch mehr Vulgs, also habe ich alles zusammengerafft, was ich tragen konnte – und bin geflüchtet. Ich nahm an, dass sie mich unten im Pass suchen würden, also bin ich den Hang hinaufgeklettert, habe durch puren Zufall diese Nische gefunden und mich darin versteckt.« Wieder machte er eine Pause und trank einen Schluck Tee. Nach einer Weile – und trotz Beaus Einwänden – setzte er seine Schilderung fort. Seine Stimme zitterte vor Anstrengung. »Ein bisschen später wurde mir klar, dass ich verletzt war, von einem Vulg-Biss, einem giftigen Biss, und Beau, ich schwöre, dass ich gehört habe, wie du versucht hast, mich an die Güldminze zu erinnern. Ich konnte zwar keinen Tee machen, wie diesen hier, aber ich habe die Güldminze gegessen, die Stengel gekaut und den Saft auf die Wunde gespuckt. Dann Brei daraus gemacht und ... ach, den Rest kennt ihr ja.« Tipperton verstummte, seine Atemzüge kamen nur noch schwach.

»Fortuna hat Euch Ihr lächelndes Gesicht gezeigt, Waerling«, meinte Dalavar, »denn ohne Ihre Gunst hättet ihr diese Nische nicht gefunden, sondern lägt jetzt irgendwo da draußen unter dem Schnee.«

Tipperton traten Tränen in die Augen. »Wie die dreißigtausend anderen, Dalavar. Dreißigtausend!«

Dalavars Miene wurde grimmig. »Modru hat sich für vieles zu verantworten.«

»Wenn ich ihn in die Hände bekäme, ich würde ihn einfach so umbringen«, knurrte Beau.

Dalavar sah die beiden Wurrlinge an. »Überlasst die Rache für diese Tode mir, meine kleinen Freunde. Die Wege von Modru und mir haben sich bereits gekreuzt, sehr zu seinem Bedauern ... obwohl mir in Eurem Fall, Tipperton, Fortuna wohlgesonnen war.«

Tipperton seufzte leise. »Fortuna mag mir am Ende zugelächelt haben, aber vorher hat Sie mich recht böse angesehen.«

»Seid froh, dass Ihr verborgenes Gesicht von Euch abgewandt blieb, sonst würde Euch der Tod unter dem Schnee noch wie ein gnädiges Schicksal erscheinen.«

Beau erschauerte. »Ach, genug von diesem Gerede über die drei Gesichter Fortunas und das düstere Schicksal. Lasst uns lieber einen Blick auf die Wunde werfen.«

Tipperton runzelte leicht die Stirn, als Spürer ihm die Wunde ausleckte. »Schadet es ihm nicht, wenn sich noch etwas Vulg-Gift in der Wunde befindet?«

Dalavar schüttelte den Kopf. »Nein. Draega sind unempfindlich gegen das Vulg-Gift. Zudem, wenn Gift in der Wunde zurückgeblieben wäre, so wäret Ihr bereits tot.«

Tipperton sah Beau erschöpft an. »Außerdem«, erklärte der kleine Heiler, »ist die Schwellung bereits etwas abgeklungen, Tip. Ich denke, das hat was mit Strahls Fürsorge zu tun. Sie hat die Wunde gestern gereinigt. Also lass Spürer gewähren, dann sehen wir morgen weiter.«

Noch während Tipperton zusah, schlief er ein.

»Wie viele Wölfe sind es eigentlich?« Tipperton biss in ein Stück Hasenkeule, das vom Vortag noch übrig geblieben war.

»Sieben«, antwortete Beau, »obwohl ich Wandler seit einiger Zeit nicht mehr gesehen habe. Er sieht genauso aus wie die anderen, hat nur ein etwas dunkleres Fell.«

Langbein lag zu Füßen des verletzten Wurrlings und sah interessiert zu, wie Tipperton an der kalten Keule nagte.

Sie schwiegen eine Weile, bis Tipperton das letzte Fleisch schließlich abgeknabbert hatte. Er sah Beau an. »Meinst du, dass dem Wolf ein Hasenknochen schadet?«

Beau zuckte mit den Schultern. »Langbein? Ich wüsste nicht, warum. Ich meine, gewöhnliche Wölfe fressen Hasen schließlich roh, mit Haut und Knochen. Ein Silberwolf kann sicher mehr als sie.«

Tipperton hielt Langbein den Knochen hin. Das große Tier nahm ihm die Delikatesse vorsichtig aus den Fingern, und nach einem trockenen Knacken war die Keule verschwunden.

»Das war schnelle Arbeit, Langbein«, sagte Tipperton.

»Wasser?« Beau füllte den Zinnbecher.

Als Tipperton nickte, reichte ihm Beau den ersten Becher und füllte dann einen zweiten für sich.

Nachdem Tipperton einen kleinen Schluck getrunken hatte, blickte er über den Rand des Bechers zum Ausgang der Höhle. »Sag, Beau, wann brechen wir auf?«

Beau zögerte. »Sobald du allein hinausgehen und pinkeln kannst«, erwiderte er dann.

»Oh«, erklärte Tipperton enttäuscht. Und fuhr dann fort: »Da du es gerade erwähnst, Beau ...«

Am sechsten Tag nach seiner Rettung durch die Draega war Tipperton in der Lage, die Höhle ohne fremde Hilfe zu verlassen. Als er auf zittrigen Beinen zurückkehrte, erklärte er lächelnd: »Zeit aufzubrechen!«

Dalavar warf einen letzten Blick auf den Wurrling, der schwitzend und zitternd vor ihm stand, und wandte sich dann Beau zu. »Wir besitzen eine Trage.«

Beau zuckte die Achseln. »Morgen?«

Dalavar nickte. »Morgen.«

Im selben Augenblick setzte sich Tipperton mit einem Grunzen in den Schnee, weil seine Beine sein Gewicht nicht mehr tragen wollten.

Am nächsten Morgen klomm Dalavar zur Klippe über der Höhle hinauf und zog mit Tippertons Seil die gesamte Ausrüstung des Wurrlings hoch. Mit Beaus Schlafdecke staffierten sie die Liegefläche auf der Trage aus. Danach zog Dalavar die Wurrlinge ebenfalls nach oben, erst Tipperton, dann Beau.

Langbein wurde vor die Trage gespannt. Anschließend wurden Tipperton, sein Bogen und seine Laute darauf festgebunden.

Als Dalavar ein Stück vorausging, legte Beau den Draega Strahl, Spürer und Sucher sowie die Satteltaschen auf den Rücken. Danach setzte er sich auf Schimmer.

Graulicht sah Beau an, drehte sich herum und trottete los. Die anderen Draega folgten ihm um eine Biegung und dort wartete bereits Wandler auf sie.

So zogen sie über die verschneiten Hänge; Graulicht und Wandler vorneweg, gefolgt von Sucher, dann kam Langbein mit der Trage, der Schimmer und Strahl folgten. Spürer bildete den Abschluss.

»Wo ist Dalavar?«, rief Tipperton Beau zu.

Der zuckte die Achseln. »Er kommt und geht, manchmal

ziemlich plötzlich. Aber heute Nacht wird er wieder bei uns sein. Jedenfalls war das bisher immer so.«

Das Rudel benötigte fast drei Tage bis zum östlichen Ende des Passes, eine Strecke von elf oder zwölf Werst. Denn an manchen Stellen kamen sie wegen der Trage nur langsam über den tückischen Schnee voran. Beau und Tipperton waren froh, als sie die weiten, hügeligen Ebenen von Jord sahen, nachdem sie bereits am ersten Tag die Schlucht verlassen hatten. Doch obwohl sie jetzt über ebenes Gelände reisten, machten sie nur geringe Fortschritte, weil Langbein den Wurrling auf der Trage hinter sich nicht durchschütteln wollte.

Deshalb dauerte es noch zwei weitere Tage, bis die Lichter von Jallorby in Sicht kamen, denn sie waren bis in die Nacht hinein weitergezogen. Kurz nach Mitternacht erreichten die sechs großen Silberwölfe die Außenbezirke der Stadt, wo Dalavar bereits auf sie wartete.

Er führte sie alle in die Herberge zum Weißen Ross. Dort luden sie die Trage ab und setzten Tipperton auf den Rand der Veranda. Beau nahm den Wölfen die Satteltaschen vom Rücken.

»Gehen wir hinein«, schlug Beau vor, »und trinken Glühwein.«

Dalavar schüttelte den Kopf. »Nein, meine kleinen Kameraden, geht Ihr allein weiter. Meine Freunde und ich haben noch einige andere Missionen zu erfüllen, und wir müssen weiterziehen. Doch deucht mich, dass wir uns noch einmal begegnen werden, bevor dieser Krieg zu Ende ist.«

»Ihr verlasst uns?« Beaus Miene wurde traurig.

»Aye.«

Beau trat zu Schimmer und umarmte die Wölfin. »Leb wohl, süße Schimmer, und pass auf dich auf.«

Sie fuhr ihm mit ihrer Zunge über das Gesicht.

Einer nach dem anderen traten nunmehr die Silberwölfe zu den beiden Wurrlingen und ließen sich von ihnen streicheln; das heißt, alle bis auf Graulicht. Der Anführer des Rudels hielt sich etwas abseits.

Tipperton umarmte jeden von ihnen, und Langbein, der Letzte, leckte ihm sogar einmal kurz die Wange. »Pass auf dich auf, mein Freund«, flüsterte Tipperton. »Vielleicht teilen wir uns eines Tages ja noch einmal einen Hasen.«

Schließlich trat Beau auf die Veranda und half Tipperton auf die Beine. »Lebt wohl, Dalavar«, sagte er. »Wir danken Euch für alles, was Ihr für uns getan habt. Aber sagt, wohin ist Wandler gegangen? Ich wollte ihm Lebwohl sagen.«

Dalavar lächelte. »Ah, Kleiner Mann, das habt Ihr bereits getan«, meinte er dann. Plötzlich umhüllte ein dunkler Schleier den Wolfsmagier, und er änderte seine Gestalt, sie wurde größer und silbergrau, mit schwarzen Klauen und glitzernden Reißzähnen. Die sich wandelnde Gestalt sank auf alle viere, und wo Dalavar eben noch gestanden hatte, blickte die beiden Wurrlinge jetzt ein grinsender Draega an, der allerdings ein wenig dunkler schien als die sechs anderen Silberwölfe. Ein Silberklumpen baumelte von einem Lederband um Wandlers Hals.

»Meiner Seel!«, stieß Beau hervor, Tipperton dagegen keuchte nur vor Staunen.

Bellend und jaulend liefen die sieben großen Silberwölfe umher, warfen sich dann wie auf Kommando gleichzeitig herum und stoben aus der Stadt.

In den frühen Morgenstunden ganz am Anfang des Jahres, am ersten Tag des Januars, dem ersten Tag des zweitausendeinhundertsiebenundneunzigsten Jahres der Zweiten Ära Mithgars und am allerersten Tag des dritten Jahres eines großen und fürchterlichen Krieges stand Tipperton, gestützt von seinem Freund Beau, auf der Veranda der Herberge zum Weißen Ross und sah mit ihm zu, wie sieben

Silberwölfe nach Westen rannten, unter einem dunklen, kalten Himmel, in dem die Sterne kristallen funkelten.

Als die Wölfe verschwunden waren, sah Beau Tipperton an und sagte: »Also gut, Wurro, gehen wir rein und holen uns einen Becher Glühwein.«

6. KAPITEL

»›Sucht die Hilfe derer, die keine Menschen sind‹«, zitierte Beau Dara Rael vom Ardental und starrte in die Flammen des Kaminfeuers. »Das haben wir getan, denn ganz gewiss sind Dalavar und die Silberwölfe keine Menschen ...«

»Ach, Beau, aber du setzt voraus, dass dieser Sermon uns galt«, gab Tipperton zurück. »Es befanden sich damals jedoch viel zu viele berühmte Personen in diesem Gemach, als dass er ausgerechnet für zwei unbedeutende Wurrlinge bestimmt gewesen sein könnte. Außerdem ging der Sermon weiter mit: ›um die Feuer des Krieges zu ersticken‹. Und das haben wir ganz gewiss nicht getan.«

Die beiden Bokker saßen vor dem Kamin der Herberge zum Weißen Ross und tranken Bier. Sie hielten sich mittlerweile bereits einen ganzen Monat in Jallorby auf, während Tipperton mit jedem Tag mehr zu Kräften kam. Die Schwellung an seinem Unterarm war schließlich vollkommen zurückgegangen, was Beau sehr erleichterte. Denn er hatte befürchtet, dass er Tipperton das Glied würde abtrennen müssen, um ihm das Leben zu retten. Doch obwohl Tipperton auf dem Weg der Besserung war, vermutete Beau, dass es noch Wochen dauern würde, bevor sie weiterreisen konnten.

»Ach, Tipperton, mir ist klar, dass wir keine Feuer des Krieges erstickt haben«, protestierte er jetzt. »Ich wollte nur etwas unterstreichen, was ich Farrin am ersten Tag unserer Begegnung gesagt habe.«

Tipperton riss die Augen auf. »Farrin? Du hast Farrin getroffen, den Magier?«

»Aber ja! Habe ich dir das nicht erzählt?«

Tipperton schüttelte den Kopf.

»Er kam etwa eine Woche vor meiner Abreise nach Dendor. Ich habe ihm von dem Sermon erzählt und auch gesagt, dass keiner von uns weiß, für wen er bestimmt war. Dann habe ich ihm geschildert, wie du mit dem Heer von König Agron aufgebrochen bist und dass mich das bedrückte. Er verstand meine Sorge und meinte, dass vor allem bei ›wilder‹ Magie niemand wissen kann, was ein Sermon genau bedeutet oder an wen er gerichtet ist. Jedenfalls bist du nur mit Menschen nach Gron marschiert, nicht mit Nicht-Menschen ... und hättest deshalb fast dein Leben verloren.«

Tipperton knurrte. »Ja, Beau, ich habe fast mein Leben verloren. Aber nicht, weil ich von Menschen umgeben war, sondern wegen eines Nicht-Menschen!«

Beau warf ihm über den Rand seines Bierkrugs einen fragenden Blick zu. »Ein nicht-menschlicher Vulg, genau genommen«, fuhr Tipperton fort.

»Schon, Tip, aber im Gegensatz zu Dara Raels Sermon hast du ganz bestimmt nicht die Hilfe dieses Nicht-Menschen gesucht.«

Tipperton grinste bedauernd. »Damit, Wurro, hast du allerdings vollkommen recht.«

Ein Astloch explodierte in dem Kamin. »Sermon hin oder her«, meinte Tipperton, »erzähl mir lieber mehr über Farrin. Hat er die Utruni gefunden? Werden sie uns helfen?«

Beau stieß einen langen Seufzer aus. »Ja und nein. Er hat sie gefunden, das schon, aber sie werden uns nicht helfen. Jedenfalls nicht die älteren Utruni. Sie halten diesen Krieg für eine Angelegenheit der Oberflächenbewohner – das sind wir –, und glauben, dass sie jene, die in dem lebenden Stein hausen, nichts angeht.«

»Und was ist mit den Zwergen?«, erkundigte sich Tipperton. »Sie leben doch auch im Stein und kämpfen in diesem Krieg mit.«

»Genau das habe ich auch gefragt«, erwiderte Beau, »und Farrin selbst hat den Steingiganten diese Frage ebenfalls gestellt. Trotzdem haben sie sein Ansinnen abgelehnt ... Obwohl die Zwerge in diesen Krieg verwickelt sind, weigern sich die Älteren der Utruni, sich an einer Allianz zu beteiligen. Einige der Jüngeren dagegen scheinen sich noch nicht entschieden zu haben.«

»Oh«, antwortete Tipperton niedergeschlagen. »Ich hatte gehofft, sie würden uns helfen. Magier Letha sagte einmal, dass mit ihrer *Macht* über den Stein ein einzelner Utruni einen ganzen Berg zum Einsturz bringen könnte.«

»Bei Adon!«, stieß Beau ehrfürchtig hervor. »Was wären das für mächtige Verbündete.«

Tipperton nickte und seufzte. Nach einer Weile trank er einen Schluck Bier, spülte es in seinem Mund herum und schluckte. Schließlich sagte er: »Erzähl mir mehr von Farrin.«

Beau zuckte die Achseln. »Da gibt es nicht viel mehr zu erzählen. Er hat sich darauf gefreut, seine Freunde wiederzusehen und den Zirkel der Sieben wieder zu schließen. Als ich ihm sagte, dass Alvaron sein Leben verloren hatte, traf ihn das wie ein Donnerschlag. Offenbar hatte ihm niemand im Schloss etwas davon erzählt. Er hat Dendor am nächsten Tag verlassen, um die restlichen fünf Magier zu suchen. Doch bevor er abreiste, kam er zu mir und riet mir, auf Dalavar zu warten. Das heißt, er hat Dalavars Namen nicht genannt, sondern nur gesagt, dass jemand aus dem Osten käme und mir helfen könnte. Und es waren Dalavar und die Draega ... ein Rudel Nicht-Menschen, verstehst du?«

Tipperton hob ergeben die Hände. »Also gut, Beau. Ich gebe auf. Von jetzt an werden wir dafür sorgen, dass stets ein paar Nicht-Menschen unter denen sind, denen wir uns anschließen oder die wir um Hilfe ersuchen.«

Beau grinste. »Selbst wenn diese Nicht-Menschen zur Brut gehören? Rûkhs und ihresgleichen oder Vulgs?«

»Nein, o nein!« Tipperton erwiderte das Lächeln seines Freundes. »Auf diese Nicht-Menschen würde ich lieber verzichten.«

Beau blickte lange ins Feuer, bevor er sich an Tipperton wandte. »Sag mir, Tip, wohin gehen wir, wenn du wieder vollkommen bei Kräften bist? Sieh mal, wir hatten fast ein Jahr lang eine richtige Mission zu erfüllen: Wir mussten jemandem eine Münze bringen. Das haben wir auch getan. Danach mussten wir die Pestilenz bekämpfen, also hast du die Güldminze gesucht, während ich mich um die Kranken kümmerte. Dann hast du König Agron als Kundschafter gedient, und ich bin dir gefolgt, sobald ich konnte. Aber jetzt, Tip, ist die Münze abgegeben, die Pestilenz eingedämmt, und König Agrons Heer ist ... nicht mehr. Also, ich fühle mich wie ein Wurrling ohne Ziel und Zweck, als wäre ich irgendwo am Rand des Geschehens, und nicht dort, wo ich sein sollte. Wir sind hier in Jallorby und trinken Bier, während in Mithgar ein schrecklicher Krieg wütet. Es kommt mir irgendwie nicht richtig vor, dass wir nicht helfen.«

»Du hast recht, Beau. Wir sollten hier nicht am Rand herumsitzen, während ein Krieg auszufechten ist und das Böse aufgehalten werden muss. Wir können unmöglich in Jallorby herumsitzen, bis alles erledigt ist.«

Beau trank einen Schluck aus seinem Krug und wischte sich den Schaum vom Mund. »Also gut. Ich frage noch einmal: Was sollen wir tun? Wohin wenden wir uns, wenn du wieder gesund bist?«

Tipperton seufzte, bog die Finger, die von der langen

Ruhe etwas steif geworden waren. »Wann, glaubst du, bin ich wieder vollkommen genesen, Beau?«

»Im Frühling, wenn es taut, schätze ich«, erwiderte Beau nachdenklich. »Ganz gewiss aber dann, wenn der Jallor-Pass wieder frei ist; falls wir nach Süden gehen, heißt das. Aber das ist ja meine nächste Frage: Wohin wenden wir uns als Nächstes? Nach Caer Pendwyr in Pellar? Dorthin sind Phais und Loric geritten. Sollen wir versuchen, wie sie den Hochkönig Blaine zu finden, wo immer er auch sein mag? Oder gehen wir zum Darda Galion? Der Zwergenhort wird nach wie vor belagert, also könnten wir dort mitkämpfen. Außerdem gibt es immer noch die Wildnis, wo wir angefangen haben, obwohl das eine sehr lange Reise ist. Andererseits könnten wir auch nach Jordburg gehen und den Jordiern helfen. Schließlich sind wir bereits in Jord. Also, was sagst du, Wurro? Wohin gehen wir – wenn du wieder bei Kräften bist, meine ich.«

Tipperton zuckte die Achseln. »Wie wäre es, wenn wir zum Darda Erynian zurückgingen?«

Beau sog scharf die Luft zwischen die Zähne. »Zum Schwarzen Wald? Aber warum?«

Tipperton antwortete nicht, sondern trank einen Schluck Bier. Dann sah er Beau an. »Hör zu, Beau, bis auf die Wildnis und Jord liegen alle anderen Orte, die du genannt hast, Caer Pendwyr, Pellar, Darda Galion, der Zwergenhort, südlich, ebenso der Darda Erynian, der Große Grünsaal.«

Beau hob eine Hand. »Schon, aber ...«

»Kein ›Schon-Aber‹, mein Freund«, unterbrach ihn Tipperton. »Dieser große Wald liegt an unserem Weg. Und irgendwo im Darda Erynian leben die Quellwasser-Wurrlinge, Rynnas Volk. Ich habe zwar noch nie lange unter vielen Wurrlingen gelebt, außer in dieser kurzen Zeit in Caer Lindor, doch ich fühle im Augenblick das Bedürfnis, mich unter unseresgleichen aufzuhalten, selbst wenn es nur eine Woche wäre.«

»Wurrlinge leben im Schwarzen Wald, das stimmt, Tip, aber dort hausen auch die Verborgenen ...«

»Und die Dylvana«, warf Tipperton ein. »Die Baeron nicht zu vergessen.«

Beau seufzte. »Das sind alles Nicht-Menschen, die du erwähnt hast, bis auf die Baeron. Und bei denen bin ich mir nicht sicher, um was für ein Volk es sich handelt. Sie sind so groß – und es halten sich Gerüchte, dass einige von ihnen die Gestalten von Bären und Wölfen annehmen können. Aber trotzdem, wie wollen wir damit in diesem Krieg helfen? Ich meine, was gibt es für uns im Darda Erynian zu tun?«

»Immerhin wissen wir, dass sich eine Horde irgendwo an der östlichen Grenze des Großen Grünsaales herumgetrieben hat. Vielleicht können wir mit unseren Fähigkeiten dazu beitragen, etwas gegen sie zu unternehmen. Ach Beau, wir werden erst wissen, ob in diesem Wald eine Aufgabe auf uns wartet oder ob wir weiterziehen sollen, wenn wir den Darda Erynian erreichen. Sicherlich kann uns dort jemand bei unserer Entscheidung helfen; die Dylvana, Baeron, Wurrlinge oder sonst jemand können uns gewiss sagen, wo wir am nützlichsten sind. Ich möchte noch andere unserer Art sehen, bevor wir weitermachen. Außerdem habe ich ein Versprechen abgegeben, weißt du. Ich habe gelobt, dass ich zum Darda Erynian gehen würde, sobald ich die Münze abgeliefert habe.«

»Ein Gelöbnis an Rynna?«

Tipperton schluckte und nickte. »Aus irgendeinem Grund verspüre ich das dringende Bedürfnis, dieses Versprechen jetzt einzulösen.«

Beau seufzte. »Wurro, Versprechen oder nicht, du weißt genau, was ich vom Schwarzen Wald halte, verwunschen, wie er ist. Aber ich würde auch gern ein paar andere Wurrlinge sehen. Und selbst wenn wir nur kurz bleiben ...«

Also war die Frage entschieden. Sobald sie den Jallor-

Pass durchqueren konnten, würden sie nach Süden gehen, zum Darda Erynian, dem Großen Grünsaal, dem Schwarzen Wald. Vorausgesetzt allerdings, sie fanden eine Reisemöglichkeit, denn in ganz Jallorby waren keine Ponys zu bekommen.

Am nächsten Tag nahm Tipperton seine Laute wieder zur Hand. Trotz der steifen Finger seiner Linken konnte er einige leichtere Lieder zupfen. Als die Menschen von Jallorby hörten, dass einer vom Kleinen Volk im Weißen Ross spielte und sang, kamen sie und lauschten ihm bei einem oder zwei Krügen.

Als sie dann noch erfuhren, dass Beau ein Heiler war, entstand sofort eine rege Nachfrage nach seinen Fähigkeiten. Es schien, als wäre es etwas ganz Besonderes, wenn einer vom Litenfolk verschiedene Tees und Kräuter und Tränke und auch noch andere Medizin gegen die Zipperlein der Bürger verschrieb.

Wegen der zusätzlichen Kundschaft traf der Herbergsvater eine besondere Vereinbarung mit den beiden Bokkern. Sollte Tipperton weiter spielen und singen, und sollte Beau seine Praxis im Weißen Ross ebenfalls weiterführen, dann wollte er ihnen Kost und Logis freistellen, und sie konnten außerdem alles behalten, was ihre Kunden ihnen gaben.

Fortan füllte sich der Schankraum des Weißen Rosses jeden Abend mit denen, die auf ein paar Bier zu Musik und Tanz kamen, während außerdem Leute mit Erkältungen und Wehwehchen und anderen Beschwerden erschienen, die dann auch den einen oder anderen Branntwein tranken, während sie warteten, oder nachdem sie behandelt worden waren. Und mit der zunehmenden Zahl der Bürger, die die Herberge aufsuchten, nahmen auch die Gerüchte zu. Dennoch war Tipperton und Beau klar, dass niemand genau wusste, wie der Krieg verlief. Denn die Geschichten widersprachen sich viel zu oft, und ebenso oft behaupteten sie Dinge, die, nach dem Wissen der beiden Wurrlinge, schlichtweg falsch waren.

Die Tage wurden länger und die Nächte kürzer, bis der Frühlingstag schließlich dämmerte, mit seiner Balance aus Hell und Dunkel. Dennoch hielt der eisige Winter das Land noch in seinen Klauen, denn eine dicke Decke aus Weiß lag über den Ebenen, und auch der Pass nach Aven war nach wie vor durch Schnee blockiert. Modrus kalte Hand hielt die Welt umklammert ... oder aber die Hand von Gyphon. Einige behaupteten, es läge an dem Steinstaub, der aus dem Himmel herabgeregnet war, dass der Frühling so lange ausblieb, während andere dies schlicht einem magischen Fluch zuschrieben. Wiederum andere meinten, sie hätten in ihrer Kindheit Winter erlebt, die ebenso lange und bitter gewesen wären. Doch was die Gerüchte über den Krieg betraf, wusste niemand in Jallorby Wahrheit von Erfindung zu unterscheiden.

Der Frühlingstag brachte keine Erleichterung. Trotzdem versuchten in jener Nacht, lange nachdem der Sichelmond untergegangen war, zwei Wurrlinge unter dem kristallklaren Himmel das Elfenritual des Jahreszeitenwechsels zu begehen. Aber sie verwirrten sich hoffnungslos in ihren Schritten, denn es war weder Bekki, der Zwerg, da, der sie hätte führen können, noch einer der Elfen ... Nur Tippertons Lied hielt sich getreu an den Ritus.

Die Tage näherten sich dem April, und immer noch herrschte tiefster Winter und immer noch spielte und sang Tipperton für die Gäste des Weißen Rosses, und immer noch behandelte Beau die Kranken. Aber sie verbrachten auch viel Zeit hinter der Herberge: Beau schleuderte Kugeln auf ausgesägte Umrisse, während Tipperton sein Auge mit Pfeil und

Bogen übte und auf Blätter schoss, die an Heuballen befestigt waren. Sein linker Arm war wieder so kräftig, dass er den gespannten Bogen halten konnte. Dennoch kehrte Tipperton von jeder dieser Übungen bedrückt zurück, denn das letzte Mal hatte er mit Rynna Fenrush in Caer Lindor so trainiert, in der Festung, die von den Flussleuten verraten worden war. Unter den Toten befanden sich auch alle Wurrlinge, die in der Festung gewesen waren. Nur ein paar Elfen und einer Handvoll Männer war es gelungen, dem Massaker zu entkommen. Deshalb rief es bittersüße Erinnerungen in Tipperton wach, wenn er seine Pfeile auf angeheftete Blätter verschoss, an Rynna, seine Dammia, Rynna, seine wahre Liebe, an sie und ihre kleine Flöte, an sie und ihr rotbraunes Haar, ihre bernsteinfarbenen Augen, ihr fröhliches Lächeln und ihr hitziges Temperament, an ihren sanften Blick ebenso wie an ihren heißen. Wenn die Wurrlinge von ihrem Training zurückkamen, setzte sich Tipperton still ans Feuer und schlug leise seine Elfenlaute, die ihm einen gewissen Trost zu spenden schien. Doch ob sein Herz jemals wieder heilen würde ... Beau, der neben ihm saß und ihm lauschte, konnte es jedenfalls nicht sagen.

Eine Woche nach dem Frühlingstag wurden die Wurrlinge kurz nach Tagesanbruch von Hornsignalen geweckt. Die Wächter der Stadt stießen in die Hörner der Schwarzochsen und schlugen Alarm. Alte, Junge, selbst Frauen griffen zu ihren Äxten und Bögen und Schwertern und stürmten auf die Straße, um die Stadt zu verteidigen. Tipperton und Beau kletterten hastig aus ihren Betten, stiegen in ihre Kleidung und packten ihre eigenen Waffen. Als sie herausgerannt kamen, sahen sie die Städter auf den Straßen stehen und aufgeregt in eine Richtung zeigen. Die beiden Wurrlinge sahen ebenfalls dorthin. Über die verschneite Ebene kam eine große, bewaffnete Streitmacht geritten. Die langen Schatten des

Grimmwall verbargen allerdings, wer genau sie waren. Sie ritten jedoch zielstrebig auf die Stadt zu, und die Bürger nahmen ihre Verteidigungsstellung ein. Tipperton legte einen Pfeil auf die Sehne, während Beau seine Schleuder lud. Dann ertönte ein tiefes, lautes Hornsignal aus der Richtung der herannahenden Reiter, und die Bürger murmelten hoffnungsvoll. Denn es war das Signal, das das Horn eines Schwarzochsen gab. In diesem Augenblick fiel das Sonnenlicht durch die dichten, tief hängenden Wolken und durch ein Tal in den Bergen und beleuchtete die herannahenden Reiter. Einige der Einwohner jubelten, und kurz darauf schrien alle freudig auf, denn jetzt konnten sie die grünweißen Banner an der Lanze der Vorhut flattern sehen, und die Kampfwagen zwischen den Reitern, die auf stolzen, tänzelnden Rössern saßen.

»Wer ist das?«, rief Tipperton einem der Einwohner zu, einem Alten, der häufig die Herberge besucht hatte und einen langen Prügel aus Feuerholz in der Hand hielt.

»Jordische Krieger, Junge, jordische Krieger!«, erwiderte der Mann, warf einen Blick auf den Knüppel in seiner Hand und schleuderte ihn auf die Veranda der Herberge. »Sieht aus wie ein ganzes Regiment. Vielleicht sind es unsere Söhne und Töchter, die aus dem Krieg zurückkehren.«

Sie ritten über die Ebene und erreichten schließlich die Straßen von Jallorby. Große Männer auf großen Pferden, aber auch Frauen, die wilden Kriegsbräute aus Jord. Vanadurin waren es, stolz und unbeugsam erschienen sie auf ihren Pferden, hielten ihre Waffen bereit, ihre Gesichter wirkten entschlossen und wurden von kupferfarbenem Haar umrahmt. Mit ihren klaren Augen blickten sie um sich, als suchten sie die Feinde des Reiches.

Die Einwohner jubelten und schrien: *Harlingar!* und *Vanadurin!* und stürmten vor, liefen durcheinander, erkundigten sich nach Nachrichten über ihre Angehörigen. Die Krieger lachten strahlend und antworteten, wenngleich sie nur wenig Neues über die Söhne und Töchter von Jallorby zu berichten wussten.

Beau zupfte an Tippertons Ärmel und streckte die Hand aus. Einer der zweirädrigen Kampfwagen kam auf sie zugerumpelt: Er wurde von vier Pferden gezogen, die nebeneinander eingespannt waren, und war mit zwei Kriegsbräuten besetzt, die eine fuhr, die andere trug einen Speer und einen Schild. Der Wagen schien aus Holz gebaut und war mit Fell bespannt, wohl einer Art Schutz. Die großen Räder hatten breite Eisenfelgen, damit sie über widriges Gelände fahren konnten, und aus den Naben ragten gefährlich wirkende Messer heraus, die sich glitzernd in der Sonne drehten. Rechts und hinten auf dem Wagen standen Speere in Halterungen, mindestens zehn oder zwölf. Und die Wurrlinge sahen eine gespannte Armbrust auf der rechten Seite des Haltegriffs.

Als sich der Wagen näherte, riss Tipperton seinen Blick von dem Gefährt los und betrachtete die Kriegsbräute, die darin fuhren. Sie trugen dunkle, glanzlose Stahlhelme. Bei einer der beiden saß ein langer, weißer Schmuck aus Pferdehaar darauf, die andere hatte die Schwingen eines Raben. Über ihren Kettenpanzern trugen sie Westen aus Schaffell und über den Schultern dicke Umhänge gegen die Kälte des Winters.

»Meiner Treu!«, stieß Beau hervor, »sehen sie nicht herrlich aus?«

Tipperton runzelte die Stirn. »Herrlich?«

»Aye, mit diesem leuchtenden roten Haar«, antwortete Beau, »und ihren feurigen Blicken.«

»Aber sie lächeln doch, Beau.«

»Sicher, jetzt. Aber ich habe mir gerade vorgestellt, wie sie wohl wirken, wenn sie über die Ebene donnern und sich auf einen ahnungslosen Feind stürzen, und die Klingen an den

Rädern aufblitzen. Sie sind bestimmt mörderisch, meinst du nicht auch?«

Tipperton zuckte die Achseln. »Das nehme ich an. Jetzt jedoch wirken sie einfach nur glücklich.«

Als der Kampfwagen an den beiden vorbeirumpelte, stieß die Speerwerferin ihrer Gefährtin erstaunt den Ellbogen in die Seite und deutete auf Tipperton und Beau. Die beiden Kriegsbräute lächelten die Wurrlinge an und winkten, worauf die beiden Bokker mit eleganten, tiefen Verbeugungen antworteten.

»Dediana«, sagte sie laut, um das Stimmengewirr der Menschen zu übertönen, die sich im Schankraum des Weißen Rosses drängten.

»Ich bin Beau Darby, und das ist Tipperton Thistledown!«, schrie Beau zurück.

Dediana lächelte und deutete auf ihre Gefährtin, die gerade den gewürzten Glühwein schlürfte. »Linde.«

»Was?«

Dediana beugte sich über den Tisch. »Ihr Name ist Linde.«

»Ach so.«

Tipperton nickte. »Wir sind sehr erfreut, Euch kennenzulernen, Dediana und Linde. Aber sagt, wie steht es im Krieg?«

Dedianas Miene verfinsterte sich. »Nicht gut. Die *fördömlig maskfolk* sind fast bis Jordburg gekommen, bevor wir sie zurückschlagen konnten. Sie haben eine Spur der Verheerung hinterlassen: Massaker, Plünderungen, Brandschatzung ...«

»Sie haben sogar Pferde geschlachtet und gefressen!« Linde knallte ihren Becher auf den Tisch.

Dediana nickte grimmig und ballte die Faust. »Gerade als wir befürchteten, die Burg würde fallen, griffen die Fjordländer sie von hinten an. Jetzt hat sich der Schwarm aufgesplittert und zieht nach Norden und Osten, Richtung Kath und Naud. Diese beiden Länder haben bisher gezögert, in den Krieg einzugreifen, aber jetzt bleibt ihnen keine Wahl mehr.«

»Nach Norden und Osten?« Tipperton runzelte die Stirn. »Es gab Gerüchte in Dendor, dass Lady Ryla meinte, Ihr würdet das Gezücht ins Nordmeer treiben. Das liegt doch im Westen, stimmt's?«

»Ich wünschte, wir könnten es nach Westen treiben, Herr Tipperton. Denn sollten sie zum Ozean kommen, würden sie feststellen, dass die Fjordländer all ihre Schiffe verbrannt haben. Sie würden ins Meer getrieben werden und in dem eiskalten Wasser jämmerlich ersaufen. Doch das Schicksal will es nicht so, denn sie ziehen sich auf ihrer Flucht in die andere Richtung zurück.«

Beau legte den Kopf schief. »Rückzug? Sagt, wäre das nicht ein Vorteil für Jord? Ich meine: wegen der Pferde.«

»Aye«, stimmte ihm Dediana zu. »Obwohl sie auch Guula auf ihren Hèlrössern haben. Trotzdem schlagen wir immer wieder überraschend zu und ziehen uns zurück. Wir treffen sie an ihren schwächsten Stellen, während sie durch unser Reich fliehen.«

Sie trank einen Schluck Glühwein und Linde übernahm ihre Rolle als Erzählerin. »Natürlich werden die Naudier und die Kathaner Jord dafür die Schuld zuschieben, dass sich der Schwarm nach Norden und Osten auf ihre Länder zu bewegt. Das wird den alten Hass neu aufflammen lassen, der zwischen Jord und diesen beiden *förbannad* Reichen schwelt. Er geht zurück auf etliche finstere Taten aus der Vergangenheit.« Sie ließ die Faust in ihre Handfläche klatschen. Ihre Augen glühten.

»Verzeiht, Mylady«, meinte Tipperton, »aber wenn der Kampf Richtung Norden und Osten tobt, dann frage ich mich, was Euer Regiment hier in Jallorby tut, an der südwestlichsten Grenze von Jord und weit entfernt von der Schlacht?«

Linde knurrte und schüttelte den Kopf. Dediana antwortete für sie. »Wir gehörten zu den Verletzten, das ganze Regiment. König Ranor hat uns befohlen, sobald wir wieder genesen wären, ein Regiment zu bilden und nach Caer Pendwyr zu ziehen. Er hielt es für nötig, dem Hochkönig Blaine Hilfe zu senden – und das sind wir. Eine symbolische Streitmacht, um unsere Unterstützung zu zeigen und an Hochkönig Blaines Seite zu kämpfen, bis die restlichen Truppen Jords folgen können.«

»Soweit ich weiß«, gab Tipperton zurück, »ist der Aufenthaltsort von Hochkönig Blaine ungewiss. Hat Euch Lady Ryla diese Nachricht nicht überbracht?«

Dediana nickte. »König Ranor meinte, Hochkönig Blaine weile vielleicht nicht in Pellar, werde früher oder später jedoch hier eintreffen.«

»Fördömlig taggspjut!« Linde hob ihr Kettenhemd, das gepolsterte Wams darunter und ihr seidenes Unterhemd hoch und blickte auf die lange, rosa Narbe auf ihrem Bauch. »Wenn dieser verwünschte Guul nicht gewesen wäre, würde ich jetzt mit den Vanadurin kämpfen.«

Dediana runzelte die Stirn und fuhr mit der Hand durch die Luft. »Linde, du bist bei den Vanadurin!«

Linde ließ ihr Hemd wieder sinken. »Du weißt genau, was ich meine, Dediana. Wäre ich nicht verletzt worden, so würde ich oben im Norden kämpfen.«

»Heda«, protestierte Beau. »Es ist keine Ehrlosigkeit, verletzt zu werden. Ich habe viele Wunden gesehen, und zwar an den härtesten Kämpfern: Zwergen, Baeron, Elfen, Menschen, Wurrlingen ... na ja, jedenfalls an einem Wurrling. Tipperton hier wurde von einem Vulg gebissen. Zeig ihnen deine Narben, Tipperton. Und ich habe zahlreiche zusammengeflickt. Ich bin nämlich ein Heiler, müsst Ihr wissen.«

»Ihr habt einen Värg-Biss überlebt?«, fragte Dediana Tipperton.

»Natürlich«, antwortete Beau an seiner Stelle. »Zeig ihnen deine Narben, Tipperton, zeig sie ihnen.«

Zögernd schob Tipperton den Ärmel zurück und zeigte den beiden Kriegsbräuten die Bissnarben.

»Und was ist mit dem Värg?« Neugierig betrachtete Linde die Wunde.

»Tot«, erwiderte Beau. »Tipperton hat ihn mit einem Pfeil erstochen.«

Dediana sah Tipperton überrascht an. »Ihr habt einen Värg nur mit einem Pfeil in der Hand erlegt?«

»Eigentlich«, meinte Tipperton, »hatte ich den Pfeil in meiner rechten Hand, als der Vulg mich ansprang und nach meinem linken Arm schnappte. Ich bin auf den Rücken gefallen, und der Schaft des Pfeils hat sich am Boden verhakt. Der Vulg hat sich also selbst aufgespießt, als er auf mich fiel.«

Dediana schüttelte den Kopf. »Fortuna hat Euch wahrlich zugelächelt, Tipperton Thistledown, denn sonst wäre der Pfeil nicht ganz gerade gewesen, sondern einfach gebrochen, und Ihr wärt zu einer Mahlzeit geworden.«

»Und das Venom?«, erkundigte sich Linde.

»Venom?«

»Ich meine ...« Linde suchte nach dem richtigen Wort in der Gemeinsprache. Dann drehte sie sich zu Dediana um. *»Vad är venom pa den gemensam tunga?«*

»Gift«, sagte Dediana.

»Oh, ich hatte zufällig etwas Güldminze bei mir. Es hat dem Gift entgegengewirkt, aber die Mäuler von Vulgs sind verseucht, und die Wunde hat sich entzündet ... Jedenfalls kam Beau noch rechtzeitig und hat mich geheilt.«

Wieder wandte sich Linde an Dediana. *»Vad är güldminze?«*

Dediana zuckte die Achseln und sah den Bokker an. »Was ist Güldminze?«

Beau griff in seine Tasche und zog ein kleines, silbernes Kästchen heraus, das ihm Aris damals im Ardental geschenkt hatte. Er ließ den Deckel aufspringen. »Ich habe noch mehr davon in meinem Medizinbeutel.« In dem kleinen Metallbehälter lagen mehrere Zweige der Minze.

»Ah«, sagte Dediana. *»Guldgul mynta.«*

Linde nickte. »Wieder war Euch Fortuna gewogen«, sagte sie zu Tipperton.

Der schüttelte bedauernd den Kopf. »Ich wünschte, Sie hätte ein wenig früher gelächelt, damit gar keine Vulgs in diesem Pass gelauert hätten.«

Linde zuckte die Achseln. »Das klingt nach einer Geschichte, und da Ihr jetzt wisst, warum wir hier in Jallorby sind, wird es Zeit, dass wir herausfinden, was Euch beide *mygga* hierher verschlagen hat.«

Beau sah Linde an. »Mygga?«

Linde lachte. »Mücken.«

Beau grinste. »Aha, wir sind also Mücken, ja? Ich glaube, Ihr werdet überrascht sein, wenn Ihr erfahrt, was diese Mücken durchgemacht haben. Erzähl es ihnen, Tip, mach schon.«

Tipperton öffnete den Mund. »Ehm ...« Hilfe suchend sah er Beau an.

»Mach schon, Tip, sag's ihnen«, drängte Beau und drehte sich dann wieder zu Linde herum. »Es ist eine ziemlich lange Geschichte, wisst Ihr.«

Dediana streckte den Arm aus und hielt ein Schankmädchen auf, das gerade vorbeiging. »Bringt uns einen vollen Krug und vier Flaschen Schnaps. Uns erwartet eine lange Geschichte.«

»Oh, mein Kopf!«, stöhnte Beau, und schützte seine Augen vor der Morgensonne, die hinter der Ölhaut vor dem Fenster schien.

Tipperton richtete sich auf und sah sich um. Er blinzelte und schnalzte mehrmals mit der Zunge, als hätte er einen unangenehmen Geschmack im Mund. Dann sah er Beau an, lachte und zuckte bei dem lauten Geräusch zusammen.

»Worüber lachst du, Wurro?«, flüsterte Beau.

»Deine Augen, Beau, deine Augen. Sie sehen aus wie zwei gelbe Löcher im Schnee.«

»Du musst das gerade sagen, mein Freund. Deine Augen sehen aus, als würdest du gleich daraus bluten.«

Tipperton stöhnte und machte Anstalten, aus dem Bett zu kriechen. Nur um sich unmittelbar darauf wieder hastig zurückzulegen. »Beau!«, zischte er. »Wir haben Gäste.«

Beau warf einen vorsichtigen Blick über den Rand des Alkovens. »Das sind ... Dediana und Linde, und die Zwillinge, Irana und Ilea.«

Tipperton runzelte die Stirn. »Was sind sie ...?«

»Weißt du nicht mehr, Tip? Du hast sie eingeladen, in unserem Zimmer zu schlafen, statt im Stall ihr Lager aufzuschlagen.«

»Habe ich das?«

»Das hast du.«

Tipperton presste seine Hände gegen die Stirn, während er die vier Kriegsbräute betrachtete, die auf ihren Decken auf dem Boden lagen. »Hör zu, Tip«, fuhr Beau fort. »Sie haben angeboten, uns auf ihrem Weg nach Süden nach Caer Pendwyr mitzunehmen. Sie sollten eigentlich direkt am Schwarzen Wald vorbeikommen, und wir würden weit sicherer reisen, wenn wir von einer ganzen Brigade Jordier umgeben wären. Es sind immerhin fast tausend Krieger. Außerdem sind die, mit denen wir ziehen, allesamt Kriegsbräute.«

Tipperton nickte, stöhnte, als ihm schwindlig wurde, und hielt seinen Kopf zwischen den Händen. »Oh, jetzt erinnere ich mich. Beau, diesmal werde ich dir nicht widersprechen. Wir sollten mit ihnen gehen.« Dann warf er Beau einen Seitenblick zu und runzelte die Stirn. »Aber was hat das damit zu tun, dass sie Kriegsbräute sind?«

»Na ja, Wurro, so wie ich das sehe, sind Kriegsbräute doch Nicht-Menschen.«

Als Beau seine alte Leier von »Sucht die Hilfe derer, die keine Menschen sind« anstimmte, hob Tipperton resigniert die Hände und seufzte.

An diesem Tag wehte ein warmer Wind aus südlicher Richtung, wo der Pass lag. Einige hielten das für ein gutes Omen, andere meinten, es wäre der übliche Frühlingswind. Wieder andere glaubten, dass Modru einfach nur seinen Blick abgewendet hätte und woanders hinsehe. Ob nun Omen oder übliche Jahreszeit oder Blick des Bösen, der eisige Griff des Winters zog sich jedenfalls allmählich von den Ebenen um Jallorby zurück, und unter dem schmelzenden Schnee kam dickes, gelbes Gras zum Vorschein, das darauf wartete, grün zu werden. In der warmen Luft spielten Kinder trotz des Schlamms auf den Straßen. Und überall sah man lächelnde Gesichter. Jeden Tag ritten Kundschafter der Vanadurins in die Schlucht, kehrten jedoch jedes Mal wieder mit der Kunde zurück, dass der Pass noch vom Schnee blockiert sei, obwohl er bereits ordentlich schmelze. Der milde Wind wehte eine ganze Woche lang, und nach weiteren fünf Tagen, am zehnten Tag des Aprils, legte er sich vollkommen. Trotzdem, als die Kundschafter diesmal zurückkehrten, verkündeten sie, dass der Weg nach Süden, wenn er auch beschwerlich bliebe, jetzt jedoch frei wäre.

So verließ die Brigade der Vanadurin am elften Tag des April Jallorby. Beau Darby fuhr in dem Kampfwagen, der von Dediana und ihrer Speerwerferin Linde gesteuert wurde, während Tipperton in dem Wagen der Zwillinge Ilea, der Lenkerin, und Irana saß. Die Einwohner standen an den Straßen und jubelten ihnen zu, wenngleich aus einigen Augen auch Tränen flossen.

Als der Wagen über den holprigen Weg in den Pass rumpelte, meinte Irana: »Heda, Tipperton, Ihr müsst nicht den ganzen Weg nach Süden stehen.« Sie klappte zwei gepolsterte Bretter auf, die mit Scharnieren an der Innenwand des Wagens befestigt waren, deren Armlehnen ebenfalls hochklappten, und die so zwei Sitze an den beiden Seiten des Wagens boten.

»Aber wo soll Ilea sitzen?«, protestierte Tipperton und sah die dunkelhaarige Fahrerin an.

Die drehte sich herum, richtete den Blick ihrer blauen Augen auf den Bokker und lächelte. »Keine Angst, Kleiner Mann, wir drei werden uns abwechseln. Denn ebenso wie die Beine vom Stehen müde werden, ermüdet auch der Hintern vom Sitzen, vor allem auf unebenem Gelände.«

Als sich Irana setzte, kletterte Tipperton auf den anderen Sitz und hielt sich an dem Handlauf auf dem Rand des Kampfwagens fest, um von dem Ruckeln nicht heruntergeschleudert zu werden. Er drehte sich herum und sah, dass Dedianas Wagen ihnen folgte. Beau saß ebenfalls. Sein Gesicht ragte gerade so über den Handlauf hinweg. Beau grinste und winkte, Tipperton winkte ebenfalls und drehte sich dann wieder herum. So rumpelten sie in den Pass hinein, eine lange Reihe von Kriegern der Vanadurin vor und hinter ihnen.

Als sie bergauf fuhren, warf Ilea einen Blick über die Schulter zurück: »Wir sind jetzt im Grimmwall, Tipperton, wo die *fördömlig maskfolk* hausen. Sollte es zum Kampf kommen, werde ich für kurze Zeit langsamer fahren, damit Ihr herunterspringen könnt, denn Irana und ich können nicht richtig kämpfen, wenn Ihr uns behindert. Bringt Euch irgendwo in Sicherheit. Wir holen Euch, wenn die Schlacht vorbei ist.«

»Ihr müsst das auch mitnehmen.« Irana deutete auf Tippertons Habseligkeiten: Die Laute, die Satteltaschen und die Schlafrolle, die zusammengezurrt waren und auf denen der Bogen mit dem Köcher lag.

Tipperton nickte, antwortete jedoch nicht, als sie durch die Schlucht in das Gebirgsmassiv rollten.

Je höher sie kamen, desto kälter wurde es. In den schattigen Spalten und Klüften, in die die Sonne nicht reichte und wohin auch der warme Wind nicht gelangt war, lag noch Schnee. Schon bald bildete ihr Atem Wolken. Tipperton zog den Umhang enger um sich, während sie unaufhörlich weiterfuhren. Die Räder des Wagens fuhren gelegentlich über Schnee oder rutschten über eine Eisschicht.

Tipperton stand häufig auf und hielt sich an dem Handlauf fest, dann nahmen entweder Ilea oder Irana seinen Platz ein. Eine der beiden Zwillingsschwestern hielt selbst im Sitzen die Zügel, denn die Pferde folgten einfach dem Wagen vor ihnen und brauchten nur sehr wenig Führung. Ab und zu hielten sie an, damit die Pferde ausruhen konnten, oder aber gingen neben ihrem Vierergespann. Für Tipperton und Beau waren diese kurzen Märsche eine willkommene Abwechslung von der Fahrt in dem heftig rumpelnden Wagen. Sie marschierten durch den Schnee und schlitterten über Eisflächen. Gelegentlich kamen sie an breite Schneewehen, die den Weg versperrten. Aber da ein Viertel der Brigade vor ihnen marschierte und den Pass ebnete, waren die Schneewehen bereits niedergetrampelt, wenn die Wagen mit den Wurrlingen sie erreichten. Deshalb hatten sie nur noch wenig Mühe, sie zu überwinden.

Kurz nach Mittag erreichten sie den Grat der Schlucht und begannen ihren langen Abstieg. Dediana warf einen Blick auf den bleiernen Himmel. »Trotz des warmen Windes der letzten Woche und auch trotz Fortunas Wohlwollen wollen wir heute Nacht nicht im Pass bleiben. Denn es ist immer noch kalt, vor allem in dieser Höhe. Leicht kann geschehen, dass wir von einem Schneesturm überrascht und eingeschlossen werden.«

»Meiner Seel, Dediana«, bat Beau, »sagt nicht so was!

Wir sollten keinen Ärger heraufbeschwören, wenn keiner da ist.«

Sie fuhren weiter talwärts, und am Nachmittag schienen sich Dedianas Worte in eine Prophezeiung zu verwandeln. Ein eisiger Wind fegte von hinten heran und am Himmel zogen sich dunkle Wolken zusammen. Nach nur wenigen Kerzenstrichen toste ein heulender Schneesturm über die Bergkette.

Es war tief in der Nacht, als sie das Vorgebirge endlich erreichten. Die Nachschubwagen und ihre Eskorte entkamen dem wirbelnden Weiß als Letzte. Sie kämpften sich in ein Waldgebiet vor, wo sie zwischen den Bäumen Schutz suchten. Wenigstens bot das hohe Gebirgsmassiv hinter ihnen einen gewissen Schutz vor der schlimmsten Wut des Sturmes. Obwohl sie wegen des Unwetters nur wenige Meter sehen konnten, stellte der *Hrosmarshal* Hannor Wachposten auf, während die restlichen Krieger ein Lager aufschlugen.

Am nächsten Tag fuhren sie weiter nach Süden, obwohl es heftig schneite. Die Wagen und Pferde kämpften sich durch den hohen Schnee. Doch je weiter sie kamen, desto weniger schneite es und desto weniger Schnee bedeckte den Boden. Denn hier hatte der warme Wind der letzten Tage den Boden vollkommen vom Schnee befreit. Und der Neuschnee bildete nur eine dünne Decke über dem Land.

»Jetzt kommen wir an den Fluss, Tipperton«, erklärte Ilea, als die Sonne bereits tief über dem Horizont stand. »Denkt daran: Falls es zum Kampf kommt, fahre ich kurz langsamer, damit Ihr vom Wagen abspringen könnt. Irana und ich kehren zurück, wenn es vorbei ist.«

Tipperton nickte. Er hatte Laute, Satteltaschen und Schlafrolle auf den Rücken geschnallt, den Bogen an der Hand und den Köcher an den Oberschenkel gebunden. Denn die Kundschafter der Vanadurin waren mit der Meldung zurückgekehrt, dass Älvstad zerstört war. Obwohl sie keine Brut gesehen hatten und meldeten, dass die Ruinen bereits Wochen alt waren, hatte Hrosmarshal Hannor Kampfbereitschaft angeordnet.

In abnehmenden Licht der Sonne blickte Tipperton auf den Wagen hinter ihnen zurück und sah, dass Beau ebenfalls fertig war. Sie fuhren die Uferböschung hinab und in das flache Wasser der Furt. Älvstad lag vor ihnen. Die Palisadenmauer war zerschmettert und rußgeschwärzte Balken ragten aus dem weißen Schnee empor.

»Vergeltung, das würde ich sagen.« Tipperton vermied es, zu den Leichen zu blicken, die zum größten Teil unter dem Schnee begraben lagen. »Denn hier hat Agron seine Armee ausgehoben.«

»Einfaches, schlichtes Böses, wenn du mich fragst«, erwiderte Beau, dessen Atem weiße Wolken in der frostigen Luft bildete.

Tipperton deutete auf die verbrannten Stallungen. »Die Ponys, auf die wir gebaut haben, sind fort ...«

»Vermutlich hat die Brut sie gefressen!«, stieß Beau zwischen den Zähnen hervor und schlug mit der Faust in die Handfläche.

Tipperton nickte. »Ich habe genug gesehen. Gehen wir wieder ins Lager zurück.«

Sie trotteten den verschneiten Hügel empor, über den Kamm und durch den Ring der Wachposten.

Die Vanadurin zogen weiter nach Süden, überquerten den Nord-Rimmen-Fluss an einer Furt und den Süd-Rimmen-Fluss am nächsten Tag. Sie kamen vom Norden heran und schwenkten an der Furt nach Süden ab. Sie folgten dem verschlungenen Lauf des Vorgebirges, während die Tage länger und die Nächte kürzer wurden. Am dritten Tag, nachdem sie Älvstad verlassen hatten, tauchte vor ihnen ein Wald auf: die nördliche Grenze des Darda Erynian. Selbst die Vanadurin betrachteten den noch kahlen Wald furchtsam, denn ganz gleich, wie man ihn auch nannte, Darda Erynian, den Großen Grünsaal, oder den Schwarzen Wald, er hatte einen schlechten Ruf, obwohl Tipperton das Gegenteil behauptete. Trotzdem schüttelte der Wurrling den Kopf, als Dediana und Linde Beau ansahen. »Dort hausen schlimme Dinge, obwohl wir ihn ganz durchquert haben.«

Sie fuhren eine Tagesreise nach Osten, umgingen den Ausläufer des Waldes und fuhren am nächsten Tag nach Süden weiter, zwischen dem Rimmen-Gebirge auf ihrer Linken und dem Wald zur Rechten. Ein Viertel der Vanadurin waren vor ihnen, drei Viertel hinter ihnen. Jetzt lag nur noch gelegentlich Schnee, denn trotz der widrigen Umstände schien der Frühling unausweichlich vorzudringen. Das Gras unter den Hufen der Pferde wurde allmählich grün, überall an den Bäumen des Schwarzen Waldes sah man Knospen, Zugvögel waren zurückgekehrt, flatterten in den Zweigen der Bäume umher und sangen ihre Lieder, mit denen sie ihr Territorium markierten und jemanden für die Paarung suchten. Die Luft duftete nach Schneeschmelze und Erde und fließendem Wasser. Trotzdem war es in der Nacht noch kalt, wenngleich die letzten Tage merklich wärmer geworden waren.

In dieser Nacht baten Tipperton und Beau, vor Hrosmarshal Hannor vorgelassen zu werden. Dediana führte sie an sein Lagerfeuer. Dort erwartete sie ein großer, schlanker Mann, dessen dunkles Haar an den Schläfen bereits ergraut war. Er musterte das *Waldfolc* mit Augen wie ein Habicht, als Dediana sagte: »Hrosmarshal Hannor, das sind Herr Tipperton Thistledown und Herr Beau Darby, von denen ich Euch schon berichtet habe.«

Ohne Dediana eines Blickes zu würdigen, erwiderte er: »Das sind also die Passagiere, die Ihr nach Süden bringt.«

»In meinem Wagen und noch einem weiteren, Hrosmarshal, dem der Zwillinge.«

Hannor grinste. »Wer von Euch ist der Heiler?«, erkundigte er sich.

»Das bin ich, Herr!« Beau trat vor.

Hannor setzte sich auf einen Felsbrocken und hielt eine Hand in die Nähe des Feuers. Dann streckte er seinen Zeigefinger aus. »Ich habe mir einen Splitter eingefangen ...«

Beau runzelte die Stirn. »Habt Ihr eine Pinzette? Eine Nadel geht auch.«

»Arald!«, rief der Hrosmarshal. »Eine Pinzette oder eine Nadel!«

Nur wenige Augenblicke später trat ein Harlingar aus dem Schatten. Er hatte eine Nadel in der Hand.

Beau nahm einen brennenden Zweig aus dem Feuer und fuhr mit der Nadel behutsam über die Flammen, um sie zu reinigen. »Herr«, meinte Tipperton, »Irgendwo am östlichen Rand des Schwarzen Waldes liegt eine Horde auf der Lauer. Jedenfalls war sie da, als wir das letzte Mal hier vorbeigekommen sind.«

Beau runzelte die Stirn, widmete sich Hannors Finger und begann, an dem Splitter zu picken. »Eine halbe Horde, Tip, weißt du noch?«

Tipperton nickte. »Das stimmt. Wir haben von Dara Cein gehört, dass die andere Hälfte von den Verborgenen getötet worden ist, als sie aus den Ruinen von Caer Lindor flohen.«

Hannor hob eine Braue. »Fünf Segmente, ja? Und irgendwo hier am Rand?«

»Jawohl, Sir. Am Fluss Rissanin.«

»Wie frisch sind diese Nachrichten?«

Tipperton dachte nach. »Etwa zwanzig Monate.«

Beau nickte.

Hannor schüttelte den Kopf. »Älter als anderthalb Jahre? Dann ist es eher unwahrscheinlich, dass sie sich noch hier aufhalten, denn was sollten sie hier, nachdem Caer Lindor jetzt zerstört ist, wie Ihr sagt?«

Tipperton hob die Hand. »Vielleicht halten sie ja die Eryn-Furt.«

»Oder aber sie warten hier am Rand des Waldes, damit die Verborgenen nicht nach Süden, nach Caer Pendwyr marschieren«, sagte Beau. »Ah!«, rief er dann. »Ich habe sie.« Er hielt die Nadel in die Luft, auf deren Spitze ein kleiner Holzsplitter aufgespießt war. »Ich würde den Finger an Eurer Stelle kurz in Branntwein halten, Hrosmarshal.«

»Eine Verschwendung des guten Branntweins, Herr Beau.«

»Trotzdem«, erwiderte Beau, als er Arald die Nadel zurückgab.

Hannor sah seinen Burschen an. »Einen Becher mit Branntwein, mein Junge.«

Arald verschwand wieder im Schatten. »Es ist sehr unwahrscheinlich, dass die Verborgenen den Wald verlassen, aus welchem Grund auch immer. Trotzdem, wenn die Möglichkeit besteht, dass eine Horde oder ein Teil davon hier herumschleicht oder gar die Furt hält, so werde ich meine Kundschafter entsprechend instruieren.«

Als Arald mit dem Branntweinstampfer zurückkehrte, steckte Hannor den Finger hinein, drehte ihn etwas darin herum, zog ihn hinaus, leckte den Branntwein ab und stürzte dann den restlichen Branntwein hinunter. Während er sich den Mund abwischte, wandte er sich an Tipperton. »Sagt, Herr Tipperton, habt Ihr Eure Laute in der Nähe? Wenn ja, wie wäre es mit einem Lied?«

Drei Tage später erreichten sie die Überlandstraße, an einer Stelle, ein paar Meilen westlich von Braeton, der Stadt in der Rimmen-Kluft, die von den Rûpt zerstört worden war.

»Himmel«, rief Beau in die Nacht. »Wir haben einen Kreis beschrieben. Wann war das? September vor zwei Jahren, als wir schon mal hier waren?«

»Ihr wart hier?«, fragte Ilea.

Tipperton nickte. »Aye. Und bei Braeton haben wir ein Segment der Brut vernichtet.«

Irana hob eine Braue. »Ganz allein?«

»Nicht ganz allein.« Beau grinste. »Wir hatten ein bisschen Hilfe. Tausend Dylvana und fünfhundert Baeron, um genau zu sein.« Er sah sich um und fuhr dann fort: »Die Baeron haben die Brut auf ihren riesigen Rössern niedergeritten, und die Dylvana kamen auf ihren kleineren Pferden, die den Euren ähneln, nach. Tipperton und ich sind auf Ponys mit ihnen geritten.«

»Hai!«, rief Irana, schnappte sich einen Speer, sprang auf und reckte die Waffe in den Himmel. »Herr Beau und Herr Tipperton: *Krigares av den Hros!*«

Die drei anderen Kriegsbräute stimmten in ihren Ruf mit ein. *Hai!*

Beau wandte sich fragend an Ilea. »Was hat Eure Schwester gesagt?«

Ilea lächelte. »Sie hat Euch *Krieger zu Pferde* genannt.«

Beau sah zu der Frau hoch. »Ehm, Lady Irana ...«

Die Kriegsbraut sah den Wurrling stirnrunzelnd an.

»Ich will Euch nicht widersprechen«, sagte Beau, »aber wenn wir schon Krieger sein müssen, dann solltet Ihr uns lieber *Krieger zu Pony* nennen.«

Irana brach bei seinen Worten in schallendes Gelächter aus, hob den Speer in die Luft und schaffte es, durch ihr Lachen zu rufen: *Krigares av den Ponny!*

Dediana, Linde und Ilea kreischten vor Lachen.

»Was denn?«, fragte Beau bestürzt. »Was hat sie denn gesagt?«

»Krie ... Krie ... Krie«, keuchte Linde. »Zu ... zu ...«

»Zu Pony?«, beendete Beau ihren Satz. Als Linde nickte, wollte er wissen: »Was ist daran denn so komisch?«

Dies löste nur noch mehr Gelächter aus, bis Dediana, der vor Lachen die Tränen über die Wangen liefen, schließlich herausprustete: »Wir züchten zwar manchmal Ponys, um sie zu verkaufen, aber wir Harlingar und Vanadurin reiten sie nicht einmal als Kinder. Wenn wir dann hören, dass jemand, ausgerechnet ein Krieger zu Po... Po... Pony ...« Dedianas Stimme erstickte in kreischendem Gelächter, in das sämtliche Kriegsbräute mit einstimmten, die in der Nähe herumstanden.

Beau sah Tipperton an, der die Achseln zuckte und die Hände hob. »Ist wahrscheinlich eine Marotte bei den Harlingar.«

Statt dem Rand des Schwarzen Waldes zu folgen, führte Hrosmarshal Hannor seine Brigade nach Süd-Südwest, auf geradem Weg zur fernen Eryn-Furt, hinaus auf freies Gelände. Als die Harlingar nach Süden ritten, blieben die Laubkronen des Darda Erynian im Westen zurück, bis der Wald nicht mehr zu sehen war. Dies erleichterte die Jordier und Beau ebenso, denn jetzt mussten sie diesen so übel beleumundeten Wald nicht einmal mehr sehen. Sie folgten ihrem Kurs den ganzen Tag über, und als sie in dieser Nacht ihr Lager aufschlugen, lag der Rand des Schwarzen Waldes fast zehn Werst entfernt im Westen.

»Sag, Tip, wo genau wollen wir die Jordier verlassen?« Beau betrachtete über das Lagerfeuer hinweg Dediana, Linde, Ilea und Irana. »Damit will ich nicht etwa andeuten, dass Ihr schlechte Gesellschaft wärt, aber nachdem wir jetzt so weit gekommen sind, könnten Tipperton und ich quer zum Schwarzen Wald gehen. Ich würde zwar lieber woandershin, aber wir müssen zu diesem Wald.«

Die vier Kriegsbräute blickten an den beiden Wurrlingen

vorbei in die Richtung, wo der finstere Schwarze Wald lag, runzelten die Stirn, sagten aber nichts.

»Ich habe vor, den ganzen Weg zur Eryn-Furt mitzureiten. Dann können wir am Rissanin bis nach Caer Lindor weiterreisen. Ich will mir selbst die Ruinen ansehen, wo ... wo ...« Tipperton traten die Tränen in die Augen, seine Stimme sank zu einem Flüstern herab. »Wo Rynna gestorben ist.« Er wischte sich die Tränen von den Wangen und fuhr dann kräftiger fort: »Von dort aus gehen wir nach Bircehyll und zu den Dylvana. Von ihnen sollte doch jemand wissen, wo die Quellwasser-Wurrlinge leben.«

Bestürzung malte sich auf Beaus Miene ab. »Meiner Treu!«

Tipperton runzelte verwirrt die Stirn. »Was hast du denn?«

»Ach, Tip, damals haben uns Phais und Loric von Caer Lindor nach Bircehyll geführt, aber diesmal sind wir ganz auf uns gestellt.«

»Und?«

»Und ... wer soll uns jetzt an den Verbotenen Orten vorbei geleiten?«

»Verbotene Orte?«, erkundigte sich Irana.

Beau nickte. »Das sind Orte, die Außenstehenden verboten sind, Lady Irana. Orte, die niemand betreten darf.«

Die vier Kriegsbräute blickten nach Westen, in Richtung Wald. Schließlich sagte Linde: »Soweit ich weiß, ist der ganze Wald verboten.«

Dediana nickte. »Selbst in Jord genügt es, den Namen *Schwarzer Wald* zu nennen, um die ganze Stimmung zu dämpfen.«

»Die Dylvana«, erwiderte Tipperton, »denken nicht so. Und die Baeron auch nicht. Jetzt leben dort Wurrlinge, und ich glaube nicht, dass sie bei diesem Namen zittern.«

Ilea sah Tipperton scharf an. »Wenn sie noch am Leben sind, dort an diesem finsteren Ort, dann, vielleicht, zittern sie nicht.«

Beau keuchte. »Oh, sagt nicht so etwas, Ilea. Denkt es nicht einmal, bitte.«

Tipperton seufzte. »Beau, du weißt, dass der Wald nicht so schlimm ist. Immerhin haben wir viel Zeit dort verbracht, ohne dass uns etwas zugestoßen ist.«

Beau nickte zögernd.

Dediana schaute erneut nach Westen, aber trotz des Sichelmondes, der die Sonne verfolgte, obwohl sie längst untergegangen war, konnte man den Wald nicht sehen. »Was habt Ihr denn dort gesehen?«

Tipperton zuckte mit den Schultern und hob die Hand. »Bäume, Elfen ...«

»Schatten, die einem folgen«, warf Beau ein. »Hügel, die sich bewegen. Dinge im Unterholz, wo Füchse bellen. Etwas, das im Boden ächzt.« Beau erschauerte, und den Kriegsbräuten lief es offenbar ebenfalls kalt über den Rücken. »Das habe ich in diesem verwunschenen Wald gesehen und gehört: Verborgenes und die Verborgenen. Das lauert dort.«

»Ach Beau«, meinte Tipperton. »Ich glaube nicht, dass diese Wälder verwunschen sind. Und außerdem, selbst wenn, warum sollte man dann vor Schatten, Phantomen und Gespenstern Angst haben?«

Beau deutete mit dem Finger auf Tipperton. »Das musst *du* gerade sagen, Wurro. Ich meine ...«, er griff in den Rucksack an seiner Seite, zog sein rot eingebundenes Buch heraus und hielt es Tipperton hin. »Warum sollte man Angst vor Magie haben?«

Tipperton keuchte und wich vor dem Buch zurück. »Weil Magie wirklich ist, Beau«, brachte er heraus.

»Dasselbe glaube ich von Geistern«, konterte Beau und stopfte das Buch wieder in den Sack zurück.

Die jordische Brigade reiste weiter, über freies Gelände, in Richtung der Eryn-Furt und des Rissanin. Kurz vor Sonnenuntergang des dreiundzwanzigsten Tages des April kamen sie zu einer Biegung des Flusses, wo sich die Wasserstraße kurz nach Norden wendete, bevor sie wieder ihre ursprüngliche Richtung nach Süden nahm. Hier lagerten sie unter den Bäumen eines Gehölzes, das dicht am Wasser stand. Tipperton und Beau tröstete das Rauschen des Flusses und das Rascheln des Windes in den Blättern der Bäume. Aber ihr Wohlbehagen war nur von kurzer Dauer, denn in der Nacht kursierten Gerüchte um die Lagerfeuer, die Kundschafter seien nicht zurückgekehrt.

Als die Brigade ihr Lager am nächsten Morgen abbrach, hielten sich die Gerüchte noch immer hartnäckig. Offenbar hatte sich kein einziger Kundschafter in der Nacht zurückgemeldet. Während sie sich darauf vorbereiteten weiterzuziehen, kam der Befehl vom Hrosmarshal, besonders aufmerksam zu sein. Denn das Gerücht war kein Gerücht, sondern die Wahrheit.

Wieder schärften Ilea und Dediana Tipperton und Beau ein, im Falle eines Kampfes von den Wagen zu springen und sich hinterher wieder abholen zu lassen. Also schnallten sich die beiden Wurrlinge ihre Habseligkeiten auf den Rücken und behielten ihre Waffen zur Hand.

Dann brachen sie auf, in Richtung Süden.

Sie entfernten sich von der Biegung des Flusses, schlugen den Weg quer durch das offene Gelände ein, direkt zur Eryn-Furt. Die lag etwa acht Werst in südwestlicher Richtung von ihrem Lager am Fluss. Immer noch hatten sich die Kundschafter nicht gemeldet, obwohl neue ausgeschickt worden waren.

Die Sonne erhob sich am Himmel, erreichte ihren Zenit und ging wieder unter, während die Brigade nach Süden marschierte. Schließlich kamen Melder angeritten und gaben in Valur Befehle weiter, der Kriegssprache der Vanadurin.

Jetzt konnten sie im Westen den Darda Erynian wiedersehen, dessen Gipfel näher kamen, als sich die Brigade der Furt näherte.

Bei Anbruch der Dämmerung marschierte der Tross der Harlingar durch eine niedrige Hügelkette, als sie etwa eine Meile vor sich den Wald sahen, der an den Fluss grenzte. Jenseits der Bäume lag wie glänzendes, mattes Eisen der Fluss in den Strahlen der untergehenden Sonne.

Tipperton merkte, dass er schneller atmete. »Selbst wenn Hrosmarshal Hannor glaubt, dass die Brut verschwunden ist, an der Furt könnte uns ein Hinterhalt erwarten, falls sie einen gelegt haben. Jedenfalls war das so an der Hâth-Furt auf der anderen Seite des Grimmwall.«

»Vielleicht sollte ich Euch hier schon absetzen«, schlug Ilea vor.

»Nein«, widersprach Tipperton. »Wenn es zum Kampf kommt, werden meine Pfeile und Beaus Geschosse gebraucht.«

Ilea sah ihre Zwillingsschwester an. »Ich glaube mittlerweile an den Wert dieser *Waldfolc* Krieger«, sagte Irana. »Sie können herunterspringen, wenn die Schlacht tatsächlich beginnt. Bis dahin lassen wir sie mitfahren.«

Ilea nickte und rief das auch Dediana zu, die ebenfalls nickend zustimmte.

Sie fuhren weiter, während Tippertons Unbehagen wuchs, und als er zurücksah, bemerkte er, dass Beaus Miene ebenfalls grimmig war.

Ein Melder kam angeritten und rief etwas in Valur. Als Ilea nach rechts abschwenkte, sah Tipperton Irana an. »Hrosmarshal Hannor stimmt mit Euch überein, Tipperton. Man hat uns gewarnt, dass an der Furt ein Hinterhalt auf uns warten könnte.«

Dediana fuhr vor und bog dann weit nach links ab. Tipperton sah, dass sich die Kampfwagen in Zweierformationen aufgestellt hatten, und dann in Viererformation, als zwei weitere Wagen neben sie rollten. Die Nabenklingen drehten sich bedrohlich.

Eine Kampflinie, um den Feind schwer zu treffen, falls es denn einen Feind gibt.

Die Krieger hielten ihre Waffen bereit, die Lanzen und Säbel erhoben. Tipperton hatte einen Pfeil eingenockt, Beaus Schlinge war mit einem Geschoss geladen, und so fuhren sie auf den Wald am Fluss zu.

Immer noch nagte die Furcht in Tippertons Gedärmen, und wuchs mit jeder Umdrehung der großen Räder des Kampfwagens noch an.

Eine Achtelmeile vor ihnen ritt die Vorhut in Kampfformation, danach kamen die Wagen, auf denen die Kriegsbräute mit erhobenen Speeren und den Schilden über dem linken Arm standen.

Tippertons Herz hämmerte heftig in seiner Brust, er atmete keuchend, und je näher sie der Kreuzung kamen, desto stärker strömte die Furcht durch seine Adern.

Himmel, was ist denn mit mir los? Sicher, ich habe schon eine Weile nicht mehr gekämpft, aber ... Oh, Adon, kann es sein ...?

»Lady Irana, gebt ein Zeichen, blast zum Rückzug, dort wartet ein Gar...«

Die Woge der Furcht brandete gegen sie. Die Pferde bäumten sich auf und rannten davon, Krieger schrien vor Entsetzen auf, und die Kampfwagen donnerten unkontrolliert durch die Reihen, während sich ihre Lenker vor Angst krümmten.

Tipperton kreischte vor Entsetzen, beugte sich über den Rand des Wagens und wurde hinausgeschleudert, als die Pferde plötzlich durchgingen. Er landete auf dem Boden mitten zwischen hämmernden Hufen und donnernden Rädern, als die Gespanne vor den Kampfwagen Amok liefen.

Dann ließ das Entsetzen nach. Mit lautem Gebrüll stürmten Rukhs und Hlöks und Ghûls auf Hèlrössern über die Kämme der Hügel und griffen an. Ihre Waffen blitzten in der Sonne, bereit zum Töten.

Schließlich stampfte ein gewaltiger Gargon zwischen den Bäumen ins Freie und auf die Vorhut der unberittenen Harlingar zu, deren Rösser ihre Reiter abgeworfen hatten und in Panik geflohen waren. Die Männer zu Fuß waren wie gelähmt von der Furcht, gebannt von dem grauenvollen Blick der schrecklichen Kreatur, die ihre Klauen erhoben hatte, bereit dazu, alles zu zerfetzen, was ihr in den Weg kam.

7. Kapitel

Tipperton rappelte sich auf und wich den wiehernden, durchgehenden Pferden geduckt aus, brachte sich mit einem Sprung vor den herandonnernden Kampfwagen und ihren todbringenden Nabenklingen in Sicherheit. Über dem Donnern der Hufe, dem schrillen Kreischen der Pferde und den Schreien der Jordier sowie über dem Gebrüll der heranstürmenden Brut hörte Tipperton, wie jemand seinen Namen schrie. Er drehte sich herum und sah Beau, der zwischen den Rössern herumhüpfte und versuchte, Tipperton zu erreichen.

Dann war das Gezücht da, gerade als die ersten Jordier versuchten, ihre panischen Tiere zu beruhigen. Als die Harlingar ihre Rösser unter Kontrolle hatten, trafen die ersten Ghûle auf sie. Der Gestank ihrer Hèlrösser genügte, um die Pferde erneut scheu zu machen. Die grausamen, mit Widerhaken versehenen Speere der Ghûle forderten ihren Tribut, als der Leichen-Feind durch das Chaos stürmte.

Tipperton und Beau liefen noch immer im Zickzack durch das Chaos aus scheuenden Pferden, Hèlrössern und Kampfwagen, als sie sich endlich erreichten.

In diesem Augenblick ebbte die Angst, die der Fürchterich wirkte, noch weiter ab. Tipperton sah sich um und bemerkte, dass dieses grauenvolle, fast drei Meter große Ungetüm durch die von Schrecken gelähmten Menschen schritt und sie mit seinen entsetzlichen Klauen zerfetzte. Seine tödliche Macht schien jetzt vollkommen auf sie konzentriert.

»Sie haben einen Gargon!«, schrie Tipperton. »Wir haben keine Magier, keine Speerschleudern, nichts, womit wir gegen ihn kämpfen könnten.«

»Wie wäre es mit einem Kampfwagen?«, erwiderte Beau, der mit einem Geschoss einen Rukh fällte, der sich auf die Harlingar gestürzt hatte. Als Tipperton mit einem Pfeil einen Hlök durchbohrte, schrie Beau: »Wenn wir einen Kampfwagen hätten, könnten wir den Gargon mit den Nabenklingen fällen.«

Noch während Beau das schrie, nahm einer der Kampfwagen mit blitzenden Klingen Kurs auf das Monster. Aber die Kreatur, von deren Klauen das Blut nur so troff, richtete seinen Blick auf diese Bedrohung. Die Pferde kreischten schrill auf und scheuten, eines stürzte, riss die anderen mit – und der Wagen überschlug sich. Die Lenkerin und die Speerwerferin wurden hinausgeschleudert. Der weiße Busch auf einem der Helme leuchtete in der untergehenden Sonne.

»Dediana! Linde!«, schrie Tipperton, während er den nächsten Pfeil einnockte. »Bei Adon!«

Doch dann spülte die Schlacht über die Bokker hinweg, und jetzt kämpften sie um ihr Leben. Sie rannten, wichen aus und schossen, während sich das Rot der untergehenden Sonne am Horizont mit dem der blutdurchtränkten Erde vermischte.

Hinter ihnen hörten sie die heulenden Rukh, als die Brut ihren Triumph herausbrüllte, und von vorn ertönte plötzlich ein Hornsignal.

»Himmel, sie haben uns abgeschnitten!«, keuchte Beau und rannte nach rechts, neben Tipperton inmitten der zerklüfteten Hügel entlang, die zwischen ihm und dem Schwarzen Wald lagen.

»Wir müssen uns in Sicherheit bringen!«, schrie Tipperton.

Beau deutete nach rechts, auf eine hohe Klippe. Die beiden Wurrlinge rannten darauf zu.

Keuchend kletterten sie die steile Klippe empor, während ihnen der Halbmond im Westen Licht spendete.

»Hast du noch Geschosse übrig?«, keuchte Tipperton.

»Ein oder zwei«, meinte Beau schwer atmend. »Und du?«

»Nur noch meinen roten Signalpfeil. Aber wenn dort oben Steine liegen, kann ich meine Schleuder nehmen.«

»Steine oder nicht, Wurro, ich sage, wir verstecken uns«, rief Beau.

Sie hörten, wie die Brut hinter ihnen auf Slûk losbrüllte, aber was sie sagten, verstanden die Wurrlinge nicht. Irgendwo in der Ferne pulsierte eine schreckliche Furcht.

Tipperton und Beau kletterten über den letzten Vorsprung und auf die flache Steinplatte darüber. Sie streiften sich ihre Rucksäcke hastig ab, denn obwohl sie verfolgt wurden, hatten sie keine Zeit gefunden, sie einfach abzuwerfen.

Von unten hörten sie einen Schrei. Tipperton kroch vorsichtig zum Rand des steilen Felsens. »O nein!«, stöhnte er. »Da kommt noch eine Rotte!«

Beau trat keuchend neben Tipperton und sah hinab. Im Mondlicht erkannten sie eine Abteilung Rukh, die auf den Felsen zuliefen. Beau drehte sich zu dem Weg zurück, den sie gekommen waren. Auch dort näherte sich das Gezücht. »Die hinter uns müssen uns gesehen und den anderen Bescheid gegeben haben«, erklärte Beau. »Beide Abteilungen wissen, dass wir hier sind.« Er suchte den Boden nach Steinen ab, die in seine Schleuder passten.

»Hör zu, Wurro«, sagte Tipperton und half ihm, geeignete Steine zu suchen. »Du kannst besser mit der Schleuder umgehen als ich, also wenn sie hier hochkommen, schieß du auf sie, während ich größere Steine runterschleudere.«

»Ich hätte nie gedacht, dass ich sagen würde, lass uns zwischen diese Bäume flüchten, Tipperton, aber wenn wir den

Schwarzen Wald erreicht hätten, dann wären sie uns vermutlich nicht hineingefolgt.«

Tipperton blickte vom Boden hoch, wo er Steine gesucht hatte, und sah nach Westen auf den Schwarzen Wald, der kaum mehr als eine Viertelmeile entfernt war. Dann suchte er weiter Steine. »Hätten wir den Schwarzen Wald erreicht, Beau, wir wären ihnen wahrscheinlich entkommen.«

Ein schwarz gefiederter Pfeil pfiff über sie hinweg.

»Meiner Seel, wir müssen vorsichtig sein«, sagte Beau und duckte sich. »Sonst werden sie uns noch treffen.«

Dann hörten sie am Fuß der Klippe Lärm. Tipperton spähte über den Rand. »Da kommen sie«, knirschte er und hob einen großen Stein auf, als sich ein schwarzer Pfeil aus dem Dunkel löste und im Mondlicht über ihnen schimmerte.

»Hier auch!«, schrie Beau von der anderen Seite, wirbelte seine Schleuder herum und feuerte. »Scheunenratten!«, fluchte er und lud seine Schlinge erneut.

Tipperton warf einen Blick über den Rand und trat ein Stück nach links. Dann ließ er einen spitzen Felsbrocken über den Rand fallen, der einen der Kletterer traf. Tot stürzte der Rukh lautlos in die Tiefe, während der Steinbrocken von einem Vorsprung abprallte, und einen zweiten Kletterer traf, der vor Schmerz aufschrie und ebenfalls in den Tod fiel.

Jemand unter Beau brüllte, als Tipperton einen weiteren Felsbrocken hochhob.

»Lauf um den Vorsprung herum!«, rief Beau. »Sie klettern überall hinauf.« Er feuerte einen weiteren Stein ab, dem der laute Schrei eines Rukhs folgte.

Ein schwarzer Pfeil zischte an Tipperton vorbei, während er den Stein zum Rand rollte und darüber hinwegfallen ließ, dann trat er nach links, hob einen weiteren auf und schleuderte ihn in die Tiefe. Beide trafen ihr Ziel. Der eine brach einem Rukh die Knochen und der zweite war auf der Stelle tödlich.

Die Rukh schrien vor Angst und kletterten in eiliger Flucht wieder hinab, wo sie von der Klippe wegrannten.

»Wir haben sie in die Flucht geschlagen!«, jubelte Beau.

Doch Tipperton schüttelte den Kopf. »Kein Grund zur Freude, Wurro, denn sie haben uns nach wie vor in der Falle.«

Die Brut rottete sich im Mondlicht am Fuß der Klippe zusammen, dann trottete einer von ihnen davon.

»Was haben sie vor, was meinst du?«, zischte Beau.

Während Tipperton Steine an den Rand des flachen Vorsprungs rollte, sah er, wie die Rukh im Laufschritt über dem Kamm des nächsten Hügels verschwanden, der westlich von der Klippe lag. »Ich fürchte, dass uns der Abschaum jetzt mit Pfeilen beschießt. Wenn er den Hügelkamm erreicht, sind wir in ihrer Reichweite.«

Beau blickte vom Boden hoch, wo er Kiesel suchte, sah in die Richtung, in die Tipperton deutete, und suchte weiter.

Einige Augenblicke später ertönten im Norden und Osten laute Hornsignale, nicht weit entfernt. »Ho!«, rief Tipperton. »Das ist das Horn eines Schwarzochsen. Einige der Vanadurin leben offenbar noch.«

»Ich wünschte, sie wären hier, Wurro«, sagte Beau. »Wir könnten sie hier gut gebrauchen.«

Tipperton warf einen Blick auf den Köcher an seinem Schenkel. Ein einsamer roter Pfeil ruhte noch darin, sein letztes Souvenir von Rynna. Er holte tief Luft, trat zu seinem Rucksack und zog eine kleine Laterne und einen Feuerstein heraus. »Vielleicht können wir ja Hilfe holen.« Er hob die Haube der Laterne hoch und entzündete sie. Sie verstärkte die Helligkeit des Mondlichts, und ihr Schimmer tauchte die Spitze der Klippe in einen dämmrigen Schein.

»Meiner Treu, was geben wir jetzt für ausgezeichnete Ziele ab«, stöhnte Beau, während er sein letztes Lehmgeschoss in die Schlinge lud.

Tipperton hob seinen Elfenbogen, nockte den roten Pfeil ein und hielt seine Spitze kurz in die Flammen der Laterne, als auf dem gegenüberliegenden Hügel ein aufgeregter Schrei ertönte.

Beaus Schlinge pfiff, als der Pfeil auf Tippertons Bogen Feuer fing. Tipperton spannte die Sehne, zielte in den Himmel und feuerte den Pfeil ab. Beau schleuderte sein Geschoss ebenfalls. Ein rot glühender Pfeil fegte in den Himmel empor und zog einen Schweif aus Feuer nach sich, während ein schwarz gefiederter Pfeil von dem Hügel zur Klippe sauste – und ein um sich selbst wirbelndes Geschoss in die andere Richtung.

Der Pfeil zischte haarscharf an Tippertons Ohr vorbei.

Mit einem dumpfen Schlag landete das tönerne Geschoss mitten im Auge des Bogenschützen der Rukhs. Rücklings stürzte der Rûpt den Grat des Hügels tot hinab.

Als Tipperton den rot brennenden Pfeil beobachtete, trat Beau zu der Laterne, blies sie aus und klappte den Deckel zu. »Es ist nicht nötig, ihnen auch noch behilflich zu sein, Wurro.«

Immer noch erhob sich der brennende Pfeil wie ein Komet in den Himmel, und ließ eine Funken sprühende, rot leuchtende Spur hinter sich, die allmählich erlosch.

»So, Beau, da fliegt er und verkündet, dass wir hier sind. Hoffen wir, dass Freunde darauf reagieren, nicht der Feind.« Tipperton sah seinen Gefährten an und setzte hinzu: »Was mir jedoch am meisten Sorgen macht, Wurro, ist, dass der Gargon möglicherweise auf die Idee kommt, sich diese Klippe genauer anzusehen.«

»Sie kommen wieder«, zischte Beau und lauschte mit geneigtem Kopf dem verstohlenen Kratzen von unten.

»Du nimmst *diese* Hälfte, ich jene«, meinte Tipperton, streckte die Hand aus und sprang auf.

Als sich Beau gerade erheben wollte, rief er: »Tip, pass

auf!«, und riss seinen Freund in dem Augenblick zurück, als ein schwarz gefiederter Pfeil im Mondlicht an ihnen vorüberzischte. »Sie haben wieder einen Bogenschützen auf dem Hügel postiert.«

Tipperton spähte um den Felsen herum, an den sie sich gelehnt hatten, betrachtete den Kamm des angrenzenden Hügels. »Wo?«

»Dort bei dem Baum.«

»Ich kann ihn nicht ... ah, da ist er ja.« Tipperton drehte sich zu Beau herum. »Schaffst du das?«

Beau schüttelte den Kopf. »Das ist nicht sehr wahrscheinlich, Tipperton. Mein letztes gutes Geschoss habe ich für den anderen verwendet, und die Steine ... na ja, sie streuen ziemlich, vor allem über eine große Entfernung.«

Die Wurrlinge hörten immer noch leise Geräusche von unten. »Also dann, Wurro«, sagte Tipperton und sah sich suchend nach dem nächsten scharfkantigen Felsbrocken um. »Wir müssen dafür sorgen, keine leichten Ziele zu sein. Wir müssen uns ducken und herumlaufen, sonst kann dieses Gezücht bis zu diesem Vorsprung hochklettern. Steine und Fäuste jedoch sind keine würdigen Gegner für Krummsäbel und Keulen und was auch immer sie für Waffen bei sich haben.«

Im silbernen Licht des Halbmondes hockte Beau sich hin und nickte. Tipperton tat es ihm gleich.

»Fertig?«, fragte Tipperton.

»Fertig«, erwiderte Beau und lud seine Schlinge.

»Und ... los!«, schrie Tipperton.

Die Wurrlinge schossen hinter dem schützenden Felsen hoch. Tipperton hob einen großen Brocken auf, während Beau mit wirbelnder Schleuder weiterrannte.

Auf der Hügelkuppe gegenüber ertönte ein schriller Schrei und etwas surrte an Beau vorbei.

Tipperton rannte zum Rand der Klippe, hob den schweren

Felsbrocken mit beiden Händen in die Luft und blickte über den Vorsprung – genau in das Gesicht eines Hlök, der kaum einen halben Meter unter ihm am Felsen hing. Der Feind schrie auf und hob einen Arm, als der Bokker den Steinbrocken auf ihn herabsausen ließ. Der Hlök stürzte in den dunklen Abgrund, der Felsbrocken polterte hinter ihm her.

Tipperton rannte geduckt und im Zickzack über das kleine Plateau und klaubte dabei Steine auf, denn zwei weitere Rukhs kletterten ein Stück links von der Stelle, an der der Hlök abgestürzt war, über den Rand des Felsvorsprungs.

»Achtung, Beau!«, schrie Tipperton, einen Felsbrocken in der Hand, und sein Freund sprang gerade noch rechtzeitig zurück, als ein schwarz gefiederter Pfeil an der Stelle vorüberschoss, an der er einen Augenblick vorher noch gestanden hatte. Dann stürzte sich Tipperton auf einen der beiden Rukhs, als der andere aufschrie und rücklings in den Tod stürzte, getroffen von einem Stein aus Beaus Schleuder.

Tipperton rammte dem anderen den Brocken gegen die Brust, und als der Rukh auf dem Rand des Vorsprungs balancierte, schlug Tipperton erneut zu. Der Rukh stürzte ab und kreischte, als er in die Tiefe stürzte. Der Schrei endete in einem Krachen, als er gegen den Felsen prallte und dann weiter fiel.

Mit dem Felsbrocken in der Hand lief Tipperton am Rand des Plateaus entlang, weil immer mehr Feinde die Klippe emporkletterten.

Früher oder später wird uns ein schwarzer Pfeil erwischen, Beau oder mich, aber bis dahin …

Er schleuderte seinen Stein auf einen der Kletterer herab, verfehlte ihn jedoch.

Er sah sich kurz um, hob einen weiteren Brocken auf, der sein Ziel nicht verfehlte. Doch andere von der Brut folgten ihren abgestürzten Kameraden, fest entschlossen, diese beiden Wurrlinge umzubringen.

Beau feuerte seine Geschosse unablässig auf die Brut. Die meisten trafen, einige verfehlten jedoch auch ihre Ziele. Die Feinde allerdings setzten den Angriff unaufhörlich fort.

Als Beau seine Schleuder wieder lud, warf er einen kurzen Blick auf den gegenüberliegenden Hügel, denn seit einer Weile waren keine schwarzen Pfeile mehr in ihre Richtung geflogen. »Ihm ist die Munition ausgegangen, glaube ich!«, rief Beau, doch dann sah er im Licht des Mondes ... »Meiner Seel, Tip, da kommen noch mehr!«

Den Hügel hinab und durch die Senke rannten zwei kleine Gestalten, und er konnte noch weitere Schatten im Mondlicht erkennen.

Tipperton hatte jedoch keine Zeit, lange hinzusehen, denn die Rukhs und Hlöks kletterten unverdrossen weiter. Einige hatten bereits den Rand der Klippe erreicht und zogen sich hinüber. Tipperton schlug mit dem großen Brocken erbarmungslos auf Finger, Hände, Handgelenke und Arme ein. Knochen zersplitterten, und die Brut kreischte auf, wenn sie in die Tiefe stürzten.

Dann flogen plötzlich von den Schatten unten im Mondlicht Pfeile hinauf, bohrten sich in die Rücken der Rukhs und Hlöks. Das Gezücht fiel kreischend von dem Felsen. Einige stürzten aus keinem ersichtlichen Grund ab, jedenfalls soweit Beau und Tipperton es sehen konnten.

Dann war der Angriff unvermittelt vorbei. Keiner vom Gezücht lebte mehr.

Tipperton ließ sich auf den felsigen Boden fallen, und keuchte angestrengt. Schließlich rappelte er sich aber wieder hoch und stolperte zu Beau.

»Lebt da oben noch jemand?«, rief plötzlich eine weibliche Stimme zu ihnen hinauf.

»Zwei Bokker!«, erwiderte Beau, trat jedoch vom Rand zurück, weil er denen da unten kein Ziel bieten wollte. »Wer seid Ihr da unten, die Ihr uns gerettet habt?«

»Zwei Bokker? Meiner Treu! Ich bin auch ein Wurrling, Rynna Fenbrush von Quellwasser …!«

»Rynna!« Beau trat an den Rand des Vorsprungs. »Wie kann das sein? Du bist doch beim Fall von … von …«

Doch unten im silbrigen Mondlicht stand sie, Rynna, ließ den Bogen sinken und entspannte die Sehne. Neben ihr befand sich noch ein Wurrling, und um die beiden herum bewegten sich kleine Schatten.

»Rynna, ich bin es, Beau Darby, und Tipperton ist auch bei mir!«

Beau drehte sich zu Tipperton herum, der auf die Knie gesunken war und die Hände vor das Gesicht geschlagen hatte.

Als er wieder hinabsah, rannte Rynna auf die Klippe zu und begann Augenblicke später hinaufzuklettern.

Irgendwo in der Nähe schmetterte ein Schwarzochsen-Horn, dem rûptische Signale antworteten.

Dann schwappte eine Woge wachsender Furcht über sie hinweg, während der entsetzliche Fürchterich voranstampfte.

8. Kapitel

Noch während Rynna hochkletterte, gellte ein weiteres Horn der Brut, doch war es viel näher als das erste. »Nicht, warte, Rynna, die Rukhs sind zu nah! Wir kommen herunter!«

Beau trat hastig zu Tipperton. »Komm, Wurro, wir müssen los.«

Tipperton hob den Kopf. Seine Wangen waren von Tränen überströmt. »Sie sagten, sie wäre tot.«

»Ist sie aber nicht«, erwiderte Beau, schnappte sich ihre Rucksäcke und hielt Tipperton sein Bündel hin. »Zeit zu verschwinden. Es sei denn, du möchtest lieber warten, bis das Gezücht hier ist.«

Tipperton sprang auf, schulterte seinen Rucksack und die Laute. Dann trat er mit Beau zum Rand des Vorsprungs und blickte hinab. Sein Herz schwoll so sehr an, dass er schon fürchtete, es würde zerbersten, als er seine Rynna dort unten im Mondlicht stehen sah. Rynna schlug die Hand vor den Mund und brach in Tränen aus, als sie ihren geliebten Bokker sah.

Im selben Augenblick jedoch trat ein weiterer Wurrling zu ihr, und einige Schatten tauchten von der Seite der Klippe auf. »Ryn!«, schrie der Wurrling, »Ryn, wir müssen los! Das Gezücht kommt näher!«

Rynna sah ihn an. »Wie viele?«

»Zu viele.«

Tipperton drehte sich herum und sah einen Haufen der Brut über einen Hügel marschieren. Sie waren schon recht nah und wollten ganz ohne Zweifel zu der Klippe. Hörner schmetterten, denen andere Hornsignale aus der Ferne antworteten. Tipperton streifte seinen Rucksack ab. »Hol dein Seil heraus, Beau. Wir müssen uns hinunterlassen, sonst fangen sie uns wieder. Wir binden es an diesem großen Felsen da fest.«

Beau ließ seinen Rucksack fallen, holte das Seil und band es mit dem von Tipperton zusammen, während Tipperton ihre Rucksäcke an einem Ende befestigte. Nachdem Beau das andere Ende an einem Felsen verankert hatte, ließ Tipperton ihre Rucksäcke und die Laute zu den Wurrlingen am Fuß der Klippe hinab. Dann schlang sich Tipperton das Seil um eine Schulter, unter einen Schenkel und über die andere Schulter wieder hinauf. »Fertig?«, fragte er Beau. Als dieser nickte, trat Tipperton rückwärts über den Rand der Klippe und ließ sich gegen die steile Wand sinken. Er trat sich mit den Füßen ab, lenkte mit der linken seinen Abstieg, während die Rechte das Seil bremste und stützte. So zu klettern hatte Phais die beiden Wurrlinge damals im Ardental gelehrt.

Kurz darauf erreichte er den Boden vor der Klippe. »Alles klar. Komm, Beau!«

Während sich Beau an den Abstieg machte, drehte sich Tipperton herum. Rynna flog in seine Arme. Er hielt sie fest, drückte sie und küsste sie immer wieder, während er flüsterte: »Rynna, meine Rynna.« In diesem Augenblick spielte es keine Rolle, dass eine Vorhut der Brut unterwegs war oder irgendwo ein grauenvoller Gargon herumstampfte. Nein, das Einzige, was zählte war, dass er seine Rynna in den Armen hielt. Die Tränen liefen ihm über die Wangen. »Ach, meine Damnia«, stieß er hervor. »Man hat mir gesagt, du wärst tot, alle Wurrlinge wären beim Fall von Caer Lindor umgekommen, und jetzt finde ich dich hier lebendig und gesund!«

Rynna küsste Tipperton erneut und drückte sich an ihn. Sie sah in sein Gesicht, als könnte sie gar nicht genug von seinem Anblick bekommen. Dann deutete sie auf die beiden anderen Wurrlinge. »Farly, Nix und ich waren bei Aravan, Arnu und Velera auf der Insel Olorin und dann im Darda Galion, um zu überprüfen, ob die Flussleute die Wahrheit gesagt hatten. Wir stellten fest, dass es eine Lüge war, aber bevor wir zurückkehren konnten, war die Festung bereits von den Flussleuten verraten worden ...!«

»Ich wusste es!«, spie Tipperton hervor. »Wir hätten sie nie ...!«

Rynna brachte ihn mit einem Kuss zum Schweigen. »Ach, mein Bokker, du dachtest, ich wäre tot. Aber ich, ich wusste nicht, wo du warst ... ob noch am Leben. Als ich dann den roten Signalpfeil sah, wagte ich nicht zu hoffen, obwohl ich es tat. Und als wir hier eintrafen, warst du da!« Sie hatte Tränen in den Augen, als sie Tipperton erneut küsste, und im selben Augenblick landete Beau auf dem Boden vor der Klippe.

»Verschiebt eure Wiedervereinigung auf später!«, keuchte er und entledigte sich der Leine. »Die Brut ist ...«

Beau verstummte, als er einen der kleinen Schatten näher betrachtete, die um sie herum wieselten. »Meiner Seel! Erkenne ich da einen Fuchsreiter? Diese Wesen, die Phais ›Pysk‹ nannte, die ›Entrückten‹?«

Bevor jemand antworten konnte, schmetterte ein Hornsignal auf der anderen Seite der Klippe.

»Wir müssen uns in den Schutz des Darda Erynian flüchten!«, rief Rynna.

»Mein Rucksack!«, blaffte Beau.

»Meine Laute«, fügte Tipperton hinzu.

»Farly und Nix haben sie«, erklärte Rynna. Als sich Tipperton und Beau umdrehten, sahen sie, dass die beiden anderen Wurrlinge die Rucksäcke bereits geschultert hatten. Auch die Laute war verstaut.

In diesem Augenblick rannte ein kleiner Schatten um die Ecke der Klippe. *»Adreem!«*, schrie eine hohe Stimme. *»Adreem! A va Naxdow! Va Sleg ra an slait!«*

»Lauft!«, schrie Rynna und zerrte Tipperton mit zum Schwarzen Wald, der eine knappe Dreiviertelmeile entfernt lag. Tipperton, Beau, Farly und Nix und ein Haufen kleiner Schatten flüchteten sich so schnell sie konnten in die Sicherheit des Waldes.

Hinter sich hörten sie, wie Hörner schmetterten und Rukhs heulten, als die Brut die Fliehenden vom Kleinen Volk sah.

Schwarz gefiederte Pfeile zischten durch die Luft und bohrten sich in die Erde. Einige flogen weit über ihr Ziel hinaus, andere waren zu kurz, etliche dagegen kamen ihnen gefährlich nah.

»Adreem!«, schrie Rynna den in Schatten gehüllten Pysks zu. *»Adreem! Ne atat!«* Aber obwohl die Feengestalten schnelle Füchse ritten, beachteten sie Rynnas Befehl vorauszureiten und zu fliehen nicht, sondern bildeten einen Ring um die langsameren Wurrlinge.

Heulend und brüllend verfolgte sie die Brut. Mit ihren längeren Beinen waren sie schneller unterwegs als die Wurrlinge, und diesmal verfolgten Tipperton nur solche, die ihn töten wollten, nicht auch jene, die ihn retten konnten – wie damals, als er bereits einmal vor Rûpt davongelaufen war. Doch die Wipfel des Schwarzen Waldes waren nah; wenn sie nur die Sicherheit des Waldes erreichen könnten ...

Tipperton warf einen Blick über die Schulter. »Wir schaffen es nicht!«, schrie er. Im selben Augenblick schmetterte ein tiefes Schwarzochsen-Horn, durch das Mondlicht donnerten jordische Reiter und Harlingar griffen mit gesenkten Speeren an.

Auf einem der Pferde ritt eine Kriegsbraut, deren weißer Helmbusch im Wind wehte.

»Linde!«, schrie Tipperton, der bereits am Waldrand stand. Er hielt inne, wie auch Rynna sowie drei der von Schatten umhüllten Feenwesen, während der Rest des Kleinen Volks in den Wald lief. Als Rynna Tipperton zum Wald weiterzog, brüllte er: »Linde, zu mir! Linde, hierher!«

Aber die Vanadurin hörte ihn nicht, als sie mit ihrer Truppe in die überrumpelte Brut hineinstürmte. Rûpt schrien auf und wandten sich zur Flucht, als die Harlingar sie mit ihren Speeren durchbohrten, die jodrischen Pferde das Gezücht zu Boden trampelten und zerschmetterten.

Tipperton war mittlerweile zwischen die ersten Bäume getreten. »Linde!«, wiederholte er, »Linde!«, während die Harlingar durch die Brut donnerte und wendete, um sie erneut anzugreifen.

Diesmal hörte die Kriegsbraut den Ruf des Bokkers und ritt zu ihm. Ihr Pferd keuchte, schnaubte und verdrehte die Augen, als der Gestank von Blut in seinen Nüstern ihm sagte, dass die Schlacht tobte.

»Tipperton, ich dachte, Ihr wärt gefallen!«, schrie Linde. Sie hatte die Augen ebenfalls weit aufgerissen. Dann sah sie neben ihm Rynna und drei von Schatten verhüllte Gestalten.

»Linde, es sind zu viele von der Brut, als dass Ihr gegen sie kämpfen könntet! Kommt mit uns. Wir ziehen uns in den Schwarzen Wald zurück, in Sicherheit, denn hierher wird uns das Gezücht nicht folgen.«

»Ihr wollt, dass wir fliehen?«

»Ja, um an einem anderen Tag weiterzukämpfen!«

Lindes Knöchel wurden weiß, als sie ihren Speer umklammerte.

»Bitte, Linde. Nicht einmal die Vanadurin können einem Gargon standhalten.«

Plötzlich sackten Lindes Schultern zusammen, die Wildheit wich aus ihrem Blick und sie sah in die Richtung, in der der Kampf noch tobte.

»Kommt mit uns in den Schwarzen Wald!«, flehte Tipperton sie an. Er deutete auf den dunklen Wald.

Rynna trat vor und sah Linde an. »Könnt Ihr einen Eid leisten, den auch Eure Kameraden ausnahmslos einhalten werden?«

Linde nickte. »Ich bin zwar von bürgerlicher Herkunft, doch eine Kusine von König Ranor. Da Hrosmarshal Hannor gefallen ist, befehlige jetzt ich diese Einheit!«

Rynna deutete auf den Darda Erynian. »Wenn Ihr jene, die Ihr befehligt, ebenso wie Euch selbst zum Schweigen verpflichtet, werden die Verborgenen Euch Zuflucht gewähren.« Rynna wandte sich an die Schatten, die Tipperton umgaben. »Und damit Ihr unser Vertrauen erkennt ...« Sie gab den Schattengestalten ein Zeichen, auf das hin die Schatten verschwanden und an ihrer Stelle drei Füchse mit schwarzen Füßen standen, auf denen jeweils ein kleiner Reiter saß, kaum dreißig Zentimeter hoch, mit winzigen Bögen ausgestattet, auf dem winzige Pfeile eingenockt waren. Sie deutete ebenfalls auf den dunklen Wald vor ihnen.

Linde riss erschreckt die Augen auf, denn hier standen Wesen aus der Legende vor ihr, Fuchsreiter, Entrückte. Sie schaute zum Wald, dann auf die Schlacht und richtete ihren Blick danach wieder auf das Kleine Volk und die Verborgenen an ihrer Seite, auf Verborgene, die nicht mehr länger verborgen waren.

»Bitte, Linde!«, bat Tipperton sie und deutete auf das Kampfgetümmel. »Das ist nur die Vorhut der Brut. Der Hauptteil des Segmentes ist unterwegs, und bei ihnen ist der Gargon.«

Zögernd nickte Linde. Dann wurde ihr Blick jedoch entschlossener, und sie sagte: »Bei Adon und Elwydd gelobe ich, dass die Verborgenen unser Geheimnis sind, *ich* gelobe es – und alle Vanadurin.« Dann hob sie das Schwarzochsen-Horn an die Lippen und stieß ein Signal aus. Das laute Schmettern übertönte den Kampfeslärm.

Während die Harlingar Lindes Signal befolgten, sich um sie zu sammeln, antwortete aus der Ferne ein kollektives Schmettern von ehernen Trommeln, als die Brut ihre Herausforderung herausbrüllte.

Und eine Woge von Furcht überspülte sie.

Der Blutdurst des Gargon schien trotz des entsetzlichen Massakers noch immer nicht befriedigt zu sein.

Während die gnadenlose Furcht immer stärker wurde, zogen sich die Vanadurin in den Schwarzen Wald zurück. Die Jordier führten ihre Pferde jetzt am Zügel und folgten Nix, dem Wurrling, der eine kleine Laterne trug. Das gedämpfte Licht hüpfte wie ein Irrlicht durch das Dickicht, während er die Harlingar tiefer in den Wald führte.

Linde stand am Waldrand und trieb die Männer und Frauen an, die an ihr vorüberzogen. Zugleich beobachteten Tipperton, Rynna, Beau und Farly in der Nähe die Brut, die sich vom Darda Erynian fernhielt und unschlüssig davor herumstand, während sie in ihre Hörner stieß und ihre Hauptmacht heranführte. Deren Hornsignale wurden immer lauter ...

... wie auch die pulsierende Furcht.

Beau hatte sich seinen Rucksack von Nix geben lassen, so wie Tipperton Farly seine Habseligkeiten abgenommen hatte. Sie schlangen sie nun auf ihre Rücken. Tipperton holte tief Luft, sein Herz hämmerte heftig. »Wenn sie aus irgendeinem Grund doch in den Wald marschieren, brauche ich Pfeile. Meine sind alle.«

»Und ich brauche Geschosse«, sagte Beau, der vor Angst die Lippen zusammenpresste. »Obwohl ich noch ein paar Steine von der Klippe habe.«

»Farly, wie viele Pfeile hast du noch übrig?«, erkundigte sich Rynna.

»Augenblick, drei, fünf ... sechs Stück, Rynna.«

»Ich habe noch vier«, erklärte sie. »Ich fürchte, wir haben alle kaum noch Munition, Tip. Und was die Geschosse angeht, Beau, wir haben gar keine. Allerdings gibt es nicht weit vor uns einen Strom, wo du vielleicht geeignete Kiesel finden wirst.« Sie wandte sich an Farly. »Gib Tipperton drei von deinen Pfeilen und ich gebe ihm einen von meinen.«

»Nein, warte, Rynna!«, protestierte Tipperton. »Ich kann Euch doch nicht ...!«

»Unsinn«, unterbrach ihn die Damman. »Besser, wenn drei von uns schießen können als nur zwei.«

Die letzten Harlingar marschierten an ihnen vorbei, dann trat Linde zu ihnen. »Das sind alle. Siebenundneunzig Vanadurin insgesamt.«

»Siebenundneunzig?«, stöhnte Tipperton. »Das bedeutet ...«

»Dass neunhundert Krieger im Kampf gegen die Brut gefallen sind«, knirschte Linde. »Dafür werden sie zahlen, das schwöre ich.« Sie starrte hasserfüllt auf die Brut, doch dann stieß sie ein entsetztes Keuchen aus.

Denn im selben Augenblick stampfte der grässliche Gargon um die Klippe herum.

Ihm folgte eine Woge von Rukhs und Hlöks, und die Rûpt, die am Waldrand gewartet hatten, wichen vor der grauenvollen Macht zurück. Sie konnten nicht einmal seine gedämpfte Furcht ertragen. Obwohl er von Verbündeten umringt war, ging er allein. Ein großer, leerer Kreis bildete sich um ihn, weil ihm keiner der Brut nahe kommen konnte. Nicht einmal die offenbar so furchtlosen Ghûls konnten seine grauenhafte Macht ertragen.

Die Brut, die gewartet hatte, schrie den anderen etwas zu und deutete auf den Schwarzen Wald. Der Gargon richtete seinen schrecklichen Blick auf den mächtigen Wald. Im nächsten Moment flutete die Furcht wie eine Woge auf ihn zu und überspülte sie alle. Linde und Wurrlinge wären beinahe zu Boden gestürzt. Doch gerade noch rechtzeitig ließ die Furcht nach.

»Lauft!«, zischte Tipperton. »Er kann uns nicht sehen, aber er weiß, dass wir hier sind.«

Also flüchteten sie sich tiefer in die Schatten des Darda Erynian.

»Bei Elwydd!«, fauchte Rynna, die rückwärts den Hang hinunterkletterte. Tipperton und einer der von Schatten umhüllten Entrückten folgten ihr. »Er kommt in den Wald und bringt die Brut mit. Tipperton, wir können gegen einen Gargon nicht ankämpfen. Wir müssen Lark und die anderen holen und fliehen.«

»Lark?«

»Ja, sie ist ...«

Entsetzlicher Terror fegte über sie hinweg, und die beiden Wurrlinge keuchten vor Furcht. Ihre Herzen hämmerten wie wild. *»Af slait!«*, schrie eine helle Stimme. *»Adreem!«*

Rynna packte Tippertons Arm und zog ihn hinter sich her. »Wir müssen dem Fuchsreiter folgen.«

Sie liefen tiefer in den Wald hinein. Die von Schatten umhüllte Pysk auf ihrem schwarzfüßigen Fuchs schoss voneweg, wartete dann, bis sie sie eingeholt hatten, und rannte dann wieder voraus.

Irgendwo hinter ihnen kam der Fürchterich, viertausend Rûpt im Kielwasser.

Keuchend holten die beiden Wurrlinge schließlich die Jordier ein und folgten ihnen tiefer in den Wald.

»Und?« Beau ließ sich etwas zurückfallen und ging neben ihnen. Die Furcht zeichnete sich deutlich auf seinem angespannten Gesicht ab.

»Er kommt in den Wald«, erklärte Tipperton.

»Und bringt den Rest der Horde mit«, setzte Rynna hinzu.

»Das dachte ich mir«, stöhnte Beau.

Erneut fegte die Furcht kurz über sie hinweg. Es war so, als würde der Fürchterich seine grauenvolle *Macht* nutzen, um den Wald nach einem Zeichen des fliehenden Feindes abzusuchen.

»Hör zu, Rynna«, meinte Tipperton. »Wir können den Gargon nicht zu den Quellwasser-Wurrlingen oder den Wohnorten der Verborgenen führen. Einem solchen Schrecken dürfen wir sie nicht aussetzen.«

»Die Pysks haben einen Plan«, erwiderte Farly.

»Einen Plan?«

Farly nickte. »Offenbar hat einer von ihnen am Ende der Ersten Ära einen Gargon getötet, jedenfalls hat Phero das behauptet.«

»Und?«, hakte Rynna nach.

»Phero ist unterwegs zu den Eio Wa Suk, um sie zu bitten, eine Nachricht nach Norden zu senden und herauszufinden, wie sie das schaffen konnten. Bis dahin müssen wir uns vor dem Blick des Gargon hüten.«

»Du meinst flüchten, nicht wahr? Was wir im Augenblick ja gerade tun.«

»Allerdings«, bestätigte Farly. »Jedenfalls bis Phero weiß, wie es gemacht wurde.«

Sie folgten den fliehenden Jordiern durch das Mondlicht, das zwischen den Bäumen schien, und der schwankenden, weit entfernten Laterne, mit der Nix nach wie vor den Weg wies. Zwischendurch blinkten winzige Lichter neben den Kämpfern auf, aber woher sie stammten, konnten weder Tipperton noch Beau erkennen. Nach wie vor streifte sie eine Woge von Furcht, wenn der Gargon den Wald nach seiner Beute absuchte.

»Hör zu«, keuchte Tipperton, als eine dieser Wogen über ihm zusammenschlug. »Wir können die Brut zwar nicht zu den Quellwasser-Wurrlingen führen, aber möglicherweise locken wir sie in eine Falle. Wenn wir genügend Vorsprung haben, könnten wir zum Beispiel eine Grube mit Pfählen ausheben, um den Gargon selbst zu töten.« Tipperton betrachtete Rynna in dem dämmrigen Licht des Halbmondes, der über den dunkelblauen Himmel glitt.

Rynna schüttelte stirnrunzelnd den Kopf. »Ich weiß keinen Ort, von dem wir sicher annehmen müssen, dass der Gargon dorthin ...« Dann riss sie die Augen auf, blickte Farly an und richtete ihren Blick wieder auf Tipperton. »Ach, Tip, es gibt vielleicht noch einen anderen Weg. Wenn wir es schaffen, dass die restliche Brut flieht, verlässt der Gargon möglicherweise ebenfalls den Wald.«

»Wie sollen wir denn das anstellen?«, erkundigte sich Tipperton. »Wie sollen wir den Schwarm dazu bringen, den Gargon im Stich zu lassen und wegzulaufen?«

»Du hast es selbst gesagt, Liebster. Wir locken sie irgendwohin, und zwar führen wir den Gargon an einen Ort, den die Brut fürchtet.«

Farly betrachtete Rynna verwirrt. »Was hast du im Sinn, Kommandeur?«

»Eio Wuk«, antwortete Rynna.

»Natürlich!« Hoffnung breitete sich auf Farlys Miene aus.

Tipperton versuchte sich zu erinnern, er hatte den Namen bereits das zweite Mal gehört. Dann dämmerte es ihm. »Eio Wa Suk – die Stöhnenden Steine?«

»Genau, Tipperton, die Stöhnenden Steine. In der Nähe gibt es eine Herde von ihnen. Dorthin ist Phero gegangen.«

»Sind das diejenigen, die den Boden erbeben lassen?«, erkundigte sich Beau furchtsam.

»Ja«, erwiderte Rynna.

»Meiner Treu«, sagte Beau. »Ich weiß nicht genau, ob ich zwischen solchen Dingen umherlaufen will, die im Boden stöhnen. Allein der Gedanke daran löst schon eine Gänsehaut aus.«

»Genau darauf hoffe ich, Beau. Ich meine nicht, dass du

vor diesen Steinen zurückschreckst, sondern dass die Brut noch mehr Angst vor ihnen hat.«

»Ha!«, rief Farly. »Früher sind sie vor ihnen davongelaufen!«

»Mach dir nicht zu große Hoffnungen!«, warnte ihn Rynna. »Da der Gargon bei ihnen ist, gelingt es vielleicht nicht.«

»Da wir gerade vom Fürchterich sprechen«, mischte sich Tipperton ein. »Wird die Furcht, die der Gargon ausstrahlt, den Steinen nicht schaden?«

Rynna dachte kurz nach und rief dann eine der Pysks zu sich. Sie unterhielten sich in der Zunge des Feenvolks. Noch während sie das taten, spülte eine weitere Welle der Furcht über sie hinweg.

Schließlich wandte sie sich an Tipperton. »Rali glaubt das nicht, Liebster. Sie sagt, die Eio Wa Suk sind nur teilweise wach und fürchten nichts, außer einer großen Erschütterung des Bodens.«

»Trotzdem«, wandte Tipperton ein. »Es ist immerhin ein Gargon.«

Rynna sprach wieder mit der Fuchsreiterin, die daraufhin an die Spitze der Kolonne eilte. Die Damman drehte sich zu den anderen herum. »Rali sagt Nix, zu der Steinherde zu gehen. Dann reitet sie voraus und redet mit den Steinen selbst. Falls nötig, werden wir unseren Plan ändern. Einstweilen jedoch werden wir durch dieses Tal marschieren und hoffen, dass uns die Brut nicht folgt.«

Beau schüttelte sich. »Wenn es unbedingt sein muss«, meinte er dann.

Rynna sah Farly an. »Du gehst voraus und erklärst Linde unser Vorhaben. Denn sie und die Vanadurin müssen ihre Pferde beruhigen, falls die Steine grollen, wenn wir zwischen ihnen hindurchgehen. Sie soll allen sagen, leise aufzutreten, denn die Steine werden grollen.«

Noch während Farly den Befehl ausführte, überkam sie

wieder einmal die Furcht des Gargon, der die heulende Brut erneut in den Kampf führte.

Die Kolonne aus Reitern und Pferden schlängelte sich zwischen den schlanken Schatten der Steine hindurch, als sie die Herde der Eio Wa Suk erreichten. Diese gigantischen Monolithe standen in einem breiten Tal. Einige von ihnen ragten mehr als zwanzig Meter in die Höhe, andere dagegen waren riesige Felsbrocken, halb im Boden vergraben, die im Vergleich dazu breit und rund aussahen. Groß und rau waren sie jedoch alle. Die größeren schimmerten im Licht des Mondes, während die kleineren und nicht weniger beeindruckenden im Schatten lagen. Einige der Steine waren kahl und dunkel, andere hell, und wieder andere waren mit Moos oder Kletterpflanzen bedeckt, oder mit Flechten, die sich grün-weißlich über sie erstreckten.

Als die Kolonne zwischen den Steinen hindurchmarschierte, hörte Tipperton hinter sich bereits das Heulen der Brut. Die Jordier, Wurrlinge und Pysks waren langsamer weitergezogen, damit das Gezücht sie einholen konnte. Die Furcht des Gargon richtete sich jetzt auf die heftig pochenden Herzen seiner Opfer. Entsetzen durchströmte Pferde, Füchse, Harlingar, das Kleine Volk und die Verborgenen gleichermaßen, da sie zwischen den gewaltigen Steinen ihre Flucht fortsetzten.

Sie suchten sich den Weg zwischen den riesigen Felsen, die leise grummelten, als die Hufe der Pferde auf der Erde trommelten. Die Vanadurin hielten jedoch die Zügel fest, während sie vor ihren Tieren gingen und sie hinter sich her führten.

Das Freie Volk floh zwischen den Stöhnenden Steinen, bis sie schließlich einen langen Kamm erklommen, der aus der Senke führte. Hier gelangten sie an die letzten großen Felsen.

»Geht weiter!«, rief Rynna Linde zu, die als Letzte in der Reihe der Jordier ging. »Wir werden abwarten und sehen, ob unser Plan gelingt. Dann folgen wir Euch.«

Schließlich ging der Mond unter, Linde salutierte, verschwand jenseits des Kammes auf der anderen Seite des Hügels und folgte den anderen. Tipperton, Beau, Rynna und zwei Fuchsreiter blieben zurück.

»Himmel, ich wünschte, wir könnten genauso gut sehen wie die Elfen«, erklärte Beau. Er schmeckte die Furcht im Mund und spähte angestrengt in das dunkle Tal hinab, auf den Weg, den sie gekommen waren. »Dann könnten wir auch im Licht der Sterne etwas erkennen.«

»Fürchte dich nicht, Beau«, meinte Rynna und deutete auf die Schattengestalten neben sich. »Wir haben die Augen der Pysks bei uns.«

Tippertons Handfläche war schweißnass, er atmete hastig und nahm Rynnas Hand, als ein Heulen durch das Tal hallte. »Sie kommen«, sagte er, verbesserte sich jedoch sofort. »Nein, ich meinte: er kommt.«

Rynna atmete ebenfalls schnell und keuchend. »In wenigen Augenblicken werden wir sie sehen.«

Sie hatte den Satz kaum beendet, als ein heftiges Rumpeln den Boden vibrieren ließ.

»Va Dreeth ar en va dep un visin den Eio Wa Suk«, erklärte einer der Fuchsreiter.

»Der Gargon ist im Tal«, übersetzte Rynna. »Und geht zwischen den Steinen hindurch.«

Lauter und lauter wurde das Stöhnen und Ächzen. Das Heulen der Brut verstummte schlagartig.

»Vielleicht gelingt es ja doch.« Tipperton drückte Rynnas Hand.

Sie nickte. »Aye, möglicherweise.« Ihre Stimme klang jedoch zweifelnd.

Die Steine stöhnten immer lauter, der Boden bebte. Beau

sah sich furchtsam um, als suchte er einen festen Platz unter den Füßen.

Immer weiter rückte der Draedan vor, und der Schrecken, den er verbreitete, wuchs mit jedem seiner wuchtigen Schritte.

»Ach, Liebste, ich erinnere mich!«, rief Tipperton über das Stöhnen hinweg, das die Luft erfüllte. Die Stimme des Wurrlings bebte vor Angst. »Dieser Gargon schreitet so schwer daher, als bestünden seine gewaltigen Füße aus Stein.«

Rynnas Atem ging stoßweise, als sie sich eine Antwort abrang. »Gut, dass wird die ... Eio Wa Suk ... reizen.«

Jetzt erbebte das ganze Tal in einem weiten Knirschen, ein gewaltiges, lautes Ächzen, unter dem die Erde vibrierte, als würde die ganze Welt heulen.

Beau hielt sich die Hände über die Ohren und kniff seine Augen fest zu.

Von seinem Standort auf dem Kamm aus sah Tipperton im Licht der Sterne, wie ...

Er schrie vor namenlosem Entsetzen auf, fiel auf die Knie und kreischte ... kreischte ... kreischte unaufhörlich.

Neben ihm standen Rynna und Beau erstarrt und schrien ebenfalls, wie auch die Fuchsreiter und die Füchse, die plötzlich ihrer tarnenden Schatten beraubt waren.

Denn durch einen Spalt zwischen den Monolithen hatte sie der Gargon mit seinem Blick gebannt.

Doch als die Kreatur auf seine von Furcht gelähmten Opfer zustampfte, verschwand er kurz hinter einem Stein und plötzlich waren sie alle wieder frei, obwohl die Furcht wie glühendes Eisen durch ihre Adern strömte.

»Lauft!«, schrie Tipperton, doch noch während er losrennen wollte, riss er die Augen fassungslos auf, denn er sah ...

... wie einer der gewaltigen Monolithen schwankte und sich neigte ...

... sich neigte ...

... weiter ...

... weiter ...

... und weiter ...

Die ganze Erde erbebte unter dem ungeheuren Aufprall.

Eine fürchterliche Welle aus unerträglicher Furcht breitete sich wie ein Sturm in alle Richtungen aus. Tipperton, Rynna, Beau, Füchse und Pysks, sie alle stürzten kreischend zu Boden, ihr Blut rauschte ihnen durch die Adern, ihre hämmernden Herzen drohten zu bersten. Sie brüllten in grenzenlosem Entsetzen, während sie sich auf dem Boden wälzten, jenseits aller Vernunft und unfähig, sich auch nur im Geringsten zu kontrollieren.

Schlagartig hörte es auf.

Vollkommen.

Tipperton atmete stoßweise, während er ausstieß: »Der Gargon ist tot.«

Dann jedoch stieg ein wütendes Gebrüll von den Stöhnenden Steinen auf, so laut, dass es die Knochen vibrieren ließ. Die Erde bebte und zitterte unter diesen ungeheuren Stößen. Rukhs und Hlöks und Ghûle flohen auf ihren Hèlrössern in panischer Furcht, aber viele von ihnen kamen nur ein paar Schritte weit, bis ihre Körper von dieser brüllenden Wut unter ihnen gepackt und zerfetzt wurden.

9. KAPITEL

Das wütende Gebrüll erschütterte das ganze Land. Die grenzenlose Wut der Stöhnenden Steine erfüllte den ganzen Darda Erynian, hallte unter dem Rissanin und bis in den Großwald dahinter, und die Erde bebte zahllose Meilen weit. Lehm, Erde, Müll, Schlamm, Lichtungen, Hügel, Täler, Moore, Ströme, Weiher, Büsche, Bäume, alles bebte. Und am Rand der Steinherde wurden Tipperton, Beau, Rynna, die Pysks und Füchse von dem gewaltigen Sturm der Wut zu Boden geschleudert. Die Wurrlinge und die Pysks hielten sich die Ohren zu, während sich die Füchse auf den Rücken warfen. Doch das Donnern, das ihnen bis ins Mark drang, betäubte sie dennoch. Im Wald hinter dem Hügel schwankten die Pferde, die Harlingar, Füchse und Pysks, und auch die Wurrlinge zu Fuß – allesamt unter dem Sturm. Die Tiere des Waldes versuchten zu fliehen, falls sie nicht bereits während der Todeszuckungen des Gargon geflüchtet waren.

Wie lange diese Wut andauerte, konnte keiner von denen, die sich auf dem Kamm befanden, sagen. Doch plötzlich verstummte das Brüllen und wurde von einem tiefen, gequälten Stöhnen ersetzt. Dieses trauernde Ächzen nahmen an anderen Stellen des Waldes und überall in Mithgar andere Herden der Eio Wa Suk auf.

Im Tal streichelten die Pysks die Füchse und beruhigten sie, die Tiere standen zitternd und mit weit aufgerissenen

Augen da. Tipperton rappelte sich mühsam auf und half Rynna hoch. Dann rief er Beau, der auf dem Boden saß und ins Tal starrte. Er reagierte nicht, da ihr Gehör noch betäubt war und weder er noch Tipperton noch Rynna ein einziges Wort verstanden. Schließlich trat Tipperton zu seinem Freund und reichte ihm die Hand. Doch Beau winkte ab und blieb sitzen. Er sagte etwas, was jedoch weder Rynna noch Tipperton hören konnten.

Schließlich hockten sich die beiden neben den kleinen Heiler und schauten gemeinsam auf die Herde der Steine, suchten nach einem Anzeichen von Bewegung. Tipperton hatte seinen Arm um seine Dammia geschlungen, als sie darauf hofften, ihr Gehör wiederzufinden.

Einige Augenblicke später ritten drei Pysks über den Kamm. Sie waren erneut von ihren Schatten verhüllt. Danach kamen Farly, der Wurrling, sowie Linde und ein anderer Harlingar. Die beiden Vanadurin saßen auf Pferden.

Die Dunkelheit um eine der Pysks hob sich, als sie vor Rynna stehen blieb und etwas sagte. Rynna berührte ihr Ohr und schüttelte den Kopf.

Die Pysk nickte verstehend und rief den anderen etwas zu. Farly wandte sich an die Vanadurin und setzte sich neben Beau. Die Jordier und Pysks stiegen ab und warteten.

Während die Sterne über den dunklen, samtig blauen Himmel zogen, saßen sie da und schauten in das Tal, in dem die Stöhnenden Steine trauerten. Sie wussten nicht, wie lange sie da warteten, aber nach einer Weile trat eine Pysk erneut vor Rynna. *»Ya e a va dep a vis elt ve crued a Eio Wa Suk.«*

Obwohl die Stimme des Fuchsreiters gedämpft klang, konnte Tipperton jetzt die Worte wahrnehmen.

Rynna drehte sich zu ihm herum: »Die Fuchsreiter gehen hinab, um nachzusehen, was den Stöhnenden Steinen widerfahren ist.«

»Dann sollten wir sie begleiten«, sagte Tipperton. »Man kann nie wissen, was dort noch so herumschleicht.«

»Mach dir keine Sorgen um die Pysks, Liebster«, antwortete Rynna. »Ihre winzigen Pfeile sind tödlich.«

»Sollten sie einer Gefahr begegnen«, erklärte Linde, »reiten Sten und ich mit ihnen.« Sie deutete auf den Vanadurin, der sie begleitet hatte.

»Trotzdem«, Tipperton stand auf und zog Rynna hoch. Dann drehte er sich zu Beau herum. »Wir gehen ins Tal hinab, Wurro.«

Beaus Miene verzog sich unwillig, aber er stand zögernd auf und lud einen Stein in seine Schleuder. »Wenn es sein muss.«

Die Pysk redete erneut mit Rynna, die daraufhin mit Linde sprach: »Lasst Eure Pferde hier. Ihr schwerer Tritt könnte die Steine erneut reizen. Und geht vorsichtig, bitte.«

Linde nickte. »Da unten ist es dunkel. Anders als Waldana und Pyska brauchen Sten und ich Licht, damit wir etwas sehen.«

Beau holte die kleine Tarnlaterne aus seinem Gepäck, zündete sie an und öffnete den Schlitz ein wenig. »So«, sagte er und hielt sie Linde hin. Sten trat jedoch vor und nahm sie entgegen.

Danach legten Tipperton, Rynna und Farly Pfeile auf ihre Sehnen, während Linde und Sten ihre Säbel zückten.

So gingen sie behutsam zu den Steinen hinab, sechs Schatten, vier Wurrlinge, und zwei Jordier, während um sie herum ein trauerndes Stöhnen erschallte.

»Meiner Treu!« Rynna blickte erschüttert auf den riesigen, mit Efeu überwucherten Stein. Im Licht der Sterne war gerade so zu erkennen, dass der gewaltige Monolith in zwei Teile zerbrochen sein musste, als er auf den Boden geprallt war. Er lag auf der Seite, fast drei Meter hoch und breit und beinahe zwanzig Meter lang, einschließlich der drei Meter, die aus dem Boden gerissen worden waren, als er umgestürzt war. Jetzt lag er zerbrochen da, wie ein uralter Obelisk aus einem lange versunkenen Zeitalter.

Das ganze Tal wurde von dem tiefen, leisen Trauern erfüllt.

Die Pysks waren nicht länger von Schatten umhüllt und abgestiegen. Sie traten zu dem Stein, berührten ihn, legten ihre Wangen gegen ihn, während ihnen Tränen über die kleinen Gesichter liefen. Eine sah Rynna an und sagte etwas, bis sie sich wieder zu dem Monolithen herumdrehte. Rynna trat zu Tipperton und Beau. »Tynvyr hat mir gesagt«, berichtete sie unter dem trauernden Ächzen der Steine, »dass dies hier einer der größeren Steine war. Sie nannte ihn den Großvater des Tales, der immer irgendwie der Patriarch dieser Herde gewesen zu sein schien und sie alle beschützt hatte. Viele Warnungen hätte dieser Monolith weitergegeben, sagt sie, und häufig alle zusammengerufen, zum Kampf oder zur Beratung oder zur Versammlung. Er wird von allen Verborgenen schmerzlich vermisst, und auch von denen, denen er so trefflich Schutz gewährte.«

»Schutz?«, erkundigte sich Beau.

»In seinem Efeu«, antwortete Rynna und deutete auf ein Nest, das Frühlingsvögel gerade angefangen hatten zu errichten.

»Oh.«

»Hierher!«, rief Farly. Der Wurrling und die Harlingar standen auf der anderen Seite des zerbrochenen Monolithen.

Tipperton, Rynna, Beau und die Fuchsreiter gingen zum anderen Ende des Steins, wo Farly, Linde und Sten im Licht der Laterne die Reste des Gargons betrachteten. Das Monster war unter dem umgestürzten Stein begraben worden. Nur sein Kopf, seine Schultern und ein Arm ragten noch hervor. Der Gestank von Vipern waberte durch die Luft, und die

Füchse schnaubten, als sie den Geruch aus ihren Nüstern vertrieben.

»Himmel, ist der hässlich.« Farly musterte die tote Kreatur.

»Widerlich«, sagte Beau. »Er sieht genauso aus wie der, den Tip und Imongar vor Dendor getötet haben.«

Farly sah Tipperton staunend an. »Du hast einen Gargon erlegt?«

Tipperton schüttelte den Kopf. »Imongar hat ihn getötet. Sie hat ihn mit einer Speerschleuder mitten ins Herz getroffen.«

»Ohne Tip hätte sie das aber nicht geschafft«, erklärte Beau.

»Und er sah aus wie dieser hier?« Farly betrachtete wieder den toten Fürchterich.

»Ja«, meinte Tipperton. »Jedenfalls war er genauso hässlich.«

»König Agron hat seinen Kopf auf eine Lanze gespießt und ihn in die Schlacht getragen«, fuhr Beau fort. »Offenbar hat die Brut das entmutigt, als man sah, dass ein so mächtiger Verbündeter nur noch ein Popanz auf einer Lanze war.«

Linda blickte Rynna an. »Wollt Ihr auch so etwas tun?«

»Nein, niemals!« Rynna blickte zu Tipperton, Beau und Farly. Die Wurrlinge schüttelten einhellig den Kopf.

»Wenn Ihr keinen Nutzen für ihn habt ...«, sagte Linde.

»Bitte, bedient Euch.« Rynna trat zurück und deutete mit der Hand auf die Reste des Monsters, die nicht zerquetscht worden waren.

Linde bedeutete ihnen mit einem Winken zurückzutreten, und während Sten die Laterne hochhielt, schlug sie mit ihrem Säbel auf das Monster ein, allerdings wenig wirkungsvoll. Sie warf einen Blick auf ihre Klinge und dann auf den Gargon. »Das ist fast so, als würde man einen Baumstamm zerhacken.«

»Um den Hals des anderen zu durchtrennen, brauchten wir eine Zwergen-Streitaxt«, erklärte Tipperton.

Linde nahm Sten die Laterne ab. »Reite zu den anderen und berichte ihnen, was wir gesehen haben. Dass der Gargon von diesem Stein getötet wurde. Und sag ihnen auch, dass die Brut geflohen ist, obwohl viele es nicht lebendig aus diesem Tal geschafft haben. Dann hole Thurl. Er hat eine Axt. Sie ist zwar nicht von Zwergen geschmiedet, wird aber vielleicht genügen.«

Sten nickte, verließ das Tal und ging mit sachten, behutsamen Schritten den Hügel hinauf, während das Trauern der Steine nach wie vor durch das Tal drang.

»Hier drüben!«, zischte Rynna.

Tipperton trat zu ihr und blickte in die Richtung, in die sie deutete.

»Ich glaube, das ist ein Mensch«, sagte Rynna, die bei dem Anblick der Opfer, die vom Zorn der Steine getötet worden waren, nicht mehr zusammenzuckte.

Die Knochen und Organe des Mannes, der zwischen etlichen Ghûlen lag, waren zerschmettert und geplatzt, und seine Haut blutüberströmt. Die Brut war ebenfalls tot und lag da irgendwie schlaff herum, wie zerplatzte, mit Pilzen gefüllte Hautsäcke. Der Mensch war blass, hatte langes weißes Haar und stank wie die anderen Toten nach Blut, Fäkalien, Urin und Erbrochenem.

»Ich glaube, das ist ein Astralkörper gewesen«, meinte Tipperton.

»Ein Astralkörper?«

»Jemand, von dem Modru Besitz ergreifen kann. Ich glaube, sie haben kein Bewusstsein mehr, und das gibt dem widerlichen Modru die Möglichkeit, durch sie zu sehen, zu hören und zu sprechen. Er befehligt seine weit verstreuten Armeen durch solche bloßen Hüllen von Menschen.«

»Meiner Treu.« Rynna schlug die Hand vor den Mund. »Wie grauenhaft.«

Sie gingen weiter und zählten jene, die dem Zorn der Steine zum Opfer gefallen waren.

»Wahnsinn«, erklärte Rynna nach einer Weile.

»Wahnsinn?«

»Modru. Statt solcher grauenvollen Methoden sollte er doch eigentlich jene als Anführer seiner Armeen aussuchen, die sich in der Kriegführung auskennen.«

Tipperton schüttelte den Kopf. »Ich glaube, er traut nur sich selbst das Kommando zu.«

Rynna runzelte die Stirn. »Entweder das, oder er glaubt, dass alle außer ihm Narren sind.«

Tipperton nickte. »Das ist allerdings wahnsinnig.«

»Insgesamt kommen wir, falls wir richtig gerechnet haben, auf fast siebenhundert von der Brut, die dieses Tal nicht lebend verlassen haben«, erklärte Tipperton.

»Meiner Treu«, rief Beau und blickte vom Hügelkamm, auf dem er mit seinen Gefährten stand, in das Tal zu seinen Füßen. »Kein Wunder, dass die Brut die Stöhnenden Steine fürchtet.«

Rynna sprach kurz mit Tynvyr und wendete sich dann an die anderen. »Sie sagt, dass noch nie so viele von den Eio Wa Suk getötet wurden, aber es ist auch noch nie ein Stein dabei gestorben, als er einen vom Gezücht niederstreckte.«

»Wie hat er es getan?«, erkundigte sich Beau. »Ich meine den Großvater. Wie hat er es überhaupt geschafft, sich zu bewegen? Schließlich können sich Steine nicht einfach aus eigener Kraft in Bewegung setzen.«

Rynna traten Tränen in die Augen. »Wie er es bewerkstelligt hat, sich zu bewegen, das weiß ich nicht, aber Eio Wa Suk sind keine gewöhnlichen Steine, wie du ja sehen kannst.«

»Ich kann es sehen und vor allem hören«, erwiderte Beau. Das traurige Stöhnen hallte immer noch durch das Tal.

»Ja, und hören«, stimmte Rynna ihm zu. »Was den Großvater angeht, so glaube ich, er hat sein Leben geopfert, um das der Pysks zu retten, die bei uns waren. Wären wir allein gewesen, du und Tip und ich, dann ... dann würde er vielleicht noch leben. Wisst ihr, ich bin mir nicht sicher, ob die Stöhnenden Steine etwas anderes außer Fuchsreitern und anderen Steinen und das Beben des Landes spüren können. Vielleicht wusste er von dem Gargon auch durch eine andere Art und Weise als nur durch dessen stampfenden Schritt. Aber ich bin sicher, dass er die Angst der Pysks spürte und dachte, sie säßen in der Falle. Er wusste, als er sich vorbeugte, nicht, dass wir von dem Bann befreit waren und weglaufen wollten. Aber wie auch immer es gewesen sein mag, er ist tot und der Gargon auch, und die restliche Brut ist geflohen.«

Tynvyr sprach mit Farly, der fortfuhr: »Die Fuchsreiter werden in einem Tag eine Trauerfeier abhalten.«

»Nicht für die Brut, hoffe ich«, antwortete ein Vanadurin, der über den Kamm auf sie zukam. Er hielt eine blutige Axt in der Hand. Sten folgte ihm, den Schädel des Gargon auf einem Speer.

»Nein, Thurl«, antwortete Linde. »Sie trauern um den zerbrochenen Monolithen, so wie wir unsere Gefallenen beklagen, obwohl ich nicht weiß, wie wir sie ordentlich bestatten sollen ...« Linde verstummte und rieb sich mit den Fingern die Tränen aus den Augen.

Sie standen einen Moment lang schweigend da, während die Trauer der Steine die Luft um sie herum erfüllte. »Was ist mit der Brut, die entkam?«, erkundigte sich Tipperton schließlich. »Sollten wir nicht Dylvana und Baeron sammeln und sie verfolgen?«

Rynna schüttelte den Kopf. »Von den Dylvana und Baeron halten sich nur noch sehr wenige im Darda Erynian oder im Darda Stor auf. Die aus dem Schwarzen Wald bemühen sich, den Crestan-Pass zu befreien, während die Baeron aus dem

Großwald vor Zwergenheim sind und versuchen, die Belagerung dieses Zwergenhorstes zu durchbrechen.«

»Was ist mit den Lian aus Darda Galion?«, fragte Tipperton. »Können sie nicht kommen?«

Rynna schüttelte wieder den Kopf. »Sie kämpfen am Grimmwall und in den Wäldern dort und auch am Argon. Außerdem beschützen sie die Grenzen des Lerchenwaldes. Hauptsächlich jedoch bemühen sie sich, Zwergenheim von dem Schwarm zu befreien, aber Modrus Streitkräfte dort sind recht gewaltig.«

»Der Crestan-Pass und das Zwergenheim sind von der Brut besetzt?«, platzte Beau heraus. »Meiner Treu, das dauert ja jetzt schon fast ein Jahr an, beinahe zwei.«

Tipperton sah sich um. »Wer beschützt dann den Darda Erynian, wenn die Dylvana nicht mehr hier sind?«

Rynna hob die Hände. »Wir natürlich.«

»Wir?«

»Die Verborgenen und eine Handvoll Wurrlinge, zusammen mit den Dylvana und den Baeron, die hierbleiben mussten. Wir sind zwar nur wenige und über diesen Wald und den Großwald verteilt, aber die Brut macht trotzdem einen weiten Bogen um uns.«

»Der Gargon aber nicht«, warf Thurl ein und blickte zu dem Kopf des Monsters auf der Lanze.

»Aye«, stimmte Rynna ihm zu. »Der nicht.«

»Warum hat er nicht vorher angegriffen?«, wollte Beau wissen. »Er schien doch keine Angst vor dem Schwarzen Wald zu haben. Was hat ihn also zurückgehalten?«

Rynna schüttelte den Kopf. »Der Gargon war vor einer Woche noch nicht hier.«

Linde hob eine Braue, sagte aber nichts.

»Ab und zu haben wir die Brut ausgekundschaftet«, fuhr Rynna fort. »Was wir auch heute Nacht tun werden.« Sie nahm Tippertons Hand. »Als wir sie das letzte Mal beobachtet haben, hielten sie noch die Eryn-Furt, und von dem Gargon war nichts zu sehen.«

Linde seufzte. »Wenn Ihr uns vor der Anzahl der Feinde hättet warnen können, die die Furt hielten. Wir hätten den Fluss woanders überquert, wahrscheinlich weiter flussaufwärts.«

Farly schüttelte den Kopf. »Wir wussten nicht einmal, dass Ihr in der Nähe wart. Sicher, es wurde gemunkelt, dass eine Streitmacht der Vanadurin nördlich um den Darda Erynian ritt und seine östliche Flanke passierte, aber als Ihr die Überlandstraße erreichtet, haben wir die Spur Eurer Brigade verloren. Wir dachten, Ihr hättet Euch nach Osten gewandt, zur Rimmen-Kluft.«

Linde hob beide Hände. »Stattdessen sind wir nach Süden geritten, auf dem kürzesten Weg zur Furt. Außerdem munkelt man sich finstere Geschichten über den Schwarzen Wald zu, und wir hatten es eilig, seine Wipfel hinter uns zu lassen.«

»Euer Fehler«, bemerkte Farly.

Linde nickte trübselig. »Den neunhundert von uns mit dem Leben bezahlt haben.« Wieder wischte sie sich die Augen. »Unter grünen Hügeln wurden sie ehrenvoll bestattet, aber es bleiben neunhundert Tote und wir sind nur noch knapp hundert. Außerdem steht uns die Brut im Weg.«

Rynna sah die Kriegsbraut an. »Ihr bestattet sie unter Hügeln?«

Als Linde den Kopf zustimmend senkte, erinnerte Tipperton sich an Minenburg Nord, die Riten der Daelsmannen, denn auch sie hatten ihre Toten in Gräbern bestattet.

Rynna unterhielt sich kurz mit Tynvyr, bevor sie sich wieder an Linde wandte. »Keine Sorge, die Pysks werden es einrichten.«

Linde runzelte die Stirn. »Aber wie ...?«

Rynna hob abwehrend die Hand. »Ich habe sie nicht gefragt, aber ich glaube ihrem Wort.«

Das Morgengrauen erhellte schwach den östlichen Himmel. Rynna blickte zu dem fahlen Leuchten hinauf und sagte: »Kommt, wir müssen einen geschützten Ort aufsuchen, wo wir die Verletzten behandeln und uns erholen können. Ein neuer Tag bricht an, und wir haben viel zu tun.«

Während es immer heller wurde, gingen sie über den Kamm und in den Wald hinab, während in dem Tal hinter ihnen die gewaltigen Monolithen ihren traurigen Grabgesang fortsetzten.

»Gehen wir dorthin, wo die Quellwasser-Wurrlinge leben?«, wollte Tipperton wissen.

»Bald«, erwiderte Rynna und lächelte. »Aber erst werden wir an unseren Lauben Halt machen. Ich möchte, dass du jemanden kennenlernst.«

»Lauben?«, fragte Beau neugierig.

»Ja. Es sind Schutzhütten, wo wir kampieren, wenn wir patrouillieren. Heute Nacht – oder besser heute Morgen – wirst du bei Farly und Nix bleiben, während Tipperton«, Rynna nahm seine Hand, »bei mir ist.«

»Na klar.« Beau warf Tipperton einen Seitenblick zu und grinste.

»Diese Person, die ich kennenlernen soll«, meinte Tipperton, »gehört die zur Familie? Ist es ein Onkel oder eine Tante oder so jemand?«

»Eher so jemand«, antwortete Rynna.

»Dann bin ich froh«, sprach Tipperton weiter. »Ich wünschte, ich könnte auch meine Verwandten finden. Aber nachdem meine Mutter und mein Vater tot sind, bist nur du übrig, meine Dammia. Verwandte und Freunde sind sehr wichtig, jedenfalls habe ich das festgestellt.«

Sie zogen weiter, während die Sonne aufging und es immer heller wurde.

Während die Vanadurin in der kleinen, grasigen Senke ihr Lager aufschlugen, setzte Beau mit Farly seinen Weg fort. Rynna führte Tipperton den Westhang des Hügels hinauf zum Waldrand. Dort stand eine kleine Laube aus geflochtenen Zweigen, versteckt zwischen einigen Bäumen.

Rynna lächelte verstohlen und trat hinein. Tipperton folgte ihr. Nachdem er seinen Bogen gegen eine Wand gestellt, seinen Köcher abgeschnallt und Laute sowie Rucksack abgesetzt hatte, sah er sich um. Es gab nur eine mit Stroh bedeckte Pritsche, etwas zum Kochen, ein paar Vorräte und dergleichen. Rynna stellte ihren Bogen ebenfalls zur Seite und trat dann durch die Tür in den Schatten neben der Laube. Dort stand ein großer, offener, rechteckiger Weidenkorb. Sie blickte hinein, ihre Miene wurde weich. »Komm, Tipperton«, flüsterte sie. »Sieh es dir an.«

»Was ist es denn?« Plötzlich zuckte eine flüchtige Erinnerung durch seinen Kopf, doch sie verschwand, bevor er sie fassen konnte. Zurück blieb nur eine unheimliche Erinnerung, dass dies schon einmal passiert war, nur wo ...

Rynna lächelte und deutete in den Korb. »Komm und sieh selbst.«

Tipperton trat zu der Damman, und dort schlief in zerknüllten Decken ...

... ein kleines Wurrling-Kind ...

»Das ist Lark.«

... das seine Augen öffnete, seine wundervollen, grünen Augen ...

»Lark?«

... und lächelte. Und wie es lächelte.

»Deine Dammsel, Tipperton. Deine Tochter.«

»Meine ... meine ...«

»Deine Dammsel«, wiederholte Rynna und hob das Mädchen hoch. »Ich sollte vielleicht besser sagen: unsere Tochter.«

»Unsere Tochter?«, hauchte Tipperton ehrfürchtig. Zögernd streckte er die Hand aus, um das Kind zu berühren, zog sie dann jedoch zurück und sah Rynna an.

»Mach nur.« Rynna lachte. »Sie wird nicht gleich zerbrechen.«

Tipperton strich mit dem Finger sanft über die Wange des Kindes, das ihn daraufhin schief ansah. »Sie ist so weich.«

»Hier.« Rynna hielt ihm die Decken mit dem Kind hin.

»Meiner Seel, ich kann nicht ...«

»Unsinn!«

Zögernd nahm Tipperton das Kind in die Arme und grinste es an. Lark sah zu ihm hoch und runzelte die Stirn, als überlege sie, wer dieser Fremde wohl sei. Doch dann lächelte sie, als fände sie ihn ihrer Betrachtung würdig.

Tipperton blickte Rynna an. »Sie lächelt.«

»Sicher, Tipperton, sie lächelt, weil ihr Vater da ist.«

Als sie das vertraute Wort hörte, zwitscherte Lark mit ihrer hellen Stimme. »Da ... Da ... Da ... Da ...«, bis die einzelnen Worte schließlich zu einem Trillern wurden.

Tipperton betrachtete Rynna staunend. »Sie sagt das jetzt schon seit einer Woche, fast als hätte sie gewusst, dass du kommst.«

»Sie kann sprechen?«

»Sie fängt an, einzelne Worte zu sagen, Liebster.«

»Lark, meine Lark«, flüsterte Tipperton. »Wann?«, fragte er dann Rynna.

»Morgen vor einem Jahr wurde sie geboren. Und ich hätte mir kein schöneres Geburtstagsgeschenk für sie ausdenken können, als dass ihr Vater nach Hause kommt.«

»Nach Hause?« Tipperton sah sich in der Laube um und lächelte das kleine Kind an.

»Wo auch immer wir drei sind, ist zu Hause, Tipperton«, erklärte Rynna.

Lark quietschte und streckte ihre winzige Hand aus, um

Tippertons Nase zu packen. Dann rekelte sie sich und Tipperton hob sie hoch an seine Brust.

Nun spielte Lark mit einem Knopf seiner Jacke, vollkommen gefesselt von dem runden Ding.

Tipperton grinste, doch dann furchte er die Stirn. »Sag, Liebste, sie war doch nicht ganz allein hier draußen?«

»Natürlich nicht, Tipperton.« Rynna sah sich um. »Aber ich weiß nicht, wohin Prym und Melli gegangen sind. Zweifellos sind sie ...«

Ein Schatten fiel in die Tür, und eine ältliche Damman kam herein. Sie hatte ein paar weiße Tücher in den Armen. Ihr Gesicht leuchtete auf, als sie Rynna sah, und umarmte die junge Damman gleich mit einem Arm. »Rynna, du bist gesund und munter zurück. Meiner Treu, diese großen Männer auf ihren Pferden, sie haben mich ganz schön erschreckt, als sie auf die Lichtung geritten kamen. Aber ich sah, dass die Fuchsreiter bei ihnen waren und auch Nix, also bin ich schnell zu ihm gelaufen, um ihn zu begrüßen, mitsamt den Windeln und allem.« Sie sah Tipperton an. »Er ist mein Sohn, wisst Ihr, Nix, meine ich.«

Rynna grinste. »Tante Melli, das ist mein Bokkerer, Tipperton.«

»Larks Vater? Der in fremde Länder gereist war? Wie wundervoll!« Melli trat vor und hätte Tipperton gewiss umarmt, hätte er nicht das Kind in den Armen gehabt. Also begnügte sie sich mit einem Kuss auf die Wange.

»Jetzt ruht ihr beiden euch aber aus. Nix hat mir von dem Gargon und allem erzählt. Als hätte ich diesen schrecklichen Kopf nicht gesehen, der auf einem Speer schaukelte. Ich mache euch Frühstück.« Sie sah Tipperton an. »Genügt heißer Tee und einige Scheiben Speck mit ein paar Eiern? Und Brot, natürlich.«

»Schon die Kruste würde mir reichen, Melli«, erwiderte Tipperton. »Aber ich könnte mir nichts Besseres vorstellen als Tee und Eier und ein paar Scheiben knusprigen Speck.«

Lark streckte die Arme aus, als Melli sie nahm, und stimmte gurgelnd zu.

Als es dunkel wurde, erhob sich Beau von der Pritsche in Farlys Hütte und trat hinaus in den Wald, um sich zu erleichtern. Als er zurückkam, bemerkte er Bewegung auf der Lichtung. Ungläubig rieb er sich die Augen, denn am Ende des abschüssigen Feldes erhoben sich zahllose Hügel. Jeder war etwa drei Meter hoch und am unteren Rand doppelt so breit, dazu mit strohartig gelblichem Gras bedeckt. Jedenfalls schien es Gras zu sein. Und diese Hügel bewegten sich nach Westen. Kleine Geschöpfe und Fuchsreiter begleiteten sie. Sie strebten dem Tal mit den Stöhnenden Steinen zu, würden jedoch zweifellos weiter durch den Wald wandern sowie in das freie Gelände jenseits.

Beau beobachtete sie mit klopfendem Herzen und erinnerte sich daran, wann er solche Hügel zum letzten Mal gesehen hatte. Damals, als er mit Tipperton, Phais und Loric durch den Schwarzen Wald nach Norden geritten war, vor fast zwei Jahren. *Ich hatte Tipperton damals doch gesagt, dass ich gesehen habe, wie sie sich bewegten, und jetzt marschieren sie durch den Schwarzen Wald wie eine Armee, die in die Schlacht zieht.* Beau überlegte, ob er Tipperton wecken sollte, oder Rynna oder Nix oder Farly. Am Ende entschied er sich jedoch dagegen. Er sah den Lebenden Hügeln nach, wie sie über die Lichtung zogen, und als der letzte schließlich zwischen den Bäumen verschwunden war, trat Beau in die Hütte zurück und legte sich auf seine Pritsche.

Aber es dauerte lange, bis er einschlief.

Mitten in der Nacht, als das Mondlicht sanft durch die Tür fiel und Tipperton und Rynna fest schliefen, zog sich Lark am Rand ihres Weidenkorbs hoch, stand auf und hüpfte auf und ab. Draußen vor der Laube drehte sich eine gewaltige Kreatur um, die nur aus Zweigen und Ranken und Laub zu bestehen schien, bückte sich, betrat die Laube und blieb kurz stehen, um die beiden Liebenden zu betrachten, die eng umschlungen träumten. Dann nahm sie das rastlose winzige Kind aus dem Weidenkorb und summte es leise in den Schlaf.

Vor der Hütte ging Tynvyr vorbei und blieb kurz stehen, um Pryms Gesang zu lauschen. Die Stimme des Vred Tre raschelte wie Blätter im Wind.

10. KAPITEL

»Die Fuchsreiter melden, dass die Brut die Eryn-Furt aufgegeben hat«, erklärte Nix.

Rynna hockte auf dem Boden und setzte Federn in ihre Pfeile ein. Jetzt hielt sie inne und blickte hoch. »Sie sind geflohen?«

»Aye. Sie sagt, dass sie weggelaufen sind, als die Liv Volds über die Ebene kamen.«

Tipperton setzte Lark auf sein anderes Knie. »Liv Volds?«

»Die lebenden Hügel«, übersetzte Nix.

»Siehst du!«, rief Beau und drehte sich zu Tipperton herum. »Ich habe es dir doch gesagt!«

»Ist die Brut für immer verschwunden?«, erkundigte sich Melli.

Nix zuckte die Achseln und sah Rynna an.

»Das glaube ich nicht, Melli«, meinte diese und widmete sich wieder ihren Pfeilen. »Auch wenn sie geflohen sind, scheinen sie doch aus einem bestimmten Grund hier zu sein. Ich weiß nur nicht, aus welchem ...«

»Wir dachten, sie wollten verhindern, dass sich die Verborgenen dem Freien Volk anschlössen«, meinte Tipperton. »Und sie sozusagen im Wald gefangen hielten.«

Rynna schüttelte den Kopf, legte einen Pfeil zur Seite und nahm den nächsten. »Das glaube ich nicht, Tipperton. Obwohl die Verborgenen in ihrem Wald sehr gefährlich und gleichzeitig fast unsichtbar sind, sind sie auf freiem Gelände doch auch sehr angreifbar und fast wirkungslos. Deshalb werden sie sich keiner Allianz außerhalb ihres eigenen Reiches anschließen.«

»Aber sind die Rukhs nicht gerade vor ihnen weggelaufen?«, wandte Beau ein. »Auch letzte Nacht? Und das war auf freiem Gelände.«

»Schon, aber die Brut hatte gerade schwere Verluste durch die Eio Wa Suk erlitten und dachte vielleicht, dass ihnen jetzt eine neue Katastrophe drohe.«

Lark war nicht mehr so sehr von Tipperton fasziniert, löste sich von ihm und lief mit unsicheren Beinen über den unebenen Boden zu Rynna, ließ sich neben sie fallen und kaute auf einer Feder herum. Als Tipperton zu ihr trat, Lark die Feder abnahm und damit die Nase der Dammsel kitzelte, fragte er: »Hast du nicht gesagt, dass der Gargon erst kürzlich zu ihnen gestoßen ist?«

Rynna nickte. »Vor etwa einer Woche.«

Tipperton lächelte Lark an, aber seine Worte, die er an die anderen richtete, klangen bedrohlich. »Dann scheint mir, dass Modru offenbar etwas recht Gewaltiges an dieser Flanke der Front erwartet – und darum wollte, dass der Gargon es aufhielt.«

Beau sah Linde an. »Vielleicht ist das Monster hierhergeschafft worden, um die Jordier aufzuhalten.«

Linde sah Sten an, dann Beau und schüttelte bedächtig den Kopf. »Das glaube ich nicht, denn wir sind ... *waren* nur eine Brigade. Warum sollte man einen Gargon opfern, um eine so kleine Streitmacht aufzuhalten?«

Beau zuckte nachdenklich mit den Schultern. »Das weiß ich nicht, aber ich glaube, Tipperton hat recht: Etwas braut sich zusammen, sonst fresse ich meinen Hut.«

Tipperton lachte.

»Was?«, erkundigte sich Beau.

»Du hast keinen Hut, Wurro.«

Lark quietschte, als wollte sie ihm zustimmen, worüber alle lachen mussten.

In diesem Augenblick kam Tynvyr den Hang hinauf. Ihr schwarzfüßiger Fuchs folgte ihr. Rynna und sie unterhielten sich, dann schwang sich Tynvyr auf den Fuchs und ritt davon.

»Tynvyr sagt«, wandte sich Rynna an Linde, »dass jetzt der richtige Moment für die Vanadurin wäre, aufzubrechen, falls ihr nach Pellar wollt, denn die Furt ist frei. Ihr seid dennoch herzlich willkommen, im Wald zu bleiben. Sie glaubt, dass es einige Tage dauern wird, bevor die Brut ihren Mut wiederfindet und sich erneut den Wipfeln des Darda Erynian oder dem des Darda Stor nähert.«

Linde hob eine Braue. »Darda Stor?«

»Der Großwald im Süden.«

»Ach so.«

»Was ist mit unseren Gefallenen?«, erkundigte sich Sten. »Sollen wir sie einfach so liegen lassen?«

Linde sah Rynna fragend an.

»Tynvyr hat gesagt, dass die Entrückten ihr Wort gehalten haben«, antwortete Rynna.

Auf der Wiese nördlich der Furt ritten siebenundneunzig Vanadurin und fünf Wurrlinge auf Ponys an zerstörten Kampfwagen und verbrannten, geplünderten Nachschubkarren vorbei und zwischen grasigen Grabhügeln hindurch. Hier lagen die Harlingar bestattet: Hrosmarshal Hannor, die Kriegsbräute Dediana, Ilea und Irana und neunhundert andere Jordier.

Wie und von wem sie begraben worden waren, wusste niemand, wenngleich Beau darauf bestand, dass es die Lebenden Hügel gewesen sein mussten.

Von den Toten der Brut war nichts zu sehen, weder hier

noch am Rand des Darda Erynian – noch hatte es Leichen vom Gezücht im Tal der Stöhnenden Steine gegeben. Und auch das, so meinte Beau, wäre die Tat der Lebenden Hügel gewesen. »Wer hätte das denn sonst tun können?«, fragte er.

Während der Abend heraufzog, zogen Wurrlinge und weinende Harlingar, von denen viele Wunden von der Schlacht aufwiesen, die jetzt versorgt waren, zu dem Grabhügel in der Mitte des Feldes. Dort gebot Linde Halt und alle stiegen ab. Sie hob ihr Schwarzochsen-Horn an die Lippen und stieß hinein. Dann rief sie laut:

Reitet weiter, Harlingar, reitet weiter,
Über den Weg der Schatten,
Über den nur die Helden galoppieren,
Und wo die Rösser niemals erlahmen.

Hál, Krieger von Speer und Säbel!
Hál, Krieger von Dolch und Bogen!
Hál, Krieger von Horn und Ross!
Reitet weiter, meine Kameraden, reitet weiter!

Dann stieß Linde erneut in ihr Horn, wie auch die anderen Vanadurin. Die lebhaften Pferde hoben ihre eleganten Schädel, wieherten herausfordernd und scharrten mit den Hufen, denn dieses Signal rief zum Kampf.

Danach trat Linde zu den Wurrlingen, umarmte sie alle und küsste sie, und als sie zu Rynna kam, flüsterte sie: »Danke, dass Ihr uns gerettet habt. Und sagt Tynvyr dies: Das wenige, das wir von den Geheimnissen des Schwarzen Waldes erfahren durften, wird immer durch unser Wort in unseren Herzen verschlossen bleiben.«

Rynna umarmte die Kriegsbraut ebenfalls. »Das sage ich ihr«, versprach sie.

Linde richtete sich auf.

»Habt Ihr genug Vorräte?«, erkundigte sich Farly.

Linde nickte und deutete auf die vielen Packpferde, die die Vanadurin mit sich führten. Es waren die überlebenden Pferde jener in der Schacht gefallenen Reiter, Rösser, die vor dem Gargon geflohen waren. Gut ausgebildet, wie sie waren, hatten sie sich jedoch beim Ruf des Schwarzochsen-Horns gesammelt und waren jetzt mit Lebensmitteln beladen. »Aye, einige Proviantwagen sind nicht verbrannt, und auch nicht geplündert worden. Jetzt haben wir genug Nahrung und Hafer für die Pferde, um bis nach Caer Pendwyr zu kommen.«

»Geht vorsichtig mit dem Proviant um«, sagte Nix. »Das Gezücht könnte ihn vergiftet und absichtlich zurückgelassen haben.«

Linde nickte.

»Ich werde es vermissen, mit Euch zu reiten«, erklärte Beau.

»Mir wird Eure Gesellschaft auch fehlen«, antwortete Linde und drehte sich zu Tipperton herum, »sowie Euer Spiel und Gesang, mein kleiner Freund.« Sie zögerte einen Augenblick, doch dann trat sie an ihre Satteltasche, zog ein Schwarzochsen-Horn heraus und reichte es Tipperton. »Hier, Kleiner Mann, das gehörte Dediana. Benutzt es, wenn Ihr in Not seid.«

Ehrfürchtig riss Tipperton die Augen auf. »Aber das kann ich unmöglich ...!«

Linde schob ihm einfach den Riemen über den Kopf. »Ihr seid ein Kundschafter, mein Kamerad, und das könnte Euch irgendwann sehr nützliche Dienste erweisen.«

Tipperton nickte, als er sich ihrem Wunsch beugte.

Linde stieg wieder auf und blickte von ihrem Ross auf die Wurrlinge herunter. »Wir werden uns wiedersehen, meine Kameraden, daran hege ich keinerlei Zweifel.«

»Viel Glück auf Euren Wegen, Kriegsbraut«, erwiderte Tipperton. »Damit Eure Worte auch in Erfüllung gehen.«

Linde hob ihr Horn und blies. Daraufhin stiegen alle Jordier auf. Sten ritt nach vorn, an Lindes Seite. Der Schaft seines Speeres ruhte in der Halterung an seinem Steigbügel, und der Kopf des Gargon thronte gruselig auf der Spitze. Als sich alle Jordier hinter den beiden aufgestellt hatten, ragte ein Wald aus Speeren in den Himmel. Dann stieß Linde einen noch älteren Segen der Vanadurin aus:

Erhebt Euch, Harlingar, greift zu den Waffen!
Fortunas dreifaltiges Gesicht wendet sich Euch lächelnd zu:
Eines lächelnd, eines grimmig, eins verstohlen;
Möge das nie gesehen Gesicht stets verborgen bleiben!

Hál, Krieger von Speer und Säbel!
Hál, Krieger von Dolch und Bogen!
Hál, Krieger von Horn und Ross!
Reitet weiter, meine Kameraden, reitet weiter!

In der aufkommenden Dunkelheit stieß sie erneut in ihr Horn, und die siebenundneunzig Krieger ritten, mit den Packpferden an den Leinen, zwischen den Grabhügeln hinaus über die Furt. Sie schlugen die Richtung nach Caer Pendwyr ein, um das Wort von König Ranor an Hochkönig Blaine zu erfüllen, dass ihm die Nation von Jord zur Seite eilen würde – so schnell sie konnte.

Tipperton, Rynna, Beau, Nix und Farly sahen den Vanadurin nach, bis sie nicht mehr zu erkennen waren, dann wendeten sie ihre Ponys und ritten in den Darda Erynian zurück. Als sich das Zwielicht langsam in der Nacht verlief, befanden sie sich wieder in der sicheren Umarmung dieses geheimnisvollen, schattigen Waldes.

Am nächsten Tag verabschiedeten sich Tipperton, Rynna und Beau von Nix, Farly, Tynvyr und einigen anderen Pysks und brachen mit Melli und Lark vom Westlager auf, um zu der Siedlung der Quellwasser-Wurrlinge zu reiten, die etwa dreißig Meilen entfernt lag. Unterwegs wehte ein warmer Wind aus dem Süden, der den Duft des bevorstehenden Frühlings mit sich brachte, obwohl immer noch kalte Nächte das Land heimsuchten und immer wieder Nachtfrost drohte. Trotzdem knospten überall die Bäume, und hier und da blühten sogar schon Krokusse mit den gelben Winternarzissen. Bienen umsummten diese seltenen Blüten. Das Land roch feucht, obwohl es schon seit einer Woche nicht mehr geregnet hatte, aber das Wasser der Bäche floss lebhaft und klar. Vögel huschten in den Zweigen hoch oben umher und bereiteten sich auf die Jahreszeit vor, sehr zu Larks Entzücken. Das kleine Mädchen stand in seinem Körbchen, das an Mellis Sattel befestigt war, und hüpfte aufgeregt herum.

Als die Wurrlinge gemächlich zwischen den Bäumen und Senken des Darda Erynian hindurchritten, sprachen sie über viele Dinge.

»Sicher«, begann Rynna. »Silberblatt und Urel sind wirklich entkommen, wenn auch verwundet. Silberblatt fast tödlich. Andere haben es geschafft, sich den Weg aus der Festung zu kämpfen. Sie sind durch das Westtor geflohen!«

»Aber keiner von den Wurrlingen?«

Rynna schüttelte den Kopf. »Keiner von den Wurrlingen in der Festung hat überlebt«, fuhr sie mit erstickter Stimme fort. »Wären Farly und Nix und ich nicht auf der Insel Olorin gewesen und im Darda Galion, so wären bestimmt auch wir gestorben. Aber wir waren bei Aravan, Arnu und Velera und fanden heraus, dass uns die Flussleute belogen hatten.«

»Arnu? Velera?«, erkundigte sich Beau.

»Arnu ist ein Baeron und Lady Velera eine Lian.«

»Was ist mit der Horde?«, wollte Tipperton wissen.

»Sie haben Caer Lindor zerstört. Die Festung ist nur noch eine Ruine. Aber sie benötigten Tage, um die Mauern einzureißen, sodass die Verborgenen Zeit genug hatten, sich zu sammeln und anzugreifen. Das Gezücht ist geflohen, aber nur die Hälfte hat den Kampf im Darda Erynian und Darda Stor überlebt. Und die fürchten beide Wälder jetzt sehr. Ich glaube, sie hätten den Schwarzen Wald nicht betreten, hätten sie beim letzten Mal nicht den Gargon dabei gehabt.«

»Nicht einmal, wenn Modrus Astralkörper es ihnen befohlen hätte?«

Rynna hob eine Hand. »Ich weiß nur eines: Die Brut, die den Kampf um Caer Lindor überlebt hat, ist in die Wälder geflohen, aber nicht weiter. Sie haben sich gesammelt, vielleicht auf den Befehl des Astralkörpers hin, und patrouillieren jetzt wieder an den östlichen Wipfeln entlang, als hätten sie dort eine Mission zu erfüllen. Das sind jene, welche die Jordier angegriffen haben. Aber ich glaube nicht, dass sie deshalb hier waren. Sondern sie erledigen eine andere Aufgabe, nur weiß ich nicht, welche. Falls man ihnen jedoch befiehlt, den Schwarzen Wald oder den Großwald zu betreten, werden sie es tun, weil Modru es anordnet. Aber sie werden uns gut vorbereitet finden, denn Tynvyr und die anderen treffen im Augenblick Vorbereitungen für ein solches Ereignis. Sie werden uns nie wieder überraschen.«

Sie machten Rast an einem Fluss, damit die Ponys saufen konnten. »Was ist mit Silberblatt und Aravan? Wo sind sie jetzt?«

»Ich glaube, Silberblatt befehligt gerade ein Kommando am Grimmwall, und Aravan dient Coron Eiron vom Darda Galion. Ich glaube, er reitet zusammen mit Galarun.«

»Oh, den haben wir getroffen«, sagte Beau und lachte schallend. »Er hat unseren Hintern gerettet, und dafür haben wir am nächsten Tag seinen Schinken bewahrt.«

Rynna verzog die Nase und sah Tipperton an. »Kleiner Scherz«, fügte der entschuldigend hinzu.

»Ein sehr kleiner Scherz«, gab sie hoheitsvoll zurück. Dann setzten sie ihren Ritt fort.

Tipperton, Rynna und Beau ritten eine Weile schweigend weiter, in Gedanken versunken, Lark dagegen, die sich an der Seite ihres Korbes festhielt, hüpfte herum, plapperte und deutete auf Vögel, huschende Wühlmäuse und andere Kreaturen des Waldes, die von den Ponys aufgeschreckt wurden. Melli nannte dem kleinen Mädchen ihre Namen.

»Ich würde Caer Lindor gern selbst in Augenschein nehmen«, sagte Tipperton schließlich.

»Auch wenn seine Zinnen und Hallen nur noch Schutt sind, werde ich dich dorthin bringen«, versprach Rynna.

»Meiner Treu.« Beaus Augen glitzerten im Schein des Lagerfeuers, als er durch die Dunkelheit in den Wald spähte und nach seiner Schleuder griff.

»Was hast du?« Tipperton stellte seine Laute zur Seite, griff nach seinem Bogen, stand auf und wandte sich in die Richtung, in die Beau auch starrte.

»Da draußen ist etwas. Es bewegt sich. Ich schwöre, dass es gerade aussah wie eine Garbe aus Zweigen und Schlingpflanzen. Und sag bloß nicht, dass ich mir wieder nur etwas eingebildet habe, Tipperton. Du hast auch gespottet, als ich einen Hügel sah, der sich bewegte, und jetzt ist es weißlich und hat Blätter und schleicht da draußen herum.«

Melli sah in die Richtung, in die Beau deutete. »Ach«, meinte sie. »Das ist nur Prym.«

»Prym?« Tipperton sah ratlos zu Rynna hinüber. »Sag, ist das nicht einer von denen, die sich um Lark gekümmert haben?«

»Allerdings«, bestätigte sie. »Sie passt oft nachts auf sie auf.«

»Was ist sie denn?« Tipperton trat vor, um besser sehen zu können. Doch Prym zog sich in die Dunkelheit zurück. »Oh, ich habe ihr Angst gemacht«, begriff Tipperton enttäuscht.

Rynna lachte. »Angst? Aber nein, Liebster. Sie ist eine der Vred Tre und so schüchtern wie sie alle. Außerdem misstraut sie dem Feuer. Aber Angst vor uns, das hat sie nicht.«

»Zweige und Schlingpflanzen und Blätter?« Beau hatte die Augen vor Staunen weit aufgerissen.

»Ja, so sehen sie aus. Einige nennen sie auch eine Woodwer. Und sie wird wild, sie und ihre Art, wenn es jemand wagt, etwas von dem Wald zu schlagen, in dem sie wohnen. Das heißt: ohne ihre besondere Erlaubnis einzuholen.« Rynna hob ihre Flöte. »Komm, Tipperton, Lark will noch ein Lied hören.«

Tipperton drehte sich zögernd von dem Rand der Lichtung weg und stellte seinen Bogen wieder hin. Dann setzte er sich, nahm seine Laute und schon bald schallte ein lebhaftes Lied durch den Wald, untermalt von Larks hellem Lachen. Und zwischen den Bäumen schlich Prym wieder näher heran, um besser sehen und hören zu können.

Gegen Mittag des nächsten Tages passierten sie einen Ring von Wächtern, meistens Jungburschen, Maiden und ältere Wurrlinge, die mit Bögen und Schlingen ausgestattet waren. Einige schienen gar keine Waffen zu tragen. Kurz darauf erreichten sie die Siedlung der Quellwasser-Wurrlinge.

»Ich glaube, es wird dir hier gefallen, Beau«, sagte Melli und lächelte, als sie sah, wie er den jungen Maiden nachschaute.

Rynna grinste ebenfalls, bemerkte dann Tipperton an und runzelte die Stirn. »Du, mein Wurro, bist jedoch vergeben«, fauchte sie drohend.

Tipperton fiel vor Schreck der Kiefer nach unten. »Aber ich würde doch nicht ... ich meine, ich käme nie ...«

Rynna lachte fröhlich und ritt weiter. Die vier Ponys und ihre Reiter trotteten an Schweine- und Hühnerställen vorbei, an Feldern, die gepflügt und für die Saat vorbereitet waren, und an Korralen aus Leinen, in denen Ponys standen. Sie erreichten Lauben, die aus jungen Schösslingen geflochten waren. Eine Horde Jünglinge lief neben ihnen her und erkundigte sich lautstark nach Neuigkeiten, während andere Wurrlinge aus ihren Häusern kamen, unter ihren Türen stehen blieben, sie betrachteten, zuhörten und ihnen ebenfalls Grüße zuriefen.

»Heute Abend«, wehrte Rynna alle Anfragen ab. »Dann halten wir eine Stadtversammlung ab. Es gibt keinen Grund, das alles zweimal zu erzählen.«

Eine Stadtversammlung? Tipperton sah sich um und schätzte die Zahl der Hütten auf etwa fünfunddreißig. *Eher ein Weiler, würde ich sagen.*

Rynna stieg vor einer der Lauben ab. »Hier wohnen wir, Tipperton. Beau, du kannst eine der leeren ...«

»Unsinn«, unterbrach Melli sie. »Beau, du wirst bei mir und ...«

»Mom«, rief eine weibliche Stimme. »Du bist zurück.«

Beau drehte sich herum. Eine bernsteinfarbene Maid, die gerade erst in ihre Damman-Jahre gekommen war, stürmte auf Melli zu. Die beiden umarmten sich.

Dann wandte sich Melli an Beau. »Wie gesagt, du kannst bei Linnet und mir bleiben. Linnet, das ist Beau Darby. Beau, meine Tochter Linnet, Nix' Schwester und Rynnas Kusine.«

»Meiner Seel!«, stieß Beau hervor, ohne zu merken, dass er laut sprach. »Seid ihr aber schön.«

Als Linnet errötete und den Blick senkte, drehte Melli den Kopf zur Seite und lächelte.

»... einen Gargon getötet, sagst du?«

»Ja, Will«, antwortete Rynna. »Zerschmettert.«

Stimmengemurmel erhob sich. »Den sind wir los!«, rief jemand laut.

»Und auch die Brut, die von den Vanadurin getötet worden ist«, meinte ein anderer.

»Und von den Steinen«, setzte ein Dritter hinzu.

Jemand stieß einen Jubelschrei aus, der von anderen aufgenommen wurde. Denn die getötete Brut gehörte zu der Horde, die das Dorf Quellwasser dem Erdboden gleich gemacht hatte.

Rynna hob die Hände und gebot Ruhe. Als die versammelten Wurrlinge allmählich verstummten, fuhr sie fort: »Die schlechte Nachricht ist, dass viele von der Brut entkommen sind und immer noch am östlichen Rand des Waldes entlang patrouillieren.«

Die Wurrlinge seufzten allesamt auf, aber Rynna setzte hinzu: »Doch es gibt auch noch weitere gute Nachrichten.«

»Welche denn?«

»Zum Beispiel hat dieser hier ...«, sie deutete auf Beau, »dieser Bokker hat eine Medizin gegen die Pestilenz gefunden.«

»Eine Medizin gegen die Pestilenz? Kann das sein? Meiner Treu!«

»Und hat die Stadt Dendor davor gerettet.«

Wieder brandeten Stimmen auf, aber Rynna übertönte sie. »Und zusammen mit ihren Verbündeten«, nun wurde es ruhiger, »zusammen mit ihren Verbündeten, den Zwergen von Kachar und den Menschen von Dendor, haben Tipperton und Beau Modrus Belagerung um die Stadt gebrochen. Aber wartet, sollen euch die beiden Bokker die Geschichte doch selbst erzählen.« Sie drehte sich zu den beiden herum und winkte sie zu sich auf den Hang. »Tipperton, Beau, wenn ihr so nett wäret.«

Zögernd schlichen die beiden den Hang hinauf und drehten sich zu der Versammlung herum. Beau schob Tipperton nach vorn. Während der Geschichte trat Beau verlegen von einem Fuß auf den anderen, denn mindestens zehn Dammen sahen hingerissen in seine Richtung, vor allem die Maid Linnet.

Am nächsten Tag bereiteten sich Tipperton, Beau, Rynna und ein älterer Bokkerer namens Delby auf ihren Ritt nach Caer Lindor vor. Melli stand da mit Lark in den Armen, denn sie und Prym würden sich um das Kind kümmern, während seine Eltern unterwegs waren. Auch wenn sie die Woodwer seit der Nacht im Wald nicht mehr gesehen hatten. Trotzdem versicherte ihnen Melli, dass Prym ganz in der Nähe war. Außerdem schob sie ein dickes Stück geräucherten Schinken zu seiner übrigen Verpflegung in Beaus Satteltasche. »Das ist sicher ganz schmackhaft unterwegs.«

Als sie aufstiegen, um wegzureiten, trat Linnet vor, die sich bislang im Hintergrund gehalten hatte. »Beau«, fragte sie zögernd, »würdest du einen Glücksbringer von mir tragen?«

Beau nickte stumm, da wand sie ein hellbraunes Band aus ihrem dunkelbraunen Haar. Beau beugte sich vor, als sie es ihm um den Oberarm band. Als er sich herabbeugte, trat Linnet rasch vor, drückte ihm einen kurzen Kuss auf die Lippen und flüchtete dann hastig zu ihrer Laube.

Beau sah ihr verblüfft nach, während Tipperton, Delby und Rynna davongaloppierten. Melli lächelte und die kleine Lark in ihren Armen quietschte vor Vergnügen. »Kommt schon, Beau!«, rief Tipperton schließlich. »Die Sonne wartet auf niemanden!«

Beau riss sich zusammen, rammte seinem Pony die Absätze in die Flanken und folgte ihnen, wenngleich seine Gedanken in eine völlig andere Richtung liefen.

Als er sie einholte, sagte Rynna: »Ich hoffe, dir ist klar, Beau, was für ein kostbares Geschenk dir gerade gemacht wurde.«

Beau sah auf das Band hinab.

»Nicht das Band, Beau«, erwiderte Rynna. »Obwohl auch das recht kostbar ist.«

»Das Band?«, erkundigte sich Tipperton.

»Aye. Als wir aus Quellwasser flohen, hatten wir nur wenig Zeit, Dinge von Wert mitzunehmen. Das meiste blieb für die plündernde Brut zurück. Und Linnet, nun, eines der wenigen Dinge, die sie retten konnte, war dieses geliebte Haarband, das sie dir gerade geschenkt hat.«

»Meiner Seel«, murmelte Beau. »Ich reite zurück und gebe es ihr wieder.«

»Nein, das tust du nicht, Wurro«, knurrte Tipperton. »Obwohl ich schwer von Begriff bin, würde ich mich davor tunlichst hüten!«

Also ritten sie weiter durch den Schwarzen Wald, während Beau immer wieder auf das plötzlich so kostbare Band um seinen Arm sah.

Sie ritten diesen ganzen und auch den folgenden Tag in südwestlicher Richtung durch den Darda Erynian, bis sie zum Rissanin kamen, dessen Verlauf sie folgten. Am späten Nachmittag des dritten Tages sahen sie die Ruinen von Caer Lindor. Die Inselfestung war nur noch ein Schutthaufen. Lediglich die dicksten Wände standen noch, aber kaum vier Meter hoch, an den meisten Stellen sogar noch niedriger. Von seinen Türmen und Türmchen und der Großen Halle war nur noch Schutt übrig.

»Meine Güte!«, stöhnte Beau.

»Güte hat damit gar nichts zu tun«, grollte Delby.

Tipperton seufzte. »Ich würde gern hineinreiten, aber ich nehme an, dass sie die Brücke ebenfalls vernichtet haben.«

»Das wollten sie gerade«, bemerkte Delby, »als die Verborgenen sie angegriffen haben. Zum Glück.«

»Zum Glück?«

»Aye. Das erlaubte den Verborgenen, über den Fluss zu gelangen und die Brut auch aus dem Großwald zu vertreiben, nicht nur aus dem Darda Erynian. Dort fielen ebenfalls viele vom Gezücht. Zudem ist das ein sehr wichtiger Übergang über den Rissanin. Die Baeron und Elfen benötigen ihn dringend. Die Verborgenen bewachen die Brücke jetzt.«

»Ich verstehe«, sagte Tipperton und sah sich um, konnte aber niemanden erblicken.

Sie ritten in der Dämmerung über die Pontonbrücke und auf den schattigen Schutthaufen der Insel. Die mächtigen Fallgitter waren nur noch verbogenes Metall.

»Himmel, was für eine Zerstörung.« Beau sah sich auf den Trümmern um. »Das haben Trolle getan?«

»Ja«, antwortete Rynna.

»Und die Toten?«, erkundigte sich Tipperton.

Rynna deutete auf eine freie Stelle im Hof, wo ein großer, schwarzer Fleck die Steine brandmarkte. »Wir haben so viele herausgeholt, wie wir konnten und ... einen Scheiterhaufen errichtet. Die Baeron haben ihre Toten in den Großwald gebracht. Aber wir haben auch viele nicht gefunden und glauben, dass sie einfach in den Fluss geworfen und von seinen Fluten bis ins Meer mitgerissen wurden.«

Beau erschauerte und sah Tipperton an. Dieser schüttelte unmerklich den Kopf. Beide Bokker erinnerten sich an die angefressenen Leichen, die sie bei ihrem Übergang gesehen hatten, sagten Rynna jedoch nichts davon.

»Wenn ihr genug gesehen habt«, ließ sich Delby vernehmen, »sollten wir vielleicht ein Lager aufschlagen. Es wird Zeit.«

»Aber nicht hier, an einem solchen Ort von Tod und Zerstörung«, erklärte Beau fröstelnd. »Nicht an diesem Ort des Verlustes.«

»Sieh doch!«, zischte Beau und streckte die Hand aus.

Zwischen den Bäumen am westlichen Ufer des Rissanin brannten einige kleine Lagerfeuer.

»Dort lagert jemand«, erklärte Rynna.

»Mehrere jemande, meinst du wohl«, sagte Delby.

»Eine kleine Streitmacht?«, erkundigte sich Tipperton.

»Wer könnte das sein?«, wollte Beau wissen. »Die Brut?«

»Möglich, aber unwahrscheinlich. Sie fürchten diesen Ort«, behauptete Rynna.

»Flussleute?«

Rynna nahm ihren Bogen. »Es gibt nur eine Möglichkeit, das herauszufinden. Lasst die Ponys angebunden.«

Die vier schlichen so lautlos, wie es nur Wurrlinge vermochten, durch das Unterholz und näherten sich den Lagerfeuern. Dann hielt Rynna Tipperton auf, der neben ihr ging. Sie streckte die Hand aus. In dem dunklen Wald und weit entfernt von den Feuern stand ein Wachposten.

Tipperton drehte sich zu Beau und Delby herum, doch von den beiden war nichts mehr zu sehen. Also gab er Rynna lautlos das Zeichen weiterzugehen, das sie mit einem Nicken beantwortete. Sie hatten die Pfeile eingenockt und schlichen geduckt auf den Wachposten zu. Die Dammian hielt sich rechts von Tipperton, etwa zehn Schritte von seiner Seite entfernt.

Tipperton war kaum sieben Meter von dem Wachposten entfernt, als dieser sein Gesicht zum Feuer drehte. Tipperton lächelte, stand auf und sagte leise: »Hadron, ich bin's, Tipperton Thistledown. Mir ist die Seife ausgegangen.«

Hadron schrak zunächst zusammen und blickte in Tippertons Richtung, doch dann lachte er.

Als Hadron sie zum Feuer geleitete, erkundigte sich Rynna bei Tipperton: »Was war das mit der Seife?«

»Hadron ritt mit Galaruns Kompanie. Er gehörte zu den Lian, die uns auf den Ebenen von Valon vor den Hyrinianern gerettet haben. Jedenfalls hat er Beau und mir zum Abschied ein Stück duftende Seife geschenkt. Sie roch nach Wildblumen.«

»Ich erinnere mich«, sagte Rynna leise. »An den Duft, meine ich. Du hast danach gerochen, als wir uns trafen … und auch in der Nacht, bevor wir uns trennten.«

In diesem Augenblick traten sie ins Licht der Lagerfeuers, und eine Kompanie Elfen blickte auf, als sie heranschritten.

»Oh, Hadron«, meinte Tipperton. »Beau und ein anderer Wurrling sind noch irgendwo da draußen. Vielleicht sollten wir sie heranpfeifen …«

»Wir sind hier.« Beau und Delby traten hinter einem Baum hervor, der im Schatten lag.

»Ha!«, rief Hadron. »So viel zu Elfenwächtern, wenn es um das Kleine Volk geht!«

»Rynna!«, rief jemand. Rynna blickte zwischen den Feuern hindurch. Es war Aravan, und neben ihm stand ein weiterer Elf.

»Alor Galarun!«, rief Beau, »hál und schön, Euch wiederzusehen. Sagt, Ihr habt nicht zufällig eine Scheibe Schinken für mich?«

Es war Nacht geworden, und die Lagerfeuer waren bereits heruntergebrannt, als Aravan nach einem Blick auf Galarun sagte: »Irgendwie glaube ich, dass Modru weiß, was wir suchen, und den Gargon an der Eryn-Furt platziert hat, um unsere Mission zu vereiteln. Es war reiner Zufall, dass statt uns die Vanadurin in die Falle gegangen sind.«

Entsetzt riss Beau die Augen auf. »Himmel, alles ist miteinander verwoben!«

»Gyphon!«, spie Galarun hervor und wandte sich zu den Wurrlingen herum. »Und Ihr sagt, die Brut hält sich noch in der Nähe der Furt auf?«

Rynna nickte.

»Dann müssen wir unsere Route ändern.«

»Wohin wollt Ihr denn?«, erkundigte sich Tipperton.

»Zum Schwarzen Berg«, erwiderte Galarun nach einem kurzen Seitenblick auf Aravan.

»In Xian?«, platzte Beau heraus und fuhr sofort fort: »Natürlich, du Einfaltspinsel! Der Schwarze Berg liegt ja in Xian!«

»Warum wollt Ihr zu der Stätte der Zauberer?«, erkundigte sich Tipperton. »Falls ich das fragen darf.«

»Große Ereignisse stehen bevor«, erklärte Galarun. »Und wir wurden ausgesandt, um ein Symbol großer Macht zu beschaffen: ein silbernes Schwert.«

»Silber? Nicht Stahl?«

»Das wurde mir gesagt. Ich weiß allerdings nicht, ob es schlichtes Silber ist – oder Sternensilber oder dunkles Silberon.«

Rynna warf einen kleinen Zweig ins Feuer. »Ihr habt davon gesprochen, große Ereignisse stünden bevor ...?«

Galarun holte tief Luft. »Wisst Ihr, dass Atala zerstört wurde?«

Tipperton sah Beau an und richtete seinen Blick dann wieder auf den Elf. »Wir haben es vermutet. Also ist es Gewissheit?«

Galarun nickte. »Aye. Ein Überlebender, Talar, kam zum Darda Galion und suchte nach seiner *jaian* Riatha.«

»Jaian?«, erkundigte sich Delby.

»Schwester«, antwortete Tipperton. »Jaian bedeutet auf Sylva Schwester.«

»Ach so.«

»Dann ist dieser Talar«, fuhr Tipperton an Galarun gewandt fort, »also ein Elf?«

»Ja. Ein Lian.«

»Erzählt doch Eure Geschichte weiter«, mischte sich Beau ein.

Galarun schmunzelte. »Talars Jaian Riatha bewacht mit anderen das Gebiet nördlich des Darda Galion. Allerdings reitet sie gelegentlich mit ihrer Gruppe auch in den Darda Erynian hinein. Jedenfalls hat uns Talar vor seiner Abreise erzählt, dass der Karak explodiert sei. Gewaltige Flutwellen haben viele Küstenländer verheert, Städte zerstört und Tausende das Leben gekostet. Am härtesten wurde die Insel Gelen getroffen, obwohl die Küsten von Thol, Gothon, Basq und Vancha ebenfalls in Mitleidenschaft gezogen wurden. Für eine so große Katastrophe jedoch kann man nur Gyphon die Verantwortung geben.«

»Aber warum?«, fragte Delby.

»Wir glauben, Er wollte die Stadt Duellin vernichten, denn dort werden ... wurden gewaltige Waffen geschmiedet, vor allem Schwerter. Und Gyphon wollte verhindern, dass sie in die Hände derer gelangen, die sich gegen Ihn stellen.«

Galarun verstummte und Aravan nahm nun den Faden der Erzählung auf. »Auf dieser Insel lebten viele Elfen, im Darda Immer, dem Lichtwald von Atala. Sie wären eine Ehrfurcht einflößende Streitmacht gewesen.«

»Den Lichtwald kannten wir«, meinte Tipperton, »und auch die Lian, aber von den Klingen aus Duellin wussten wir nichts.«

»Dieses silberne Schwert«, sagte Rynna, »was vermag es und warum wird es jetzt benötigt?«

Aravan sah Galarun an, und als dieser nickte, fuhr der Elf fort: »Wir kennen seinen ursprünglichen Zweck nicht, aber einige behaupten, dass es den Hohen Vûlk selbst töten kann.«

»Den Hohen Vûlk?«

»Gyphon.«

»Meiner Seel!«, stieß Beau hervor. »Kein Wunder, dass er einen Gargon geopfert hat, um Euch aufzuhalten.«

Rynna runzelte die Stirn. »Aber warum jetzt? Warum

müsst Ihr es jetzt holen? Das Silberne Schwert, meine ich. Und wer wird es schwingen, sobald Ihr es in Eurem Besitz habt?«

Aravan ballte die Faust. »Gyphon ist mit einer gewaltigen Streitmacht von Rûpt von der Niederen in die Hohe Ebene eingedrungen. Dort tobt eine gewaltige Schlacht.«

»O nein!«, rief Tipperton entsetzt. »Wenn er Adonar erobert ...«

»... dann beherrscht er alles!«, beendete Beau seinen Satz.

»Kann Gyphon siegen?«, erkundigte sich Delby.

Aravan hob die Hände. »Bis Er zurückgeschlagen wurde, schien Er für ein *Dazwischen* nach Mithgar zu kämpfen.«

»Nach Mithgar?«

»Aye, denn da die Wege zwischen Neddra und Mithgar gesperrt sind, wurde Gyphons gezielte Eroberung der Mittleren Ebene aufgehalten.«

»Ihr sagt, Er wurde zurückgeschlagen?«, erkundigte sich Rynna.

Aravan nickte. »Aye. Viele Elfen und andere sind in die Hohe Ebene gegangen, um zu helfen, Gyphon aufzuhalten, denn Seine Strategie schien es zu sein, die Hohe Ebene zu erobern und von dort nach Mithgar zu gelangen. In diesem Fall hätte er obsiegt. Aber Adon hat jetzt alle Verbindungen zwischen den Ebenen geschlossen, bis auf die Wege des Blutes.«

»Die Wege des Blutes? Was ist das?«

Aravan verschränkte seine Finger. »Die, welche die Riten des *Dazwischen* kennen, können auf diese Weise nach Hause zurückkehren, aber sie können nirgendwo anders hingehen. Das heißt, sie können nicht mehr in eine Ebene übergehen, die nicht von ihrem Blute ist. Elfen, die sich nicht auf der Hohen Ebene befanden, können zwar nach Adonar zurückkehren, aber keine andere Ebene mehr besuchen. Die Rûpt können nach Neddra zurückkehren, wenn sie nicht auf der Niederen Ebene waren, aber sonst nirgendwohin gehen.

Ebenso wie jene aus Mithgar, die zwar nach Hause zurückkehren können, mehr aber nicht. Natürlich können die Tiere ebenfalls heimkehren, vorausgesetzt, jemand singt ihnen den Weg. Der Darda Galion ist bereits durch diese Trennung ärmer geworden, weil die Silberlerchen verschwanden. Das sind die Wege des Blutes, Tipperton, die Wege, die einem erlauben heimzukehren, und die Wege, die alles andere blockieren.«

»Ich verstehe. Aber was ist mit der Schlacht auf der Hohen Ebene? Wie steht es dort?«

Aravan hob wieder die Hände. »Nach der Trennung ist Gyphons Plan, über Adonar in Mithgar einzufallen, gescheitert. Wir können jedoch nur annehmen, dass die Schlacht um die Herrschaft über die Hohe Ebene anhält, denn es muss nicht nur Modru in Mithgar besiegt werden, sondern auch Gyphon in Adonar. Sollte Gyphon in Adonar siegreich bleiben und Modru Mithgar erobern, dann herrscht Gyphon, wie Ihr sagt, über alles.«

»Und was ist mit Neddra?«, erkundigte sich Beau.

Aravan seufzte. »Wir glauben, dass vor der Trennung ein Regiment des Freien Volkes in Neddra einmarschiert ist. Dort wird ebenfalls gekämpft. Aber mit nur einem Regiment können sie niemals Erfolg haben, sondern bloß untergehen.«

»Also gut«, sagte Rynna. »Wir verstehen. Jetzt, Alor, beantwortet mir meine letzte Frage: Wer soll das Silberne Schwert führen?«

Aravan zuckte die Achseln, und Galarun antwortete für ihn. »Das und noch mehr wissen wir nicht. Meine Kompanie und ich sollen es nur vom Schwarzen Berge holen und in den Darda Galion bringen. Mein Vater, Coron Eiron, wird dann entscheiden, wer es über den Weg des Blutes auf die Hohe Ebene bringt. Dass es dorthin geschafft werden soll, führt mich zu der Überzeugung, dass es für die Hand Adons Selbst geschmiedet wurde.«

»Also«, fuhr Rynna fort, »wenn Modru von Eurer Mission weiß, wird er alles tun, um Euch aufzuhalten.«

Aravan und Galarun nickten, Rynna aber sprach weiter. »Um Modru daran zu hindern, Euch am Rand des Darda Erynian aufzuhalten, würde ich raten, dass Ihr Euch von uns durch den Großwald und auf die Ebenen des südlichen Riamon führen lasst, wo die Brut auf der Lauer liegt. So könnt Ihr sie gänzlich umgehen. Ein Ausläufer des Rimmen-Gebirges blockiert ihren Weg und würde jede schnelle Verfolgung vereiteln.«

Galarun grinste – und Rynna rief: »Also abgemacht!«

Beim Frühstück sagte Galarun: »Verzeiht, Beau, aber wir haben keinen Schinken mehr. Mian, das schon, denn wir reisen nur mit leichtem Gepäck.«

»Puh«, erwiderte Beau. »Mit leichtem Gepäck reisen die Wurrlinge diesmal nicht, obwohl wir nur erwartet haben, nach Caer Lindor und wieder zurück zu reiten. Deshalb werden wir den Schinken, den wir bei uns haben, mit Euch teilen und Euch so dieselbe Gunst erweisen, die auch Ihr uns vor all den Monaten entgegengebracht habt, wenn Ihr gestattet.«

Während Beau den Schinken aufteilte, den Melli ihm in die Satteltasche gesteckt hatte, fragte er: »Wie steht der Kampf um Zwergenheim?«

»Der ist vorbei. Die Belagerung wurde vor noch nicht ganz einem Monat durchbrochen. Obwohl die Drimma große Verluste erlitten haben, treiben die Zwerge die Rûpt jetzt zurück und kämpfen im Grimmwall gegen sie, wobei ihnen Baeron und Lian helfen. Sobald die Wut der Drimma verraucht ist, werden sie dem Hochkönig zu Hilfe eilen.«

»Wenn ich eines über Zwerge weiß«, versetzte Tipperton, »dann dies, wie lange es dauert, bis der Zorn eines Zwerges besänftigt ist.«

Galarun lachte. »Ah, Waerling, dann kennt Ihr sie gut.«

»Da wir gerade vom Hochkönig sprechen«, fuhr Beau fort, »weiß mittlerweile jemand, wo er sich aufhält?«

Galarun schüttelte den Kopf. »Talar sagte ...«

»Talar? Das ist doch der Elf, der den Untergang von Atala überlebt hat?«, warf Beau ein.

Galarun nickte. »Er wurde von einem vorüberfahrenden Schiff gerettet und in einen Hafen nach Gothon gebracht. Dort kursierten Gerüchte, dass der Hochkönig westlich des Grimmwalls kämpft, in Rian und Wellen und Dalara und Trellinath. Aber wie die Leute an diese Neuigkeit kamen, konnten weder Talar noch seine Quellen erklären. Die Gothonier waren damit beschäftigt, Schiffe zu bauen, um eine gewaltige Flotte aufzustellen, denn die Meerenge von Kistan ist blockiert, und man braucht eine solche Armada, um die Blockade zu brechen. Doch die riesige Flutwelle, die der Untergang von Atala ausgelöst hat, zerstörte diese Schiffe und auch den größten Teil dieses geschützten Hafens. Die Gothonier haben von vorn angefangen und Schiffe auf Kiel gelegt. Diese Schiffe sind riesig, haben mehrere Decks und können Menschen und Pferde transportieren. Da sämtliche Pässe über den Grimmwall von den Rûpt kontrolliert werden, glauben wir, dass der Hochkönig mit dieser Flotte segeln will, um nach Pellar zu gelangen.«

»Es sind nicht alle Pässe blockiert«, wandte Tipperton ein. »Ihr habt selbst gesagt, Zwergenheim sei befreit.«

»Aye, nur weiß der Hochkönig das vielleicht nicht, auch wenn Coron Eiron Boten über den Quadran-Pass gesendet hat. Sie sollen den Hochkönig Blaine suchen und ihm die Neuigkeit überbringen.«

»Allerdings, Tipperton«, erklärte Aravan, als sie unter den Wipfeln des Großwaldes einherritten. »Es hat tatsächlich eine Pysk einen Gargon niedergestreckt. Ich war dabei, als es geschah.«

»Wie hat sich das zugetragen?«, wollte Tipperton wissen. »Wie kann eine winzige Pysk einen so mächtigen Gargon fällen?«

»Jinnarin, eine Pysk, und Alamar, ein Magier, kamen damals zu mir und baten mich um Hilfe, um ihren Freund Farrix zu finden. Wir reisten um die ganze Welt und fanden ihn schließlich auch. Und damals vernichtete sie diesen Mandrake, wenn auch nicht in einem körperlichen Zustand.«

»Nicht in was?«, hakte Tipperton nach.

»In einem körperlichen Zustand«, antwortete Beau. »Nicht in leiblicher Form.« Er sah Aravan stirnrunzelnd an. »Ehm ... nicht in leiblicher Form?«

Der Elf nickte. »Es geschah, als sie traumwandelte. Da tötete sie den Geist des Draedan, nicht seinen Körper, der dann jedoch ebenfalls starb.«

»Wann ist das geschehen und wo?«, wollte Tipperton wissen.

Ein schmerzlicher Ausdruck huschte über Aravans Gesicht. »Es war auf einer kleinen Insel in der Sidhu-See, zur Zeit der Vernichtung von Rwn ...«

Am sechsten Tag des Monats Mai ließ Galarun seinen Blick über die weite Ebene schweifen. Sie war menschenleer, soweit er sehen konnte. Nur ein Falke kreiste in der Ferne. Zu seiner Linken säumte ein Ausläufer des Rimmen-Gebirges die nördliche Flanke.

Galaran wandte sich an die Wurrlinge. »Ich danke Euch für Eure Warnung und dafür, dass Ihr uns hierhergeführt habt. Sonst wären wir gewiss in eine Falle der Rûpt gelaufen. Doch jetzt habt Ihr uns um ihre Flanke herumgeführt, also können wir nach Xian reiten. Wir werden lange brauchen, um dorthin zu gelangen, und auch der Rückweg wird beschwerlich.

Doch hört, da Ihr uns geführt habt, wäre es mein Wunsch,

wenn Ihr die Bewegungen der Brut verfolgt und andere ebenfalls sicher an ihnen vorüberführt.«

»Aber wir wollten nach Pellar gehen und dem Hochkönig helfen«, widersprach Tipperton.

Rynna erschrak.

Er wandte sich ihr zu. »Es herrscht Krieg, Liebste, und wie wir sehr gut wissen, trennen sich in solchen Zeiten die Wege von Liebenden, auch wenn ich gern eine Weile bei dir geblieben wäre.«

Rynna nickte bekümmert, sagte jedoch tapfer: »Das verstehe ich.«

»Ich würde sagen«, mischte sich Beau ein, »dass wir die Zwerge von Zwergenheim vielleicht überreden können, in den Darda Erynian zu kommen. Dann könnten wir den Rest des Gezüchts vernichten, das die Eryn-Furt belagert, und müssen uns dann keine Sorge mehr darum machen.«

Aravan schüttelte den Kopf. »Nein, Beau. Es ist besser, diese Brut in Ruhe zu lassen. Denn sie nutzen Modrus Sache nicht sonderlich und fügen uns keinen Schaden zu.«

»Aber sie haben fast alle Vanadurin getötet!«, protestierte Beau. »Wenn das kein Schaden ist, was dann?«

»Das war natürlich schrecklich. Aber hört, wie Galarun sagte, wir hätten es gern, wenn Ihr Waerlinga die Rûpt beobachtet und andere so wie uns sicher an ihnen vorbeiführt. Denn auf diese Weise sind sie nutzlos und für Modru nur verschwendet.«

Galarun nickte. »Am besten ist, wenn man eine Horde unwirksam macht, ohne dass Modru es merkt. Vielleicht glaubt er dann ja sogar, wir seien noch gar nicht aufgebrochen, und wartet darauf, dass wir ihm in die Falle gehen. Dann könnten wir unsere Mission zum Schwarzen Berge vollkommen unbehelligt durchführen.

Also lasst sie in Ruhe. Ich verspreche Euch, dass wir nach unserer Rückkehr die Rûpt angreifen werden. Und wenn es

Zeit wird, nach Pellar zu gehen, werden wir voller Stolz mit Euch reiten.

Aber jetzt besteht unsere Mission nicht darin, dem Hochkönig zu helfen, sondern ein Schwert zu beschaffen, und mir wäre es lieb, wenn Modru glaubte, dass wir noch hier vorbeikämen.«

Rynna nickte, ebenso wie Tipperton, Letzterer allerdings etwas zögernd.

Galarun nickte. »Gehabet Euch wohl, meine Freunde«, sagte er, »und möge Adon Eure Schritte lenken.«

Dann gab er seiner Kompanie ein Signal, und mit Aravan an seiner Seite galoppierten die Lian auf die Ebene hinaus, die Packpferde im Schlepptau, unterwegs auf ihrer geheimnisvollen Mission, ein silbernes Schwert zu finden, das von Magiern geschmiedet wurde, und es in den Krieg zu führen.

»Lebt wohl!«, rief Rynna. »Möge Elwydd Euch alle behüten!«

Sie sahen der Elfenkompanie nach, bis Tipperton seufzte. »Ich nehme an, sie haben recht, obwohl es mir widerstrebt, zwei Segmente des Gezüchts unbehelligt vor unserer Haustür herumlaufen zu lassen. Trotzdem, wenn allen damit am besten gedient ist, dass wir die Brut beobachten und andere um sie herumführen, dann werden wir uns wohl damit begnügen müssen.«

Rynna nickte. »Wir haben unsere Sache gut gemacht, und Galarun und seine Kompanie um einen Hinterhalt herumgeführt. Reiten wir also zum Darda Erynian zurück und überlegen, wie wir die Mission, die er uns übertragen hat, am besten umsetzen.«

Die vier Wurrlinge ritten nach Caer Lindor zurück, wo sie erneut den Schwarzen Wald betreten wollten. »Tip«, meinte Beau unterwegs, »unter all den Wurrlingen und Pysks und Stöhnenden Steinen, den Lebenden Hügeln und Woodwern ist nicht ein einziger Mensch. Wir hätten keine bessere Gruppe Nicht-Menschen finden können.«

»Sie sind keine Menschen, da stimme ich dir zu. Aber eine Frage möchte ich dir doch stellen: Nutzen wir ihre Hilfe, um die Feuer des Krieges zu ersticken oder einfach nur, um jedem Streit aus dem Weg zu gehen?«

Beau runzelte die Stirn, wusste jedoch keine Antwort auf Tippertons Frage, als sie in den Großwald ritten.

11. KAPITEL

Endlich kam der Sommer, obwohl er kälter schien als die Sommer davor. »Ich zweifele nicht daran, dass dies Gyphons Schuld ist«, sagte Beau, der an einem Felsbrocken lehnte und den Hang beobachtete.

»Gyphon?«, erkundigte sich Linnet. Sie hielt Wache, jedoch in die andere Richtung. Linnet war jetzt eine junge Damman, nachdem ihr zwanzigster Geburtstag vor einer Woche gefeiert worden war, am Sommertag, dem Längsten Tag des Jahres.

»Tip glaubt, es liegt daran, dass der Karak explodiert ist und Steinstaub in den Himmel geblasen hat. Phais und Loric sind ebenfalls davon überzeugt. Sollten sie recht haben, dann ist Gyphon an diesem kalten Sommer schuld. Es ist alles miteinander verwoben, weißt du.«

»Das sagst du immer, Beau, dass alles miteinander verbunden sei.«

»Stimmt ja auch. Lass mich dir erzählen, wie die Ereignisse auf die Welt fallen – wie Steine in einen Weiher. Daraus folgt, dass sich die Wellen überschneiden, sich verbinden und gegenseitig beeinflussen ...«

»Leise!«, zischte Linnet. »Ogru.«

Beau und Linnet duckten sich auf dem Kamm und spähten über die Felsen nach unten. Am Fuß des Hügels stampfte ein riesiger Troll durch das Mondlicht über die freie Fläche. Linnet legte einen Pfeil auf die Sehne.

»Den kannst du ruhig wieder weglegen, Linnet«, erklärte Beau. »Der ist für ihn nichts weiter als eine lästige Pferdebremse.«

»Eine Pferdebremse?«

Beau grinste. »Das ist eine Art Beißfliege.«

Sie beobachteten den Troll noch lange von ihrem Ausguck aus, da sie das westliche Gebiet um die Eryn-Furt im Auge hatten. Die Rücken der ersten Höhenzüge des Rimmen-Gebirges erstreckten sich bis in den Großwald hinein. Schließlich verzog sich der Troll um eine Bergflanke und verschwand.

»Sollen wir ihm folgen?«, erkundigte sich Linnet.

Beau schüttelte den Kopf und bezog wieder seinen Wachposten auf dem Hang. »Ich glaube, er hat sich in sein Loch getrollt.«

Seit sieben Wochen beobachteten Wurrlinge und Fuchsreiter nunmehr die Brut und kannten deren Bewegungen mittlerweile recht gut. Dieser Troll hatte eine Behausung im Vorgebirge, etwas nördlich von Linnets und Beaus Standort.

Den Rest der Brut kontrollierten sie mit Patrouillen am Rand des Darda Erynian und des Darda Stor, hielten sich dabei jedoch ein gutes Stück von den Wipfeln der Wälder entfernt.

Zu Anfang ihrer Wache war Tynvyr auf Galaruns Ersuchen hin zu den Dylvana geritten und hatte sie gebeten, bei der Bewachung der Brut zu helfen und Reisende an ihnen vorbeizuführen. In der Zwischenzeit waren Tipperton und Rynna in den Großwald geritten und hatten die Baeron dasselbe gefragt.

Als sie später in nordwestlicher Richtung von der Lichtung geritten waren, einer riesigen, freien Fläche im Großwald, an deren Rand sie sich mit den Baeron getroffen hatten, hatten Rynna und Tipperton eine von Schlingpflanzen überwucherte Senke gefunden, in der riesige, zerbrochene Steine lagen. Dies waren zumeist Trümmer, und kein einziger davon war heil. Und dort lehnte ein großer Monolith schief an der steilen Flanke des Tales ...

»Es sieht wie eine Herde von Stöhnenden Steinen aus«, erklärte Tipperton.

Rynna nickte und spähte in das Tal, während ihr die Tränen kamen. »Ach, Tip, so viele tote Eio Wa Suk. Was kann hier nur passiert sein?«

»Das weiß ich nicht«, antwortete Tipperton, »aber was es auch war, es muss schrecklich gewesen sein.«

Rynna seufzte und zog sanft an den Zügeln, damit ihr Pony den Kopf aus dem Gras hob. »Lass uns diesen Ort verlassen, Tipperton. Ich kehre später mit einem Fuchsreiter hierher zurück und werde herausfinden, was da geschehen ist und wann.«

»Können nur Fuchsreiter mit den Steinen sprechen?«

»Allerdings. Die Stöhnenden Steine hören außer auf ihresgleichen nur auf eine Pysk.«

Dann ritten sie zum Schwarzen Wald zurück und ließen die Senke hinter sich. Die Mission bei den Baeron war erfolgreich gewesen.

Also hielten Fuchsreiter, Wurrlinge, Dylvana und Baeron gemeinsam am Rand der Baumwipfel Wache und geleiteten die wenigen Reisenden, die durch dieses Gebiet kamen, sicher an der Brut vorbei.

Auf dem Hang schaute Beau zum gelben Sichelmond hinauf. »Unsere Ablösung sollte bald kommen.«

Linnet nickte, nahm ihren Blick jedoch nicht von der Ebene unter ihr. »Du hast gerade von Steinen und Weihern gesprochen ...«

»Ach so, es geht darum: Ereignisse sind wie Steine, die man in einen Tümpel wirft. Einige sind groß, andere klein, wieder andere nur winzig. Die Folgen solcher Ereignisse sind wie Wellen auf dem Wasser, die sich ausbreiten und mit anderen vermischen. Manchmal addiert sich ihre Wirkung und manchmal hebt sie sich auf. Aber alle Wellen von allen Ereignissen, angefangen bei den großen bis zu den winzig kleinen, überschneiden sich früher oder später, und deshalb sind alle Dinge miteinander verwoben.«

Linnet sah kurz zu Beau hinüber und richtete ihren Blick dann wieder auf die Ebene. »Fast so wie meine Mutter immer sagt.«

»Deine Mutter?«

»Ja. Sie spricht immer von dem großen Netz des Lebens. Wenn man an einem Strang zieht, erzeugt man damit eine Bewegung. Einige Stränge sind jedoch wichtiger als andere, und wenn man einen solchen berührt, dann kommt es dazu, dass das ganze Netz heftig zittert ... Und wenn man einen Strang zerschneidet, wird ein Teil des Netzes zusammenbrechen. Je bedeutsamer der Strang ist, desto größer wird der Schaden. Und so sind Ereignisse vielleicht, wie deine Steine und die Wellen: das Berühren eines Stranges, der das Netz erbeben lässt.«

»Ha!«, rief Beau. »Steine im Wasser oder ein zitterndes Netz, das ist kein großer Unterschied!«

Danach saßen sie eine Weile schweigend da, bis Beau den Faden weiterspann. »Weißt du, Linnet, ich glaube, Modru hofft, dass er wie eine fette große Spinne in der Mitte des Netzes sitzt und alle Stränge kontrolliert.«

»Modru kontrolliert die Stränge in Mithgar«, meinte Linnet. »Gyphon jedoch alle.«

Der Mond sank herab, und in seinem Licht sahen sie eine Gruppe von Schatten, die den Hang hinaufkam.

»Unser Ablösung ist da«, bemerkte Beau. Einen Augenblick später trat eine Pysk zu ihnen.

Die beiden sprachen einige Worte in der Feensprache, die ihnen Rynna beigebracht hatte – *Troll weg, Brut rührt sich nicht* – und dann verließen Beau und Linnet den Fuchsreiter und gingen den Hang hinab, wo sie ihre Ponys angebunden hatten.

Ein Monat verstrich, dann noch einer, und in dieser Zeit brachte Rynna den Wurrlingen die Sprache der Entrückten vom Feenvolk bei. Als alle die Grundlagen der Sprache der Pysks beherrschten, begannen die Fuchsreiter selbst, die Wurrlinge neue Worte zu lehren.

Der Sommer verstrich, der Herbst zog heran. Tipperton, Rynna, Melli und Lark ritten mit Beau und Linnet nach Norden, nach Bircehyll, um mit den Dylvana den Herbsttag zu feiern, denn Tipperton und Beau wollten gern den Elfenritus tanzen.

Bei ihrer Ankunft stellten sie fest, dass nur noch wenige Elfen in Bircehyll lebten, denn die meisten waren in den Krieg gezogen, zum Crestan-Pass, und danach in die Gipfel des Grimmwall. Und selbst von jenen im Darda Erynian hatten sich viele, da die Ernte eingefahren war, den Patrouillen angeschlossen, die den Rand des Waldes kontrollierten. Also gab es nur noch etwa zwanzig Dylvana in der Elfensiedlung, und zwei Lian. Eine goldhaarige Dara namens Riatha und ihr ebenso goldhaariger Bruder namens Talar. Beide hatten so graue Augen, dass sie fast wie Silber wirkten. Es war Talar, der die Vernichtung von Atala überlebt hatte. Doch niemand sprach von dieser Katastrophe, lieber feierten sie den Herbsttag.

Während des ganzen Tages und Abends gaben sich alle Dylvana der Reihe nach die kleine Lark in den Arm. Sie war kaum größer als eine Pysk, aber dieses Wurrlingkind war kein Fuchsreiter, sondern ein kleines Mädchen und ganz und gar hinreißend.

Nach dem Festmahl und Gesang schlenderten Elfen und Wurrlinge durch den Wald in ein schüsselförmiges Tal, das die Dylvana *Sur Kolaré* nannten, Flüstersenke. Der grasige Hang endete vor einer hohen, konkaven Steinwand. Es war ein natürliches Amphitheater, und alle setzten sich mit dem Gesicht zu der Wand, wo die Schauspieler auf einem Erdhügel in der konkaven Felswand standen, der als Bühne fungierte. Es wurde musiziert, gesungen, Sagen wurden erzählt und Gedichte deklamiert. Tipperton und Rynna bewunderten die Wand und betrachteten neugierig ihre geschwungene Form, denn man konnte selbst das leiseste Flüstern noch deutlich hören. Vor allem, wenn sich der Darsteller vom Publikum abwandte und direkt in die Wand sprach. Hier spielte Tipperton seine Laute mit den silbernen Saiten und Rynna ihre Flöte, und sie sangen abwechselnd, sehr zum Entzücken der Zuhörer.

Am Abend sangen sie schließlich wieder gemeinsam die Festriten und zogen durch den Wald zum Hügelkamm über der Elfensiedlung zurück, wo die Silberbirken in kleinen Gruppen zusammenstanden und viel Raum ließen. Dort baten die Dylvana die beiden Lian, Riatha und Talar, *jaian und jarin,* Schwester und Bruder, den Ehrenplatz einzunehmen und den Elfenritus des Herbsttages zu geleiten.

Hier nun, unter dem leuchtenden Halbmond, begann das Ritual aus Gesang, Deklamation und Tanz, das nach dem Maßstab der Sterblichen gemessen zeitlos war. Übergossen vom Mondlicht, eingehüllt in die Melodie und Harmonie, mit leisen Schritten, begingen die Elfen feierlich und ernst ihr Ritual, wenngleich ihre Herzen voller Freude waren.

Schritt ... Pause ... Gewicht verlagern ... Pause ... Drehung ... Pause ... Schritt.

Langsam, ganz langsam bewegen – und Pause. Stimmen erhoben sich, Stimmen verklangen. Es waren fließende Noten aus der Morgendämmerung der Welt. Harmonie. Wohlklang. Schritt ... Pause ... Schritt. Riatha drehte sich. Talar drehte sich, Dylvana drehten sich gleichzeitig. Darai schritten an den Männern vorbei. Alori hielten inne. Kontrapunkt. Diskant. Schritt ... Pause ... Schritt ...

Zwischen den tanzenden Dylvana verloren sich Beau und Tipperton an Talars Seite in dem Ritual. Tipperton sang, Beau tanzte, Schritt ... Pause ... Schritt, so wie Rynna und Linnet und Melli neben der goldhaarigen Riatha mit den silbernen Augen schritten.

Am Rand stand zwischen den Silberbirken eine große Gestalt aus Zweigen und Ästen und Ranken, mit der schlafenden Lark im Arm. Prym sang den Ritus mit, ihre Stimme klang wie das Rascheln von Blättern im Wind.

Anfang Oktober kamen zwei Pysks, Nia und Kell, auf ihren Füchsen in den Herbstwald, dessen Blätter bereits golden, rot, kastanienrot und braun leuchteten. Nach dem kühlen Sommer war der Frost dieses Jahr früh eingekehrt, die Luft war kalt. Sie ritten erst ins Tal und dann ins Lager der Wachen, wo sie Tynvyr aufsuchten und eine Weile mit ihr sprachen. Schließlich kam Tynvyr zu Rynna und Tipperton. *Der Monolith, den Ihr im Darda Stor in der Senke der zerstörten Stöhnenden Steine gefunden habt, ist älter als die Zeitrechnung, und trauert immer noch sehr über einen uralten Schmerz,* sagte sie.

Was ist denn geschehen?, erkundigte sich Tipperton in der Feensprache.

Tynvyr schüttelte den Kopf. *Obwohl er noch lebt, ist er stark beschädigt und weiß nicht mehr, was der Herde widerfuhr. Nur der Schmerz ist ihm geblieben.*

Er ist beschädigt?

Ja. Wie Ihr gesehen habt, wurde er fast entwurzelt.

Rynna sah Tipperton an. *Er stand tatsächlich schräg.* Sie drehte sich zu Tynvyr herum. *Würde das die Wirkung erklä-*

ren? Diese Neigung, meine ich. Eine Beschädigung, aber keinen Tod?

Tynvyrs Augen füllten sich mit Tränen. *Ich weiß nur dies: Wenn ein Stein stürzt oder um einen gewissen Abstand von seinem Ursprung entfernt wird, spricht er nicht mehr.*

Rynna wandte sich wieder an Tipperton. *Wenn dieser Krieg vorbei ist, Tipperton, dann werden wir die Baeron bitten, ihn aufzurichten. Vielleicht verbindet ihn das wieder mit seiner Quelle, und damit können wir die Beschädigung rückgängig machen.*

Tipperton seufzte, nickte, und blickte in den Wald. *Kann er auch mit anderen Steinen sprechen?*

Nia und Kell sagen nein. Sie konnten nur mit Mühe an seiner Gram vorbei den Stein in ihm finden. Seiner Stimme ist nur noch ein leises Trauern gegeben, kein weites Rufen. Vielleicht vermag er, verletzt wie er ist, auch dies bald nicht mehr.

Der Oktober verging, die Blätter wurden braun, aber an der Eryn-Furt schien sich nichts zu verändern. Wurrlinge und Fuchsreiter hielten Wache, beobachteten die Brut und führten den ein oder anderen Reisenden um das Gezücht herum. Aber in den ersten Tagen des Novembers ...

Die Rûpt setzen sich in Bewegung!, ertönte ein Schrei. Tynvyr und Rynna blickten hoch und sahen Picyn, wie er ins Lager raste. Tynvyr stand auf, schob zwei Finger in den Mund und blies die Luft aus. Obwohl Rynna keinen Pfiff hörte, wusste sie, dass ein schrilles Pfeifen die Luft zerriss. Picyn gab seinem Fuchs ein Kommando, der sich zu der Hütte der Damman wendete, wo Rynna und Tynvyr sich beraten hatten. Dann fegte er den Hang hinauf und kam rutschend vor der Laube zum Stehen. Atemlos sprang er herunter und erstattete Bericht. *Die Rûpt brechen auf.*

Wie viele und in welcher Richtung?, fuhr ihn Tynvyr an.

Alle, und zwar nach Norden. Und sie haben einen dunkelhaarigen, blasshäutigen Mann dabei, einen Menschen.

Einen Astralkörper!, zischte Rynna.

Außerdem Ghûls auf Hèlrössern, die vorwegreiten, fuhr Picyn fort, *oder vielleicht sollte ich besser sagen, vorwegrasen.*

Rynna runzelte die Stirn. *Wenn zwei Segmente nach Norden marschieren, ein Surrogat sie begleitet und Ghûls schnellstens vorausreiten, dann muss etwas Großes bevorstehen.* Sie wandte sich an Tynvyr. *Sammle so viele, wie du kannst, und benachrichtige über die Eio Wa Suk die anderen im Wald von der Route, die sie nehmen.*

Als Tynvyr nickte, sprang Picyn auf seinen Fuchs und wendete ihn, doch Rynnas Schrei hielt ihn auf. *Warte!* Picyn drehte sich wieder um. *Was macht Tipperton?*

Er kontrolliert den Norden, Lady Rynna, weit auf ihrer östlichen Flanke, zusammen mit Nix.

»Meiner Treu!« Rynna schlug die Hand vor den Mund, und sah dann den Fuchsreiter an. *Danke, Picyn. Und jetzt reite schnell. Zeit ist von größter Bedeutung.*

Tynvyr rief ihren Fuchs, stieg auf und ritt ebenfalls davon, um alle in ihren Hüten und Lauben und am Rand der Siedlung zu alarmieren.

»Tante Melli!«, rief Rynna und stürmte in die Laube.

Die ältere Damman blickte von ihrer Arbeit an dem Tischchen auf. Lark stand auf einem Stuhl neben ihr und sah Rynna ebenfalls an. Das Gesicht und die Arme des Kindes waren mit Mehl bedeckt. »Brot, Brot, Brot«, krähte Lark und hielt ihrer Dam die weiß gepuderten Hände hin.

»Was gibt es?« Melli versuchte, vor dem Kind gelassen zu bleiben, aber ihre Stimme bebte dennoch merklich.

»Brot!«, wiederholte Lark und sah Melli an.

Rynna schnappte ihren Köcher. »Die Brut setzt sich in Marsch«, sagte sie, während sie den Köcher an ihrem Oberschenkel befestigte. »Nach Norden. Tipperton ist auf ihrer östlichen Flanke.« Sie spannte den Bogen und schob ihn sich über die Schulter. »Mit Nix.« Sie nahm Satteltasche und Schlafrolle.

»Nix? Sie wenden sich nach Norden und die beiden sind auf ihrer östlichen Flanke? In der offenen Marsch zwischen dem Gezücht und den Bergen?«

»Genau«, stieß Rynna hervor.

»Meiner Treu!«, stöhnte Melli. »Das bedeutet, sie sitzen in der Falle.«

Lark beugte sich zwischen Melli und Rynna hin und her, während sich ihr kleines Gesicht ängstlich verzog.

»Nein, sie sitzen nicht in der Falle, nicht ganz«, wehrte Rynna ab, als wollte sie nicht nur Melli, sondern auch sich selbst überzeugen. »Aber wenn die Brut den Kurs ändert …«

Lark weinte.

Rynna stellte Satteltaschen und Schlafrolle auf den Boden und nahm sie vom Stuhl hoch. »Na, na«, sagte sie, aber Lark weinte nur noch mehr.

Verzweifelt wandte sich Rynna an die ältere Damman. »Melli, ich muss gehen.«

Melli trat vor und nahm Rynna das Kind aus den Armen. Trotz ihrer eigenen Tränen flüsterte sie dem untröstlichen Mädchen einige beruhigende Worte ins Ohr. »Soll ich zu den Siedlungen am Quellwasser zurückgehen?«, fragte sie Rynna dann.

»Das wäre vielleicht das Beste«, sagte Rynna und nahm Satteltaschen und Schlafrolle erneut hoch. »Ich komme so schnell ich kann dorthin.«

Dann war sie verschwunden.

Lark blickte zur leeren Tür, legte dann den Kopf auf Mellis Schultern und schluchzte heftig. Melli weinte ebenfalls.

»Warum marschieren sie nach Norden, und vor allem, weshalb haben sie es so eilig?« Nix trieb sein Pony um einen kleinen Felsvorsprung herum.

Tipperton, der vorneweg ritt, sah sich um. »Ich weiß es nicht, Nix, aber da sie einen Astralkörper dabeihaben und die Ghûle vorausreiten, muss es wohl etwas sehr Dringendes sein.«

»Sollen wir zurückkehren und an der Furt übersetzen? Der Rissanin ist irgendwo vor uns, weißt du.«

»Nein, das glaube ich nicht, Nix. Ich meine, wir sollten nicht zurückreiten. Ich weiß nicht, wohin sie wollen, aber wir müssen sie auf jeden Fall beobachten.«

»Wie sollen wir dann den Fluss überqueren?«

»Schwimmen, Wurro, wir schwimmen.«

»Meiner Treu!«, stöhnte Nix. »Genau das hab ich befürchtet.«

»Meiner Seel!«, rief Beau. »Auf der Marsch in der östlichen Flanke? Es ist nicht gut, einfach so in offenem Gelände herumzureiten.«

Linnet, die links neben Rynna ritt, meinte: »Könnten sie nicht einfach zurückreiten und den Fluss an der Eryn-Furt überqueren? Ich meine, wenn sie verlassen ist ...«

»Das wissen wir nicht«, erwiderte Rynna. »Sie haben vielleicht eine Abteilung zurückgelassen. Aber nur keine Angst, Tipperton und Nix wissen, was sie tun.«

»Das hoffe ich«, erklärte Beau. »Ich hoffe es. Ach, ich sollte bei ihm sein, nicht Nix.«

Rynna schüttelte den Kopf. »Nein, Beau, denn wer könnte besser auf Linnet aufpassen als du, so gern, wie ihr euch habt?«

Linnet keuchte, und Rynna legte ihrer Kusine kurz die Hand auf die Schulter. »Linnet, das ist doch nur die reine Wahrheit. Du brauchst jemanden mit Erfahrung, der dich anleitet, und da Beau dich verehrt, was ich schon vorher wusste ...« Sie hielt inne, weil sie den Waldrand erreicht hatten.

»Da kommen sie«, sagte Farly.

Auf der Ebene weit entfernt marschierte die Brut nach Norden.

»Seht nur, wie sie gehen«, sagte Beau nach einer Weile.

»Das ist ein Gewaltmarsch«, rief Rynna. »Sie haben es sehr eilig.«

»Denen möchte ich nicht in die Quere kommen«, erklärte Farly.

»Und irgendwo voraus reiten Ghûle!«, stieß Linnet hervor.

Rynna und Beau nickten, dann ritt Rynna in vollem Galopp aus dem Wald heraus. Die anderen folgten ihr, und zusammen schlugen die vier Wurrlinge einen Kurs nach Norden ein, der parallel an dem offenen Gelände entlangführte.

Im dämmrigen Darda Erynian hielten Fuchsreiter einen ganz ähnlichen Kurs, auch wenn Tynvyr und Picyn mit den Wurrlingen über das freie Land ritten.

»Ich hoffe, du hast recht, was Tipperton und Nix angeht«, keuchte Beau tief über dem Hals seines Ponys.

Rynna sah ihn fragend an.

»Dass sie wissen, was sie tun«, setzte Beau erklärend hinzu.

»Hi... Himmel, ist da... das Wa... Wasser kalt!«, stieß Nix mit klappernden Zähnen hervor. Die beiden Bokker hingen an den Sätteln ihrer Ponys und trieben die kleine Tiere durch den Fluss. Die Ponys wurden von den Fluten stromabwärts abgetrieben, während sie sich munter durch das Wasser kämpften. »Wi... Wir hätten un... unsere Klei... Kleidung und Stie... Stiefel anbehalten sol... sollen!«

»N... Nein«, klapperte Tipperton. »Wir brau... brauchen sie trock... trocken, wenn wir das and... andere Ufer erreicht haben.«

»Wenn wir ni... nicht v... v... vorher erfrieren«, antwortete Nix.

Schließlich erreichten sie – gefühllos vor Kälte und krampfhaft zitternd – das gegenüberliegende Ufer. Die beiden Bokker wateten steif aus dem Wasser und flüchteten sich sofort in den angrenzenden Wald.

»Sch... schnell jetzt«, befahl Tipperton. »Trock... Trockne dich mit der De... Decke ab und zieh d... dich an.«

Aber Nix brauchte keine Einladung. Noch bevor Tipperton den Satz zu Ende gesprochen hatte, hatte der andere Wurrling trotz seiner klammen Finger bereits den eng geknüpften Allwettermantel aufgebunden, in den seine Garderobe, sein Proviant und seine Waffen gewickelt waren. Er trocknete sich rasch mit der Decke ab, legte seine Kleidung an und blickte hoch. Tipperton war ebenfalls fertig.

Anschließend wischten sie ihre Ponys mit den Decken trocken. Die Anstrengung half den beiden Wurrlingen, wieder warm zu werden. Dann wrangen sie das Wasser so gut aus den Decken, wie sie es vermochten, rollten sie um ihre spärlichen Vorräte und befestigten sie an den Sätteln.

Anschließend schnallte sich Tipperton seinen Köcher an den Schenkel und schob den Bogen in die Scheide an seinem Sattel. »Rasch jetzt«, sagte er dann. »Wir müssen vor die Brut kommen und ihren Weg von vorn beobachten. Außerdem sehen wir an den Spuren der Hèlrösser, ob die Hauptmacht des Gezüchts den Ghûlen folgt.«

»Da du gerade die Ghûle erwähnst, was machen wir mit ihnen?«, erkundigte sich Nix.

Tipperton schüttelte den Kopf. »Ich glaube nicht, dass unsere Ponys es mit Hèlrössern aufnehmen können, aber ganz sicher können wir die Fußsoldaten des Gezüchts hinter uns lassen.

»Nein, Tipperton«, erwiderte Nix, während er aufsaß. »Ich meinte etwas anderes: Da wir auch Ghûle vor uns haben, werden wir da nicht sehr wahrscheinlich in eine Falle laufen?«

Tipperton schwang sich ebenfalls auf sein Pony. »Wir müssen eben die Augen offen halten, Wurro.« Dann trat er seinem Pony die Hacken in die Flanken. Nix folgte ihm, und zusammen ritten sie weiter, in einem großen Bogen nach rechts über die offene Marsch.

»Himmel«, sagte Beau. »Wollen sie denn niemals stehen bleiben?«

»Ich glaube nicht. Aber wenn sie ein solches Tempo anschlagen, müssen sie einen sehr dringenden Grund haben, ihr Ziel zu erreichen.«

»Leise!«, zischte Linnet. Etwas oder jemand kommt über den Hang.«

Im Zwielicht konnten sie einen berittenen Trupp erkennen, der sich aus der Richtung des Darda Erynian näherte, dessen Wipfel etwa fünfzehn Meilen entfernt waren.

»Hai!«, rief Beau und gab seinem Pony die Sporen. »Kommt mit, es sind Dylvana.«

Müde, mit rot geränderten Augen blickte Tip in dem dämmrigen Licht zurück. Der abnehmende Halbmond hing über ihnen am Himmel. »Sie marschieren immer noch.«

»Wenn sie so weitermachen«, meinte Nix, unterbrach sich jedoch. »Nein, was ich meinte, war: wenn wir so weitermachen, dann bringen wir die Ponys um.«

»Die sind zäher, als du glaubst, Wurro«, antwortete Tipperton und blickte nach vorn. »Ich sehe keine Ghûle, also, was hältst du davon, wenn wir ein Stück vorausreiten, absteigen und eine Weile ausruhen?«

»Einverstanden.« Nix trieb sein Pony in einen langsamen Galopp. »Aber sag mir eins: Wohin, glaubst du, will das Gezücht?«

Tipperton griff in seine Satteltasche, zog die Kartenzeichnungen heraus und wickelte die wasserdichten Tücher ab. »Ich kenne ihr endgültiges Ziel natürlich nicht, aber sie haben seit zwanzig Meilen die Richtung nicht geändert. Sie wollen nach Nordwesten.«

»Und was liegt im Nordwesten?«

Tipperton blätterte seine Zeichnungen durch. »Der erste Ort, zu dem sie wollen, ist jedenfalls die Rimmen-Kluft. Dort liegt Braeton.«

Nix senkte den Kopf und spitzte die Lippen. »Vielleicht wollen sie die Stadt zerstören.«

»Nein, das glaube ich nicht. Die Stadt wurde vor zwei Jahren von der Brut überfallen. Dort gibt es nicht mehr genug, was sich zu plündern lohnte.«

»Zwei Jahre ...?«

»Ja. Wir haben sie in den Ruinen von Braeton getroffen, die Dylvana, und Baeron und Beau und ich. Sie hatten die Einwohner niedergemetzelt und alles geplündert. Wir haben sie alle umgebracht, die Brut, und die Leute gerächt, die sie ermordet haben. Soweit ich weiß, ist Braeton verlassen.«

»O nein, Tipperton, nicht verlassen, sondern voller Geister.«

»Aber in Braeton gibt es doch nichts!«, protestierte Beau und sah Dara Cein an. »Also warum sollte Modru seine Truppen dorthin schicken?«

Linnet, Beau, Rynna, Farly und Cein ritten nebeneinander in der zweiten Reihe einer kleinen Kolonne von Dylvana, die sich nach Nordosten über die offene Marsch bewegte, parallel, aber etwa eine Meile westlich der marschierenden Brut. Bis auf kurze Pausen hatten sie nicht angehalten, seit der Marsch am Vorabend begann. Und seitdem folgte Modrus Brut unbeirrbar ihrer Linie.

Tynvyr und Picyn waren schon lange in den Darda Erynian zurückgeritten. Sie wollten ihre Streitkräfte am östlichen Rand des Waldes sammeln und sich dort an drei Knotenpunkten auf die Lauer legen: an der Überlandstraße, der Eryn-Furt und auf halber Strecke zwischen diesen beiden Punkten. Ein besseres Vorgehen wusste niemand, also hatten die Fuchsreiter das offene Gebiet verlassen und waren wieder in den Wald zurückgekehrt, der ihnen Vorteil bot.

Cein dachte eine Weile nach, bevor sie Beau antwortete. »Warum Modru seine Truppen nach Nordosten schickt: Dort liegt unter anderem die Rimmen-Kluft, ein Engpass, wo die Überlandstraße durch das Rimmen-Gebirge führt. Vielleicht will er dort eine Blockade errichten.«

»Warum denn jetzt?«, fragte Beau. »Ich meine, die Kluft steht seit über zwei Jahren offen, seit wir die Horde zerstört haben, die Braeton vernichtet hatte.«

Cein schüttelte den Kopf. »Ich sage nicht, dass er das vorhat, Kleiner Mann, denn die Blockade der Rimmen-Kluft ist nur eine Möglichkeit. Es gibt noch viele Orte dahinter, die das Ziel dieser Truppen sein könnten.«

Farly sah Cein finster an. »Trotzdem hat Beau eine gute Frage gestellt. Warum sollte Modru seine Truppen zur Rimmen-Kluft schicken? Vorausgesetzt natürlich, das wäre ihr Ziel.«

Cein hob eine Hand. »Ich kenne Modrus Verstand nicht und habe auch nicht das geringste Verlangen danach.«

»Was auch immer sein Plan sein mag, und wohin sie auch wollen«, sagte Rynna, die auf die entfernte Brut blickte, »es muss wichtig sein, wenn er seine Streitmacht so antreibt.«

Beau runzelte verwirrt die Stirn, denn Rynnas Worte hatten eine flüchtige Erinnerung in ihm ausgelöst. Aber bevor er sie greifen konnte, war sie verschwunden.

Tipperton und Nix gingen und ritten und ruhten und hielten dabei gebührenden Abstand zwischen sich und der Brut. Die Wurrlinge waren ebenso müde wie die Ponys und bewegten sich schleppend, denn sie waren seit zwei Tagen und einer Nacht pausenlos auf den Beinen, und dazu noch eine halbe weitere Nacht. Nur das Licht der Sterne beleuchtete das Land. Und trotzdem konnten die beiden Wurrlinge vor sich die Schlucht der Rimmen-Kluft sehen, die sich schwarz vor dem dunkelblauen Himmel abhob.

»Jetzt müssen wir Vorsicht walten lassen.« Tipperton trat

um einen grasigen Hügel. »Denn wenn die Ghûle in der Nähe sind, werden sie in der Kluft warten. Jedenfalls nehme ich das an. Es ist ein Engpass, weißt du. Jeder, der die Überlandstraße benutzt, muss dort vorbei.«

Nix trottete neben Tipperton her und sah ihn von der Seite an. »Was könnte es sein? Ich meine, was könnte denn so wichtig sein, dass Modru Ghûle vorausschickt, um eine Falle auf der Überlandstraße auszulegen, und auch seine Brut hinterherschickt?«

Tipperton schüttelte ratlos den Kopf, als sie weiter durch die Schatten schlichen und die Ponys an den Zügeln hinter sich herzogen.

»Sie wollen noch immer zur Rimmen-Kluft«, meinte Dara Cein und sah zu den Sternen hinauf. »Bei dem Tempo, das sie einschlagen, erreichen sie die Schlucht spätestens bei Tagesanbruch.«

»Gut.« Beau klang müde.

Linnet sah den Bokker an. »Gut?«

Beau nickte. »Der Schwarze Wald reicht fast bis an die Schlucht heran, und wenn Tynvyr und Picyn Erfolg hatten, sind die Verborgenen bereits in Stellung gegangen.«

»Dylvana und Baeron ebenfalls«, sagte Rynna, die in ihrem Sattel gedöst hatte und jetzt hochfuhr.

Sie ritten noch eine Weile schweigend weiter, bis Rynna erneut fragte. »Was könnte sie wohl so antreiben?«

»Da«, flüsterte Tipperton. »Hinter den Hügeln auf der anderen Seite. Siehst du sie?«

Nix spähte auf die Stelle hinab, auf die Tipperton zeigte. »Hèlrösser.«

»Und sieh hoch zu den beiden Rändern der Klippen«, hauchte Tipperton. »Dort warten Ghûle und beobachten die Kluft.«

Von den Hängen über Braeton konnten die beiden Bokker im ersten Licht des Tages auf den Hinterhalt blicken, der entlang der Überlandstraße gelegt war.

»Etwa dreißig, schätze ich«, sagte Nix.

»Aye«, meinte Tipperton. »Alle Ghûle von der Eryn-Furt, würde ich sagen, bis auf die wenigen, die den Astralkörper begleiten.«

Der Himmel färbte sich allmählich rosa.

Tipperton spähte nach Süden. »Und da kommt die Brut.«

In etwa drei Meilen Entfernung wälzte sich das Segment des Gezüchts in ihre Richtung.

»Tipperton, sieh doch! Auf der Straße in östlicher Richtung!«

Tipperton richtete seinen Blick auf die Stelle, auf die Nix deutete. »Bei Adon!«, stöhnte Tipperton. »Deshalb haben sie den Hinterhalt gelegt.«

Östlich von Braeton ritt eine Schar von Elfen auf die Rimmen-Kluft zu. Sie waren erschöpft, von der Reise gezeichnet und verwundet.

»Ich hätte es wissen müssen! Ich hätte es wissen müssen!«, schrie Tipperton verzweifelt. Er sprang auf die Füße und rannte zu seinem Pony, ohne sich darum zu kümmern, ob er dabei gesehen wurde.

»Was ist denn? Wer ist das?«, wollte Nix wissen, der aufsprang und seinem Gefährten folgte.

»Es sind Galarun und Aravan und ihre Kompanie ... beziehungsweise das, was von ihr noch übrig ist«, stieß Tipperton zwischen den Zähnen hervor. »Wir müssen etwas unternehmen.«

Als sich die Bokker auf die Ponys geschwungen hatten, drehte sich Nix zu Tipperton herum: »Warum sollte Modru seine Brut von der Eryn-Furt abziehen und den wenigen Elfen mit seiner gesamten Streitmacht einen Hinterhalt legen?«

»Wenn sie ihre Mission erfolgreich erfüllt haben, dann haben sie ein Symbol großer Macht bei sich, ein silbernes

Schwert, das Gyphon Selbst töten kann, falls die Gerüchte stimmen. Modru hofft, sie hier aufzuhalten.«

»Also gut. Was sollen wir tun?«

Tipperton sog zischend die Luft zwischen den Zähnen ein. »Wir müssen die Hèlrösser vertreiben, bevor die Ghûle aufsteigen und Galarun überfallen können.«

Nix nickte. »Falls die Ponys nicht vor dem Gestank dieser Bestien fliehen.«

Tipperton trat seinem Tier die Hacken in die Flanken. »Du nimmst diese Seite, ich die andere!« Damit galoppierte er den Hang hinab. Nix folgte ihm.

Sie rasten den Hang hinab auf die Hèlrösser zu, die auf beiden Seiten der Straße angebunden waren. Noch während die ersten Ghûle den Hang zu ihren schuppigen Kreaturen hinabkletterten, fegte Tipperton in die erste Gruppe, während Nix auf die andere zuritt. Die beiden Wurrlinge brüllten aus Leibeskräften, und die Hèlrösser scheuten, traten, versuchten, die mutigen kleinen Ponys zu beißen, bissen sich auch gegenseitig und rissen sich von den Leinen los, wieherten schrill, galoppierten herum und kämpften.

Dann galoppierte Tipperton über die Straße in die andere Gruppe hinein und hob dabei das Schwarzochsen-Horn an die Lippen, Dedianas Horn, das ihm Linde gegeben hatte, und blies ein schmetterndes Signal nach dem anderen, als er mitten durch die aufgescheuchten Tiere ritt. Beim Klang des Harlingar-Horns gerieten die Bestien in Panik, quietschten und wieherten vor Angst und stürmten davon.

Die Lian auf der Überlandstraße hoben ihre müden Köpfe, zogen die Schwerter und packten ihre Lanzen fester.

»Krystallopyr!«, flüsterte Aravan, umfasste seinen Speer und machte ihn mit diesem Namen zum Kampf fertig. Noch während das Horn gellte, wurde das kleine, blaue Steinamulett an seinem Hals kalt vor Gefahr, wie so häufig auf ihrer

langen Reise zum Schwarzen Berg und zurück. Jetzt kündete auch das Schwarzochsen-Horn von Gefahr und keines von beiden galt es zu übersehen.

»Bereit machen!«, blaffte Galarun, sein Schwert in der Hand, während ein anderes Schwert, eines aus Silber, auf seinen Rücken geschnallt war. Er gab Larana ein Zeichen, und sie hob ihr silbernes Waldhorn an die Lippen und antwortete dem Ochsen-Horn. Die silbernen Töne erhoben sich so klar wie Glockenklang in die Luft.

Der Hall eines Harlingar-Horns hallte über die Ebene, und die Brut, die es hörte, zögerte. Doch die Ghûle, die den Astralkörper abschirmten, fluchten in ihrer widerlichen Sprache. Peitschen knallten, das Gezücht aber rannte durch die Morgendämmerung auf die Kluft vor ihnen zu. Dann ertönte ein silbernes Horn. Diesmal jedoch hielt das Gezücht in seinem Lauf nicht inne.

»Das ist Tips Horn!«, rief Beau. »Er steckt in Schwierigkeiten!« Er sprang auf sein Pony und trieb es an. Hinter Rynna galoppierten Linnet und Farly und alle Dylvana über die Ebene. Dann ertönte ein Elfenhorn in der Ferne.

Als die Hèlrösser vor den Bokkern wegliefen, sprangen die Ghûle aus ihrem Hinterhalt und brüllten vor Wut. Mit ihren grausamen, mit Widerhaken besetzten Speeren stürmten sie auf die beiden Wurrlinge auf ihren Ponys zu. Der Leichen-Feind war bereit, die beiden umzubringen.

»Reite! Reite!«, schrie Tipperton, und er und Nix rissen ihre übermüdeten Ponys herum. Doch dann sahen sie auf der Überlandstraße eine Vorhut der Brut, die den Weg versperrte, und der zweitausend andere folgten, die Schlachtrufe brüllten und auf sie zurannten.

Hinter den Bokkern standen die wütenden Ghûle. Der Leichen-Feind überholte die müden Ponys, denn die kleinen Tiere stolperten nur noch vor Müdigkeit.

Tipperton hob erneut das Schwarzochsen-Horn an die Lippen und stieß ein zweites Mal hinein. Die Rûpt zuckten vor dem Laut zurück, und die Ghûle verlangsamten ihre Schritte einige Augenblicke ...

... als die Lian sie auch schon von hinten angriffen. Ihre Lanzen durchbohrten und ihre Schwerter zerfetzten den Feind. Aravans magischer Speer *verbrannte* Fleisch, wo immer er es berührte. Die Ghûle heulten, wenn sie auf seiner dunklen, kristallinen Klinge starben. Aber es fielen auch einige Elfen, aufgespießt auf Speere, die mit Widerhaken bewehrt waren. Doch die Leichen-Feinde konnten Aravans tödlichem Speer und den Hieben der Schwerter, die sie enthaupteten, nicht widerstehen; die Übriggebliebenen wichen vor den Lian zurück und gaben ihnen den Weg frei.

Galarun und seine Kompanie ritt auf Tipperton und Nix zu und mit ihnen auf den Darda Erynian dahinter.

Aber noch standen ihnen zweitausend Rûpt im Weg.

Ein drittes Mal stieß Tipperton in Dedianas Horn, und diesmal wurde der Ruf aus dem Wald beantwortet, als eine berittene Schwadron von Dylvana und Baeron zwischen den Bäumen hervorbrach, während gleichzeitig eine kleine Gruppe von Dylvana über die Marsch stürmte, vier Wurrlinge auf Ponys neben ihnen. Pfeile sausten durch die Luft und Geschosse aus Schleudern mähten die Brut nieder.

Noch während Galarun, Aravan und die anderen Lian, Tipperton und Nix umringten, wichen die Rûpt vor dem Angriff der Baeron und Dylvana zurück.

»Schnell!«, schrie Galarun. »Nach rechts in den Darda Erynian!«

Niemand widersetzte sich seinem Befehl, denn die Verbündeten waren den Angreifern immer noch zehnfach unterlegen.

Also flohen sie nach rechts, rannten zu den Bäumen, und die erschöpften Ponys und Pferde strauchelten noch im Laufen, gaben für ihre Reiter aber alles.

Larana blies das Hornsignal zum Rückzug, und jetzt wendeten die Dylvana und Baeron und die kleine Truppe von Elfen zu Fuß sowie die vier Wurrlinge ihre Pferde, drehten sich um und flohen auch in den Wald.

Mit den johlenden Rûpt auf den Fersen flüchteten sie sich in den Schwarzen Wald, an den versammelten Schatten vorbei, die zwischen den Bäumen warteten, an riesigen gelben Hügeln entlang, die stillstanden, wie auch an großen Garben aus Zweigen, Schlingpflanzen und Tentakeln, die in der Dunkelheit lauerten und wie Blätter im Wind raschelten. Zwischen solchen und anderen Wesen rannten sie vorbei in den finsteren, grauen Wald, obwohl die Sonne bereits schräg durch die braunen Novemberblätter der Bäume schien.

»Sollten wir nicht anhalten und ihnen helfen?«, fragte Tipperton, während er sein erschöpftes Pony durch einen Fluss trieb.

»Nein, Liebster«, antwortete Rynna. »Wie Tynvyr mir schon oft gesagt hat, wir wären ihnen dabei nur im Weg.«

12. Kapitel

Geschützt vom Darda Erynian ritten die Elfen, Baeron und die Wurrlinge noch fünf Meilen weiter nach Westen, bis sie in einem kleinen Hain nördlich von der Überlandstraße ein Lager aufschlugen. Während die Baeron und Dylvana Wache hielten, fielen die erschöpften Wurrlinge, Lian und die Elfen, die mit Dara Cein geritten waren, in einen totenähnlichen Schlaf. Nachdem sie gesoffen und gefressen hatten, dösten ihre erschöpften Ponys und Pferde ebenfalls, einige im Stehen, die meisten jedoch auf dem grasigen Boden. Sie schliefen den Rest des Tages, die folgende Nacht und bis spät in den nächsten Morgen hinein. Wenngleich die Elfen und Wurrlinge auch kurz aufwachten, um sich zu erleichtern und am Abend eine Mahlzeit zu sich zu nehmen.

Am nächsten Morgen kam eine Pysk in das Lager geritten. Ihre Kleidung schimmerte in verschiedenen Schattierungen von Grau, ihr Haar war mausbraun und ihre Augen kobaltblau. Ein winziger Bogen und ein leerer Köcher hingen über ihrem Rücken.

»Ich möchte mit dem Befehlshaber sprechen«, sagte sie einem Elfenwachposten in Gemeinsprache.

»Lady Pysk, hier sind mehrere Befehlshaber«, erwiderte der Posten und blickte auf ihre dreißig Zentimeter hinunter. »Dara Cein, Alor Galarun, Alor Perin, Rark von den Baeron, Lady Rynna von den Waerlinga ...«

»Wer ist der Nächste?«, unterbrach ihn die Pysk.

Der Wachposten deutete auf eines der kleinen Lagerfeuer. »Dara Cein und Lady Rynna sitzen dort mit Alor Aravan.«

»Aravan!«, rief die Pysk und suchte ihn mit ihrem Blick. »Wie schön. Danke Euch.« Sie drängte ihren Fuchs weiter.

Als sie das Feuer erreichte, drehten sich Aravan, Cein und Rynna zu ihr herum. Sie stieg ab und sagte etwas zu dem Fuchs. Der ging ein paar Schritte zur Seite, drehte sich im Kreis und legte sich schließlich hin, die Schnauze an seinem Schwanz.

Dann wandte sich die Pysk Aravan zu. »Alor Aravan, ich bin Aylissa, *iníon* von Farrix und Jinnarin.«

»Ihr seid die Tochter von ...?«

»Ja.« Aylissa lächelte. »Sie haben mich nach ihr benannt ...«

Trauer senkte sich über Aravans Gesicht. Aylissa verstummte bebend. Doch dann lächelte er, während sich sein Schmerz tief in seine Augen verkroch. »Willkommen, Lady Aylissa. Wie geht es Eurem Vater und Eurer Mutter?«

»Es geht ihnen gut, Alor. Sie bewachen die nordwestliche Grenze des Großen Grünsaals. Hätten sie gewusst, dass Ihr hier seid, sie hätten sich gewiss an die Stelle anderer gestellt, um dem Feind entgegenzutreten.«

Aravan hob abwehrend die Hand. »Ich hätte sie gern gesehen, aber einige müssen als Wache zurückbleiben.«

Rynna räusperte sich vernehmlich. »Lady Aylissa«, fuhr Aravan fort, »ich möchte Euch Lady Rynna und Dara Cein vorstellen.«

Rynna und Cein lächelten, und Aylissa senkte grüßend den Kopf.

»Wie ich sehe, ist Euer Köcher leer«, bemerkte Rynna.

»Ich habe meine Pfeile verbraucht, als wir die Brut aus dem Darda Erynian vertrieben«, erklärte Aylissa.

»Dann sind sie fort?«, erkundigte sich Dara Cein.

»Allerdings. Sie sind geflohen, obwohl mehr als der Hälfte die Flucht nicht mehr gelungen ist.«

»Und der Astralkörper?«, mischte sich Tipperton gähnend ein. Er war gerade erst zu den anderen ans Feuer getreten.

Aravan blickte über die Flammen und sagte: »Lady Aylissa, Herr Tipperton Thistledown.«

»Hallo«, meinte Tipperton und gähnte wieder. Dann setzte er sich neben Rynna auf den Boden. »Verzeiht mir, Lady Aylissa, aber der Schlaf ist offenbar noch nicht ganz fertig mit mir.«

Aylissa lächelte. »Ihr müsst einer derjenigen sein, die von der Eryn-Furt hergeritten kamen.«

»Das stimmt.«

»Er hat das Harlingar-Horn geblasen, um die Hèlrösser zu verscheuchen und uns vor dem Hinterhalt der Ghûlka zu warnen«, erklärte Aravan.

»Wir hörten es, als wir uns näherten«, bemerkte Aylissa. »Und noch ein Hornsignal.«

»Das war Larana.«

Tipperton gähnte noch einmal und wiederholte dann seine Frage. »Was ist mit dem Astralkörper? Konnte er entkommen?«

Aylissa runzelte die Stirn. »Astralkörper?«

»Modrus Augen und Ohren und Stimme«, erklärte Tipperton. »Ein Mensch. Blasse Haut, dunkles Haar. Der einzige Mensch unter der Brut. Denke ich jedenfalls.«

»Ah«, sagte Aylissa. »Solch ein Mensch wurde getötet.« Sie deutete auf ihren Bogen. »Von einem Pfeil der Pysk, wenn ich nicht irre.«

»Dann ist er tot«, meinte Tipperton überzeugt. Die kleinen Pfeile, das wusste er, waren mörderisch. Ihre Spitzen waren mit einem tödlichen Bann belegt, der jedes Lebewesen in zwei Herzschlägen umbrachte.

Rynna sah Tipperton an. »Trotzdem, Liebster, laufen noch tausend Rûpt frei auf der Ebene herum.«

»Schon, aber jetzt fehlt ihnen Modrus Führung.«

Rynna lächelte bedauernd. »Das macht sie umso gefährlicher.«

Tipperton seufzte und hob eine Hand.

»Mein Vater und meine Mutter«, wandte sich Aylissa wieder an Aravan, »sprechen oft von Euch und Eurer *Eroean.* Sie sind gewiss begierig darauf, Neuigkeiten von Euch zu erfahren und werden wissen wollen, was Euch widerfahren ist, seit sie Euer Gesicht vor all den Jahrhunderten sahen.«

Aravan nickte. »Ich habe eine Weile in der Einsamkeit des Darda Erynian an den Ufern des Argon verbracht. Als ich schließlich wieder für ein wenig Gesellschaft bereit war, ging ich nach Caer Lindor. Dort blieb ich zahllose Jahreszeiten und arbeitete in verschiedenen Gewerken, als Hufschmied, Stallbursche, Kundschafter, Koch, Pferdemeister, Wachposten, Maurer, Schiffshändler, Waffenmeister und vielen anderen Berufen. Bis dieser Krieg kam, man die Festung verriet und ihre Mauern niedergerissen wurden.

Danach ging ich zum Darda Galion, zu meinen Blutsverwandten. Wir kämpften vor Drimmenheim und in den Bergen darüber, und dort wurde ich zu Galaruns Kamerad. Als sein Vater, Coron Eiron, Galarun zu den Schmieden der Magier schickte, unter dem Schwarzen Berg in Xian, bat er mich, seinen Sohn zu begleiten. Obschon ich ohnehin mitgegangen wäre.«

Aravans Hand glitt zu dem blauen Stein an seinem Hals, und er blickte zu dem Speer mit dem schwarzen Stiel und dem kristallenen Blatt an seiner Seite. »Unsere Reise war voller Gefahren, denn wir sahen uns vielen Feinden gegenüber. Als hätten diese von unserer Mission gewusst und versuchten nun, uns den Weg zu versperren. Doch schließlich erreichten wir den Schwarzen Berg, hatten aber ein Viertel unserer Kompanie verloren. Dennoch, die Magier luden Galarun in den schwarzen Stein dieser Stätte der Magier ein, baten uns andere jedoch, draußen zu warten. Wir wissen nicht, was drinnen geschah.

Als Galarun wieder herauskam, hatte er das silberne Schwert bei sich, die Klinge des Morgengrauens. Seine Miene war grimmig, aber er stieg auf und wir ritten schweigend weiter.

Wir wendeten uns nach Westen, über Xian und Aralan, durchquerten Khal nach Garia und gingen hinein nach Riamon, manchmal kämpfend, manchmal fliehend, denn überall lag die Brut auf der Lauer, und allmählich lichteten sich unsere Reihen, während die Kameraden dem Feind zum Opfer fielen.

Ich kann nur hoffen, dass dieses Gefecht an der Rimmen-Kluft das letzte ist, das Modru uns aufzwingt, denn es sind noch viele Meilen von hier bis zum Darda Galion, und ich fürchte, dass noch mehr Kämpfe auf uns warten.«

Als Aravan verstummte, blickte Tipperton zu Galarun, der etwas abseits stand, das silberne Schwert auf den Rücken geschnallt, und sich mit einem Dylvana beriet. »Sagt, Aravan, hat er das Schwert im Kampf benutzt?«

Aravan schüttelte den Kopf. »Nein, Tipperton. Es ist für einen gänzlich anderen Feind bestimmt.«

»Warum heißt es denn die Klinge des Morgengrauens?«, wollte Rynna wissen.

»So hat Galarun es genannt, als er es aus der Stätte der Zauberer brachte. Aber den Grund hat er nicht erwähnt.«

»Hm«, meinte Tipperton. »Das ist geheimnisvoll.«

»Und noch viel geheimnisvoller«, antwortete Aravan.

»Ach? Wie das?«

»Galarun lässt niemanden sonst das Schwert tragen oder auch nur berühren. Und er erbleichte, als ich sagte, ich würde es weiter tragen, sollte er im Kampf fallen. Aber er hat sich mir nicht widersetzt, denn es ist meine Pflicht, falls es dazu kommt! Denn er hat mich als seinen Stellvertreter erwählt.«

Rynna nickte und sah Tipperton an, aber keiner von beiden sagte etwas. »Was geschieht als Nächstes, Alor Aravan?«, fragte Aylissa schließlich. »Wohin geht Ihr von hier aus?«

»Wir gehen zum Darda Galion. Da die Zeit schnell verstreicht, werden wir auf der Überlandstraße über die Ebene reisen. Dort werden wir uns nach Süden wenden und so schnell wir können über die Hügel reiten.«

»Aber Aravan«, protestierte Cein, »es gibt sicherere Wege dorthin, zum Beispiel durch den Darda Erynian.«

Aravan nickte. »Sicherer sind sie gewiss, aber keiner ist schneller als der, den wir zu nehmen beabsichtigen.«

»Warum diese Eile?«, erkundigte sich Tipperton, obwohl er die Antwort schon ahnte.

Aravan stocherte mit einem Stock im Feuer herum. »Es hat fast vier Monate gedauert, die Schwarzen Berge zu erreichen, und ebenso viel kostet es, bis wir zurückkehren. In der Zwischenzeit ist gewiss viel in Adonar geschehen. Falls dieses silberne Schwert, die Klinge des Morgengrauens, tatsächlich der Schlüssel zum Sieg ist, müssen wir sie so rasch wie möglich dorthin bringen. Der schnellste Weg führt über die Ebene.«

Schweigen senkte sich über die um das Feuer Versammelten, bis Aravan schließlich Aylissa ansprach. »Sagt dies Eurem Vater und Eurer Mutter, Aylissa vom Darda Erynian: Sollten wir uns nach dem Krieg treffen, werden wir lange über Dinge sprechen, die gewesen sind, über solche, die sind und über jene, die noch bevorstehen. Sagt ihnen auch dies: Ich freue mich, dass sie Euch Aylissa genannt haben.«

Ohne ein weiteres Wort stand Aravan auf und ging fort. Alle sahen ihm nach, Aylissa mit Tränen in den Augen.

Galarun und seine Kompanie rasteten nur diesen einen Tag im Darda Erynian. Früh am nächsten Morgen bereiteten sie sich für ihre Abreise vor. Sie hatten sich frische Pferde von den

Dylvana geborgt. Galarun stieg auf, das silberne Schwert auf den Rücken geschnallt, und richtete seine Abschiedsworte an alle. »Wir wurden geschickt, ein Schwert zu holen und nach Adonar zu bringen, wo, soweit wir wissen, ein Krieg tobt. Modru hat sich sehr bemüht, uns davon abzuhalten, aber dank Euch und den Verborgenen ist er erneut gescheitert. Ich wünschte, wir könnten eine Zeit lang bei Euch verweilen, aber das geht nicht, denn unsere Mission ist höchst dringlich. Also gehabt Euch wohl, meine Freunde, wir müssen jetzt gehen.«

Auf sein Zeichen hin stieß Larana in ihre silberne Trompete und als die glockenklaren Töne in den schattigen Höhen des Schwarzen Waldes verklangen, spornte Galarun sein Pferd an und ritt davon, Aravan an seiner Seite, und die Kolonne Lian hinterher.

Und so beobachteten mit lauten Abschiedsrufen Wurrlinge, Pysks, Baeron und Dylvana, wie die Kompanie des Silbernen Schwertes nach Westen ritt, zur Überlandstraße. Sie würden diesem Weg bis zur Furt über den Argon und der weiten Ebene dahinter folgen, etwa fünfundfünfzig Werst weit, wo sie in Richtung des Darda Galion abbiegen mochten, der etwa achtzig Werst nach Süden lag. Das einzig nennenswerte Hindernis war das Dalgor-Moor dazwischen.

Als sie aus ihrem Blickfeld verschwanden, wendete sich Rynna Tipperton zu. »Ich hoffe sehr, dass sie den besten Weg gewählt haben«, sagte sie. Dann erschauerte sie, als hätte ihr der eisige Odem des Dunklen etwas ins Ohr geflüstert.

13. KAPITEL

Volle sieben Tage, nachdem Galarun und Aravan und der Rest der Elfenkompanie nach Westen davongeritten waren, bereiteten sich die Wurrlinge darauf vor, ihr Lager abzubrechen und ebenfalls über die Ebene davonzuziehen. Die Wurrlinge gingen als Letzte, denn die Dylvana, die Baeron und die Pysks waren schon vor Tagen aufgebrochen. Die Elfen des nördlichen Darda Erynian hatten alle erschöpften Pferde mitgenommen, denn die Reise war nur kurz. Von daher waren Tipperton, Rynna, Beau, Linnet, Farly und Nix die Einzigen im Lager. Sie hatten gewartet, bis ihre Ponys sich wieder erholt hatten. Die kleinen Tiere waren vollkommen ausgelaugt gewesen, nachdem sie einhundertvierzig Meilen in nur zwei Tagen zurückgelegt hatten. Die Wurrlinge waren zwar auch erschöpft gewesen, hatten sich jedoch schneller erholt.

Jetzt aber waren alle gut ausgeruht, Ponys und Wurrlinge gleichermaßen, und so ritten sie nach Süden, überquerten die Überlandstraße und wandten sich durch den östlichen Teil des Darda Erynian ihrem Lager zu, das im Wald in der Nähe der Eryn-Furt lag, etwa einhundertfünfzig Meilen an dem Bogen des Waldes entlang. Sie ritten in einem kalten Nieselregen los, denn obwohl es erst Mitte November war, war die kalte Jahreszeit mehr als einen Monat zu früh über sie gekommen. Der Wald war trostlos und still, bis auf den

Regen, der auf die braunen Blätter fiel, von ihnen hinabgeleitet wurde bis auf den Humus am Boden. Weder Wühlmäuse noch Hasen noch irgendwelche anderen Tiere huschten zwischen den Bäumen umher, und auch keine Vögel flatterten in den Zweigen, denn sie hatten schon lange das Kommen des Winters gespürt und waren in wärmere Gegenden gezogen. Ihre köstlichen Lieder hatten sie mitgenommen.

Die Wurrlinge durchritten den Rand dieses abweisenden, kahlen Waldes und sprachen nur wenig. Ihre Laune war ebenfalls gedämpft.

Sie ritten fünf kalte Tage nach Süden, froren nachts im Lager, und obwohl sie Ausschau hielten und die östliche Ebene im Auge behielten, sahen sie kein Anzeichen der Brut, der Rûpt, die überlebt hatten.

Spät am Abend des achtzehnten Novembertages und in einem leichten Schneetreiben erreichten die Wurrlinge die Lichtung, wo die Wächter der Eryn-Furt kampierten. Als sie abstiegen, ritt ihnen Tynvyr auf ihrem Fuchs entgegen, sprang hinab und blickte zu ihnen hoch.

Wisst Ihr, was in der Nähe der Rimmen-Kluft geschehen ist?, fragte Rynna.

Aye, die Eio Wa Suk haben die Nachrichten verbreitet, erwiderte Tynvyr.

Wir haben das Gezücht seitdem nicht gesehen. Sind sie wieder an der Eryn-Furt?, erkundigte sich Tipperton.

Tynvyr schüttelte den Kopf.

»Scheunenratten!«, schrie Beau und fügte dann in der Feensprache hinzu: *Ich frage mich, wo sie geblieben sind.*

»Ganz gleich, wo sie stecken«, erklärte Linnet in Gemeinsprache, »sie haben sicher nichts Gutes im Sinn.«

»Ganz gleich, wo sie sind«, bekräftigte Farly düster.

Ich glaube, dass sie irgendwo im Rimmen-Gebirge stecken und sich die Wunden lecken, setzte Tipperton in der Sprache der Entrückten hinzu. *Wenn sie nicht zur Eryn-Furt zurückgekehrt sind.*

Oder sie warten auf einen neuen Astralkörper, meinte Beau.

Rynna seufzte. *Im Augenblick jedenfalls können wir nichts dagegen unternehmen, und ich bin müde und hungrig, mir ist kalt. Tipperton, versorg du mit den anderen die Ponys, dann koche ich uns eine Mahlzeit.*

Ich helfe, setzte Linnet in Feensprache hinzu und reichte Beau die Zügel ihres Ponys.

Rynna sah Linnet überrascht an, denn soweit sie ihre Kusine kannte, half diese lieber bei einem Pony als bei der Vorbereitung einer Mahlzeit.

Als die Bokker und Tynvyr von ihren behelfsmäßigen Stallungen im Wald zurückkehrten, sah Rynna Beau an und grinste, während sich Linnet hastig abwendete und sich mit Dingen beschäftigte, die längst erledigt waren. Ihre Wangen leuchteten rot.

In dieser Nacht zog Linnet Beau in ihre Laube. Ihre Mutter Melli befand sich weit entfernt in der Quellwasser-Siedlung, und außerdem war sie die Letzte, an die die junge Damman dachte.

»Ach Tipperton«, gestand Beau, »ich habe mich in sie verliebt, als ich sie das erste Mal sah, aber ich bin so gewöhnlich, und sie ist so wunderschön. Und trotzdem empfindet sie dasselbe. Ist das nicht wunderbar?«

»Allerdings, Beau, allerdings. Aber ich wusste es schon vom ersten Augenblick an. So wie du herumgelaufen bist und sie nie aus den Augen gelassen hast, und auch sie dir ständig Blicke zugeworfen hat.«

»So wie bei dir und Rynna, eh?«

Tipperton lachte und schlug eine Hand aufs Herz. »Au, Wurro, du bist nicht nur mit der Schleuder treffsicher.«

Beau grinste, wurde dann aber rasch wieder ernst. »Was hältst du davon, Tipperton, wenn wir heiraten?«

»Heiraten?«

»Aye. Nicht wir beide, natürlich, sondern du und Rynna und Linnet und ich.«

»Aber Beau, es herrscht Krieg.«

»Trotz des Krieges geht das Leben weiter, Tipperton«, erklärte Beau. »Welchen besseren Zeitpunkt gäbe es, sich gegenseitig die Liebe zu schwören?«

Tipperton runzelte die Stirn und blickte nach Osten, wo die Wipfel des Darda Erynian kaum fünf Meilen entfernt zu sehen waren.

»Hör zu«, begann Beau. »Ich glaube, wir haben ja nun gerade eine kleine Atempause, während sich die Brut ihre Wunden leckt. Diese Zeit sollten wir doch nutzen, um eine Hochzeit zu feiern. Außerdem ist Linnet meine Herzensbraut.«

»Hast du sie gefragt?«

»Nicht direkt, aber das werde ich noch. Und du solltest überlegen, ob du nicht auch Rynna fragst, mit Lark und allem. Ein Kind braucht einen Vater, weißt du?«

»Aber Beau, sie hat doch einen Vater. Und zwar mich! Oder glaubst du, Lark wäre aus einem Nest da oben in den Baumkronen gefallen?«

»Natürlich nicht, Tipperton. Aber ich finde, du solltest heiraten, dann können wir eine Doppelhochzeit feiern.«

»Ach Beau, glaubst du nicht, dass Rynna und ich auch heiraten wollen? Wir haben oft darüber gesprochen, aber es gibt keinen Bürgermeister oder adonitischen Kleriker in der Nähe, oder eine Priesterin der Elwydd.«

»Was ist mit Bircehyll oder drüben im Darda Galion? Oder im Waldherz? Dort sind doch sicher ein paar Priester zu finden.«

»Willst du dich von Elfen verheiraten lassen?«

Beau nickte.

Tipperton lächelte. »Und wann?«

»Wie wäre es am Wintertag?«

»In der Längsten Nacht des Jahres?«

Wieder nickte Beau.

»Einverstanden, Beau. Bitten wir die Pysks, die Stöhnenden Steine zu fragen, ob sie nicht einen Priester auftreiben können.«

Stimmt was nicht?, erkundigte sich Tynvyr, die an einem kleinen Feuer vor ihrer winzigen Laube saß.

Aber nein, erwiderte Tipperton. *Wir kommen wegen einer ganz anderen Sache.*

Möchtet Ihr eine Tasse Tee? Tynvyr lachte, als sie eine eichelgroße Tasse hochhielt. Als die beiden Bokker ablehnten, legte Tynvyr den Kopf schief. *Also, worum geht es bei dieser – wie habt Ihr es ausgedrückt – ganz anderen Sache?*

Tipperton sah Beau an, bevor er antwortete. *Würdet Ihr die Eio Wa Suk bitten, eine Nachricht nach Bircehyll und Waldherz zu senden, um herauszufinden, ob eine Priesterin oder ein Kleriker unter den Elfen weilt? Wenn ja, so würden wir sie bitten, in die Quellwasser-Siedlung der Wurrlinge zu kommen, um eine Trauung zu vollziehen. Wenn nicht, dann reisen wir auch gern dorthin, wo sie sind.*

Tynvyr lächelte. *Eine Trauung?*

Ja, erwiderte Beau grinsend. *Linnet und ich und Tipperton und Rynna. Wir brauchen einen Kleriker oder eine Priesterin, weil wir keine Bürgermeister bei der Hand haben.*

Tynvyr spitzte die Lippen. *Es gibt keine Eio Wa Suk im Darda Galion, also können wir auch keine Nachrichten über sie mitteilen. Außerdem gibt es zurzeit keine Priesterinnen unter den Elfen, es sei denn, es ist zufällig eine auf der Durchreise.*

»Meiner Treu«, sagte Tipperton und drehte sich zu Beau

herum. *Wie machen wir es dann, wenn keiner zur Verfügung steht?*

Beau runzelte die Stirn und schüttelte den Kopf, doch dann hellte sich seine Miene auf, und er drehte sich aufgeregt zu Tynvyr herum. *Sagt, wer führt die Zeremonie denn bei Pysks und Vred Tres und den Lebenden Hügeln und anderen Verborgenen durch?*

Tynvyr hob die Hand. *Keiner. Wir erklären uns einfach für gebunden, das genügt.*

Beau sah Tipperton an. *Hm. Genauso haben Rynna und du es gemacht.*

Tipperton nickte. *Aber uns war schon immer klar, dass wir uns eines Tages auch förmlich die Treue geloben wollten.*

Würdet Ihr vielleicht mit einem Coron vorlieb nehmen?, erkundigte sich Tynvyr.

Tipperton hob seine Brauen. *Einem Coron?*

Die Elfenkönige führen bei ihrem Volk solche Zeremonien weit häufiger durch als Priesterinnen oder Kleriker.

Ruar oder Eiron?, fragte Tipperton.

Tynvyr nickte. *Ruar, Eiron oder auch Silberblatt, denn er war früher ebenfalls Coron.*

Tipperton sah Beau an und grinste. Dann nickten beide gleichzeitig.

Tipperton lächelte, rief ihren Fuchs und ritt zu der Herde der Stöhnenden Steine.

»Da Ruar unterwegs ist, besteht vielleicht die Chance, dass Eiron sich im Darda Galion aufhält«, erklärte Tipperton.

»Die Chance?« Rynna runzelte die Stirn.

»Es gibt dort im Lerchenwald keine Verborgenen«, erläuterte Tipperton. »Und auch keine Eio Wa Suk, Liebste, also wissen wir nicht, ob der König überhaupt dort ist.«

»Aha.« Linnet grinste Beau an. »Ich sage, vertrauen wir dem Glück, dass er da ist.«

»Ich weiß nicht so recht«, wandte Beau ein. »Fortuna hat uns in letzter Zeit recht schief angesehen.«

»Aber Sie hat auch gelächelt, Beau«, widersprach Tipperton. »Sonst wärst du längst tot.«

Rynna stieß erschreckt die Luft aus. »Sag so etwas nicht, Tipperton. Ich meine, red nicht übers Sterben.«

Tipperton zog sie an sich und küsste sie. »Wenn wir zum Darda Galion reisen wollen, müssen wir den Argon überqueren. Das Letzte, was ich gehört habe, war, dass die Baeron als Fährleute arbeiten. Aber die Dinge ändern sich. Wenn sie jetzt weggerufen wurden? Wir müssen trotzdem über den Fluss gelangen.«

Rynna und Linnet nickten. »Und ...?«, fragte Rynna.

»Und? Und wie wollen wir das anstellen?«, sagte Tipperton. »Ich meine, ich traue den Flussleuten nicht.«

»Die Flussleute sind fort«, erklärte Rynna.

»Fort? Haben sie die Insel Olorin verlassen?«

Rynna nickte. »Ja. Als wir die Wahrheit ihrer Geschichte überprüfen wollten, war keiner mehr da. Aber auch wenn die Fähre verlassen sein sollte, haben Farly Nix und ich Elfenboote benutzt, als wir mit Aravan, Velera und Arnu das letzte Mal übergesetzt sind. Ich weiß, wo sie sie versteckt haben.«

Tipperton drehte sich zu Beau herum. »Kannst du rudern?«

Beau schüttelte den Kopf.

»Ich auch nicht«, gab Tipperton zu. »Und ich will nicht stromabwärts getrieben werden und über die Bellon-Fälle stürzen.« Er wandte sich zu Rynna um. »Elfenboote kommen also nicht infrage, Liebste.«

Rynna funkelte die beiden Bokker an. »Und wie kommt Ihr darauf, dass Linnet und ich nicht wissen, wie man ein Ruder bedient?«

»Wie ... aber ...«, stammelte Tipperton.

Rynna schnitt ihm das Wort ab. »Bokker!«, fauchte sie.

Beau sah Linnet an. »Du weißt, wie man rudert?«

»Es heißt paddeln, Liebster. Ja, ich weiß, wie das geht. Immerhin habe ich mein ganzes Leben am Rissanin verbracht. Der Fluss war unser Spielplatz.«

»Pah!«, meinte Tipperton. »Ich habe meine ganze Kindheit am Bog und am Wilder verbracht, und weiß nicht das Geringste über Boote.«

»Dann wird es Zeit, dass du es lernst«, erwiderte Rynna.

»Wie bekommen wir die Ponys hinüber?«, erkundigte sich Beau.

»Gar nicht«, sagte Rynna. »Wenn wir nur die Elfenboote haben. Aber ich glaube, dass jemand die Fähren bedient. Es ist immerhin eine sehr wichtige Verbindung.«

Beau runzelte die Stirn. »Und wenn nun nicht ...?«

Rynna schüttelte den Kopf und hob die Hände.

»Vielleicht wird uns die Marsch-Wache ein paar Pferde leihen und jemanden mitgeben, der uns am Strick führt«, sagte Tipperton und sah Beau an. »So wie wir damals vom Ardental nach Süden gezogen sind.«

Linnet berührte Rynnas Arm. »Wir könnten meinen Bruder bitten, vorauszureiten und dafür zu sorgen, dass die Fähre uns erwartet.«

Rynna klatschte in die Hände. »Sehr gut. Nix wird froh sein. Immerhin sollte er bei der Hochzeit dabei sein.«

»Meine Mutter und Lark auch«, sagte Linnet.

»Und wer«, fragte Tipperton, »bewacht dann die Ebene? So wie ich das sehe, brauchen wir bestimmt zehn Tage, um nach Waldherz zu kommen, und dieselbe Zeit für den Rückweg. Das ist viel Zeit, die wir hier fort sind.«

Sie sahen sich eine Weile schweigend an. »Wenn die Brut zurückkehrt«, sagte Rynna schließlich, »werden wir unsere Reise verschieben. Aber wenn sie weiterhin verschwunden bleiben, können wir vielleicht unbeschwert reisen. Ich werde mit Tynvyr darüber reden und ihren Rat einholen.«

»Ach, Liebste«, meinte Tipperton. »Sie wird dir sagen, dass wir trotzdem reisen sollten, auch wenn das Gezücht unterwegs ist.«

»Und falls nötig, könnten wir die Baeron vom Großwald fragen, oder die Dylvana vom Schwarzen Wald, um für uns einzutreten.«

»Das ist nicht nötig«, erwiderte Beau. »Ich habe mit Farly gesprochen. Er meinte, wenn es so weit ist, würden er und ein paar andere von der Quellwasser-Siedlung genauso gut die wenigen Reisenden an der Brut vorbeischleusen.«

Linnet sah Beau böse an. »Willst du mir damit sagen, dass alle anderen wussten, dass wir heiraten, bevor du mich überhaupt gefragt hast?«

Beau riss erschreckt die Augen auf. »Nein, natürlich nicht. Nicht alle. Nur Tipperton und Tynvyr und ...«

Linnet sah Rynna an.

»... Farly ...«

»Ist das zu glauben, Rynna?«

»... und natürlich die Eio Wa Suk und die Fuchsreiter ...«

Rynna schüttelte den Kopf.

»... und die Elfen in Bircehyll und wahrscheinlich auch ein paar Baeron, das ist alles.«

Rynna funkelte Tipperton an. »Ich habe es schon gesagt und ich sage es noch mal: Bokker!«

Tipperton sah sich hastig in der Laube um, als suchte er einen Fluchtweg, und Beau starrte auf den Boden, als würde er sich am liebsten drei Meter unter dem Lehm verstecken.

Doch dann lachte Rynna schallend auf, und Linnet stimmte mit ein. Sie umarmten ihre Bokker, die daraufhin erleichtert aufatmeten.

Am neunten Tag des Dezembers brachen sie von ihrem Lager zu einer Reise nach Waldherz auf, das etwa zweihundert Meilen und zehn Tagesreisen entfernt lag. In der Quellwasser-Siedlung holten sie Melli und Lark ab, und unter den guten Wünschen der anderen ritten sie los. Nix und die Fähre warteten bereits auf sie. Sie überquerten den mächtigen Argon und sahen so, dass jetzt Zwerge die Fähre auf der Insel Olorin bedienten. Zwerge aus Kraggen-cor, dem Châkkahorst, der jetzt nicht mehr belagert wurde. Eine Gruppe der grimmigen Krieger arbeitete zwischen dem Ostufer und der Insel, die andere zwischen der Insel und dem Westufer.

»Wir haben mit den Baeron und den Elfen eine Abmachung getroffen«, beantwortete einer aus der Mannschaft Beaus Frage. »Wir wechseln uns Monat um Monat um Monat ab.«

»Das ist gut«, antwortete Beau grinsend. »Sonst hätten wir Schwierigkeiten, nach Waldherz zu kommen.« Er deutete auf Linnet und Rynna und Tipperton, und sein Grinsen wurde noch breiter. »Wir heiraten nämlich, wisst Ihr.«

Der Zwerg nickte, sah die Wurrlinge an und die winzige, lachende Lark, zupfte an seinem mächtigen gegabelten Bart und lächelte. »Möge Elwydd Euch alle beschützen.«

Dann erreichte die Fähre das westliche Ufer des Argon. Die Wurrlinge gingen von Bord und ritten weiter.

Sie überquerten auch den Rothro, am nächsten Tag den Quadrill, und ritten zwischen mächtigen, hohen, uralten Bäumen einher, wo es jetzt ruhig war, weil die Silberlerchen nicht mehr da waren, denn auch ihnen waren die Wege des Blutes versperrt. Trotzdem blickten Linnet und Melli und selbst die kleine Lark zu den gewaltigen Bäumen empor, deren Blätter dem Zwielicht dennoch erlaubten, bis auf den Boden zu dringen. Nix, Rynna, Tipperton und Beau starrten auch in die Bäume, denn obwohl sie schon einmal im Darda Galion gewesen waren, kam es ihnen doch wie ein Wunder vor.

Am neunzehnten Tag des Dezember erreichten sie Waldherz, wo sie die schrecklichen Nachrichten hörten.

»Tot? Galarun ist tot?« Tipperton traten die Tränen in die Augen.

»Aye.« Avarans Augen waren ebenfalls feucht. »Er wurde von einem Mann mit gelben Augen ermordet, und das Silberne Schwert ist verschwunden.«

»Dieser Mann ...?«, fragte Beau.

»Wie ist es ...?«, fragte Rynna.

»Wo ...?«, begann Linnet.

Aravan streckte seine Hand aus. Mit der anderen wischte er sich die Tränen von der Wange. »Wie Ihr wisst, haben wir einen Tag im Darda Erynian gerastet ...«

Einen Tag hatten sie geruht, aber nicht länger, denn ihre Mission war dringend, und sie ritten am nächsten Morgen weiter, Galarun und seine Kompanie. Sie zogen nach Westen, überquerten den mächtigen Argon und gelangten in die wilde Steppe zwischen Fluss und Gebirge, wo sie sich nach Süden wandten, zum Darda Galion. Den Grimmwall zur Rechten, den Argon zur Linken.

Sie ritten drei Tage über die Steppe, bis sie zum Dalgor-Moor kamen, wo eine Kompanie Lian zu ihnen stieß, die die Sümpfe bewachte. Hier traf Aravan das erste Mal auf Talar und Riatha, die bei dieser Kompanie ritten.

Am nächsten Tag ritten sie ins Moor, die Pferde trabten platschend durch das Wasser, der Sumpf sog an ihren Hufen und so kamen sie nur langsam voran. Es war mühsam, aber zu bewältigen, anders als die reißenden Fluten des Dalgor-Flusses stromaufwärts, der vom hohen Grimmwall nach Westen fließt. Sie ritten tief in die wässrige Tiefebene und stiegen manchmal ab, um ihre Pferde zu führen und ihnen eine Ruhepause zu gönnen.

Es war an diesem Novembertag gegen Mittag, als Aravan Galarun warnte. Sein blauer Stein an dem Band wurde kalt. Das Wort wurde weitergegeben: Gefahr nahte. Sie ritten unter der blassen Sonne über ihren Köpfen weiter, bis einer der Späher der Kompanie eine Warnung zurief. Als Galarun nickte, ritt Aravan voraus, um zu sehen, was es gab. Als er den Späher erreichte, einen Elf namens Eryndar, deutete dieser nach Osten. Von dort, aus der Richtung des Argon, rollte eine Nebelwand über das Moor auf sie zu, die sie im nächsten Augenblick alle einhüllte, und Aravan und Eryndar konnten einander kaum noch sehen, geschweige denn weiter als eine Armlänge. Dann ertönten hinten ihnen Kampfgeräusche und Geschrei.

»Zu mir!«, schrie Galarun, *»zu mir!«* Aber seine Stimme wurde vom Nebel in den Mooren gedämpft, der außerdem auch noch den Verstand und das Ohr verwirrte.

Obwohl Aravan nur zwei Schritte weit sehen konnte, spornte er sein Pferd an, um seinem Kameraden zu helfen. Er ritt den Kampfgeräuschen nach, obwohl sie zu gedämpft waren und außerdem Echos erzeugten, wo gar keine sein sollten. Er stürzte in ein tiefes Schlammloch, sein Pferd versank. Aravan hätte beinahe den Halt verloren. In diesem Augenblick erhob sich eine gewaltige, dunkle Gestalt aus dem Morast, und eine Hand mit Schwimmhäuten griff nach ihm, fegte dicht an seinem Gesicht vorbei und holte erneut aus, während sein Pferd wieherte und sich zu befreien suchte. Doch der Elf wich dem tödlichen Schlag aus. *»Krystallopyr«*, flüsterte Aravan, verlieh seinem Speer mit dem Wahren Namen Macht und rammte ihn in jenes Etwas, das vor ihm aus dem Morast ragte und das er kaum erkennen konnte. Ein grauenvolles Brüllen ließ die Luft erzittern, als die Klinge in dem kalten Fleisch glühte und zischte. Mit einem lauten Platschen verschwand die Kreatur wieder im Sumpf.

Doch irgendwo im Moor wurde weitergekämpft, was die Schreie und das Klirren der Waffen deutlich verrieten. Aravan orientierte sich erneut nur an den Geräuschen und vertraute auf dem unsicheren Boden dem Instinkt seines Pferdes. Schatten stürmten aus dem Schilf und griffen ihn an; es waren Rûpt, Rucha und Loka, aber der kristallene Speer durchbohrte und verbrannte sie. Sie starben oder ergriffen kreischend die Flucht.

Unvermittelt endete der Kampf, als sich die Feinde in den schützenden Nebel zurückzogen, in dessen grauem Schleier sie auch verschwanden. Auch das merkwürdige Echo hörte auf, die Geräusche waren wieder ungedämpft vernehmbar. Der blaue Stein an Avarans Hals wurde warm.

»Galarun!«, rief er. *»Galarun!«* Andere nahmen seinen Ruf auf.

Langsam sammelten sich die zerstreuten Überlebenden, richteten sich nach ihren lauten Zurufen, doch Galarun war nicht unter ihnen.

Die schwache Sonne vertrieb den Nebel nur zögernd, während die Kompanie nach ihrem Hauptmann suchte. Sie fanden ihn schließlich auch, durchbohrt von einem Armbrustbolzen und einem jener grausamen Speere mit Widerhaken. Er lag im Schilf, im flachen Wasser, er und sein Pferd, beide tot. Das silberne Schwert war fort.

Drei Tage suchten sie nach diesem Unterpfand der Macht, dort in den Mooren von Dalgor. Am Ende fanden sie jedoch nur ein verlassenes Lager der Rûpt, das nicht einmal einen ganzen Tag genutzt worden war. »Vielleicht sind sie nach Neddra zurückgekehrt«, meinte Eryndar, während der kalte Regen unablässig auf sie herunterrieselte.

Schließlich nahmen sie den gefallenen Galarun und fünf andere getötete Kameraden und ritten, mit Groll und Gram im Herzen, über die weite Steppe zum Darda Galion. Zweieinhalb Tage dauerte es, bis sie den Rothro am Rand des Greisenbaumwaldes überqueren konnten. Mittlerweile war der Boden bereits verschneit. Sie ritten zwischen den gewaltigen Stämmen der uralten Bäume hindurch, überschritten am folgenden Tag den Quadrill und kurz darauf den Cellener, bis sie endlich Waldherz erreichten, den Elfenstützpunkt im großen Darda Galion.

Aravan trug Galaruns von Decken umhüllten Leichnam in die Königshalle, wo die versammelten Lian schon trauernd warteten. Durch eine Gasse aus Elfen schritt Aravan vor den Coron. Tiefstes Schweigen grüßte ihn. Eiron trat bei seiner Ankunft von seinem Thronpodest herunter, streckte die Arme aus und nahm den Leichnam entgegen. Tränen standen Aravan in den Augen, als er den leblosen Elf übergab. Eiron hielt Galarun zärtlich im Arm, drehte sich dann langsam herum und schritt die wenigen Stufen des Podestes hinauf. Dort legte er sein ermordetes Kind auf den Boden.

Aravans Stimme klang erstickt von Gefühlen. »Ich habe ihn im Stich gelassen, mein Coron, denn ich war nicht an Galaruns Seite, als er mich am dringendsten gebraucht hätte. Auch Euch und Adon habe ich enttäuscht, denn Euer Sohn ist tot und das Silberne Schwert verloren.«

Coron Eiron sah von dem verhüllten Leichnam auf. Seine Augen schwammen in Tränen und seine Stimme war nur mehr ein Flüstern. »Häuft keine Schuld auf Euch, Aravan, denn der Tod Galaruns war vorbestimmt ...«

»Vorbestimmt!«, rief Aravan aus.

»... von den Magiern des Schwarzen Berges.«

»Wenn Ihr dies wusstet, warum habt Ihr dann Euren Sohn geschickt?«

»Ich wusste es nicht.«

»Aber woher ...?«

»Galaruns Todessermon«, erklärte Eiron. »Die Magier haben ihm gesagt, dass derjenige, welcher diese Waffe als Erster trägt, innerhalb eines Jahres sterben würde.«

Aravan fiel der grimmige Ausdruck auf Galaruns Gesicht ein, nachdem er aus der Stätte der Zauberer unter dem Schwarzen Berg herausgekommen war.

Der Coron kniete sich hin, löste die Bänder von den Decken, klappte einen Zipfel zurück und enthüllte Galaruns Antlitz. Seine Züge waren blass und blutleer. Aravans leise Stimme ertönte. »Er hat niemanden das Schwert berühren lassen, und jetzt weiß ich, warum.«

Coron Eiron erhob sich, winkte wortlos nach seinen Helfern, die nähertraten, Galaruns Leichnam anhoben und ihn aus der Coron-Halle trugen.

Als sie fort waren, wendete sich Aravan erneut an Eiron. »Sein Todessermon ... war da noch mehr?«

Der Coron setzte sich auf den Rand des Podestes. »Aye, eine Vision dessen, der seinen Tod herbeigeführt hat. Es war ein blasser, weißer Mann, der meinen Galarun ermordete; er sah aus wie ein Mensch, war jedoch kein Sterblicher. Vielleicht ein Magier. Oder ein Dämon. Er war blass und groß, hatte schwarzes Haar, lange, schlanke Hände ... und wilde, gelbe Augen. Sein Gesicht war lang und schmal, seine Nase gerade und dünn, seine weißen Wangen bartlos. Mehr weiß ich nicht.«

»Und das Schwert? Hat Galarun ...?«

Eiron schnitt Aravans Worte mit einem kurzen Kopfschütteln ab. »Die Klinge war noch in der Obhut meines Sohnes, als er starb.«

Wut und Enttäuschung färbten Aravans Worte. »Aber jetzt ist es verschwunden, die Klinge des Morgengrauens. Wir haben lange nach ihr gesucht, sie jedoch nicht gefunden.«

Nach einem Augenblick antwortete Eiron. »Wenn es nicht in den Sümpfen versunken ist, dann wurde es gestohlen. Falls jemand die Klinge des Morgengrauens in seinem Besitz hat, dann er, der blasse Mann mit den gelben Augen. Findet ihn, dann findet Ihr möglicherweise auch das Schwert.«

Aravan trat zurück, hob den Riemen seines Speers über den Kopf, stemmte den Griff der Waffe auf den Holzboden und fiel auf ein Knie. »Mein Coron, ich werde den Mörder und das Schwert suchen. Falls er oder es zu finden ...«

Aravan kam nicht dazu, den Satz zu beenden, denn der König weinte. Also legte Aravan den Kristallspeer beiseite, setzte sich neben seinen Lehnsherrn und sprach mit Tränen in den Augen von den letzten Tagen seines tapferen Sohnes zu ihm.

»Nach der Beerdigung bin ich erneut in die Moore geritten und habe lange gesucht. Dara Riathas Kompanie hat mir geholfen, aber es hat nichts genützt. Wir haben keine Klinge gefunden. Am Ende gab ich die Suche auf, denn in Mithgar tobt ein Krieg, und mein Speer wird benötigt.« Aravan verstummte.

»Aber da es jetzt kein Silbernes Schwert gibt«, meinte Tipperton nach einer Weile, »das man zu Adon bringen könnte ...«

Aravan seufzte. »Wir können nur darauf vertrauen, dass die Lian und jene anderen, die in Adonar kämpfen, uns den Tag retten.«

»Den Tag retten?«, erkundigte sich Linnet verwirrt.

»Den Krieg auf der Hohen Ebene gewinnen«, erklärte Aravan.

»So wie wir den Krieg hier gewinnen müssen«, bemerkte Rynna. Ihre Stimme klang entschlossen, ihre Miene war grimmig.

Das waren zwei bekümmernde Nachrichten, die von Galaruns Tod und dem Verlust des Silbernen Schwertes, und obwohl es bereits vor fünf Wochen geschehen war, hatten die Wurrlinge noch nichts davon gewusst. Sie weinten um den gefallenen Galarun und jene Elfen, die mit ihm gestorben waren.

Des ungeachtet, und wie Beau angemerkt hatte, auch trotz

des Krieges: Das Leben geht weiter. Also gaben sich zwei Tage nach ihrer Ankunft, am Vorabend des Wintertages, Rynna und Tipperton, Beau und Linnet das Ehegelübde. Es war die Längste Nacht des Jahres und Coron Eiron saß den Feierlichkeiten vor. Nix und Melli und Lark und Alor Aravan wie auch andere Alori und Darai nahmen ebenfalls an der Hochzeit teil, obwohl die meisten Lian die Grenzen des Darda Galion bewachten oder aber mit den Châkka von Kraggen-cor fochten und kleine Nester der Rûpt ausrotteten, die von der Belagerung der Zwergenfeste noch übrig geblieben waren.

Elfen und Wurrlinge versammelten sich in der Coron-Halle, Nix stand neben Melli. Sie hielt Lark in den Armen, die von den Darai mit entzückten Blicken beinahe verschlungen wurde. Das Kind war jetzt fast zwanzig Monate alt. Coron Eiron stand vor ihnen. Tipperton und Rynna, Beau und Linnet standen dem Elfenkönig gegenüber, Aravan und Velera und Riatha und Talar neben und hinter ihnen. Es wurde ganz ruhig in der Halle, als Coron Eiron die Hände hob. Bis auf Lark, die kicherte, als ihr eine Dara hingerissen zublinzelte.

Doch noch bevor der König die formalen Schwüre rezitierte, sprach er lange darüber, dass man nicht nur die Liebe miteinander teilen sollte, sondern auch die Arbeit. Außerdem sprach er von dem Gewöhnlichen, dem Alltag, der die Grundlage einer solchen Liebe bildete und den man pflegen musste, sollte sie überleben.

»Der Satz: ›Bis dass der Tod uns scheidet‹ wird in den Eheschwüren, die wir Elfen kennen, nicht genutzt, denn der Tod war für unsere Elfenrasse schon immer ein Fremder. Dennoch, auch unsere Schwüre sind würdig, ungeachtet unserer Sterblichkeit oder Nicht-Sterblichkeit.«

»Würdig«, plapperte Lark, »würdig, würdig, würdig.« Melli flüsterte dem Kind etwas ins Ohr, worauf es verstummte.

Coron Eiron lächelte und fuhr dann fort: »So wie dieses Kind wächst und lernt und sich verändert, so ändern sich auch alle anderen Dinge im Verlauf der Jahreszeiten; denn Veränderung ist eine unabdingbare Tatsache des Lebens. Einige Veränderungen mögen kaum wahrnehmbar sein, andere dagegen vollziehen sich schnell, manche verheißen Gutes für das Leben, etliche dagegen sind Vorboten des Todes.«

»Leben«, sagte Lark. Und dann: *»Saol.«* Nix sah sie überrascht an, denn sie hatte in der Feensprache gesprochen. *Saol* war das Wort für Leben. Doch dann konzentrierte sich Nix wieder auf die Zeremonie, denn Coron Eiron sprach weiter.

»Auch Einzelwesen ändern sich mit dem Fortgang der Jahreszeiten, und Schwüre, die geleistet wurden, sollten einen nicht in eine Beziehung binden, in der die gemeinsame Grundlage nicht mehr stimmt, ganz gleich, was für ein Schwur das war, sei es der zur Paarung, zur Lehnstreue, zur Vergeltung oder zu irgendetwas anderem. Denn so wie der Tod einen von einem Schwur befreit, so schafft dies auch der Verlust der gemeinsamen Grundlage.

Wenn Ihr aus diesem Grund Eure Beziehung kräftigen wollt, so müsst Ihr ebenfalls den gemeinsamen Grund stärken und die Gelübde nähren, Ihr müsst die Pflichten aufteilen und die anderen bereitwillig und mit Freude gemeinsam erfüllen.«

Lark zischte, wie der Wind in den Blättern raschelte, und erneut flüsterte ihr Melli etwas ins Ohr. Wieder verstummte das Kind.

Eiron trat zu Beau und Linnet. »Habt Ihr die Bedeutung dessen verstanden, was ich eben sagte?«, fragte er sie leise.

»Ja«, antwortete Beau und sah Linnet an. »Ja«, antwortete auch sie, mit Tränen in den Augen.

Dann trat Eiron vor Tipperton und Rynna und stellte ihnen dieselbe Frage. »Habt Ihr die Bedeutung dessen verstanden, was ich gerade sagte?«

Tipperton nahm Rynnas Hand. »Ja.«

»Ja«, antwortete nun auch Rynna und drückte Tippertons Finger.

Daraufhin trat Eiron zurück und hob die Stimme. »Dann fordere ich Euch also auf zu geloben: Schwört Ihr, mit Euren Anvertrauten den gemeinsamen Grund zu bestellen und die Gelübde zu ehren, die Ihr Euch gegeben und auch erhalten habt?«

»Ich schwöre«, antworteten die vier wie mit einer Stimme.

»Dann gelobt: Werdet Ihr das Vertrauen zueinander achten, ganz gleich, wer zwischen Euch kommen sollte?«

»Ich schwöre.«

Eiron legte Linnets Hand in die von Beau und verschloss ihre Finger umeinander. »Dann, Beau Darby und Linnet Fenrush, die Ihr die Wahrheit gelobt habt, geht von nun an zusammen weiter und teilt Freuden und Leiden in gleichen Maßen, bis Euer ureigenstes Schicksal anders entscheidet.«

Anschließend trat Eiron vor Rynna und Tipperton, verschränkte auch ihre Hände. »Sodann Tipperton Thistledown und Rynna Fenrush, da Ihr die Wahrheit gelobt habt, geht von nun an zusammen weiter und teilt Freuden und Leiden in gleichen Maßen, bis Euer ureigenstes Schicksal anders entscheidet.«

Daraufhin ging Eiron einige Schritte von den beiden Paaren zurück und rief den versammelten Lian laut und deutlich zu: *»Alori e Darai, va da Waerlinga Linnet Fenrush e Beau Darby, e va da Waerlinga Rynna Fenrush e Tipperton Thistledown, avan tayea e evon a plith!«* Ein lautes Jubelgeschrei brandete auf, Lark lachte fröhlich, Melli wischte sich die Freudentränen aus den Augen, Nix umarmte die Dammen und schlug Beau und Tipperton immer wieder kräftig auf den Rücken.

Eskortiert von Riatha und Talar sowie von Aravan und Velera wurden Beau und Linnet, Tipperton und Rynna durch die Versammlung geführt, während Lauten und Flöten und Harfen und Pfeifen und Timbrels eine fröhliche Weise anstimmten und sich die Elfenstimmen zum Gesang erhoben.

Sie wurden hinausgeführt, gefolgt von den versammelten Elfen, bis auf eine schneebedeckte Lichtung, wo Papierlaternen aufgehängt worden waren, gelb und rot und blau und grün und noch viele andere Schattierungen. Dort nahmen die vier ihre Plätze zwischen den Elfen ein und sangen und tanzten und feierten nicht nur ihre Hochzeit, sondern auch den Wechsel der Jahreszeiten.

Lark lag sicher in Mellis Armen und blickte über ihre Schulter in die schattigen Höhen des Greisenwaldes, und erneut machte das Kind das Geräusch von Blättern im Wind und streckte seine Hände in die Dämmerung hinein. Und dort, am Rand des Lichtkreises der bunten Laternen, stand eine große Kreatur aus Zweigen und Blättern und Schlingpflanzen und Ranken. Wie Prym in den Darda Galion hatte kommen können, wird nie jemand erzählen, aber sie war dort, wiegte sich im Takt des Elfenritus und hielt über ihr winziges Wurrling-Mündel Wache.

Am nächsten Tag, dem zweiten Weihnachtstag, schneite es, und die Wurrlinge verbrachten ihre Zeit vor den warmen Feuern in den Kaminen des Gästehauses, sprachen mit Aravan und tauschten die spärlichen Neuigkeiten über den Krieg aus. Wenn Beau und Linnet oder Rynna und Tipperton auch ab und zu aus dem Raum schlüpften, um allein zu sein. Am nächsten Tag, dem dritten Weihnachtstag, drängte es sie, wieder zu ihren Pflichten zurückzukehren. Also verabschiedeten sie sich von allen, kleideten sich gegen die Kälte an, vor allem Lark, und machten sich auf den Weg zum Schwarzen Wald.

Sie ritten zwischen den gewaltigen Greisenbäumen daher, lagerten des Nachts unter ihren mächtigen Zweigen und strebten zur Fähre auf der Insel Olorin. Am Abend des dritten Tages schließlich erreichten sie das Westufer des Argon. Diesmal waren es Baeron, die sie hinüberruderten. Denn am vorigen Abend hatte der Vollmond am Himmel gestanden.

Es war der zwölfte Weihnachtstag, der Anfangstag des Neuen Jahres, der erste Tag des Januar, und auch der erste des zweitausendeinhundertachtundneunzigsten Jahres der Zweiten Ära von Mithgar, als die Hochzeitsgesellschaft durch den Schnee ritt und sich den weiß verschneiten Lauben der Siedlung der Quellwasser-Wurrlinge näherte. Dort wurden sie von der düsteren Nachricht empfangen, dass die Brut wieder auf die östliche Ebene zurückgekehrt war.

Denn es war auch der allererste Tag des vierten Jahres eines gewaltigen und schrecklichen Krieges.

14. Kapitel

»Sie sind nicht nur zurückgekommen«, sagte Farly, »sondern auf der Ebene und im Rimmen-Gebirge geht zudem irgendetwas vor.«

»Es geht etwas vor?« Rynna sah Tipperton an und richtete den Blick dann wieder auf Farly. »Was denn?«

»Sie haben nicht nur ihre Patrouillen am Waldrand verstärkt. Jetzt sind die Abteilungen drei- oder viermal häufiger als damals an der Rimmen-Kluft. Nicht größer, sondern eben öfter. Dasselbe gilt auch für ihre Wachen am Ausläufer des Rimmen-Gebirges. Sie haben die Zahl der Patrouillen erhöht und die alten an neuen Orten platziert. Außerdem haben sie angefangen, die Höhen zu besetzen, um unsere Patrouillen schneller erkennen zu können.«

»Meiner Treu!«, rief Beau und packte Linnets Hand. »Ist irgendjemand verletzt worden? Von unseren Wachen, meine ich.«

»Bis jetzt nicht«, erwiderte Farly. »Aber zweimal sind sie nur knapp entkommen.«

Nix sah Rynna stirnrunzelnd an. »Was das wohl alles zu bedeuten hat?«

Rynna dachte nach. »Vielleicht wollen sie nicht, dass sich die Geschehnisse an der Rimmen-Kluft noch einmal wiederholen. Dort habt ihr ja ihren Hinterhalt aufgedeckt.«

Tipperton schüttelte bedächtig den Kopf. »Ich glaube eher,

dass sie etwas Größeres vorhaben, aber was das sein mag, kann ich nicht sagen.«

»Wer kennt schon den Verstand von Modru?«, murmelte Beau.

»Wir können nur eins tun«, meinte Rynna. »Sehr aufmerksam Wache halten.«

Drei Tage später stand Rynna am Kartentisch im Lager der Wächter. Um sie herum hatten sich Wurrlinge versammelt. Eine Handvoll Pysks standen auf dem Tisch und betrachteten die Karte, die Tipperton auf einem breiten Blatt Pergament aufgezeichnet hatte. Rynna sah Tynvyr an. *Wir haben schlechte Neuigkeiten.* Tynvyr und Picyn warfen sich einen bestürzten Blick zu.

Sagt es uns, forderte Tynvyr sie auf.

Rynna seufzte und sprach weiter: *Als die Belagerung von Zwergenheim gebrochen wurde, hat Coron Eiron Boten zum Quadran-Pass geschickt, um Hochkönig Blaine zu suchen. Obwohl ihnen unterwegs viele Feinde auflauerten, haben es einige Boten geschafft, hinüberzukommen, und auch wieder zurück. Sie haben Folgendes in Erfahrung bringen können:*

In den Anfangstagen des Krieges sind Modrus Truppen von Gron und um das Nordende des Rigga-Massivs marschiert. Sie durchquerten Rian und haben Challerain Keep angegriffen. Es fiel in einer wütenden Schlacht, doch zuvor gelang es der Besatzung, die Wachfeuer zu entzünden. Der Hochkönig und ein großer Teil seiner Streitkräfte konnten entkommen. Sie haben auf ihrer Flucht nach Süden und Westen viele Rückzugsgefechte geschlagen.

Beau deutete mit einem Finger auf die Karte. *Hier in der Nähe von den Steinhöhen sind mehrere Kämpfe in einer Reihe von Senken und Hügeln geschlagen worden, und hier hat Blaine mit seinen Truppen den Feind zerschlagen. Aber es marschierten immer mehr Rûpt von Rian herein, und noch mehr aus dem Osten. Also haben sich der König und seine Leute nach Westen gewendet, an den Waldsenken vorbei bis nach Wellen.* Beau grinste. *Eiron sagte, die Waldsenken selbst wären noch sicher, weil das Gezücht den Dornwall nicht durchbrechen kann, der sie umringt.*

Mit dem Finger fuhr Rynna eine Linie auf der Karte nach. *Das Gezücht, das den König aus dem Osten angegriffen hat, kam durch den Grûwen-Pass und den Ödwald und marschierte dann nach Westen. Modru hoffte so, den Hochkönig zwischen dieser Streitmacht und seiner Brut im Norden in die Zange nehmen zu können.*

Das waren die, denen wir im Ödwald begegnet sind, erklärte Beau und sah Tipperton an.

Der nickte zwar, sagte jedoch nichts, als Rynna weitersprach.

Die Brut im Norden besetzte auch den Crestan und Quadran-Pass und belagerte Zwergenheim.

Außerdem blockierten sie die Gûnarring-Schlucht.

Wie wir feststellen mussten!, warf Beau mürrisch ein, während er auf die Karte starrte.

Kennt Modrus Gier denn kein Ende?, fragte Phero, trat über die Karte hinweg und betrachtete sie von der anderen Seite.

Ihr wisst nicht einmal die Hälfte, erklärte Linnet und bedeutete Rynna fortzufahren.

Rynna wies auf mehrere Punkte auf der Karte hin. *Hier haben sie Minenburg Nord besetzt, und hier die Rimmen-Kluft. Hier belagerten sie Dendor in Aven, und wie Tipperton und Beau berichtet haben,* sie fuhr mit der Hand über das Nordmeer, *ist die Brut auch vom Wasser aus in die Steppen von Jord eingedrungen.*

Sie blickte von der Karte hoch. *Gewiss wurden die Belagerungen der Rimmen-Kluft, Minenburg Nords und Dendors gebrochen, und es scheint, dass die Jordier die Brut vor sich hertreiben. Aber diese Nachricht ist schon alt. Die Lage könnte sich wieder verschlechtert haben.*

Allerdings, meinte Tynvyr. *Aber was ist nun mit dem Hochkönig und den Hyrinianern, Kistaniern und Chabbanern?*

Rynnas Hand fuhr nach Süden und Westen. *Eirons eigene Truppen haben berichtet, dass im Süden die Lakh von Hyree von den Rovers über die Meerenge von Kistan geschafft wurden. Sie sind mordend und plündernd durch Vancha und Tugal gezogen.*

Die Kistanier selbst haben die Schiffe im Hafen von Arbalin verbrannt und sind mit einer Streitmacht in Hoven gelandet. Doch hauptsächlich blockieren ihre Schiffe die Meerenge von Kistan.

Und aus dem Süden, über die Avagon-See, kamen die Chabbaner, die in Jugo und Pellar eingedrungen sind.

Bis dahin haben sich auch die Fäuste von Rakka wieder gezeigt. Sie sind aus Sarain herangestürmt und haben Hurn und Alban genommen.

Phero blickte von der Karte hoch. *Die Fäuste von Rakka?*

Eine religiöse Sekte, erklärte Rynna. *Sie wurden vor langer Zeit unterworfen, als eine Frau namens Ryodo die Unterdrückten um sich scharte.*

Und dieser Rakka ...?

Ein anderer Name für Gyphon, erläuterte Tipperton. *Jedenfalls sagen das die Lian.*

Aha. Tynvyr blickte wieder auf die Karte, als Rynna fortfuhr.

Zusammen kontrollieren diese vier Nationen, Hyree, Kistan, Chabba und Sarain, die Länder Karoo, Kehm, Thyra, Hurn, Alban, Vancha, Tugal sowie Teile von Hoven, Jugo, Valon und Pellar. Bei diesen Worten beschrieb sie mit der Hand einen Kreis um die Avagon-See.

Meine Güte!, stieß Picyn hervor, *kann es noch schlimmer kommen?*

Die Lage ist schlimmer, erwiderte Tipperton. *Atala wurde zerstört und das Silberne Schwert ist verschwunden.*

Das stimmt, pflichtete Beau ihm bei. *Und Gyphon ist auf die Hohe Ebene eingedrungen, alle Wege zwischen den Ebenen sind versperrt. Alle, bis auf die Wege des Blutes. Das mag für Wurrlinge vielleicht keine Bedeutung haben,* er wandte sich an Tynvyr, *aber vielleicht ja für Pysks.*

Tynvyr schüttelte den Kopf. *Wir sind von unserer Heimat nach Mithgar geflohen und werden niemals auf unsere Ebene zurückkehren.*

Ach?, fragte Linnet erstaunt.

Alle fünf Pysks nickten grimmig, aber keiner gab eine erschöpfendere Erklärung ab.

Tynvyr wandte sich an Rynna: *Könnt Ihr meine andere Frage beantworten? Was ist mit dem Hochkönig?*

Er steht im Westen unter Druck. Trotzdem, die Menschen aus Wellen, Dalara und Thol, aus Jute, Gothon und Gelen, und auch die Krieger aus Fjordland, die über das Nordmeer und den Ryngar Arm hinabgesegelt sind, um Blaine in seinem Kampf zu unterstützen, stehen alle fest zusammen, trotz des bösen Blutes zwischen ihren Nationen.

Alte Widersacher vereinigen sich gegen einen gemeinsamen Feind, bemerkte Farly.

Der Feind meines Feindes ist auch mein Feind, bekräftigte Nix.

Rynna quittierte diese Bemerkung mit einem kurzen, verwirrten Stirnrunzeln, zuckte schließlich jedoch nur die Achseln und sprach weiter: *Der Hochkönig lässt von allen Werften in den Hafenstädten am Westlichen Ozean eine große Flotte bauen ...*

Eine große Flotte? Wofür denn das?, fragte Nia und sah ihren Gefährten Kell an, der wiederum Rynna abwartend betrachtete.

Diese hob eine Hand: *Ich glaube, er plant die Blockade der*

Rovers in der Meerenge von Kistan zu durchbrechen und dann die besetzten Länder vom Süden aus anzugreifen.

Falls und wenn er das tut, erklärte Nix, *ist dies für uns Wurrlinge der Zeitpunkt, uns unter seiner Fahne zu sammeln und den Kampf zu den Hyrinianern und Kistanern und den anderen Menschen zu tragen.*

Und zu den Rukhs und den Hlöks, fügte Farly hinzu.

Linnets Stimme zitterte, als sie sprach: *Und den Ghûls auf ihren Hèlrössern und ... den Trollen.*

Die Gargons nicht zu vergessen, fügte Rynna hinzu, deren Miene sich bei der Erinnerung daran verfinsterte.

Tipperton rief sich die Geschehnisse am Quadran-Pass und in Dael ins Bewusstsein und sah sich unter den anderen um: *Und vielleicht noch zu einem oder zwei Drachen?,* erklärte er leise.

Sie schwiegen, voller Ehrfurcht über die Ungeheuerlichkeit ihrer Aufgabe, bis Beau fragte: *Und wenn wir sie alle erledigt haben, was tun wir dann?*

»Oh, oh«, flüsterte Tipperton. »Ich glaube, er hat uns gewittert.«

Am Fuß des Hanges stand ein schreckliches Ding zwischen den Klippen. Vier Meter hoch sah es aus wie ein gigantischer Rukh, doch es war noch gewaltiger und brutaler und hatte eine grüne, mit Schuppen besetzte Haut. Es war kein Rukh, sondern ein Troll. Der jetzt in der Luft schnüffelte, als wollte er die Witterung seiner Beute aufnehmen. Dann schien sich sein finsterer Blick genau auf den Kamm zu richten, auf dem Tipperton und Beau lagen.

»Wir müssen hier verschwinden«, zischte Tipperton.

»Und die Rukhs?« Beau deutete nach rechts, wo ein Wachposten der Brut auf einem Grat saß, kaum eine Viertelmeile entfernt.

»Wir können nur hoffen, dass er uns nicht sieht«, meinte

Tipperton und warf einen skeptischen Blick zum Februarmond hinauf, der als leuchtende Scheibe am Himmel stand.

Der Troll kletterte zwischen den Felsbrocken langsam den Hang hinauf.

»Los!«, keuchte Tipperton. Sie krochen den rückwärtigen Hang des Hügels hinab, bis zu ihren Ponys, die unten im Schatten der Bäume warteten.

Dann schmetterte ein Horn.

»Himmel, sie haben uns gesehen!«, stöhnte Beau.

»Renn!«, schrie Tipperton. Sie flüchteten durch den Schnee und wirbelten weiße Wolken hinter sich auf.

Wieder schmetterte das Horn, doch das Signal wurde mitten im Ruf erstickt.

»Tynvyr«, knurrte Beau und taumelte weiter. »Oder Picyn. Sollen wir ihnen helfen?«

»Nein!«, rief Tipperton, der versuchte, auf dem Schnee das Gleichgewicht zu bewahren. »Füchse sind schneller als ein Troll, wir aber nicht. Jedenfalls nicht zu Fuß.«

Sie flohen weiter durch den Schnee und erreichten endlich ihre Ponys. Sie sprangen hinauf, feuerten sie an – »Hai!« – und stoben davon, galoppierten durch das verschneite Tal und auf den Großwald zu. Als sie über die Ebene ritten, tauchte zwischen den Klippen hinter ihnen der Troll auf, brüllte wütend und verzweifelt hinter ihnen her und schüttelte seine mächtigen Pranken wütend gegen den Himmel.

Der März kam, und mit ihm der Frühlingstag. Endlich zog sich der Winter zurück, so wie er sich in den letzten Jahren immer verkrochen hatte. Die Menschen hielten ihre Gesichter in den warmen Wind und blickten staunend zum Himmel empor, denn seit der Explosion des Karak und der Vernichtung von Atala war über alle Jahreszeiten ein kühler Windhauch gezogen ... Doch jetzt schien es, als würden sich diese Folgeerscheinungen endlich lockern.

»Vielleicht ist es ja ein Omen«, sagte Beau.

»Ein Omen?«, erkundigte sich Linnet.

»Dass sich irgendwo das Blatt gewendet hat«, antwortete der Bokker.

»Ach, das hoffe ich wirklich«, meinte Linnet, nahm Beaus Hand und drückte sie an ihre Wange.

»Es wird zu gefährlich, die Brut vom Ausläufer des Rimmen-Gebirges aus zu beobachten«, sagte Rynna. Sie musterte die anderen, die an diesem feuchten Apriltag auf der nebelverhangenen Lichtung neben ihr standen. »Die Brut hat ihre Patrouillen verdoppelt und vervierfacht ... ebenso wie ihre Wachposten.«

»Ganz zu schweigen von den Trollen«, warf Beau ein.

»Sie haben etwas vor«, erklärte Nix.

Farly runzelte die Stirn. »Aber was kann das sein?«

»Keine Ahnung«, gab Nix zu. »Aber irgendwas planen sie ... ich kann es fast riechen.«

Beau lachte, und als ihn die anderen ansahen, schlug er vor: »Vielleicht riechst du nur den Gestank des Gezüchts.«

Tipperton grinste, wurde jedoch rasch wieder ernst. »Nix hat recht, irgendetwas steht hier bevor ... Was sonst würde all diese Tätigkeit erklären? Es ist jetzt schon Monate her, dass sie ihre Patrouillen verstärkt haben. Sie fingen am Wintertag an, und jetzt haben wir Frühling. Also wovon genau fühlt sich Modru so bedroht?«

»Vielleicht will er uns auf diese Weise nur unter Kontrolle halten«, vermutete Rynna.

Linnet nickte. »Uns sozusagen im Wald einschließen«, meinte sie.

Tipperton schüttelte langsam den Kopf. »Das glaube ich nicht. Als wir vor drei Jahren von der Horde östlich des Darda Erynian hörten, dachten wir, dass sie die Verborgenen in Schach halten wollten, um sie daran zu hindern, in den

Kampf gegen die Brut einzugreifen. Aber jetzt glaube ich, diese Horde war nur deshalb dort, weil Modru von dem Silbernen Schwert wusste und nicht wollte, dass Galarun es bekäme.«

Beau runzelte verwirrt die Stirn. »Aber das Schwert wurde doch trotz der Horde beschafft, auch wenn es jetzt verschwunden ist. Warum also sollte er die Brut an dieser Grenze lassen, wenn nicht, um zu verhindern, dass sich die Verborgenen dem Hochkönig anschließen, wenn die Zeit gekommen ist?«

»Wie bitte?«, hakte Farly nach. »Ich muss irgendwo den Faden verloren haben.«

Beau seufzte. »Wenn die Brut hier wäre, um zu verhindern, dass das Schwert geholt wurde, und dabei kläglich versagt hat, dann stellt sich doch eine Frage: Was will sie noch hier?« Farly zuckte die Achseln, doch Beau sprach weiter. »Der einzige Grund, den ich mir denken kann, ist: die Verborgenen in Schach zu halten.«

Rynna schüttelte bedächtig den Kopf. »Ich glaube, das können sie gar nicht, Beau. Denn falls sich die Verborgenen jemals entscheiden würden zu marschieren, was ich bezweifle, gäbe es nicht genug Gezücht, um alle Grenzen des Darda Erynian oder des Großwaldes zu sichern und sie darin einzusperren.«

»Aus welchem Grund die Brut auch hier sein mag«, meinte Tipperton, »was unternehmen wir nun bezüglich ihrer verstärkten Patrouillen und Wachen?«

Eine Weile schwiegen alle, bis Rynna sich räusperte. »Wir müssen einfach von jetzt an besonders vorsichtig sein. Keine unserer Patrouillen sollte ausrücken, ohne dass Fuchsreiter vorher auskundschaften. Ich spreche mit Tynvyr darüber.«

»Warum tun wir nicht etwas, um sie dazu zu bringen, einige ihrer Wachposten von den Höhen abzuziehen?«, schlug Beau vor.

Rynna sah ihn an. »Und was?«

»Hört zu, ich habe es satt, immer wegzulaufen und mich zu verstecken. Warum überfallen wir nicht einfach ihre Patrouillen? Und lassen sie scheinbar verschwinden.«

Nix runzelte die Stirn. »Was würde uns das helfen?«

Linnets Augen leuchteten, als sie begriff, und sie strahlte Beau an. »Verstehst du das denn nicht, Nix? Wenn wir Patrouillen einfach verschwinden lassen, wissen die anderen nicht, was passiert ist. Also werden sie die Patrouillen vergrößern, um jede Bedrohung zurückzuschlagen, und wenn sie mehr Rûpt dafür benötigen, müssen sie die Wachen und Patrouillen auf den Höhen abziehen.«

»Aha.« Nix grinste Beau an. »Ein großartiger Plan.«

Farly nickte. »Wir könnten auch die Baeron-Wachen im Süden und die Dylvana im Norden verständigen, damit sie ebenfalls Patrouillen ... verschwinden lassen. Vielleicht würde dieses Vorgehen das Vorgebirge des Rimmen schneller von der Brut säubern.«

Alle sahen Rynna an. »Auf den ersten Blick betrachtet, scheint das ein guter Plan zu sein«, antwortete sie. »Lasst mich eine Weile darüber nachdenken. Und herausfinden, was Tynvyr dazu sagt.«

»Da kommen sie«, flüsterte Rynna. »Vergesst nicht, wenn es zu viele sind, lassen wir sie passieren. Es darf keiner entkommen, weil die anderen Rûpt ja in Unkenntnis bleiben sollen.«

Dann wiederholte Rynna ihre Worte für Picyn in Feensprache. Der nickte, sprang auf den Rücken seines Fuchses, sammelte Schatten um sich und verschwand in der Nacht.

Die Brut marschierte um die Biegung eines Felsens.

»Einer hat ein Horn bei sich«, stellte Rynna fest. »Tip?«

Tipperton nickte. »Ich sehe ihn. Ich versuche ihn zu erledigen, bevor er ein Zeichen geben kann.«

In diesem Augenblick ritt ein Ghûl auf einem Hèlross um die Biegung.

»Scheunenratten!«, fluchte Beau. »Ein Ghûl. Wir müssen sie vorbei lassen.«

Rynna nickte, und die Wurrlinge zogen sich unbemerkt wieder zurück.

Zwei Nächte später führte Tipperton sein Pony zum Waldrand. Zwei tote Rukhs lagen über dem Rücken des Pferdes. Rynna, Beau, Linnet, Nix und Farly folgten ihm; ihre Ponys waren ebenfalls mit totem Gezücht beladen. Sie gingen in den Schwarzen Wald, wo Tynvyr sie im Schatten erwartete. Sie schoben die toten Rûpt von ihren Pferden und gingen wieder hinaus auf die Ebene, um die restlichen drei Toten zu holen, die noch dort lagen, wo sie sie niedergestreckt hatten.

Sie erreichten den Hinterhalt und machten sich an die Arbeit, zogen ihre Pfeile aus den Kadavern, ließen jedoch eingedenk von Tynvyrs Warnung die Pfeile der Fuchsreiter stecken, damit sie sich nicht an den Widerhaken stachen. Was unweigerlich den Tod bedeutet hätte.

Während Tipperton und Beau einen toten Rukh auf ihr unruhiges Pony hoben, das Rynna festhielt, luden Nix und Farly einen zweiten auf ihr Pferd, das Linnet beruhigte. Schließlich wuchteten die vier Wurrlinge sogar den Leichnam des Hlök auf ein zitterndes drittes Pferd, während die Dammen sorgfältig den Boden absuchten. Sie hoben Krummsäbel, Keulen, Prügel, Helme und andere Ausrüstungsgegenstände auf und streuten Staub über die von Blut getränkte Erde.

Wieder kehrten sie zum Schwarzen Wald zurück und schoben die Leichen von den Pferden. Sie landeten mit einem leisen Plumps neben den anderen, die sie heute Nacht getötet hatten. Rynna und Linnet legten schließlich die Waffen und Helme der Rûpt auf den Boden daneben.

Danach gingen sie ein letztes Mal an den Ort des Hinterhaltes, um sich zu überzeugen, dass keine verräterische Spur zurückgeblieben war, Als sie dann in den Schwarzen Wald zurückkehrten, waren die Waffen und die Leichen der Brut verschwunden.

Über die nächsten zehn Wochen ließen die Wurrlinge und die Pysks allein in diesem Abschnitt des Darda Erynian sieben Patrouillen der Rûpt verschwinden und schafften die Leichen in den Schwarzen Wald, in den die Brut keinen Fuß mehr setzte.

Aber einige Hinterhalte mussten sie auch aufgeben, da ein Troll oder ein Ghûl unter den Rukhs war. Diesem Feind wichen die Wurrlinge immer aus. Die Trolle besaßen eine Haut wie aus Stein, und die Ghûls konnten selbst schwerste Verletzungen scheinbar wirkungslos hinnehmen. Um den Ruch des Geheimnisvollen zu wahren, wenn die Brut scheinbar spurlos verschwand, ließen sie solche Patrouillen stets unbehelligt.

Die Baeron überfielen im Großwald im Süden und die Dylvana im nördlichen Teil des Darda Erynian ihrerseits ebenfalls Patrouillen.

Mitte Juni schließlich wurden die Rûpt von ihren Wachposten am Ausläufer des Rimmen-Gebirges abgezogen, um die Wachen an der östlichen Ebene zu verstärken, und auch auf den Kämmen patrouillierte die Brut nur noch selten. Trolle jedoch wanderten nach wie vor über die hohen Hänge und witterten Spione. Die Patrouillen an den Rändern des Darda Erynian und des Darda Stor wurden verstärkt, manchmal auf das Doppelte oder Dreifache ihrer gewohnten Stärke, obwohl die Brut jetzt einen noch größeren Bogen um diese dunklen Wälder machte.

Obwohl die Wurrlinge und die Pysks größte Vorsicht walten lassen mussten, wenn sie durch die Ebene und über die Höhen patrouillierten, lief jetzt wieder alles nach Plan.

Der Sommertag nahte, die Sommersonnenwende, die die Fuchsreiter und die Wurrlinge gemeinsam feierten. Anders als die Tagundnachtgleiche, bei der sich die Pysks eher nach dem Mond richteten als nach der Sonne.

Denn sie widmeten den Frühling und den Herbst Elwydd und feierten in Ihrem Licht. Deshalb hielten sie ihre Riten bei dem Vollmond ab, der der Tagundnachtgleiche am nächsten lag.

Doch der Sommertag war wie der Wintertag Adon und der Sonne geweiht, also feierten die Pysks diese Tage mit den anderen Völkern Mithgars ...

Und jetzt war der Sommertag gekommen.

An eben diesem Tag erbebte die Erde unter einer frohen Botschaft, die die Herde der Eio Wa Suk in der Nähe von Bircehyll im Norden geschickt hatte. Der Crestan-Pass war endlich befreit und die Brut gänzlich vertrieben worden. Baeron und Dylvana kehrten in den Darda Erynian zurück, um sich kurz auszuruhen, denn noch loderte der Krieg in Mithgar, und ihre Waffen wurden woanders benötigt. Obwohl sie wieder in den Krieg marschieren würden, war dies wenigstens eine gute Kunde.

Also feierten sie an diesem Tag nicht nur den Wechsel der Jahreszeiten – und auf Drängen der Wurrlinge den Geburtstag aller Lebewesen, die Geburtstag hatten, was eine ganze Menge waren –, sondern der längste Tag des Jahres wurde auch noch zu einer Siegesfeier.

Auf der Lichtung des Lagers gab es genug Essen und Trinken, es wurde gesungen und getanzt, und das alles zu den munteren Melodien, die Tipperton und Rynna spielten, er auf seiner Laute, sie auf ihrer einfachen Flöte. Nach jedem Lied erhob sich brausender Jubel. Sie spielten eines nach dem anderen, den ganzen Nachmittag lang. Und als das Zwielicht heraufkroch, rief Tipperton Lark zu sich. Melli war aus der Siedlung der Quellwasser-Wurrlinge gekommen, um ebenfalls den Sommertag zu feiern. Lark war jetzt etwas über zwei Jahre alt und mehr als vierzig Zentimeter groß. Als sie zu Füßen ihres Vaters saß, lächelte Tipperton sie an und spielte eine eindringliche Melodie, leise begleitet von Rynna. Zum großen Erstaunen und zum Entzücken aller sang Lark dazu ein wortloses Lied in vollkommener Harmonie. Ihre Stimme nahm sogar ab und zu den Klang von raschelnden Blättern im Wind an.

Als Tipperton gerade das Elfenlied vom Wechsel der Jahreszeiten sang und spielte, kamen Farly, Tynvyr und Picyn auf die Lichtung geritten. Als das Lied zu Ende war, nahm Farly Tipperton und Rynna beiseite. »In den Rimmens tut sich was.«

»Ist etwas im Anzug?«, fragte Tipperton.

»Was?«, wollte Rynna wissen.

»Weiß ich nicht«, gab Farly zu. »Aber es gibt große Truppenbewegungen.«

»Truppenbewegungen?«

»Ja. Die Brut zieht nach Osten weiter.«

»Nach Osten?«, murmelte Tipperton. »Nach Osten, nach Osten ... was liegt denn bloß im Osten?«

Alle versammelten sich im Licht der Kerzen, als Tipperton seine Karten auf dem kleinen Tisch entrollte. Erneut standen die Pysks auf den Ecken, wo sie am besten sehen konnten.

Wo findet diese Truppenbewegung statt?, fragte Tipperton.

In der Nähe der Quelle des Rissanin, antwortete Farly und deutete auf den Rimmen-Ring. *Sie ziehen durch die Schluchten nach Osten.*

Wer hat diese Nachrichten überbracht?, fragte Rynna und sah Tynvyr an.

Phero, antwortete die Pysk. *Sie hat gerade den neuen Wachposten der Brut ausspioniert, während sie die Bewegungen bemerkte. Eine große Zahl des Gezüchts marschiert nach Osten. Sie folgen einer alten Strecke, über die auch Wagen fahren können. Deshalb haben sie mehrere Proviantwagen mitgenommen.*

Wohin wollen sie wohl?, sinnierte Beau.

Tipperton schob seine Skizzen über den Tisch. *Auf geradem Weg nach Osten liegt Garia. Aber es besteht hauptsächlich aus Bergen, dem Skarpal-Massiv, wo DelfHerr Borl gefallen ist. Aber warum sie dorthin marschieren sollten ...*

Ach, Tip, im Osten liegt auch Bridgeton, erklärte Beau und tippte mit einem Finger auf die Karte. *Könnte das ihr Ziel sein?*

Tipperton hob die Hände. *Das wissen wir erst, wenn wir sie verfolgen.*

Sie verfolgen? Rynna sah Tipperton erschreckt an.

Ja, Liebste, antwortete Tipperton. *Jemand muss doch beobachten, was sie vorhaben, und wer wäre dafür besser geeignet als wir?*

»Wir wären dafür besser geeignet«, sagte jemand in Gemeinsprache.

Alle drehten sich herum. Aylissa stand in der Tür, neben ihr zwei andere Pysks, die weder Tipperton noch Beau noch ein anderer der Wurrlinge zuvor gesehen hatten.

»Lady Aylissa!«, stieß Tipperton hervor.

Aylissa lächelte. »Herr Tipperton, Lady Rynna, darf ich Euch meinen Vater und meine Mutter vorstellen? Mistress Jinnarin und Master Farrix, einst vom Darda Glain auf Rwn, einer Insel, die es nicht mehr gibt.«

»Da sind sie«, murmelte Rynna.

Mit seinem Blick folgte Tipperton ihrem ausgestreckten Arm. Im Licht des abnehmenden Viertelmondes, der im Osten leuchtete, sahen sie die Kolonne der Rûpt, die sich durch einen alten Karrenweg ins steinige Vorgebirge schlängelte.

»Wie viele sind das wohl?«, fragte Beau.

»Vier- oder fünfhundert, schätze ich«, erklärte Nix.

»Nein, Nix. Ich meinte, wie viele haben diesen Punkt in den zehn Tagen passiert, seit wir sie gesehen haben?«

»Oh«, meinte Nix. »Das kann niemand wissen.«

»Vielleicht fliehen sie ja nach dem Fall des Crestan-Passes«, spekulierte Linnet.

Farrix schüttelte den Kopf. »Nein, Lady Linnet. Sie sind schon vorher unterwegs gewesen. Sie sind vom Grimmwall nach Süden marschiert, dorthin, wo er auf die Gronspitzen trifft. Wir sind gekommen, um Euch zu warnen.«

»Wie Ihr seht, sind wir gar nicht diejenigen, die gewarnt werden müssen, sondern jemand im Osten«, erklärte Tipperton.

Rynna wandte sich zu Aylissa, Farrix und Jinnarin herum. »Ihr müsst sie möglichst überholen und die Menschen von Bridgeton warnen, falls sie dorthin wollen.«

Aylissa nickte zwar, aber es war Farrix, der antwortete. »Aye. Wir werden sehen, ob sie dorthin wollen, aber falls sie an dem Rimmen-Gebirge vorbeimarschieren, kehren wir um, nachdem wir dafür gesorgt haben, dass andere unsere Nachricht überbringen.«

»Sagt«, begann Beau düster, »wenn Ihr bereit seid, nach Bridgeton zu gehen, scheint Ihr nicht so schüchtern zu sein, Euch zu zeigen – wie die anderen Fuchsreiter, die wir kennen.«

Jinnarin lachte. »Ganz und gar nicht, Herr Beau, obwohl ich zugeben muss, dass wir schon kühner sind als manch andere. Immerhin sind wir um die ganze Welt gesegelt«, dabei nahm sie die Hand ihres Gemahls, »Farrix und ich, in Aravans Schiff, der *Eroean*. Trotzdem war es die reine Notwendigkeit, die uns zu diesem Tun trieb. Und auch wenn wir die ganze Welt bereist haben, wir lassen uns doch nicht von jedem sehen, denn unsere Art fürchtet eine Wiederholung von üblen Gräueln, die einst an uns begangen wurden. Doch wenn die Not es befiehlt, wenden wir uns an die, denen wir vertrauen: Elfen, Magier, Baeron und jetzt auch einige Wurrlinge. Aber selbst diese scheuen wir in gewöhnlichen Zeiten, damit unsere Gegenwart nicht zur Gewohnheit wird.

Was aber diese Mission betrifft: In den Wäldern südlich von Bridgeton leben Baeron, und diese werden wir bitten, den Bürgern der Stadt eine Warnung zu übermitteln. Außerdem werden sie auch die Verfolgung fortsetzen, sollten wir die Jagd aufgeben.«

Beau lächelte. »Verstehe.«

Rynna kniete sich hin. »Ihr kommt zurück, wenn Ihr das Ziel der Brut entdeckt habt?«

Aylissa nickte. »Allerdings. Wenn es Adon gefällt, kehren wir zurück. Was allerdings das Ziel der Brut angeht, so werden wir es vielleicht nie herausfinden. Denn Modru lenkt sie und treibt sie an, und niemand kennt seinen Verstand, bis auf seinen widerlichen Herrn Gyphon ... und vielleicht nicht einmal Er.«

»Kommt«, sagte Farrix. »Wir müssen gehen.« Er rief seinen Fuchs zu sich. Aylissa und Jinnarin ebenfalls.

»Viel Glück«, sagte Linnet, als die Pysks aufstiegen. Ihre kleinen Bögen hatten sie über ihren Rücken geschlungen, die winzigen, so tödlichen Pfeile in den Köchern an ihren Gürteln verstaut, und winzige Knappsäcke über Kopf und Schulter geschlungen.

»Viel Glück Euch auch!«, rief Jinnarin.

Mit lauten Rufen – *Hai, Rux!* und *Hai, Ruh!* und *Hai, Vex!* – schossen die drei Reiter davon. Die Füchse huschten den rückwärtigen Hang eines Hügels hinab, liefen durch das Mondlicht und verschwanden schließlich im Vorgebirge.

Eine Woche verstrich, dann noch eine, und eine weitere, und noch immer kam keine Kunde von Aylissa und ihren Eltern.

Nach wie vor marschierte die Brut durch die Ausläufer des Rimmen-Gebirges nach Osten, obwohl ihre Zahl abgenommen hatte.

Am Ende der siebten Woche geschah etwas ganz Merkwürdiges. Die Patrouillen und die Wachen der Brut verschwanden vom Rand des Darda Erynian und des Großwaldes. Weder im Norden noch im Süden der Ebene noch im Vorgebirge des Rimmen wurden welche gesehen.

Im folgenden Monat durchsuchten vorsichtige Patrouillen die Ebene und die Ausläufer des Rimmen, aber sie sahen keine Brut.

Aylissa, Jinnarin und Farrix waren immer noch nicht zurückgekommen.

»Wohin sind sie verschwunden?«, erkundigte sich Linnet, als Beau und sie einen Tisch aus der Weidenlaube trugen, auf dem sich bald die Gaben zur Feier des Herbsttages türmen würden. Beau zuckte die Achseln, sagte jedoch nichts.

Rynna hatte ein Tischtuch in der Hand und deutete jetzt auf die Septembersonne, die die zähen Nebelschleier vertrieb, die über dem Tal lagen. Obwohl sich einige Fetzen hartnäckig zwischen den Bäumen hielten. »Vielleicht nach Osten, durch das Rimmen-Gebirge ... zusammen mit den anderen.«

Nix knurrte. »Ich sagte es schon, und ich wiederhole es noch einmal: Etwas Schlimmes ist im Anzug.«

»Da hast du sicher recht, nur was?«, fragte Farly.

Bevor Nix jedoch antworten konnte, ertönte das laute Signal eines Schwarzochsen-Horns aus dem Osten.

»Meiner Treu!«, stieß Rynna hervor, ließ das Tischtuch fallen und riss ihren Bogen von der Wand der Laube. »Das ist Tippertons Horn.«

Sie nockte einen Pfeil ein. Ihre Gefährten folgten diesem Beispiel, das heißt alle bis auf Beau, der einen Stein in seine

Schleuder legte. Als sie auseinanderstoben und Verteidigungsstellungen einnahmen, stürmte Tipperton in vollem Galopp zwischen den nebelverhangenen Bäumen hervor, Kell auf einem Fuchs an seiner Seite. Tipperton setzte das Horn erneut an die Lippen und stieß hinein.

»Der Hochkönig!«, brüllte Tipperton. »Der Hochkönig hat uns gerufen!«

15. KAPITEL

Tipperton brachte sein Pony vor der Weidenlaube zum Stehen und sprang aus dem Sattel, während Kell auf seinem Fuchs weiterritt, durch den Wald bis zu Tynvyrs Behausung.

»Der Hochkönig hat uns gerufen!«, wiederholte Tipperton vor Aufregung keuchend.

»Wie ...? Wo ...? Wann ...?«, bestürmten ihn alle durcheinander.

Tipperton hob die Hände, um das Stimmengewirr zu beruhigen. »Wir haben gerade die Furt passiert, Kell und ich, als ...«

Rudd hört etwas. Kell sah zu Tipperton hoch, der auf seinem Pony saß.

Der Fuchs hatte die Ohren gespitzt und bewegte sie zuckend. Er starrte nach Süden, über den flachen Lauf des Rissanin, und witterte in der nebelverhangenen Luft.

Tipperton stieg ab und legte das Ohr auf den Boden. *Ich höre nichts,* erklärte er nach einem Augenblick.

Doch der Fuchs starrte unbeirrt nach Süden, obwohl er Kell ab und zu einen Blick über die Schulter zuwarf, als erwarte er einen Befehl.

Reiten wir zu der Baumgruppe dort und warten, schlug Kell vor.

Tipperton nickte, stieg wieder auf und ritt mit dem Pysk zu dem Wäldchen. Hinter den ersten Bäumen blieben sie stehen.

Einige Augenblicke verstrichen, dann noch mehr, und schließlich hörte Tipperton über dem Rauschen des Wassers schwache ... *Hufschläge!*

Er nahm seinen Bogen, nockte einen Pfeil auf die Sehne und wartete mit Kell, der ebenfalls einen Pfeil aufgelegt hatte, in ihrem Versteck, während die Hufschläge immer lauter wurden.

Klingt wie mehrere, meinte Kell.

Tipperton nickte, blieb jedoch stumm.

Vielleicht kehren Ghûlka auf ihren Hèlrössern zurück, spekulierte Kell.

Möglich, gab Tipperton zurück. *Dann sollten wir vorbereitet sein, falls sie uns entdecken.*

Sie warteten unter dem tropfenden Blätterdach.

Kell gab Rudd ein Kommando, dessen Bedeutung Tipperton nicht kannte.

Die Hufschläge wurden lauter, und jetzt sahen Tipperton und Kell im wirbelnden Dunst Reiter, die in Umhänge gehüllt waren, auftauchen. Es waren fünf, und sie hatten es eilig. Jeder von ihnen hatte noch zwei Ersatzpferde dabei.

Das sind keine Hèlrösser!, zischte Tipperton, *sondern Pferde. Trotzdem bleibt in Deckung, denn es könnten Hyrinianer oder Chabbaner oder andere Verbündete Modrus sein.*

Sie haben es eilig, bemerkte Kell.

Allerdings, und keine Zeit, auszuruhen, setzte Tipperton hinzu.

Woher wisst Ihr das?

Die Ersatzpferde, erklärte Tipperton. *Das bedeutet, dass sie eine weite Strecke zurücklegen mussten.*

Jetzt erreichten die Reiter die Furt, ritten bis zu einer mit Kies bedeckten Untiefe in der Mitte und hielten dort inne, damit ihre Pferde saufen konnten.

Die Reiter selbst warfen ihre Kapuzen zurück und stiegen ebenfalls ab, um ihre Trinkschläuche mit Wasser zu füllen.

Es waren Elfen, Lian.

Tipperton trieb sein Pony in den Nebel hinaus. »Heda!«

Schwerter und Langmesser funkelten in den Händen der Elfen, als hätten sie sie schon immer gezückt.

»Heda!«, wiederholte Tipperton, steckte den Pfeil in den Köcher zurück und drängte sein Pony weiter. »Ich bin ein Wurrling, ein Waerling, meine ich, Tipperton Thistledown.« Er drehte sich nach Kell um, doch der winzige Pysk war nirgendwo zu sehen. Sein Fuchs Rudd ebenso wenig.

»Tipperton?«, rief einer der Elfen. »Tipperton Thistledown?«

»Ja!«, antwortete Tipperton. Sein Pony trottete jetzt auf den Weg.

»Hál und willkommen! Ich habe von Euch gehört. Ich nenne mich Falen.«

Tipperton zügelte sein Tier am Rand des Flusses und stieg ab. »Ihr habt von mir gehört?«

»Aye, von Dara Phais und Alor Loric. Wir kämpften Seite an Seite in Valon.«

»Phais und Loric, Ihr habt sie gesehen? Meiner Seel! Wie geht es ihnen? Es ist schon so lange her.«

»Sie kämpfen an der Seite von Hochkönig Blaine.«

»Dann haben sie ihn also gefunden, den Hochkönig?« Tipperton schlug sich gegen die Stirn. »Natürlich, Einfaltspinsel, sonst könnten sie doch nicht mit ihm kämpfen.«

Falen lachte schallend. Die vier anderen Elfen stimmten in sein Gelächter ein.

Nachdem die Pferde genug gesoffen hatten, trieben die Elfen sie aus dem Fluss. Falen stellte die anderen Elfen vor, die frische Pferde bestiegen. Dara Lynna und die Alori Landor, Kestian und Ellidar.

»Wir sind unterwegs, Verbündete an die Seite des Hochkönigs zu rufen«, erklärte Falen auf Tippertons Frage.

»Endlich! Was für ein verheißungsvoller Herbsttag das doch ist. Ich werde alle sammeln, die mit mir kämpfen und mit ihnen seinem Ruf folgen. Wo ist er?«

»In Pellar. Dort kämpft er gegen die Südlinge, Chabbaner und Hyrinianer und Kistanier. Er treibt sie nach Osten.«

»In Pellar? Aber wie ist er dorthin gekommen? Ich meine, als Letztes haben wir gehört, dass er im Westen gegen Modrus Horden focht.«

Falen legte seinem ausgeruhten Pferd die Satteltaschen auf. »Mit einer großen Armee in einer großen Armada. Er ist um Vancha herumgesegelt und hat die Blockade der Kistanier an der Meerenge durchbrochen.

Danach ist er mit seiner Streitmacht aus Gelendern und Tholianern und Jutlandern und Fjordlandern und Gothoniern in Jugo gelandet und zum Gûnarring-Schlitz marschiert. In einem koordinierten Angriff – er von Valon aus, die Wellener und Trellianer und Harthianer und Rianer aber von Gûnar aus – haben sie die Schlucht erobert. Eine Handvoll Lian und Baeron waren ebenfalls dabei, zusammen mit einer Armee Drimma aus den Roten Hügeln. Sie haben den Feind nur so hinweggefegt. Die Brut ist in den Gûnarring geflohen, die Südlinge nach Osten.«

»Und das geschah im Gûnarring-Schlitz?«

Falen nickte. »Aye.«

»Aber dort war ein Gargon, nach allem was wir gehört haben.«

»Das hörten wir auch. Aber als wir kamen, war er woanders.«

Tipperton runzelte die Stirn. »Ich frage mich ...«

Falen sah ihn fragend an. »Was fragt Ihr Euch, Kleiner Mann?«

»Dieser Gargon. Ob es derselbe war, der hierhergekommen ist?«

»Ein Draedan? Hier?« Falen sah sich um, als wäre das Monster in der Nähe.

»Es war vor anderthalb Jahren«, erklärte Tipperton. »Ein Gargon hat diese Furt bewacht. Er hat eine schreckliche Verheerung angerichtet. Am Ende haben wir ihn getötet. Das heißt, eigentlich hat ihn ein Eio Wa Suk zur Strecke gebracht.«

»Hai!«, krähte Lynna. »Dara Phais sagte, dass Ihr ein Schlächter dieser Mandraki wärt. Der in Dendor war nur der Erste auf der Liste.«

»Oh, das war ich nicht«, wehrte Tipperton ab. »Imongar hat ihn getötet.«

»Schon, doch Imongar sagte mir, dass sie es ohne Eure Hilfe nicht bewerkstelligt hätte.«

Kestian grinste Tipperton an. »Scheint so, als wären Draedan in Eurer Nähe recht gefährdet, Herr Tipperton.«

Landor lachte. »Vielleicht ist es ja das Schicksal der Mandraki, durch die Hand eines Waerling zu fallen. Ich werde daran denken, falls mich Draedani aufsuchen.«

Die Lian lachten, und Tipperton grinste, sagte aber nichts.

Falen wurde wieder ernst und betrachtete den Bokker. »Habt Ihr gesagt, dass hier Eio Wa Suk in der Nähe sind?«

Tipperton nickte. »Kaum fünf Werst von hier entfernt.«

Falen nickte. »Ich habe gehört, dass es eine Herde in der Nähe von Bircehyll gibt, wo die Dylvana leben.«

»Das stimmt«, bestätigte Tipperton.

»Wenn wir eine Nachricht dorthin senden könnten ...«

»Aber das könnt Ihr«, unterbrach ihn Tipperton. »Die Pysks ...«

»Ihr kennt Pysks?«

»Allerdings. Sie sind unsere Verbündeten.« Tipperton sah sich um, aber er entdeckte weder Kell noch Rudd.

Falen musterte die anderen Lian. »Das würde viel Zeit sparen«, sagte Ellidar.

Falen nickte. »Herr Tipperton, würdet Ihr eine Nachricht an den Hof der Dylvana schicken, dass der Hochkönig alle, die ihm beistehen können, bittet, nach Pellar zu kommen, nach Caer Pendwyr, und zu helfen, den Feind zurückzuschlagen?«

»Gern«, antwortete Tipperton. »Und nicht nur den Dylvana. Man hat mir gesagt, dass es noch eine andere Herde von Steinen gibt, weit jenseits von Bircehyll, im Norden des Darda Erynian. Wir können die Baeron im nördlichen Grünsaal ebenfalls verständigen. Und da der Crestan-Pass jetzt frei ist, werden diesem Ruf viele folgen.«

»Hai!«, stieß Landor aus. »Wahrlich ein vielversprechender Herbsttag.«

Falen wandte sich an seine Gefährten. »Aufgrund der Hilfe von Herrn Tipperton und den Pysks sowie mit den Eio Wa Suk, welche die Nachricht durch den ganzen Darda Erynian schicken, können wir jetzt direkt nach Minenburg Nord reiten!«

Tipperton grinste. »Um den DelfHerrn Bekki zu alarmieren, ja?«

»Aye.«

»Was ist mit dem Darda Galion und Ardental und Jord und ...«

Falen hob abwehrend die Hand. »Es sind andere Heralde zu anderen Reichen unterwegs, Herr Tipperton. Wir sollen Darda Stor, Darda Erynian, Riamon und Minenburg Nord verständigen.«

»Ist denn der Großwald schon alarmiert worden? Wenn nicht, so könnten wir Boten dorthin schicken.«

Falen überprüfte noch einmal seinen Sattelgurt. »Das ist nicht nötig, Herr Tipperton. Wir sind über Die Lichtung geritten. Im Augenblick benachrichtigen die Baeron, die im Darda Stor bleiben, bereits ihre Außenposten, damit sie sich für den langen Marsch fertig machen.«

»Wohlan denn. Die Pysks und ich werden dafür sorgen, dass die Nachricht nach Bircehyll und zu den Baeron im Großen Grünsaal geschickt wird.«

»Gut gemacht, Herr Tipperton«, bemerkte Falen, während er sich in den Sattel schwang. »Richtet Ihnen auch aus, was wir Euch gesagt haben: Der Hochkönig ist gesund und munter, die Blockade des Gûnarring-Schlitzes ist gebrochen, der Feind ist auf der Flucht. Und jeder, der kann, wird nach Caer Pendwyn gerufen, um dort zu helfen.«

»Wartet!«, rief Tipperton, als die anderen ebenfalls aufstiegen.

Falen sah ihn abwartend an.

»Die Rukhs und ihresgleichen«, sagte Tipperton und deutete nach Norden. »Die, welche diese Ebene bewacht haben, sind vor einem Monat verschwunden, aber es treiben sich vielleicht noch etliche dort herum, auf der Ebene oder auch im Ausläufer des Rimmen. Wenn Ihr in Schwierigkeiten geratet, dann reitet in den Darda Erynian, denn Modrus Handlanger fürchten ihn und betreten ihn nicht.«

Falen und die anderen grinsten. Dara Lynna fragte: »Habt *Ihr* dafür gesorgt, Ihr und die Entrückten?«

»Und die Wurrlinge und die Dylvana und die Baeron«, setzte Tipperton hinzu.

»Hai!«, rief Lynna und hob ihre blitzende Klinge hoch in die Luft.

»Hai!«, riefen auch die anderen Elfen und schwangen ihre Schwerter.

Unter lauten Rufen und Segenswünschen galoppierten die Elfen davon, mit ihren Ersatzpferden an den Leinen, und wirbelten den Morgennebel auf.

»Möge Fortuna Euch begleiten«, rief Tipperton ihnen nach und sagte dann etwas leiser: »Möge Sie uns allen gewogen sein.«

»Nach Caer Pendwyr?« Rynna blickte stirnrunzelnd auf die Karte.

»Ja, Liebste, nach Caer Pendwyr.« Tipperton fuhr mit der Hand über die Karte. »Etwa tausend Meilen entfernt.«

»Das ist eine lange Reise«, stellte Beau fest. »Wir werden viele Vorräte brauchen.«

»Ich habe Kell gebeten, die Dylvana zu bitten, uns mit ihnen reiten zu lassen«, berichtete Tipperton. »Dann können wir unsere Sachen auf ihre Karren laden.«

»Abgesehen davon, wie wir unsere Sachen transportieren«, versetzte Linnet, »wollen wir den Darda Erynian schutzlos zurücklassen?«

»Solange die Verborgenen da sind, ist er nicht schutzlos«, meinte Nix.

Linnet nickte widerwillig. »Das schon«, sagte sie, »aber Nix, was ist mit der Quellwasser-Siedlung und allem ...?«

»Ich lasse sie ebenso ungern zurück, wie du das tust«, erwiderte Rynna, »aber Nix hat recht. Sie werden in Sicherheit sein.«

»Meiner Seel! Willst du Lark zurücklassen?«, wollte Farly wissen.

»Nicht, bevor ich mich verabschiedet habe«, erklärte Rynna und brach in Tränen aus.

Statt also den Herbsttag zu feiern, ritten sie an einem Tag zurück zu der Siedlung am Quellwasser und berichteten dort die Neuigkeiten. Als sie von dem Ruf erzählten, war der Teufel los. Alle Bokker und Dammen erklärten, sie würden gehen, und versuchten sich gegenseitig zu überschreien.

Trotz der hitzigen Debatte unter den Quellwasser-Wurrlingen würden nur acht der überlebenden siebzig Wurrlinge dem Ruf des Hochkönigs folgen: Tipperton, Rynna, Beau, Linnet, Nix, Farly und die beiden, die gerade in ihr Jung-Bokker Alter gekommen waren: Alver Bruk, der Bruder von Winkton, der am Ufer des Argon gefallen war, und Dinly Rill, dessen ganze Familie getötet worden war, als sie vor der Horde den Rissanin hinabgeflohen waren. Die restlichen Bokker und Dammen waren schlicht ungeeignet, den Handschuh des Krieges aufzunehmen. Einige waren zu jung, andere zu alt, etliche wiederum kränkelten, manche hatten hinderliche Verletzungen, und ein paar wurden für die Saat und die Ernte benötigt, mussten Feuerholz sammeln, Wasser heranschleppen, Nahrung lagern und über die Jungen und Alten wachen, dazu die wenigen Tiere versorgen und sämtliche andern Aufgaben erledigen.

Nachdem die Debatte, wer ginge und wer bliebe, beendet war, brach in der Siedlung eine hektische Betriebsamkeit aus, bei der es sich nur darum drehte, die acht Wurrlinge, die nach Pellar gingen, mit Proviant und Nachschub zu versorgen.

Hunderte von Pfeilen wurden geschnitzt, Schäfte wurden überprüft, auf die richtige Länge geschnitten, gefiedert, genockt und mit in Feuern lasierten Lehmspitzen versehen, die durch eine spezielle Lasur gehärtet wurden. Denn es gab nicht viel Eisen. Außerdem wurden die winzigen Brennöfen auch dafür benutzt, lasierte Lehmgeschosse für die Schleudern herzustellen. Klingen wurden geschärft, Dolche und Langmesser, je einen für jeden der acht, die als verzweifelte letzte Verteidigungslinie gedacht waren. Denn ein im Nahkampf unausgebildeter Wurrling war im Kampf Mann gegen Mann gegen einen größeren Gegner erheblich im Nachteil. Vorräte wurden gesammelt: Hafer für die Ponys, Essen für die Krieger, Kleidung, Seile, kostbare Spiegel und Pfeifen für die Signale, Medizin, um Beaus Vorrat aufzufüllen, und andere notwendige Güter.

In derselben Woche bebte der Boden aufgrund einer Nachricht von den Eio Wa Suk, und kurz darauf kam ein Pysk zu Rynna. *Die Dylvana freuen sich, die Waerlinga in ihren Reihen willkommen zu heißen. Sie bitten Euch, sich mit ihren Truppen und denen der nördlichen Baeron in vierzehn Tagen an der Eryn-Furt zu treffen.*

Das ist unmittelbar nach dem ersten Viertelmond, meinte Linnet.

Vierzehn Tage, nur zwei Wochen, sagte jedoch Rynna. Sie

sah Tipperton an, richtete den Blick dann auf Lark – und ihre Augen schwammen in Tränen.

Tipperton nahm ihre Hand und sagte auf Twyll, der alten Sprache der Wurrlinge: *Liebste, du kannst jederzeit ...*

Nein, Tipperton. Wir haben diese Frage doch bereits entschieden. Dann strich sich Rynna mit ihrer freien Hand die Tränen von der Wange. *Genau wie du muss ich dem Ruf des Hochkönigs folgen. Lark ist bei Melli und Prym sicher.*

Tipperton nickte und drehte sich zu Picyn herum. *Ich möchte die Entrückten bitten, auf diese Siedlung ganz besonders aufzupassen. Denn wir müssen dem Ruf des Hochkönigs folgen.*

Picyn nickte. *So sei es, Herr Tipperton. Denn im Dienst des Hochkönigs Blaine handelt Ihr zum Schutz von ganz Mithgar und seinen Bewohnern, einschließlich des Feenvolks der Entrückten.*

Schön und gut, antwortete Tipperton grinsend.

Sie blieben eine Weile schweigend sitzen, bis Farly schließlich fragte: *Was ist mit der Brut? Sind sie zurückgekommen?*

Weder im Rimmen noch auf der Ebene. Das Gezücht ist nirgendwo aufgetaucht, erwiderte Picyn.

Tipperton schüttelte verblüfft den Kopf. *Also ich weiß nicht, ob ich mir Sorgen machen soll, weil sie verschwunden sind, oder ob ich mich darüber freuen soll.*

Ich bin lieber froh, meinte Dinly und lachte. Der Jung-Bokker mit den bernsteinfarbenen Augen durfte mit den anderen im Rat sitzen.

Es ist trotzdem ein Rätsel, sagte Alver, der ebenfalls zum Rat gehörte. *Wohin können sie denn verschwunden sein?*

Vielleicht werden wir das erfahren, wenn Aylissa und ihre Eltern zurückkehren, bemerkte Picyn.

Nur wenn die Brut den anderen durch das Rimmen-Gebirge gefolgt ist, warf Farly ein.

Meiner Treu, sagte Beau. *Da wir gerade von Aylissa und ihren Eltern sprechen ... Wie lange sind sie schon unterwegs?* Er nahm seine Finger zu Hilfe. *Fünf Wochen. Ich hoffe sehr, dass Ihnen nichts Widriges geschehen ist.*

Ach, Beau, sag nicht immer so etwas, tadelte ihn Linnet. *Du willst doch kein Unglück herbeireden.*

Als Beau Linnets Hand nahm, stand Tipperton auf. *Ich sehe nach den Ponys. Es wird Zeit, sie zu tränken und zu füttern.*

Nix, Alver und Dinly folgten ihm.

Ein Tag vor dem ersten Viertelmond schlugen sie ihr Lager in der Nähe der Eryn-Furt auf. Melli und Lark begleiteten sie zum Lager. Die ganze Siedlung war zusammengekommen, um sie zu verabschieden: die acht, die in den Krieg ritten. Viele Tränen wurden vergossen, nicht nur unter jenen, die zurückblieben, sondern auch von denen, die wegritten. Und zwei weinende Maiden liefen neben Alver und Dinly her, bis die Dammen von ihren Pflegeeltern zurückgerufen wurden.

Die Wurrlinge ritten in den Herbstwald, führten ihre Packponys an Stricken hinter sich her, während ihnen von der Siedlung lauter Jubel hinterher hallte, durchsetzt mit Segenswünschen.

Nur Lark schien von alldem unberührt. Sie trillerte den wenigen Vögeln zu, die noch geblieben waren und nun durch die Zweige und sich verfärbenden Blätter über ihnen schossen.

Und zwischen den Bäumen neben dem Weg hielt eine mit Schlingpflanzen und Ranken überwucherte Gestalt aus Blättern und Zweigen mit ihnen Schritt.

»Himmel, es ist schwer, Menschen zurückzulassen, die man lieb gewonnen hat«, meinte Beau, als Tipperton Lark auffing, die an ihm vorbeilief. Die kleine Damman kreischte vor

Vergnügen, als ihr Da sie kopfüber schwang und dann wieder aufrichtete.

»Es fällt uns nicht schwerer als ihnen«, erklärte Linnet.

Als Beau sie verwirrt ansah, fuhr sie fort: »Bevor ich meine Jung-Damman-Jahre erreichte und mir erlaubt wurde mitzukämpfen, habe ich tagelang geweint, wenn du weggeritten bist, Beau.«

Beau sah Melli an, die nickte. »Und das auch noch zu höchst merkwürdigen Zeitpunkten«, erklärte die ältere Damman.

Tipperton sah von seiner kichernden Tochter hoch über das Feuer, das die Kälte der Nacht ein wenig abwehrte. »Wenn man sich trennt, erzeugt das immer Trauer. Eine süße, zärtliche Traurigkeit, wenn sich Liebende nur bis zum nächsten Morgen trennen. Aber eine kummervolle Trauer zur Zeit des Krieges.«

Rynna sah Tipperton an und lächelte. »Wie wahr, mein Liebster ... wie du und ich sehr wohl wissen.«

Ein Rascheln von Blättern drang aus der Dunkelheit zu ihnen, obwohl sich kein Lüftchen regte.

»Shhh, shh«, antwortete Lark flüsternd, und sie zappelte, da sie abgesetzt werden wollte. Tipperton stellte sie auf den Boden, worauf sie ins Dunkel schoss.

»Heda!« Alver wollte sie festhalten.

»Lass sie nur«, meinte Beau. »Das ist nur Prym, die ihr kleines Kind ruft.«

Melli sah Beau lächelnd an.

»Was?«, wollte Beau wissen und erwiderte ihren Blick.

»Du hast dich verändert, mein Junge«, erklärte Melli. »Ja, wirklich, du hast dich verändert.«

Tipperton lachte, nahm seine Elfenlaute mit den silbernen Saiten und schlug einen silberhellen Akkord an. »Soll ich vom schrecklichen Schwarzen Wald singen, seinen Geistern und Ungeheuern und schrecklichen Kreaturen, die nach dem

Blut derjenigen dürsten, die es wagen, ihr Reich zu durchqueren?«

Beau grinste gequält. »Wenn du von Ungeheuern singst, die mein Blut wollen, mein spöttischer Tipperton, dann sollte eher der Ödwald dein Thema sein.«

Tipperton holte tief Luft. »Ach, ich lasse es besser, Beau, alter Freund. Ich würde diesen Ort lieber vergessen. Was halten wir stattdessen von einer fröhlichen Weise, hm?«

Er sah Rynna an. Sie nahm ihre Flöte heraus, und zusammen stimmten sie an: »Der Teller und der Löffel und der Große Gelbe Mond.«

Und aus den Schatten am Rand des Lichtkreises, den das Lagerfeuer warf, hallte Larks fröhliches Gelächter.

Sie erreichten das Lager an der Eryn-Furt gegen Mittag des Tages vor dem Ersten Viertelmond. Der halbe Mond erhob sich gerade im Osten. Nachdem sie ihre Vorräte und das Futter für die Ponys abgeladen hatten, trafen sie auf Tynvyr. Immer noch waren die Ebene und die Vorgebirge des Rimmen frei von der Brut, jedenfalls so weit die Patrouillen der Pysk reichten und die Kundschafter sehen konnten. Selbst der Trollbau im Ausläufer des Rimmen war verlassen. Das berichteten jedenfalls Nia und Kell, die dreimal dort gewesen waren. Der Bau war leer, bis auf den durchdringenden Gestank des Trolls.

Da die Wurrlinge nichts Besseres zu tun hatten, richteten sie sich auf das Warten ein. Die Dylvana und Baeron würden in wenigen Tagen eintreffen, und dann kam der lange Treck nach Pellar.

Rynna und Tipperton nahmen Lark überall hin mit, sangen ihr Lieder vor, redeten mit ihr und erzählten ihr viele Geschichten. Und sie umarmten die Kleine häufig, zeigten dem Kind ihre Liebe.

Am zweiten Tag nach ihrer Ankunft im Lager kamen drei Fuchsreiter durch die Morgendämmerung über den Rand der Lichtung.

Rynna blickte von Lark hoch und sah sie kommen. »Beeil dich, Tipperton!«, rief sie in ihre Laube. »Hol Tynvyr und die anderen, Farrix, Jinnarin und Aylissa sind gekommen.«

Wir sind ihnen den ganzen Weg bis in das Skarpal-Massiv gefolgt, erklärte Farrix. Er stand mit Jinnarin und Aylissa an dem Kartentisch, den Tipperton und Beau aus der Laube getragen hatten, damit sie sich darum versammeln konnten. Tynvyr und Picyn standen ebenfalls an diesem Tisch, und sieben Wurrlinge drängten sich neben ihnen. Der achte, Farly, war nicht dabei. Er hielt an der Furt Wache.

Melli bereitete in der Laube einen Tee zu und Lark spielte unter dem Tisch.

Rynna runzelte die Stirn. *In das Skarpal-Massiv?*

Aylissa nickte. *Aye.*

Kein Wunder, dass Ihr so lange unterwegs wart, meinte Tipperton und betrachtete die Karte. *Es ist ein weiter Weg, bis Garia und zurück.*

Rynna musterte finster die Karte. *Und die Brut, sie sind alle in die Berge dort gezogen?*

Aye. Farrix nickte bestätigend.

Alle? Ohne Ausnahme?

Wieder nickte Farrix. *Alle,* bekräftigte er.

Ich hoffe, der Geist von DelfHerrn Borl sinnt noch auf Rache, meinte Beau.

Borl?, fragte Dinly.

Von Minenburg Nord, erklärte Beau. *Er wurde von einem Rukh-Pfeil im Skarpal-Massiv getötet, als er die Brut mit anderen auf ihrer Flucht bekämpfte. Das Gezücht flüchtete nach der gescheiterten Belagerung von Minenburg Nord. Damals war Borl noch DelfHerr, nicht Bekki.*

Sagt, wie hat die Brut den Eisenwasser überquert?, erkundigte sich Tipperton, der immer noch auf die Karte starrte.

O nein!, stöhnte Beau. *Sie haben doch Bridgeton nicht zerstört, oder?*

Jinnarin schüttelte den Kopf. *Nein. Bridgeton ist unversehrt geblieben. Als klar wurde, dass die Stadt auf ihrer Marschroute lag, sind wir vorausgeeilt und haben die Baeron in den südlichen Wäldern alarmiert. Sie sollten die Stadt warnen. Dennoch wären auch sie zu spät gekommen. Die Brut hatte Bridgeton schon erreicht. Doch sie hielten sich nicht mit einem Angriff auf die Stadt auf, sondern sind stattdessen über eine tiefe Furt nördlich davon weitergezogen.*

Nördlich?, erkundigte sich Tipperton und sah auf seine Karte. *Ich sehe dort gar keine Furt.*

Dennoch gibt es dort eine, erwiderte Farrix. Er schritt über die Karte und deutete mit einem Finger auf die Zeichnung des Eisenwassers, unmittelbar nördlich von Bridgeton. *Allerdings ist sie ziemlich tief, ich hätte sie für unpassierbar gehalten, wenn der Fluss im Frühling angeschwollen ist. Dennoch sind sie dort hinübergegangen.*

Hm. Tipperton zeichnete die Furt zögernd in die Karte ein. *Vielleicht haben sie das auch getan, als sie Minenburg Nord belagert haben. Damals hatten sie Bridgeton ebenfalls verschont.*

Sie hätten den Fluss damals auch auf dem Eis überqueren können, wandte Beau ein. *Denn ich glaube, damals herrschte Winter. Trotzdem, diesmal sind sie also an Bridgeton vorbeimarschiert. Also ist die Stadt gerettet.* Er sah Linnet an. *Dort gibt es den besten Glühwein.*

Tipperton notierte »tiefe Furt« an der Stelle, auf die Farrix gezeigt hatte.

Dieser drehte den Kopf, um die Worte in Gemeinsprache lesen zu können und lachte. *Sehr tief, allerdings. Selbst mit den Spannseilen konnten die Rucha und Loka ihre Nasen kaum über Wasser halten. Die Trolle waren die Letzten, die den Fluss überquerten, und das auch nur unter massiven Drohungen der Ghûlka, obwohl ich mir nicht im Geringsten vorstellen kann, was dieser Leichenfeind den Trollen antun könnte.*

Dinly wirkte verwirrt. *Warum sollten Trolle Angst vor einem Fluss haben?*

Sie versinken darin wie ein Stein, erklärte Jinnarin und grinste Farrix an. *Sie können weder treiben noch schwimmen. Das haben wir jedenfalls vor langen Jahren in einer verborgenen Höhle herausgefunden.*

Sie haben Knochen wie Felsbrocken, fügte Farrix hinzu.

Aha. Dinly war es zufrieden.

Tipperton jedoch nicht. *Mich bekümmert, dass sie Bridgeton einfach verschont haben. Das soll natürlich nicht heißen, dass ich nicht froh darüber wäre. Aber irgendwie ist diese Stadt doch ein so verlockendes Ziel. Welches andere Ziel könnte eine Horde der Brut haben, als Städte zu plündern?*

Beau hob einen Finger. *Mal langsam, Tip, du hast es selbst gesagt: Das Heer der Rûkhs ist auch auf dem Weg nach Minenburg Nord um die Stadt herummarschiert.*

Schon, aber damals wollten sie zu dem Zwergenhorst und hatten guten Grund, die Stadt zu umgehen. Ebenso wie sie damals Dael nicht beachtet haben.

Beau nickte. *Als die Belagerung von Minenburg Nord scheiterte*, fuhr er jedoch fort, *haben sie Bridgeton aber erneut verschont.*

Sie sind vor einer Armee wütender Zwerge geflohen, die Elfen und Menschen nicht mitgerechnet.

Beau lachte. *Es gibt keinen besseren Grund, vor etwas zu fliehen, als ein wütender Zwerg, richtig?* Als die anderen lächelten, wurde Beau wieder ernst. *Ich meine nur, Tip, dass die Brut jedes Mal, wenn sie an Bridgeton vorbeikommt, die Stadt verschont.*

Ungeachtet ihrer Motive, erklärte Aylissa, *sind sie in das Skarpal-Massiv hineinmarschiert.*

Haben sich ebenso zurückgezogen wie die anderen, eh?, warf Alver ein und sah Beau an.

Beau warf Tipperton einen Blick zu und hob die Hände.

Habt Ihr noch mehr Gezücht gesehen?, wollte Rynna wissen. *Die Brut von der Ebene und die in den Ausläufern des Rimmen-Gebirges scheinen ebenfalls verschwunden zu sein.*

Ah, das waren sie also, meinte Farrix. *Eine etwas verspätete Gruppe, die auch nach Osten marschierte.*

Sie sind auch in das Skarpal-Massiv gezogen, warf Aylissa ein. *Jedenfalls vermuten wir das.*

Sie fliehen und verstecken sich in den Bergen, sagte Dinly. *Der ganze Haufen.*

Sagt, ich frage mich, ob das etwas damit zu tun hat, dass der Hochkönig die Blockade des Gûnarring-Schlitzes gebrochen hat, gab Beau zu bedenken. *Vielleicht marschieren sie deshalb in das Skarpal-Massiv, weil sie ihre Sache für verloren halten und in Deckung gehen, genau wie Alver und Dinly vermuten.*

Tipperton blickte von der Karte hoch und schüttelte den Kopf. *Du könntest natürlich recht haben, Beau, und das Skarpal-Massiv ist ihr großes Ziel. Aber vielleicht irrst du dich auch, und Modru hat etwas vollkommen anderes im ...*

»Hiyo! Hiyo!«, schrie jemand.

Sie schauten vom Tisch auf, als Farly ins Lager gestürmt kam.

»Die Dylvana sind da!«, rief er und galoppierte über die Lichtung.

Während Tipperton seine Karten zusammenrollte, zügelte Farly sein Pony, schwang seine Beine aus dem Sattel und sprang herunter. »Die Dylvana sind da und schlagen ihr Lager an der Eryn-Furt auf!«

Rynna hob Lark hoch und drückte sie, und Tipperton schlang seine Arme um beide.

Die acht Wurrlinge ritten, angetan mit ihren Lederharnischen und gut bewaffnet, in das Lager der Elfen. Rynna und Tipperton ritten vorneweg, Dinly und Alver als Letzte. Als Tipperton vorbeiritt, jubelten ihm die Dylvana zu, und Beau ebenfalls, der ihm folgte.

Dara Veils blaue Augen funkelten, als sie neben Tipperton einherging, während er vor das Hauptzelt ritt, in dem sich Coron Ruar aufhalten sollte. »Ich war froh, als ich hörte, dass Ihr lebt, Tipperton, Ihr und Beau.«

»Beau und ich haben einige Schwierigkeiten gemeistert, seit ich auf dem Weg nach Minenburg Nord mit Euch als Kundschafter geritten bin, Dara Vail«, erwiderte Tipperton. »Schwierigkeiten ... Was für ein freundlicher Name für diese Widrigkeiten. Aber dennoch, sie scheinen uns nachzulaufen, wie auch Euch, so denke ich mir.«

»Aye. Die Brut am Crestan-Pass war recht hartnäckig. Dennoch haben wir am Ende gesiegt.« Vail sah Rynna an. »Ist das ...?«

»Verzeiht!«, platzte Tipperton heraus. »Lady Vail, darf ich Euch Lady Rynna Fenrush vorstellen, das heißt genauer, Rynna Fenrush Thistledown. Rynna, das ist Lady Vail.«

Vails Augen weiteten sich einen Augenblick lang, dann lachte sie fröhlich. »Was für wundervolle Neuigkeiten!«

Rynna lächelte zögernd. »Neuigkeiten?«

»Dass Ihr nicht beim Untergang von Caer Lindor gefallen seid.«

Rynna lächelte strahlend. »Nein, Lady, das bin ich nicht.« Doch ihr Lächeln erlosch, als sie fortfuhr: »Aber viele andere sind gestorben.«

»Beau, Tipperton!«, rief eine bekannte Stimme.

Tipperton drehte sich herum, als Beau rief: »Melor!«

»Kommt heute zu mir zum Abendmahl!«, rief Melor, der sein Pferd gerade striegelte. »Und erzählt, was Euch widerfahren ist.«

»Das tue ich«, antwortete Beau und sah Linnet an. »Das machen wir, versprochen.«

»Er ist ein großartiger Heiler«, erklärte Beau seiner Gemahlin. »Er hat mich viel gelehrt.«

Tipperton winkte Melor zu und wandte sich dann zu Vail. »Ich würde es gern sehen«, meinte die Elfe, »wenn Ihr Euch wieder den Kundschaftern anschlösset, Tipperton, denn wir brauchen jede Hilfe.«

»Rynna ist unsere Anführerin«, antwortete Tipperton. »Aber wenn sie keine anderen Pläne für mich hat und Lord Eilor es wünscht, dann gerne.«

Vails Miene verdüsterte sich. »Alor Eilor ist am Crestan-Pass gefallen. Ich bin jetzt die Anführerin der Kundschafter.«

»Meiner Seel«, stieß Tipperton bedrückt hervor.

Den Rest des Weges zum Zelt Coron Ruars legten sie schweigend zurück.

Zwei Tage später trafen auch die Baeron an der Eryn-Furt ein. Große Männer auf großen Pferden, große Wagen, die von gewaltigen Rössern gezogen wurden, und mit ihnen ritt eine Gruppe von Lian aus dem Ardental, die dem Ruf des Hochkönigs Blaine folgend über den Crestan-Pass gekommen waren. Außerdem ritt auch Dara Riathas Kompanie mit den Baeron. Sie alle waren auf der nördlichen Steppe in der Nähe der Überlandfurt gewesen, als der Ruf erging.

Wohin sich Tipperton und Beau auch wendeten, überall fanden sie Freunde wieder. Die Bokker feierten ein Wiedersehen mit vielen dieser Krieger. Alte Bekanntschaften wurden erneuert, und neue geknüpft, wenn Rynna und Linnet diesen alten Bekannten vorgestellt wurden. Obwohl, wie Alver sagte: »Meiner Treu, mir schwindelt von all diesen Namen.«

Unter den Lian befanden sich auch die Zwillinge Gildor und Vanidor, zusammen mit Talar, Riatha, Ruar, Alaria, Arandar und der entzückenden, dunkelhaarigen Elissan, die Tipperton anlächelte und ihm zublinzelte. Woraufhin er zutiefst errötete, als er sich an dieses ganz besondere Bad erinnerte. Unter den Baeron fanden sie Wagenmeisterin Bwen und Brace und Durul, der jetzt Häuptling war. Denn Gara war im Grimmwall nah beim Crestan-Pass gefallen. Bwen lachte schallend, als sie die Bokker sah. *Thuas seasim mé agus síos cnag mé, Beau, Tipperton, hurá!*, schrie sie.

Viele Wiedersehen waren aber auch bittersüß, denn Tipperton und Beau erfuhren die Namen all der Leute, die im Krieg gefallen waren. Es waren Leute, die sie geschätzt hatten, Leute, die sie in ihre Herzen geschlossen hatten.

Aber es gab nur wenig Zeit für Trauer und gar keine Zeit fürs Feiern, denn am nächsten Morgen sollte der Marsch von der Eryn-Furt nach Caer Pendwyr beginnen.

Die Morgenröte vertrieb die letzten Schatten. So wurde es Zeit für die Wurrlinge, Abschied zu nehmen. Feuer wurden erstickt, als die Krieger der Elfen, Baeron und Wurrlinge das Lager abbrachen. Pferde und Ponys wurden gesattelt, Packtiere mit Gütern beladen, Zugpferde vor die Wagen gespannt und alles für den Treck nach Pellar vorbereitet.

Rynna strömten die Tränen über die Wangen, als sie Lark ein letztes Mal küsste. »Ich liebe dich, meine Süße«, flüsterte sie. »Ich liebe dich.« Dann reichte sie das Kind an Melli weiter. Tipperton, dessen Wangen ebenfalls nass waren, hatte sich bereits verabschiedet.

Nix und Linnet und Beau küssten Melli auf die Wangen, und auch die kleine Lark. Dann wendeten sie ihre Ponys, stiegen auf, reihten sich hinter Rynna und Tipperton ein und ritten in Zweierreihen weiter.

Vail erblickte die Gruppe der Wurrlinge und rief sie nach vorn. Denn sie alle würden als Kundschafter fungieren, bis auf Beau, der als Heiler in der Vorhut ritt.

Schließlich hob Dara Lyra auf ein Zeichen von Coron

Ruar ihr Horn an die Lippen und stieß ein lautes Signal aus, das in Mark und Bein vibrierte und über den Hügel hallte, an diesem kühlen Oktobermorgen.

Langsam rückte die Kolonne weiter, Pferde und Ponys trabten platschend durch die Eryn-Furt und hinüber. Die Wagen rumpelten hinterher und alle folgten der Spur der Elfenkundschafter, die mittlerweile bereits einige Werst vorausgeritten waren.

Als er in das Wasser ritt, sah sich Tipperton noch einmal um und warf seiner geliebten Lark einen langen Blick zu, hob sein Schwarzochsen-Horn und stieß einmal laut hinein. Die Herzen aller schwollen an, und die kleine Lark lachte in den Armen der weinenden Melli. Dann ritten die Wurrlinge davon, acht Köpfe stark. Acht Krieger, die in den Krieg zogen, unter tausend Dylvana und zwölfhundert Baeron und etwa einhundert Lian. Aber Mellis tränenverschleierte Augen sahen nur die kostbaren, teuren Acht.

16. KAPITEL

Unter einem blauen Oktoberhimmel marschierte eine Armee aus Dylvana, Baeron und Lian, begleitet von acht Wurrlingen, an der Grenze des Großwaldes entlang nach Ost-Südost. Sie zogen über Land, ließen die Ausläufer des Rimmen-Gebirges links liegen und Darda Stor rechts.

Tipperton, Beau, Alver und Dinly ritten in der Vorhut zusammen, während Rynna, Linnet, Nix und Farly, die das Gelände sehr gut kannten, an der Spitze des Hauptteils des Heeres ritten, und halfen, den Weg zu finden.

Am nächsten Morgen würden alle Wurrlinge bis auf zwei als Kundschafter vorausreiten. Denn am Vorabend hatte Dara Vail sie alle zusammengerufen und gesagt ...

»So werden wir es jetzt immer halten. Alle, bis auf Herrn Beau und Kommandeur Rynna werden als Kundschafter reiten ...«

»Was?«, hatte Rynna protestiert. »Ich reite nicht Patrouille? Hört, ich verstehe, warum Beau nicht als Kundschafter reitet, denn er ist ein Heiler und ...«

»Heda!«, unterbrach Beau sie. »Ich bin über anderthalb Jahre als Kundschafter an der Grenze des Schwarzen Waldes und in den Ausläufern des Rimmen geritten, klar so weit?«

Linnet nickte nachdrücklich. »Ja, und einen besseren Kundschafter als dich ...«

»Ruhe!«, blaffte Vail und wiederholte dann freundlicher. »Ruhe.« Sie wandte sich an Beau. »Heiler sind seltener als Kundschafter, und Alor Melor hat um Eure Hilfe ersucht. Stimmt das nicht?«

Beau seufzte und nickte widerwillig. Linnet schlang einen Arm um ihn und lehnte ihren Kopf an seine Schulter.

»Und was ist mit mir?«, nörgelte Rynna. »Ich bin keine Heilerin!«

Vail sah die Damman gelassen an. »Nein, das seid Ihr nicht. Ihr seid die Kommandeurin der Waerlinga, also ist Euer Platz bei den anderen Hauptleuten dieses Heereszuges und nicht auf dem Sattel eines Kundschafterponys!«

Rynna reckte kriegerisch das Kinn vor und sah Tipperton an. Ihre Augen sprühten Funken.

Vail atmete einmal tief durch und sah dann von Rynna zu Beau hinüber. »Ich weiß, wie Ihr beide Euch fühlt, denn auch ich würde lieber vorausreiten, wie früher in meiner Jugend ...« Sie lächelte Tipperton an, ihren Partner aus dieser noch nicht so lange verstrichenen Vergangenheit, »aber als Anführerin der Kundschafter ist mein Platz bei der Vorhut, so wie für Euch, Kommandeurin, und auch Euch, Beau.«

Rynna sah von Beau zu Tipperton, drehte sich dann zu Vail um und nickte zögernd. Noch während sie zustimmte, tauchte ein Melder der Dylvana auf. »Kommandeurin Rynna, Chefkundschafterin Vail, Ihr werdet ersucht, dem Rat der Hauptleute in vier Kerzenstrichen beizuwohnen.«

Vail nickte. »Es fängt schon an.« Sie sah Rynna an, und als die Damman nickte, erwiderte sie: »Wir kommen.«

Vail und die Wurrlinge sahen dem Melder hinterher, und dann wandte sich Vail den sechs Wurrlingen zu, die kundschaften sollten. »Wir werden es folgendermaßen machen: An manchen Tagen werdet Ihr zur Aufklärung reiten, an anderen nicht. Aber Ihr werdet die meisten Nächte im Lager beim Heer verbringen.«

»Wir lagern bei der Hauptkolonne?«, erkundigte sich Tipperton. »Haben wir denn genug Zeit, von unserem Posten zurückzukommen?«

Vail nickte. »Aye, weil Ihr nur zur Nahaufklärung reitet, auf der Flanke und hinter der Nachhut. Ihr werdet Euch nicht weiter als ein oder zwei Werst von der Heereskolonne entfernen ...«

»Zwei Werst? Aber was ist mit der Fernaufklärung und den Vorauskundschaftern?«

»Solange wir neben dem Darda Stor marschieren, genügen ein oder zwei Werst. Erst wenn wir die Steppen von Pellar erreichen, werden wir zur Weit- und Nahaufklärung reiten, und diese Aufgaben werden Dylvana zugewiesen. Denn sie reiten schnelle Pferde, keine Ponys.«

Vail sah Tipperton an, aber er stellte keine Fragen mehr, also sprach sie weiter. »Da wir gerade von schnellen Pferden sprechen. Jeder von Euch wird mit einem Dylvana reiten. Sollte es notwendig sein zu fliehen, kann das Pony aufgegeben werden. Beide Kundschafter fliehen dann auf dem Pferd. Das zusätzliche Gewicht wird die Pferde nicht überstrapazieren.«

»Aber im Wald ist ein wendiges Pony genauso schnell wie ein Pferd«, protestierte Nix. »Ich würde, wenn es Euch nichts ausmacht, lieber mein Pony behalten, als mich an einem Dylvana festzuhalten und wie ein Wischlappen hinterherzuflattern.«

»Allerdings«, erwiderte Vail. »Ponys sind im Wald vielleicht sogar schneller als ein Pferd. Aber auf freiem Gelände kann ein Pferd der Elfen sowohl ein Pony als auch ein Hèlross überholen.«

»Ein Hèlross?«, fragte Alver und sah Dinly an.

»Alver, wenn wir vor Hèlrössern fliehen müssen«, erklärte Dinly entschlossen, »dann flattere ich liebend gern wie ein Putzlappen hinter einem Dylvana her, solange ich auf seinem schnellen Elfenpferd sitze.«

Vail lächelte über Dinlys Bemerkung und verteilte dann die Positionen, auf denen sie reiten würden.

Ihren Dienst würden sie am nächsten Tag antreten, aber jetzt ritten die beiden Dammen und die beiden Bokker an der Spitze der Vorhut. Die vier anderen Bokker ritten zwischen den Dylvana.

»Wie lange brauchen wir, bis wir da sind?«, wollte Beau wissen.

Tipperton runzelte die Stirn. »Wenn ich mich recht entsinne, liegt Caer Pendwyr etwa neunhundert Meilen entfernt, jedenfalls dem Flug des Raben nach gemessen. Aber die Strecke, die Vail umrissen hat, dürfte etwa tausend Meilen betragen.«

Beau stöhnte. »Warum müssen wir immer erst endlose Werst von Nichts überwinden, um dahin zu kommen, wohin wir wollen? Ich meine, mir kommt es vor, als hätten Tip und ich schon die halbe Welt bereist, nur um eine Münze abzuliefern, und die andere Hälfte dann auf dem Rückweg von Dendor nach Gron und danach zum Schwarzen Wald. Und jetzt sind wir wieder unterwegs und latschen nach Caer Pendwyr und reisen erneut durch die halbe Welt.«

»Heda«, meinte Nix, »das sind aber schon drei Hälften.«

»Genau«, stimmte Dinly mit erstickter Stimme zu. »Wie viele Hälften hat die Welt eigentlich?«

»Hundertdrei«, knurrte Beau griesgrämig. »Und wir werden sie zweifellos alle zu sehen bekommen.«

Coron Ruar, der an der Spitze ritt, blickte lächelnd zu den Wurrlingen zurück und fragte sich, worüber sie wohl lachten.

Nach einer Weile sah sich Beau um und meinte: »Immerhin, Tip, sind wir unter vielen Nicht-Menschen.«

Alver sah ihn verblüfft an. »Nicht-Menschen?«

»Allerdings«, erwiderte Beau. »Elfen und Wurrlinge sind keine Menschen. Und einige Baeron vielleicht auch nicht.«

»Die Baeron sind keine Menschen?«, erkundigte sich Dinly neugierig und musterte verstohlen einige der riesigen Reiter auf ihren gewaltigen Rössern.

Beau nickte. »Hast du dir schon mal ihre Augen angesehen? Sie sind gelb, wie die von Wölfen und Bären.«

»Aber deine Augen sind auch bernsteinfarben«, erklärte Dinly. »So wie Linnets und Rynnas und meine. Und wir sind bestimmt weder Bären noch Wölfe.«

»Vielleicht weil wir zu klein sind«, behauptete Alver spöttisch. »Wir sind eher Frettchen, hm, Beau?«

»Du musst gerade schwätzen, grünäugiger Alver«, erwiderte Beau. »Ich würde sagen, du siehst eher wie eine Echse aus.«

Wieder lachten die Wurrlinge schallend.

Und erneut blickte Coron Ruar zurück und staunte, wie sie so fröhlich sein konnten, da sie doch in einen so mörderischen Krieg zogen.

Nach Osten waren sie vier Tage lang unterwegs. Die Wurrlinge ritten mit Ausnahme von Rynna und Beau als Kundschafter. Tipperton zusammen mit Dara Lyra, einer Späherin, mit der er schon einmal geritten war, um die Belagerung von Minenburg Nord zu brechen. Sie hatten gemeinsam eine Wache der Rukhs ausgeschaltet, was entscheidend gewesen war, um Braeton von einem Segment der Brut zu säubern. Jetzt also waren sie wieder vereint, um das Gelände an der rechten Flanke des Heerestrosses und ein wenig voraus zu erkunden.

Am Morgen des fünften Tages schwenkte der Tross nach Süden auf einen Karrenweg ab und erreichte die Umgebung des Großwaldes. Sie folgten einem alten Handelsweg, der jetzt überwuchert war. Aber zumeist verstellten ihnen nur niedrige Büsche und Schösslinge den Weg, sodass die Karren nur wenig Schwierigkeiten hatten, dem zugewachsenen Pfad zu folgen, als sie durch den Wald ritten. Am leichtesten hatten es jene, die den Schluss bildeten.

Der Wald leuchtete in Rot und Gold, da sich die Blätter in der kalten Herbstluft verfärbt hatten, obwohl sich hie und da hartnäckig noch Grün hielt. Und wo unter den rotgoldenen Blättern Schatten herrschte, war auch die Luft kalt und kündete den nahenden Winter an. Wühlmäuse und andere kleine Tiere huschten umher und sammelten die letzten Vorräte, die sie bis zum nächsten Frühling am Leben erhalten sollten. Vögel ließen sich nur selten blicken und zwitscherten kaum. Und selbst das auch nur kurz und aus weiter Ferne. Die meisten waren bereits in wärmere Gegenden gezogen. Die Luft selbst wirkte fast unnatürlich still. Die Insekten waren fast alle fort, bis auf einige einsame Bienen, die den letzten Nektar einsammelten.

Der Heerzug wälzte sich im Trott über den überwucherten, zweispurigen Weg, die Räder knarrten, die Wagen schaukelten auf dem unebenen Untergrund und drückten die Büsche und jungen Bäume in die Erde neben den Weg zurück.

»Ein Gutes hat diese Jahreszeit, Melor«, sagte Beau, der einem Erdhörnchen nachsah, das sich in seinen Bau verkroch, die Wangen mit Eicheln vollgestopft. »Es gibt keine Mücken, keine Stechfliegen und keine Bremsen.«

»Vielleicht ist das sogar die beste aller Jahreszeiten«, erwiderte Melor. »Wenn die Tage angenehm und die Nächte kühl sind.«

»Was die Tage angeht, stimme ich Euch zu, Melor, aber nachts finde ich es richtiggehend kalt. Und außerdem sind die Temperaturen recht wechselhaft.«

Als wollte das Wetter Beaus Worte bestätigen, fuhr ein Wind durch die Blätter der Baumkronen, die raschelten und zitterten.

Beau zog seinen Umhang um sich und blickte durch das Laubwerk in den blauen Himmel. »Wie stehen die Chancen, dass es sich bewölkt, eh?«

»Mir wäre lieber, wenn es nicht regnet, Beau, sonst müssen die Wagen durch Schlamm fahren. Erinnert Ihr Euch an den Treck durch Riamon?«

»Allerdings, doch das war im September, und jetzt haben wir Oktober.«

»Trotzdem ...«

Finster musterte Beau den Himmel und suchte nach Wolken. Aber er sah keine, als sie weiter durch den kühlen Wald nach Süden zogen, in Richtung Pellar.

Am Abend des zweiten Tages, nachdem sie den Wald erreicht hatten, kamen sie an den Rand Der Lichtung. Dieser Ort war für die Baeron heilig, denn hier kamen sie in gewöhnlichen Zeiten jedes Jahr zur Mittsommerwende zusammen, besangen ihre Taten, tanzten, erzählten sich heroische Geschichten und wetteiferten miteinander, lernten mögliche Partner kennen und feierten den Sommertag.

»Ich war schon einmal hier«, erklärte Tipperton, als er am folgenden Morgen mit Lyra über das gelbliche Gras der großen Fläche ritt.

»Ach ja?«

»Aye. Rynna und ich waren zu einem Dorf der Baeron am westlichen Waldrand unterwegs. Dort haben wir die Wache an der östlichen Ebene organisiert, um Reisende an der Brut vorbeizuführen.«

»Das habt Ihr gut gemacht, Tipperton.«

»Oh, es war Aravans Idee.«

»Aravan?«

»Ja. Wir sind zufällig in der Nähe von Caer Lindor auf ihn und Galaron und ihre Kompanie gestoßen. Wir haben sie um die Brut herumgeführt. Galarun und die anderen waren unterwegs, um das Silberne Schwert zu beschaffen.«

Ein Ausdruck von Trauer beschattete Lyras Gesicht. »Verstehe.«

Sie ritten eine Weile stumm weiter. »In welcher Richtung liegt dieses Dorf?«

Tipperton überlegte kurz. »Etwa fünfundzwanzig bis dreißig Meilen vor uns. Wir sollten unterwegs daran vorbeikommen, denn es liegt auf der Flanke, auf der wir reiten.«

Am Morgen sahen sie Rauch am Himmel.

»Meiner Treu«, meinte Tipperton. »Das ist ganz in der Nähe des Dorfes.«

Lyra nickte. »Dann sollten wir wachsam sein. Wenn wir fliehen müssen, lasst Euer Pony zurück und steigt auf mein Pferd.«

Tipperton holte tief Luft und klopfte seinem Pony den Hals. »Einverstanden, aber nur, wenn es wirklich nötig ist.«

Vorsichtig ritten sie weiter und behielten die Baumgrenze am westlichen Rand Der Lichtung und die ganze Niederung im Auge. Unbewusst und ohne den Blick von dem Gelände vor sich zu nehmen, lockerte Tipperton seinen Bogen in der Scheide und überzeugte sich, dass seine Pfeile griffbereit waren.

»Seht Ihr die Rauchsäulen?«, fragte Lyra schließlich. »Ich glaube, das sind Lagerfeuer, Tipperton.«

»Kein brennendes Dorf?«

»Nein, eher eine Versammlung.«

Tipperton nickte, ließ in seiner Wachsamkeit jedoch nicht nach.

Tipperton und Lyra folgten den Anweisungen eines Wächters und ritten in das Lager der Baeron. Es waren fast insgesamt vierhundert von ihnen, die sich für den Marsch nach Caer Pendywr sammelten, um dem Ruf des Königs Folge zu leisten.

Die beiden wurden zu dem frisch gewählten Häuptling der Gruppe geführt. Als sie zum Hauptfeuer kamen, blickte ein riesiger Mann von einer Karte auf. »Wenn mich die Morgensonne nicht täuscht, sehe ich da Tipperton Thistledown.«

»Urel!«, rief Tipperton und sprang von seinem Pony. »Ich wusste nicht, ob Ihr dem Fall von Caer Lindor entkommen konntet.«

»Das bin ich«, brummte der Hüne und rieb sich die Brust, als wollte er eine alte Wunde beruhigen. »Aber es war schon sehr knapp. Wäre Silberblatt nicht gewesen, ich hätte nicht überlebt. Doch ohne meinen Orientierungssinn hätten wir es niemals aus dem Westtor geschafft, mit all den Rutcha auf den Fersen.« Urel lachte dröhnend. »Kommt, setzt Euch, stellt mir Eure Freundin vor und trinkt einen Schluck Tee. Und wenn Ihr mir gesagt habt, was Ihr auf Der Lichtung sucht, tauschen wir alte Kriegsgeschichten aus. Ich erzähle Euch von meinen Abenteuern in Silberblatts Kompanie, und Ihr könnt mir sagen, ob es Euch gelungen ist, die Münze zu überbringen, und was Euch dabei so alles widerfuhr.«

Der Tross aus Dylvana, Baeron und Wurrlingen erreichte das Lager auf der Au am Abend. Und nachdem alle gegessen hatten, berief Coron Ruar einen Kriegsrat ein.

»Ihr seid zu einem günstigen Zeitpunkt gekommen«, erklärte Urel. »Denn unser Treffen hier auf Der Lichtung ist auf den letzten Viertelmond festgesetzt.«

»Also morgen«, erklärte Coron Ruar. Vail nickte neben ihm bestätigend.

»Aye«, meinte auch Urel. »Und wenn Ihr einen Tag warten wollt, können wir mit Euch nach Caer Pendwyr ziehen.«

Ruar nickte und sah Häuptling Durul an, der ebenfalls nickte. Dann wandte sich der Coron an Rynna, die von seiner unausgesprochenen Frage ein wenig überrascht war. »Natürlich«, stieß sie rasch hervor.

»Wie viel seid Ihr, etwa fünfzig mehr als dreihundert?«, erkundigte sich Ruar bei Urel.

»Aye, fast vierhundert«, erwiderte der Häuptling der Baeron. »Aber nicht alle Baeron des Großwaldes versammeln sich hier. Einige erwarten uns an der südlichen Grenze, in der Nähe der Glave-Hügel in Pellar.«

»Wie viele von Euch stoßen dort zu uns?«

»Einschließlich derer, die noch hier eintreffen und derer, die wir im Süden treffen, sind es insgesamt gut tausend.«

»Dann zählen unsere vereinigten Kräfte mehr als dreitausenddreihundert Krieger«, sagte Ruar.

»Dreitausenddreihundert und acht«, verbesserte ihn Beau, woraufhin Ruar in schallendes Lachen ausbrach, das in dem brüllenden Gelächter von Bwen unterging.

»Dreitausenddreihundert und acht, fürwahr!«, räumte der Coron ein.

Als Urel und die anderen Baeron Beau, Ruar und Bwen verwundert ansahen, meinte Bwen: »Wenn die Beratung zu Ende ist, erzähle ich Euch eine Geschichte von Bekki und Brand ... die Geschichte der Zweitausendzweihundert. Und Fünf.«

»Allerdings«, meinte Beau, »nur sind es diesmal acht Wurrlinge, und nicht zwei Wurrlinge, zwei Elfen und ein Zwerg.«

Sie warteten an diesem Tag im Lager, während immer mehr Baeron eintrafen. Aber am Morgen des nächsten Tages, noch während der letzte Viertelmond im Westen unter- und die Sonne wie gewohnt im Osten aufging, brach der Heereszug auf. Ihre Reihen waren um die vierhundert Baeron von Der Lichtung angewachsen.

Sie ritten diesen und den ganzen folgenden Tag nach Südwesten, während gelegentlich der ein oder andere Baeron aus dem Wald trat und sich dem Treck über die breite Au anschloss. Kurz vor Ende des zweiten Tages erreichten sie unter einem bewölkten Himmel wieder die Bäume des Großwaldes, wo sie ein Lager aufschlugen.

In der Nacht nieselte es, und am Morgen waberten Nebelschwaden über das Lager, ein feuchter Dunst, dessen Kälte allen bis auf die Knochen drang. Beau hüllte sich auf dem Ritt eng in seinen Umhang und hörte von hinten Bwen fluchen, als ein anderer Wagen im Schlamm versank.

»Puah«, sagte er zu Melor. »Die beste aller Jahreszeiten, war das nicht so?«

Melor antwortete lieber nicht.

Sie zogen vier Tage weiter. Die schweren Wagen blieben oft im Schlamm des Karrenweges stecken, doch dies war der einzige Pfad durch den dichten Wald zu dem freien Gelände oberhalb des Hohen Abbruchs. Am Abend des vierten Tages erreichten sie den Rand des Waldes, und vor ihnen breitete sich offenes Gelände aus. Zwanzig Meilen weiter würde die Ebene unvermittelt am Rand des Hohen Abbruchs enden. Dort fiel die Flanke des Felsens steil in die Tiefe ab und führte dort fünf Meilen weiter bis zum Ufer des Argon. Aber sie würden nicht bis zum Rand reiten, um den Abstieg zu wagen, sondern sich nach Südosten wenden und einer Route folgen, die parallel zu dem steilen Felshang führte. Der steile Hang erstreckte sich zwar von den Bellon-Fällen fünfzig Werst nach Norden und Westen, doch der mächtige Felsen selbst führte in einem langen, zweihundertfünfzig Meilen langen Bogen nach Südosten. Die letzten hundert Meilen davon sank die Klippe in einem langen Hang bis zu den Ufern des Argon ab. Diesen Weg würde der Heereszug nehmen und nach Pellar ziehen.

Also bogen sie am nächsten Tag nach links ab und ritten den langen Hang hinab. Der Fluss lag kaum fünfundzwanzig Meilen entfernt zu ihrer Rechten, aber mehr als hundert Meilen voraus.

»Seht!« Tipperton zügelte sein Pony und sprang herunter.

Lyra stieg ebenfalls ab, um die Fährte zu untersuchen, die der Bokker gefunden hatte.

»Pferde«, meinte Tipperton. »Die Spuren führen nach Süden.«

»Und Ponys«, bemerkte Lyra.

»Ach?« Tipperton ging dorthin, wo die Elfe kniete.

Als er sich ebenfalls hinhockte, um einen Blick auf die kleineren Hufabdrücke zu werfen, stand Lyra auf und blickte nach Westen. »Da hinten sind noch mehr«, erklärte sie. Tipperton sprang hoch und folgte mit dem Blick ihrem ausgestreckten Arm. In dem gelblichen Gras sah er eine breite Spur, die nach Süden führte.

»Es muss eine andere Kolonne sein, die nach Süden zieht«, meinte Tipperton. »Sie reiten fünf Meilen westlich von uns und haben etwa zwei bis drei Tage Vorsprung. Viele Pferde und viele Ponys.«

Vail blickte von der Karte hoch. »Kommt, sprechen wir mit dem Rat.«

»Angesichts einer solchen Mischung aus Pferden und Ponys würde ich vermuten, dass es sich um Lian und Zwerge handelt«, erklärte Urel. »Als ich in Silberblatts Kompanie im Grimmwall gefochten habe, neben DelfHerrn Volki, das war vor kaum drei Monaten, da sind seine Zwerge auf Ponys geritten. Auf Pferde setzen sie sich nie im Leben und nutzen sie höchstens, um Wagen zu ziehen oder einen Pflug. Diese Spuren stammen von ihnen und ihren Ponys, würde ich vermuten.«

»Zwerge aus dem Schwarzen Loch also, denkst du das?«, erkundigte sich Bwen.

»Aye. Obwohl sie es Kraggen-cor nennen.«

»Schwarzes Loch, Kraggen-cor, oder auch Drimmenheim, es sind jedenfalls Drimma, die sich in Marsch gesetzt haben, dem Ruf des Hochkönigs zu folgen«, erklärte Vail.

»Zusammen mit den Lian aus Darda Galion«, erklärte Riatha.

Tipperton blickte konzentriert auf seine Karte. »Wie konnten sie denn den Argon überqueren? Wenn sie an der Insel

Olorin mit der Fähre übergesetzt sind, müssen sie angesichts ihrer großen Zahl aber recht häufig hin- und hergefahren sein. Außerdem hätten sie anschließend noch den Rissanin überqueren müssen, und dort gibt es keine Fähre. Obwohl sie natürlich über Caer Lindor gereist sein könnten.« Tipperton sah Urel an. »Hat eine Grenzwache so etwas gemeldet?«

Urel schüttelte den Kopf. »Nein. Aber vergesst nicht, dass die meisten bereits unterwegs zu diesem Treffpunkt waren, als jene Streitmacht auf dieser Seite über den Argon kam.«

Bwen warf einen kurzen Blick auf die Karte. »Warum sind sie nicht weiter unten übergesetzt, ich meine stromabwärts?« Sie tippte mit dem Finger auf eine Stelle knapp unterhalb des Rissanin.

Melor lächelte. »Obwohl die Bellon-Fälle zwanzig Werst stromabwärtsliegen, wird der Argon immer gefährlicher und tückischer, je weiter er sich diesem Wasserfall nähert. Denn der Rissanin, der Rothro, der Quadrill und der Cellener speisen ihr Wasser diesem gewaltigen Strom ein. Nein, ich vermute, Dara Riatha hat recht: Es ist besser, zwei Übergänge in Kauf zu nehmen, als zu riskieren, über den Rand des Bellon in den Kessel darunter gerissen zu werden.«

»Wie auch immer jemand den Argon überquert«, sagte Ruar, »wir müssen jedenfalls sicher gehen, wer da vor uns reist.« Er drehte sich zu Vail herum. »Schickt Kundschafter, aber schärft ihnen ein, sie sollen wachsam sein, bis wir wissen, wer es ist.«

Vail nickte, schüttelte jedoch sofort den Kopf, als Tipperton sie hoffnungsvoll ansah. »Nein, Tipperton, das ist eine Aufgabe, die Pferde erfordert, keine Ponys.«

Nur wenige Augenblicke später ritten Cein und Arylin aus dem Lager. Jeder der beiden Dylvana hatte zwei Ersatzpferde bei sich. Tipperton sah ihnen nach und wandte sich dann an Vail. »Ich hoffe nur, dass sie Lian und Zwerge finden – und keine Horde des Feindes.«

Vail nickte stumm.

Einen knappen Tag später, als der Heereszug gerade sein Lager aufschlug, kamen Cein und Arylin zurück. Und schon bald wusste es das ganze Lager: Die Kolonne vor ihnen bestand tatsächlich aus Lian aus dem Darda Galion und Châkka aus Kraggen-cor. Obwohl DelfHerr Volki ungeduldig war und weiterziehen wollte, hatten er, Coron Eiron und ihre vereinigten Streitkräfte beschlossen, in ihrem Lager am Argon auf die Baeron und Dylvana zu warten.

»Gut«, sagte Beau, als sie an diesem Abend an ihrem Lagerfeuer zusammensaßen. »Noch mehr Nicht-Menschen.«

Zwei Tage lang ritten sie den langen Hang bis zum Fluss hinab, wo Coron Eirons siebenhundert Lian neben den zwölfhundert Zwergen Volkis kampierten. Als Tipperton und die Wurrlinge ankamen, ertönte plötzlich ein Ruf.

»Ho, kleine Ryn!«

Rynna war von ihrem Pony gesprungen, bevor Tipperton erkennen konnte, wer der Rufer gewesen war. Dann warf sich seine Dammia in die Arme eines Lian, der sie immerzu im Kreis herumwirbelte. »Silberblatt!«, schrie Tipperton.

Aber Vanidar hörte ihn nicht, so beschäftigt war er mit Rynna.

Als Tipperton abstieg, sah er Aravan, der in der Nähe stand. Das Gesicht des Alor war immer noch von Trauer umwölkt.

»Also hast du diesem Tunichtgut Liebe geschworen, hm?«

Rynna warf einen Blick über das Feuer auf Tipperton und grinste. »Ach, Silberblatt, er ist kein Tunichtgut, und ich liebe ihn doch so!«

»Daran erinnere ich mich noch aus Caer Lindor«, erwiderte Silberblatt. »Dieses romantische Händchenhalten auf den Zinnen der Feste. Er warf Riatha einen kurzen Seitenblick zu und wandte sich dann an Tipperton. »Und was den Tunichtgut angeht, er ist tatsächlich keiner, sondern der Held von Dendor, wie ich hörte.«

»Vergesst Minenburg Nord nicht«, nuschelte Beau, den Mund voller Zwieback.

Tipperton sah von den silbernen Saiten seiner Laute hoch. »Ihr solltet nicht alles glauben, was Ihr hört. Ich war nur ein kleines Rädchen im Großen Mahlwerk.«

»Wahrlich, aber ein Rädchen, ohne das die Mühle nicht gemahlen hätte«, erwiderte Riatha. »Jedenfalls behaupten das die Legenden ...«

»Die Legenden?« Tippertons Augen wurden kugelrund.

Riatha nickte und deutete auf das Lager. »Lady Bwen hält große Stücke auf Euch, und ebenso viele andere. Und die Geschichten von Eurem Wirken in Dendor besingen Heldentaten.«

Tipperton schüttelte den Kopf. »Wenn Ihr eine Legende der Wurrlinge spinnen wollt, dann singt von Beau, der die Medizin gegen die Pestilenz gefunden hat. Oder von Rynna, die mich und Beau gerettet und einen Gargon inmitten der Herde der Stöhnenden Steine in den Tod gelockt hat. Singt von den Quellwasser-Wurrlingen, die den Angriff einer Horde so lange aufgehalten haben, bis die Überlebenden des ersten Angriffs den Schwarzen Wald sicher erreichen konnten. Oder von jenen, die beim Untergang von Caer Lindor starben, dem bösen Auskommen des niederträchtigen Verrates der Flussleute. Singt von Farly, Nix, Linnet, Alver und Dinly, nicht weniger Helden, als es jeder andere hier ist.«

Als Tipperton verstummte, griff Riatha über ihre Schulter, zog ihr mit einem Griff aus Jade geschmücktes Schwert aus der grünen Scheide und hob es in die Luft. Seine dunkle Klinge schimmerte, als sich das Licht der Sterne darin fing. »Hál den resoluten Waerlinga, wo immer sie auch sein mögen!«

Silberblatt hob seinen knochenweißen Langbogen und Aravan seinen schwarzen Speer mit der Kristallklinge, und zusammen mit Riatha riefen sie: *»Hál den resoluten Waerlinga, wo immer sie auch sein mögen!«*

Alver und Dinly grinsten, Nix, Farly und Linnet sahen sich an und zuckten die Achseln, Beau, Rynna und Tipperton dagegen seufzten resigniert, während sich überall im Lager Baeron, Dylvana, Lian und Zwerge bei diesem Ruf umdrehten. Viele nickten zustimmend und nicht wenige hoben ihren Becher zum Salut.

Die Kolonne hatte sich bereits im frühen Morgengrauen in Bewegung gesetzt, gedrängt von Volki, dem DelfHerrn, der es kaum abwarten konnte, endlich aufzubrechen. Sie zogen über die Ebene entlang den Ufern des Argon.

Neun Tage lang folgten sie dieser Route, die Wasserstraße zu ihrer Rechten, den Großwald zu ihrer Linken. Die Blätter der Bäume hatten sich rotbraun und braun verfärbt und schwebten in den frühen Novembertagen zahlreich zu Boden.

Am Ende des neunten Tages erreichten sie die Glave Hügel, den nördlichsten Teil von Pellar.

»Wie weit ist es noch?«, erkundigte sich Dinly.

Tipperton warf einen Blick auf seine Karte. »Wir haben fast die halbe Strecke geschafft, schätze ich. Fünfhundert Meilen, das heißt, fünfhundert müssen wir noch bewältigen.«

Beau zählte an den Fingern ab. »Und wir sind seit achtundzwanzig Tagen unterwegs, jedenfalls nach meiner Rechnung. Also wann erreichen wir dann Caer Pendwyr? Ah, etwa am achten Tag des Dezembers.«

Linnet nickte. »Zwei Tage, nachdem Elwydds Mond das nächste erste Viertel passiert, sollten wir die Stadt sehen.«

»Falls bis dahin nichts Unvorhergesehenes geschieht«, gab Rynna zu bedenken.

»Was sollte denn schon passieren?«, fragte Alver.

Rynna zuckte die Achseln. »Mir ist aufgefallen, dass die Dame Fortuna recht wankelmütig ist.«

Schweigen breitete sich unter den Wurrlingen aus.

»Sagt«, brach Beau es schließlich, »ist Euch auch Dara Riathas Schwert aufgefallen? Mit seiner dunklen Klinge, auf der die Sterne funkelten, als wären sie darin gefangen.«

»Vielleicht ist es ja auch eines dieser Symbole der Macht«, spekulierte Tipperton.

»Wie Aravans Speer?«, fragte Rynna.

»Der soll ein Symbol der Macht sein?«, fragte Dinly ungläubig. »Sicher, ich habe gesehen, dass es einen schwarzen Schaft hat und ein Blatt aus Kristall, aber ich hatte ihn trotzdem nicht für etwas Besonderes gehalten.«

»Oh, er ist sogar etwas ganz Besonderes«, klärte ihn Rynna auf. »Ein dunkler Kristall, der mit Silberon an dem ebenholzschwarzen Schaft befestigt ist. Als ich ihn danach fragte, hat er gesagt, er habe einen Wahren Namen.«

»Einen wahren Namen?« Dinly hob die Brauen.

»Aye. Ein Wort, das seine Macht weckt.«

»Macht?«

»Er ... verbrennt, wenn er Haut berührt. Ich habe gesehen, wie er es in der Schlacht tat ... am Tag, bevor Caer Lindor fiel.«

Dinly sog scharf die Luft ein und flüsterte: »Magie«, während Tipperton sagte: »Meiner Seel!«

Beaus Blick fiel auf die Satteltaschen, in denen er sein rotes Buch verstaut hatte. »Hexenwerk, hm?«

Rynna hob die Hand. »Das hat er nicht gesagt.«

Beau runzelte die Stirn. »Ich frage mich, ob Dara Riathas Schwert oder Silberblatts Bogen auch einen Wahren Namen trägt, und wenn ja, was sie denn bewirken, wenn man ihn anruft?«

Die Wurrlinge sahen sich fragend an, aber keiner wusste darauf eine Antwort.

Als der Heereszug am nächsten Tag weiter nach Süden zog, tauchten fast sechshundert Baeron aus den Hügeln auf und gesellten sich zu diesem Marsch. Es waren jene, die sich südlich des Großwaldes versammelt hatten und auf das Treffen mit ihren Brüdern aus dem Norden gewartet hatten. Sie reihten sich in Urels Abteilung ein.

Die Kolonne zog weiter nach Süden, Wagen, Pferde und Ponys ... tausend Dylvana, achthundert Lian, zwölfhundert Zwerge und zweiundzwanzighundert Baeron. Acht Wurrlinge nicht zu vergessen, die die Gesamtzahl des Heeres auf fünftausendzweihundert und acht steigerten.

Sie ritten am westlichen Rand der Glaves entlang und erreichten am Abend des vierten Tages endlich die Tiefebene von Pellar.

»Noch vierhundert Meilen«, sagte Tipperton und richtete den Blick von seiner Karte auf Bwen, die ihm am Feuer gegenüber saß. »Von jetzt an sollte es etwas leichter werden.«

Bwen befeuchtete einen Finger und hielt ihn in den Wind. Dann schaute sie zu den dunklen Wolken hinauf, die vor dem vollen Mond nach Nordosten zogen. Sie schüttelte den Kopf. »Nicht, wenn der Wind den Novemberregen mitbringt.«

Braec grunzte zustimmend und sagte: »Betet, dass es stattdessen schneit.«

Doch es regnete. Es begann in der Nacht, und am Morgen war der Boden bereits vollkommen aufgeweicht. Deshalb ließ Bwen die Wagen in einer breiten Reihe fahren, damit keiner der Spur des vorherigen folgen musste. Die Vorhut wurde in zwei Abteilungen aufgeteilt. Die eine ritt an der westlichen Flanke der Wagen, die andere an der östlichen. Der Haupttross der Reiter folgte den Wagen. »Ihr könnt nicht vorausreiten und den guten Boden aufwühlen«, hatte Bwen gesagt, »damit meine Räder darin versinken.«

Nur die Kundschafter durften vor ihr reiten, und das auch nur, nachdem Bwen bei einem hitzigen Streit mit Häuptling Durul den Kürzeren gezogen hatte.

Trotzdem blieben die Wagen häufig stecken, wurden jedoch von den gewaltigen Reservekutschpferden der Baeron mit Leichtigkeit wieder flott gemacht.

Zwei Tage regnete es unaufhörlich, die Novemberluft war feucht und kalt. Doch der dritte Morgen rötete sich ohne Niederschlag. Dennoch war der Boden weich, weshalb sich der Heereszug weit verteilte, als er nach Süden weiterzog. Das Land trocknete allmählich, und am fünften Tag erklärte Bwen schließlich, dass sie wieder als Kolonne reiten konnten.

»Ich verstehe, was du gemeint hast«, sagte Dinly zu Beau.

Beau sah Dinly verwirrt an.

»Von wegen die halbe Welt bereisen«, führte Dinly aus und deutete auf die weite, immergleiche Steppe, die – soweit das Auge blickte – nur aus gelbem Gras, Büschen und einigen kleinen Gehölzen zu bestehen schien. »Kann etwas langweiliger sein, als zu reiten und zu lagern und zu essen und zu reiten und zu lagern und sich zu erleichtern und zu reiten und zu lagern und das alles ohne Ende? Wir brauchen noch nicht einmal auf Erkundung zu reiten, denn man kann praktisch meilenweit alles sehen, ohne auch nur einen Fuß vom Heereszug wegzusetzen.«

Beau ließ seinen Blick über das sanft hügelige Land gleiten und nickte. »Trotzdem, Dinly, Langeweile ist mir lieber als Krieg.«

Linnet sah ihren Bokker an und grinste. »Ich kann mir nicht vorstellen, Liebster, dass es mit dir jemals langweilig sein könnte. Friedlich, das vielleicht, aber nie trist.«

Rynna, die weiter hinten im Tross ritt, seufzte.

»Ryn?« Tipperton sah sie an.

»Ich habe nur gerade nachgedacht. Jeder Schritt, den wir tun, entfernt uns weiter von Lark.«

Als Tipperton nickte, fuhr sie fort: »Umso mehr Grund, dass Modru den Tod verdient hat. Er und seinesgleichen ... einschließlich Gyphons.«

Der Marsch durch die Ebenen von Pellar dauerte insgesamt vierzehn Tage, und obwohl sie sich Caer Pendwyr Meile um Meile näherten, schien sich nichts zu verändern. Doch am fünfzehnten Tag ...

»Sieh nach rechts, Tipperton.«

Tipperton und Lyra waren auf Erkundungsritt, und wie erwartet waren sie auf die Pendwyr-Straße gestoßen.

Tipperton blickte hoch und nach Nordwesten, wo in etwa einem Werst Entfernung ... »Reiter!«, stieß Tipperton hervor. »Und nicht wenige.«

»Ein Heereszug«, erklärte Lyra.

»Folgen sie dem Ruf des Hochkönigs?«

Lyra antwortete nicht, sondern beschattete ihre Augen und spähte der Streitmacht entgegen.

Tipperton blickte nach Nordosten, wo seine eigene Heereskolonne herankam. »Sollen wir zurückreiten und sie warnen ...?«

»Nein, Tipperton. Die dort über die Pendwyr-Straße reiten, das sind Elfen.«

»Elfen? Aber wie könnt Ihr das erk...? Schon gut, Elfenadleraugen.«

»Sie tragen ein Banner bei sich. Grün auf Grau.«

»Grün auf Grau? Ardental! Lasst mich ihnen entgegenreiten!«

Lyra schüttelte den Kopf. »Sie sind noch früh genug hier.«

»Wenn wir sie schon nicht empfangen können, so will ich sie wenigstens begrüßen.« Tipperton hob sein Schwarzochsen-Horn an die Lippen und stieß ein gellendes Signal aus.

Eine Weile später hörten sie schwach aus Nordwesten den antwortenden Ruf eines Waldhorns.

Dem ein drittes Hornsignal folgte, das ganz eindeutig aus der Ebene im Nordosten kam.

Lyra drehte sich zu ihrem Heereszug um und lachte.

»Was denn?«, erkundigte sich Tipperton.

»Euer Ruf«, erklärte Lyra. »Die Waffen bereit, haben sie geantwortet, die Vorhut kömmet!«

Und richtig, über die Steppe fegten im gestreckten Galopp die schnellen Elfenpferde, denen die rasenden Ponys der Zwerge und die donnernden, erderschütternden Schlachtrösser der Baeron folgten.

»Hoppala!«, flüsterte Tipperton und starrte auf sein Horn.

»Hai, aber wenigstens war das mal ein schöner Galopp!«, rief Ruar.

Urel und Durul klopften ihren großen Rössern beruhigend den Hals und nickten zustimmend, während DelfHerr Volki finster mit den Brauen wackelte.

Tipperton starrte überallhin, nur nicht auf die Anführer, die ihn umringten, zu denen auch eine kichernde Rynna und ein lachender Beau zählten.

Silberblatt grinste. »Sagt, Tipperton, wollt Ihr mit mir meine Cousins vom Ardental begrüßen?«

Tipperton sah zu Lyra hoch, die mit den Schultern zuckte, und nickte.

Dann sprang er hastig auf sein Pony und ritt mit Vanidor davon, doch nach wenigen Galoppsprüngen sah Tipperton über die Schulter zu den Anführern der Vorhut zurück, setzte das Schwarzochsen-Horn erneut an die Lippen und stieß kräftig hinein.

Aus der Vorhut, die die Straße blockierte, erhob sich lauter Jubel, während DelfHerr Volki erneut grollte und die Brauen tanzen ließ. Aber in seinem dichten Bart blitzten die Zähne auf, als er lachte.

Die Streitmacht der Lian aus Ardental zählte vierhundert Reiter, angeführt von Alor Talarin. Er reihte sich mit seiner Einheit in das große Heer ein und steigerte die Zahl der vereinten Legion auf fünftausendsechshundert. Und acht, wohlgemerkt.

Es gab zwei Häuptlinge darin, zwei Corons, einen Delf-Herrn der Zwerge und einen Kommandeur der Wurrlinge, und sie alle wählten Silberblatt zu ihrem Kriegsherrn.

Sie ritten weiter über die Pendwyr-Straße zur fernen Stadt. Beau und Tipperton frischten alte Bekanntschaften auf, unter anderem mit den Darai Alaria, Aris und Jaith sowie mit den Alori Arandar, Inarion, Duran und Flandrena.

Als sie an diesem Abend lagerten, kamen Aris und Jaith ans Lagerfeuer der Wurrlinge. Aris umarmte Beau. Sie beglückwünschte ihn herzlich dafür, dass er ein Heilmittel gegen die Pestilenz gefunden hatte, und dann fachsimpelten sie bis in die frühen Morgenstunden über Kräuter und Tränke. Jaith hatte ihre kleine Harfe mitgebracht und setzte sich zu Tipperton. Sie spielten und sangen viele Weisen, in die Rynna mit ihrer Flöte ab und zu einstimmte.

Linnet nahm Rynna beiseite und flüsterte ihr etwas ins Ohr. Rynna grinste und sagte ihr, sie solle keine Angst haben. »Das sind nur alte Freunde, Cousine, und auch wenn dein Mann und der meine manchmal niemanden sonst wahrnehmen, wird Beau heute Nacht dich im Arm halten, so wie Tipperton mich.«

Vier Tage später, am Abend des zweiten Tages des Dezembers, erreichte die Vereinigte Legion endlich die brachen Ebenen vor der Stadt Caer Pendwyr.

»Hm.« Rynna kniff die Augen zusammen. »Ich hätte erwartet, dass mehr als unsere Legion dem Ruf des Hochkönigs folgte.«

»Vielleicht sind wir die Ersten«, spekulierte Tipperton, obwohl er im Herzen daran zweifelte.

Rynna nickte. »Oder die Letzten«, meinte sie. »Das werden wir noch früh genug herausfinden.«

Noch während sie das sagte, kamen Emissäre aus der Stadt herangeritten. Nach zwei Kerzenstrichen, als die Wurrlinge gerade ihre Ponys trocken rieben, galoppierte ein Reiter der Dylvana heran und zügelte sein Vollblut neben dem Lager der Wurrlinge. »Kriegsherr Vanidar ersucht um Eure Anwesenheit, Kommandeurin Rynna.«

»Silberblatt will mich jetzt sprechen?«

»Aye«, antwortete der Reiter. »Und nehmt Euer Pony mit.« Ohne ein weiteres Wort gab er seinem Pferd die Sporen und ritt weiter.

Rynna blickte zu Tipperton hinüber, als sie ihrem Pony die Satteldecke wieder auflegte. »Die Pflicht ruft, Liebster.«

Während die Legion auf der Ebene kampierte, nahm Silberblatt sechs Vertreter mit, die Corons Eiron und Ruar, die Häuptlinge Urel und Durul, DelfHerr Volki und Kommandeurin Rynna, und ritt mit ihnen den Hang hinauf und in die Stadt, um sich mit dem Verwalter des Hochkönigs zu beraten, der dort Hof hielt.

»Wir sind den ganzen Weg hierhergeritten, nur um zu erfahren, dass er nicht da ist?«, erkundigte sich Dinly ungläubig.

»Was nützt der Ruf eines Hochkönigs, wenn er nicht bleibt, wo er ist?«, knurrte Alver.

»Ich hatte das bereits befürchtet, als ich sah, dass wir die Einzigen hier sind«, unkte Farly. »Unsere Legion, meine ich.«

»Wenn er nicht da ist«, fragte Dinly, »wo mag er dann stecken?«

»Leise.« Nix unterdrückte ein Gähnen. »Lasst Rynna doch reden.«

Die kalten Sterne zogen über den nächtlichen Himmel. Silberblatt und die anderen waren in den frühen Morgenstunden zurückgekehrt, und Rynna hatte die Wurrlinge geweckt, um ihnen zu schildern, was sich inzwischen zugetragen hatte.

Während Rynna einen Zweig in die Flammen schob, sagte sie: »Der Verwalter des Hochkönigs, Lord Voren, hat gesagt, Blaine halte sich östlich von hier auf, siebenhundert Meilen entfernt am Eisenwasser.«

»O nein!«, stöhnte Dinly und sah Beau an. »Noch eine halbe Weltreise entfernt. Ich ... ich ...«

Er verstummte unter Rynnas finsterem Blick. »Er hat die Südländer vom Gûnarr-Schlitz bis hierher verfolgt. Sie sind vor dem Hochkönig und seinem Heer geflohen, demselben Heer, mit dem er die Blockade des Schlitzes gebrochen hat.

Die Feinde haben sich erst nach Osten gewendet, verfolgt vom König, durch Valon über den Argon sind sie geflohen, quer durch Pellar und über den Eisenwasser. Dort stehen sie sich jetzt gegenüber.

Der Hochkönig hält diese Seite des Ufers besetzt, denn der Feind bewacht die andere Seite, und im Angesicht des Feindes einen Fluss zu überqueren ist reiner Selbstmord.«

»Oi, warte einen Augenblick«, bat Farly. »Sie haben sich ihm am Argon nicht entgegengestellt?«

Rynna schüttelte den Kopf. »Dieselbe Frage habe auch ich gestellt, Farly, und Lord Voren hat sie verneint.«

»Aber jetzt verteidigen sie den Eisenwasser?« Farly mochte es kaum glauben. »Er ist weniger breit und weit weniger Ehrfurcht einflößend denn der Argon!«

»Allerdings«, räumte Rynna ein.

»Warum dort und nicht am Argon?«, wollte Tipperton wissen.

»Voren glaubt, der Grund sei Hèlofen, das in ihrem Rücken liegt. Und sie zögern, über dieses Ödland zu fliehen.«

Tipperton blätterte in seinen Karten. »Damit hat Lord Voren sicher recht. Ich meine, Hèlofen liegt gleich hinter dem Eisenwasser.«

»Hat der Hochkönig einen Plan?«, erkundigte sich Nix.

»Aye«, erwiderte Rynna. »Blaine glaubt, der Feind habe schon bald keine andere Wahl mehr, als das Flussufer aufzugeben. Da sie von dem öden Land nicht leben können und nur wenig Vorräte haben, und nur Hèlofen hinter ihnen liegt, wartet der König einfach, statt sie zu belagern. Nur wird diesmal der Feind in Schach gehalten.«

Beau seufzte. »Wir haben wohl einen langen Ritt vor uns. Wie Dinly richtig sagte: eine weitere halbe Weltreise.«

Rynna grinste und schüttelte den Kopf. »Nein, Beau, diesmal nicht.«

Linnet sah Rynna fragend an. »Nicht? Warten wir einfach tatenlos hier ab?«

»Das würde ich auch gern wissen«, mischte sich Nix ein. »Sollen wir den Hochkönig einfach im Stich lassen? Und ihn in dieser Pattsituation mit dem Feind belassen?«

»Im Gegenteil«, erklärte Rynna. »Ihr müsst nämlich wissen, dass Silberblatt einen Plan hat.«

17. KAPITEL

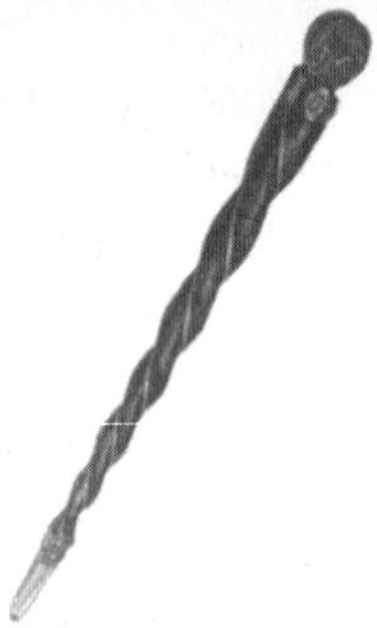

Am nächsten Morgen standen die Wurrlinge auf einem hohen Felsvorsprung des Festlandes und beobachteten, wie ein Drachenschiff der Fjordländer unten am Kai Segel setzte. Die mit spitzen Stacheln bewehrten Schilde waren auf ihren Halterungen über dem Dollbord befestigt, und das viereckige Segel war an einen Querbalken gebunden, damit es in den Wind gestellt werden konnte. Eine Mannschaft aus Menschen mit Streitäxten an ihren Gürteln ruderte das Langschiff aus der Hile-Bucht und in Richtung des Ozeans, um dann schon bald durch die blauen Wasser der Avagon-See zu gleiten. Mittschiffs befand sich ein halbes Dutzend Pferde, nur durch schmale Stangen voneinander getrennt, die von Dollbord zu Dollbord reichten. Am Bug standen Vanidar und neben ihm Aravan. Der Kriegsherr und sein getreuer Berater, die von der Stadt wegsegelten.

Als sie um die Schulter des Kaps segelten und nicht mehr zu sehen waren, seufzte Rynna. »Da segeln sie hin, Silberblatt und Aravan, um Hochkönig Blaine zu sprechen.«

»Glaubst du wirklich, dass sein Plan aufgehen kann?«, erkundigte ich Linnet. »Drachenschiffe als Pontonbrücke zu benutzen?«

»Ich wüsste keinen Grund, der dagegen spräche«, antwortete Nix. Dann deutete er auf den langen Steinkai. »Sieh doch, die Arbeiter tragen bereits Planken zu den Schiffszimmerern.« Auf der Mole fuhren Männer in Karren große Ladungen mit Planken zu der Werft.

»Pah«, knurrte Beau. »Wie eine Reihe Ameisen, die Fruchtstücke nach Hause in ihren Ameisenhaufen schleppen.«

»Nun, hoffen wir, dass – ebenso wie die Arbeit dieser Ameisen – auch diese hier süße Früchte bringt«, erklärte die poetisch veranlagte Linnet.

»Die Früchte, die hier geerntet werden, dürften eher bitter schmecken«, meinte die praktische Rynna. »Aber wir müssen die Ernte dennoch einfahren.«

Dinly gähnte lange und laut. »Meiner Treu, ich glaube, ich habe gestern nicht genug Schlaf bekommen. Dann sind wir heute auch noch aufgestanden, bevor die Sonne am Himmel stand. Da wir aber von letzter Nacht sprechen, Rynna, könntest du noch einmal erzählen, was wir hier eigentlich vorhaben? Ich war ein wenig müde, weißt du, und ich glaube, ich habe etwas von der Geschichte versäumt.«

»Da du gerade vom Frühaufstehen redest, Dinly, wie wäre es mit einem guten Frühstück? Dabei kann uns Rynna alles berichten.« Er sah Linnet an. »Ich könnte eine gute, heiße Tasse Tee zum Aufwachen gebrauchen.«

Sie gingen zu ihren Ponys, stiegen auf und ritten über denselben Hang hinab zum Lager, den Silberblatt und seine Hauptleute gestern Abend hinaufgeritten waren ...

Sieben waren an diesem Abend vom Lager der Legion nach Caer Pendwyr den Hügel hinaufgeritten, mit den Fahnen von Darda Galion, Darda Erynian, Ardental und Kraggencor. Es waren Kriegsherr Vanidor, die Corons Eiron und Ruar, die Häuptlinge Urel und Durul, DelfHerr Volki und Kommandeurin Rynna. Rynna fühlte sich etwas falsch hier, weil sie keine eigene Fahne hatte. Die Baeron aber hatten auch keine. Allerdings schienen sie sich deswegen nicht weiter zu grämen. Sie ritten den Hang hinauf und kamen an die steile Böschung vor der Stadt. Der Erdwall erstreckte sich nach rechts und links und überspannte die ganze Breite des Kaps. An drei Stellen waren massive Holztore in diesen Wall eingelassen, links, rechts und in der Mitte. Über den Toren standen Wachen in rotgoldenen Wappenröcken. Vanidar war zum Mittleren Tor geritten, und jetzt zügelten er und die anderen davor ihre Pferde.

»Wir folgen dem Ruf des Hochkönigs!«, rief er dem Wachposten zu. »Lordverwalter Voren hat uns zu einem Rat gerufen. Ich bin Kriegsherr Vanidar, Lian-Wächter«, er deutete auf die sechs hinter sich, »und dies sind die Vertreter der Armeen, denen ich diene.«

Rynna riss die Augen auf. *Die Vertreter der Armeen, denen er dient? Pah! Acht Wurrlinge. Schöne Armee, das.*

»Willkommen, Lord Vanidar!«, rief der Hauptmann der Wache herunter. »Eure Ankunft wurde uns bereits angekündigt«, sein Blick richtete sich erstaunt auf Rynna, »aber es wurde nichts von dem Elfenkind gesagt, das Ihr mit Euch bringt.«

Bevor Vanidar reagieren konnte, antwortete Rynna. »Ich bin kein Elfenkind, sondern die Kommandeurin der Streitkräfte der Wurrlinge.«

Jetzt staunte der Hauptmann rest recht. »Waerlings«, sagte er leise. Dann erholte er sich und gab einem Soldaten unten am Tor einen Befehl. Rynna hörte, wie der Sperrriegel zurückgezogen wurde.

Sie ritten durch das Tor. Hinter dem Erdwall standen eine Zeltreihe nach der anderen, und dazwischen wehten Standarten an Stangen und markierten, wo die Soldaten aus den verschiedenen Ländern lagerten.

»Wie ich sehe, zeigen die meisten Fahnen einen goldenen Greif auf einem roten Feld«, bemerkte Rynna, die ihr Pony neben Ruars Vollblut gelenkt hatte.

»Das ist Pellarion«, antwortete der Coron. »Das Banner des Hochkönigs.«

»Sie sind viel zahlreicher als die Fahnen der anderen.«

»So soll es auch sein«, gab Ruar zurück. »Die Zurückgebliebenen sind lediglich *scheinbare* Streitkräfte, die bloß die Einheit der Freien Völker repräsentieren sollen.«

Coron Eiron, der neben ihnen ritt, lachte. Als Rynna ihn fragend ansah, meinte er: »Wie ich sehe, war Lordverwalter Voren klug genug, die Fjordländer von den Jutländern und diese beiden auch von den Gelendern zu trennen.«

Rynna folgte dem ausgestreckten Arm des Coron. In einer Ecke des Lagers flatterte ein blauweißes Banner, schräg gegenüber in der anderen Ecke eines in Grün, Orange und Gelb. Und in der dritten Ecke war eine rotblauweiße Fahne aufgezogen.

Eiron schüttelte den Kopf. »Dieser Waffenstillstand ist recht brüchig, würde ich sagen.«

»Waffenstillstand?«

»Aye, denn die drei sind uralte Feinde und haben sich nur vorübergehend gegen den gemeinsamen Feind vereint.«

Ruar schüttelte den Kopf. »Menschen.«

Eiron hob eine Braue. »Vergesst nicht, Alor, auch wir waren einst so verrückt wie die Menschen.«

Ruar nickte zögernd, und sie ritten weiter durch das Lager.

Bis sie an eine weitere Mauer kamen, diesmal an eine sehr hohe aus Stein. Wieder wurden sie durch ein bewachtes Tor eingelassen. Dahinter erstreckte sich die Stadt: mit ihren gepflasterten Straßen und den Gebäuden aus Stein und Ziegeln, mit Fliesen, Stuck und Putz verkleidet, die sich zum größten Teil aneinanderschmiegten. Obwohl hier und da auch ein Haus allein stand. Schmale Straßen und Gassen wanden sich in alle möglichen Richtungen. Sie alle waren mit verschiedenfarbigen Steinen gepflastert. Im Erdgeschoss der meisten Häuser lagen Geschäfte, die Wohnungen aber erstreckten sich über die Stockwerke darüber. Große Glasscheiben zeigten die Waren: Arbeiten von Handwerkern und Künstlern, Modistinnen, Kupferschmieden, Töpfern, Juwelieren, Webern, Gerbern, Flickschustern, Böttchern, Kleidermachern, Schneidern, Näherinnen, Tischlern und dergleichen.

Rynna staunte über die Vielzahl der Geschäfte, und auch darüber, dass es mehr als eins von jeder Art gab. Sie hätte sich das nicht einmal träumen lassen. Es war so ganz anders als in ihrer Siedlung Quellwasser. Während sie weiterritten, verrenkte sie sich fast den Hals, als sie ständig hin und her schaute.

Am Abend waren nur noch wenige Fußgänger unterwegs, und ihnen begegnete auch bloß ein Karren, der durch die Straßen zockelte. Ein Wasserkarren. »Pendwyr hat keine Quellen, deshalb muss man das Wasser aus den Schächten und Quellen der Ebene heranschaffen.«

»Ist die Stadt dadurch bei einer Belagerung nicht sehr anfällig?«, fragte Rynna.

Eiron schüttelte den Kopf. »Seht ihr die Ziegeldächer? Sie sind mit Regenrinnen und Rohren ausgestattet und so raffiniert gelegt, dass sie das Wasser in Zisternen sammeln. Das Wasser aus den Ebenen füllt die Vorräte nur auf.«

»Dann muss es hier aber oft regnen«, bemerkte Rynna.

»Das tut es auch«, bestätigte Eiron. »Die Stadt muss nur sehr selten auf das Wasser aus der Ebene zurückgreifen.«

»Und wenn man Wasser braucht, um Feuer zu löschen? Haben sie dafür auch genug?«

Eiron lachte. »Seht Euch um, Kleine Frau. Diese Stadt ist aus Stein und Ziegel und solchen Materialien erbaut. Diese Dinge brennen nicht.«

Rynna folgte seinem Rat – und das einzige Holz, das sie sah, war das der bunt bemalten Türen und Fensterläden.

»Nachdem die Chabbaner Gleeds niedergebrannt haben – und daraufhin selbst vernichtet wurden –, hat der Hochkönig

Rolun seinen Hof in das Fort dieses Kaps hier verlegt. Dann dachte er an die Stadt, die er soeben verloren hatte. ›Nie wieder‹, verkündete er und erließ das Dekret, alle Gebäude in Pendwyr aus Stein oder Ziegel zu erbauen, oder aus einem Material, das nicht brennt.«

»So war es und so ist es noch«, erklärte Volki mit einem abschließenden Unterton, während sie weiterritten.

Sie ritten an Geschäften und Läden vorbei, an Restaurants, Tee- und Kaffeestuben, an Herbergen und Tavernen, an großen Gebäuden und kleinen Plätzen, an Lebensmittelhändlern und Ärzten und Kräuterheilern. Sie überquerten mehrere große Marktplätze, die jetzt am Abend allerdings verlassen waren.

Schließlich kamen sie zu einem Tor in einer hohen Steinmauer, die über die ganze Breite der schmalen Halbinsel führte. Wieder nannte Vanidor den Wächtern seinen Namen und sein Begehr und erneut wurden sie eingelassen. Doch hinter dieser Mauer änderte sich der Charakter der Gebäude. Denn hier war das Hohe Gericht beheimatet, eine Steuerhalle, ein großes Gebäude, in dem die Stadtwache logierte, und in deren oberem Stockwerk sich ein Kerker befand. Daneben gab es eine Brandwache, eine Bibliothek, ein Gebäude für die Volkszähler, ein Archiv, einige Universitätsgebäude und andere öffentliche Bauwerke. Hier zeigte die Regierung ihr Gesicht, saßen die Büros und Agenturen des Reiches. Und obwohl Rynna von den vielen Gebäuden in diesem Viertel beeindruckt war, kamen sie ihr doch kalt und freudlos vor, und nicht halb so herrlich wie die Stadt außerhalb dieser Mauern.

Sie ritten weiter, und Caer Pendwyr ragte vor ihnen auf. Die riesige Zitadelle mit ihren zinnenbesetzten Wällen und Türmen an allen Ecken, die das Schloss des Hochkönigs umringten. Als sich Rynna mit den anderen näherte, sah sie, dass es auf einem freistehenden Felsen stand, der aus der

Avagon-See aufragte. Die befestigte Nadelspitze war durch eine Drehbrücke mit dem Festland verbunden. Die Soldaten in der Festung konnten einen Teil davon zur Seite drehen und die Festung so vom Festland abtrennen.

Im Augenblick jedoch überspannte die an beiden Enden bewachte Brücke den Abgrund.

Sie nannten einem Hauptmann der Wache ihre Namen. Er rief zwei Pagen zu sich. Einen schickte er zu Lord Voren, damit er ihn in Kenntnis setzte und sich der Lord in die nördliche Turmkammer begeben konnte, den anderen gab er ihnen als Führer dorthin mit.

Sie wurden durch Korridore geführt und erklommen Wendeltreppen, bis sie einen Raum in einem der äußeren Türme erreichten. Obwohl Rynna vollkommen orientierungslos war, erklärte Volki, dass sie sich tatsächlich im Nordturm befänden, von dem aus man die Hile-Bucht überblicken konnte.

Sie hatten den Raum kaum betreten, als der Page, der Lord Voren hatte holen sollen, eintrat und die Ankunft des Verwalters ankündigte. Augenblicke später trat ein älterer Mann ein. Er ging gebeugt, doch sein Auge blickte scharf und klar, und auf seinem Kopf hielt sich nur noch ein dünner, weißer Haarkranz.

»Kommt und setzt Euch um den Tisch. Wir müssen ja nicht herumstehen, eh? Und sehen meine alten Augen recht? Oder ist da ein Waerling in unserer Mitte?«

Der alte Mann lächelte Rynna an und winkte sie auf den Stuhl an seiner Seite. »Kommt, kommt, Kleine Frau, ich möchte Euch neben mir haben.«

»Aber Mylord, ich bin nur ein Wurrling zwischen Corons und Häuptlingen und einem DelfHerrn und einem Kriegsherrn und ich ...«

»Papperlapapp!«, unterbrach sie der Mann. »Elfen, Zwerge

und selbst die hünenhaften Baeron sehe ich fast jeden Tag … oder doch zumindest einige Male im Jahr. Aber Waerlings, das ist höchst selten. Außerdem sagte der Page, Ihr wärt Kommandeurin, und das ist sicher gut genug für mich.«

Silberblatt lachte schallend. »Ach, kleine Ryn, widersetzt Euch Lord Voren besser nicht, er hat das Recht auf seiner Seite.«

»Habt Ihr gegessen? Nein?« Voren winkte dem Pagen. »Junge, lass Speisen bringen … und Tee. Abmarsch, und zwar hopp, hopp!«

Als der Page in den Flur schoss, drehte sich Voren zu den anderen herum. »Was die Armee betrifft, die Ihr mitgebracht habt …«

»Wie hat der Feind es vermieden, abgeschlachtet zu werden, als er zum Argon kam?«, wollte Volki wissen. Der Zwerg strich sich über seinen schwarzen, mit silbernen Fäden durchsetzten Bart.

Voren deutete auf die Stelle einer Karte, wo die Argon-Fähre eingetragen war. »Einige wurden getötet, als sie den Rückzug sicherten, aber die meisten konnten entkommen. Offenbar warteten bereits Flöße auf sie.«

»Flöße? Die auf sie warteten?«

Lord Voren hob eine Hand. »Vielleicht haben sie sie angefertigt, bevor sie in Pellar einfielen.«

»Sie hatten es noch nicht getan? Ich meine, sie haben Pellar nicht überfallen?«, erkundigte sich Rynna.

Voren schüttelte den Kopf. »Sie haben kleinere Einheiten über die Grenze geschickt, aber die stellten keine echte Bedrohung dar.« Er fuhr mit der Hand durch die Luft. »Es schien fast so, als wollten sie weniger die Stadt erobern, als vielmehr den Hochkönig selbst fangen.«

Rynna runzelte die Stirn. »Ihn fangen?«

Voren nickte. »Wäre Modru der Hochkönig in die Hände

gefallen, so hätte das einen schrecklichen Schlag gegen die Freien Völker bedeutet. Aber er hat sie alle überlistet und den Feind über den Argon gejagt.«

Volki nickte finster. »Und wie ist der Hochkönig über den Fluss gekommen, während sie ihm den Übergang verwehrten?«

»Das haben sie nicht ...«

»Sie haben den Argon nicht verteidigt?«, warf Rynna ein.

»... sondern sind stattdessen geflüchtet«, fuhr Lord Voren fort. »Sie haben ihre Flöße und Schiffe zurückgelassen.«

»Sie haben sie einfach zurückgelassen? Und nicht verbrannt?« Coron Eiron sah die anderen am Tisch an, die ebenso verwirrt waren wie er.

»Nein. Hochkönig Blaine hat eine Kompanie Fjordländer übergesetzt, die die Flöße sicherten und damit das Heer hinüberbrachten. Trotzdem hat es mehrere Tage gedauert, bis alle das Ufer von Pellar erreichten. Bis dahin hatte der Feind einen großen Vorsprung. Sie flohen durch das Land und über den Eisenwasser nach Garia.«

»Der König hat nicht versucht, sie zwischen seinem Heer und dem Ufer in die Enge zu treiben?«, erkundigte sich Durul.

Voren schüttelte den Kopf. »Nein. Sie hatten bereits übergesetzt, als er ankam, und hatten sich aufgestellt, um das Ufer zu verteidigen.«

»Hm.« Ruar dachte nach. »Sie haben ihn am Argon nicht bekämpft, einem breiten Fluss, und doch tun sie es am Eisenwasser ... Das ist ein Rätsel, wahrlich.«

»Aye«, knurrte Volki. »Der Eisenwasser ist kein Argon. Er ist höchstens dreihundert Meter breit, während der Argon an der Grenze zu Pellar mindestens eine Meile misst.«

»Vergesst nicht, Coron Ruar, DelfHerr Volki, Hèlofen liegt in ihrem Rücken. Hochkönig Blaine vermutet, dass sie Angst haben, diese Ödnis zu durchqueren. Also belagert er sie.«

»Dieses Hèlofen«, sagte Rynna. »Was ist das, dass sie eine solche Furcht davor haben?«

»Es ist ein grausiger Ort, Kleine Frau«, erwiderte Voren. »Werft einen Blick auf die Karte, aber sie sagt längst nicht alles: umringt von Hügeln und von der Avagon-See durch einen hohen Schildwall getrennt, ist Hèlofen ein tiefer Schlund in der Erde: zehn Werst breit, vierzig lang und hier am schmalen seewärtigen Ende mehr als dreihundert Meter tief. Wo er sich verbreitert, reicht er mehr als eine Meile in die Tiefe. Die tiefe Kluft führt den ganzen Weg bis zum nordwestlichen Ende. An manchen Stellen ist die Flanke blank oder führt sehr steil hinab; an einigen Stellen jedoch führen Hänge tief ins Innere. Nichts wächst in den Tiefen, denn der Boden ist heiß, gebacken und rissig, als würden darunter Feuer lodern. Und der Boden dieser ätzenden Wüste ist Werst um Werst mit gezackten schwarzen Steinen bedeckt. Sie sind zerbrochen, zertrümmert, scharfkantig, und dann gibt es tiefe Spalten, gewaltige Haufen und lange Geröllhalden, gähnende Schlünde und Löcher, die in dem Stein ins Nichts verschwinden. Wer diese Wüste der Trümmer zu durchqueren suchte, würde Wochen für wenige Werst benötigen. Und selbst wenn sie das andere Ende erreichten, würden ihre Kleidung, ihre Stiefel und ihre Haut in Fetzen liegen. Unter dem schwarzen Stein gibt es Stellen, wo kochendes Wasser ganz plötzlich in den Himmel schießt, dann wieder gibt es Löcher, die glühende Schmelze auf Ebenen von weichem, braunem Stein ergießen. Es gibt kristalline Grate, so scharf wie die schärfste Klinge, wie auch gezackte Öffnungen, aus denen tödliche Gase strömen und in deren abgründigen Tiefen ein Feuer glüht. Über die ganze Landschaft hinweg können jederzeit blubbernde Becken aus kochendem Schlamm oder zähem, schwarzem Teer einen unachtsamen Wanderer verschlingen, während glühende Spalten in der unfruchtbaren Erde Rauchschwaden ausstoßen, schwarze, gelbe oder graue. Dazu wabert ein grauenvoller Gestank über allem. Manchmal ist die Luft in dem großen Schlund tödlich, denn der Ausstoß des giftigen Rauches und der Dämpfe sammeln sich in Höhlen in dem Becken und manchmal im ganzen Hèlofen, verseuchen die Luft und töten alle Kreaturen, die sich darin befinden, auch Menschen. Aus all diesen Gründen – und vielleicht aus noch mehr – scheuen sich Modrus Armeen, das Land zu durchqueren.«

Volki räusperte sich und deutete auf eine Stelle der Karte, die die Stadt Rhondor am nordwestlichen Ende des Schlundes zeigte. »Trotzdem gibt es Tage, in denen der Wind den Schlund und seine Höhlen so weit reinigt, dass die Minenarbeiter von Rhondor die wertvollen Mineralien abbauen können, die es dort gibt: weißer *foran*, gelber *siarka*, und der vielfarbige *sólas* ...«

»Haben sie denn keine Angst vor den tödlichen Dämpfen?«, wollte Rynna wissen.

Volki schüttelte den Kopf. »So wie wir Châkka es in unseren Minen halten, so nehmen auch sie kleine Gelbflügel in Käfigen mit, die sie rechtzeitig warnen. Und die Erze, Steine und das Kristall von Rhondor sind sehr kostbar.«

Rynna sah den Zwerg an. »Ungeachtet des Wertes dessen, was dort abgebaut wird, scheint es mir ein schrecklicher Ort zu sein, Gelbflügel oder nicht.«

»Aye, Kleine Frau, Ihr habt ganz recht«, erklärte Voren. »Und genau aus diesem Grund sieht sich der Feind einer Belagerung gegenüber.«

»Ich nehme an, dass der König keine Flöße zur Hand hat«, bemerkte Urel.

»Ein paar, Häuptling, aber Blaine wird sie in dieser kleinen Zahl nicht einsetzen. Denn wenn er sein Heer dem wartenden Feind immer nur in kleinen Abteilungen entgegenwirft, kann das bloß eine Niederlage bedeuten. Deshalb wird er es auch nicht tun. Sondern kontrolliert im Augenblick diese

Seite, denn dort, wo der Feind steht, gibt es keine Nahrung, und ihre Vorräte gehen zur Neige.«

Silberblatt hatte an dem hohen Fenster gestanden und in den Hafen hinabgeblickt. Jetzt drehte er sich um. »Wenn er fast ohne Verluste übersetzen könnte, würde Hochkönig Blaine den Feind dann angreifen?«

»Allerdings, Lord Vanidar, das würde er tun.«

Silberblatt lächelte. »Wohlan denn, wenn Ihr mir alle Schiffszimmerer zur Verfügung stellt und all Euer Holz und ein paar Krieger aus dem Lager vor Eurer Tür, dann hätte ich einen Plan.«

»... hat es sich zugetragen«, schloss Rynna. »Silberblatt hat seinen Plan erklärt, alle anderen haben dazu beigetragen, dann bin ich zu Euch gekommen und habe ihn Euch geschildert.«

Sie sah sich um und trank einen Schluck Tee.

»Und es ist ein guter Plan«, bekräftigte Alver, »stimmt's, Dinly?«

Doch der Bokker, der Rynna gebeten hatte, die Ereignisse des Treffens noch einmal zu schildern, eben dieser wissbegierige Bokker war, voll des reichhaltigen Frühstücks, einfach eingeschlafen.

Sieben Tage verstrichen, dann noch eine Woche, aber Silberblatt und Aravan waren noch nicht zurückgekehrt. Der Armee auf der Ebene blieb nichts übrig als zu warten. In den Werften jedoch herrschte rege Betriebsamkeit. Die Zimmerer arbeiteten Tage und Nächte hindurch, fünfzig Drachenschiffe wurden vermessen und mit breiten, floßähnlichen Konstruktionen ausgestattet. Auf eine feste Unterkonstruktion wurden Planken genagelt, die sich von Seite zu Seite spannten und je einen Meter über den Rand hinausragten. Andere floßähnliche Konstruktionen aus verstärkten Planken wurden so gebaut, dass sie frei stehen konnten, und später auf die Konstruktionen geschoben, die schon zwischen den Schiffen hingen. Dort wurden sie mit großen Holzschrauben festgehalten.

Außerdem wurden sechzehn große Schiffe der Gothonier bereit gemacht, um in See zu stechen. Die Besatzungen dieser Schiffe waren froh, dass sie etwas zu tun hatten.

Und obwohl die Wurrlinge an diesen Arbeiten nicht beteiligt waren, verrann die Zeit für sie schnell. Denn jeden Tag konnten sie mit Erlaubnis ihrer Kommandeurin die Stadt Pendwyr erkunden. Sie staunten über die Wunder, die es fort gab, und Rynna selbst, die mit ihnen ging, am meisten. Noch nie hatten sie so viele Geschäfte und Häuser und Tavernen und Herbergen gesehen, Werkstätten und Handwerke. Dennoch waren einige der Geschäfte nur mit wenig Angestellten bestückt und manche waren auch gänzlich geschlossen. »Das hat mit der Blockade zu tun und den verbrannten Schiffen in Arbalin«, hatte ihnen Beth erklärt, ein Schankmädchen im *Roten Mond.* »Immerhin ist Krieg und all das. Ihr solltet die Stadt im Frieden sehen, wenn Güter und Leute aus der ganzen Welt herkommen. Jetzt sind es fast nur Soldaten und Seeleute, eine recht raue Bande, vor allem, wenn Fjordländer und Jutländer in derselben Taverne aufeinandertreffen.«

»Wir haben gehört, dass sie nicht gut miteinander auskommen«, sagte Rynna.

»Nicht gut miteinander auskommen, das ist noch milde ausgedrückt, Miss. Wäre die Stadtwache nicht, würde es sicher zu Mord und Totschlag kommen, wenn Ihr mich fragt. Aber ich bin trotzdem froh, dass sie hier sind. Sie brauchen einfach etwas anderes zu tun, als neben der Stadt Wache zu halten.«

Rynna lächelte und sah Tipperton an, der ebenfalls lächelte. »Es ist Krieg, sicher, und ich würde die Stadt wirklich gern zu Friedenszeiten sehen, wenn sie bis zum Rand mit Leuten voll ist. Aber sagt, Beth, was vermisst Ihr am meisten?«

»Das ist einfach, Miss: Musik. Die Harfen und Flöten und Lauten und Trommeln. Und den Gesang von Liedern. Da der Krieg über das Land tobt, kommen nur wenig Barden und Minnesänger hier durch. Die meisten sind in den Krieg gezogen.«

In dieser Nacht, der siebten, nachdem Silberblatts Heer angekommen war, und in den nächsten neun Nächten ebenfalls, war der *Rote Mond* von Gesang und Musik erfüllt. Tipperton und Rynna und Jaith und die dunkelhaarige Elissan spielten und sangen. Laute, Flöte, Harfe und Timbrel.

In der Schänke drängten sich die Krieger, die nur gekommen waren, um sie spielen und singen zu hören. Und es gab nicht eine Schlägerei in diesen Nächten, denn die Soldaten sangen manchmal auch mit. Selbst Fjordländer und Jutländer sangen zusammen, wenn auch von entgegengesetzten Ecken des Raumes aus. Und dazwischen mischten sich immer wieder die Gelender in die Lieder.

Während einer kleinen Ruhepause, als Tipperton und Beau ein Bier an der Bar tranken, hockten Jaith, Rynna und Elissan an einem Tisch zusammen und brachen immer wieder in schallendes Gelächter aus. Als Tipperton auf die Bühne zurückkehrte und seine Laute nahm, trat Rynna mit ihrer Flöte an seine Seite und flüsterte ihm zu: »Hast Geheimnisse, eh, von einem bestimmten Bad in Ardental.«

Als Tipperton heftig errötete und Elissan ansah, spielte Rynna die ersten Töne von »Die Maid und der Bursche«. Die Gäste lachten und applaudierten dem bekannten Refrain. Der Bokker setzte jedoch erst in der Mitte der ersten Strophe ein, als die Gäste bereits mitsangen.

Drei Tage später kam ein Page ins Lager geritten und suchte unter anderen Kommandeurin Rynna. Er reichte ihr eine Einladung für den folgenden Abend. Rynna rief die Wurrlinge zusammen. »Wir sind vom Lordverwalter Voren zu einem Wintertagfest in der Burg eingeladen worden, um die Längste Nacht des Jahres dort zu feiern.«

Dinly grinste. »Unsere ganze Wurrling-Armee?«

Rynna lachte und nickte. »Die ganze Armee.«

Linnet zog das Gesicht lang. »Ich hatte gehofft, mit Beau den Zwergen bei ihren Mittwinterfeiern zu Ehren Elwydds zusehen zu können. Ich bin zwar keine Châk-Sol – wie Beau –, aber als DelfHerr Volki bemerkt hat, dass ich eine Anhängerin Elwydds bin, hat er mir die Erlaubnis gegeben. Ich möchte es nicht versäumen.«

Tipperton runzelte die Stirn. »Und ich hatte gehofft, dass du und ich, Rynna, das Ritual des Jahreszeitenwechsels mit den Dylvana und Lian um Mitternacht begehen könnten.«

»Ich jedenfalls«, sagte Nix, »möchte an dem Fest auf der Burg teilnehmen.« Dinly, Alver und Farly nickten eifrig.

Rynna lächelte und hielt die Einladung hoch. »Keine Angst. Lord Voren hat geschrieben, das Bankett sei rechtzeitig vorbei, damit alle die Längste Nacht des Jahres auf ihre eigene Art feiern können.«

Am Abend des Wintertages schneite es, während Wurrlinge, Lian, Dylvana, Baeron und die Zwerge sich auf den Weg zur Burg machten. Gedämpfter Gesang drang aus den Wohnungen über den Geschäften, aus den Tavernen, Herbergen und Gasthäusern zu ihnen herunter. Es war der Wintertag, der erste Weihnachtstag, und trotz des Krieges wollten ihn die Menschen feiern. Trotzdem war es in einigen Häusern still, auch wenn Kerzen in den Fenstern brannten. Die Bewohner hatten Verwandte im Krieg verloren, und dieses Weihnachtsfest war für sie kein fröhliches.

Sie ritten durch die Straßen und das Tor in der zweiten Steinmauer. Die hohen Fassaden der Regierungsgebäude starrten abweisend auf sie hinab, als sie daran vorbeikamen. Schließlich ritten sie über die Schwingbrücke und in den Schlosshof dahinter. Dort nahmen ihnen Stallburschen ihre Pferde ab.

Sie wurden in einen großen Festsaal geführt, wo ein Majordomo die Gäste ankündigte, bevor sie hereingelassen wurden. Als Rynna vortrat, rief er: »Ladies und Lords und hochgeehrte Gäste, ich präsentiere Kommandeurin Rynna Fenrush Thistledown und ihre ganze Armee aus Waerlings: Herrn Tipperton Thistledown, Herrn Beau Darby und Lady Linnet Fenrush Darby, Herrn Nix Fenrush, Herrn Farly Bourne, Herrn Alver Bruk und Herrn Dinly Rill.«

Ein Murmeln lief durch den Saal, als Rynna und Tipperton gefolgt von den anderen die drei Stufen auf den Boden des Saals hinabstiegen. Denn obwohl sie ihre beste Lederkleidung angezogen hatten, ähnelten die Wurrlinge eher Gestalten des Waldes als berühmten Kriegern. Die Tische waren am Rand des Saals aufgestellt, sodass die Fläche in der Mitte frei blieb. Die Wurrlinge folgten einem Pagen über den Marmorboden zu ihren reservierten Plätzen, denn wie Lord Voren gesagt hatte: Es verirrten sich nur selten Waerlings an den Hof des Hochkönigs. Als sie ihren Tisch erreichten, stellten sie fest, dass man die Stühle auf Blöcke gestellt hatte, damit sie auch für Leute von bescheidener Gestalt eine bequeme Höhe bekamen. Trotzdem mussten sie wie kleine Kinder auf ihre Stühle klettern, sehr zur Belustigung der anderen Gäste und außerdem zu dem blanken Entsetzen der Lakaien, die angenommen hatten, an alles gedacht zu haben. Was sich jedoch als Irrtum herausstellte. Doch die Wurrlinge ließen sich davon nicht verdrießen, sondern plauderten fröhlich miteinander, nachdem sie es sich gemütlich gemacht hatten.

Das Fest war in vollem Gange, als die großen Doppeltüren des Saals plötzlich aufflogen. Die Gespräche verstummten schlagartig, als der Majordomo seinen langen Stab auf den Boden hämmerte und Luft holte, um die verspäteten Gäste anzukündigen. Noch bevor er ein Wort herausbrachte, schrie Rynna: »Silberblatt! Aravan! Ihr seid zurück!«

Die beiden Lian schritten durch den breiten Eingang und die drei Stufen zum Marmorboden hinab.

»Lord Vanidor und Lord Aravan!«, verkündete der Herald und hämmerte seinen Stab auf den Boden, doch seine Worte gingen in den frohen Begrüßungsrufen unter.

Silberblatt streifte seinen Umhang ab und trat in die Mitte des Saals. Dort hob er die Hände. Als endlich Ruhe einkehrte, sagte er: »Dem Hochkönig Blaine geht es gut, er schickt Euch seine Grüße und guten Wünsche für den Wintertag.«

Während diese Neuigkeit mit lautem Jubel aufgenommen wurde, gelang es Rynna, Aravans Blick auf sich zu ziehen.

Unser Plan?, fragte sie lautlos.

Er nickte.

Rynna drehte sich zu Tipperton und den anderen herum und grinste sie an: *»Bereitet Eure Schlingen und Bögen vor, meine Wurrling-Armee«*, sagte sie auf Twyll. *»Denn der König hat unserem Plan zugestimmt.«*

Sie segelten über das Meer, eine Armee aus achttausendsechshundert Kriegern. Und acht. In der Flotte befanden sich fünfzig Drachenschiffe, von denen fünfundzwanzig von Fjordländern bemannt wurden, die anderen fünfundzwanzig von Jutländern. Insgesamt waren es dreitausend Krieger, die ihre Schiffe am Eisenwasser verlassen und sich dem Feind stellen wollten. Die Langboote trugen alle die floßartigen Planken, mehr als genug, um Silberblatts Plan in die Tat umzusetzen.

Die restlichen fünftausendsechshundert und acht Krieger waren auf die sechzehn riesigen gothonischen Schiffe verteilt, zusammen mit ihren Pferden und Ponys, einschließlich der Reservepferde, der Zugpferde und der Wagen.

Die riesigen Schiffe waren vom Bug bis zum Heck fast siebzig Meter lang und maßen an der breitesten Stelle mehr als zwanzig Meter. Jedes hatte fünf Decks. Das Oberdeck und vier Unterdecks. Von diesen vier Decks waren drei vor allem für Pferde, Ponys, Wasser und Futter reserviert, obwohl dort auch einige Wagen und Vorräte verstaut waren. Auf den restlichen Decks hatten die Krieger und Seeleute und Wagen und Karren und eine Menge Nachschub Platz gefunden. Als die riesigen Schiffe beladen worden waren, waren vier auf einmal mit Ruderern und Segeln und von Ruderbooten gezogen an die Kais manövriert worden. Breite Türen waren an den Seiten der Schiffe geöffnet und Laufplanken hinausgeschoben worden. Über diese großen Rampen hatten die Krieger ihre Pferde und Ponys in den Bauch der Schiffe und in die schmalen Boxen geführt, insgesamt vierhundert pro Schiff, verteilt über drei Decks. Die Krieger mussten sich auf einem zusammendrängen. Dann hatte man die Waren und Karren vertäut, und als Letztes brachten die Krieger ihre Habseligkeiten an Bord.

Es dauerte drei Tage, die Schiffe vollständig mit Pferden, Ponys, Kriegern, Wagen und Nachschub zu beladen, doch bei der nächsten Flut waren sie ausgelaufen, kurz nach Sonnenaufgang des folgenden Tages. Als sie die Wasser der Avagon-See erreichten, nahmen sie Kurs nach Osten. Die schnellen Drachenschiffe umringten die behäbigen gothonischen Kolosse, wie Paladine ihre Königinwitwe.

Sie würden sieben Tage bis zum Eisenwasser brauchen, vorausgesetzt, die Winde standen günstig. Also segelten sie nach Osten, bis sie schließlich nach Norden abdrehten. Das Ziel der großen Schiffe war der Hafen Adeo diesseits des

Eisenwasser. Das Ziel der Drachenschiffe dagegen lag noch weiter den Fluss hinauf.

Sie segelten drei Tage durch die blauen Wasser der Avagon-See. Der Wind blies kräftig und das Wetter blieb schön. In der Ferne lag die Küste von Pellar. Das Land blieb, als die großen Schiffe und ihre Eskorte durch die See pflügten, jedoch allmählich zurück. Die Wurrlinge versammelten sich häufig im Bug ihres gewaltigen Schiffes und sahen den Delfinen zu, die durch die blauen, klaren Fluten unter ihnen glitten.

Am Nachmittag des vierten Tages leisteten ihnen Volki, Gildor und Riatha am Bug Gesellschaft. Eine Weile beobachteten sie das Spiel der Delfine, die um den Bug herumschwammen, ab und zu aus dem Wasser sprangen, sich klatschend wieder hineinfallen ließen und durch die Wellen schnitten, die der Bug warf.

»Ich wünschte, wir könnten so unbeschwert spielen, wie sie das tun«, sagte Linnet sehnsüchtig.

»Sie wissen nichts vom Krieg«, meinte Volki.

Riatha sah ihn an. »O doch, DelfHerr, sie wissen es. Vom Krieg, meine ich.«

»Tatsächlich?« Tipperton sah sie erstaunt an.

Riatha lächelte. »Allerdings. Denn gelegentlich kämpfen sie gegen Haie und andere Räuber, vor allem, wenn sie ihre Jungen beschützen. Fragt Aravan, er weiß es.«

Volki knurrte. »Aber sie schwingen keine Waffen oder bedienen Belagerungsmaschinen und andere solche Dinge. Immerhin klopfen die Haie ja nicht an ihre Tür, wie die Brut an unsere klopft.«

Rynna runzelte die Stirn. »Wie meint Ihr das, DelfHerr?«

»Sie kamen mit einem großen Mauerbrecher und wollten sich den Zugang nach Kraggen-cor erzwingen.«

Gildor hob eine Braue. »Ein großer Mauerbrecher?«

»Aye. Die Trolle haben ihn bedient, unter einem Schild aus Bronze und Eisen. Und auf Rädern. Sein Eisenkopf war wie eine mächtige Faust geschmiedet und am Ende eines mächtigen Holzbalkens montiert«, antwortete Volki, ballte eine Faust und stieß sie vor, um es zu demonstrieren.«

»Ai«, sagte Gildor. »Ein Mauerbrecher ist eine schlimme Sache. ›Whelm‹ nennen sie es, aber ich nenne es *scheußlich.*«

»Ihr kennt das?«, fragte Tipperton.

Gildor nickte, Riatha ebenfalls. »Viele Tore und folglich auch viele Städte sind vor diesem Klopfen gefallen«, sagte Gildor. »Dunkel war jener Tag vor langer Zeit, als einer die Tore von Duellin zerstörte.«

»Da war doch eine Stadt auf Atala, nicht wahr?«, hakte Tipperton nach.

Riatha nickte.

Tipperton sah zwischen den beiden Elfen hin und her. »Wart Ihr dabei, als dieser Mauerbrecher die Tore einriss?«

Diesmal schüttelte Riatha den Kopf. »Nein. Aber Réin, meine Mutter, war da ...« Sie berührte den Jadegriff ihres Schwertes. »Usie trug Dunamís, die Klinge, die in Duellin von den Dwynfor geschmiedet wurde, den größten Schwertschmieden von allen.«

Volki nickte beifällig knurrend. »Selbst wir Châkka halten die Dwynfor für die größten aller Schwertschmiede.«

»Aber was war mit Whelm und dem Tor?«, fragte Nix neugierig.

»Und wer hat Duellin angegriffen und aus welchem Grund?«, setzte Farly hinzu.

Riathas silbergraue Augen verdunkelten sich. »Es war Modru, das heißt, seine Lakaien.«

»Ich wusste es«, knirschte Volki.

»Pa!«, knurrte Dinly. »Schon wieder Modru. Eines Tages wird irgendjemand Modru umbringen, dann ist der Fall erledigt.«

Gildor schüttelte den Kopf. »Seid da nicht so sicher, mein Freund. Solche Monster werden immer wiedergeboren ... oder nach ihren eigenen Monstern geschaffen.«

»Monster oder nicht«, sagte Farly und sah Riatha an. »Ich frage noch einmal: Warum sollte Modru Duellin angreifen? Aus reiner Boshaftigkeit?«

Riatha machte eine verneinende Geste. »Zwar kann seine Boshaftigkeit auch ein Grund gewesen sein, aber das war doch nicht alles. Meine Mutter hat mir dazu noch Folgendes erzählt:

Zu Beginn der Ersten Ära kam Modru nach Duellin, um Klingen von den Dwynfor zu erwerben, Äxte, Schwerter, Lanzen, Hellebarden und dergleichen. Aber die Dwynfor wollten nichts für ihn fertigen, denn schon damals gehörte Modru zu denen, die man scheute.

Also wandte sich Modru an andere Waffenschmiede, auch an die berühmte Gilian. Doch weder sie noch irgendjemand anders aus der Stadt wollte dem Schwarzen Magier zu Willen sein.

Wütend und Vergeltung schwörend segelte Modru davon. Ein paar Jahrhunderte später erfolgte die Einnahme der Insel durch die Brut und die Rover und Männer aus dem fernen Jûng. Unter den Belagerungsmaschinen, die sie mitbrachten, befand sich auch der Whelm.

Bum, klopfte er, Einlass begehrend, bum und bum und bum! Trolle bedienten ihn, und am Ende gaben die schweren Tore von Duellin unter dieser finsteren Faust nach.

Die Rûpt und die Rover und die Jûngarier stürmten durch die Bresche. Es war ein harter Kampf, in jeder Straße, jedem Gebäude, und auf Schritt und Tritt. Eine erbitterte Schlacht, fürwahr. Doch die Brût und die Kistanier und die Männer von Jûng gewannen allmählich die Oberhand, denn sie waren den Verteidigern von Duellin zahlenmäßig weit überlegen.

Sie metzelten sich zu den Schmieden der Dwynfor und Gilians und anderen berühmten Waffenschmieden vor.

Drei Viertel der Stadt waren bereits verloren, als die Lian vom Darda Immer eintrafen. Zusammen mit den Verteidigern von Duellin warfen sie die Angreifer bis zum Meer zurück.

Besiegt segelten sie davon, nahmen ihre mächtige Faust aber mit.

Das sagt Réin, Lian-Wächterin dieser Zeit, Réin, meine Mutter.«

Schweigen senkte sich auf die kleine Gruppe herab, das nur von dem Knarren der Leinen und des Holzes und dem Rauschen des Wassers am Rumpf des Schiffes unterbrochen wurde. »Sagt, DelfHerr Volki«, sagte Farly schließlich. »Hat der Whelm die Tore Eures Zwergenhorstes zertrümmert?«

Volki schüttelte den Kopf. »Nein. Sie wurden zwar bis an die Grenze ihrer Belastbarkeit bedroht, aber das große *daûn*, das Morgentor, hat gehalten.«

»Ai!«, rief Gildor aus. »Mächtig sind die Arbeiten der Drimma, dass sie einem Symbol solch böser Macht widerstehen konnten.«

»Châkka cor«, erwiderte Volki.

Rynna sah Tipperton fragend an. »Zwergenmacht«, übersetzte er für sie.

»Wo ist der Whelm jetzt?«, wollte Linnet wissen. »Zerstört, hoffe ich doch?«

Volki zuckte die Achseln. »Ich weiß nicht, wo der Whelm liegt, denn die Brut hat ihn mitgenommen, als sie vertrieben wurden. Als wir sie einholten, hatten sie ihn nicht mehr bei sich. Ich glaube, er liegt irgendwo in den Schluchten des Grimmwall.«

Erneut schwiegen sie, während der Wind in den Segeln über ihnen knatterte. Schließlich berührte Gildor die Griffe seines Schwertes und seines Dolches. »Bale und Bane wurden in Duellin geschmiedet.«

Riatha zog ihr Schwert aus seiner grünen Scheide. »Dunamís ebenfalls.« Die dunkle Klinge glitzerte, als wäre sie mit Sternen angefüllt.

Volki riss keuchend die Augen auf. »Dunkles Silberon! Euer Schwert besteht aus dunklem Silberon, Dara Riatha!«

Beau sah Tipperton verwirrt an, der seinerseits ratlos mit den Schultern zuckte. Gildor bemerkte dies und sagte: »Schattiges Sternensilber ist das seltenste aller Metalle, meine Freunde.«

Volki nickte. »Es gibt einige Adern von Sternensilber in Kraggen-cor, und das war auch der Grund, weshalb Modru mein Reich belagert hat.«

»Er wollte das Sternensilber, um seine eigene Klinge zu schmieden?«, fragte Nix.

Volki hob eine Hand. »Nachdem ich die Geschichte des Angriffs auf Duellin gehört habe, scheint mir das sehr wahrscheinlich, denn kein anderes Metall liefert solch mächtige Waffen wie Silberon. Und das liegt tief in den Schlünden meiner Domäne verborgen.« Volki sah Riathas Schwert ehrfürchtig an und setzte hinzu: »Aber wir finden nur ab und zu einen Klumpen dunkles Sternensilber, nie eine ganze Ader. Gebt Acht auf diese Waffe, Dara, denn sie ist unvorstellbar kostbar.«

Riatha nickte und schob die Klinge in die Scheide zurück.

Gildor seufzte. »Leider werden keine Klingen aus Atala mehr in Duellin geschmiedet, denn die Insel ist jetzt im Meer versunken.«

Nach einem Augenblick wandte sich Rynna an Riatha. »Dara Riatha, war Talar der einzige Überlebende?«

Riatha schüttelte den Kopf. »Nein, es gab noch andere, obwohl nur sehr wenige. Talar sagte, er wäre in Gothon einem begegnet: Othran, ein Seher, ein Magier. Er war schrecklich verletzt, lehnte aber jede Hilfe ab. Er meinte, er hätte eine Aufgabe zu erfüllen und machte sich auf den Weg nach Osten, nach Rian. Was das für eine Aufgabe war, hat Othran Talar jedoch nicht gesagt.«

»Meine Güte«, sagte Alver. »Eine Aufgabe, sagt Ihr? Ich frage mich, wie wichtig sie gewesen sein muss, wenn er dafür jede Hilfe abgelehnt hat.«

Bevor jemand antworten oder seine Spekulation abgeben konnte, wurden Befehle gebrüllt, und Matrosen rannten über das Deck. Sie nahmen die Leinen auf, zogen und schwangen den Mastbaum herum, um den Kurs zu ändern. Denn sie hatten Kap Pellarion endlich umrundet und nahmen jetzt Kurs nach Norden, zum Eisenwasser.

Am Abend zogen sich Wolken zusammen, als die Schiffe in dem verlassenen Hafen von Adeo vor Anker gingen. Der lange, steinerne Kai lag in Trümmern, obwohl er für ihre Zwecke noch solide genug war. Die Wurrlinge standen an Deck und beobachteten, wie die beiden ersten großen Schiffe vorsichtig an das Dock manövrierten, während ein frischer Wind aus Nordosten blies.

»Es ist ein schlimmer Wind, der aus Garia heranweht«, knurrte Volki, der nicht weit von ihnen entfernt zusah.

Beau holte tief Luft. »Ihr nehmt doch nicht an, dass Modru jetzt schon wieder einen Wintersturm beschwört, oder? Man sagt ja, er wäre der Herr der Kälte.«

Volki hob beide Hände, antwortete aber nichts darauf.

Die Wurrlinge sahen daraufhin zum Himmel empor und fröstelten, obwohl die Kälte, die sie verspürten, nicht von dem Wind stammte, und zogen ihre Umhänge enger um die Schultern.

Immer noch wehte der kalte Wind und trieb die dunklen Wolken vor sich her.

Es war der Endtag des Jahres, der letzte Tag des Dezembers, der letzte Tag des zweitausendeinhundertachtundneunzigsten Jahres der Zweiten Ära von Mithgar. Am nächsten Tag würde ihr Schiff an dem Kai anlegen, ihre Pferde und Habseligkeiten würden entladen werden ... morgen, am Anfangstag des Jahres, dem ersten Tag des Januar, des Jahres zweitausendeinhundertneunundneunzig, und dem allerersten Tag des fünften Jahres eines gewaltigen und verheerenden Krieges.

18. Kapitel

Es dauerte insgesamt fünf Tage, die Pferde, Ponys, Krieger, Wagen und Vorräte aus den Schiffen zu entladen. Und die ganze Zeit über wehte der eisige Wind aus Garia. Aber wenigstens schneite es nicht, obwohl dunkle Wolken am Himmel drohten und ein fauliger Geruch in der Luft lag. Es roch nach Schwefel und Schlacke und Eisen, wie nach frisch vergossenem Blut.

»Das ist der Gestank von Hèlofen, das hat man mir jedenfalls gesagt«, erklärte Talar am Morgen des ersten Tages. Der Elf stand am Vorsegel des Schiffes und beobachtete die Entladearbeiten.

»Kein Wunder, dass der Feind, der Hochkönig Blaine gegenübersteht, sich weigert, sich zurückzuziehen«, meinte Dinly und verzog angewidert die Nase. »Wenn ein solcher Gestank sie erwartet.«

»Es ist mehr als nur ein schlechter Geruch, Kleiner Mann«, erklärte Riatha, die neben ihrem Bruder an der Reling lehnte.

»Mehr als ein Geruch?«

»Aye. Das ist der Odem des Todes, falls Ihr in diese tödlichen Gase geratet und keine saubere Luft atmen könnt.«

»Meiner Treu.« Dinly drehte sich zu Rynna herum. Als diese bestätigend nickte, sagte er: »Ich muss eingeschlafen sein, als Ihr diese Geschichte erzählt habt.«

»Komm, Wurro«, schlug Nix vor und deutete auf eine Rolle

Tauwerk. »Setz dich zu mir, dann erzähle ich dir, was Ryn gesagt hat. Aber du musst mir versprechen, diesmal wach zu bleiben.«

Nachdem die beiden Wurrlinge gegangen waren, drehten sich die anderen wieder herum und sahen zu, wie ein weiteres dieser riesigen Schiffe an den zertrümmerten Kai manövriert wurde.

Schließlich waren alle Schiffe entladen, aber trotzdem brauchten die Pferde und Ponys einen ganzen Tag, um die Nachwirkungen des Schaukelns in diesen schwankenden Schiffen loszuwerden. Denn wie Wagenmeisterin Bwen sagte zwischen recht bildhaften Flüchen: »Schiffe haben etwas, was Pferde nicht mögen. Und sie brauchen einen Tag, bis sie wieder sicher auf ihren Hufen stehen.«

Am Morgen des sechsten Tages des neuen Jahres hatte sich das letzte Pferd und Pony schließlich ausreichend erholt und sein Gleichgewicht wieder gefunden. Jetzt konnten Avaran und eine Eskorte Pferde nehmen, die zuerst ausgeladen worden waren, und losreiten. Sie ritten nach Westen über die Seestraße, die am Ufer des Eisenwassers entlangführte, zum Lager des Hochkönigs, das etwa dreißig Werst entfernt lag. Dann würden sie Hochkönig Blaine mitteilen, dass alles bereit war, den Plan umzusetzen.

Immer noch lagen die Drachenschiffe der Fjordlander und Jutlander vor Anker, und ihre Plattformen waren noch immer übereinandermontiert. Aber morgen würden die schnellen Schiffe ihre Anker lichten und eine halbe Meile nördlich zur Mündung des Flusses segeln, dann nach Nordwesten abschwenken und stromaufwärts zum verabredeten Platz segeln.

Und ebenfalls morgen würde Silberblatts Legion über die Seestraße zum verabredeten Treffpunkt abrücken.

In dieser Nacht jedoch würden die Verbündeten in der verlassenen Hafenstadt von Adeo warten.

Mitten in der Nacht schreckte Beau plötzlich hoch und war mit einem Mal hellwach. Neben ihm regte sich Linnet und schlug die Augen auf. »Was hast du, Liebster?«, fragte sie schlaftrunken.

»Ich weiß nicht«, erwiderte Beau und sah sich im Lager um. Die Feuer waren heruntergebrannt und schattige Umrisse verteilten sich zwischen den Trümmern der Häuser. »Ich dachte, ich hätte etwas gehört ...«

Beau legte sich wieder hin. »Hallo, da ist es wieder!«

»Was?«

»Leg dein Ohr auf die Erde, Liebste.«

Linnet riss die Augen auf, während sie den Kopf senkte und auf dem Boden lauschte. Aus der Tiefe drang ein schwaches, tiefes Läuten herauf, rhythmisch, wie ein Muster, als würde jemand ... etwas signalisieren.

Beau stützte sich auf einen Ellbogen. »Weißt du, ob eine Herde Stöhnender Steine in der Nähe ist?«

Ohne ihr Ohr vom Boden zu nehmen, antwortete Linnet: »Das sind keine Steine, die miteinander reden. Es klingt eher wie ... Meiner Seel, es ist verstummt.«

Beau drückte sein Ohr in den Boden und lauschte. Aber er hörte nur die unbehagliche Stille des Landes. »Es waren jedenfalls keine Trommeln oder Hufe, denn ich habe es im Boden gehört. Und so was klingt eher wie ein Schlagen. Dies hier jedoch nicht.« Er runzelte die Stirn und hob dann eine Braue. »Sag, du nimmst doch nicht an, dass hier jemand einen Tunnel gräbt?«

Linnet stand auf. »Gehen wir zu Rynna und reden mit DelfHerrn Volki. Er kennt das Geräusch des Grabens.«

»Es hatte eine Kadenz, sagt Ihr?«

»Ja, DelfHerr«, antwortete Linnet.

»Und es war ein tiefes Läuten, kein Klopfen?«

Linnet nickte.

Volki drehte sich zu Bragga und Helki herum, zweien seiner Châkka-Berater. »Utruni«, sagte er. Es war eine Feststellung, keine Frage.

Beide nickten zustimmend.

Linnet sah Beau erstaunt an. »Steingiganten?«

Volki knurrte. »Aye, Steingiganten ... Was Ihr beschrieben habt, nennen wir Utruni-Signale. Es ähnelt den Hammerzeichen durch den Stein ...«

»Hammerzeichen?«, fragte Rynna. Tipperton stand neben ihr.

»Aye. Wir Châkka verständigen uns oft mit Hammerschlägen gegen den Fels, obwohl mir in diesem Fall scheint, als hätten sich die Steingiganten Nachrichten geschickt. Wir hören dieses Läuten gelegentlich sogar in unseren Châkkahorsts.«

»Könnt Ihr deren Signale entziffern?«, fragte Tipperton.

Volki schüttelte bedauernd den Kopf.

»Aber warum sind sie hier?«, wollte Linnet wissen.

»Es ist nicht gesagt, dass sie in der Nähe sind«, meinte Bragga und fuhr sich mit der Hand durch sein schwarzes Haar. »Utrunisignale können auch von weit her kommen. Sie pflanzen sich Werst um Werst in dem lebenden Stein fort.«

Volki nickte. Das Licht des Lagerfeuers fing sich in seinen schwarzen Augen. »Einige behaupten, dass die Glocken der Steingiganten um die ganze Welt klingen können.«

Tipperton seufzte und sah Beau an. »Ich habe gehofft, dass sie uns zu Hilfe kommen.«

Helki strich sich den grauen Bart. »Ah, ich wünschte, das wäre so, denn man sagt, das Böse fliehe, wenn die Erdenmeister nah sind.«

Beau runzelte die Stirn. »Erdenmeister? Utruni? Steingiganten?«

Helki nickte.

»Hoffen wir, dass das Böse flieht«, sagte Beau.

Helki zuckte die Achseln. »Es ist vielleicht nur ein Märchen der Châkia.«

Rynna sah Tipperton Hilfe suchend an. »Ein Ammenmärchen«, übersetzte er etwas frei.

Rynnas Augen blitzten und sie drehte sich zu Helki herum. »Ein altes Châkia-Märchen, also wirklich! Hört die Worte dieser alten Frau, Lord Helki, und merkt sie Euch: Viele Märchen haben ihre Grundlage in Tatsachen, ganz gleich, ob alte Frauen sie erzählen oder nicht!«

Helki hob ergeben die Hände und Volki lachte schallend. Schließlich riss er sich zusammen. »Ah, Kommandeurin!«, sagte er. »Seid Ihr sicher, dass Ihr nicht eine verkleidete Châkia seid?«

Der Sturm in Rynnas Augen legte sich und sie lächelte. »Nach dem, was mir Tipperton gesagt hat, bin ich dafür zu klein, wenngleich vielleicht auch nicht viel.«

»Ah, aber genauso wunderschön«, meinte Tipperton.

Volki zuckte zusammen, ebenso wie Helki und Bragga. Volkis Miene wurde streng, als er sich an Tipperton wandte. »Châk-sol Tipperton, von solchen Dingen sprechen wir nicht.«

Tipperton blickte Rynna verwirrt an, nickte aber zustimmend.

Einen Augenblick lang legte sich unbehagliches Schweigen über die kleine Gruppe, bis Beau gähnte und sagte: »Steingiganten oder nicht, ich muss ins Bett.«

Volki nickte. »Allerdings. Wir müssen alle ruhen, denn wir brechen im Morgenrot auf.«

»Und was ist mit den Utruni?«, erkundigte sich Linnet.

Volki hob die Hände. »Was sollen wir Eurer Meinung nach tun, Lady Linnet?«

Linnet sah Beau und Rynna und Tipperton an. »Tja ... ehm ... Hm. Ich nehme an, wir können nichts tun, so oder so.«

Volki grinste. »Ganz genau.«

Schließlich brach an diesem siebten Tag des neuen Jahres der Morgen an. Die Drachenschiffe setzten Segel und nahmen Kurs auf die Mündung des Eisenwasser, und der Heereszug von Kriegern saß auf, Zwerge und Wurrlinge auf ihre Ponys, Elfen auf feurige Vollblüter und Baeron auf ihre gewaltigen Schlachtrösser. Als Letzte kamen Bwen und ihre Wagenkolonne.

Sie zogen in nordwestlicher Richtung den Karrenweg entlang, der auch unter dem Namen Seestraße bekannt war. Sie nahm ihren Anfang im Hafen von Adeo und endete in Riamons Hauptstadt Dael. Die Stadt Rhondor am Rand von Hèlofen war nur der erste Halt.

Sie marschierten in gemessenem Tempo voran, begleitet von der Flotte der Drachenschiffe, die auf dem Eisenwasser stromaufwärtsfuhren und mit ihnen Schritt hielten. Elfenkundschafter ritten auf ihren heißblütigen Pferden an der Flanke und voraus. Obwohl Kommandeurin Rynna protestiert und gemeint hatte, dass ihre Wurrling-Späher ebenfalls auf Erkundung ausrücken sollten, hatte Silberblatt genau dies abgelehnt. Das Gelände hier wäre, so lautete seine Begründung, recht flach im Vergleich zum bergigen Land auf der anderen Seite des Flusses, also erfüllten hier schnellere Pferde eher ihren Zweck. So ritten die Wurrlinge mit ihren Ponys im Heerhaufen der Zwerge.

Sie ritten den ganzen Tag in ruhigem Tempo weiter, und als sie abends ihr Lager aufschlugen, hatten sie fünfundzwanzig Meilen zurückgelegt, etwa die Hälfte der Strecke.

Die Drachenschiffe legten am Südufer an und die Legion richtete sich auf die Nacht ein.

Immer noch wehte ein eisiger Wind aus Garia und trieb graue Wolken über den Himmel.

Bei Tagesanbruch ritten sie weiter, und als der Abend nahte, hatten sie den Ort am Eisenwasser erreicht, den Silberblatt und Aravan vor einigen Wochen ausgewählt hatten. Denn hier stieg das Flussufer steil an, und der Fluss selbst war fast dreihundertfünfzig Meter breit.

Mit Tarnlaternen tastete sich das erste Drachenschiff, ein Jutlander, vor und ging längsseits zum Ufer. Die Mannschaft vertäute das Schiff an der steilen Uferböschung und die obere Plattform wurde aufs Land hinausgeschoben. Die großen Holzschrauben hielten es an der Plattform fest, die auf dem Schiff lag. Das Ende, das an Land geschoben war, wurde mit langen Pfählen, die durch Löcher in der Plattform geschoben wurden, im Boden verankert und hielt so Plattform und Schiff. Dann ging ein zweites Drachenschiff, ein Fjordlander, mit etwas Abstand längsseits des ersten. Seine obere Plattform wurde zu dem Jutlander herausgeschoben, zwischen den beiden Schiffen befestigt und bildete so eine Brücke. Das dritte Schiff, wieder ein Jutlander, ging längsseits, und dieses Spiel wiederholte sich. Fjordlander und Jutlander wechselten sich ab und hielten die Schiffe mit Rudern in der sanften Strömung auf der Stelle, während Plattform um Plattform ausgefahren und befestigt wurde.

Die Wurrlinge beobachteten das lange Zeit, doch schließlich befahl Rynna, sie sollten sich alle schlafen legen. »Vergesst nicht, irgendwann vor Tagesanbruch werden wir hinüberreiten, denn auf dem jenseitigen Ufer ist das Gelände hügelig. Also werden wir wieder kundschaften, und ich möchte gern eine ausgeruhte ›Armee‹ haben, keine übermüdeten Wurrlinge.«

Also rollten sie ihre Schlafrollen aus und schliefen rasch ein. Keiner der Wurrlinge hörte das leise Läuten tief unten in der Erde, Volki und seine Berater dagegen nahmen es sehr wohl wahr. Sie sahen sich an und nickten. Es waren tatsächlich die Utruni, und sie verständigten sich.

Kurz nach Mitternacht war das letzte Schiff, ein Fjordlander, vertäut an seinem Platz, und eine eigene Plattform wurde an Land geschoben und dort befestigt.

Es waren insgesamt sechsunddreißig Drachenschiffe und dreiundsiebzig Plattformen benötigt worden, um den Fluss von Uferböschung zu Uferböschung zu überspannen, achtzehn Fjordlander und genauso viel Jutlander. Die restlichen Drachenschiffe gingen vor Anker, bereit einzuspringen, falls es nötig war. In der dunklen Nacht bauten sich Fjordlander neben Jutlander am Ufer auf, die Äxte in den schwieligen Händen, ihre mit scharfen Piken versehenen Schilde am Arm, und bewachten den Brückenkopf auf feindlichem Gebiet, noch während die Legion im Licht von Tarnlaternen über die Pontonbrücke der Drachenschiffe ans andere Ufer ritt.

Erst kamen die Dylvana und Lian, die in der Dunkelheit besser sehen konnten als Zwerge und Wurrlinge oder Menschen. Sie ritten auf ihren edlen Vollblutpferden hinüber, mit gezückten Schwertern, die Speere im Anschlag und die Bögen mit eingenockten Pfeilen schussbereit in den Händen. Einige Wächter hatten ihre glänzenden Brustpanzer angelegt, doch die meisten trugen nur ihre Lederrüstungen.

Den Elfen folgten die Zwerge auf ihren Ponys. Sie waren mit Armbrüsten, Streitäxten und Keulen bewaffnet, trugen ihre schwarzen Kettenhemden und ebenso schwarze Eisenhelme. Sie bauten sich in einem halbkreisförmigen Schutzkreis innerhalb desjenigen der Elfen auf. Mit ihnen ritten die Wurrlinge hinüber.

Dann kamen die Baeron auf ihren mächtigen Streitrössern, die kräftigen Männer mit ihren gewaltigen Streitkolben, Morgensternen und Kriegsschlegeln. Sie fügten sich zu den anderen in den Halbkreis ein.

Mittlerweile graute der Morgen, und Kundschafter der Elfen und Wurrlinge ritten in die zerklüfteten Hügel jenseits des Flusses.

Gerade als die letzten Baeron über den Ponton ritten, ertönte aus den Hügeln ein lautes Hornsignal. Sekunden später stob Tipperton zwischen zwei Hügeln hindurch und stieß immer wieder den Alarm in sein Horn. Auch von den anderen Hügeln kamen Ponys im gestreckten Galopp. Die Wurrlinge beugten sich weit über den Hals ihrer Tiere. Hinter ihnen kamen die Elfen.

Dann ertönte in den Hügeln ein gepresstes Hornsignal und das Gebrüll Tausender von Stimmen. *Rakka! Rakka!* Im nächsten Augenblick quoll eine Flut von dunkelhäutigen Männern zu Fuß über die Kämme und Grate. Sie waren ganz in Schwarz gekleidet, schwarze Hosen, schwarze gepolsterte Wämser, und Überwürfe, die *branîs,* sowie Turbane, aus denen ein Ende flatterte. Wie eine dunkle Woge rannten sie die Hügel hinab, schwangen ihre Krummsäbel und *Tabar*-Äxte, kurze Speere, die *dhals,* und über dem anderen Arm *sipars,* die kleinen, runden, schwarz bemalten Schilde, auf die eine scharlachrote Faust gemalt war. Sie stürmten weiter, während einige den Angriff mit ihren Widderhörnern vorantrieben, andere rote Fahnen schwenkten, auf denen eine schwarze Faust geballt war. *Rakka!, Rakka!, Rakka!,* brüllend hoben sie ihre Waffen, als sie sich auf die Feinde am Flussufer stürzten.

Die Wurrlinge und Elfenkundschafter rasten durch den Halbkreis in Sicherheit. Die Baeron, die schon aufgesessen waren, stellten sich auf, während Urel und Durul Silberblatt etwas zuriefen, was Tipperton jedoch nicht hörten konnte, weil er gerade sein Pony anfeuerte.

Dann bereiteten sich Dylvana und Lian, Jutlander und Fjordlander auf die Angriffswelle vor.

Noch während die Fäuste von Rakka auf die Ebene vor der Böschung strömten, hagelte eine Salve aus Pfeilen und Armbrustbolzen auf sie herunter. Die sonnenverbrannten Männer fielen, aber ihr Angriff geriet dennoch nicht ins

Stocken. Ein weiterer Pfeilhagel zischte durch die Luft und hielt blutige Ernte unter dem Feind, aber die Männer aus Thyra und Sarain und Hurn brüllten ihre Schlachtrufe und rannten weiter. Silberblatt gab Larana ein Zeichen. Sie stieß in ihr Waldhorn, und die Baeron, die mittlerweile ihre Formation eingenommen hatten, gaben ihren Pferden die Sporen. Die gewaltigen Streitrösser stürmten in einem breiten Keil durch den Halbkreis der Verteidiger und dabei dem Feind entgegen. Elfen, Zwerge, Fjordlander und Jutlander rannten zu Fuß hinter ihnen her.

Mit lautem Krachen und Waffengeklirr und unter ohrenbetäubendem Gebrüll – hier *Adon! Elwydd, Garlon!*, da *Fyrra!* und *Rakka!* – stießen die beiden Heere aufeinander. Die Rösser der Baeron donnerten unaufhaltsam durch die feindlichen Linien hindurch, wenngleich auch so mancher Reiter mit seinem Ross von Speeren, Äxten und Klingen gefällt wurde.

Die Klingen hielten blutige Ernte, Äxte spalteten, Speere durchbohrten, Keulen, Hämmer und Schlegel zerschmetterten. Blut, Eingeweide, Knochen und Gehirnmasse flogen durch die Luft, untermalt von den Schreien, dem Kreischen und Wutgebrüll.

Von hinten flogen weiter Pfeile und Schleudergeschosse heran, die die Wurrlinge abfeuerten, die jetzt zu Fuß weiterkämpften. Wo auch immer sie flogen, fiel ein Feind, aber es waren nur deren acht vom Kleinen Volk, dagegen Myriaden des Gegners.

Obwohl die Baeron die feindlichen Linien durchbrochen hatten und jetzt kehrtmachten, waren die Verbündeten zahlenmäßig unterlegen und wurden allmählich zurückgetrieben. Sie zogen sich langsam zum Brückenkopf zurück, und ihr Halbkreis wurde immer kürzer, als sie sich zusammendrängten. Auch die Wurrlinge wichen zurück, feuerten jedoch immer noch ihre Pfeile und Wurfgeschosse ab. Schließlich mussten sie ihr Feuer einstellen, weil der Halbkreis zu eng wurde, als dass die Bokker und Dammen noch hätten schießen können, ohne ihre Verbündeten zu gefährden. Doch je weiter sich die Legion zurückzog, desto dichter wurde der Verteidigungsring und desto schwieriger wurde es für den Feind durchzubrechen. Dessen Vormarsch kam allmählich zum Erliegen, der blutige Kampf jedoch ging weiter.

Dann formierten sich die Baeron im Rücken des Feindes und ritten eine weitere Attacke, stürmten durch die Reihen der Fäuste von Rakka und hinterließen mit ihren Keulen, Morgensternen und Schlegeln eine blutige Spur des Todes, zertrümmerten Schädel, Arme, Hälse und Rippen. Jeder, der das Unglück hatte, zu stürzen, wurde von den tödlichen Hufen der gewaltigen Streitrösser am Boden zermalmt.

Zwergenäxte und -hämmer hielten ihre blutige Ernte, Männer fielen kreischend zu Boden; ebenso wüteten die Fjordlander und Jutlander mit ihren Äxten und spießten den Feind mit den scharfen Spitzen ihrer Schilde auf.

Elfen fällten mit ihren Speeren über die Köpfe der Zwerge hinweg den Feind, und ihre glänzenden Schwerter und Langmesser färbten sich blutrot. Sie waren unvorstellbar scharf, vor allem das eine aus dunklem Silberon, durchschnitten *sipar* und *dhal*, durchtrennten Fleisch und Adern und Knochen. Arme, Hände und Köpfe flogen durch die Luft und Eingeweide quollen dampfend zu Boden.

Dennoch, auch die Klingen der Fäuste von Rakka waren scharf; ihre Keulen und Krummsäbel und Speere forderten ebenfalls ihren Tribut. Zwerge fielen, auch Menschen, und Elfen wurden niedergestreckt. Tipperton und Beau und Rynna und Linnet weinten angesichts dieses blutigen Gemetzels, ebenso Farly, Nix, Alver und Dinly. Die Wurrlinge waren jetzt zur Tatenlosigkeit verdammt, da sie ihre Pfeile und Geschosse nicht einsetzen konnten.

Weiter drängten die sonnenverbrannten Männer voran,

zwangen die Verbündeten immer mehr zurück. Bis zu ihren Pferden und Ponys, die vor Angst wieherten und unruhig herumliefen. Einige der Elfenpferde schlugen mit ihren Hufen und Zähnen nach dem Feind, obwohl sie ab und zu auch einen Verbündeten erwischten.

»Wenn wir zu den Ponys kommen!«, schrie Tipperton, »können wir die Tiere über die Brücke und aus der Gefahr schaffen!«

»Ihr habt ihn gehört!«, schrie Rynna. »Sucht Eure Ponys!«

Die Wurrlinge rannten zwischen den Pferden und Zwergenponys hindurch, die sich gegen die Menschen und Zwerge und Elfen wehrten, erreichten ihre Ponys und sprangen in die Sättel. Noch während sie aufsaßen, drang ein Keil aus schwarz gewandeten Feinden zwischen den Verbündeten hindurch. Sie stürmten zu der Pontonbrücke, brennende Öllaternen in den Händen.

»Sie wollen die Brücke verbrennen!«, schrie Tipperton und gab seinem Pony die Sporen. Aber nur Beau und Alver hörten ihn und galoppierten hinter ihm her.

Im Reiten nockte Tipperton einen Pfeil ein und tötete eine Faust von Rakka; gleichzeitig zertrümmerte ein Schleudergeschoss den Schädel eines anderen. Die schwarz gewandeten Männer stürzten, ihre Laternen fielen krachend zu Boden und das brennende Öl ergoss sich über den Boden.

Tipperton fällte den nächsten Feind, noch während sich Alvers Pfeil einem Vierten in den Rücken bohrte. Aber der Schwerverwundete taumelte herum, hob seine schwere Armbrust – »Pass auf, Alver!« – und feuerte dem Wurrling den Bolzen in die Brust. Er segelte rücklings über den Sattel zu Boden, und sein Pony lief ohne ihn weiter.

Tipperton nockte brüllend vor Wut den nächsten Pfeil ein, aber es war Beaus Geschoss, das in das Auge des Mannes drang und ihm das Hirn zerfetzte.

Die überlebenden Feinde schleuderten jetzt ihre Öllaternen in Richtung Brücke. Einige landeten auf den hölzernen Plattformen, andere auf den Drachenschiffen, ein paar jedoch verfehlten ihr Ziel und fielen ins Wasser.

Obwohl das Öl nicht mit derselben Heftigkeit wie das flüssige Feuer der Zwerge brannte, loderte es jedoch auf der Plattform und den beiden Schiffen. Zudem versperrten die schwarz gekleideten Männer den Wurrlingen den Weg.

Gerade als Tipperton eine weitere Faust von Rakka mit einem Pfeil niederstreckte, ertönte vom anderen Ufer ein durchdringendes Hornsignal. Der Bokker drehte sich herum und sah ...

... Reiter, Tausende von Reitern auf der Seestraße, Menschen und Elfen, an deren Spitze Aravan und ein rothaariger Krieger in einer rotgoldenen Rüstung ritten, sowie ein Krieger mit einem Schweif aus weißem Rosshaar auf dem Helm.

»Aravan! Linde!«, schrie Tipperton, hob sein eigenes Schwarzochsen-Horn an die Lippen und antwortete Lindes Signal. Die schwarz gekleideten Feinde vor der Pontonbrücke zuckten bei diesen Signalen zurück, drehten sich um, sahen den heranstürmenden Feind und flohen in Richtung ihrer eigenen Leute.

Während Beau abstieg und sich um Alver kümmerte, verfolgte Tipperton die flüchtenden Brandstifter und tötete einen Mann nach dem anderen. Jetzt halfen ihm Rynna, Linnet, Farly, Nix und Dinly. Sie feuerten Pfeil um Pfeil auf die Fliehenden, bis keiner von ihnen mehr lebte.

Doch der Kampf ging noch weiter. Baeron, Fjordlander, Jutlander, Elfen und Zwerge metzelten die Feinde erbarmungslos nieder; die Fäuste von Rakka allerdings ließen sich nicht einfach niedermeucheln, sondern vergalten Gleiches mit Gleichem.

Doch dann ertönte jenseits der Hügelkuppe das Signal von Widderhörnern, und auf dieses Zeichen hin versuchte der Feind, sich von dem Kampf zurückzuziehen. Silberblatt gab Larana ein Zeichen, die daraufhin das Signal zum Rückzug blies. Menschen und Elfen reagierten sofort, Larana aber musste das Signal mehrmals wiederholen, bis auch die Zwerge den Kampf widerwillig einstellten.

Noch während sich die Heere trennten, donnerten Aravan und Linde und der rothaarige Mann in Rot und Gold über die brennende Brücke, das Heer im Gefolge.

Die Fäuste von Rakka flohen derweil vom Schlachtfeld.

Erneut flogen die Pfeile und Bolzen der Legion und mähten den flüchtenden Feind nieder. Die Pfeile der Wurrlinge fanden ausnahmslos ihr Ziel, wie auch die von Silberblatts knochenweißem Bogen.

»Mylord Hochkönig!«, rief Silberblatt, als Aravan und Linde und der Rothaarige heranritten. »Sollen wir sie verfolgen?«

Tipperton fiel der Unterkiefer herunter. *Das ist also Hochkönig Blaine! Endlich!*

Er betrachtete den schlanken, etwa fünfzigjährigen Mann, sein flammend rotes Haar und die stahlblauen, grimmig blickenden Augen. Er maß bestimmt einen Meter achtzig, obwohl das schwer zu sagen war, solange er auf seinem hohen Ross saß. Er trug eine rotgoldene Rüstung, auf sein Schild war ein goldener Greif geprägt und in der Hand hielt er einen scharlachroten Morgenstern.

»Nein, Vanidor, denn der Feind, der uns auf dieser Seite des Flusses verfolgt, ist nicht weit.«

Der Feind auf dieser Seite? Tipperton sah Rynna an und fragte lautlos: *Die Südländer?*

Sie nickte.

Immer noch donnerte das Heer des Hochkönigs durch das Feuer über die Pontonbrücke, während die Fjordlander und Jutlander die Flammen zu löschen suchten.

»Dann, Mylord, sollten wir uns wenigstens bereit machen, sie gebührend zu empfangen«, erklärte Silberblatt.

»Aye, Vanidor, tut das. Während ich meine Armee aufstelle, sobald sie über Eure großartige Brücke gekommen ist, schickt Kundschafter aus, damit sie den Standort des Feindes bestimmen.«

»Wir sind bereit, Mylord«, erklärte Rynna.

Der Hochkönig drehte sich herum, um zu sehen, wer da gesprochen hatte. »Waerlings!«, rief der König erstaunt, als er das Kleine Volk zum ersten Mal bemerkte.

Linde und Aravan drehten sich ebenfalls herum. »Ho, Herr Tipperton«, meinte Linde, »dacht ich doch, dass ich Euer Horn erkannte.«

Die Augen des Königs weiteten sich erneut vor Staunen. »Herr Tipperton? Derjenige, der bei der Befreiung von Minenburg Nord den entscheidenden Plan schmiedete und die Münze an Agron überbrachte?«

Tipperton nickte, setzte jedoch hinzu: »Mit Beau, Phais, Loric und Bekki, Mylord, und dazu mit einem ganzen Heer.«

»Habt Ihr nicht auch Magier Imongar geholfen, den Gargon vor Dendor zu vernichten?«

»Ihre Hand hat den Speer abgefeuert, Mylord; ich habe nur wenig beigetragen.«

Der Hochkönig lächelte. »So hat sie es nicht geschildert, Herr Tipperton. Dennoch, wohlgetan!« Er musterte die anderen Wurrlinge und wandte sich dann an Silberblatt. »Das sind Eure Kundschafter, Lord Vanidar? Bessere könnte ich nicht verlangen.«

»Nein, Mylord, das könntet Ihr wahrlich nicht!«, rief jemand. Tipperton blickte hoch und sah, wie sich Phais und Loric ihm näherten. Die Dara und der Alor stiegen ab, umarmten den kleinen Wurrling und sahen Rynna staunend an, da sie gehört hatten, sie wäre beim Fall von Caer Lindor umgekommen.

Doch der Krieg lässt nur wenig Zeit für große Wiedersehensfreude, und kaum hatten sie sich begrüßt ...

»Aye, Mylord«, antwortete Silberblatt. »Die Waerlinga sind in der Tat großartige Kundschafter, aber für diese Aufgabe würde ich schnellere Pferde bevorzugen, statt der schnellen Ponys.«

Nix hub an zu protestieren, verstummte jedoch nach einem Blick von Rynna. »Dennoch, Alor Vanidar«, sagte die Kommandeurin der Wurrlinge, »auch wenn sich Hyrianer, Kistaner und Chabbaner am Fluss nähern, muss jemand die Fäuste von Rakka im Auge behalten. Sie fliehen durch die gewundenen Wege zwischen den Hügeln, und wer könnte ihre Spur dort besser verfolgen als wir Wurrlinge?«

Silberblatt neigte den Kopf. »So sei es, Kommandeurin Rynna. Schickt ihnen Eure Späher hinterher. Aber merkt auf: Euch möchte ich hier im Lager behalten, denn wenn wir Zeit haben, bevor der Feind eintrifft, muss ein Kriegsrat der Hauptleute einberufen werden!«

Rynnas Miene wurde lang, aber sie nickte und drehte sich zu den Wurrlingen herum. »Tipperton, nimm Linnet mit. Nix, du reitest mit Dinly. Farly nimmt ... Sagt, wo ist Alver?«

»Er ist tot«, erklärte Beau, der in diesem Augenblick zu den anderen trat. »Ein Armbrustbolzen hat ihn niedergestreckt.«

Tippertons Herz wurde schwer. *Das hatte ich vollkommen vergessen. Alver, ach Alver!*

Tränen traten Rynna in die Augen, aber sie wischte sie fast brüsk weg.

»Ich kann mit Farly reiten«, bot sich Beau an.

Rynna schüttelte den Kopf. »Nein, Beau, du wirst hier bei den Verwundeten gebraucht. Farly reitet mit Nixy und Dinly. Nix, du reitest westlich von Tipperton und ...«

»Aber was ist mit Alver?«, mischte sich Dinly ein. »Sollen wir ihn einfach liegen lassen, während wir losreiten und ...?«

»Ich sorge dafür, dass er ...«, begann Beau, doch Rynna schnitt ihm das Wort ab.

»Es herrscht Krieg, Dinly. Denk an Quellwasser. Wir können diesem Krieg nicht unversehrt entkommen. Es ist häufig vorgekommen und wird sich auch noch öfter ereignen, dass wir unsere Toten einfach zurücklassen und weiterreiten müssen ... Oder sogar unsere Verwundeten. Für dich ist dies das erste Mal.«

Dinly seufzte und nickte zögernd.

Rynna blickte kurz zu Boden. »Füllt eure Köcher auf«, sagte sie dann, »und nehmt alles mit, was ihr für den Aufklärungsritt braucht. Dinly, du kommst sofort zum Lager zurück, sobald etwas von Bedeutung zu melden ist.«

Tipperton trat zu Rynna, küsste sie zärtlich und wandte sich dann an Linnet, die Beau umarmte. »Reiten wir.«

Linnet küsste ihren Bokker, umarmte Rynna und marschierte daraufhin mit Tipperton zu den Nachschubwagen, die weiter entfernt am Ufer standen. Dinly, Nix und Farly folgten ihnen.

Während also die Elfenkundschafter, die Darai Vail und Arylin, die Alori Flandrena und Elon, am anderen Ufer stromaufwärts ritten, lenkten Tipperton, Linnet, Nix, Farly und Dinly ihre Ponys den schroffen Hügeln entgegen. Rynna und Beau blieben hinter ihnen stehen und sahen ihnen nach, als sie hinter dem Hügelkamm verschwanden.

Immer noch donnerte das Heer des Hochkönigs über die Brücke. Insgesamt zählte es mehr als vierzigtausend Köpfe. Obwohl sie schnell und in Paaren hinüberritten, würde es bis zum Sonnenuntergang und vielleicht noch länger dauern, bis die ganze Armee das Ostufer erreicht hatte.

Viel später sollte noch eine Brigade von Zwergen aus den Roten Hügeln die Pontonbrücke überqueren. Ihre Ponys hatten im Rennen am Eisenwasser entlang zur Drachenbootbrücke nicht Schritt halten können. Trotzdem und obwohl kein Feind in Sicht war, waren DelfHerr Okar und seine wilde Truppe kampfbereit.

Während die Armee des Hochkönigs also den Eisenwasser überquerte, um die Ankunft der Lakh von Hyree, der Rovers von Kistan und der Aksars von Chabba zu erwarten, wurden die Verwundeten von Silberblatts Legion zu einem Platz gebracht, wo sich Beau und die anderen Heiler der Verletzten annehmen konnten. Als das Heer des Hochkönigs die Brücke überquert hatte, wurden die Verwundeten auf die andere Seite des Eisenwasser geschafft, um dort versorgt zu werden. Die besonders schwer Verletzten wurden mit Karren zum Hafen von Adeo gefahren und dort auf die wartenden gothonischen Schiffe gebracht.

Schließlich wurden die Verwundeten und Toten gezählt. Die Fäuste von Rakka hatten insgesamt über neunhundert Krieger von Silberblatts Legion getötet. Zweihundertsechsundfünzig Baeron, einhundertdreiundvierzig Lian, einhundertachtundzwanzig Dylvana, einundertvierundvierzig Zwerge, einhundertsiebenundneunzig Fjordlander, einhundertzweiundachtzig Jutlander und ... einen Wurrling. Weitere achtzehnhundert Krieger waren schrecklich verletzt worden und würden in den nächsten Tagen nicht mehr am Krieg teilnehmen können.

Die Schwarzgewandeten dagegen hatten insgesamt zwölfhundert Männer verloren. Weitere dreitausend waren mit schwersten Verletzungen gefällt worden. Sie lagen auf dem Schlachtfeld, stöhnten vor Schmerz und schrien in ihrer fremden Sprache. Diese Letzteren wurden von den Männern des Hochkönigs verhört, aber obwohl sie furchtbare Wunden davongetragen hatten, lieferten sie keine verwendbaren Neuigkeiten. Denn auch wenn sie vor Schmerz zischten, riefen sie ungebeugt Rakka an, diese Ungläubigen niederzustrecken und ihnen einen glorreichen Tod im Dienste Rakkas zu schenken. Denn in diesem Fall wäre ihnen ein ewiger Platz jenseits der Himmel im Paradies von *Jânní* sicher.

Und da Beau und Melor und Aris und die anderen Heiler alle Hände voll mit ihren Verwundeten zu tun hatten, konnten sie sich um den Feind nicht kümmern. Dessen Verletzte würden warten müssen.

»Warum haben sie sich zurückgezogen?«

Vanidar sah sich unter seinen hastig zu einer Beratung zusammengerufenen Hauptleuten um. Sie waren über die Brücke gerufen worden, um dem Hochkönig ihren Rat zu spenden. Vanidars Blick glitt über die DelfHerren, Corons, Häuptlinge, Schiffskapitäne, Hauptleute, Feldmarschälle und dergleichen, vorbei an Magier Farrin und Hochkönig Blaine, bis er schließlich an Kommandeurin Rynna hängen blieb, denn sie hatte die Frage gestellt. »Das ist ein Rätsel«, erwiderte Silberblatt, »das ich nicht beantworten kann, denn sie waren uns zahlenmäßig überlegen und trieben uns ständig zurück.« Er wandte sich zu Hochkönig Blaine um. »Mich deucht, dass sie den Brückenkopf hätten nehmen und die Pontonbrücke hätten zerstören können, noch bevor Ihr, Mylord, eingetroffen seid. Dennoch haben sie sich zurückgezogen.«

»Eine feste Faust ist schwerer zu zerstören als eine lockere«, knurrte DelfHerr Volki. »Und wir sind eine feste Faust geworden. Dennoch hätten sie den Ring der Châkka am Brückenkopf selbst nicht durchbrechen können.«

Auf der anderen Seite des Kreises ballte DelfHerr Oka zustimmend seine Faust.

»Möglicherweise habt Ihr recht, Lord Volki«, antwortete Coron Ruar, »aber auch mir erscheint es wie ein Mysterium, warum sie nicht versucht haben, durchzubrechen und die Brücke zu vernichten.«

Volki schnaubte nur verächtlich, sagte aber nichts.

»Sie haben versucht, die Brücke zu verbrennen«, erklärte Rynna.

»Das war nur ein kleines Ölfeuer, stimmt's?«, fragte Farrin, der die Magier repräsentierte. Als Rynna nickte, fuhr er fort:

»Das hätte schwerlich großen Schaden anrichten können, es sei denn, wir hätten es brennen lassen.«

Coron Eiron ergriff das Wort. »Dem stimme ich zu. Aber sie haben sich schon vorher zurückgezogen. Nein, ich glaube, dass sich die Fäuste von Rakka kaum bemüht haben, die Brücke zu nehmen, bevor sie über die Hügel flüchteten.«

»Sagt das meinen toten Kriegern«, knurrte Häuptling Urel finster.

»Es ist schon eine Überraschung, dass die Fäuste von Rakka überhaupt in diesen Hügeln waren«, erklärte Hochkönig Blaine. »Denn ich glaubte sie noch in Alban. Könnten sie durch Garia und Hèlofen marschiert sein und schon hier gewartet haben?«

Die Mitglieder des Rates sahen sich an, aber keiner wusste eine Antwort darauf.

»Dass die Fäuste von Rakka hier an diesem Ort waren und geflohen sind, ist nicht das einzige Rätsel«, erklärte Feldmarschall Burke, der Anführer der Menschen aus Wellen. »Wo sind die Hyrinianer, Kistaner und Chabbaner? Müssten sie nicht längst eingetroffen sein?«

Alle Blicke richteten sich auf Hochkönig Blaine. »Wir müssen warten, bis unsere Kundschafter Bericht erstatten.«

»Obwohl sich die Fäuste von Rakka zurückgezogen haben und die Lakh und die Rovers und die Askars noch nicht eingetroffen sind, ist der Tag noch lange nicht vorbei. Also müssen wir ständig mit einem Angriff rechnen. Außerdem besteht durchaus die Chance, dass sie in der Nacht versuchen werden, die Brücke zu nehmen. Entweder, um sie selbst zu benutzen, oder um sie zu zerstören.«

Hochkönig Blaine nickte und deutete auf die Reiter, die noch immer über die Brücke ritten. »Aye, aber wenn mein Heer endlich den Fluss überquert hat, wird es der Feind nicht leicht haben, vierzigtausend Menschen zu überwinden.«

Volki knurrte. »Vierzigtausend Menschen? *Menschen?* Ihr

vergesst, Hochkönig Blaine, dass außer *Menschen* auch noch Châkka, Dylvana, Lian und Baeron unter Euch dienen.«

Rynna sah Volki böse an, der hastig hinzufügte: »Und Waerans, natürlich!«

DelfHerr Okar hieb in dieselbe Bresche. »Und was ist mit den Châkka von den Roten Hügeln, die seit dem Gûnarring-Schlitz mit Euch geritten sind, einmal ganz abgesehen von den Lian?«

Silberblatt lächelte über Okars Bemerkung und setzte hinzu: »Wahrlich, die Größe Eures Heeres ist erheblich angewachsen, Mylord, denn die Legion, die ich befehlige, unterstellt sich Eurem Kommando.«

»Und was ist mit den Magiern?«, warf Farrin spöttisch ein. »Wir sind nur wenige, aber auch uns solltet Ihr wohl mitzählen.«

Hochkönig Blaine lachte und hob die Hände in die Luft. »Ich muss mich bei jedem von Euch entschuldigen, denn alle Freien Völker dienen«, er blickte Rynna an, »die Waerlings nicht zuletzt. Aye, der Feind wird es nicht leicht haben, an uns vorbeizukommen und die Brücke zu nehmen.«

»Vielleicht nicht über Land, Sire«, sagte Schiffskapitän Arnson, der Anführer der Fjordlander. »Aber da ist noch der Fluss. Ich denke, wir sollten Schiffe stromaufwärts und stromabwärts postieren, falls der Feind versucht, durch den Fluss zu schwimmen und die Schiffe anzubohren, oder wenn er brennende Flöße gegen die Pontonbrücke treiben lässt.«

»Genau«, stimmte ihm Kapitän Dolf, der Leiter der Jutlander zu. »Wir bewachen die Seite flussaufwärts. Ihr die Seite stromabwärts.«

Arnson bedachte den Jutlander mit einem giftigen Blick, nickte jedoch zustimmend.

Blaine nickte. »Dann wäre das beschlossen. Der Rest läuft nach Plan, es sei denn, jemand hätte eine neue Taktik vorzuschlagen.«

Farrin räusperte sich. »Dieser Wind, Sire; ich möchte Euch daran erinnern, dass er den Ruch der Finsternis mit sich trägt.«

Rynna riss erschreckt die Augen auf. *Den Ruch der Finsternis? Meiner Treu!*

»Modru?«, sprach Silberblatt die Befürchtungen aller aus.

Farrin zuckte die Achseln. »Das weiß ich nicht, da Modru und ich uns noch nie begegnet sind.«

»Wisst Ihr denn, was es bedeutet?«, erkundigte sich Blaine.

Farrin schüttelte den Kopf. »Falls es Modru ist, dann braut sich möglicherweise ein Sturm zusammen. Sicher bin ich mir dessen allerdings nicht.«

Blaine dachte nach. »Dann können wir nichts tun, bis wir uns dem gegenübersehen, was dieser Sturm bringen mag.«

»Wir können uns gewiss auf einen Schneesturm vorbereiten, Mylord«, warf Phais ein. Sie blickte über die Seestraße, wo ein Tross von tausend Nachschubwagen und ihre Eskorte in Sicht kam. »In Eurem Zug habt Ihr zusätzliche warme Kleidung und Decken für alle, die dessen bedürfen.« Sie deutete auf die Hügel. »Sollte ein Sturm kommen, würden uns diese Hügel zumindest einen gewissen Schutz gewähren.«

»Einverstanden«, erwiderte der Hochkönig. »Mylords, sorgt dafür, dass jeder Krieger unter Eurem Befehl für einen Schneesturm gerüstet ist, falls dieser verderbte Wind einen ankündigen sollte.«

Die Hauptleute murmelten, doch Blaine hob rasch die Hand. »Müssen wir noch etwas besprechen?«

Schweigen antwortete ihm, als der Hochkönig jeden seiner Unterführer anblickte. Als sein Blick auf Volki fiel, hub der DelfHerr an: »Wir müssen uns um die Toten kümmern. Das sind wir jedem Einzelnen schuldig.«

Silberblatt seufzte. »Aye. Sammelt sie an der anderen Seite des Flusses. Aber alle weiteren Ehrenpflichten haben bis nach dem Kampf zu warten.«

Volki nickte, und alle anderen Hauptleute, Kommandeure, Kapitäne und Feldmarshalle stimmten ihm zu. Denn im Krieg müssen die Toten hinter den Lebenden zurückstehen.

Noch während der Zwerg zustimmte, stürzte ein Läufer in das Zelt. »Sire, ein Reiter nähert sich.«

»Wo?« Der Hochkönig war aufgestanden.

»Aus dem Nordwesten, am Fluss entlang, auf dieser Seite.«

»Einer der Kundschafter?«

»Das weiß ich nicht, Sire.«

»Dann werden wir warten.«

Die Armee des Königs ritt noch immer über die Pontonbrücke.

Kurz darauf kam Elon auf das Heer zu und wurde zum Kriegsrat geführt. Der Kundschafter der Dylvana stieg ab. »Mylords, die Hyrinianer, Kistaner und Chabbaner haben sich nach Nordosten in die Hügel zurückgezogen ...«

Rynnas Herz schlug ihr fast bis zum Hals. *Dort sind Tipperton, Linnet, Nix, Farly und Dinly!*

»Nach Hèlsfen?«, warf Hauptmann Donal Gelen ein. Seine gerötete Stirn warf dicke Falten.

»Aye«, erwiderte Elon.

Arth vom Wilderland, der Anführer der Überlebenden der Aushebung von Beacontor, knurrte überrascht und strich sich eine rote Locke aus der Stirn. »Folgen ihnen Kundschafter?«

»Die Darai Vail und Arylin und Alor Flandrena beschatten sie, aber es gibt noch mehr zu berichten: Frohe Kunde, dies.«

»Frohe Kunde?«, hakte Silberblatt nach.

»Aye, denn kaum zwei Werst von hier entfernt nähern sich Verbündete auf dieser Seite des Eisenwasser: König Loden von Riamon und DelfHerr Bekki von Minenburg Nord führen ihre Streitkräfte hierher, um sich mit unserem Heer zu verbinden: neunhundert Drimma und fast zweitausend Menschen!«

»Hai!«, rief Hochkönig Blaine. »Sie sind uns höchst willkommen.«

»Auf dieser Seite des Flusses?«, fragte Lugar von Trellinath.

Elon wandte sich zu dem Marshall herum. Der Mann war bereits älter, aber noch kerngesund und munter. »Sie haben den Rhondor überschritten und wollten den Feind in Scharmützel verwickeln, um ihn damit abzulenken und Hochkönig Blaine die Möglichkeit zu geben, über den Eisenwasser zu setzen.«

»Ha!«, blaffte Kapitän Dolf. »Gut, dass sie es nicht getan haben. Denn wir hörten, die Armee des Feindes sei dreißigtausend Mann stark. Die aus Riamon und die Zwerge wären bald aufgerieben worden.«

DelfHerr Volki schnaubte und murmelte Rynna zu, die neben ihm saß: »Pah! Bekkis neunhundert Châkka allein hätten diesen Haufen in Schach halten können, während der Loden und seine Männer in aller Ruhe übergesetzt hätten.«

Rynna lächelte flüchtig, aber ihre Gedanken waren woanders: bei Tipperton und seinen Gefährten ...

»Da sind sie«, zischte Linnet und streckte die Hand aus.

Tipperton richtete sich auf und spähte über den steinigen Vorsprung. In der Schlucht unter ihm marschierten die Fäuste von Rakka. Sie gingen nach Osten.

Er warf einen Blick auf seine Skizze dieses Gebietes, eine Skizze, die er vor langer Zeit an Coron Ruars Kartentisch angefertigt hatte. Damals hatte Tipperton nicht gewusst, wohin ihn der Krieg führen würde, also hatte er alles abgezeichnet, was er in die Finger bekam. Aber es fehlten viele Einzelheiten, und nur die gröbsten Markierungen von dem, was dort im Osten lag, waren eingetragen.

»Das Einzige, was ich dort sehe, ist Hèlofen«, murmelte er. »Angesichts dessen, was wir über diesen Ort gehört haben, werden sie doch wohl nicht genau dorthin marschieren?«

»Vielleicht haben sie keine andere Wahl, jetzt, da Hochkönig Blaine diese Seite des Flusses erreicht hat«, antwortete Linnet.

»Vielleicht nicht«, gab Tipperton zurück, faltete seine Skizze und schob sie wieder in den wasserdichten Beutel zurück. »Siehst du etwas von Nix und Farly und Dinly? Wir müssen das hier im Lager melden.«

Linnet schüttelte den Kopf.

Also warteten sie und beobachteten den Feind. Einige Kerzenstriche später glitten sie vorsichtig den Hang hinab, holten ihre Ponys und ritten weiter nach Osten, der marschierenden Truppe nach. Langsam wurde es Abend.

In dieser Nacht wurden die Schreie und das Stöhnen der schwer verletzten Fäuste von Rakka nach und nach schwächer, bis sie schließlich ganz verstummten. Kurz darauf kamen grimmige Zwerge ins Lager zurück und wischten sich das Blut von ihren Klingen.

Der kalte Wind aus Garia blies derweil mit unverminderter Kraft über die Legion und das Heer.

19. KAPITEL

»Meiner Treu!«, zischte Tipperton, als der Morgen graute. »Sieh dir das an.«

»Bei Adon!«, entfuhr es Linnet. »Hèlofen!«

Sie lagen bäuchlings auf einem Grat und spähten nach Osten auf das Lager der Fäuste von Rakka. Unter dem bleiernen Himmel sahen sie einen gewaltigen Schlund in der Erde. Die ihnen zugewandte Seite war nur ein zerklüfteter Felsvorsprung, der in einem dunklen Dunst am nordöstlichen und südöstlichen Horizont verschwand. Trotzdem konnten sie in der Ferne die andere Seite sehen, die sich steil erhob. Darüber schwangen sich Hügel und jenseits davon Berge. Die beiden konnten von ihrem Standort aus zwar nicht genau auf den Boden des Schlundes sehen, aber etwa zwei Werst entfernt und dreihundert Meter tief entdeckten sie dann doch den Grund. Nach links senkte er sich ab und entzog sich vollkommen ihrem Blick. Wo sie den Grund erkennen konnten, sahen sie schwarze, zerklüftete Steine, die sich über weite Flächen erstreckten. Aus düsteren Spalten quoll Rauch, der von dem kalten Wind gepackt und zu grauen Nebelschwaden ausgedehnt wurde. An anderen Stellen stieg gelber Dampf aus der Erde, der sich mit anderen Dämpfen mischte und den westlichen Teil des Bodens unter einer tödlichen, ekelhaft braunen Dunstschicht verdeckte. Der Gestank war beinah unerträglich und verhinderte, dass sie noch mehr auskundschaften konnten. Wenigstens stand vollkommen außer Frage, dass dies hier tatsächlich Hèlofen war.

»Himmel, wie muss es erst auf dem Grund stinken, wo der Wind von den Bergen nicht hingelangt?« Linnet verzog angewidert ihr Gesicht.

»Grauenvoll, wenn du mich fragst«, erwiderte Tipperton. »Ryn hat gesagt, dass die Dämpfe tödlich sind, wenn die Luft in dem Trichter stillsteht.«

»Meiner Treu, ich würde es hassen, mit diesem Gestank in der Nase sterben zu müssen.«

»Dann sollten wir beten, dass wir nicht in den Hèlofen hinein müssen«, sagte Tipperton grinsend.

Sie warteten und beobachteten, wie die Fäuste von Rakka ihr Lager abbrachen. Aber sie rückten nicht ab. Der Vormittag näherte sich dem Mittag, aber unten änderte sich nichts.

»Sieh dort«, meinte Linnet schließlich. »Kommt dort das Heer des Hochkönigs?«

Tipperton spähte nach Westen, dorthin, wohin Linnet zeigte. In der Ferne erstreckte sich entlang dem Rand einer gewaltigen Klippe eine berittene Streitmacht. Sie zog sich über mehrere Meilen hin, und einige Männer trotteten zu Fuß neben den Reitern her. Tipperton betrachtete sie lange, während ein düsterer Verdacht in ihm keimte. Und schließlich sah er in der Vorhut ...

»Eine Fahne, eine rotschwarze Fahne«, knirschte er. »Das ist nicht das Heer des Hochkönigs.«

»Wessen dann?«, wollte Linnet wissen.

»Ich glaube, es könnten die Südländer sein, die Hyrinianer, Kistaner und Chabbaner.«

»Woher weißt du das?«

»Ich habe sie in Valon gesehen, als Beau, Phais Loric und ich das Land durchquert haben. Außerdem ist diese Fahne, die sie mit sich führen, Modrus Banner.«

Der Heereszug näherte sich stetig, und schließlich konnte

Tipperton die Standarte, der er folgte, deutlich erkennen. Im Wind flatterte ein Ring aus Feuer auf schwarzem Grund.

»Es ist Modrus Banner, Linnet. Einer von uns muss diese Neuigkeit zum ...«, begann Tipperton, doch Linnets Zischen unterbrach ihn.

»Bewegung unter und hinter uns.«

Tipperton drehte sich um, und von Fels zu Fels huschend kam ...

»Nix!«, fauchte Linnet.

Der Bokker wollte offensichtlich zu ihnen. Und ihm folgte Dinly ... hinter dem kurz darauf Farly auftauchte.

Nix warf sich neben Linnet auf den Boden. »Ihr solltet ein bisschen besser aufpassen, Schwesterherz.«

Linnet hob eine Braue und Nix fuhr fort: »Du wurdest erspäht.«

»Erspäht? Von wem?«

»Eigentlich nicht direkt du, Linnet, sondern dein Pony unten auf dem Hang. Ich glaube, Dara Vail hat es erblickt.«

»Vail?«, erkundigte sich Tipperton. »Wo ist sie?«

Nix deutete nach Westen. »Auf der Rückseite jenes Hügels dort, mit Alor Flandrena und Dara Arylin. Ihre eigenen Pferde sind in der Schlucht darunter versteckt.«

Tipperton sah scharf hin und erblickte schließlich die versteckten Pferde.

»Sie haben die Armee verfolgt, die Ihr jetzt seht. Sie haben uns gebeten, es Hochkönig Blaine mitzuteilen.«

»Wir alle?«, wollte Tipperton wissen.

Nix schüttelte den Kopf. »Ich habe ihr gesagt, dass wir die Fäuste von Rakka im Auge behalten, und das sollen wir auch weiter tun. Außerdem hat Ryn Dinly damit beauftragt, Nachrichten zu überbringen.«

»Zudem«, sagte Farly, »wenn die Fäuste in eine andere Richtung abrücken als die Armee, die die Elfen beobachten, dann muss ihnen jemand folgen. Das ist unsere Aufgabe.«

Tipperton nickte.

»Soll ich jetzt reiten?«, fragte Dinly.

Tipperton schüttelte den Kopf. »Noch nicht, Dinly. Warten wir ab, was passiert, wenn Modrus Handlanger aufeinandertreffen.«

Also warteten sie, während sich das gewaltige Heer näherte. Sie kamen immer näher, bis ein Widderhorn von unten schmetterte, dem ein Hornsignal des heranziehenden Heeresmolochs antwortete.

Der immer weiter vorrückte.

Die Zeit verstrich, und plötzlich stöhnte Tipperton auf.

»Was ist?«, fragte Linnet.

»Siehst du, wer vorn in der Vorhut reitet?«, fragte Tipperton.

»Wer?«, wollte Nix wissen.

»Der Mann auf dem dunklen Pferd.«

»Der dieses zerlumpte Bündel im Arm trägt?«, fragte Farly.

»Das ist kein Bündel«, erwiderte Tipperton, »sondern die Leiche seiner Tochter.«

Linnet keuchte vor Entsetzen. »Die Leiche seiner ...?«

»... Tochter«, wiederholte Tipperton. »Dieser Mann ist der Wahnsinnige Lord Tain, ein Daelsmann, ein Astralkörper von Modru.«

Er wandte sich zu Dinly herum. »Diese Nachricht muss Hochkönig Blaine überbracht werden. Denn wenn Lord Tain hier ist, ist auch Modru präsent.« Als Dinly verstehend nickte, schoss Tipperton ein Gedanke durch den Kopf, aber er war zu flüchtig, als dass er ihn hätte fassen können. »Irgendetwas Schlimmes ist hier im Anzug, und ich möchte den Hochkönig warnen.« Dann sah er Farly an. »Diese Nachricht ist zu wichtig, als dass einer allein sie überbringen könnte.«

Farly nickte. »Ich gehe mit.«

Erneut richteten sie ihre Aufmerksamkeit auf die Armee, die jetzt die Fäuste von Rakka erreicht hatte. Die Hyrinianer,

Kistaner und Chabbaner begrüßten die Krieger aus Hurn, Sarin und Thyra.

Und etwa zwanzig dieser Krieger, Chabbaner, Hyrinianer, Kistaner und etliche Fäuste von Rakka sammelten sich um Lord Tain, der mit den sterblichen Überresten seiner Tochter tuschelte, die für die weit entfernten Wurrlinge nur noch ein Reisigbündel zu sein schien. Dann jedoch richtete sich Lord Tain auf, wandte sich an die Umstehenden und schien ihnen Befehle zu geben. Dann drehte er sich wieder zu seinem Bündel herum. Doch bevor er das tat, schaute er lange auf die Hügel weit über ihm und schien zu lachen.

»Sie haben also ihre Streitkräfte vereint?«

»Aye, Mylord«, erwiderte Farly, während Dinly, der neben ihm stand, nickte. »Etwa hier, jedenfalls schätzt Tipperton das.« Er deutete im Licht der Morgensonne auf einen Punkt auf der Karte.

»Und sie sind am Rand von Hèlofen nach Südosten marschiert«, setzte Dinly hinzu.

Der Hochkönig sah ihn erstaunt an. »Nach Südosten?«

»Aye, Mylord. Nach Südosten«, wiederholte Dinly.

König Loden warf einen Blick auf die Karte und sah dann DelfHerrn Bekki an. »Ihr kennt dieses Gebiet besser, Lord Bekki. Wohin könnten sie wollen?«

Bekki schüttelte den Kopf. »Sie marschieren zum Schildwall.«

»Und zum Meer«, setzte Coron Ruar hinzu.

»Schiffe«, erklärte Schiffskapitän Arnson. »Vielleicht warten ja an den Ufern der Avagaon-See Schiffe auf sie.«

»Wir dürfen sie nicht entkommen lassen«, knurrte DelfHerr Volki.

Hochkönig Blaine nickte, musterte die anderen und sah schließlich Linde an. »Gebt Alarm. Wir werden sie verfolgen.«

»Sire«, erhob Arth vom Wilderland seine Stimme. »Vergesst

nicht, was diese Waldans gesagt haben: Der Feind hat einen Astralkörper bei sich ...«

»Den Feigling Tain!«, stieß Bekki knirschend hervor.

»... und wo ein Astralkörper ist, sind auch Modrus Augen und Ohren und seine Stimme.« Der Mann aus Gabelhain verstummte und wartete auf die Antwort seines Lehnsherrn.

Hochkönig Blaine nickte Arth zu. »Ich weiß, Lord Arth, aber vergesst nicht, wir haben eine dieser Horden in der Schlacht in den Hügeln besiegt, und auch dort war ein Astralkörper bei ihnen. Nein, ich werde nicht vergessen, dass Modrus Präsenz unter ihnen weilt, aber ich werde mich davon auch nicht abhalten lassen. Denn das Schicksal der Ebenen hängt von dem ab, was wir jetzt tun, und nichts zu tun hieße, dem Bösen die Herrschaft zu überlassen.«

»Sire«, sagte Arnson, »sieben meiner Schiffe liegen stromabwärts von der Pontonbrücke. Ich kann sie den Fluss hinabschicken ...«

»Tut das«, unterbrach der Hochkönig den Kapitän, bevor dieser seinen Satz zu Ende sprechen konnte. »Und setzt alle feindlichen Schiffe in Brand, derer Ihr habhaft werden könnt.«

Arnson lächelte triumphierend seinen Jutlander Widersacher an. »Ich bin sicher, dass Kapitän Dolf die Brücke nur zu gern bewachen wird.«

»Allerdings«, erwiderte Blaine rasch, als Dolf den Fjordlander wütend anfunkelte. »Und jetzt, Hrosmarshal Linde, stoßt ins Horn.«

Also blies Linde in ihr Schwarzochsen-Horn, Larana in ihr silbernes Waldhorn. Heer und Legion saßen auf, formierten sich in Abteilungen, Kompanien und Brigaden und folgten zwei Wurrlingen, die sie zwischen die Hügel führten.

Nahe von Hèlofen, auf einem Weg, der zwischen den Klippen hindurchführte, begleiteten Arylin, Flandrena und Vail zusammen mit Tipperton, Linnet und Nix den Heeresmoloch des Feindes auf einem Parallelkurs. Abwechselnd behielten die Kundschafter den Feind von oben im Blick.

Der grauenvolle Gestank von Hèlofen waberte über das ganze Land, als die giftigen Dämpfe des kalten Windes nach oben getragen wurden, aber mittlerweile hatten sich alle an diesen Geruch gewöhnt. Wenn Tipperton und Linnet mit der Beobachtung dran waren, glitt Tippertons Blick immer wieder zu dem gewaltigen Schlund, den schwach zu erkennenden Ausläufern und Bergen dahinter, und jedes Mal, wenn er hinsah, nagte dieser flüchtige Gedanke in seinem Hinterkopf. Doch je mehr er ihn zu fassen suchte, desto geschickter wand er sich aus dem Griff seines Bewusstseins. Trotzdem, als er in die Täler hinter den Hügeln hinabritt, nachdem seine Wache zu Ende war, sagte er zu Vail: »Ich kann mir nicht helfen, aber ich glaube, dass der widerliche Modru einen mörderischen Plan ausgeheckt hat.«

»Wie das, Tipperton? Nicht, dass ich Euch nicht glaubte, aber ich wüsste gern, was Ihr denkt.«

»Ich kann einen Gedanken nicht fassen, der in meinem Hinterkopf vor sich hin nagt, und andere Dinge irritieren mich auch, Rätsel, die ich nicht lösen kann. Seht, die Fäuste von Rakka und die Lakhs und die Rovers und die Askars machen keine Anstalten, ihre Spuren zu verwischen, noch gehen sie besonders verstohlen zu Werke und nutzen die Deckung dieser Hügel. Sie schicken nicht einmal Wachen voraus, um zu überprüfen, ob diese Wege vielleicht gesichert sind. Außerdem weichen sie nicht vom Kurs ab, obwohl an seinem Ende nur der Schildwall und dahinter der Abhang zur Avagon-See wartet.«

»Vielleicht liegen dort Schiffe bereit oder werden erwartet«, sagte Flandrena, der neben ihnen ritt.

»Wenn nicht«, sagte Linnet, »dann sitzen sie zwischen Hèlofen und der weiten, blauen See in der Falle, wenn Hochkönig Blaine mit seinem Heer kommt.«

Vail nickte. »Wie Ihr, Tipperton, glaube auch ich, dass da

etwas im Anzug ist, denn sie marschieren sehr gemächlich, langsam und ohne Hast. Als wenn ...« Vail schüttelte den Kopf. »Ich weiß es nicht.«

Arylin gab ihnen von dem Hügelgrat aus ein Zeichen. »Sie bleiben auf ihrem Kurs«, erklärte Vail.

Tipperton seufzte. »Komm, Linnet«, sagte er. »Wir müssen vorausreiten und sie beobachteten. Tun wir das von dem Hügel da drüben.«

Sie ritten weiter, am Fuß des Hügels vorbei, auf dem Arylin und Nix Wache hielten.

»Ich bin froh, dass Ihr überlebt habt, Lady Linde.«

Linde seufzte und sah auf die kleine Kommandeurin der Wurrlinge hinab, die neben ihr ritt. »Es sind nur noch siebzehn von uns am Leben, Kommandeurin. Siebzehn.«

»So wenige?« Rynna blickte auf die kleine Schar von Harlingar, die ihnen folgte.

Lindes Miene wirkte angespannt. »Aye. Von tausend Jordiern, die König Ranor entsandte, sind nur noch siebzehn von der Brigade am Leben.«

»Meiner Seel!«, stieß Rynna mitfühlend hervor.

Sie ritten eine Weile schweigend weiter, bis Rynna schließlich fragte: »Wo ist der Kopf des Gargon, den Ihr aus dem Darda Erynian mitgenommen habt?«

»Verloren, Lady Rynna. Er liegt irgendwo in all den Trümmern des Krieges. Nach der Schlacht um den Gûnarring-Schlitz war er verschwunden.«

»Ihr habt dort gefochten?«

»Aye. Als uns die Kunde erreichte, dass Hochkönig Blaine in Jugo gelandet ist, sind wir von Pendwyr aus dorthin gesegelt und haben uns seinen Streitkräften angeschlossen.«

»Und die Schlacht ...?«

»... war blutig. Am Ende aber haben wir sie für uns entschieden.«

Wieder ritten sie eine Weile stumm nebeneinander her, zwischen den Klippen und Hügeln entlang, aber schließlich meinte Rynna, fast wie zu sich selbst. »Wie so vieles.«

Linde sah die Damman fragend an.

Rynna seufzte. »Viele Dinge liegen irgendwo herum, verschollen in den Trümmern des Krieges ... die Unschuld ist nicht das Geringste unter ihnen.«

Linnet und Tipperton sahen zu, wie der Moloch des feindlichen Heereswurms an dem Rand der Klippe unter ihnen entlangmarschierte. Vail und Flandrena ritten derweil, von den Hügeln vor der Entdeckung durch den Feind geschützt, nach Südosten, um die Wache auf der nächsten felsigen Erhebung einzunehmen. Nix und Ayrilin entfernten sich derweil von ihrer alten Stellung, links von den beiden. In der Ferne, weit vor ihnen, auf der rechten Seite, konnte Tipperton den Schildwall sehen, hinter dem die blauen Wasser der Avagon-See schimmerten.

»Wie geht es Eurem Vater, Arht?«

Arth schüttelte den Kopf. »Er ist tot, Heiler Darby. Er ist bei der Schlacht um die Hügel gefallen.«

»Meiner Seel, es tut mir sehr leid, das zu hören«, erklärte Beau aufrichtig.

»Es ist westlich von den Steinhöhen geschehen«, sagte Arth. »Pa ist als Held gestorben. Er hat dem Hochkönig das Leben gerettet!«

»Der Bürgermeister hat Blaines Leben gerettet?«

»Aye. Hochkönig Blaine hatte kein Pferd mehr. Ein Ghûl auf einem Hèlross wollte ihn niederreiten. Pa hat sich dazwischengeworfen, den Feind angegriffen und erbittert gegen ihn gekämpft. Doch Ghûls schütteln selbst Verletzungen ab, die einen gewöhnlichen Sterblichen töten würden. Am Ende hat er meinen Pa mit seinem Speer durchbohrt.«

»Was ist mit dem Hochkönig passiert?«

»Er hat Pas Pferd eingefangen, ist aufgestiegen und hat den Ghûl angegriffen. Doch da hatte ich mich bereits bis zu ihm durchgekämpft und dem Leichenfeind den Kopf abgeschlagen.«

»Gut«, sagte Beau.

»Der Hochkönig hat mir daraufhin das Kommando über die Truppe aus Beacontor übertragen, und wir waren seitdem immer bei ihm. Doch die Hälfte unserer Abteilung ist bereits gefallen. Von der Abordnung aus Gabelhain bin ich ganz allein übrig.«

»Ihr allein, von all diesen Männern?« Plötzlich liefen Beau Tränen über die Wangen.

Arth nickte. Seine Wangen waren ebenfalls nass.

»Sie haben neben dem Schildwall Halt gemacht«, sagte Nix, als Tipperton und Linnet auf sein Zeichen hin auf den Hügelkamm ritten.

Tipperton spähte um eine Klippe herum auf den Feind hinab. Wie Nix gesagt hatte, stand dieser auf der breiten Ebene vor dem Rand des Schlundes, von dem aus sich der Schildwall in östlicher Richtung erstreckte. Diese Barriere bestand aus blankem Fels, war sehr hoch und mehr als zehn Meilen lang. Ein senkrechter Steinwall, eine hundert Ellen dicke Barrikade, die den gesamten schmalen Zugang zwischen Ozean und Schlund absperrte. Hinter dem Wall und dem Feind sahen sie die Wasser der Avagon-See und hörten das Rauschen der Brandung, die gegen die Felsen schlug.

»Habt Ihr irgendwelche Schiffe auf der See gesehen?«, wollte Linnet wissen, als sie ihren Platz neben Arylin einnahm.

»Nein«, gab die Dara zurück. »Aber sie könnten auch außerhalb unseres Blickfeldes unmittelbar am Fuß der Klippen ankern.«

Linnet nickte und schaute zum Rand der Barriere, wo das Land jäh zu einem unsichtbaren Ufer abfiel. »Vail und Flandrena sind vorausgeritten, um sich das näher anzusehen«, erklärte die Damman.

»Aber wenn dort Schiffe liegen, warum warten diese Streitkräfte dann hier?«, wollte Nix wissen. »Warum steigen sie nicht über die Felsen hinab und flüchten sich an Bord?«

Bevor er antworten konnte, unterbrach Arylin sie. *»Hist«*, zischte sie. »Ich glaube, sie stellen sich auf.«

»Macht Euch bereit, zu flüchten«, warnte Nix sie. »Denn wenn sie sich tatsächlich in Schlachtordnung aufstellen, entsenden sie vielleicht auch Wachen in die Hügel.«

»Meiner Treu!«, stöhnte Tipperton plötzlich.

»Was?«, hakte Linnet nach.

»Sie stellen sich in der Richtung auf, aus der sie gekommen sind«, antwortete Tipperton. »Als wenn sie ...«

»Jemanden erwarten«, beendete Arylin seinen Satz.

»Den Hochkönig!«, meinte Tipperton. »Den erwarten sie. Ich wusste doch, dass sie keinen Fluchtversuch unternehmen.«

»Ein letztes Gefecht?«, fragte Nix. »Stellen sie sich zu einem letzten Kampf auf?«

Nix und Linnet drehten sich zu Tipperton herum, der jedoch nur Augen für Dara Arylin hatte. »Feinde, die in die Enge getrieben sind, unternehmen häufig einen letzten, verzweifelten Versuch«, sagte sie. »Und dann sind sie besonders gefährlich.«

»Aber falls sie Schiffe erwarten sollten ...« Linnet verstummte, doch schließlich fügte sie hinzu: »Ich glaube nicht, dass dort unten Schiffe warten.«

»Das werden wir bald genau wissen.« Tipperton blickte in Richtung der See und versuchte, Vail und Flandrena zu entdecken, doch vergeblich.

»Meiner Seel, das ist also Hèlofen«, sagte Rynna, als es langsam dunkel wurde. »Jetzt weiß ich, was Lordverwalter Voren meinte, als er es einen Ort des Grausens nannte.«

Im selben Augenblick traf eine Nachricht von der Vorhut ein. Sie würden in der Nacht auf der Ebene zwischen Hügeln und Schlund kampieren und sich am nächsten Morgen dem Feind stellen. Denn Kundschafter hatten die Feuer nahe dem Schildwall gesehen, kaum zehn Meilen entfernt.

Als Rynna ihre Schlafrolle ausbreitete, kamen Beau, Farly und Dinly zu ihr. »Ruht wohl, meine Freunde, denn morgen werden wir kämpfen. Und obwohl ich hoffe, dass dies die letzte Schlacht in diesem Krieg sein möge, fürchte ich doch, dass sie es nicht ist.«

»Nicht die letzte Schlacht?«, erkundigte sich Dinly.

Beau sah von seiner Schlafrolle hoch. »Nein, Dinly. Dies hier sind nur Hyrinianer, Chabbaner, Rovers und die Fäuste von Rakka. Modru und sein Schwarm verstecken sich noch irgendwo. Und es sind Modru und sein Gebieter Gyphon, die alle antreiben. Nein, bis wir mit ihnen fertig sind, wird der Krieg nicht aufhören.«

Dinly nickte finster, während Farly Zwieback aus seinen Satteltaschen holte und ihn herumreichte. Obwohl keiner richtigen Appetit hatte, nahm jeder einen.

»Auch unmittelbar hinter dem Schildwall ankern keine Schiffe.« Vail saß neben Tipperton und nahm eine Scheibe Mian an, die Arylin ihr reichte. »Aber aus dem Südwesten nähern sich Segel.«

»Segel der Drachenboote der Fjordlander«, fügte Flandrena hinzu.

»Fjordlander?«, platzte Tipperton heraus. »Haben sie sich mit dem Feind zusammengetan?«

Vail schüttelte den Kopf. »Das glaube ich nicht, Tipperton. Ich denke eher, dass Hochkönig Blaine nach Farlys und

Dinlys Bericht die Fjordlander entsandt hat, um eine Flucht des Feindes über das Meer zu verhindern.«

»Ah.« Nix biss von dem Mian ab. »Das klingt einleuchtend.«

»Wie weit hinab geht es bis zur See?«, wollte Linnet wissen. »Ich meine, wie hoch steht der Schildwall auf der Seeseite?«

»Etwa dreißig Meter blanker, steiler Fels«, erwiderte Flandrena. »Falls feindliche Schiffe tatsächlich dort ankern, dürfte es dem Feind weder leicht fallen hinabzuklettern noch Entsatz hinaufzuschicken.«

»Ihr könnt diese Kunde auch Hochkönig Blaine überbringen«, sagte Arylin und sah zwischen Tipperton, Linnet und Nix hin und her.

Vail hob eine Braue.

»Dass der Feind mit dem Rücken an einer Klippe steht und keine Schiffe unten warten«, sagte Arylin. »Sondern er sich stattdessen bereit macht, gegen unser Heer zu kämpfen.«

»Ich habe eine Skizze von ihrer Aufstellung gemacht«, bemerkte Tipperton. »Obwohl ich besser hierbleiben sollte. Nix und Linnet können die Nachricht überbringen.«

Arylin schüttelte den Kopf. »Nein. Es ist besser, wenn Ihr alle beieinander seid, wenn es zur Schlacht kommt. Vail, Flandrena und ich werden bis zuletzt warten und uns dann zu den Unseren gesellen.«

Als Tipperton zögernd zustimmte, sagte Vail: »Es sind nur drei oder vier Werst bis zu der Stelle, wo sich Farly und Dinly von uns getrennt haben und zum Hochkönig zurückgeritten sind. Ihr könnt dort auf das Heer warten, falls es nicht schon längst dort ist.«

Tipperton nickte und stand auf. »Reiten wir«, sagte er zu Nix und Linnet.

Die Elfen umarmten jeden aus dem Trio und küssten sie auf die Wangen. Dann sahen sie ihnen nach, während die Wurrlinge zu ihren Ponys gingen.

Tipperton weckte seine Damman mit einem zärtlichen Kuss. Leise nahmen sie ihre Decke und zogen sich zwischen die nahegelegenen Klippen zurück. Beau und Linnet folgten ihrem Beispiel.

»Es gibt also keine Schiffe für den Feind«, erklärte Bekki, der am nächsten Morgen neben Tipperton ritt. »Und sie haben Angst, durch Hèlofen zu marschieren. Wie Ihr sagt, scheinen sie sich auf ein letztes Gefecht vorzubereiten. Auch wenn das keine Rolle spielt. Wir werden ihnen schnell den Garaus machen.«

»Ich fürchte, dessen könnt Ihr nicht sicher sein, Lord Bekki«, wandte Loric ein. »Haben wir nicht gehört, wie gut die Fäuste von Rakka an der Pontonbrücke gefochten haben? Ich selbst kann sagen, dass die Schlacht um den Gûnarring-Schlitz sehr blutig war. Nein, ich glaube, sie werden sich teuer verkaufen, sehr zu unserem Bedauern.«

»Pah!«, schnaubte Bekki, enthielt sich aber jedes weiteren Kommentars.

»Sagt uns, Tipperton«, bat Phais, »wie sie sich aufgestellt haben und wie das Gelände dort aussieht.«

»Sie stellten sich in langen Phalanxen auf, Phais. Die Fäuste von Rakka vorn, dann die Ashkars aus Chabba, danach die Reiterei der Hyrinianer und Kistaner. Viele Chabbaner sind mit Bögen bewaffnet, aber die meisten kämpfen mit kurzen Spießen. Die Fäuste von Rakka haben Krummsäbel und Äxte, dazu runde Schilde. Einige sind auch mit Armbrüsten bewaffnet. Die Lakh aus Hyree tragen ebenfalls kleine runde Schilde, besitzen jedoch lange Krummsäbel, solche wie die der Jordier. Ich glaube, sie nennen sie Tulwar. Außerdem haben sie merkwürdig geformte Bögen. Die Rovers schwingen Säbel, verfügen über Armbrüste und Speere.«

Phais nickte. »Und das Gelände?«

»Sie haben sich auf der Ebene zwischen dem Rand von

Hèlofen zu ihrer Rechten und den Hügeln zu ihrer Linken aufgebaut. Im Rücken haben sie den dreißig Meter tiefen Abgrund zur Avagon-See.«

»Was liegt vor ihnen?«, wollte Beau wissen.

»Ein ebenso breites Plateau wie dieses hier«, erwiderte Tipperton und deutete auf die Ebene zwischen der Klippe, die in den Schlund führte, und den zerklüfteten Hügeln, die sich vor und hinter dem vorrückenden Heer erstreckte.

»Dann haben sie die Sonne im Rücken«, knurrte Bekki.

»Welche Sonne?« Rynna deutete auf den grauen Himmel, über den der eisige Wind die dicken Wolken nach Südwesten trieb.

»Falls sie herauskommt«, gab Bekki zurück.

»Und zur Rechten des Feindes gibt es nur einen steilen Felsabhang?«, hakte Phais nach.

Tipperton schüttelte den Kopf. »Ein paar hundert Meter vor der Phalanx des Feindes scheint es einen breiten Hang zu geben, der hinab zum Hèlofen führt. Er ist vielleicht eine Meile breit. Wie sanft oder steil er abfällt, weiß ich allerdings nicht, denn wir konnten ihn von unserem Standort aus nicht ganz sehen.«

»Ich sage, wir treiben sie von den Klippen hinter ihnen in die See!«, schlug Bekki vor.

»Oder aber über den Abhang zu ihrer Rechten«, setzte Nix hinzu.

»Oder wir treiben sie über den Hang in den Hèlofen hinab und in die giftigen Dämpfe hinein«, meinte Linnet.

»Der Hochkönig sagt, dass jede dieser Taktiken glücken würde«, erklärte Rynna. »Vorausgesetzt, sie legen die Waffen nicht nieder, wie er es Ihnen anheim stellen wird.«

»Pah!«, grollte Bekki. »Wenn ich entscheiden könnte, würde ich ihnen keine Kapitulationsbedingungen stellen, wie Hochkönig Blaine es vorhat.«

»Es ist besser, wenn sie sich ohne Kampf ergeben, als wenn

sie unsere Leute töten oder verstümmeln«, sagte Beau. »Ich habe es satt, so viele Krieger in ihrem Blut liegen zu sehen, ich bin es müde, Muskeln und Haut zusammenzuflicken, als wäre es nur zerrissene Kleidung. Ich will keine zertrümmerten Knochen mehr schienen und keinen Schmerz und Tod und Verkrüppelungen mehr sehen müssen ... Ach, ich bin des Krieges überdrüssig!«

Sie ritten eine Weile schweigend weiter, bis Lindes Horn in der Vorhut schmetterte.

Loric sah die anderen an. »Das ist das Signal, Formation einzunehmen.«

Bekki seufzte. »Möge Elwydd Euch alle beschützen.«

»Möge Ihre Hand auch Euch wohl behüten, Drimm Bekki, DelfHerr von Minenburg Nord«, erwiderte Phais feierlich.

Bekki sah sie lange an. Sein Blick war unergründlich, doch dann grüßte er sie mit seinem Streithammer, lenkte sein Pony nach rechts und zur Vorhut, wo sich die Châkka von Minenburg Nord aufgestellt hatten.

»Passt auf Euch auf, Ihr Kleinen«, sagte Phais dann, wendete ihr Pferd und ritt mit Loric zu den Lian des Ardentales.

»Vergesst nicht«, sagte Rynna, »wenn es zur Schlacht kommt, schlagen wir einen weiten Kreis nach rechts, von wo aus wir unsere Bögen ungehindert einsetzen können.«

Farly schüttelte den Kopf. »Ich glaube, der Hochkönig hat uns hier aufgestellt, damit wir niemandem in die Quere kommen.«

»Hat er nicht«, widersprach Rynna. »Silberblatt hat es vorgeschlagen, und obwohl wir nur eine Handvoll sind, weiß er sehr gut, wie gefährlich wir mit Pfeil und Bogen werden können.«

»Ob er uns nun aus dem Weg haben wollte oder nicht«, erklärte Tipperton, »wir sollten jedenfalls unsere Stellungen einnehmen, Kommandeurin. Ich glaube nämlich nicht, dass Modru die graue Parlamentärsfahne anerkennt.«

Rynna nickte und gab ihrem Pony die Sporen. Die anderen folgten ihr. Die siebenköpfige Armee der Wurrlinge ritt zwischen den Ponys der zweitausendfünfhundert Zwerge, den Vollblütern der sechshundert Dylvana und achthundert Lian, tausendvierhundert Baeron und neununddreißigtausend Menschen auf ihre Position am äußersten rechten Flügel des Heeres ein.

Reihe um Reihe marschierte die Armee des Hochkönigs auf. Jede Phalanx erstreckte sich über die gesamte Breite der Ebene von den Hügeln zu ihrer Rechten bis zum Abhang zu ihrer Linken.

Vorneweg ritten Hochkönig Blaine und Silberblatt, Larana rechts neben dem Elf und Linde an der linken Seite des Königs. In Laranas Lanzenbecher an ihrem Steigbügel steckte die Lanze mit dem rotgoldenen Banner des Königs.

Kurz hinter dem König flatterten die vielen Banner der Verbündeten, die Standarten der Menschen und Elfen und Zwerge, aber keine der Baeron oder Wurrlinge.

Gleich hinter den Fahnenträgern folgten die schweren Schlachtrösser der Baeron, die ihre Keulen, Morgensterne und Streithämmer in den Händen hielten. Denn wie Blaine gesagt hatte: »Ich möchte, dass der Feind vor dem Anblick eines solch gewaltigen Heeres von Männern und Rössern erzittert. Vielleicht gibt ihm das die nötige Atempause, sollten ihre Herzen insgeheim verzagen.«

Den Baeron folgten Schlachtreihe um Schlachtreihe von Menschen, Zwergen und Elfen, ebenfalls für die Schlacht gewappnet und gerüstet.

Zwei Meilen vor ihnen hatten sich die Lakh aus Hyree, die Askars aus Chabba und die Rovers aus Kistan ebenfalls zur Schlacht aufgestellt, zusammen mit den Fäusten von Rakka. Auch sie waren zum Kampf gerüstet.

»Himmel«, meinte Beau, »was für ein Haufen. Ich schwöre, Tip, das sind noch mehr Feinde als vor Dendor lagen.«

Tipperton nickte grimmig, antwortete jedoch nicht weiter, als er und seine Wurrlinge an der rechten Flanke zum Fuß des Hügels vorrückten.

»Achtet auf das Gelände«, sagte Rynna. »Es könnte den Unterschied zwischen Leben und Tod bedeuten, oder für Sieg oder Niederlage den Ausschlag geben.«

Obwohl Tipperton das Gebiet mittlerweile recht gut kannte, weil er es sorgfältig studiert hatte, als er seine Skizze anfertigte, musterte er das Terrain jetzt noch einmal. Rechts erhoben sich die zerklüfteten Hügel, in die sie sich im Notfall flüchten konnten. Zwischen ihnen und dem Schlund von Hèlofen erstreckte sich eine weite Ebene, etwa tausend Schritt breit, die mehrere Meilen am Rand des Schlundes entlangführte. Auf diesem Plateau würde die Schlacht stattfinden, wenn es denn dazu kam. Links von ihnen gähnte Hèlofen. Die Klippen des Randes fielen mehr als dreihundert Meter jäh ab, und die Wand, an der das Heer jetzt entlangritt, bestand aus steilem, blankem Fels. Doch etwa eine Viertelmeile entfernt führte der lange Hang in das gewaltige Becken von Hèlofen hinab, das Tipperton von den Hügeln aus beobachtet hatte. Unmittelbar vor ihnen hatte sich der Feind aufgestellt. In ihrem Rücken lag der dreißig Meter hohe Abgrund zur Avagon-See. Rechts von ihm erstreckte sich der Schildwall, dessen Felswände bis in das Becken hineinreichten. Eine felsige Barriere zwischen Schlund und Meer, etwa hundert Ellen – vierzig Meter – dick.

Alles war so, wie Tipperton es das letzte Mal gesehen hatte. Er schaute nach rechts hinauf. Irgendwo da oben in den Hügeln hielten Vail, Arylin und Flandrena nach wie vor ihren Beobachtungsposten.

Als die Entfernung zwischen dem Feind und dem Heer des Hochkönigs auf eine halbe Meile zusammengeschmolzen war, gab Blaine Linde ein Zeichen. Sie hob ihr Schwarzochsen-Horn an die Lippen und stieß hinein. Das Heer kam zum Stehen.

Durch die Reihen ritten die Unterhändler, die Hochkönig Blaine begleiten sollten, nach vorn. Von der äußersten rechten Flanke näherte sich ein Wurrling auf einem Pony. Die Unterhändler scharten sich um die Banner der Verbündeten, Rynna in der Mitte, flankiert von zwei Baeron. Diese drei trugen keine Standarten.

Jetzt drehte sich Hochkönig Blaine im Sattel herum. Alles war so, wie er es geplant hatte. Er drehte sich wieder herum und nickte Silberblatt zu. »Finden wir heraus, was sie von einer Kapitulation halten.«

»Hütet Euch vor Verrat, Mylord«, knirschte eine Stimme hinter ihm.

»Das werde ich, Lord Bekki«, erwiderte Blaine, ohne sich umzusehen.

Zusammen ritten Blaine, Silberblatt, Larana und Linde vorwärts. Die graue Parlamentärsfahne flatterte ganz rechts, die rotgoldene links. Hinter ihnen ritten die Abgesandten der einzelnen Völker unter ihren Standarten: Lian, Dylvana, Zwerge, Menschen, Baeron, ein Magier und ein Wurrling. Sie bewegten sich dem Feind entgegen und blieben auf halber Strecke zwischen den beiden Heeren stehen. Dort warteten sie.

Der Feind regte sich nicht.

Ein Kerzenstrich verging, aber keiner der Verbündeten rührte sich. Rynna hörte, wie die DelfHerrn unwillig knurrten, vor allem Bekki.

Schließlich stieß er einen Fluch aus. »Kruk, Loden, seht doch! Da kommt Feigling Tain.«

Rynna starrte dem Feind entgegen, der kaum eine Achtelmeile entfernt war, und in dessen Mitte eine Gestalt auf einem Pferd mit einem Bündel in seinen Armen zu reden schien.

Rynna erschauerte, denn obwohl sie Lord Tain noch nie zuvor gesehen hatte, wusste sie, dass dieses Bündel der Leichnam seiner Tochter Jolet sein musste.

Tipperton betrachtete die Schlachtreihen der Feinde. Er erkannte Lord Tain, der auf einem Pferd saß und mit den Überresten seiner Tochter tuschelte, während er auf das Heer des Hochkönigs deutete. Dann musterte Tipperton die Gruppe der Unterhändler: den Hochkönig, Silberblatt, die anderen und vor allem Rynna, die in ihrer Mitte wartete.

Plötzlich richtete sich Lord Tain auf und sah sich um ...

... Tipperton überlief ein Frösteln ...

... als der Astralkörper den wartenden König und seine Eskorte anblickte und lachte. Dann drehte er sich herum und sagte etwas zu jemandem neben sich ...

... und aus den Hügeln kam ein Horn ...

... Tippertons Kopf ruckte herum: er sah Flandrena auf dem Hügelgrat stehen, der ein Alarmsignal ausstieß und nach Nordwesten deutete, weg von dem Feind, während Vail in halsbrecherischem Galopp den Hügel hinabdonnerte, auf die kleine Gruppe um den Hochkönig zu ...

»Yaaaaah!« Mit einem tosenden, wortlosen Schrei griff der Haufen des Feindes an; die berittenen Hyrinianer und Rovers stürmten voran, die Speere gesenkt, die Schwerter erhoben ...

»Flieh, Rynna, flieh!«, brüllte Tipperton und nockte einen Pfeil ein, als ...

... Chabbaner und die schwarz gewandeten Fäuste von Rakka zu Fuß voranstürmten ...

... Linde in ihr Schwarzochsen-Horn stieß, Larana in ihr silbernes Waldhorn ...

Noch während die massigen Schlachtrösser der Baeron vorandonnerten, die Ponys der Zwerge, die Pferde der Menschen und die Vollblüter der Elfen hinter ihnen her hämmerten, schrie der Hochkönig seiner Eskorte einen Befehl zu. Sie hoben ihre Waffen und warteten auf die Angriffswelle des Feindes.

Alle bis auf Rynna, die mit ihrem Pony so schnell sie konnte zur rechten Flanke flog.

»Schneller, Rynna!«, schrie Tipperton. Er hatte Angst, dass sie von den heranstürmenden Baeron überrannt würde. Linnet, Beau, Nix, Farly und Dinly brüllten ebenfalls.

Noch während sie auf Tipperton und die anderen Wurrlinge zuritt, fegte Vail an ihr vorbei. Sie galoppierte in die entgegengesetzte Richtung und schrie etwas auf Sylvana, was keiner der Wurrlinge verstehen konnte.

Doch dann schrie Silberblatt Larana etwas zu, die daraufhin auf ihrem Horn einen Befehl blies. Und mitten in den angreifenden Reihen zügelten die Elfen ihre Pferde und wendeten.

Tipperton riss die Augen auf. »Was zum ...?« Er blickte hinter sich.

Dort donnerten Reiter heran, Tausende und Abertausende von ihnen. Gelbe Fahnen flatterten im Wind, die dunklen Rüstungen schimmerten, auf ausladenden Helmen flatterten Büsche – und ihre langen, geschwungenen Klingen blitzten in ihren Händen, die gewaltigen Langbögen waren gespannt ...

... und ein Pfeilhagel sauste todbringend von den Feinden vorn und hinten in die Luft und streckte Menschen, Elfen und Zwerge nieder, die kreischend zu Boden stürzten, während sich gleichzeitig ein Pfeilhagel aus dem Heer des Hochkönigs erhob und die Feinde niedermähte ...

Dann prallten die Armeen unter ohrenbetäubendem Gebrüll und Krachen und Klirren zusammen. Die Verbündeten wurden vorn und hinten vom Feind bestürmt, noch während Rynna mit knapper Mühe dem Gewühl entkam und in die Schar der Wurrlinge hineinritt.

»Es war eine Falle!«, schrie Tipperton und ließ seine Pfeile sausen, die einen Feind nach dem anderen fällten.

»Absteigen!«, befahl Rynna. »Sucht Schutz zwischen den Felsen. Und sorgt dafür, dass jeder Pfeil und jedes Geschoss sein Ziel trifft.«

»Wer führt die gelbe Fahne?«, schrie Dinly, als er mit seinem Pony am Zügel zwischen die Felsen hastete.

Aber weder die Bokker noch die Dammen wussten die Antwort, während sie Pfeile und Geschosse auf den Feind niederhageln ließen.

»Zielt auf die feindlichen Bogenschützen«, sagte Rynna. »Denn sie sind am gefährlichsten.«

Auf der Ebene zog sich das Heer des Hochkönigs mitten in dem Krachen, Klirren und Brüllen und den Schlachtrufen unter schrecklichen Verlusten zusammen, um dem Feind auf beiden Seiten Paroli zu bieten. Alle bis auf die Baeron auf ihren gewaltigen Rössern. Denn sie hatten die tief gestaffelten Reihen des Feindes glatt durchbrochen und erkämpften sich jetzt gerade ihren Weg zurück.

In der Mitte drängten sich die Krieger um den Hochkönig. Zwerge mähten mit ihren Furcht erregenden Streitäxten die Feinde nieder, Elfenklingen hielten blutige Ernte und durchbohrten mit ihren Speeren den Feind, Menschen mit Morgensternen, Äxten und Schwertern hackten sich durch den Gegner. Zwischen denen, die sich um den Hochkönig scharten, befand sich auch Aravan; sein magischer Speer *Krystallopyr* brannte sich unterschiedslos durch Haut, Fleisch und Knochen. Riatha focht neben ihm. Ihre dunkelsilberne Klinge drang ohne Widerstand durch Rüstungen und Leiber. Neben ihr hatte Silberblatt seinen weißen Knochenbogen ins Futteral geschoben und schwang stattdessen mit tödlicher Geschicklichkeit seine Langmesser. Auch die Magier waren dort, aber sie hielten ihre *Macht* zurück. Der Hochkönig hatte sie gebeten, sie erst einzusetzen, wenn alles schon verloren schien. Dennoch, die Verbündeten waren zahlenmäßig hoffnungslos unterlegen und wurden, von beiden Seiten angegriffen, immer weiter nach hinten gedrängt, während der Feind jetzt einen Halbkreis bildete und weiter vordrängte.

»Es sind zu viele!«, stieß Tipperton hervor, während er einen feindlichen Bogenschützen niederstreckte.

»Himmel!«, schrie Beau entsetzt. »Sieh nur, Tip! Sie drängen das Heer in den Hèlofen hinab!«

Hochkönig Blaine und seine Verbündeten standen jetzt mit dem Rücken zum Abgrund und wurden immer weiter auf den langen Hang zu und in den gähnenden Schlund getrieben.

Rynna weinte, als sie einen Pfeil abfeuerte. »Ach, Tipperton, wenn kein Wunder geschieht, sind wir verloren!« Dennoch kämpfte sie weiter, wie auch die anderen Wurrlinge, obwohl ihnen allen bittere Tränen über die Wangen liefen.

Die Verbündeten wurden Schritt um Schritt zurückgedrängt. Einige befanden sich bereits auf dem Hang, doch etliche stürzten auch kreischend über die Kante in die Tiefe und in den sicheren Tod.

Doch auch wenn das Heer seiner Vernichtung ins Auge sah, kämpften die Männer und Frauen tapfer weiter und brachten den Feinden den Tod, noch während sie selbst der Tod ereilte.

Dann jedoch erschallte über dem Kreischen und Schreien, den Anrufungen von Adon, Elwydd, Rakka und Gyphon ...

»Hört!«, schrie Tipperton und drehte lauschend den Kopf.

... ein Geräusch ...

»Hört ihr das?«

... ein tiefes Hornsignal ...

»Hörst du das, Rynna?«

... und noch eines ... dann noch eines ...

Tipperton hob sein Schwarzochsen-Horn an die Lippen und stieß ein gellendes Signal aus ...

... dem unzählige Stöße aus anderen Schwarzochsen-Hörnern antworteten, während im selben Augenblick die Erde bebte. Sie erzitterte unter dem Donnern Zehntausender Hufe.

»Rynna, Liebste, da kommt dein Wunder!«

Um die Flanke der Hügel ergoss sich ein Strom von Reitern auf die Ebene, auf Fahnen erhoben sich stolz die Weißen Rösser auf grünem Grund. Zwischen den Reitern rasten Kampfwagen daher, deren Nabenmesser tödlich funkelnd wirbelten. Mit gesenkten Lanzen, gezückten Schwertern und gespannten Bögen, und mit dem Schlachtruf *Raw! Raw! Raw!* auf den Lippen, sowie den Schreien *»V'takku! V'takku!«* in der Kriegssprache von Valur griffen zwanzigtausend Harlingar an ...

Jord war endlich eingetroffen.

In vollem Galopp donnerte die Armee in die Seite der Krieger unter den gelben Standarten. Die Wucht des Aufpralls allein fegte das feindliche Heer zur Seite, zahllose Feinde quollen über den Rand des Abgrunds und stürzten kreischend in den Untergang.

Noch während DelfHerr Valk und seine Armee aus Kacha auf ihren Ponys aus der Staubwolke der Jordier auftauchte und sich auf den Feind stürzte, fegte eine glühende, alles verzehrende Wolke aus Magierfeuer durch die Reihen des Feindes und schlug eine qualmende Bresche. Den Flammen folgten Hochkönig Blaine, Silberblatt und die Verbündeten den Hang hinauf. Sie donnerten zu den Hügeln und spalteten die Streitmacht des Feindes in zwei Hälften. Hochkönig Blaine führte seine Armee weit hinaus nach Osten, wendete, machte kehrt und zusammen mit König Ranors Vanadurin und den Zwergen von Kachar nahmen jetzt sie den Feind in die Zange und drängten ihn an den Rand des Schlundes. Obwohl sie immer noch in der Unterzahl waren, gelang es ihnen mit ihrem Schwung, den Feind immer weiter zurückzuzwingen.

Männer, Zwerge, Lian, Dylvana, Baeron und sieben Wurrlinge kämpften voller Wut und Raserei, gelegentlich unterstützt von den Magiern, und trieben den schwankenden Feind weiter zurück und den langen Hang hinab in den Hèlofen.

Die Verbündeten brüllten ihre Schlachtrufe, als sie den Feinden den Hang hinab folgten und sie erbarmungslos immer weiter hinabtrieben. Der Feind machte schließlich kehrt und floh den Hang hinunter, weil er jetzt seine zahlenmäßige Überlegenheit nicht mehr wirkungsvoll einsetzen konnte. Noch während die Feinde flüchteten, schmetterten die Hörner der Jordier triumphierend: *Tateraa, tarooh! Tateraa, tarooh!* Wenngleich ...

»Warum geben sie das Signal zum Rückzug?«, schrie Tipperton Linde zu, die neben ihm ritt.

»Auf Befehl des Hochkönigs!«, erwiderte sie ebenfalls schreiend. »Der Rückzug könnte auch eine Falle sein!«

»Falle?«

»Aye! Sie sind uns immer noch zahlenmäßig überlegen, und sollten wir sie bis auf den Boden des Schlundes verfolgen, haben sie wieder einen Vorteil.«

Linde setzte ihr Schwarzochsen-Horn an die Lippen. Tipperton folgte ihrem Beispiel, und beide gaben das Signal der Jordier weiter: *Tateraa, tarooh! Tateraa, tarooh!*

Und auf dem breiten Hang etwa eine Meile innerhalb des Schlundes lösten sich die Verbündeten von ihren Feinden, die Zwerge allerdings nur unter unflätigen Flüchen. Der erschütterte Feind floh derweil weiter in die Tiefe des Schlundes von Hèlofen hinab.

20. Kapitel

»Sie sind aus Jûng«, erklärte Avaran, der den langen Hang hinab in die Dunkelheit des Schlundes starrte. Es war mittlerweile Nacht geworden. Hinter ihnen wurden die Gefallenen noch immer eingesammelt, während die Zwerge die Leichen der Feinde über den Abgrund in die Tiefe schleuderten.

»Jûng?«, fragte Tipperton.

»Das ist ein Reich im Fernen Osten.«

»Wie Ryodo oder Jinga?«

»So ähnlich«, antwortete Aravan. »Nur dass sich Ryodo von der Welt abgesondert hat und alle Fremden zu unerwünschten Personen erklärte, während Jinga mit allen Handel treibt, die an ihre Gestade kommen.«

»Und dieses Jûng?«, fragte Rynna nach.

»... wimmelt von vielen kleinen Kriegsherrn und Raubrittern«, erwiderte Aravan, »die jetzt von einem Mogul vereinigt wurden. Sie scharen sich unter seine gelbe Fahne. Der rote Stern in der Mitte ist sein Emblem. Dass sie sich auf die Seite Gyphons schlagen, überrascht mich nicht, aber wie es ihnen gelungen ist, hierher nach Garia zu gelangen, das wundert mich schon.«

»Warum?«, wollte Linnet wissen. »Ist Jûng denn so weit entfernt?«

»Zweitausend Werst, wenn Ihr ein Vogel wäret«, erwiderte Aravan.

»Sechstausend Meilen? Pah!« Beau stand am Rand des Kreises der Gefährten, wo er rasch eine Mahlzeit verzehrte, bevor er sich weiter um die Verwundeten kümmerte. »Wir allein sind so weit gereist, Tip, würdest du das nicht auch sagen?«

»Ähem ... wenn ich mich recht entsinne, Beau, mein Freund«, meinte Dinly grinsend, »dann waren es nicht nur sechstausend Meilen, sondern dreimal halb um die Welt.«

»Ha!«, warf Farly lachend ein, »und hundert Hälften liegen noch vor ihnen.«

Beau streckte seine Hände aus, in denen er je einen Zwieback hielt. »Wartet, ich meine es ernst. Tip, du bist der Kartograph. Sind wir beide sechstausend Meilen gereist oder nicht?«

»Vielleicht, wenn du alles zusammenrechnest«, sagte Tipperton. »Allerdings hat uns diese Reise vier Jahre gekostet, wenn der Februar kommt.«

»Vier Jahre? Meiner Seel!« Beau sank neben Linnet auf die Knie und ergriff ihre Hand. »Kein Wunder, dass ich des Krieges überdrüssig bin!«

Die anderen Wurrlinge seufzten zustimmend.

Aravan lächelte traurig über das Kleine Volk. Der Lian-Wächter erinnerte sich an die Zeiten, als die Elfen ebenso verrückt waren. Aber er sagte nichts von den Erbfolgekriegen der Elfen, die zehn Jahrtausende angedauert hatten, oder von den schweren Zeiten, die ihnen folgten.

Über ihnen glitten die Wolken in einer grauen Decke über den Himmel und wurden von den Lagerfeuern am Boden des Hèlofen rötlich beleuchtet. Aber es war die Nacht des Vollen Mondes, und als er aufging, erhellten sich die Wolken weißlich, wo sein silbernes Licht versuchte, sie zu durchdringen. »Vielleicht ist das ja ein gutes Omen«, sagte Linnet und betrachtete das helle Schimmern. »Ein Zeichen für Elwydds Wohlwollen.«

Beau warf einen Blick auf die Wolkenberge. »Hoffen wir

es«, meinte er. »Wahrlich, lasst es uns hoffen.« Er küsste Linnet auf die Wange und stand auf. »Für mich heißt es jetzt: zurück zu den Verwundeten.«

Als Beau davonging, und zwar in Richtung einer Ansammlung von Laternen, seufzte er und blickte den Hang hinab. Irgendwo unter ihm saß Rynna im Kriegsrat mit den anderen Kommandeuren und Hochkönig Blaine.

»Der Feind ist uns immer noch an Zahl überlegen«, knurrte Feldmarshall Burke aus Wellen.

»Aye, aber wir kontrollieren die Höhe«, antwortete Silberblatt und deutete den Hang hinab auf den Grund des Schlundes, dessen zerklüfteter Boden von breiten Bahnen fast ebener Flächen unterbrochen wurde. Auf einer dieser Flächen weit unten am Schlund hatte sich der Hauptteil der Armee quer zum Hang aufgestellt, während sich der Feind ganz unten im Schlund befand, eine Meile weiter entfernt.

Auf dem Hang über dem Heer hielt der Hochkönig seinen Kriegsrat ab.

»Mylord«, meldete sich Rynna zu Wort, »was habt Ihr vor? Wenn die Feinde dort bleiben, wo sie sind, und wir bis zum Grund des Schlundes hinabreiten und sie dort zum Kampf stellen, werden sie aufgrund ihrer größeren Zahl die Oberhand gewinnen.«

Im Licht einer Laterne richtete der Hochkönig den Blick seiner stahlblauen Augen auf sie. »Habt Ihr einen Vorschlag, Kommandeurin?«

Rynna nickte. »Bietet ihnen noch einmal die Kapitulation an. Sollten sie sich nicht ergeben, dann belagert sie so lange, bis sie keine Wahl mehr haben, als nachzugeben.«

»Pah!«, knurrte Volki. »Ich sage, wir lassen sie so lange in der Falle schmoren, bis dieser verwünschte Wind endlich abflaut. Dann werden uns die giftigen Dämpfe die Arbeit abnehmen.«

Bekki, der neben Volki saß, ballte die Faust und nickte nachdrücklich.

»Sie könnten jedoch vorher losmarschieren«, gab Coron Eiron zu bedenken. »Und aus dem Schlund entkommen.«

»Nicht auf dieser Seite.« König Ranor fuhr sich mit der Hand durch sein kupferrotes Haar. »Denn wir werden am Rand entlang reiten und sie überall zurückwerfen, ganz gleich, wo sie es versuchen.«

»Aye«, meinte Linde, »aber wenn sie sich durch den Krater des Schlundes davonmachen?«

»Dann, so fürchte ich, wird ihnen die Flucht gelingen«, antwortete Ranor, »denn nicht einmal wir Harlingar, so schnell wie wir auch sein mögen, können um den Schlund herumreiten, um sie rechtzeitig auf der anderen Seite abzufangen.«

»Und wenn wir über den Grat des Schildwalles reiten?«, erkundigte sich Arth vom Wilderland. »Könnten wir den nicht als Brücke von der einen zur anderen Seite benutzen?«

Alor Talarin schüttelte den Kopf. »Nein, Lord Arth, der Grat ist zu zerklüftet. Flandrena sagt, dass es dort oben Stellen gibt, wo die Felszacken dezimeterhoch aufragen. Da kommen wir unmöglich hinüber.«

König Ranor seufzte und warf einen Blick auf den Schildwall, der in der Dunkelheit aufragte. »Wie ich vermutet habe.«

»Wollt Ihr damit sagen, dass sie entkommen könnten, wenn sie einfach losmarschieren?«, verlangte DelfHerr Okar zu wissen.

»Wenn sie zur gegenüberliegenden Seite marschieren, dann allerdings«, antwortete Ranor. In seinen dunkelgrauen Augen schimmerte das Bedauern darüber.

»Kruk!«, spie Bekki hervor und hämmerte seine Faust in die Fläche seiner anderen Hand.

Die Hauptleute schwiegen, bis Hochkönig Blaine das Wort ergriff. »Ich nehme an, dass Kommandeurin Rynna recht hat:

Wir werden ihnen erneut anbieten, dass sie sich ergeben können. Wenn sie das nicht annehmen, werden wir sie belagern. Sollte der Wind abflauen, Lord Volki, können wir in der Tat abwarten und zusehen, wie er sie tötet, falls sie nicht kapitulieren.«

»Und wenn sie quer durch den Schlund fliehen ...«, knurrte Okar.

»... werden sie entkommen«, beendete Blaine den Satz.

Unwilliges Murmeln lief um den Tisch, bis Hochkönig Blaine schließlich beide Hände hob. Als wieder Ruhe eingekehrt war, sagte er: »Hat noch jemand eine Strategie, die er zur Diskussion stellen will?«

Als niemand etwas sagte, blickte Blaine Farrin an. »Mylords«, sagte der Magier, »lasst Eure Krieger abwechselnd ruhen. Obwohl wir Magier unsere *Macht* einsetzen, um die Dunkelheit zu durchdringen und den Feind im Schlund sowie die Ebene über uns zu kontrollieren, wissen wir nicht, was die Dunkelheit bringen mag.«

Wieder sah Blaine sich um, und als keiner etwas sagte, meinte er: »Dann lasst uns jetzt die Taktik besprechen: Wer in der Vorhut steht, falls es einen Angriff gibt, wer die Flanken deckt und wer in Reserve wartet, um einen möglichen Durchbruch des Feindes zu vereiteln. Hat jemand einen Vorschlag?«

Auf der anderen Seite des Kreises hob Lord Arth seine Hand ...

»Sagt«, meinte Beau spät in dieser Nacht, als er nach Westen spähte, und zwar am Rand entlang durch die Dunkelheit. »Was tut sich da bei unserem Heer?«

Aravan drehte sich herum und grinste den Wurrling an. »Ein Verbündeter kommt.«

»Einer?«, erkundigte sich Dinly, der sich fast den Hals verrenkte, um etwas erkennen zu können.

»Nein«, gab Aravan zurück. »nicht einer, sondern sieben.«

»Nur sieben?« Farly klang enttäuscht. »Siebentausend wären gewiss willkommener.«

»Fragt Tipperton und Beau. Ich glaube, sie werden mir zustimmen, wenn ich sage, dass diese sieben siebentausend aufwiegen«, orakelte Aravan.

Jetzt standen alle Wurrlinge neugierig auf und sahen genauer hin.

Eskortiert von Loric bewegten sich die sieben Verbündeten durch die Schatten, die die flackernden Lagerfeuer warfen. Einer schritt auf zwei Beinen daher, die anderen sechs auf leisen vier Pfoten.

»Dalavar!«, schrie Beau und stürmte los. »Schimmer!«

Neben dem Wolfsmagier liefen Graulicht, Schimmer, Strahl, Sucher, Spürer und Langbein.

»Langbein!«, flüsterte Tipperton und lief ebenfalls los.

Die anderen Wurrlinge sahen nur ehrfürchtig zu, denn diese Silberwölfe, so groß wie Ponys, kamen ihnen unglaublich wild vor.

Als Beau angerannt kam, sagte Dalavar ein *Wort*, und die Draega blieben stehen.

Beau schlang seine Arme um Schimmers Hals, was die Wölfin nachsichtig ertrug. Dann rief der Wurrling: »Komm, Linnet, ich möchte dir jemanden vorstellen.«

Tipperton trat zu Langbein. »Hallo, alter Freund«, sagte er.

Langbein begrüßte den Wurrling mit einem zähnefletschenden Grinsen.

Dann blickte Tipperton zu Dalavar hoch.

Der Wolfsmagier lächelte. Irgendwie wirkte sein Grinsen ebenfalls ein wenig wölfisch. »Ich bin froh, Euch bei so guter Gesundheit anzutreffen, Tipperton.«

Tipperton fuhr unwillkürlich mit der Hand über die Bissnarben auf seinem Unterarm. »Und ich bin froh, dass es

Euch auch gut geht, Magier Dalavar. Nachdem Ihr uns in Jallorby verlassen habt, fürchtete ich schon, Ihr wärt allein nach Gron weitergezogen.«

»Sagt, Dalavar«, rief Beau, der zwischen den Wölfen umherging und jeden einzelnen von ihnen streichelte, sogar Graulicht. »Wo seid Ihr und diese Rasselbande denn nun gewesen?«

»Wir haben uns vom Gwasp treiben lassen und eine Horde vernichtet«, erwiderte Dalavar düster, als fielen ihm dabei grausame Taten ein.

»Vom Gwasp ...?«, platzte Beau heraus.

»Gütiger Adon!«, stieß Tipperton hervor. »Dann wart Ihr also tatsächlich in Gron!«

Dalavar senkte den Kopf, erklärte sich jedoch nicht weiter.

Schüchtern trat Linnet neben Beau. Er nahm sie bei der Hand. »Magier Dalavar, das ist Linnet, meine Dammia. Linnet, Magier Dalavar.«

»Mylady.« Dalavar verneigte sich kurz.

»Ich bin froh, dass wir uns endlich begegnen«, begann Linnet. »Denn Beau spricht häufig von Euch. Aber diese Silberwölfe ... Obwohl Beau mir alles über sie erzählt hat ... meiner Treu! ... Ich hätte nicht erwartet, dass sie so ... gewaltig sind.«

Dalavar lachte. »Gewaltig, das sind sie fürwahr, wenngleich auch sanft zu Freunden.«

»Das hoffe ich doch sehr«, erwiderte Linnet. »Denn sie sehen aus, als könnten sie mich mit einem Haps verschlingen.«

Als Dalavar lachte, drehte sich Beau herum und zog Linnet mit zu Schimmer.

Tipperton sah zu dem Wolfsmagier hoch. »Ich bin froh, dass Ihr hier seid, denn wir können alle Hilfe benötigen, die wir brauchen. Ihr seid doch gekommen, um zu helfen, oder?«

»Ich kam, um Hochkönig Blaine meine Hilfe anzubieten. Vielleicht kann er sie gut gebrauchen, denn der scharfe

Wind, der aus Garia um dieses Heer weht, trägt den widerlichen Ruch des mörderischen Modru mit sich.«

Tippertons Miene wurde lang. »Himmel, genau wie wir vermutet haben.«

Nach einer rastlosen Nacht kam der kühle Morgen. Der Himmel war noch immer ein bleiernes Leichentuch, das gemächlich nach Westen zog. Tipperton erwachte stöhnend aus seinem unruhigen Schlummer, und auch Rynna regte sich. Tipperton blickte zu dem grauen Himmel über sich, ließ sich auf die Schlafrolle zurücksinken, vergrub sein Gesicht in der Decke und nuschelte mit gedämpfter Stimme: »Ach, ich wünschte, wir würden wieder die Sonne sehen.«

»Was?«, murmelte Rynna.

Tipperton stützte sich auf die Ellbogen. »Die Sonne. Ich möchte die Sonne sehen.«

Rynna öffnete die Augen, sah den grauen Himmel und schloss sie wieder.

»Wie lange ertragen wir jetzt schon diese graue Bewölkung, Liebste?«, fragte Tipperton. »Zwölf, dreizehn Tage?«

Wieder schlug Rynna die Augen auf. »Seit wir in Adeo angelegt haben.«

»Das ist Modrus Werk«, meinte Tipperton und rollte sich auf die Seite. »Jedenfalls sagt das Dalavar.«

»Ich habe ihn gesehen, weißt du«, sagte Rynna, »ihn und die Silberwölfe. Er kam den Hang herunter, als wir nach dem Rat hinaufgegangen sind.«

Tipperton nickte. »Er ist zu Blaine gegangen.«

Jetzt setzte sich Rynna auf. »Weiß er sicher, dass Modru hinter diesem Wetter steckt? Farrin wusste zwar, dass dieser Wind keinen natürlichen Ursprung hat, sondern von Magie erzeugt wurde. Aber er konnte darin nicht Modrus Werk erkennen, weil er ihm noch nie begegnet ist.«

»Ich glaube schon«, antwortete Tipperton. »Beau sagte,

dass Dalavar in der Vergangenheit bereits mit Modru aneinandergeraten ist. Außerdem ist er Modru wohl in Gron erneut gegenübergetreten. Also sollte Dalavar diesen widerlichen Gestank doch erkennen.«

Eine nach Schwefel stinkende Wolke wehte über sie hinweg. Rynna verzog die Nase. »Vielleicht stinkt Modrus Ruch ja ein bisschen so wie Hèlofen.«

Tipperton lachte und stand auf. »Da wir gerade von Hèlofen reden. Was hältst du davon, wenn wir nach dem Frühstück unsere Ponys versorgen und dann den Hang hinab zur Legion reiten? Ich würde mir gern unser mögliches nächstes Schlachtfeld genauer ansehen. Bis jetzt war ich noch nie dort, weißt du.«

Rynna nickte und grinste. »Lass uns mit der ganzen Armee der Wurrlinge hinabreiten.«

Sie ritten bis zur Mitte des Hangs hinunter und überließen es ihren Ponys, den Weg zu suchen, da ihre Blicke von dem gebannt waren, was sich vor ihnen ausbreitete: der Grund von Hèlofen, ein wahrlich beeindruckender Anblick.

Der gewaltige, gähnende Schlund war von steilen, mehr als dreihundert Meter hohen, blanken Felswänden umringt. Eine Dreiviertelmeile rechts von ihnen erhob sich der Schildwall, dessen Stein dunkler und noch steiler war und tief unten in der Finsternis verschwand. Nach Osten war das Ende dieses mächtigen Abgrundes von diesem Punkt aus nur knapp zehn Meilen entfernt. Der Schlund breitete sich mehrere Werst weit nach links aus, fast dreißig Meilen, und behielt diese Breite auch beinahe bis zum anderen Ende des Schlundes, das mehr als vierzig Werst entfernt lag. Wo sich der Abgrund weitete, reichte er fast eine Meile in die Tiefe, bis zu seinem Ende an manchen Stellen sogar noch tiefer. Aber hier – nahe des Schildwalles – verengte er sich von dreißig Meilen auf zehn, und der Boden war nur knapp dreihundert Meter entfernt. »Irgendwie ähnelt es einer Flasche«, sagte Beau, »und wir stecken hier in ihrem Hals fest.«

Unter sich sahen sie nur eine Ödnis. Der Boden war heiß, wie gebacken und rissig. Viele Werst lang lagen schwarze Steine in gewaltigen Geröllhaufen auf dem Boden. Unter diesen schwarzen Steinen stiegen weiße Gase empor, vielleicht sogar kochender Dampf, die aus Löchern im Boden drangen, und weiter links spie der Grund in unregelmäßigen Abständen aus einem langen Spalt über der braunen Ebene ein gelbliches Gas aus. Dunkler Rauch quoll an der gegenüberliegenden Seite aus einem konischen Aschehaufen empor, und hier und da blubberten auf der zerstörten Erde schwarze Becken, als wäre der Boden selbst mit offenen Geschwüren infiziert, aus denen schwarzer Eiter drang.

»Was für ein grauenvoller Ort«, entfuhr es Dinly. »Kein Wunder, dass man ihn Hèlofen nennt!«

Sie ritten weiter den Hang hinab, bis sie schließlich das Heer erreichten, das quer über der breiten, unebenen Rampe stand. Der Boden unter ihren Füßen war steinig und öde, die Seiten des Hangs fielen steil ab. Sie marschierten weiter über diese mehr oder weniger ebene Stelle, durch die Reihen der Krieger hindurch, und erreichten schließlich das andere Ende. Dort senkte sich der Hang wieder steiler ab, und eine Meile weiter entfernt am Fuß dieser breiten, steinigen Rampe hatte sich der Feind aufgestellt.

Die Wurrlinge zügelten ihre Ponys und stiegen ab. Dann traten sie vor, um besser sehen zu können, und fanden sich neben Gildor und Vanidor wieder. Die Lian-Zwillinge starrten ebenfalls auf die Reihen des Feindes hinunter. Neben ihnen stand Bekki. Auch der DelfHerr musterte finster seinen Gegner.

»Ganz schön viele, was, Tipperton?«, meinte Vandior.

»Wie viele sind es etwa, was schätzt Ihr?«, wollte Tipperton wissen.

»Zwischen sechzig- und siebzigtausend«, erwiderte Vanidor. »Jedenfalls vermuten wir das.«

Gildor und Bekki nickten zustimmend.

Rynna seufzte. »Dann sind wir immer noch in der Unterzahl, denn beim Kriegsrat gestern Abend haben wir eine Zählung durchgeführt. Die Zahl unserer Krieger, die gesund und kampfbereit sind, beläuft sich nur auf siebenundfünfzigtausend.«

»Pah«, erwiderte Bekki wegwerfend. »In der Unterzahl oder nicht, wir werden sie trotzdem besiegen.«

»Seid da nicht zu sicher, Lord Bekki«, wandte Gildor ein. »Sie sind ein erbitterter Feind.«

Ein besorgter Ausdruck flog über Beaus Miene. »Lord Gildor hat recht, mein Freund. Denn wir haben hohe Verluste erlitten. Bei dem Kampf am Rand des Schlundes sind fast dreitausend gefallen, siebentausend weitere wurden schwer verletzt, siebentausend, die nicht so bald wieder in den Kampf ziehen können.«

Bekki schüttelte den Kopf. »Der feige Feind ist aber auch nicht unbeschadet davongekommen. Denn die Châkka haben letzte Nacht zwölf-, fast dreizehntausend ihrer Kadaver über den Rand in den Abgrund geworfen.«

Bestürzung malte sich auf Rynnas Miene ab. »Ihr habt sie über den Rand geworfen?«

»Aye«, erklärte Bekki. »Auf meinen Befehl hin und auf den der DelfHerrn Volki, Okar und Valk wurden sie hinabgeschleudert. Pah, sage ich. Anders als viele, gegen die wir in der Vergangenheit gefochten haben, haben sie die Ehre eines Feuer- oder Steinbegräbnisses nicht verdient.«

»Aber sie über den Rand zu werfen ...«

»Keine Sorge, Lady, die meisten waren bereits tot, als sie hinabflogen.«

Rynna schüttelte bekümmert den Kopf, doch ihr Blick richtete sich unwillkürlich wieder auf das Heer im Schlund hinab.

»Wird der König ihnen erneut die Möglichkeit einer Kapitulation anbieten?«, wollte Tipperton wissen.

Als Bekki missbilligend schnaubte, antwortete Rynna: »Er will es gegen Mittag tun.«

»Dann haben wir ja noch Zeit, uns das Gelände anzusehen, nur für den Fall, dass ...«

Ein Hornsignal vom Grund des Schlundes unterbrach ihn.

»Seht!« Beau streckte die Hand aus.

Die Reihen der Vorhut des Feindes teilten sich, und eine große Gruppe machte sich auf den Weg den Hang hinauf. An ihrer Spitze marschierte ein Krieger der Chabbaner, der eine graue Parlamentärsfahne in der Hand trug, flankiert von anderen Chabbanern. Insgesamt waren es einundzwanzig Krieger. Ihnen folgten etwa dreißig Reiter, Kistaner, Hyrinianier, Jûngarier und eine Gruppe von etwa zwanzig Fäusten von Rakka, die zu Fuß hinter ihnen hergingen. In der Mitte dieser Abordnung ritt Lord Tain mit dem Kadaver seiner Tochter Jolet im Arm.

Sie kamen eine halbe Meile den Hang hinauf, und blieben auf einer der ebenen Abschnitte stehen. Dort pflanzten sie die graue Fahne in den Boden und bliesen erneut das Hornsignal.

Der Astralkörper war gekommen, um zu verhandeln.

»Mylord Hochkönig, ich sage, hütet Euch vor Verrat!«, erklärte DelfHerr Bekki, noch während er sich eine Wurfaxt in den Gürtel schob und Streithammer sowie Schild nahm. »Sie haben keinen Funken Ehre im Herzen.«

»Dennoch«, erwiderte Blaine, während er sich sein Schwert umgürtete, »ich werde mit ihnen reden. Ich hatte beabsichtigt, dies selbst gegen Mittag zu tun.« Als er sich den schlichten Helm über sein rotes Haar schob, setzte er hinzu: »Das verlegt unsere Pläne nur um einige Kerzenstriche vor.« Er stieg auf sein graues Ross, ließ sich von einem Knappen seinen verzierten Wappenschild reichen und wandte sich zu den anderen herum. »Bereit?«

Sie alle waren bewaffnet, gerüstet und saßen zu Pferd, die Corons, DelfHerren, Kriegsherrn, Marshalle, Hauptleute, Magier, Könige, Häuptlinge und, nicht zu vergessen, die Kommandeurin der Wurrlinge, und ritten jetzt mit ihrem Hochkönig den Hang hinab. Vanidar Silberblatt rechts neben Blaine, Hrosmarshal Linde links, und mit der scharlachrot-goldenen Standarte des Königs am Sattel Dara Arylin schräg hinter Vanidar, der die graue Parlamentärsfahne trug.

Tipperton sah zu, wie Rynna davonritt, und sein Herz hämmerte schmerzhaft gegen seine Rippen. »Ich traue diesem Feind nicht zu, dass er die Parlamentärsfahne achtet.«

»Ich auch nicht, Herr Tipperton«, sagte Magier Imongar neben ihm. »Ich ebenfalls nicht.«

Tipperton ließ seinen Blick über die anderen Wurrlinge gleiten. »Sitzt auf«, stieß er zwischen den Zähnen hervor. »Sitzt auf, nur für alle Fälle.«

Hinter der Armee der Wurrlinge ertönte ein gewaltiges Rauschen und Klirren, als die Elfen, Zwerge, Baeron, Magier und Menschen ihrem Beispiel folgten.

Sie ritten immer weiter hinab, näher an den Feind heran. Rynna fröstelte. Denn jetzt sah sie Lord Tain das erste Mal aus der Nähe. Sein schmutziges, verfilztes, weißes Haar hing um seinen Kopf, sein verfilzter, struppiger Bart reichte bis zu seiner Taille. Er hockte im Sattel seines Pferdes, während er geistlos dem Kadaver, den er zärtlich in seinen dürren Armen hielt, etwas zumurmelte. Sie war ausgedörrt, ihre Haut so gespannt wie Pergament. Ihre Zähne ragten in einer grinsenden Fratze hervor, ihre Augen waren nur leere Höhlen.

Verrottete Seide umhüllte in Fetzen ihren zerstörten Körper, das linke Bein war über dem Knie abgerissen, und der gelbliche Oberschenkelknochen ragte heraus, auch wenn der Rest einer zerfetzten Hose noch zu sehen war. Ihr anderes Bein und ihre Arme waren verwest, so dünn wie Dörrfleisch, und die Knochen ihrer Hände und Füße bereits skelettiert. Dennoch drückte Lord Tain sie fest an seine Brust, küsste und streichelte ihr die wenigen, übrig gebliebenen Büschel ihres strähnigen Haares, flüsterte von einer glorreichen Zukunft, die sie erwartete, sobald ihr Kind geboren war.

Das blanke Grauen über diesen Anblick durchströmte Rynnas Herz, gleichzeitig jedoch eine scharfe Trauer. Sie musste den Kopf abwenden, weil ihr die Tränen aus den Augen schossen.

Der Hochkönig hatte mit seiner Gruppe die Ebene vor dem Feind erreicht. Etwa zehn Meter vor dem Astralkörper hob Blaine die Hand und blieb stehen. Die Unterhändler hinter ihm zügelten ebenfalls ihre Pferde.

Eine schwarz gekleidete Faust von Rakka trat zu Lord Tains Pferd und führte es weiter nach vorn. Dann drehte sich der Mann zu dem Astralkörper um und zischte: *»Gluktu!«*

Lord Tains Plappern brach schlagartig ab und die Verwirrung verschwand aus seinem Blick. Ersetzt wurde sie von einem boshaften Starren. Jetzt blickte kein Wahnsinniger mehr aus diesen Augen, sondern nur noch ein widerliches Wesen.

Langsam glitt der Blick des Astralkörpers über jeden einzelnen Unterhändler, und als er auf Coron Eiron fiel, lachte er höhnisch auf. »Wie geht es Eurem Sohn, Mylord, holt er immer noch die Silberne Klinge? Oh, wie konnte Uns das entfallen? Es ist ja in den Mooren von Dalgor verloren gegangen.« Wieder ertönte das höhnische Lachen, als Eiron den Griff seines Schwertes so fest ergriff, dass seine Knöchel weiß hervortraten.

Dann glitt der Blick des Astralkörpers weiter über die Unterhändler, bis er schließlich Rynna erreichte. Sie fröstelte unter diesem boshaften Blick und wusste, dass es wahrhaft Modru war, der sie anstarrte. Er dagegen musterte Rynna verwirrt, als wüsste er nicht genau, wer oder was sie war, und wo er jemanden ihrer Art schon einmal gesehen haben mochte.

Schließlich wanderte sein Blick weiter, über die Zwerge, Baeron, Elfen und Menschen hinweg. Schließlich landete er auf Farrin und Dalavar. Die Magier erwiderten seinen Blick kalt. »Pah! Ihr bringt ja Anfänger mit, Dalavar, und Novizen?«

Der Blick von Dalavars wolfsartigen Augen bohrte sich in die des Astralkörpers, aber weder er noch Farrin antworteten.

Der Astralkörper starrte den Wolfsmagier an. »Dass wir uns zum dritten Mal begegnen, Dalavar«, höhnte der Astralkörper, »ist ein schlechtes Omen für Euch. Denn auch zwei kleine Siege gewinnen am Ende keinen Krieg. Es ist ohne Bedeutung, dass Ihr Uns bei den Steinen von Jalan und auch in diesem Gwasp in Gron entkommen konntet. Denn diesmal werden Wir Eurer räudigen Schar ein Halsband anlegen und Euch unterwerfen. Glaubt nur nicht, dass Ihr Uns mit diesem Klunker an Eurem Hals entkommen könnt. Denn auch Wir sind Meister der Verhüllung, wie Ihr sehr bald sehen werdet.«

Mit einem Winken der Hand tat diese widerliche Präsenz die Unterhändler ab und richtete ihren Blick auf Hochkönig Blaine.

Blaine erwiderte den boshaften Blick. »Wir sind nicht hergekommen, um Beleidigungen auszutauschen, Lord Modru, sondern vielmehr um Eure Kapitulation entgegenzunehmen.«

»Kapitulation? Du Narr! Du bist es, der seine Waffen niederlegen sollte, denn Unser Sieg hier wird alles und jeden umfassen. Hältst du es nicht für merkwürdig, dass Unsere Streitkräfte gleich hergekommen sind, nachdem sie den Gûnarring-Schlitz verließen? Hierher, wohin all deine armseligen Könige, Coron, Häuptlinge, DelfHerren und der ganze winzige Rest sich versammeln konnte? Und hat es dich nicht gewundert, warum Wir deine alberne Pontonbrücke nicht zerstört, sondern sie stattdessen verschont haben? Gewiss, es war ein sehr kluger Schachzug, Drachenschiffe als Pontons zu benutzen. Aber durch Unsere Spione haben Wir gesehen, wie sie im Hafen von Pendwyr in der Hile-Bucht zusammengebaut wurden, und deinen Plan sogleich erraten. Dennoch haben Wir nichts dagegen unternommen. Warum, fragst du? Pah! Ist das nicht offensichtlich? Wisse dies, Narr Blaine, Wir haben dich hierher nach Hèlofen gelockt, dich und deine sogenannten Freien Völker. Denn mit einem einzigen Schlag an diesem Ort können Wir nunmehr alle Narren auslöschen, die sich Uns widersetzen. Wenn Wir euch dann alle gänzlich zerstört haben, wird Gyphon regieren, und Wir ... ICH ... werde Regent sein!«

Blaine betrachtete den Astralkörper grimmig, seine Worte jedoch waren an den gerichtet, der den Leib beherrschte. »Das sagt Ihr, Widerlicher Modru, doch zunächst einmal müsst Ihr gewinnen, und im Augenblick befinden wir uns im Vorteil.«

»Vorteil? VORTEIL? Schwachsinniger Blaine!« Der Astralkörper sah erst König Ranor zornig an und richtete den Blick dann wieder auf Blaine. »Dass du die Höhen hältst, ist nur ein Zufall, den du diesen Pferdefreunden verdankst, die unerwarteterweise hier eintrafen. Sonst wärst du jetzt am Boden des Schlundes, und Wir hielten die höhere Position. Dennoch ist dies ohne Bedeutung, denn du kannst nicht gegen das obsiegen, was Wir mitgebracht haben.« Wieder verzog sich das Gesicht des Astralkörpers vor Hohn. »Was das wohl ist, fragst du? Was Wir mitgebracht haben? Pah!

Wusstest du denn nicht, warum der Wind weht? Warum UNSER Wind weht? Ganz einfach, um die giftigen Gase und Dämpfe wegzuwehen, damit Unser fürchterlicher Schwarm in Ruhe marschieren kann!« Dann blickte der Astralkörper Dalavar an, lachte, deutete in den Schlund und rief: »SO SEHET!«

Unvermittelt waberte am Grund des Schlundes die Luft, und wo sich zuvor nur Geröllhalden, zerborstene schwarze Steine, schwefelige Felsen und blubbernde, schwarze Schlammlöcher befanden, entstand plötzlich ein gewaltiger Schwarm. Tausende, Abertausende und nochmals Abertausende der Brut, Hunderttausend oder mehr, Rukhs, Hlöks, Ghûls auf ihren Hèlrössern, finstere Vulgs, Hunderte monströser Trolle, und mehr als ein Dutzend Gargons. Und sie alle wimmelten in einer monströsen, kochenden Masse vorwärts. Und dann sahen die Unterhändler hoch oben am Himmel einen dunklen Schatten, mächtig, massiv und schwarz, dessen ledrige Schwingen die Luft peitschen. Es war ein Drache.

Im selben Augenblick enthüllte sich Tipperton, der weiter oben auf dem Hang stand, der flüchtige Gedanke, der sich ihm immer wieder entzogen hatte, und trat kristallklar hervor. Diese Berge in der Ferne waren das *Skarpal-Massiv*, jener Ort, an den Jinnarin, Farrix und Aylissa die Brut verfolgt hatten, als die Rûpt aus der Ebene geflohen war. Aber nein, sie waren nicht geflohen! Sie hatten sich stattdessen versammelt. Das war von Anfang an Modrus Plan gewesen. Er hatte die Verbündeten hierhergelockt, nach Hèlofen, und sie waren ihm in die Falle gegangen.

Neben Tipperton sprach Magier Veran ein *Wort*, und sagte dann zu Imongar: »Es ist keine Illusion.«

Imongar keuchte und sackte zusammen. »Dann sind wir verloren. Wir können nicht gegen so viele Gargons und auch nicht gegen den Drachen hoch oben in der Luft bestehen.«

Wo König Blaine und seine Unterhändler standen, drehte sich jetzt der Astralkörper herum und deutete auf den heranwimmelnden Schwarm. »Sieh genau hin, Narr Blaine«, rief der Astralkörper. »Denn Wir selbst fahren an der Spitze unserer Streitmacht! Wir wollen mit eigenen Augen den Sieg verfolgen, den Wir heute erringen werden.« Und an der Spitze des wimmelnden Haufens zog eine Troika aus Hèlrössern einen Kampfwagen über den holprigen Weg. Eine Gestalt in Schwarz lenkte ihn. Ihre Gesichtszüge wurden von einer Furcht erregenden eisernen Maske verborgen. Der Astralkörper drehte sich zu Blaine herum. »Ergib dich oder bereite dich auf die Schlacht vor; aber denke nicht einmal an Flucht, denn sonst werden Wir Daagor aus den Höhen herabrufen, und schon er allein wird euch zerfetzen und verbrennen!«

Das Gesicht von Hochkönig Blaine wirkte grimmig, als er antwortete: »Merkt auf, Widerlicher Modru, wir werden nicht fliehen und wir werden uns auch nicht ergeben, Brut, Gargons, abtrünnige Drachen oder nicht!«

Wut verzerrte das Gesicht des Astralkörpers, als Modrus Stimme fauchte: *»Jetzt!«*

»Achtung!«, schrie Bekki und riss seinen Schild hoch, als die Fäuste von Rakka unter ihren schwarzen Umhängen Armbrüste hervorzogen, vortraten, zielten und feuerten. Einige trafen Haut und Knochen, doch die meisten wurden von Eisen abgewehrt.

Etwas Glitzerndes flog durch die Luft, als Bekkis Wurfaxt die Salve beantwortete und dem Astralkörper den Schädel spaltete. Die Klinge durchtrennte Haut und Knochen und Gehirn, Blut und graues Hirn spritzten durch die Luft, als Lord Tain rücklings über den Sattel kippte und zu Boden stürzte. Jolets Leichnam segelte hinter ihm herunter und wurde unter den Hufen der Rosse der Hyrinianer und Kistaner zermalmt, und ebenso von denen des Hochkönigs, der den Angriff erwiderte.

»Rynna!«, schrie Tipperton, gab seinem Pferd die Sporen und stürmte den Hang hinab. Die Wurrlinge folgten ihm. Ihre trittsicheren Ponys galoppierten so schnell sie konnten. Und hinter ihnen donnerte das Heer den Hang hinab. Rufe gellten durch die Luft: *Verrat!* und *Blaine!* und *Adon!* und *Elwydd!* und *Fyrra!* Noch während sie hinabstürmten, griff vom Grund des Schlundes die vereinigte Armee aus Chabbanern, Hyrinianern, Kistanern, Jûngarianern und den Fäusten von Rakka an.

Und über den Grund des Schlundes stürmte der gewaltige Schwarm der Brut heran, Rukhs und Hlöks stampften im Laufschritt voran, Ghûls galoppierten auf ihren Hèlrössern, Trolle schlurften, Gargons stampften und ein Drache kreiste hoch oben in den Lüften. Doch Modru ließ sie nicht zu rasch voranstürmen, sondern hielt sie zurück. Er wusste, dass ihm der Sieg aufgrund seiner ungeheueren Übermacht sicher war. Und dennoch: als Symbol für seine Präsenz ließ er seine Vulgs frei, denn sie würden Entsetzen und Gift unter diesen Narren verbreiten, die es wagten, sich ihm zu widersetzen.

Schwarz und boshaft rasten diese Bestien über den Grund und heulten vor wilder Freude. Doch den Hang hinab fegten sechs silberne Umrisse, auf den Ruf eines Siebenten hin, der sie unten erwartete.

Inmitten von Schlachtrufen und Wutschreien und dem Klirren von Stahl auf Stahl prallten die beiden Armeen auf dem Hang aufeinander. Schwerter und Äxte hielten blutige Ernte, Spieße, Speere und Lanzen durchbohrten, Keulen, Morgensterne und Streithämmer zermalmten, Krummsäbel, lange geschwungene Klingen und Äxte hielten dagegen. Die Klingen und Blätter trafen Rüstungen, Fleisch und Knochen, und die stumpfen Waffen zertrümmerten und pulverisierten, was sie trafen.

»Rynna! Rynna!«, schrie Tipperton. Dann sah er sie in dem Tumult, gerade als ihr Pony getötet wurde. Das Tier stürzte mit durchtrennter Kehle zu Boden, das Blut spritzte durch die Luft. Rynna stürzte hart daneben auf den Boden, landete auf ihrer linken Schulter und verlor ihren Bogen. Eine Faust von Rakka sprang auf sie zu und hob sein Schwert hoch in die Luft; doch im Nu war Rynna wieder auf den Beinen und lief davon. Ihr schwarz gekleideter Feind verfolgte sie jedoch weiter.

Mit einem dumpfen Aufprall grub sich Tippertons Pfeil in den Nacken des Mannes, der sogleich auf die Knie fiel, seinen Hals umklammerte und unfähig war, Luft zu holen. Er riss die Augen auf, in denen sich der Tod ankündigte.

Mit Beau, Linnet, Farly, Nix und Dinly im Gefolge galoppierte Tipperton schreiend hinter der flüchtenden Rynna her. Die Damman duckte sich zwischen den brüllenden Menschen, Zwergen, Elfen und Baeron hindurch.

Rynna drehte sich herum, um einem Chabba zu entkommen, als ein Zwerg den dunkelhäutigen Mann von hinten niederschlug. Aber jetzt hatte sie sich in die Richtung der Wurrlinge gestellt und sah Tipperton, der auf sie zugaloppierte und ihren Namen schrie.

Tipperton zügelte sein Pony und streckte den Arm aus. Sie packte ihn und schwang sich hinter seinen Rücken, obwohl sie vor Schmerzen schrie und ihr Arm unbrauchbar geworden war. »Reite dorthin, wo die Bögen am wirksamsten sind!«, rief sie, und Tipperton lenkte das Pony zu dem nächstgelegenen Felsvorsprung am Rand des Hanges.

»Dinly!« Tipperton hörte Linnets Schrei und blickte zurück, gerade als der Bokker von einem Speer durchbohrt tot zu Boden sackte. Er fluchte vor Wut und Trauer, galoppierte jedoch mit den anderen weiter, verfolgt von den Fäusten von Rakka.

Sie flüchteten den steilen Teil des Hanges hinab, wo ihre

Ponys kaum noch Halt fanden. Dann stolperte Nixens Pony, schleuderte den Wurrling aus dem Sattel, überschlug sich und brach sich mit einem lauten Knacken das Genick. Es landete auf Nix und glitt weiter bis zum Rand des Hanges, gerade als die anderen die Ebene erreichten und auf den hohen Schildwall zu galoppierten.

Nix rappelte sich zwar benommen auf, doch ein Fuß stand in einem merkwürdigen Winkel ab. Dennoch versuchte er, den Boden des Schlundes zu erreichen, obwohl die Fäuste von Rakka über den Schutt kletterten, während sie ihn verfolgten. Der Anführer der Schwarzgekleideten blieb stehen, zielte mit seiner Armbrust und feuerte. Der Bolzen traf Nix im Rücken. Er fiel tot zu Boden, rutschte über die Steine und landete neben seinem toten Pony.

»Nix!«, schrie Linnet und wandte ihr Pony um. »Nix!«

»Linnet, warte!«, schrie Beau und galoppierte hinter ihr her.

Farly schrie wütend auf und ritt ebenfalls zum Hang zurück. Noch während Linnet schluchzend von ihrem Pony sprang und ihren toten Bruder umarmte, ließ Farly einen Pfeil fliegen, der den Armbrustschützen in die Brust traf. Die anderen Schwarzgekleideten blieben stehen, einige spannten ihre Armbrüste neu. Immer mehr Fäuste von Rakka kletterten über den Rand der Klippe hinab auf den Boden des Schlundes.

Beau zügelte sein Pony neben Linnet. »Dammia, es sind zu viele! Wir müssen fort!« Noch während er das sagte, schleuderte er ein Geschoss, das eine der Fäuste fällte. Der Mann stürzte vom Hang und landete knapp neben Linnet. Er hatte ein Loch im Kopf, der in einem unmöglichen Winkel verdreht war.

Linnet schluchzte noch immer, küsste Nix, drückte ihm die Augen zu und sprang auf. Im selben Augenblick schlug ein Armbrustbolzen an der Stelle in den Boden ein, an der sie eben noch gekniet hatte. Sie feuerte einen Pfeil ab, der den Mann durchbohrte, dann sprang sie auf ihr Pony und mit einem anfeuernden »Hai!« galoppierte sie mit Beau davon. Die Fäuste von Rakka folgten ihnen zu Fuß.

Auch Tipperton hatte sein Pony – mit Rynna hinter sich – gewendet, und als Linnet, Beau und Farly herangaloppierten, schrie Rynna ihnen zu: »Wir bilden eine Verteidigungsstellung, dort an den Felsen am Fuß des Schildwalls.«

Die Wurrlinge galoppierten zu dem Schildwall, verfolgt von zwanzig Fäusten von Rakka oder noch mehr, und passierten zahlreiche blubbernde Löcher mit dampfendem Schlamm. Der Gestank, den sie dabei abgaben, war entsetzlich. Sie ritten an einem Vorsprung aus kristallinen Felsen vorbei, die so scharf waren wie die schärfsten Klingen. Vorbei an Schwefellöchern flohen sie, aus denen gelbbrauner Qualm quoll, und vorbei an einem gezackten Spalt im Boden, der giftige Dämpfe absonderte, die aus den unergründlichen Tiefen nach oben stiegen. Schließlich kamen sie jedoch zu dem mit Trümmern übersäten Vorsprung am Fuß des Schildwalles, stiegen ab und führten ihre Ponys eine kleine Rampe hinauf. Die Fäuste von Rakka verfolgten sie noch immer, während auf dem Hang eine Schlacht zwischen den Heeren tobte und der gewaltige Schwarm Modrus sich unaufhaltsam über den Grund des Schlundes näherte.

»Pass auf, Farly!« Linnets Warnschrei kam jedoch zu spät. Der Armbrustbolzen bohrte sich in den Wurrling – und er fiel tot zu ihren Füßen.

Beau wirbelte seine Schleuder durch die Luft und der Schütze fasste sich an den Kopf und stürzte rücklings zu Boden, noch während die anderen Fäuste von Rakka sich umdrehten und flohen.

Linnet kroch auf Händen und Knien zu Farly und drückte ihr Ohr an die Brust des Bokkers. Dann hob sie ihr tränenüberströmtes Gesicht zu Beau empor und schüttelte den Kopf.

Tipperton sah Rynna an. Sie saß mit dem Rücken an dem Schildwall hinter einem Felsbrocken. Ihr Arm ruhte in einer notdürftigen Schlinge, denn sie hatte sich bei dem Aufprall auf dem Boden die Schulter ausgekugelt.

Ihre Ponys waren von den Fäusten von Rakka getötet worden, weil die Pferde hinter den Felsen vor dem Schildwall keine sichere Deckung hatten finden können. Jetzt war auch Farly tot, und obwohl Tipperton, Linnet und Beau noch genügend Munition hatten, waren es zu viele schwarz gekleidete Männer.

Erneut krochen die Fäuste von Rakka den Vorsprung hinauf, huschten vorsichtig von Felsen zu Felsen, denn die Wurrlinge waren bessere Schützen, als die Schwarzgekleideten sich hätten träumen lassen. Trotzdem, wenn sie im Dienst an Rakka starben, garantierte ihnen das ewige Wonnen, also griffen sie unverzagt an. Tipperton zielte sorgfältig auf den Rand des Felsens, denn dort würde sein Ziel erscheinen.

Mit einem Surren flog der Pfeil durch die Luft und landete mit einem dumpfen Klatschen im Körper des Feindes. Der Mann stürzte tot in das Geröll und rutschte ein Stück hinab.

Die anderen Fäuste von Rakka zogen sich erneut zurück.

Plötzlich keuchte Rynna.

»Was hast du?«, erkundigte sich Tipperton besorgt.

Sie drehte sich herum und legte ihr Ohr gegen den Schildwall. »Der Fels, Tipperton, da ... da ist ein Geräusch.«

»Ein Geräusch?«

»Ja, wie ...«

»YAAAAAHH!« Von unten kam ein vielfacher Aufschrei.

»Sie kommen wieder«, rief Beau und ließ seine Schleuder kreisen.

Tipperton drehte sich herum und spähte an dem Felsen

vorbei. Die Fäuste von Rakka stürmten die kleine Rampe hinauf, hatten ihre Deckung schon verlassen und brüllten wie besessen: *»Rakka! Rakka! Rakka!«*

»Ziel genau, damit jeder Schuss trifft!«, schrie Tipperton. »Sonst sind wir verloren!«

Doch als er die Sehne des Bogens spannte ...

... ertönte hinter ihm ein ohrenbetäubendes Krachen, als wäre ein Stein gespalten worden.

Die Fäuste von Rakka schrien in panischer Furcht auf und flüchteten die Rampe wieder hinab.

Rynna keuchte, Linnet schrie, und als sich Beau und Tipperton herumdrehten, sahen sie ...

... eine gewaltige Gestalt, die aus dem Stein selbst heraustrat. Eine andere Gestalt folgte ihr.

Tipperton blickte hoch in die großen, edelsteinartigen Augen, die den Schlund zu mustern schienen, und wusste, dass die Utruni gekommen waren.

Sie waren von menschenähnlicher Gestalt, das ja, dabei aber riesig, weit größer als selbst die größten Trolle, fünf, sechs, vielleicht sogar sieben Meter groß. Wie groß genau, das konnten die winzigen Wurrlinge, die zu ihnen hochblickten, nicht genau feststellen. Insgesamt sieben der Steingiganten waren aus dem Fels getreten. Sie trugen keine Kleidung und hatten auch nichts in den Händen. Ihre Haut wies alle Farbschattierungen von Steinen auf: grau, schieferfarben, braun, rötlich. Doch auch wenn die Utruni nackt waren, konnten weder Tipperton noch Beau noch Rynna oder Linnet erkennen, ob sie weiblichen oder männlichen Geschlechts waren. Als die Wurrlinge hastig zurückkrabbelten, um ihnen den Weg freizumachen, traten die Giganten von dem Schildwall weg und versiegelten den Stein hinter sich. Sie hinterließen nicht die geringste Spur eines Durchgangs. Dann blickten sie in den Himmel empor, wo der Drache flog, und dann hinunter, zum Boden des Schlundes, als suchten sie ... als suchten sie ...

... Was suchten sie? Von den Wurrlingen konnte das keiner sagen.

»Seid Ihr gekommen, um uns zu helfen?«, rief Tipperton.

Die Utruni schienen überrascht und drehten sich zu der Stelle herum, von der Tippertons Stimme gekommen war. Ihre edelsteinartigen Augen suchten nach dem, der da gerufen hatte.

Einer der Steingiganten sagte etwas zu den anderen. Seine Stimme war sehr tief, und seine Worte klangen, als würde Fels über Fels gleiten. Die anderen antworteten in derselben Sprache.

»Hallo!«, rief Tipperton und winkte mit beiden Armen. »Ich bin hier. Hier unten!«

Der größte Gigant, ein sandfarbener, hatte Augen wie Diamanten und spähte damit jetzt zu dem Wurrling herab. Dann sagte er in einer antiquierten Form der Gemeinsprache: »Ah, siehest du wohl. Itzo erblicke ich Euch. Höchst flüchtig und ephemer mutet Ihr an. Gehe ich recht, wenn ich meine, es sind deren viere von Euch?«

Der graue Utruni schüttelte den Kopf. »Mitnichten, Tholon. Es sind ihrer fünnef.« Er deutete auf Farlys Leichnam.

»Wollt Ihr wissen, ob wir vier sind?«, rief Tipperton. »Oder ob wir fünf sind?«

Derjenige, der Tholon genannt worden war, legte den Kopf schief. »Fürwahr. Denn obgleich Ihr weit festeren Stoffes zu sein scheinet als so manniglicher, welcher die Oberfläche behaust, wollen wir nicht auf Euch niedertreten.«

»Wir sind sicherlich schwer für sie zu erkennen«, vermutete Rynna.

»Magier Farrin hat gesagt, Ihr könntet durch massiven Fels sehen«, sagte Beau.

»Farrin?«, erwiderte der graue Utruni. »Ihr kennet Farrin?«

Beau nickte.

»Ihr kennet Farrin?«, wiederholte der Gigant seine Frage.

»Ja!«, rief Tipperton, der begriff, dass der Utruni nicht hatte sehen können, wie Beau nickte. »Wir kennen Farrin. Er ist ein guter Freund und in Not, so wie wir alle.«

»Farrin hat uns gelehret diese gar schwierige Sprache«, sagte der sandfarbene Gigant, Tholon. Dann senkte er den Kopf und fragte: »Aber wer seiet wohl Ihro?«

Tipperton trat vor. »Ich bin Tipperton Thistledown, und meine Gefährten sind Rynna Thistledown und Beau und Linnet Darby ...« Tipperton blickte zum Schlund, wo Modrus brodelnder Schwarm jetzt den Fuß des Hangs erreicht hatte. »Und wir brauchen dringend Hilfe.«

Der rötliche Gigant deutete auf Farlys Leichnam. »Ihr habt Euch deren vieren gezählet, doch Ihr seid deren fünnef.«

Tipperton brannten die Tränen in den Augen, als er antwortete. »Der dort liegt, ist tot. Sein Name war Farly Bourne.«

Wie eine Person blickten die Steingiganten zu Farly und ballten die Rechte zu einer Faust. Dann wandte sich der sandfarbene Utruni zu Tipperton um und sagte: »Ich werde Tholon geheißen. Und jene dort sind Orth, Flate, Umac, Chelk, Sidon und Drit.«

Während er die Namen hörte, registrierte Tipperton unbewusst ihre Edelsteinaugen: Saphir, Smaragd, Peridot, noch ein Smaragd, Rubin und Topaz, dazu Tholons diamantene Augen.

Als der Gigant verstummte, rief Tipperton flehentlich: »Ich frage Euch erneut, seid Ihr gekommen, uns zu helfen?«

»Wir haben dies noch nicht entschieden, Freund Tipperton«, erwiderte Orth.

»Oh, aber Ihr müsst helfen!«, flehte Beau sie an und deutete auf den Schwarm. »Wenn Ihr es nicht tut, wird Gyphon alles regieren, denn Modru ist mit seinen Handlangern gekommen, und es sind schreckliche Gegner und zu viele:

Rukhs, Hlöks, Vulgs, Ghûls auf ihren Hèlrössern, Trolle, Gargons und ein Drache.«

»Der Lindwurm dort hinan?« Flate deutete in den Himmel.

»Es ist Daagor«, erklärte Rynna.

Tipperton sah sie überrascht an. »Daagor? Der Abtrünnige? Daagor, der mit dem Schwarzen Kalgalath darum ringt, der größte Drache von allen zu sein?«

Rynna nickte. »Bei den Verhandlungen hat Lord Tain ... Modru, ihn so genannt.«

»Was spielt das für eine Rolle?«, fragte Beau verzweifelt. »Daagor, Skail, Sleeth, wer auch immer, es ist ein Drache, und damit ein Feind, den wir niemals besiegen können.«

Tipperton, Beau, Rynna und Linnet schauten zu dem Drachen empor, der am Himmel seine Kreise zog, und dann blickten sie wieder auf den Schlund.

Auf dem langen Hang tobte noch immer die Schlacht. Zwerge, Elfen, Baeron, Menschen hauten und stachen und spießten und zertrümmerten, schrien ihre Schlachtrufe heraus und riefen *Adon! Elwydd!*, riefen *Fyrra!* und *Gyphon!* und *Rakka!*, schrien *Blaine!* und *Modru!*, während sie sich gegenseitig niedermetzelten.

»Meiner Seel, seht doch nur!«, schrie Linnet. Mitten in dem Chaos der Schlacht tobten riesige Bären, zerfetzten mit ihren gewaltigen Klauen und ihren mächtigen Gebissen den Feind.

Die Wurrlinge sahen sich staunend an. Wie konnte das sein? Dann sagte Rynna: »Es gibt doch diese Legende von den Baeron ...!«

»Himmel!«, meinte Beau. »Das stimmt. Angeblich können sich manche Baeron in Bären verwandeln ... oder in Wölfe.«

Sie drehten sich herum und sahen erneut hin, aber die Bären waren in dem Schlachtgetümmel schon nicht mehr zu sehen. Dann blickten Tipperton und Beau auf den Schlund unter sich, und dort sahen sie Silberwölfe, die mit Vulgs kämpften, obwohl schon viele der schwarzen Kreaturen tot neben ihnen am Boden lagen.

Dann wurden ihre Blicke nach rechts gezogen, wo über dem Grund der Kluft Modru erschien, mit seiner eisernen Maske, in seinem Kampfwagen, der von einer Troika aus Hèlrössern gezogen wurde. Sein gewaltiger Schwarm tobte hinter ihm her, und in ihrer Mitte stampften Gargons und Trolle.

Während die Wurrlinge der vernichtenden Niederlage entgegensahen, führten die Steingiganten hinter ihnen ein leises Gespräch in ihrer mahlenden Sprache. Schließlich wandte sich Tholon ihnen zu. »Wohlan, wir werden Euch behilflich sein. Doch sagt, Ihr sehet besser als wir: Wie können wir am besten helfen?«

»Wollt Ihr sagen, dass Ihr den Schwarm nicht kommen seht?«, erkundigte sich Tipperton.

»Aye. Jene Trolle und Graegoni sehen wir wohl, jenen Lindwurm desgleichen; sie haben wir auch bis zu diesem Orte hier verfolgt, während wir uns bemühten, zu einer Entscheidung zu gelangen. Der Rest ist für unsere Augen so flüchtig wie Dampf.«

»Ach, Tipperton«, stöhnte Linnet. »Es sind zu viele Trolle, als dass sie gegen sie ankämpfen könnten. Und zu viele Gargons. Und der Drache, sag, kann ein Steingigant gegen einen Drachen bestehen?«

»Ach!«, stieß Beau hervor. »Selbst wenn die Verbündeten die Höhen halten, sind die Utruni zu spät gekommen. Denn die Schlacht ist vor dieser ungeheuren Flut von Modrus Schwarm verloren.« Er drehte sich um und hieb mit der Faust gegen den Schildwall. »Wir sind nur unbedeutende Fliegen an der Wand. Es gibt keine Möglichkeit ...!«

»Das ist es, Beau!«, schrie Tipperton. »Das ist die Lösung!«

»Was?« Beau drehte sich herum und sah Tipperton an.

Doch der hatte sich bereits zu den Utruni umgewandt und beriet sich mit ihnen.

Mitten in dem Tumult spülten Wogen archaischer Angst über die Kämpfenden hinweg, denn die Gargons kamen näher und beeinflussten alle. Trotzdem toste der Kampf weiter, denn Zorn, Rache, Hass und Verzweiflung trieb die Armeen von Verbündeten und Feinden gleichermaßen an.

Hoch oben auf dem Hang wurde König Blaine von Heilern behandelt. Sie zogen ihm einen Armbrustbolzen aus dem Unterarm. Der Schaft war durch den Schild und die Rüstung gedrungen.

»Beeilt Euch«, knurrte der Hochkönig. »Ich muss in die Schlacht zurückkehren!«

Neben ihm stand Magier Farrin, und etwas abseits lief Linde rastlos hin und her. Die Kriegsbraut konnte es kaum erwarten, sich wieder ins Gewühl zu stürzen.

»Sie können mich nicht hören, sie hören mich bei dem Schlachtlärm einfach nicht!«, schrie Tipperton. Er hielt sein Schwarzochsen-Horn in der Hand und starrte zu Tholon hinauf, der als Einziger der Utruni noch zurückgeblieben war. »Wir können es nicht tun, wenn sie mich nicht hören.« Verzweifelt wandte er sich an Rynna. »Ich konnte genauso gut flüstern.«

Rynna riskierte einen Blick um den Felsen herum auf den Boden des Schlundes. Modrus Schwarm näherte sich bereits dem Hang. Dann sah sie zu der Schlacht weiter oben hinauf und drehte sich stöhnend zum Schildwall herum. Plötzlich weiteten sich ihre Augen und sie flüsterte: »Sur Kolaré.« Und wandte sich wieder zu Tipperton herum. »Ich hab's, Tip!«, schrie sie. »Sur Kolaré. Die Flüstersenke!«

Tipperton spreizte die Hände. »Aber wie soll …?«

»Tholon kann es!«, unterbrach ihn Rynna. Sie betrachteten einen großen Felsbrocken vor dem Schildwall und stellten sich dann vor den Steingiganten. »Könnt Ihr den Wall vor diesem Felsen hier aushöhlen, damit er konkav wird?«, schrie sie. »Auf einer breiten Fläche, meine ich, etwa fünfzehn Meter breit und halb so tief?«

Tholon richtete seinen Blick auf die Rampe, dann auf den steilen Schildwall und trat nun um den Felsen herum. Mit seinen großen Händen begann er, den Stein zu formen, der sich unter seiner Berührung zu verflüssigen schien. Rynna rief sich das Bild von Sur Kolaré, der Flüstersenke im Ardental, ins Gedächtnis und sah dem Giganten auf die Finger, rief ihm zu, wie genau die Aushöhlung beschaffen sein musste.

Tipperton kletterte inzwischen hoffnungsvoll auf den Felsen, den Rynna ausgesucht hatte.

Auf dem Hang tobte die Schlacht derweil mit unvermindertem Ingrimm weiter. Der Hochkönig bereitete sich darauf vor, wieder ins Getümmel zurückzukehren, nachdem seine Wunde fertig verbunden war.

Plötzlich schrie Linde: »Höret!« Und blieb dann wie angewurzelt stehen. »Da ertönt das Signal eines Schwarzochsen-Horns.«

»Höre ich«, knurrte der Hochkönig und zog den Schaft des Handschuhs über seine Verletzung. »Aber warum signalisiert es Rückzug? Das ist doch ein Trick von Modru.«

»Ich höre es auch«, sagte Magier Farrin, »aber wo wird es geblasen?« Er sah sich um, während er versuchte, den Hornisten zu finden.

»Da drüben!« Linde deutete auf den Schildwall.

Farrin folgte ihrem ausgestreckten Arm mit dem Blick. »Utrun!«, verkündete er, als er den Steingiganten sah. »Mylord Hochkönig, das ist ein Utrun.«

»Schon, es ist ein Utrun, aber das Horn bläst ein Waldan«,

erklärte Linde. »Und neben ihm stehen andere Waldans und winken wie verrückt!«

»Wo?«, fragte Farrin.

»Auf einem Felsbrocken, gleich vor der Wand. Er bläst ein Harlingar-Horn, während die anderen links von ihm winken«, antwortete Linde. »Das kann nur Tipperton sein, und er gibt das Zeichen zum Rückzug.«

»Pah!«, grollte Hochkönig Blaine. »Ich glaube, das ist ein Schwindel von Modru!«

Farrin stand neben dem König, sprach ein *Wort*, schärfte seinen Blick und sagte dann: »Nein, Mylord, das ist keine Illusion. Es ist tatsächlich ein Waldan, und neben ihm steht ein Utrun.« Der Magier drehte sich zu Blaine herum. »Mylord, ich schlage vor, Ihr folgt seinem Wunsch.«

»Aber Magier Farrin, wir halten die höhere Stellung. Das ist unser einziger Vorteil. Wenn wir uns zurückziehen, stehen wir auf der Ebene am Rand, wo der Feind uns bezwingen kann.«

»Mylord!«, Linde deutete auf den heranströmenden Schwarm. »Wir werden ohnehin verlieren, denn Modru hat unter seinem Gezücht auch Trolle und Gargons und verfügt darüber hinaus über einen Drachen. Wir jedoch haben keine Mittel, uns gegen sie zu verteidigen. Aber hört mich an:

Der Waldan, der dieses Horn bläst, hat den Plan ersonnen, der die Belagerung von Minenburg Nord beendete. Er hat auch den Plan erdacht, der Dendor befreite, und er war einer der beiden Krieger, die den Gargon vor den Toren eben jener Stadt bezwangen. Wenn ich mich nicht allzu sehr irre, ist der Waldan an seiner Seite derjenige, der den Plan erfand, der zur Vernichtung eines weiteren Gargon im Schwarzen Wald führte. Also meine ich: Wenn Tipperton Thistledown und Rynna Thistledown und ein Utrun das Signal zum Rückzug geben, dann, Sire Blaine, sage ich, wir ziehen uns zurück!«

»Aber wir kennen seinen Plan nicht.«

»Dann vertraut ihm einfach, Sire. Vertraut ihnen.«

Blaine blickte stirnrunzelnd von Linde zum Schildwall und zu Farrin. Dann auf den Schwarm, der den Hang hinaufwimmelte, und anschließend wieder zum Schildwall zurück. »Also gut«, sagte er schließlich. »Wir ziehen uns zurück. Gebt das Signal, Hrosmarshall Linde.«

Aber die Verbündeten waren nicht die Einzigen, die Tippertons Signal hörten. Modru in seinem Kampfwagen vernahm es ebenfalls. Er drehte sein von der eisernen Maske verhülltes Gesicht zum Schildwall herum, und sah ... einen Utrun und andere dort stehen. Seine glühenden Augen weiteten sich hinter der Maske, er brüllte vor Zorn auf und reckte seinen Arm zu Daagor empor, sprach ein *Wort* und schrie unmittelbar in Daagors Ohr, obwohl der große Drache weit, weit über ihm war.

Das mächtige Wesen brüllte auf, legte seine gewaltigen ledernen Schwingen an und stürzte sich brüllend in die Tiefe, zum Schildwall hinab.

»Warum brauchen sie so lange?«, schrie Beau, der unaufhörlich auf und ab sprang und mit den Armen fuchtelte, um Aufmerksamkeit zu erregen, während Tipperton immer weiter das Signal zum Rückzug blies. Das Schmettern des Schwarzochsen-Horns wurde von der konkaven Aushöhlung in der Barriere verstärkt und in Richtung des Hangs gelenkt.

»Können Sie denn das Horn über dem Schlachtenlärm jetzt überhaupt hören?«, schrie Linnet.

»Vielleicht«, antwortete Rynna. »Aber das wissen wir erst ganz genau, wenn ...«

»Himmel!«, schrie Beau. »Seht nach oben, Dagoor kommt.«

Der Drache stürzte in die Tiefe hinab, in Richtung des Schildwalls, wo die Wurrlinge und der Utrun standen.

Linnet packte Beaus Hand. »Oh, Liebster, was sollen wir tun?«

Der Schwarm strömte immer noch zum Hang und hatte fast schon seinen Fuß erreicht.

»Hört doch!«, schrie Rynna plötzlich. »Hört! Oh, Tipperton, hör auf zu blasen und lausche!«

Tipperton drehte sich herum, und da er im Brennpunkt der konkaven Aushöhlung stand, konnte er die Harlingar-Hörner ganz deutlich hören, wie sie in der Ferne schmetterten. *Tateraa, tarooh! Tateraa, tarooh!*

Es war das Kommando zum Rückzug.

»Tholon!«, schrie Tipperton, »gebt den anderen das Zeichen!« Dann sprang er von dem Felsen herunter.

Daagor stürzte steil herab, immer weiter und weiter und füllte seine mächtigen Lungen mit einem gewaltigen Atemzug ...

Noch während Tipperton hinabsprang, hämmerte Tholon gegen den Fels des Schildwalles, einmal, zweimal, dreimal. Die ganze Wand hallte tief wider, wie eine ungeheure Glocke. Danach spaltete der Utrun den Fels und bahnte eine Passage hinein.

Linnet packte Tippertons Laute und Beaus Medizinbeutel, den sie von den getöteten Ponys geholt hatten, und sagte: »Tragt ihr Farly«, und trat selbst in den Spalt, während Beau den toten Wurrling aufhob, ihn sich über die Schulter legte und sich mit ihm in den Spalt begab. Dort wartete bereits Chelk auf sie. In seiner Hand hielt er etwas fluoreszierend Glühendes.

Daagor kreischte vor Wut, sein Feuer fauchte in einem verwüstenden Flammenspeer aus seinem Maul. Doch ehe die Flammen den Spalt erreichten, trat auch der Utrun hindurch und versiegelte den Stein hinter sich. Das Drachenfeuer schlug nur auf den blanken Fels und loderte an beiden Seiten daran entlang.

»Ich kann nichts sehen«, sagte Tipperton, doch dann bückte sich Chelk und reichte dem Wurrling zwei Fäuste einer leuchtenden Flechte. In diesem Augenblick fiel Tipperton Bekkis Geschichte von Durek und den Steingiganten in den Tiefen von Kraggen-cor ein. Offenbar hielt er jetzt dasselbe Material in Händen, das sich in den Laternen der Zwerge befand. Chelk hatte die Flechten hergebracht, damit sich die Wurrlinge ihren Weg erleuchten konnten. Tipperton reichte Rynna eine Handvoll, damit der Schein etwas breiter gestreut war.

Wumm!

Der Wall wummerte, als ob etwas Großes dagegengeschlagen hätte.

Tholon sagte etwas in seiner mahlenden Sprache, woraufhin Chelk sich umdrehte und begann, den Stein zu spalten und einen Tunnel zu graben.

Wumm!

Wieder wackelte die Wand.

Doch durch den Gang, den der Utrun entstehen ließ, entkamen die Wurrlinge, gefolgt von Chelk und Tholon, der die Passage hinter ihnen wieder verschloss.

Daagor brüllte und tobte, schlug gegen den Schildwall und stieß in ohnmächtiger Raserei Flammen aus. Dann schickte er seine Sinne aus: Im Stein hielten sich mehrere Utruni auf, insgesamt sieben, und vier vom Kleinen Volk.

Seine riesigen Klauen zertrümmerten in rasender Wut den Stein, der Boden erbebte. Aber nicht nur dort, wo er stand, nein, sondern über den ganzen Grund des Schlundes hinweg, über den Schildwall, und selbst am gesamten Rand entlang.

Auf dem Hang tobte die Schlacht derweil unvermindert fort, selbst als sich die Verbündeten kämpfend zurückzogen. Der Boden unter ihren Füßen bebte.

Der Feind zog sich ebenfalls zurück, jedenfalls versuchte er es, denn hier und da weigerten sich Châkka, den Kampf einzustellen und die Feinde entkommen zu lassen, obwohl sich der Großteil der Zwerge zähneknirschend dem hartnäckigen Plärren der Hörner beugte und ebenfalls widerwillig den Rückzug antrat.

Sechs Silberwölfe rasten den mittlerweile schwankenden Hang hinauf und folgten dem siebenten: Wandler. Die Vulgs im Schlund waren alle tot.

Auf dem zitternden Grund der gewaltigen Kluft polterten die schwarzen Steine herum und zerbarsten, Feuer flammte aus den Kratern und Spalten empor, Geysire bliesen ihre kochenden Dampffontänen in den grauen Himmel, Schlammlöcher explodierten, schwarzer Qualm wälzte sich durch den Schlund und geschmolzener Schwefel quoll gelblich über den Boden. Kristalline Vorsprünge rissen und zerplatzten in Myriaden von Splittern, die zischend und klingelnd durch die Luft flogen.

Modru brüllte vor Wut, während sein Schwarm vor Angst kreischte, als der Boden unter ihren Füßen plötzlich schwankte. Das konnte nicht Daagors Wut sein, sondern es war das Tun der verfluchten Utruni! Modru fokussierte seine Sinne und warf sie nach vorn, um die Steingiganten zu lokalisieren. Was ihm auch gelang. Doch im selben Moment riss Modru seine Augen weit auf und ein gellender Schrei blanken Terrors entrang sich den Lippen unter der eisernen Maske.

Im nächsten Augenblick zuckten krachend gewaltige, breite Spalten durch die gesamte Höhe des Schildwalls. Diese hatten die Utruni erzeugt, die im Fels wirkten. Auf der anderen Seite folgten gleichzeitig stolpernd winzige Wurrlinge in dem zitternden Stein einem der mächtigen Steingiganten durch einen von dem Utruni geschaffenen Tunnel hinauf zum westlichen Rand des Schlundes von Hèlofen.

Am Fuß des Schildwalles hob Daagor seinen mächtigen Schädel und blickte nach oben, als sich ein riesiger Abschnitt der großen Barriere vom Fuß bis zum oberen Rand abspaltete und nach innen neigte. Die gewaltige Felsplatte senkte sich, senkte sich weiter, noch weiter, und stürzte unter ohrenbetäubendem Krachen auf den Grund des Schlundes. Ebenso laut jedoch war das gierige Brüllen der Avagon-See, die ihre Wasser nun durch den breiten Spalt ergoss.

Weiter östlich zuckte ein weiterer, ebenso breiter Spalt durch die gesamte Höhe des Schildwalles, eine zweite, gewaltige Felsplatte neigte sich gravitätisch nach innen, stürzte beinahe gemächlich auf den Grund des Schlundes – und noch mehr Seewasser strömte in den Schlund.

Die Wurrlinge folgten dem vom Utrun geschaffenen Tunnel nach Westen. Chelk ging voran, Tholon folgte ihm und versiegelte den Gang. Tipperton und Beau trugen Farlys Leichnam mittlerweile gemeinsam.

Während Daagor, überspült von den tosenden Fluten, donnernd aufbrüllte und seine Flammen emporschickte. Doch sein mächtiger Wanst und seine gewaltigen, ledernen Schwingen wurden von Tonnen und Abertonnen Felsgestein festgehalten, das auf ihm lag.

Eine riesige Flutwelle, mehrere hundert Meter hoch, donnerte durch die riesigen Breschen, fegte in ungeminderter Wucht über den Grund des Schlundes, als die See endlich – endlich! – Hèlofen in Besitz nehmen konnte; sie raste unaufhaltsam über den mächtigen Schwarm hinweg, riss dabei kreischende Rukhs und Hlöks und wiehernde Hèlrösser und heulende Ghûls ohne viel Federlesens mit sich ins Verderben. Die Trolle brüllten vor Entsetzen, als sie von den Wassermassen begraben wurden, denn ihre schweren Knochen zogen sie erbarmungslos in die Tiefe. Die Gargons ersoffen ebenfalls kläglich in den Fluten der See, denn ihre sonst nahezu unbesiegbare Masse bedeutete hier ihren Untergang.

Modrus Kampfwagen wurde wie ein Spielzeug davongewirbelt und versank.

Eine weitere, riesige Felsplatte neigte sich und stürzte nach innen, gefolgt von der ungeheuren Flut des Seewassers.

Die Flutwellen donnerten gegen und über den Hang, rissen Elfen, Zwerge, Baeron, Menschen, Pferde, Ponys und auch Erde mit sich, Lebende und Tote ohne Unterschied, Gesunde und Verletzte, Verbündete und Feinde ... wenngleich auch der größte Teil der Verbündeten, der noch dazu imstande war, dem Hornsignal gehorcht und sich zurückgezogen hatte. Dieser Teil überlebte, und zwar nur dieser. Einige der Fliehenden trugen Verwundete mit hinauf und entkamen der alles verschlingenden, mörderischen Flut nur knapp.

Weiter unten am Hang jedoch, dort entfloh keine lebende Seele diesen tosenden Wassern. Kein einziger Feind überlebte.

Jetzt zuckte ein Riss durch den westlichen Teil des Schildwalles und ein Steingigant trat heraus. Ihm folgten Wurrlinge. Als sie ins Freie getreten waren, verschwand der Steingigant wieder im Fels und versiegelte den Stein hinter sich.

Tipperton und Beau legten Farlys Leichnam behutsam auf den steinigen Boden, richteten sich auf und betrachteten mit ihren Dammen die ungeheure Flut.

Auch wenn ihn die anderen nicht hören konnten, und seine Stimme in dem Brüllen unterging, trat Beau an den Rand vor und intonierte:

Sucht die Hilfe derer, die keine Menschen sind,
um die Feuer des Krieges zu ersticken.
Ansonsten wird das Böse triumphieren,
und für alle Zeiten regieren.

Es war Raels Sermon, und jetzt endlich war die Bedeutung ihrer Worte klar. Beau sah Tipperton an und erntete ein grimmiges Nicken. Jetzt wussten sie beide, dass alles irgendwie miteinander verwoben war.

Dann drehte sich Beau zu Linnet herum. Sie weinte, und er nahm sie in die Arme, um sie zu trösten. Sie lehnte sich an ihn. »Ach, Geliebter, mein Nix, unser Nix, er ist für immer in dieser Flut begraben.« Obwohl Beau sie in dem donnernden Brausen nicht verstehen konnte, umarmte er sie doch und strich ihr übers Haar.

Rynna, die neben Tipperton stand, riss plötzlich entsetzt die Augen auf. Tipperton fuhr herum und sah ...

»Nein! Oh, nein! Das wollte ich nicht!« Aber seine Stimme ging im Donnern unter ...

... als Fjordlander Drachenschiffe durch den Spalt schossen, auf der Woge ritten, deren verzweifelte Mannschaften noch an Bord waren und um ihr Leben kämpften. Doch die Schiffe rollten und stampften und kippten und wurden schließlich von den tosenden Wassermassen begraben. Ihre hölzernen Schilde, die Masten, Segel, der Rumpf, die Männer, all das verschwand in dem donnernden Strom.

Im Hafen von Adeo, gut fünfundzwanzig Meilen entfernt, schwangen die gewaltigen Schiffe der Gothonier an ihren Ankerketten herum, und einige zerrten ihre riesigen Schleppanker eine ganze Strecke weit über den Meeresboden, bevor sie sich irgendwo verhakten und das Schiff festhielten.

Eine weitere gigantische Felsplatte des Schildwalles fiel nach innen und noch mehr Seewasser strömte in den Schlund.

Das Wasser bedeckte den gesamten Boden der Kluft und drang durch alle Spalten, Löcher, Ritzen in den gewaltigen Abgrund, bis hinab zu der brennenden Lava, die darunter kochte. Als die beiden Elemente aufeinandertrafen, verdampfte das Wasser explosionsartig und schoss in gewaltigen Fontänen empor, bis hoch in die Luft. Immer noch spien Geysire ihr kochendes Wasser in das eiskalte der hereindringenden Avagon-See, während die blubbernden Schlammlöcher mit dem schwefeligen Magma weggerissen wurden und sich in dem eiskalten Wasser zu einem dunklen, widerlichen Brei verwandelten, der immer und immer langsamer floss.

Zertrümmerte Brocken des schwarzen Gesteins wurden ebenso von den Fluten nach Nordwesten mitgerissen wie Splitter und Scherben der kristallinen Strukturen und auch die Leichen der ertrunken Rukhs und Hlöks und Ghûls mit ihren Hèlrössern – und ebenso Trolle und Gargons. Das Wasser schob sie über den Boden, zertrümmerte sie an den Steinen, zerfetzte die Leichen zu unerkennbaren Kadavern, während sie den Hang hinab und in die unergründlichen Tiefen unter der Kluft gerissen wurden.

Unter einer gewaltigen Felsplatte des Schildwalles ersoff Daagor, wütend und Flammen spuckend, noch während er starb.

Und im Osten kippte noch eine Felsplatte in den Schlund hinab. Jetzt war der Schildwall beinahe vollständig zerstört, und die Avagon-See rauschte voller Triumph, als sie sich in die gesamte Kluft ergoss.

Nach wie vor strömte Wasser durch die Spalten und Ritzen und Krater und Löcher in den Abgrund, und immer wieder stieg Qualm aus der Tiefe empor. Detonationen erschütterten den Boden.

Der Hochkönig musterte diese Apokalypse. Modru und sein gewaltiger Schwarm waren nicht mehr, Daagor war abgetaucht, die Hyrinianier, Chabbaner, Kistaner, die Fäuste von Rakka, der Stamm von Jûng, alle waren ausnahmslos ertrunken.

Jedoch auch viele der Verbündeten hatte dieses Schicksal ereilt: Zwerge, Menschen, Elfen, Baeron ... all jene, die nicht weit genug oben am Hang gewesen waren, als die ungeheure erste Welle zugeschlagen hatte. All diese zählten zu den

Verlusten in jener Schlacht. Hochkönig Blaine richtete seinen Blick auf eine Stelle, wo vier vom Kleinen Volk um einen fünften herumstanden, der regungslos auf dem Boden lag. Bei diesem Anblick schlug Blaine die Hände vor das Gesicht, sank auf die Knie und weinte, als Trauer und Verlust ihn überkamen, denn er hatte so viele Freunde verloren, so viele Kameraden waren gefallen und so viele Verbündete gestorben. Dennoch mischten sich auch Tränen der Erleichterung dazwischen, denn durch diesen unerwarteten Schlag war die Schlacht beendet worden ...

... und damit auch dieser große und schreckliche Krieg.

21. Kapitel

Acht Tage später war das Heer bereit, die Umgebung von Hèlofen zu verlassen. Die Wasser der Avagon-See strömten immer noch durch den Spalt, wo einst der Schildwall gewesen war. Doch ihr Brausen hatte immer mehr abgenommen, je weiter sich der große Schlund gefüllt hatte. Tipperton, Beau, Rynna und Linnet standen jetzt in der Nähe der Stelle, an welcher sich einst die gewaltige Barriere getürmt hatte, und blickten hinab.

»Himmel«, rief Beau, »ich hätte nie gedacht, dass ich einmal Zeuge werden würde, wie eine See entsteht. Wie wird man sie wohl nennen, was meint ihr?«

»Hèlozean. Würde mich jedenfalls nicht wundern«, erwiderte Tipperton und deutete auf eine Stelle, wo eine gewaltige Wassersäule aufstieg, verursacht durch eine unterseeische Explosion.

»Farrin hat gesagt, dass die Utruni sich daran machen, das Land wieder zu beruhigen«, meinte Rynna. »Sie arbeiten tief unten im lebenden Gestein, um es zur Ruhe zu bringen. Das tun sie ohnehin die ganze Zeit, wisst ihr?«

»Da unten lodert Feuer und dort schmelzen Steine«, knarrte jemand hinter ihnen. Es war Bekki. »Die Steingiganten werden Schwierigkeiten haben, an einem Ort zu arbeiten, der sich kaum von den Eingeweiden eines Feuerberges unterscheidet. Es ist ein lebensgefährlicher Ort.«

»Jedenfalls würde ich da meinen Hut nicht gern aufhängen«, sagte Beau und zog Linnet etwas dichter an sich.

»Ich bin gekommen, weil es Zeit wird aufzubrechen«, erklärte Bekki.

Tipperton sah Rynna und Linnet an. »Wir kommen gleich.«

Bekki nickte, drehte sich um und ging zum Lager zurück.

Tipperton holte tief Luft. »Also?«

Linnet nickte, trat an den Rand des Abgrundes und blickte auf die schäumende See hinaus. »Leb wohl, Dinly, leb wohl, Nix.« Dann wandte sie sich zu der Urne neben sich herum, einer von Tausenden. »Leb wohl, Farly. Möge Elwydd Ihre Hand über Euch halten, und auch über Alver.«

Rynna, deren Schulter von Magier Letha geheilt worden war, trat ebenfalls an den Rand der Kluft, die einst Hèlofen gewesen war. Sie hatte Tippertons Bogen in der Hand und einen Pfeil mit einem roten Schaft eingenockt. Tipperton trat neben sie und hielt einen Laternenanzünder an den gewebten, roten Ring unter der Pfeilspitze. Als er aufflammte, hob Rynna den Bogen, spannte die Sehne so weit sie konnte und ließ den Pfeil von der Sehne schnellen. Er beschrieb einen weiten Bogen durch die Luft, und ein fluoreszierender, roter Schweif zischte durch den klaren Himmel. Abgeschossen von einem Elfenbogen flog er weit hinaus über die Wasser, bis er seinen Scheitelpunkt erreichte und wieder einen Bogen hinab beschrieb, bevor er schließlich in den dunklen Fluten der hereinströmenden See verschwand.

»Lebt wohl, Alver, und Dinly, und Nix und Farly«, stieß sie weinend hervor. »Wir werden euch immer in unseren Herzen behalten.«

Tipperton und Beau rangen mit den Tränen, als sie zu ihren Dammias traten, sie an die Hand nahmen und langsam mit ihnen zum Heer zurückgingen.

Sie ritten durch die zerklüfteten Hügel zurück und über die Pontonbrücke der Drachenboote, die abgebaut wurde, nachdem das gesamte Heer den Übergang geschafft hatte.

Anschließend segelten die Wurrlinge mit der Flotte der Drachenschiffe zurück nach Caer Pendwyr, zusammen mit vielen Hauptleuten und Königen, mit den DelfHerren, Corons, Häuptlingen und anderen Kriegsherren.

Der Großteil der anderen folgte mit den großen gothonischen Schiffen. Wieder andere ritten nach Norden davon, in Richtung Jord, Riamon und Minenburg Nord. Noch mehr ritten weiter nach Westen, zum Großwald, Darda Erynian und Darda Galion, nach Kraggen-cor und Ardental, oder nach Pellar, Valon, Jugo und Hoven. Viele jedoch warteten auch im Hafen von Adeo auf die Schiffe, um nach Tugal und Vancha und Basq gebracht zu werden, nach Gelen und Gothon. Zahlreiche segelten zu den Häfen am Ryngar-Arm und dem Westonischen Ozean, wo sie von Bord gehen und nach Trellinath und Wellen weiterreisen würden, nach Dalara und Thol. Oder sie durchquerten selbst diese Länder und reisten zu den Jillischen Höhen und Rian.

Tipperton und Rynna sowie Beau und Linnet fuhren in einem Jordlander Drachenschiff weiter und ließen Hèlofen hinter sich. Doch auch wenn sie den Ort selbst verließen, konnten sie die schrecklichen Erinnerungen daran nicht so leicht abstreifen. Sie nahmen sie mit sich.

Und fuhren über den Eisenwasser auf die tiefblaue Avagon-See hinaus, segelten drei Tage nach Süden und nahmen dann Kurs gen Westen. Vier Tage später, sieben insgesamt, seit sie Segel gesetzt hatten, stiegen sie in der Hile-Bucht im Hafen von Pendwyr aus, unter der Burg des Hochkönigs.

Die Stadt begrüßte sie voller Freude.

Tipperton drehte sich unbehaglich herum, damit Rynna den Sitz seiner neuen, seidenen Garderobe begutachten konnte.

Sie war in einem dunklen Saphirblau gehalten, das zu seinen Augen passte, und war mit Rüschen und Spitzen besetzt.

»Du siehst großartig aus, Tip«, gestand Rynna. Sie selbst trug ein Gewand aus gedämpftem Gelb, dessen Mieder mit weißen Bändern verziert war.

Tipperton seufzte.

»Nun komm schon«, sagte Linnet. »So schlimm kann das doch nicht sein.«

»Es wird sogar richtig Spaß machen, wenn ihr mich fragt«, erklärte Beau, der ebenfalls in Satin gekleidet war. Aus braunem Stoff mit braunen Rüschen und Samtbesatz. »Wir haben das schon einmal gemacht, wisst ihr noch? Wir haben früher schon einmal an einer Feierlichkeit teilgenommen, damals in Dendor.«

Tipperton stemmte seine Fäuste auf die Hüften und drehte sich zu Beau herum. »Richtig Spaß? Beau, wenn ich mich recht entsinne, sind wir damals über den Boden gekrabbelt.«

»Über den Boden gekrabbelt?« Linnet drehte sich mit erhobener Braue zu Beau herum.

»Also, tja, Liebste, wir konnten nichts sehen, weißt du, und um einen guten Platz zu ergattern, sind wir ...«

»Wie unwürdig.« Linnet war ebenfalls in braunem Satin gekleidet, und um ihre Taille schlangen sich geflochtene braune Kordeln.

Tipperton und Rynna lachten. Beau sah Linnet an und grinste albern, woraufhin sie loskicherte.

Irgendwo in der Ferne ertönte ein Gong.

Tipperton holte tief Luft. »Bringen wir es hinter uns.«

Rynna schob ihren Arm durch den seinen, Linnet hakte sich bei Beau ein, und gemeinsam verließen sie ihr Quartier im Schloss des Hochkönigs und gingen hinab zum Ballsaal.

Unterwegs gesellten sich in den labyrinthischen Fluren Phais, Loric und Bekki zu ihnen. Sie plauderten von unbedeutenden Nebensächlichkeiten, während Bekki über den ganzen Aufwand murrte, den er betreiben musste. Tipperton stimmte ihm von ganzem Herzen zu. Schließlich aber erreichten sie den Großen Thronsaal, in dem sich bereits Hunderte von Leuten drängten, deren Gespräche zu einem murmelnden Brausen angeschwollen waren. Als jedoch der Majordomo mit seinem Stab auf den Boden schlug und verkündete: »Herr Tipperton Thistledown und Lady Rynna« und »Herr Beau Darby und Lady Linnet«, sanken die Gespräche zu einem ehrfürchtigen Raunen herab. Als die Wurrlinge in den Saal vortraten, begann jemand zu applaudieren, dann fielen alle ein, und gleich darauf toste lautstarker Jubel. Dann versanken die vier im Strudel der anderen Gäste, die Lords und Ladys bedrängten jene vom Kleinen Volk und redeten alle auf einmal.

Die Bokker und die Dammen versuchten die Fragen, die ihnen gestellt wurden, so gut wie möglich zu beantworten.

Ja, ein Dorf am Rissanin, das jetzt zerstört ist.

Silberwurz und Güldminze zu gleichen Teilen vermischt.

Ja, echte Edelsteine. Nein, nein, deren *Augen, nicht unsere.*

O ja, das ist eine großartige Stadt.

Eigentlich hat ihn Magier Imongar in Dendor tatsächlich getötet.

Von den Waldsenken und aus dem Wilderland.

Eins, eine Tochter. Sie heißt Lark.

Müller in Gabelhain.

Allerdings, es war das Wort meines Beaus, das Tipperton an die Geschichte vom Riesen und der Fliege an der Wand erinnerte. Das ist eine Wand, die der Gigant zertrümmerte und die ihm den Tod brachte. Also hat Tipperton die Utruni gebeten, dasselbe zu tun.

Madame, ich versichere Euch, ich bin ein ausgewachsener Wurrling, kein Elfenkind.

Nein, er wurde vollkommen vernichtet.

Ein gjeenianischer Heller; klein und rund, mit einem Loch in der Mitte.

Wir haben uns in Caer Lindor kennengelernt.

Ich wüsste nicht, wie er hätte entkommen können; allerdings wurde seine Leiche natürlich nicht gefunden ...

Bokker und Dammen waren höchst erleichtert, als der Majordomo erneut mit seinem Stab auf den Boden hämmerte und verkündete: »Mylords und Myladys, geehrte Gäste: Seine Hoheit, Hochkönig Blaine!«

Die Menge teilte sich und bildete in der Mitte eine Gasse. Die Wurrlinge wurden zurückgedrängt und fanden sich von großen Menschen umringt.

»Scheunenratten!«, zischte Beau, »da haben wir es wieder, Tip. Wir sehen nichts.«

Linnet nahm hastig Beaus Hand. »Du wirst jedenfalls nicht wie eine Scheunenratte herumkriechen, nur um einen Blick werfen zu können.«

Als Blaine durch die Gasse zu seinem Thron schritt, fielen alle Menschen, an denen er vorüberging, auf die Knie, während die Ladys in höfischen Knicksen versanken. Elfen und Baeron senkten die Häupter, die Zwerge hämmerten ihre geballte Faust auf ihre Brut, während sie ihre Schädel vorreckten. Trotzdem konnten die Wurrlinge nichts sehen.

Als der Hochkönig an ihrem Standort vorbeiging, knieten die Lords, die Ladys knicksten. Beau und Tipperton gingen ebenfalls auf ein Knie, während sich Rynna und Linnet im Hofknicks versuchten.

Schließlich erreichte Blaine das Podest und trat hinauf. Lordverwalter Voren trat gleichfalls vor und stellte sich rechts neben den Hochkönig, die Arme voller Schriftrollen.

Der Hochkönig Blaine jedoch setzte sich nicht auf seinen Thron, sondern blieb am Rand des Podestes stehen und musterte die stumme Menge.

»Wir haben eine Zeit großer Finsternis durchgestanden«,

erhob er seine Stimme. »Eine Zeit, in der alles verloren schien; am Ende jedoch haben wir gesiegt, wenngleich nur unter großen Opfern. Viele sind in diesem Krieg gefallen, ebenso viele haben schwerste Verletzungen davongetragen. Wir müssen jene ehren, die so viel gaben, einschließlich ihres Lebens. Auch wenn jetzt die Zeit gekommen ist zu feiern, denn Adon hat triumphiert, so dürfen wir nicht jene vergessen, die nicht mehr neben uns stehen oder unserem Ruf antworten können. Hegt diese Erinnerungen wohl, meine Freunde, denn, wie mir ein kleiner, guter Freund sagte, solange man sich an sie erinnert, werden sie in unseren Herzen leben.«

Der Hochkönig schwieg, und aus der Schar der Gäste antwortete ihm das ein oder andere Schluchzen, und in der Menge umarmten sich Tipperton, Rynna und Linnet und Beau – und weinten.

Dann jedoch stimmte der König einen Jubelruf an, denn endlich, endlich, war der Krieg vorbei. Drei gewaltige Hurrahs donnerten durch die Kammer und hallten von der marmornen Kuppel wider.

Viele wurden an diesem Abend geehrt, vom Gemeinen bis hin zum Hochadligen, Bauern, Krieger, Häuptling, König, DelfHerrn, Coron ... Menschen, Zwerge, Baeron, Elfen und ganz zum Schluss die Wurrlinge.

Als Tipperton, Rynna, Beau und Linnet nach vorn gerufen wurden, teilte sich endlich die Menge der Gäste und die vom Kleinen Volk traten vor. Als sie am Podest vor dem König standen, lächelte er sie an und wandte sich dann an die Gäste.

»Diese vier hier waren der Schlüssel zum Sieg. Ohne sie wäre alles verloren gewesen, schwänge Gyphon jetzt seine Geißel über die drei Ebenen. Ohne sie würde Mithgar nun unter dem Absatz von Modrus Stiefel erbeben. Doch Gyphon beherrscht nicht die Ebenen, genauso wenig wie Modru diese Welt regiert, denn diese vier hier ersannen den Plan, der den Feind hinwegfegte.«

Blaine sah die vier an und fuhr fort: »Ich habe Ländereien und Titel und Ehren vergeben, die den Taten entsprachen, welche erbracht wurden. Dennoch weiß ich nicht, wie ich Euch trotz all der Macht, die mir verliehen wurde, angemessen für das belohnen könnte, was Ihr getan habt, denn ganz Mithgar, ja unsere Schöpfung verdankt Euch mehr, als sie Euch jemals zurückzahlen könnte. Also werde ich Folgendes gewähren, sofern es in meiner Macht steht: Nennt die Belohnung, die Ihr begehrt, selbst, seien es Ländereien, Titel, Burgen, Schlösser, Reichtümer ... es sei Euer, ganz gleich, was Ihr begehrt.«

Ein Keuchen brandete durch den Saal, denn noch nie hatte man von einer solch ungeheuren Gunst gehört. Dann legte sich eine erwartungsvolle Stille über die Versammelten, eine derartige Ruhe, dass man die Wogen des Ozeans in der Ferne branden hörte, selbst durch die dicken Steinmauern der Burg hindurch.

Beau zuckte die Achseln und drehte sich zu Linnet um, die wiederum Rynna ansah. Rynna jedoch trat zu Tipperton, stieß ihn an und flüsterte: »Sag es, Liebster!«

Tipperton drehte sich um und blickte über das Meer aus erwartungsvollen Gesichtern. Die Leute warteten mit angehaltenem Atem, also wandte er sich Hochkönig Blaine zu. »Es gibt nur eines, um das ich ersuchen würde, Mylord«, sagte er. »Und das erbitte ich für alle Wurrlinge. Ich möchte Euch darum ersuchen, dass wir Wurrlinge davon entbunden werden niederzuknien. Denn wir sind zu klein, um etwas von einem Festzug zu sehen, wenn wir knien, vor allem, wenn wir hinter anderen Leuten stehen, die größer sind als wir. Wenn es Euch dann noch beliebt, so wäre ein Platz in der ersten Reihe statt mittendrin sehr nett, denn wenn die vom Großen Volk vor uns stehen, sehen wir auch nichts, ganz gleich ob kniend oder stehend.«

Totenstille herrschte im Saal, als man seinen Ohren nicht

traute. Dem Wurrling wurde das ganze Königreich angeboten, und er hatte praktisch nichts verlangt? Plötzlich lachte der Hochkönig schallend und rief aus: »Es sei Euch gewährt!« Als die Versammelten in das Lachen des Hochkönigs einstimmten, umarmte Tipperton Rynna und zwinkerte Beau zu.

Blaine hob die Hände, und nachdem Ruhe eingekehrt war, sprach er wie folgt: »Verbreitet in ganz Mithgar, dass ich hier und jetzt Folgendes verfüge: Für ihre geleisteten Dienste wird nie wieder ein Waerling in der Gegenwart von Königen oder Königinnen, Kaisern, DelfHerren, Corons, Häuptlingen, Lords, Ladys, Herzögen, Grafen, Baronen oder irgendeinem Mitglied des Adels sowie irgendeinem Herrscher niederknien. Eine kurze Verbeugung oder ein Knicks genügen. Zudem soll das Kleine Volk in Zukunft stets Ehrenplätze bekommen, wo sie sehen und gesehen werden können.«

Blaine schaute von Lord zu Lady, von Coron zu Häuptling, König zu Königin, und als sein Blick über die Zwerge glitt, trat DelfHerr Bekki vor. »So Ihr gesprochen habt«, verkündete er feierlich, »so soll es geschehen!« Ein brausender Ruf der Zustimmung erhob sich von den Versammelten.

Dann wandte sich Blaine an Tipperton, Lordverwalter Voren trat ans Podest und reichte dem Hochkönig ein kleines Päckchen. Blaine entnahm ihm eine winzige Zinnmünze an einem Lederband, das durch ein Loch in seiner Mitte führte. Dann bedeutete er Tipperton vorzutreten, streifte dem Wurrling das Lederband mit der matten Münze über den Kopf, legte es ihm um den Hals und sagte: »Sollte sich jemals die Notwendigkeit einstellen, dann sendet diese Münze. Ich werde in aller Hast und mit allen mir zur Verfügung stehenden Kräften zu Eurer Hilfe herbeieilen.«

Mit Tränen in den Augen blickte Tipperton zu Blaine hinauf. »Mylord Sire«, sagte er ergriffen. »Solltet Ihr jemals in Not geraten, dann schickt eine solche Münze auch zu uns, und wir werden dasselbe für Euch tun.«

Jemand schrie um eine Rede, und Tipperton sah zu den anderen Wurrlingen hinüber. Linnet lächelte, und Beau meinte: »Sie wollen sie von dir hören, Wurro. Mach nur, sag's ihnen, Tip.«

Tipperton sah Rynna an, deren Augen verdächtig glänzten, als sie nickte.

Er drehte sich zu den Versammelten herum, und ehrfürchtiges Schweigen breitete sich aus. Tipperton holte tief Luft. »Der Hochkönig«, hub er an, »hat Euch von den furchtbaren Kosten des Krieges berichtet, von verlorenen Kameraden, verlorenen Freunden, verlorenen Brüdern und Cousins und Vätern und Müttern und Töchtern und Söhnen.« Tipperton hielt die Zinnmünze zwischen Daumen und Zeigefinger und blickte am Lederband entlang auf sie herab. Dann hob er den Blick und sah in die Gesichter der Lords und Ladies und Ehrengäste vor sich und fuhr fort: »Wisset dies, Freunde: Die Freiheit ist nicht umsonst, denn in Zeiten der Finsternis, in den Feuern des Krieges wird sie aus Eisen geschmiedet, aus glühendem Stahl, der häufig vom Blut der Unschuldigen gelöscht wird, was ein schrecklicher Preis dafür ist. Doch das Böse herrschen zu lassen, das ist ein noch viel höherer Preis. Nein, meine Freunde, Freiheit ist nicht umsonst, also hegt und pflegt sie und erkennt ihren wahren Wert, denn man zahlt für sie mit der größten Münze von allen.«

Tipperton verstummte, und ehrfürchtiges Schweigen legte sich über die Gäste. Schließlich trat Bekki vor, fiel auf ein Knie und rief: *»Châkka amonu, Tipperton Thistledown, ko ka ska!«*

Im nächsten Augenblick toste brausender Jubel durch den Saal.

Zwei Tage später ritten Tipperton, Rynna, Beau und Linnet aus den Toren von Caer Pendwyr, eine ganze Reihe von Packponys an der Leine hinter sich: mit dem Ziel Darda Erynian.

Es war der sechste Februar. An diesem Tag vier Jahre zuvor waren Tipperton und Beau von Gabelhain aufgebrochen, um eine Münze zu einem unbekannten Ziel zu bringen. Wie Tipperton zum Hochkönig Blaine gesagt hatte: »Es scheint nur angemessen, dass wir an diesem Tag nach Hause aufbrechen, an dem auch unsere Mission endlich beendet ist.«

Aber sie ritten nicht allein, denn mit ihnen reiste eine Kavalkade aus Reitern, allesamt Helden, Phais und Loric und Bekki waren nicht die Geringsten unter ihnen. Menschen, Baeron, Zwerge, Lian und Dylvana ritten mit den Wurrlingen, und allesamt strebten sie ihren nördlichen Heimatländern zu. Da waren die Könige Ranor und Loden, die Häuptlinge Urel und Durul, DelfHerr Volki, die Corons Eiron und Ruar, Prinz Brandt und Hrosmarshall Linde, die Darai Vail, Aryilin und Riatha, die Alori Talar, Talarin, Gildor und Vanidor, Vanidar und Aravan sowie viele andere. Die Straßen von Caer Pendwyr säumte bis weit vor die Tore eine jubelnde Menge, doch die lautesten Hurras ertönten, als die Wurrlinge in der Mitte des Zuges vorüberritten. Sie folgten der Pendwyr Straße von der Stadt aus, bis sie den Handelsweg verließen und nach Norden abbogen.

Plötzlich lachte König Loden laut, und als Beau nach dem Grund fragte, erwiderte Loden: »Lord Bekki hat sich gerade bei mir entschuldigt, weil er mir das Recht des Konigs nahm.«

»Er hat sich entschuldigt?«

»Aye. Weil er Lord Tain in Hèlofen tötete.«

»Bekki hat den Astralkörper getötet?«

»Er hat ihm mit einer Wurfaxt den Schädel gespalten.«

Rynna seufzte. »Mir tat Lord Tain leid«, flüsterte sie Tipperton zu. »Er war verrückt und wusste nichts von seiner Rolle.«

Tipperton nickte zustimmend, doch dann überlief ihn ein Schauer, als er an Jolet dachte. Er griff nach seiner Laute.

»Was sagst du«, fragte er Rynna, »wenn wir ein fröhliches Lied anstimmen und diese Phantome vertreiben?«

Sie ritten einen Monat und zwölf Tage Seite an Seite durch Schnee und Regen und Sonne und Kälte, bis sie die Ruinen von Caer Lindor erreichten, die auf ihrer Insel mitten im Rissanin standen. Hier trennten sich ihre Wege.

Coron Eiron, Vanidar Silberblatt, Riatha, Talar, Aravan und andere Lian wandten sich nach Westen zum Darda Galion. Ebenso ritten DelfHerr Volki und sein Kader von Châkka in diese Richtung, nach Kraggen-cor im fernen Grimmwall.

Die Könige Ranor und Loden, Prinz Brandt, DelfHerr Bekki und ihr Tross wandten sich nach Nordosten, folgten dem Fluss durch den Großwald hinaus in die Steppen, nach Jord, Riamon und Minenburg Nord. Mit ihnen reiste Linde. Die Kriegsbraut war von König Ranor nunmehr als einzige Tochter anerkannt, Frucht einer illegitimen Liebe. Sie ritt neben König Loden von Dael. Vielleicht war da eine Ehe im Anzug, die eine Allianz zwischen Jord und Riamon in Aussicht stellte, wenngleich die Kriegsbraut, frei in ihrer Entscheidung, bislang weder ja noch nein gesagt hatte.

Nach Süden, in Richtung Der Lichtung wandten sich Häuptling Urel und eine Handvoll Baeron, die alle durch den Großwald zu den Ruinen Caer Lindors geleitet hatten.

Über den Rissanin und in den Darda Erynian ritten Häuptling Durul, Coron Ruar und Dara Vail sowie andere Dylvana, zusammen mit Talarin vom Ardental und Arylin, Aris, Gildor und Vanidor, Elissan, Jaith, Phais und Loric. Mit ihnen ritten auch Tipperton, Rynna, Beau und Linnet, die jetzt zur Siedlung der Quellwasser-Wurrlinge unterwegs waren.

Doch bevor sie ihrer Wege gingen, sprach DelfHerr Bekki noch leise mit Dara Phais. Was er ihr sagte, blieb jedoch ihr Geheimnis.

Unter vielen Segenswünschen teilte sich die kleine Gruppe, nicht ohne geschworen zu haben, sich eines Tages wiederzusehen.

Danach zerstreuten sie sich in alle vier Winde.

Am Vormittag des Frühlingstages erreichten sie die Quellwasser-Siedlung. Wurrlinge strömten voller Freude zusammen, als sie zwischen den Weidenlauben erschienen.

Melli stürmte mit Lark in den Armen aus ihrer Laube. »Ihr seid zurück! Oh, ihr seid wieder da!«, schrie sie voller Freude. »Linnet, Rynna, Beau, Tipperton, Nix ...« Sie verstummte, runzelte die Stirn und sah sich suchend zwischen den Dylvana, Baeron und Lian um, richtete den Blick dann wieder auf den Weg und suchte ihren geliebten Sohn Nix. Dann blickte sie furchtsam zu Linnet hoch, die in Tränen ausbrach. Auch Melli weinte, und Lark, die kleine Lark, die in ihren Armen lag, begann ebenfalls zu weinen.

In der letzten Aprilwoche und begleitet von Fuchsreitern brachen Tipperton, Rynna, Lark, Melli, Beau und Linnet nach Bircehyll auf, wo Loric, Phais, Talar und ein kleines Kontingent von Lian aus Ardental sie erwarteten. Denn die Wurrlinge wollten nach Gabelhain weiterziehen, und Talar würde sie sicher dorthin geleiten.

Die Wurrlinge von Quellwasser aber, sie brachen am selben Tag nach Osten auf, um zu ihrem niedergebrannten Weiler in der Nähe der Quellen des Rissanin zurückzukehren. Sie hatten geschworen, ihre Siedlung wieder aufzubauen, komme, was da wolle.

Anfang Juni erreichten die Wurrlinge und ihre Eskorte die westliche Grenze des Darda Erynian, kurz vor der Überlandstraße. Dort verabschiedeten sie sich von Tynvyr, Picyn, Kell, Nia und Phero. Die Pysks hatten sie bis dorthin begleitet. Mit den Elfen von Ardental ritten die Wurrlinge weiter, überquerten den Argon an der Überland-Furt und ritten in die weite Steppe dahinter.

Schließlich erreichten Lian und Wurrlinge den Fuß des Crestan-Passes, und zu Beaus und Tippertons Entzücken war eine der Baeron-Hüter dieses Passes Lady Bwen. Sie begrüßte die Wurrlinge herzlich, stopfte sie mit einer reichhaltigen Mahlzeit voll. Und sie redeten bis tief in die Nacht hinein von gemeinsamen Abenteuern, von Entbehrungen, Freuden und Kummer.

Die nächste Nacht verbrachten sie auf dem Gipfel des Passes, auf dem es trotz der Jahreszeit kalt war. Am nächsten und übernächsten Tag reisten sie über die andere Seite hinab. Am folgenden Tag bereits ritten sie unter dem Wasserfall hinweg ins Ardental hinein, wo sie am Einsamen Greisenbaum von Dara Alaria begrüßt wurden, der Hauptfrau der Südlichen Ardenwache.

Am Sommertag kamen sie in der Elfensiedlung im Ardental an, wo sie voller Freude begrüßt wurden, aber auch traurig, denn viele Gefährten würden den Wechsel der Jahreszeiten nie wieder feiern.

Die Wurrlinge verbrachten viel Zeit im Verborgenen Stand. Tipperton und Beau frischten alte Bekanntschaften wieder auf, Rynna und Linnet, Melli und Lark knüpften neue. Lark war umschwärmter und ständiger Mittelpunkt der Elfen. Die Kleine grinste wegen all der Aufmerksamkeit und plapperte unaufhörlich in einer Mischung aus Sylva, Feensprache und Gemeinsprache, und dazu in einer Zunge, die niemand verstand, die jedoch wie das leise Rascheln von Blättern klang.

Tipperton und Beau unterhielten sich mit Rael und berichteten ihr von der Bedeutung ihres Sermons, den sie vor so langer Zeit gehalten hatte.

Schließlich, im Frühherbst, brachen sie erneut auf, diesmal in Richtung Gabelhain. Mit ihnen ritt eine Abteilung schwer bewaffneter und gepanzerter Lian, denn auch wenn Tipperton und Beau bereits einmal allein durch den gesamten Ödwald gereist waren, diesmal sollten sie diesen gefährlichen und gruseligen Wald mit einer starken Eskorte durchqueren.

Nicht einmal Lark fand Gefallen an der Reise durch den Ödwald, denn es war ein finsterer Ort, dunkel und schrecklich Furcht erregend.

Es war Neumond Ende Oktober, als sie Gabelhain erreichten. Und nichts als Ruinen und verkohlte Trümmer vorfanden. Der gesamte Ort war niedergebrannt worden, und in den Straßen sowie zwischen den Trümmern wucherten die Pflanzen. Niemand kam ihnen entgegen, um sie zu begrüßen, niemand – bis auf den pfeifenden Herbstwind.

»Die Horde, die wir damals gesehen haben, als sie durch den Ödwald zog«, meinte Beau, »sie hat dies hier angerichtet. Ich frage mich, ob sie gewarnt wurden.«

Tipperton schüttelte den Kopf. Das wusste auch er nicht.

Loric ritt zwischen den Trümmern hindurch, Phais folgte ihm, während die anderen Elfen noch suchten. »Wir können keine Spur von Überlebenden finden«, sagte der Alor. »Nur die verstreuten Überreste der schon lange Gestorbenen.«

»Wir werden dafür sorgen, dass sie ordentlich bestattet werden«, setzte Phais hinzu.

Tipperton sah sich mit Tränen in den Augen um. »Das alte Mädchen«, sagte er dann. »Ich frage mich ...«

Aber als sie zur Mühle kamen, fanden sie auch dieses Gebäude niedergebrannt vor. Nur die gewaltigen Mühlsteine waren noch intakt. Sie lagen mitten in der längst erkalteten Asche.

Tipperton blickte nach Nordwesten, in Richtung Beacontor. »Hier hat alles angefangen«, sagte er.

Beau schüttelte den Kopf. »Nein, Tip. Für Linnet und Rynna begann es in Quellwasser, für Bekki in Dael, für Phais und Loric am Rand des Ödwaldes, und für andere wieder woanders. Seinen eigentlichen Ursprung jedoch nahm es auf einer Lichtung in Adonar, bei einer Debatte zwischen Adon und Gyphon.«

»Vielleicht fing es noch früher an«, sagte Tipperton. »Mit der Schöpfung selbst. Entweder dies, oder mit einem Niesen in den Waldsenken.«

Beau lachte. »Es ist alles miteinander verwoben, weißt du?«

Rynna holte tief Luft und stieß sie dann vernehmlich aus. »Was tun wir jetzt?«

Tipperton zuckte die Achseln.

»Wir reiten zu meinem Heim in den Waldsenken, das machen wir.«

Tipperton sah von Beau zu Rynna, die Lark im Arm trug, dann betrachtete er Melli und Linnet. Da niemand etwas dagegen einwenden zu wollen schien, sagte er: »Reite voran, Beau. Hier gibt es für uns nichts mehr zu holen.«

Sie ritten fünf Tage lang nach Westen, über die Querlandstraße, passierten Beacontor, wo die Signalfeuer so lange gebrannt hatten, ritten an der südlichen Flanke des Weitimholz vorbei, wo Lark mit den Bäumen sprach, die jetzt bereits ihr Herbstkleid angelegt hatten. Ihre Stimme war ein »schischender« Ruf. Vorbei am Sprossental kamen sie, und in die Steinhöhen, wo die Bürger der Stadt überrascht verfolgten, wie eine Kavalakade von Elfen sechs, wie es ihnen erschien, unbedeutende Wurrlinge eskortierten.

Sie blieben diese und die folgende Nacht im *Weißen Einhorn*, einer großen Herberge in der Mitte der Stadt. In einer dieser Nächte sangen die Elfen, aber auch Tipperton und

Rynna. Er spielte die Elfenlaute, sie ihre Blockflöte, und ihre Lieder wurden mit lautem Jubel begrüßt, denn die Herberge war überfüllt mit Menschen, die gekommen waren, um diesen Liedern zuzuhören.

Am folgenden Morgen ritt die Kavalkade durch das Westtor von Steinhöhen und ließ verwirrte Einwohner zurück, die sich fragten, was diese Wurrlinge wohl getan hatten, um sich eine solch prächtige Eskorte zu verdienen.

Sie ritten nach Südwesten, über die Querlandstraße und an der westlichen Flanke der Schlachtenhügel vorbei, die nach der Schlacht benannt worden waren, in der der Hochkönig und sein Heer trotz ihrer zahlenmäßigen Unterlegenheit die Horde der Brut besiegt hatten, die ihnen gegenüberstand. Sie ritten gemächlich durch diesen Oktobertag, während die Straße jetzt durch den Hohlweg des Randholzes führte, in dem sich die Blätter der Bäume in der frischen Herbstluft bereits rot, gold und braunrot gefärbt hatten.

Am frühen Morgen des vierten Tages nach ihrer Abreise aus Steinhöhen sahen sie eine große Masse vor sich, die sich in den Himmel erhob. Es war die bemerkenswerte Spindeldorn-Barriere, ein Ehrfurcht gebietender Wall, der die gesamten Waldsenken umgab. Er war dicht und mit großen, spitzen Dornen übersät, lang, scharf und eisenhart, wie lebende Stilette. Selbst Vögel hatten Schwierigkeiten, in seinen nahezu undurchdringlichen, eng verflochtenen Zweigen zu nisten. Zudem war er hoch, ragte an manchen Stellen zehn, fünfzehn, ja fast zwanzig Meter aus den Flusstälern empor, in denen er wurzelte. Und breit, er reichte über weite Flusstäler und war nie schmaler als eine Meile, an manchen Stellen sogar breiter als zehn. Und erst seine Länge! Er umringte die Waldsenken vollkommen, angefangen vom Nordwald bis zur Spindel, einem Fluss, von den Trelldünen bis zum Wenden, einem anderen Fluss, und bis dorthin, wo die beiden Flüsse ineinander mündeten. Nach ihrer Vereinigung jedoch wuchs der »Dorn« nicht weiter. Man behauptete, dass nur der Boden der Waldsenken im Tal dieser beiden Flüsse diese Barriere nährte, auch wenn es den Wurrlingen gelungen war, einen großen Abschnitt zu kultivieren. Er reichte von der Quelle der Spindel bis zum Nordwald und hinüber zu den Quellen des Weden in den Trelldünen, wodurch der Dornenring vervollständigt wurde. Warum er jedoch nicht das ganze Land überwucherte und alles andere erstickte, das war ein Geheimnis. Wenngleich auch die Granddammen sagten: *Es ist Adons Wille.* Die Granther jedoch meinten: *Es ist der Boden.* Keiner von beiden aber wusste es ganz genau. Es gab nur fünf Wege durch diese Barriere, Passagen, die wie Tunnel durch diese Dornenhecke führten: Spindelfurt im Nordosten, Die Brücke im Osten, Tinefurt im Südosten und die Wendenfurt im Westen. Und dazu noch der selten genutzte nördliche Tunnel im Nordwald. In schlimmen Zeiten wurden diese Zugänge mit gewaltigen Sperren aus Dornenbarrieren verschlossen, die man wie Korken in die Durchgänge schob. Die Nachricht, dass der Krieg vorbei war, hatte die Waldsenken erst kürzlich erreicht, sodass die Durchgänge jetzt wieder geöffnet und für jedermann zugänglich waren.

Die Kavalkade strebte dem östlichen Zugang zu.

Doch als sie die Barriere erreichten, sagte Talaran: »Wir haben Euch sicher zum Land der Waerlinga gebracht, aber wir wollen keine Unruhe verursachen, wenn wir mit Euch hineinreiten. Deshalb entbieten wir Euch jetzt vor dem östlichen Tor unser Lebewohl.«

Obwohl die Wurrlinge protestierten, ließ sich Talaran nicht umstimmen, sondern erklärte, eine solche Streitmacht aus Elfen würde gewisslich Alarm auslösen, wenn auch nur kurz. Dafür jedoch versprach Talaran, dass gewiss die Zeit kommen werde, in der die Lian die Waldsenken besuchten, wenngleich nur zu zweit oder zu dritt.

Und so umarmten Phais und Loric die Wurrlinge und gaben ihnen den Abschiedskuss, so wie auch Aris, Elissan und Jaith es taten. Als Phais zu Tipperton und Beau kam, liefen denen die Tränen über die Wangen. Auch die Augen der Elfe schwammen in Tränen, und sie flüsterte: »Lebt wohl, meine kleinen Freunde. Ihr werdet für immer in meinen Gedanken sein.« Erst als die Lian davongeritten waren, wurde Tipperton klar, was Phais da eben gesagt hatte: »... für immer in meinen Gedanken ...« Phais war eine Elfe, also nahezu unsterblich.

Mit den Packponys an der Leine ritten sie in den Tunnel hinein, in dem das Sonnenlicht durch die roten Blätter über ihnen gefiltert schien. Lark rief: »Shhh, shhh!« Zwei Meilen ritten sie, bevor sie durch den Wall hindurchgekommen waren und zu einer Holzbrücke kamen, die auf steinernen Pfeilern stand und die Spindel überspannte. Sie bleiben stehen und betrachteten das Wasser, das unter ihnen dahinfloss, den Himmel über ihnen, überquerten die Brücke und tauchten danach in den nächsten Teil des Tunnels unter der Spindeldorn-Barriere ein.

Drei weitere Meilen ritten sie darunter hinweg, aber schließlich kamen sie im Sonnenlicht auf der anderen Seite wieder heraus. Die Landschaft vor ihnen bestand aus sanft hügeligem Ackerland, und die Straße, der sie folgten, schwang sich nach Westen, erklomm eine Anhöhe, verschwand dahinter und erhob sich erneut, um den nächsten Hügel zu erklimmen.

»Wir sind da!«, rief Beau freudig aus. Er deutete mit einer großartigen Geste auf die Landschaft, holte tief Luft und sog den Duft des Landes ein: Wald und Felder, saubere Ströme und fruchtbare Erde, vor allem fruchtbare Erde. »Das, meine Freunde, sind die Waldsenken, der beste Platz auf der ganzen Welt.«

Es war der letzte Tag des Monats Oktober, und über ihnen lächelte der strahlend blaue Himmel.

Sie ritten weiter, bis sie am Abend zur Ortschaft Grünfelden kamen. Nach einer kurzen Befragung stiegen sie in der Herberge *Zum Fröhlichen Otter* ab, denn der alte Bokker hatte ihnen verraten, dass sie dort das beste Bier des ganzen Ostals brauten, was natürlich sofort einen Streit mit einem anderen alten Bokker vom Zaun brach, der das Gebräu des *Grünen Nebels* vorzog, weiter westlich in Tillok. Sie überließen also die beiden alten Bokker ihrem Disput und ritten zum westlichen Ende der Stadt, wo der *Fröhliche Otter* wartete, und sein Besitzer, Gorth Cotter.

Das Bier war höchst süffig.

Am nächsten Morgen folgten sie weiter der Querlandstraße, durchquerten den Ort Raffin, hinter dem sie auf einen Karrenweg abbogen, der sie schließlich zu Tante Roses Farm führte. Diese war zwar längst gestorben, aber für Beau war dieser Hof noch immer der seiner Tante Rose.

Er war jedoch nicht nur von Rosen überwuchert, da der Hof seit langer Zeit nicht mehr bewohnt gewesen war. Das Haus selbst schien recht verwittert, der kleine Ziegenschuppen davor stand windschief da und drohte jeden Augenblick umzukippen. Doch der Apfelbaum wirkte durchaus gesund und war von Knospen übersät. Die Erde auf den Feldern machte einen dunklen und fruchtbaren Eindruck.

Beau sah die anderen an. »Mit ein bisschen Farbe und Feldarbeit und dergleichen sollten wir den Hof schnell aufgemöbelt haben.«

An einem kühlen Novembertag schwang Tipperton die Sense und arbeitete sich durch ein Gebüsch vertrockneter Kräuter hindurch, während Beau das Geschnittene zusammenharkte.

Dabei stiegen ihm Staub und Pollen in die Nase, und plötzlich holte er tief und schnell Luft und nieste laut und vernehmlich.

Tipperton hielt inne, blickte zum Himmel hinauf und sagte sehr ernst: »Gib Acht, Beau, sonst machst du noch den Mond kaputt!«

Lark saß im Garten, hatte das Ohr an einen Apfelbaum gelegt und lauschte mit großen Augen, als würde ihr der Baum ein zweigiges Geheimnis zuflüstern, während Melli in der Küche herumfuhrwerkte. Linnet und Rynna saßen derweil auf der Veranda und schlürften genüsslich eine gute heiße Tasse Tee.

Jetzt jedoch sahen sich die beiden Dammen an und wunderten sich, warum ihre beiden Bokker dort drüben am Zaun so kreischend lachten, als wären sie vollkommen verrückt geworden.

EPILOG

Was Beau und Tipperton betraf, die beiden redeten nicht viel über ihre Kriegserlebnisse. Dennoch wusste jeder in den Waldsenken, dass die beiden einzigartige Helden sein mussten. Denn warum sonst wohl würden Elfen, Zwerge und sogar der Hochkönig selbst sie besuchen? Man munkelte sogar, dass Steingiganten gesehen wurden, wie sie in der Nähe von Tippertons und Beaus Hof aus dem Fels stiegen. Andere dagegen spotteten nur darüber, denn wer sollte so etwas glauben, eh? Außerdem behaupteten etliche, sie hätten Silberwölfe über die Felder des Osttals laufen sehen, in der Nähe von Beaus Wohnort bei Raffin. Sie schworen Stein und Bein darauf.

Na ja.

Ein paar Jahre nach dem Großen Krieg kam ein Zauberer namens Delgar durch die Waldsenken, ausschließlich um Beau Darby zu besuchen. Und vor allem, um ihm persönlich zu gratulieren, weil er eine Medizin gegen die Pestilenz gefunden hatte. Es schien, als wäre Beaus Rotes Medizinbuch ein Geschenk eben jenes Zauberers gewesen, das er dem Wurrling gemacht hatte, als dieser noch ein Frischling gewesen war. Was die beiden sich sonst noch so erzählten, ist bis zum heutigen Tag ein Geheimnis.

Jemandem anders fiel etwas Bemerkenswertes an Tipperton und seiner Erfahrung im Krieg auf: Wann immer jemand von Drachenschiffen und Fjordlandern sprach, schien sich Tipperton in sich zurückzuziehen. Fast als litte er diesen Nordmännern gegenüber an einer verborgenen Schuld, als wäre er irgendwie für den Tod einiger von ihnen während des Krieges verantwortlich. Aber ah, wer konnte solchen Spekulationen schon Glauben schenken? Außerdem, wenn einige Fjordlander durch Tippertons Handeln starben, so musste ihr Tod eben unausweichlich gewesen sein, oder etwa nicht?

Tipperton ergriff nie wieder seinen Beruf als Müller, sondern wurde stattdessen Barde. Er reiste mit Rynna und Lark durch die Sieben Hügel und gelegentlich auch in andere Länder.

Zudem wird behauptet, dass Tipperton den Elfenritus der Feier des Jahreszeitenwechsels meisterte, den Gesang, die Anrufungen und die Schritte, und dass er dieses Wissen seinen Nachfahren weitergab. Aber weder er noch einer seiner Nachkommen sollte jemals die ungeheuren und geheimen Möglichkeiten auch nur erahnen, die in diesem Ritual verborgen lagen. Zudem, selbst wenn sie sie entdeckt hätten, sie hätten dennoch nicht gewusst, wo und wann in Mithgar sie es singen, tanzen und deklamieren sollten, um die Macht zu entfesseln, die darin lag. Vielleicht, eines fernen Tages, sollten die Wurrlinge endlich diese uralte Wahrheit erkennen ...

Tipperton und Rynna ließen sich mit ihren Nachkommen schließlich außerhalb von Ostflecken nieder, einer Siedlung in der Nähe der Spindeldorn-Barriere. So mancher weiß zu berichten, dass sie es vor allem auf Drängen von Lark taten.

Lark. Sie wurde eine noch viel berühmtere Bardin als ihr Vater oder ihre Mutter. Denn jedes Instrument erklang allein unter ihrer Berührung, die Melodien flossen, und ihre Stimme war so süß wie ihre Namensvetterin, die Nachtigall, es versprach. Dennoch umgab eine Aura von Geheimnis diese wunderschöne Dammen. Sie sprach Twyll, Gemeinsprache,

Feensprache, Sylva und eine merkwürdige Sprache, die wie das Rascheln von Blättern im Wind klang. Außerdem besaß sie, wie man munkelte, eine geheimnisvolle Macht über Pflanzen und Bäume, denn ihre Gärten waren ein wahres Wunder. Einige behaupteten gar, sie könnte unbeschadet durch die Spindeldorn-Barriere schreiten, was die meisten als wilde Gerüchte abtaten. Wusste doch jeder, dass selbst Vögel und Wühlmäuse und andere kleine Kreaturen bloß unter den größten Schwierigkeiten auch nur ein paar Meter in diese dicken Dornenhecke eindringen konnten. Oder? Außerdem, so behaupteten etliche, sah man in den Nächten ein merkwürdiges, großes Wesen in Larks Gesellschaft, das aus Zweigen, Blättern und Ranken zu bestehen schien. Aber ganz gewiss war das auch nur eine Legende. Ganz sicher.

Tipperton und Beau, wie auch Rynna und Linnet, lebten lange, erfüllte Leben. Tipperton und Rynna brachten als Barden Freude in die Welt, Beau und Linnet, die Heiler, halfen den Kranken.

Von den anderen Weggefährten ist Folgendes bekannt:

Bekki regierte Minenburg Nord viele Jahre lang. Obschon er niemals heiratete, benannten doch andere Châkka ihre Söhne nach ihm. Und beinahe vier Millenien nach diesen Erzählungen sollte einer dieser Châkka namens Bekki vom Zwergenhort der Roten Hügel einen Sohn namens Brega zeugen ... doch halt, das ist eine andere Geschichte.

Was Linde betraf: Sie und König Loden von Dael heirateten tatsächlich. Linde gebar ihrem geliebten Loden einen Sohn, Garret. Als dieser erst neun Jahre alt war, wurde Loden von Räubern in Garia ermordet, während er auf einer Handelsmission unterwegs war. Linde führte dann das Kontingent an, das diese Räuberbande bis auf den letzten Mann aufrieb. Eine wildere Kriegerin hatte das Reich nie gesehen, und danach ging sie als Kriegerkönigin von Riamon in die Geschichte des Landes ein. Bis zu Garrets Volljährigkeit regierte Linde das Land. Garret wurde an seinem fünfzehnten Geburtstag zum König gekrönt, aber auch danach noch erinnerte sich das Reich an die weise und gütige Herrschaft der wilden Kriegerkönigin Linde.

Nach dem Krieg kehrte Aravan noch einmal ins Dalgor-Moor zurück und suchte lange nach dem Silbernen Schwert. Doch er fand dieses Unterpfand der Macht nicht. Angesichts des Todessermons von Galarun und Coron Eirons Beschreibung machte sich Aravan auf die Suche nach dem gelbäugigen Mann, der die Klinge vielleicht geraubt hatte. Millenium um Millenium suchte er, doch vergeblich ... bis schließlich ein *unglaubliches* Kind geboren wurde.

Was Phais und Loric anging, soweit bekannt ist, leben auch sie noch.

Noch wochenlang strömte Wasser in den Hèlofen, Wasser, das aus den nördlichen, östlichen und westlichen Ozeanen durch die Meerenge von Kistan in die Avagon-See floss, und von dort in den Schlund von Hèlofen. Der Wasserspiegel aller Ozeane sank ein kleines Stück, bis diese ungeheure Kluft und die Abgründe darunter endlich gefüllt waren. Und noch lange sollte das Land von Hèlofen, obwohl ertränkt, beben und zittern und rumpeln. Schließlich wurde es als Hèlozean bekannt, bei einigen auch als Hèls See.

Jahre und Jahre blieb dieser Ozean rastlos, Gas und Dämpfe stiegen immer wieder aus den Tiefen auf und waberten über das Meer, zerstörten Schiffe und töteten deren Besatzungen. Manchmal verdünnten diese Gase sogar das Wasser, wenn große Blasen emporstiegen. Schiffe, die in einer solchen Blase gefangen wurden, versanken wie Steine und wurden nie wieder gesehen. Einige behaupteten, es wäre der Geist eines großen Drachen, der die Schiffe zu sich herunterzog. Die Seeleute selbst meinten, es wäre das Werk all der Geister der Toten dort unten auf dem Meeresgrund, denn häufig kam auch Hexenlicht mit diesen Blasen zum Vorschein. Oder diese schrecklichen Nebelschwaden, deren giftige Dämpfe das Leben ausnahmslos aller Seeleute forderte, die das Unglück hatten, in einen jener giftigen Schleier zu geraten.

Das Land um Hèlofen herum bebte und zitterte, die zerklüfteten Hügel versanken unter dem Meer, und der Hèlozean breitete sich immer weiter aus. Flüsse änderten ihren Lauf, der Eisenwasser und der Strocha zum Beispiel, und mündeten jetzt in die Hèls See. Einige meinten, die Beben und Unruhen wären auf die Arbeit der Utruni zurückzuführen, die versuchten, das Land zu zähmen, die Feuer darunter einzudämmen. Andere dagegen behaupteten, es wäre Hèlofen selbst, das sich an alte Zeiten erinnere.

Noch lange sollte der Hèlozean dampfen und kochen und Gase emporschleudern, als wäre die Hölle selbst geflutet worden. Aber die Utruni, die tief unten im Mantel der Erde schufteten, vermochten die gewaltigen Magmaschlünde und Krater zu schließen, bis schließlich auch diese See ein wenig ruhiger wurde.

Die Stadt Rhondor büßte ihren Handel mit Mineralien ein, aber sie überlebte, weil sie zu einer großen Hafenstadt wuchs. Die Bürger von Rhondor tauften den Hèlozean um und nannten ihn das Binnenmeer, damit die Wasser freundlicher klangen, und trugen auch diesen Namen in ihre Karten ein. Schließlich wurde Hèlofen unter dieser Bezeichnung bekannt. Trotzdem jedoch sollte es auch später immer wieder unterseeische Explosionen geben, wenn ein Magmakern von tief unten aus den Eingeweiden der Welt ins Bett des Ozeans gelangte und das geschmolzene Feuer mit dem Wasser zusammenprallte. Dann tobte erneut der Kampf zwischen den Elementen. Seeleute, die von diesen gewaltigen Kämpfen wussten, beteten zu ihren Göttern und den Steingiganten, sie sicher über das Meer zu geleiten. Aye, Binnenmeer wird jetzt Hèlofen geheißen, ein Name, der nicht unbedingt unpassend scheint, wenngleich dieses Meer auch bei denen mit einem langen Gedächtnis, den Elfen und Zwergen, nach wie vor Hèlofen heißt.

Was den schiefen Monolithen angeht, den Tip und Rynna in der zerstörten Herde der Stöhnenden Steine im Großwald entdeckten ... man sagt, nachdem er von den Baeron wieder aufgerichtet wurde, hat ein Fuchsreiter mit ihm sprechen können. Und danach wurde auch er benutzt, um Nachrichten zu übermitteln. Allerdings hat niemals jemand herausgefunden, wie diese Herde zertrümmert wurde, denn der uralte Stein erinnerte sich nur noch daran, dass einstens viele von ihm in einer Herde zusammenlebten, und dann nicht mehr ... Aber seine Trauer muss wahrhaftig steinerweichend gewesen sein.

Nach dem Krieg schien Kraggen-cor ein noch unheimlicherer Ort zu sein, denn tief in den Flößen, in denen das Sternensilber ruhte, ging die Furcht um. Aus irgendeinem Grund dachte Tipperton Thistledown immer an die Furcht der Gargons, wenn man ihm von dieser Atmosphäre im Zwergenhorst erzählte, aber dann verwarf er diese Idee vollkommen. Denn wie hätte es geschehen können? Wenn ein Gargon tatsächlich in Kraggen-cor eingedrungen wäre, wären die Zwerge sicherlich geflohen. Es würde noch lange Jahrhunderte dauern, bis die Antwort auf diese Rätsel ans Licht kam, und selbst danach sollte ein Geheimnis noch immer ungelüftet bleiben.

Doch, leider, auch dies ist eine andere Geschichte.

Was nun Modru betrifft ... So mancher sagt, er wäre in Hèlofen getötet worden, ertrunken unter den Wogen, und sein Leichnam konnte nie daraus geborgen werden. Andere munkelten, er wäre nach Norden geflohen, in die Unbehüteten Länder jenseits der Ödnis. Wieder andere wussten es ganz genau: Er lebte in einer Kammer aus Schwarzem Stein tief unter dem Eis und Schnee und weit entfernt von dem schneidenden Wind. Dort würde ihm, so erklärten sie, das Gezücht aufwarten, während er seine finsterste Rache schmiedete. Die Antwort auf die Frage, ob Modru lebte oder starb, sollte vier Jahrtausende lang auf sich warten lassen ... und dann von einem Überbringer des Untergangs gegeben werden, während der Drachenstern den Himmel versengte.

Eine Kompanie Menschen, übel mitgenommen und gebrochen, tauchte aus Neddra auf. Sie traten im Übergang in den Gronspitzen, etwas oberhalb der Klauenschlucht, aus dem Dazwischen. Sie hatten einen verzweifelten Feldzug gegen die Brut geführt, hatten zugeschlagen und waren geflohen, Seite an Seite mit Elfen, die mit ihnen hinübergegangen waren. Angesichts der geringen Stärke ihrer vereinigten Streitmacht war es selbst im besten Fall ein verlorenes Unternehmen gewesen, denn sie konnten nicht mehr als eine Viehbremse für die wimmelnde Anzahl des Gezüchts auf dieser Ebene sein. Als der Krieg endete, vermochten die Elfen nur auf den Wegen des Blutes auf die Hohe Ebene zurückzukehren, während die Menschen zurück nach Mithgar gelangten.

Ein Jahr, nachdem der Krieg endete, kam ein Mensch aus dem Dazwischen im Steinkreis von Adonar nach Mithgar. Es war ein asketischer Adonit, ein Soldatenmönch, der auf der Hohen Ebene gefochten hatte, ein Mann, der aufgrund eines Gelöbnisses, das er abgelegt hatte, seinen Namen nicht nannte. Er kam als Herald, der Zeugnis ablegte, denn er hatte Gyphons Gerichtsurteil vor dem Gericht der Götter selbst verfolgt. Er reiste nach Caer Pendwyr, wo ihm Hochkönig Blaine sofort Audienz gewährte. Dies ist alles, was der Mann berichtete:

»Mylord Hochkönig, Adon hat Gyphons Kreaturen folgende Strafen auferlegt:

Am Ende dieses Jahres wird für eine volle Woche ein neuer Stern am Firmament glühen. Alle Lebewesen, deren Blut nicht von dieser Ebene abstammt, sondern die sich mit Gyphon verschworen haben, werden von Adons Licht verbrannt. Sie werden nicht mehr mächtens sein, am Tage zu wandeln, sondern verfallen rasch zu Staub, wenn das Licht von Mithgars Sonne auf sie fällt. Dieser Bann wird so lange herrschen, wie die Nacht dem Tag folgt und der Tag der Nacht.

Weiterhin werden alle Drachen, die sich mit Gyphons Handlanger Modru einig wurden, ihres Feuers beraubt und Kaltdrachen werden, und alle ihre männlichen Nachkommen und deren Nachkommen werden ebenso durch alle Zeiten Kaltdrachen sein.

Was nun die Bewohner von Mithgar angeht, welche mit Arglist getäuscht wurden, sich Gyphon anzuschließen, so wird Adon ihnen keine Sanktionen auferlegen, denn Er weiß, dass die Blüte der Männer an dem Ort dahingerafft wurde, den Ihr Hèlofen nennt. Vielleicht ist das Strafe genug.

Gyphon Selbst dagegen, Er wurde in Den Abgrund geschleudert, um dort für immer eingekerkert zu bleiben. Dennoch hütet Euch, Mylord, denn bevor Er kreischend in das Nichts hinabstürzte, schwor Er Rache. Und sprach: ›Selbst jetzt habe ich Ereignisse in Bewegung gesetzt, die Du nicht aufhalten kannst! Ich werde zurückkehren! Ich werde erobern! Ich werde herrschen!‹

Adon hat mich geschickt, um von diesen Ereignissen zu berichten und eine Warnung an alle weiterzugeben, wachsam zu sein. Denn wer weiß schon, was Gyphon zu errichten vermag? Beinahe hätte er die gesamte Schöpfung unter sein Szepter gezwungen!

Dies zu berichten, Mylord Hochkönig, hat Adon mich entsandt. Meine Mission ist vollendet, daher gehe ich.«

Damit entfernte sich der Mann vom Hochkönig, obschon dieser ihn zu bleiben bat. Als die Palastwache vor den Fremden trat, um ihn aufzuhalten, schienen sie jedoch nicht einmal einen Finger gegen den Boten Adons erheben zu können.

Wohin er ging, ist unbekannt.

Aber in der Längsten Nacht des Jahres und den folgenden sechs Nächten, insgesamt also in deren sieben, brannte ein neuer Stern am Himmel, der Ban-Stern. Er leuchtete des Nachts so hell wie am Tag. Sieben Nächte später verschwand er für immer. Rukhs und Hlöks und Trolle und Ghûls und ihre Hèlrösser und alle anderen vom Gezücht wie auch die Schwarzen Magier konnten der Sonne nicht mehr standhalten. Sie zerfielen in ihrem Lichte zu Staub. Außerdem spien die abtrünnigen Drachen kein Feuer mehr, sondern nur noch giftige Dämpfe und Säure. Und noch mehr litten unter dem Bann.

Der Hochkönig Blaine erklärte daraufhin dieses Jahr zum letzten Jahr der zweiten Ära Mithgars und verkündete, dass der Erste Tag des Neuen Jahres der erste Januar des Ersten Jahres der Dritten Ära Mithgars wäre.

Was Modru nun den abtrünnigen Drachen versprochen haben mag, die stattdessen jedoch ihr Feuer verloren, darüber kann man nur rätseln. Vielleicht hat er Daagor den Drachenstein versprochen, oder sogar den Tod vom Schwarzen Kalgalath; denn der Drachenstein war zu jener Zeit tatsächlich verloren, Kalgalath blieb jedoch gesund und munter und sehr, sehr mächtig. Einige vermuteten auch, er habe Skail eine Partnerin in Aussicht gestellt. Denn viele Jahre später sah man diesen Drachen, wie er einen gewaltigen Kraken durch die Lüfte über dem Grimmwall schleppte. Andere glaubten, er habe Sleeth verraten, wo der an Schätzen unermesslich reiche Zwergenhorst von Schwarzenstein angreifbar wäre, was denn auch zukünftige Ereignisse noch erweisen sollten. Aber all dies sind andere Erzählungen und verschiedene Geschichten, von denen einige mitgeteilt werden, andere aber nicht.

Was nirgendwo jedoch aufgezeichnet wurde, das sind die Geschichten der Kämpfe, welche unter den Magiern selbst tobten, Anhängern von Gyphon und denen von Adon, die eine mystische Schlacht auf uraltem Schlachtfeld austrugen. Diese Geschichte jedoch wird vielleicht auch niemals erzählt werden.

Aber nun ist nicht der rechte Augenblick, von anderen Geschichten zu sprechen, denn in dieser hier wurden die Taten zweier unerwarteter Helden besungen, Tipperton Thistledown und Beau Darby, und die der Heroen, denen sie auf ihrem Feldzug begegneten. Alle anderen Geschichten müssen warten, bis sie an der Reihe sind, und das werden sie auch einmal sein, denn, wie ihr ja wisst: Alles ist irgendwie miteinander verwoben, Wurro.

Viel liegt irgendwo verloren unter den Trümmern des Krieges ... die Unschuld ist nicht das Geringste davon.